KB265737

중국 조선족 문학 통사

1997년 3월 10일 인쇄
1997년 3월 15일 발행

지은이 권철 · 조성일 외
펴낸이 박영희
박은곳 /경문인쇄 장정/예솔기획 전산편집/이경남

펴낸곳 이회문화사
서울시 용산구 갈월동 6-9
전화(02-318-7912)
팩스(02-755-2191)
등록번호 : 제1-1342
값 23,000원
ISBN 89 - 8107 - 048 - 2

머리말

『조선족 문학사』의 편찬은 한낱 방대하고도 어려운 계통적 공사이다. 비지땀을 흘려 가며 이 공사 작업을 마무리짓고 보니 실로 감개무량하다. 잘되나 못되나 이 공사의 준공으로 하여 우리 나라 문학의 보물고에 『조선족 문학사』가 없던 서글픈 국면을 돌려세우게 되었으니 어찌 감개무량하지 않겠는가!

유구한 역사와 찬란한 문화를 가지고 있는 조선족은 오랜 세월을 두고 중국의 광활한 대지 위에 진달래 마냥 아름다운 문학의 꽃을 떠올리었다. 우리 민족의 넋이 깃들고 입김이 서린 이런 문학을 이론적으로 체계화하는 것은 조선족의 문학 건설과 세계적인 문화 교류를 추진시킴에 있어 자못 심원한 역사적 의의와 현실적 가치를 가지고 있다.

하여 조선족 문학사가와 문학평론가들 그리고 문학 연구에 뜻을 둔 조선족 대학생들은 오래 전부터 『조선족 문학사』를 꾸밀 꿈을 키우면서 그 기초 작업을 줄기차게 벌여 왔다. 1958년 봄, 연변대학 조선언어문학학부 3학년 학생들이 조선족 문학사료 채집조를 무어가지고 동북 세 개 성의 조선족 집거구에 다니면서 조선족 문학 특히 해방 전 조선족 문학에 대한 한 차례의 전면적인 조사와 채집 활동을 하였다. 이 토대 위에서 연변대학 조선어문학부 선생들로 이루어진 집필소조가 1959년 4월에 『연변조선족문학사대강』(초고, 타자본), 그해 11월에 『중국 조선족 문학발전개황집필제강』(초고, 타자본)을 만들었고,

1961년에 『연변문학사』(초고, 등사본)를 편찬하여 내부로 발행하였다. 이 편찬 과정에서 권철, 박상봉, 허호일, 임휘, 김현근, 조성일 등 선생들이 크나큰 역할을 수행하였다.

하지만 이 기초 작업은 『문화 대혁명』으로 말미암아 가석하게도 중단되고 말았다. 『4인무리』가 역사 무대에서 물러나고 『문화 대혁명』이 마무리되자 조선족 문학 발전사에 이론적 조명을 주는 과제가 다시 조선족 문학사가들과 문학평론가들 앞에 제기되었다. 이런 실정에 비추어 장일민 동지(당시 중공연변 주위 선전부 부부장)의 창도 하에 연변문학예술연구소(당시 박찬구 동지가 연구소의 책임자로 있었음)가 이 과제를 풀어 나가는 조직자로 나섰다. 연변문학예술연구소는 1979년에 권철(연변대학 교수)과 조성일(당시 연변문련 비서장, 1981년에 문학예술연구소로 전근) 두 선생을 초빙하여 『중국 조선족 문학개황』 집필을 담당하게 하였다. 그 초고가 나오자 연변문학예술연구소는 동북 세 개 성의 부분적 학자들과 작가들이 참석한 학술 토론회를 여러 차례 열고 이 초고에 대한 수정 의견을 청취하였다. 집필자들은 그 수정 의견에 따라 수정을 거친 뒤 그 완성고를 『연변대학학보』(1979년 제4호)와 『연변문예』(1980년 제1호, 제2호)에 발표하였다. 1981년부터 1982년 사이에 두 집필자는 상술한 『개황』을 바탕으로 그것을 보다 구체화한 『조선족문학의 발전개관』을 『아리랑』(1981년 제3호, 1982년 제4호)에 실었다.

연변문학예술연구소는 이런 연구 성과를 보다 꽃피워 『조선족 문학사』의 공개 출판을 추진시키기 위해 1986년 초에 연변대학민족연구소(지금은 연변대학 조선언어문학연구소로 개칭)의 연구 일꾼들과 더불어 정식으로 『조선족 문학사』 편찬소조를 무었다. 이 편찬소조는 100여 년간의 조선족문학에 대한 재차의 전면적 조사와 채집 및 연구를 거쳐 1985년 12월에 『조선족 문학사대강』을 내왔고 1987년부터 『조선족 문학사』 집필 작업에 본격적으로 달라붙었다. 그 노력의 결과 1989년 11월에 이르러 그 집필을 깨끗하게 마무리짓고 출판사에 교부하게 되었다.

『조선족 문학사』의 집필에는 조성일, 권철, 최삼룡, 김동훈 등이 참여하였는데 그 집필분공을 따지면 다음과 같다.

조성일 — 서론, 후기, 제3편의 제1장부터 제4장까지.

권철 — 제1편의 제1장부터 제2장까지, 제2편의 제1장부터 제6장까지.

최삼룡 — 제3편의 제5장부터 제9장까지.

김동훈 — 제1편의 제3장과 제4장.

상술한 집필분공에 따라 각자가 제마끔 집필한 다음 조성일 동지가 통일적으로 수개하고 심열하였으며『조선족 문학사』의 뒷일을 수습하였다.

그런데 이 기회에 꼭 짚고 넘어가야 할 것은 50년대 말과 60년대 초에 문학사 편찬의 기초 작업에 뛰어들었던 박상봉, 허호일, 임휘, 김현근 등 선생님들의 노력이『조선족 문학사』에 슴배여 있으며 문학사료 채집에 힘 다한 강연숙, 김순금 등 동지들의 정성도 깃들어 있다는 그 점이다. 이에 우리는 뜨거운 사의를 표하는 바이다.

『조선족 문학사』편찬 과정에서 우리는 조선족 문학 발전의 역사적 흐름과 맥락 및 그 합법칙성을 모색하고 작가와 작품을 분석, 평가함과 아울러 그에 일정한 역사적 위치를 부여하려고 애를 썼다. 하지만 우리 집필자들이 실무 수준이 높지 못하고 경험이 결핍함으로 하여 이『문학사』에 적지 않은 결함이 있으리라 믿는다. 더군다나 작가 작품에 대한 계통적인 연구 논문들이 많지 못하고 일부 문학사료들이 우리 손에 장악되지 못한 형편에서 편찬 작업이 벌어졌으니 오류가 적지 않으리라는 것은 의심할 바 없다. 하여 우리는 학자와 작가 그리고 기타 독자들의 기탄 없는 비평과 조언이 있기를 바라 마지않는다.

집필자

1997년 2월 20일

목 차

조선족 문학 연표(1949~1996)/561

서 론

1

  인류사회의 초창기에 일찍 문명의 아침을 맞이한 조선족은 유구한 역사와 찬란한 문화를 가지고 있는 위대한 민족이다.

  중국 조선족의 인구는 1백 76만 3천8백여 명으로 주요하게 동북 3성에 분포되어 있는데 길림성에 1백 10만 3천4백여 명, 그중 75만 4천5백여 명이 연변 조선족 자치주에 집거하고 있으며 흑룡강성에 43만 1천1백여 명, 요녕성에 19만 8천3백여 명, 내몽골 자치구에 1만 7천5백여 명이 살고 있으며, 그 나머지는 전국 방방곡곡에 널려 살고 있다.[1] 조선족 인민들의 교육, 문화의 중심지는 길림성 연변 조선족 자치주이다.

  중국의 조선족은 압록강, 두만강 이남의 조선 반도로부터 천입한 민족이다. 역사 문헌에 따르면 18세기 초엽부터 봉건통치배들의 혹정과 계속되는 기근에 허덕이던 조선 변방의 농민들은 청왕조의 월강금지령을 마다하고 살길을 찾아 중국에 잠입하기 시작하였다. 그 후 19세기 중엽부터는 백의 동포들이 해마다 대량적으로 중국에 천입하여 정착생활을 영위하게 되었으며 형제민족 인민들과 더불어 동북 변강을 개발하고 반제 반봉건 투쟁을 장기적으로 줄기차게 벌여가는 행정에서 점차 중국의 소수 민족으로 되었다. 조선족 인민들은 중국의 민

---

1) 1982년 전국인구보편조사통계.

주주의 혁명, 사회주의 혁명과 사회주의 건설 가운데서 크나큰 기여를 하였고 자기의 피땀으로 중화 민족의 역사에 빛나는 한 페이지를 장식하였다.

조선족은 머나먼 옛날부터 자기의 언어와 문자를 가지고 문명생활을 벌여 왔다. 역사 문헌의 기재에 따르면 5세기경까지는 전적으로 한문자를 사용해 오다가 6세기에 접어들어서부터 한자와 한자의 음과 뜻을 빌어 조선말을 기록하는 독특한 문자 - 이두(吏讀) 문자를 표기 수단으로 하여 자기의 서사문학을 창조하였다. 그 후 15세기 즉 1444년 1월에 『훈민정음(訓民正音)』2)이 창제되자 조선족은 자기 민족의 진정한 문자를 가지게 되었으며 따라서 그것을 표기 수단으로 하여 민족문학을 발전시키는 획기적인 단계에 들어서게 되었다. 하지만 『훈민정음』이 창제된 후에도 한문자에 의한 상층 문인들의 문학 창작은 건국 전까지 줄곧 면면히 계속되어 왔던 것이다.

조선족은 예로부터 자기의 민간신앙을 가지고 있으나 조선족에게는 전 민족적이며 통일적인 종교가 없다. 하지만 매개 역사 시기에 각이한 종교가 조선족에게 끼친 영향은 매우 컸었다. 조선족의 조상들은 인류역사의 초창기에 벌써 토템숭배, 천신숭배, 조상숭배, 무속 등 원시적 신앙과 토착종교 관념을 가지고 있었다. 그러나 이런 원시적 신앙과 토착종교 관념은 유교, 불교, 도교의 수용으로 말미암아 후세에 와서는 사회의 밑동에 깔리게 되었다. 3세기로부터 4세기경에 이르는 사이에 유교, 도교, 불교가 선후하여 들어와 장기간 봉건통치배들에게 이용되었고 특히 유교사상은 봉건사회의 통치사상으로 되어 사회생활의 제 분야에 뿌리를 깊이 내리게 되었다. 19세기 말엽에 자본주의의 침략 및 그 세력이 확장됨에 따라 또 기독교와 천주교가 들어오기 시작하였다. 하지만 그것은 봉건통치배들의 유교사상의 배제로 하여 널리 전파되지 못하였다. 20세기 초엽에 이르러서는 조선에 대한 일제의 침략이 강화되자 단군교3) 등 종교가 생겨나 민족의식을 야기시킴에 있어 일정한 역할을 하였다.

---

2) 조선 글자를 이르는 말.
3) 일명 대종교(大倧敎). 조상 단군에 대한 숭배 즉 천신을 신앙하는 종교.

2

중국의 조선족과 조선 반도의 인민들은 한 핏줄을 타고난 동족으로서 원시공동체사회, 노예사회, 봉건사회의 사회역사 발전단계를 함께 경유하면서 민족문학을 찬란하게 꽃피워 왔다. 일찍 원시시대에 움트고 자라나기 시작한 조선민족의 문학은 자기 민족 인민들의 생활과 투쟁에 뿌리를 내리고 외래의 문명에 민감하고 세계의 문화를 호흡하면서 간단없이 줄기차게 개화 발전하여 왔다.

이런 행정에서 세상에 널리 명성을 떨친 작가, 시인들이 구름처럼 솟아났고 민족의 정기와 향기가 슴배인 훌륭한 작품들이 수많이 창작되었다. 19세기 전반기까지의 조선 민족문학 발전의 이정표에는 최치원, 이규보, 정철, 권필, 윤선도, 조수삼 등 탁월한 시인들과 김시습, 임제, 허균, 김만중, 박지원 등 소설 거장들의 이름이 또렷하게 아로새겨졌고 또한 이들을 큰 봉우리로 하여 많은 군봉들이 솟아나 민족문학의 입체적 자세를 정립하였다. 탁월한 시인들에 의해 창작된 주옥같은 시편들과 『청구영언(靑丘永言)』, 『해동가요(海東歌謠)』, 『가곡원류(歌曲源流)』, 『고금가곡(古今歌曲)』, 『동가선(東歌選)』, 『남훈태평가(南薰太平歌)』, 『여창가요록(女唱歌謠錄)』 등 시가집, 『금오신화』, 『재판받는 쥐』, 『임진록』, 『박씨부인전』, 『홍길동전』, 『사씨남정기』, 『구운몽』, 『옥루몽』, 『사성기봉』, 『쌍천기봉』, 『옥린몽』, 『춘향전』, 『심청전』, 『흥부전』, 『토끼전』, 『장화홍련전』, 『콩쥐팥쥐』, 『채봉감별곡』, 『양반전』, 『허생전』, 『범의 꾸중』과 같은 훌륭한 소설작품들 그리고 민족의 슬기와 예술적 추구가 안받침된 향가, 경기체가, 시조, 가사 등 민족적 시가 형태들이 조선 민족의 고대, 중세, 근대 문학사를 아름답게 장식하였다.

조선 민족의 조상들은 고대로부터 19세기 전반기에 이르기까지 장구한 시일을 거쳐 빛나는 서사문학을 창조하였을 뿐만 아니라 인민들의 뜨거운 숨결과 입김이 서린 신화, 전설, 민담, 민요, 우화, 동화, 판소리, 가면극, 인형극, 속담, 수수께끼 등을 망라한 구전문학을 창조함으로써 민족문학의 아름다운 자태를 한결 더 돋보이게 하였다. 원시사회, 노예사회, 봉건사회에서 창조된 상술한 풍만하고 다양한 문학 성과들은 조선 인민과 중국 조선족 인민들의 공동한 문학 유산임에 틀림이 없다.

중국 조선족은 이런 찬란한 문학 유산을 토대로 하고 그의 전통을 계승 발양하면서 18세기 특히 19세기 후반기로부터 중국의 생활과 밀착되고 투쟁 역사와 결부된 새로운 문학을 떠올리는 독자적인 길에 들어서게 되었으며 조선족 문학은 점차 자기의 주체적인 나름새를 가지게 되었다. 조선족 문학은 중국의 구민주주의 혁명으로부터 신민주주의 혁명, 신민주주의 혁명으로부터 사회주의 혁명과 사회주의 건설에 이르기까지의 부동한 역사 계단의 복잡다단한 사회 현실과 조선족 인민들의 눈물겨운 수난사와 보람찬 투쟁사를 형상적으로 생동하게 반영하였는 바 그것은 역사적인 세례를 받아 가며 다듬어진 하나의 값비싼 거울이 되기에 손색이 없는 것이다.

조선족 문학은 19세기 후반기로부터 자기의 활주로를 늘리고 독자적으로 줄기차게 매진한 것은 사실이지만 역사적인 계승성, 지리적 환경, 민족적, 혁명적 유대로 말미암아 때로는 조선 인민과 함께 일부 문학을 창조하기도 하였다. 이를테면 1910년대 전후의 계몽가요, 항일 시기의 가요, 극, 산문들이 그러하다. 그리고 20세기 초엽부터 조선 반도가 일제의 식민지로 전락되자 수많은 진보적 작가들이 망국의 설움을 안고 '간도'에 들어와 극히 어려운 환경 속에서 이 고장의 문인들과 더불어 자기의 창작 활동을 폭넓게 벌였는데 그들 중에는 중국에서 주요하게 생활하고 창작했거나 자기의 최후를 마친 작가들이 적지 않다. 그 대표적인 작가, 시인들로는 김택영, 신정, 신채호, 이육사, 윤동주 등을 들 수 있다. 그들은 자기의 빛나는 창작 성과로써 조선족 문학 발전에 크나큰 기여를 하였다. 따라서 이런 작가, 시인들이 조선족 문학사에 오르는 것은 너무나도 당연한 일이다. 만일 그들을 조선족 문학사 발전과 유리시킨다면 조선족 문학 발전의 흐름과 맥락을 서술할 수 없게 된다. 이는 중국 조선족 문학 발전 행정에 나타난 한낱 특이한 현상이라 지적해야 하겠다.

조선족 인민들은 근대, 현대에 진입하여 자기의 서사문학을 창조했을 뿐만 아니라 선행 시대의 구전문학 전통을 계승하면서 새로운 구전문학의 창조에서도 자기의 지혜와 창조적 기량을 구김 없이 보여주었다. 따라서 조선족 문학을 서술할 때 이 분야의 성과도 홀시할 수 없는 것이다.

조선족 문학 발전의 이런 실정에 비추어 필자는 될수록 조선 반도의 문학사와의 중복을 피면하는 원칙과 국가적 관계를 고려하는 원칙을 견지하면서 19세기 후반기부터 20세기 80년대 중기까지의 조선족 작가들과 그들의 문학, 반일운동 중에서 조선 인민과 공동으로 창조한 문학, 항일전쟁 직전까지 중국에서 자기의 생애와 창작 활동을 기본적으로 마무리 지은 조선 민족의 작가들과 그들의 문학, 근대와 현대에 조선족 인민들 속에서 창조되고 전승된 구전문학 등을 중국 조선족 문학사의 범주에 포섭시키고, 19세기 후반기 이전까지 조선 반도에서 창조한 문학은 공동한 유산으로 인정하되 본 문학사의 범주에 끌어들이지 않았다.

3

조선족 문학 발전의 역사는 시간적으로 그리 긴 것은 아니지만 그 시대적 발전단계를 어떻게 과학적으로 획분하여 서술하는가 하는 것은 한낱 어려운 과제로 나서고 있다.

월경민족으로서의 조선족은 중국의 광활한 대지에 뿌리를 내리고 발전하는 행정에서 많은 경우 중국의 사회역사적 발전과 보조를 같이 하면서 자기의 문학을 창조하였을 뿐만 아니라 적지 않은 경우 또 여러 가지 원인으로 말미암아 자기 발전의 특수성도 보여주었는 바 그것이 그대로 조신족 문학에 특색을 돋보이게 하였다. 이런 형편에서 조선족 문학 발전을 단순히 중국의 사회적 역사 발전단계에 따라 획분하여 서술하게 되면 조선족 역사 발전과 조선족 문학 발전의 합법칙성을 천명함에 무리가 조성되고 가령 조선족 역사 발전과 문학 발전의 특수성만 염두에 두고 시대를 획분하고 서술한다면 조선족 문학과 중국의 사회정치적 관계를 밝힘에 있어 적지 않은 애로에 부딪치기 마련이다.

하여 필자는 중국의 사회역사 발전의 단계성과 조선족 역사 발전의 특수성 및 조선족 문학 발전의 구체적 상황을 함께 고려하면서 조선족 문학사를 다음과 같이 7개 시기로 획분하였다.

① 천입~1920년의 문학
② 1920년~1931년의 문학
③ 1931년~1945년의 문학
④ 1945년~1949년의 문학
⑤ 1949년~1966년의 문학
⑥ 1966년~1976년의 문학
⑦ 1976년~현재의 문학

상술한 시기 획분을 역사 시대에 편입하면, 천입~1920년의 문학이 근대에 속하고 1920년~1931년의 문학, 1931년~1945년의 문학, 1945년~1949년의 문학이 현대에 포섭되고 1949년~1966년의 문학, 1966년~1976년의 문학, 1976년~현재의 문학이 당대에 해당된다.

여기서 한 가지 부언하고 싶은 것은 세상에 절대적인 사물이 존재하지 않는 것과 마찬가지로 상술한 시기 획분도 어디까지나 상대적인 합리성을 지니고 있다는 그것이다. 따라서 세월의 흐름과 문학사 연구가 중심에로 발전함에 따라 보다 합리적인 시기 획분법이 나타날 수도 있다는 것을 힘주어 강조하고 싶으며 또 그렇게 되기를 바라마지 않는다.

4

조선족 문학은 중화 민족문학의 조성 부분인 동시에 조선 민족 '정체(整体) 문학'의 일부분이다. 이처럼 2중 성격을 지닌 조선족 문학은 조선족 인민들의 생활 투쟁과 역사를 토대로 하여 고대, 중세의 민족문학 전통을 계승하고 외국, 타민족 문학의 영양분을 섭취하면서 자기의 좌표를 뚜렷이 하였고 고유한 민족적 정기와 향기를 무르익혀 왔다. 따라서 그 속에는 일정한 사회역사 조건에 의해 규정된 조선족 인민들의 고유한 정서, 심리와 예술적인 기호, 창조적인 지혜와 재능이 깃들어 있는 바 그것이 역사의 흐름과 더불어 끊임없이 계승되고 혁신을 거듭하면서 더욱 발전 풍부화되고 세련되어 다른 민족의 문학과 구별되는 독특한 풍격과 선명한 특색을 이루게 되었다.

중국 조선족 문학에는 서사문학과 구전문학 이 두 줄기의 흐름이 있는데 그 중에서도 서사문학이 세월을 주름잡으며 근대적 문명의 각광을 받아 가면서 주류를 이루게 되었다. 하여 중국 조선족 문학의 특색을 천명하려면 의레 서사문학을 거머쥐고 사색을 굴려야 한다는 것은 너무나도 자명한 일이라고 짐작된다.

우선 조선족 문학의 특색은 그가 다른 소재와 내용, 인물 형상 창조에서 집약적으로 표현되고 있다.

조선족 인민은 근대에 진입하여서부터 봉건통치는 물론 외래 침략자들의 침략을 받았고 특히 20세기 초엽에 이르러서는 일본 제국주의의 침략으로 하여 망국노의 비참한 심연 속에 빠져들어 가게 되었다. 이런 역경 속에서 조선족 인민들은 형제민족 인민들과 더불어 반제 반봉건 특히 반제의 가치를 높이 추켜들고 민족의 자주권과 해방, 민족의 근대적 발전을 위한 장구하고도 간거한 투쟁을 벌였다. 이런 투쟁 노정과 그 과정 외 체험은 조선족 인민들로 하여금 남달리 일찍부터 민족의 주체의식, 반일의식, 단결의식, 향토의식을 가지게 하였으며 민족의 해방과 문명개화의 추구에 박차를 가하게 하였다. 바로 이런 사회역사적 상황과 민족의 운명으로 밀미암아 중국 조선속 문학에 수난, 반일, 사향, 민족 단결, 문명 개화의 소재와 주제가 관통되고 있는 것이 특징이다. 조선족 문학 발전사를 고찰하면 부동한 계급, 부동한 계층을 대표하는 전형적 인물 형상들의 다채로운 화랑이 안겨오는 바 이런 화랑의 복판에는 농민의 형상, 반일 투사와 지식인의 형상, 사회주의의 신형 인간의 형상이 우뚝 솟아 있는 것이 주목된다. 특히 조선족 문학에서 『농촌문학』이 주되는 것으로 나서고 농민 형상이 선차적인 자리에 놓이는 것은 조선족 인민들이 장구한 세월을 거쳐 농경문화의 분위기에 물젖었고 중국의 변경지대에서 농업을 주되는 생산 활동으로 삼아 온데서 기인된 특수한 현상이라 느껴진다. 이런 전형적 형상들에는 해당 시대의 사회적 요구와 계급적, 민족적 지향을 실현하기 위한 조선족 인민들의 불요불굴의 혁명적 기개, 그 어떤 역경 속에서도 노래와 춤, 웃음과 해학, 유머로 난관을 대처하는 낙관주의 정신, 예절 바르고 재물이나 권력보다 신의와 의리를 귀중히 여기고 상호부조의 미풍을 지키는 고상한 도덕적 품성, 새로운 것에 민감하고 깨끗한 것을 좋아하고 지구욕에 불타는 문명의식, 우아하고 점잖으며 부드럽고 선명한 것을 좋아하는 심미적 욕구 등으로 얽혀진 조선족 인민들의 고유한 성격적 특징들이 집약적으로 체현되어 있다.

다음, 조선족 문학의 특색은 다양한 소재를 다룬 작품들에 반영된 생활 내용과 성격 창조의 민족적 구체성에서만이 아니라 그것을 재현하고 표현하는 예술적 형식에서 또 두드러지게 나타나고 있다.

언어는 문학의 기본적인 표현 수단으로서 문학의 형식에 민족적 특성을 부여하는 가장 중요한 요소이다. 조선족은 오랜 옛날부터 민족 고유의 말과 글자를 가지고 있으며 그에 기초하여 민족적 색채가 짙은 문학을 창조하였다. 이는 조선족 문학사에서의 조선문 문학으로서 주도적인 위치를 차지하고 있다. 그러면서도 조선족 작가들은 한자를 표기 수단으로 하여 또 『한문학』을 창조하기도 하였다. 그리하여 조선족 문학은 표기 수단에 따라 조선문문학과 『한문학』의 이중구조 위에 건립되어 있으며 그것들은 서로 침투하면서 발전하여 왔다. 지난날 조선족 문학의 한줄기로 뻗어난 『한문학』은 비록 한자를 표기 수단으로 이용하였지만 김택영, 신정, 신채호 등 작가들의 작품들이 웅변적으로 말해 주다시피 백의 동포의 작가에 의하여 조선족의 생활을 조선족 인민들의 미학적 요구에 맞게 반영한 것으로 하여 그 형식에 있어서도 민족적 색채를 가지게 되었다.

조선족 문학은 선행 시대의 문학 전통을 계승 발양하고 외국의 예술적 성과에 민감하게 대응하면서 문학의 각종 장르를 발전시켰는 바 그중에서도 시와 소설이 풍만한 성과를 거두었다. 특히 조선족 시문학이 조선어의 특성에 기초하여 전진하는 행정에서 그에 알맞은 작시법이 탐구되고 시조, 가사(歌辭) 등 민족 고유의 시가 형식이 새로운 발전을 보였다. 민족시가 형식인 시조, 가사 등은 그 형태에 따라 일정한 차이를 보여주고 있으나 2음절어와 3음절어를 잘 배합하여 3.4조와 4.4조를 운율 조직 기본단위로 하고 있는 것이 공통적이며 이에 다양한 변조를 줌으로써 운율의 유창성과 시적 표현의 함축성을 담보하고 짙은 민족적 정서를 풍겨 주는 것이 특징적이다.

셋째, 조선족 문학은 창작 방법에 있어서도 자기의 특색을 나타내고 있다.

중국 조선족 문학은 19세기 말엽 특히 20세기 초엽부터 서방의 현대 문예 사조의 물결을 폭넓게 수용하였다. 이런 사조의 영향 하에 사실주의와 낭만주의 창작 방법 및 기타 창작 방법들이 조선족 문단에도 전파되었다. 특히 20세기 20년대에 들어서면서부터 비판적 사실주의 창작 방법이 커다란 발전을 가져 왔다. 무산계급 혁명운동의 앙양과 소련문학의 영향으로 하여 30년대부터 사회주의 사실주의 창작 방법이 조선족 문학 창작에 이용되었는 바 30년대 항일 무장 투쟁 시기의 시문학, 극문학이 그 실례로 된다. 30년대와 40년대 전반기 적 점령구의 조선족 문단에는 작가들의 정치적 경향과 문예사상의 부동에 따라 각이한 창작 방법들이 있었는 바 사실주의, 낭만주의, 자연주의, 상징주의, 퇴폐주의 등이 혼존하고 있었다. 하지만 30년대 이후 적 점령구의 조선족 문단에서 빛나는 창작 성과를 달성하는 길에 뚜렷한 이정표를 세운 것은 비판적 사실주의였다. 항일전쟁 승리 후 더 나아가서 건국 후의 조선족 문학 창작은 주요하게 사회주의 사실주의 창작 방법에 의거했다. 새로운 역사 시기에 진입하여 적지 않은 조선족 작가들이 개방의 도도한 물결을 타고 서방의 현대파 문학의 각종 창작 방법을 도입하는 노력을 보여 주었지만 문학 창작에서 혁명적 사실주의 전통을 회복, 발양하는 기운이 우세를 차지했으며 지금도 혁명적 사실주의가 중요한 창작 방법으로 이용되고 있다. 이런 상황을 고려할 때 100여년 내의 조선족 문학에서 사실주의가 주류를 이루고 있는 것이 특징적이라고 지적할 수 있다.

조선족 문학은 자기 발전의 합법칙적 과정을 걸어오면서 외국문학과 형제민족문학 특히 조선문학, 소련문학, 서구라파문학, 한족문학을 통해 자기 발전의 자양분을 적극적으로 섭취하면서 개화 발전의 길로 매진한 것 역시 또 하나의 특색이라 강조해야 하겠다.

조선족은 예로부터 진취적이고 개방적인 민족이다. 조선족의 조상들은 일찍부터 자기의 전통에만 매여 어정대지 않고 외부의 문명에 대하여 민감한 반응을 보이고 문호를 세계에 개방하여 외국과 기타 민족의 선진적인 것을 섭취하여 자기의 것으로 만드는 재능을 가지고 있다. 조선족 문학은 고대로부터 한족 문학에 각별한 흥취를 돌린 전통을 계승하여 20세기에 진입하여서도 그 자양분을 섭취하는 한편 서구라파문학을 대량적으로 번역 소개하였으며 소련의 10월 사회주의 혁명 후부터는 소련문학을 대폭적으로 인입하여 자기의 발전에 박차를 가했다. 중화인민공화국이 성립된 후에는 한족문학과 조선문학, 소련문학이 널리 소개되어 조선족 문학 발전에 심각한 영향을 주었다. 중국 조선족 문학은 이와 같이 자기의 좌표를 고수하면서 외국문학, 기타 민족문학의 영양 흡수를 게을리 하지 않고 부단한 혁신과 발전을 거듭해 온 데 그의 입체적인 자세가 있는 것이다.

1997년 1월

제1편 근대문학

제1장 이주~1920년의 문학

제1절 조선족의 이주와 근대적 민족문화 계몽운동

우리 나라의 조선족은 조선으로부터 이주해 온 민족이다. 압록강과 두만강을 사이에 둔 두 나라 인민은 예로부터 빈번히 내왕하였으며 밀접한 연계를 가지고 있었다.

역사적 기록에 의하면 아득한 옛날부터 조선 민족의 조상들은 조선 반도와 요하, 송화강 유역을 망라한 동북대륙에서 살았다. 그러나 장기적인 역사 변천 속에서 동북대륙에서 살고 있던 우리 민족의 대부분 선조들은 점차 조선 반도로 이주하고 이곳에 남은 일부분은 그 후 기타 민족과 장기간 잡거함으로 하여 자기의 민족적 특성을 잃어버리게 되었다. 그 후 조선 반도에서 오랜 세기를 거쳐 생활을 영위하여 오던 우리 민족의 일부 백성들은 여러 가지 원인으로 하여 다시 중국에 이주하게 되었다. 역사적 문헌에 따르면 우리 민족의 백성들이 조선으로부터 다시 중국에 이주하기 시작한 때는 18세기 초엽부터였다.

1677년(강희 16년)에 청나라 정부에서는 『장백산과 압록강, 두만강 이북의 1천여 리 되는 지역을 청조의 발상지로 삼아 봉금지구로 정하고 이주하여 가 개간하며 인삼을 캐고 진주를 채집하거나 벌목하고 사냥하는 것을 엄금하였으며 또한 수많은 사냥터를 만들고 이족의 이주를 엄금하였다.』[4] 그러나 도탄 속에서 허덕이던 조선의 빈곤한 농민들은 이런 『봉금령』을 아랑곳하지 않고 살 길을 찾아 몰래 이주하여 들어왔다. 하지만 18세기 초엽부터 19세기 상반기에 이르는 사이에 청조 정부의 『봉금령』에 의한 심한 단속이 있음으로 말미암아 그 이주민 수가 그렇게 많지는 못하였다. 그러다가 1845년 이후에 봉금정책이 완화되고, 1860년대에 조선 북부지방에 해마다 대재해가 덮쳐 들자 기아선상에서 모대기던 조선 백성들이 남부여대하고 강을 건너 와 중국 동북 땅에 정착하는 바람이 세차게 일어났다. 청조 정부에서는 이런 이주풍을 막을래야 막을 수 없게 된데다가 또한 이주민을 이용하여 국경선 방어를 강화하고 황무지를 개간하여 경제 수입을 늘이자는 시도 하에 1880년대에 이르러서는 『봉금령』을 폐지하고 이민 실변정책을 실행하였다. 이런 시책의 도움을 입어 조선 변강지대의 백성들이 대량적으로 중국의 동북지방에 이주하여 자리잡게 되었다. 그 후 일본 침략자가 조선 인민을 탄압하면서 1910년 8월에는 조선 매국 역적들과 공모 결탁하여 『일한합병조약』을 체결하고 조선을 완전히 강점하게 되자 일본 침략자의 부단적 통치와 잔혹한 수탈로 하여 파산된 많은 농민들과 일본의 침략을 반대하고 민족 독립운동에 나섰던 우국지사들이 또 적지 않게 중국에로 들어옴으로써 그 이주민 수는 부쩍 늘어났다. 그리하여 『1920년에 동북의 조선족 인구는 이미 45만 9천400명을 초과하였다.』5) 이런 이주민 중의 절대부분은 농민들이었다.

　조선 반도에서 이주한 근면하고 슬기롭고 용감한 조선족 인민들은 형제민족들과 함께 황막한 동북 변강지대를 개발하였다. 이들은 아주 어려운 환경 하에서 험난과 싸우며 진펄을 갈아번지고 물도랑을 빼고 강물을 끌어들여 수전을 일굼에 있어서 크낙한 기여를 하였다. 그러나 부패한 청조 정부와 봉건 군벌 세력의 압박과 잔혹한 수탈로 말미암아 그들의 생활 처지는 그야말로 말이 아니었다. 또한 청조 정부에서는 조선족 인민들에게 민족 동화정책을 실시하면서 『머리를 깎고 옷을 바꾸어 입고 귀화입적(歸化入籍)』하도록 강요하였으며 불복하면 그들의 땅과 재산 소유권을 박탈하고 지어 변경 밖으로 쫓아냈다. 그리하

---

4) 『조선족략사』(1986년 연변인민출판사 출판) 제2페이지.
5) 동상서 제33페이지.

여 적지 않은 조선족 백성들이 자신의 피땀으로 개간한 땅을 버리고 눈물을 흘리면서 떠나갔다. 하지만 당시의 봉건통치 하에서 오도 가도 할 수 없는 대다수의 근로 인민들은 치욕과 모진 시련을 받아 가며 이 고장에서 비참한 생활을 지탱해 나갔다.

이런 험악한 정치적, 경제적 생활환경 속에서 조선족 인민과 봉건통치 세력 간의 모순이 날따라 격화되고 조선족 인민의 반봉건 투쟁이 벌어지게 되었다. 1899년 초에 천보산 은광에서 일어난 노동자들의 파업 투쟁, 1908년부터 1915년 사이에 국자가(지금의 연길), 화룡현 등 지방들에서 연이어 일어난 당지관청, 향약, 패두6)의 수탈을 반대한 투쟁이 그것을 사실로 말해 주고 있다.

20세기 초엽에 진입하여 중국의 조선족 인민들과 봉건통치 세력과의 모순이 격화되었을 뿐만 아니라 일본 침략자와의 모순이 새롭게 격화되었다. 일본 제국주의는 연변을 조선에 대한 식민통치를 확보하며 동북을 침략하는『요충지』로 삼고 침략의 마수를 뻗치었다. 일본 제국주의는 1907년 8월에『조선통감부 간도파출소』를 용정에 설치하였으며 1909년에는 무능한 청조 정부를 협박하여『두만강중조변무조항』(간도협약)을 체결한 나머지『조선통감부 간도파출소』를 간도 주재『일본 총영사관』으로 고치었다. 1917년과 1918년에 이르러서는 선후로『조선은행 간도지행』과『동양척식주식회사 간도출장소』를 설립하였다. 이때로부터 일본 제국주의는 조선족 인민을 제멋대로 탄압, 수탈하고 우리 나라 사무를 공공연히 간섭하였으며 연변을 점차 일본의 반식민지로 전락되게 하였다. 이런 사태에 직면하여 조선족 인민들은 분연히 일어나 일본 제국주의를 반대하는 성스런 투쟁에 뛰어들었다. 조선족 반일 전사들은 1910년대 직전부터 선후로 군중들을 조직하여『개간민 교육회』,『경학회』,『농무계』,『부민회(扶民會)』,『사우계』등 반일 군중단체들을 결성하여 일본 제국주의 및 그 주구들을 반대하는 투쟁을 벌였으며 힘써 반일 민족주의 교양을 진행하였다. 이런 투쟁은 1919년과 1920년에 이르러 더욱 큰 규모로 발전되었다. 1919년 3월 13일 용정에서 러시아의 사회주의 10월 혁명과 조선의『3.1』반일 민족 독립

---

6) 청조 때의 지방의 기층 정권. 향에는 향약(鄕約)이 있고 툰에는 패두(牌斗)가 있었다.

운동의 영향 하에 반일 민중대회를 성세호대하게 거행하였으며 또한『3.13』반일 투쟁은 조선족이 거주하는 기타 지구들에 파급되어 방방곡곡에서 전례 없는 반일 투쟁을 앙양시켰다.『3.13』반일 군중운동은 그 규모에 있어서나 지속된 시일에 있어서나 전례가 없는 것으로서 일본 제국주의 침략자들에게 커다란 타격을 주고 조선족 인민의 반일운동의 발전을 추동하였다. 이런 투쟁의 토대 위에서 조선족 집거구들에서는 반일 무장 투쟁이 거세차게 일어나게 되었는바 1920년 7월 일본 침략군에 커다란 타격을 준 봉오동 전투, 1920년 10월에 진행한 청산리 대섬멸전은 그 유력한 증명으로 된다. 조선족 지구에서의 반일 투쟁은 바로 이때부터 새로운 역사적 단계에 들어서게 되었다.

　　바로 상술한 바와 같은 사회징치적 환경 하에서 조선족 인민들의 민족적 분노와 민족 해방의 격정이 세차게 타올랐으며 그에 따라 개화사상이 대두하고 민족문화 계몽운동이 조선 애국문화운동의 강력한 영향 속에서 발생 발전하였다. 이 운동은 시대적 요구에 민감하고 봉건제도의 낙후성과 민족적 위기를 자각한 지식인들에 의해 추진되었는 바 시종 민족의 해방과 근대적 발전을 지향하였다. 민족문화 계몽운동자들은 민족의 해방과 근대적 발전을 위해서는 민족적 각성과 단합이 무엇보다 중요하다고 인정하였으며 그것을 실현하기 위한 기본적 방도는『내수외학』7)에 있다고 생각하였다. 조선족 애국문화 운동자들은 애국문화 계몽운동 중에서『내수외학』을 활동강령으로 내세웠으며 구체적으로 교육운동, 출판보급 활동, 언문일치(言文一致)운동 등을 다양한 형태로 줄기차게 벌였다.

　　당시 민족문화 계몽운동자들은 조선족 인민의 높은 향학열, 특히 신문학에 대한 드높은 연구 열의를 반영하여 우선 교육운동에 커다란 의의를 부여하였다. 그들은 민족의 성취와 국가의 존망, 인간의 생존은 죄다 교육에 달렸다고 여긴 나머지 민족의 해방과 근대적 발전을 위하여 교육을 틀어쥐어야 한다고 강조하면서 교육 사업에 심혈을 몰부었다. 그리하여 각 지방들에서는 그 지대

---

　　7)『내수외학(內修外學)』이란 안으로는 봉건사회의 낡고 뒤떨어진 관습을 숙청하고 정치, 경제, 문화를 혁신하고 정리하여 국력을 배양하며 밖으로는 앞선 나라들로부터 배우자는 것이다.

의 실정에 비추어 여러 가지 형태의 교육회를 결성하고 도처에 사립학교, 야학
교, 강습소를 세웠다. 따라서 1916년 말에 이르러 동북지구 내에 세워진 조선
족 사립학교 수는 239개소에 달하였다. 이것은 하루 빨리 중세기적인 몽매와
봉건적인 낙후성에서 벗어나 근대적인 발전과 문명개화를 이룩하려는 시대적
지향의 집약적인 반영이었다. 이 시기의 교육운동은 단순히 지식을 전수하고
기술을 보급하는 데 그치지 않고 그와 더불어 인민 대중을 반제 반봉건의 사상
으로 무장시키며 우리말과 글을 보급 침투시키는 데서도 커다란 역할을 놀았으
며 문학 발전에도 많은 영향을 주었다.

교육운동과 더불어 출판보급 활동이 이 시기 민족문화 계몽운동의 일익으로
서 중요한 역할을 수행하였다. 1908년 이전까지에는 인구가 적은데다가 몹시
분산되었고 또한 인재와 경제, 인쇄 설비 등이 결핍한 탓으로 말미암아 조선족
집거구들에서는 자기의 출판물을 발행하지 못하고 조선에서 출판 발행된『독립
신문』,『황성신문』,『대한매일신보』,『만세보』등 신문과『야뢰』,『서부』등 잡
지와 소련 블라디보스토크 등지에서 꾸린『해조신문』,『청구신문』,『권업신문』
과 같은 수십 종의 근대적인 간행물을 받아보는 처지에 놓여 있었다. 하지만
1910년 이후에 이르러서는 조선족 집거구에 수많은 근대적인 신문과 잡지들이
출현하였는 바 1909년부터 1917년 사이에『월보』(1909년),『한족(韓族)신
문』(1911년),『대진(大震)』,『학우보』(1916년) 등이 간행되었고 더욱이
1919년『3.13』반일 군중운동이 일어나던 전후 시기에는『조선독립신문』
(1919년),『인민보』(1919년),『조선민보』(1919년) 등 수십 종을 헤아리는
신문과 잡지가 출간되었다. 이 시기 진보적 내용을 담은 신문, 잡지들은 새로
운 문명을 수용 보급하여 민족 해방, 민권옹호, 산업과 교육의 진흥 등에 대한
선전으로 대중을 계몽함으로써 인민 대중의 민족적 각성과 단합, 사회의 근대
적 발전과 문명개화를 촉진시키는 데 이바지하였다.

이 시기 민족문화 계몽운동의 한 고리로서 언문일치(言文一致) 운동이 또한
발랄하게 벌어졌다. 이 운동은 종래로 한문만을 숭상하면서 언문불일치를 빚어
내던 폐단에 직면하여 한문 대신에 조선어문을 널리 사용하며 더욱 발전시키려
는 시대적 요구를 반영하였다. 민족문화 계몽운동자들은 언문일치 운동을 거쳐

말과 글의 일치를 보장하며 언어 사용의 새로운 규범을 세우며 조선어문을 광범한 조선족 인민 대중 속에 보급함으로써 그들로 하여금 한문만을 숭상하던 낡은 폐습을 반대하고 우리말과 글을 귀중히 여기고 사랑하며 그것을 널리 사용하도록 다그쳤으며 조선어문의 과학적인 발전을 추진하였다. 뿐만 아니라 이런 언문일치 운동 행정에 인민들의 반제 반봉건 사상을 한결 더 북돋우어 주었으며 조선족 문학의 근대적 발전에 박차를 가해 주었다.

그러나 상술한 민족문화 계몽운동은 역사적 제한성으로 말미암아 외래 침략자들과 봉건주의를 반대하는 면에서 철저하지 못하였다. 주로 민족주의의 고취와 문화 계몽 사업에 머물고 인민 대중을 혁명 투쟁에로 이끄는 조직자 역할을 수행하지 못하였다. 그럼에도 불구하고 이 운동은 조선족 인민의 민족적 각성을 불러 일으키는 데 기여함으로써 조선족 인민들의 반제 반봉건 투쟁에 긍정적인 영향을 주었다.

제2절 이 시기의 문학 발전 개관

근대 조선문학은 조선족 인민이 중국에 이주한 때로부터 1920년에 이르는 사이의 역사적 현실을 토대로 삼고 재래의 조선문학의 전통과 성과를 계승, 발양하는 행정에서 산생하고 발전하였다.

이주 초기의 조선족 인민들은 그 절대 부분이 극빈한 농민들이었고 게다가 자기의 지식인과 출판 기관을 가지지 못한 탓으로 하여 19세기 말엽까지는 서사문학이 발전하지 못하고 구전문학과 계몽가요가 성행하였다. 그러다가 20세기에 들어서면서부터 민족문화 계몽운동의 소용돌이 속에서 서사문학이 대두하였다. 하지만 이 시기에 창작된 진보적인 작품들과 사료들은 봉건통치 세력과 일제의 문화말살정책의 도륙 하에 거의 다 인멸되다 보니 지금까지 전해지는 것은 얼마 되지 않는다. 그러므로 지금까지 전해지고 있는 일부 작품과 사료나 그 기재에 의하여 이 시기 조선족 문학의 형편을 고찰하는 수밖에 없다.

봉건제도가 날따라 붕괴되어 가고 자본주의적 관계가 재빨리 자라나고 중국에 이주한 조선족 인민들의 반제 반봉건 투쟁이 치열하게 벌어지고 민족문화 계몽운동이 발랄하게 발전하고 있던 이 시기의 사회적 현실과 시대적 요구는 조선족 문학 앞에 새로운 과업을 내세웠고 이 시기 조선족 문학에 근대적 성격을 부여하였다. 게다가 조선과의 혁명적 연계로 하여 조선의 개화적인 문학 사조 및 그 창작 성과들이 직접적으로 이 고장 조선족 집거구에 유입 전파되는 데서 조선족 근대문학은 그 발전 도상에서 크낙한 도움을 입게 되었다.

이 시기 조선족 문학의 새로운 성격적 특징은 우선 그 사상 내용이 반제 반봉건의 사상, 중세기적인 권위와 관습을 반대하고 『민권옹호』와 『자유평등』, 『문명개화』를 주장한 자산계급 민주주의 사상을 기본으로 한 데 있다. 많은 경우 이 시기의 문학작품들은 일본 침략자들에 대한 저주와 규탄이 봉건통치배들에 대한 폭로 비판과 불가분리적으로 결합되어 있다.

이 시기 문학작품들은 봉건주의를 비판함에 있어서도 봉건사회와 봉건통치배들의 갖가지 부정면과 추악상을 폭로 비판하는 데 그치지 않고 거기에 자산계급 민족주의사상을 돋보이게 하였다. 이런 견지에서 이 시기 조선족 근대문학은 반제 반봉건의 기치를 선명하게 추켜든 문학이라고도 말할 수 있다.

이 시기 문학의 새로운 성격적 특징은 또한 선행 시기 문학에서 찾아볼 수 없는 신형의 전형적 형상을 부각한 데서 집약적으로 나타나고 있다. 이 시기 조선족 문학의 주요한 창조자들은 봉건통치 세력과 일본 침략자들을 반대하는 투쟁에 뛰어든 투사들이거나 민족문화 계몽운동의 창도자들의 진보적인 사상을 직접적으로 수용한 사람들이었다. 그들은 봉건통치 세력과 침략자들에 대한 불타는 적개심을 지니고 문학 창작에 심혈을 몰부었으며 그것을 통해 인민 대중을 반제 반봉건 투쟁으로 궐기시키려 하였다. 따라서 이 시기 문학의 중심에 의젓하게 등장한 긍정적 주인공들은 많은 경우 민족해방의 성스러운 싸움터에 떨쳐 나 자기의 일체를 헌신하는 투사들이 아니면 중세기적인 몽매와 무지를 반대하고 자유와 평등, 민권옹호, 문명개화 등의 근대적 사상을 고취하는 진보적인 선각자들이다. 이런 주인공들은 선행 시기 문학에 나타난 우수한 전형들의 성격적 특징을 계승함과 아울러 새로운 발전을 보여주고 있다.

이 시기 문학에 이르러 사회정치적 문제 등에 대한 태도가 적극적이고 생활과의 연계가 강화되고 인민 대중의 생활 세태의 진실한 묘사에 각광을 부여한 것이 또 하나의 특징으로 되고 있다. 이 시기의 문학작품들은 작품의 소재나 사건이나 인물을 흔히 옛날이나 다른 나라로부터 가져오던 격식에서 벗어나 민족의 현실생활에 뿌리를 내리고 당시의 생동하는 사회 현실적 소재를 다루었으며 실제적인 인물과 사건들을 취급하면서 자기의 사회정치적 의의와 시대적 저항을 두드러지게 표현하였다. 이 시기의 적지 않은 작가들은 문학작품의 언어 구사에 있어서도 언문일치 운동의 고무를 받으면서 어려운 한문식 표현과 한문투를 피면하고 우리 민족의 생활적인 언어와 일상 구두어를 쓰는 데 큰 관심을 돌렸다. 따라서 이 시기 문학은 사실주의 기치를 추켜드는 데서 새로운 전진을 보게 되었다.

이 시기에 새로운 시대적 요구와 인민들의 사상미학적 수요에 따라 창가, 자유시, 신소설[8], 신파극[9]과 같은 일련의 새로운 문학 양식이 산생되었으며 한문시, 전기문학, 수필 그리고 민요, 구전설화 등 다양한 문학 형태들이 새로운 사상적 내용을 구현하면서 계속 발전하였다.

이 시기 시문학 분야에서는 근대적 문화 계몽 사조의 도도한 물결을 타고 창가가 산생되어 널리 성행하였다. 그리고 1910년대에 이르러 신채호 등의 『나의 사랑』, 『너의 것』 등 시편이 실증하다시피 자유시가 대두하였다. 또한 이 시기에 시조나 한문시와 같은 재래 형식의 시가 창작에서도 근대적 문화 계몽 사조의 조명을 받은 반제 반봉건적인 사상 내용을 반영하고 조선족 인민들의 염원과 미래에 대한 동경을 진실하게 읊조린 고동성이 강한 시작품들이 많이 창작되었다. 한문시 창작에서 뚜렷한 성과를 올린 대표적 작가로 김택영,

---

8) 신소설 : 이 시기에 중세기의 소설들을 『고대소설』이라고 불렀는데 『신소설』이란 말은 이 『고대소설』에 비하여 새로운 시대적 특성을 가진 근대소설이란 의미로 씌여졌다.

9) 신파극 : 재래의 구극(舊劇)의 형식과 전통을 깨뜨리고 창극의 테두리를 벗어나 새로운 방식과 기교를 쓰는 신극으로 넘어오는 과도기적 형태의 극. 구극을 구파라 한 말에 대립되는 의미로 쓰이기도 한다.

신정 등을 손꼽을 수 있다.

1910년대에 들어서면서 당시 반일 투쟁, 민족문화 계몽운동의 발전과 더불어 근대적 성격을 띤 소설을 비롯하여 여러 가지 형식의 산문문학 작품들이 출현하였다. 이 시기 조선의 이인직『혈의 누』(1906년), 『귀의 성』(1906년), 이해조의『빈상설』(1908년), 『자유종』(1910년), 최찬식의『추월색』(1912년) 등을 비롯한 조선 신소설의 영향을 받으면서 소설 창작이 추진되었다. 신채호에 의하여 창작된『꿈하늘』(1916년), 『유화전』(창작 연대 미상)과 같은 새로운 소설의 출현은 이 시기 소설 창작의 수준을 집약적으로 과시하였다. 이 시기의 소설들은 사상적 내용에 있어서 주로 역사적 현실적 생활의 이러저러한 측면들을 소재로 하여 일제의 침략을 폭로하고 민족독립 자주의 사상을 고취하였으며 그 구성에서도 고진감래 식의 고대소설 특유의 틀에서 벗어나 시대적 현실에 바탕을 두고 생활의 논리에 쫓아 진실하게 묘사하고 있다. 문체에서도 언문일치의 새로운 발전을 보여주고 있는 것이 또한 특징적이다. 하지만 이런 소설들은 그 사상 내용에서나 구성 조직에서나 형상화의 수법에서나 언어 구사에 있어서『고대소설』의 잔재를 적지 않게 가지고 있다. 그럼에도 불구하고 이런 소설들은 중세소설을 현대소설에로 끌어 올리는 행정에서 크낙한 성과를 이룩하였다.

소설 창작과 보조를 같이하여 이 시기에 우후죽순처럼 출현된 반일 민족주의 단체나 민족적 의식이 강한 지식인들에 의하여 꾸려진 신문과 잡지들에는 창의문, 취지서, 성토문…과 같은 형식으로 쓰인 정론, 문예성과 정론성이 유기적으로 결합된 산문 작품들이 적지 않게 발표되어 당시 인민들의 투쟁과 생활을 힘차게 고무하였다. 이를테면 1910년 남만에서 결성된 반일 민족주의 단체『경학사』가 창립될 때 살포한『경학사 취지서』, 1915년에 신정이『남사』에 올린『동사 여러분께 드리는 글』, 같은 해에 지룡담, 김정규가 오록정에게 보낸『관리에게 드리는 글』과 같은 격문과 신정의 장편 정론『통언(痛言)』(1920년), 김택영과 신채호의 다채로운 산문들이 그 좋은 실례가 된다.

이 시기의 산문들은 주로 반일에 앞장 나선 투쟁의 조직자들과 민족 계몽 사상가들에 의하여 쓰여졌는 바 그만큼 격문과 정론을 비롯한 산문들은 정치사

상적 경향성이 명백하고 전투적 기백이 높았고 격정적이며 선동력이 강한 것이
특징적이다. 이런 특징은 당시의 많은 격문들에서 더욱 두드러지게 표현되고
있다. 그 일례로『경학사 취지서』의 몇 대목을 인용하면 다음과 같다.

> … 땅 없이 무엇을 먹고 살며 나라 없이 어디서 살겠는가, 내가 죽으면 어느
> 산에 묻히며, 나의 커 가는 아이들은 어느 집에서 살게 하겠는가!
> ……
> 「나는 모른다고 하지 말자.」 우리가 민중의 재산을 돌보지 않는데 저 놈들이
> 어찌 빼앗으려 하지 않겠는가. 「나에겐 죄가 없다」고 말하지 말자. 내가 맡은 천
> 직을 이행하지 않는데 저 놈들이 어찌 노리지 않겠는가.
> 차라리 칼을 빼어 자결하고 싶어도 그러면 도리어 나를 죽여 적을 쾌하게 할
> 것이고 굶어 죽고 싶어도 그러면 나라를 팔고 제 이름만 사게 될지니 어찌 그렇게
> 야 하겠는가. 그렇다고 눈물을 흘리며 끝 없는 치욕 속에서 살 것인가 그렇지 않
> 으면 힘을 길러서 그 마지막 결판을 보겠는가.
> 마침내 더는 어쩔 수 없는 막다른 곳에서 다시 백절불굴의 뜻을 가다듬으면 한
> 밤중에 종소리가 잠결에 울리듯 한 갈래의 혈로가 우리 앞에 트일 것이다.
> ……
> 이에 남만주 은양보에서 여러 사람들의 열성을 융합하여 하나의 단체를 조직하
> 니 그 이름을 「경학사」라 일컫는다… (『석주유고』에서)

> ("…無土何食. 無國曷生. 吾身且亡. 何山可葬. 吾兒且長. 何屋可居. … 毋曰我
> 不知, 我忘我公産. 彼安得不竊. 寧引刀而自裁. 還嫌戮身快敵. 欲絶粒而餓死 , 不忍
> 賣國買名. 其將垂泪而受勞天之恥辱歟. 盖亦蓄力而看終局之結果也. 遂於万事 無奈
> 之地, 更勵百折不回之志. 半夜鍾聲. 忽落枕上. 一條血路. 旋在面前. …乃於南滿洲
> 恩養堡. 融合衆人熱心. 組織一部團體. 名之曰耕學社.…" 一引自『石洲遺稿』)

이 창의문에서 작자는 일제의 야만적인 침략과 민족 반역자들의 죄악을 준
렬히 단죄하고 일제놈들에게 나라와 주권을 빼앗기고 생사 존망의 막다른 골목
에서 몸부림 치는『백의 동포』의 비참한 처지와 운명을 통탄하면서 자각적으로
힘을 뭉쳐 민족 독립의 혈로를 개척하여야 한다고 인민들에게 정열적으로 호소

하고 있다. 그 전반에서 볼 때 시대적 또는 작자들의 세계관적 제한성이 일정하게 노출되고 있기는 하지만 전편의 밑바닥에 흘러 넘치는 일제 침략자들과 민족 반역자들에 대한 증오심과 전투적 기백, 예리한 비판정신, 강렬한 호소성으로 하여 당시 인민들은 민족적으로 각성시키고 침략자를 물리치는 성전에 떨쳐 나서게 함에 있어서 크낙한 역할을 수행하였다.

이 시기에 조선족 집거구들에서는 조선 신파극의 영향 하에 근대적 연극이 출현하였다. 전하는 바에 의하면 당시 일본에 가서 유학하던 문예 청년들이 돌아와서는 당지 청년 학생들과 함께 당시 일본이나 조선에서 성행하던 신파극을 본받아 자체로 극본을 창작하고 공연하였다고 한다. 예컨대 일찍 정치 활동가로 민족 독립운동에 참가하다가 건국 후 연변대학 역사학부에서 교편을 잡았던 지희겸 교수(1903~1984년)의 회고담에 따르면 1914년을 좌우하여 용정, 연길, 그리고 기타 도시와 농촌에서 근대적인 연극 활동이 벌어짐에 따라 민권자유, 남녀평등, 자유혼인, 미신타파 등을 선양한 『신가정』, 『미신타파』와 같은 극들이 공연되었다. 그리고 또한 역사적 기재에 의하면 1915년 4월 10일부터 17일 사이에 길림시 조선족 중학생들이 기동선전극 『원흉(元兇)』을 출연하여 일제가 조선을 야만적으로 침략한 죄행을 폭로 단죄하였다고 한다.10) 반일 문화 계몽운동과 반일 무장 투쟁의 앙양 속에서 반일단체와 사립학교들에서는 근대적 성격을 띤 연극 활동이 보다 널리 전개되었다. 하지만 이 시기에 출연된 연극대본이거나 연극 출연 상황을 밝힌 사료들을 지금에 이르기까지 수집 못하고 있기에 이 시기의 극문학 발전 면모를 구체적으로 고찰할 수 없는 것이 무척 유감스럽다.

이 시기에 서사문학과 더불어 민요와 설화들을 비롯한 구전문학도 많이 창작되었다. 이런 작품들은 당시의 시대적 환경 하에서의 노동 인민의 생활과 염원과 이상을 진실하게 반영한 까닭에 날로 풍부화되면서 널리 전파되어 갔다.

이 시기의 문학은 당시 우리 나라 사회 발전의 역사적 조건과 문학 창작자들의 세계관적 제약성으로 말미암아 이러저러한 결함들이 있었음에도 불구하고 그의 반제 반봉건적인 성격과 다양한 성과로 하여 당시 조선족 인민 대중의 미

---

10) 길림시문화관의 조사 자료에서.

학적 요구를 반영함에서나 그들을 각성시키는 데서나 중국 조선족 문학을 새롭게 개척하는 데서 크낙한 기여를 하였다.

제2장 시문학과 구전문학

제1절 창가

　근대 조선족 문학에 있어서 시가문학은 가장 풍만한 성과를 떠올린 분야다. 그중에서도 창가가 가장 중요한 위치를 차지하며 또한 보다 큰 영향력을 보여 주었다.

　창가는 19세기 말엽~20세기 초엽에 반일 문화 계몽 사조의 영향 하에 산생된 운문시가로서 당시에 유행되던 현대적 악곡과 결합된 노래의 가사 부분을 말한다.

　근대적인 반일 문화 계몽운동의 수단의 하나로 나타난 창가는 그 대부분이 당시 각지에 설치된 사립학교거나 진보적인 문화단체 또는 반일 무장 대오 내의 시가 창작에 능한 지식인들에 의해 창작되어 광범한 계층 속에서 널리 불려졌다. 나중에 창가는 학교 교수과목에 인입되면서 학교 음악과란 의미로 쓰여지기도 하였다. 이 시기의 창가들에는 당시의 절박한 사회정치 문제를 다룬 것들도 있고 인민 대중의 인정 세태나 자연현상을 취급한 것들도 있으나 대다수의 창가들은 민족의 자주독립, 민권옹호, 문명개화와 반일사상과 정서를 읊조리는 데에 모를 박았다.

　이제 이 시기에 유행되었던 창가들을 그 주제사상별로 나누어 구체적으로 고찰해 보면 다음과 같다.

첫째, 이 시기에 창작된 많은 창가 중에는 반봉건적이며 문명개화와 민권옹호 및 자유사상을 구가한 것들이 상당한 비중을 차지하고 있다. 그 대표적인 작품들로는 『동심가』, 『자유가』, 『육대주가』를 들 수 있다.

> 잠을 깨세 잠을 깨세
> 어둠캄캄 꿈속에서
> 만국이 휘동하야
> 문명개화 한다더라
> ──「동심가」의 일절

> 사람은 사람이란 이름 가질 때
> 자유권은 똑같이 가지고 났다
> 자유권 없이는 살고도 죽은 몸이니
> 목숨은 버리어도 자유는 못버려

> 배달의 어린이야 어서 자라서
> 우리의 자유를 위해 싸우라
> 자유를 찾든지 우리가 죽든지
> 끝까지 기운 떨쳐 힘써 싸우라
> ……
> ──『자유가』 중의 두절

이 두 수의 창가에서는 수천년 동안 지리하게 계속되던 중세기적 몽매 속에서 벗어나 날로 개화 발전하는 시대적 조류에 따라 문명개화를 이룩하고 잃어버린 자유를 찾아야 하며 또한 문명개화를 이룩하려면 만민이 한마음으로 단결하여 실천 행동에 일떠서야 한다는 사상을 직접적으로 토로하고 있다. 당시 인민 대중이 즐겨 부르던 『육대주가』, 『세계 일주가』들에서도 민족민주 혁명에 일떠선 동방과 구라파 각국의 발전한 새모습을 생동하게 펼쳐 보이면서 하루 속히 근대적 문명에 따라 나설 것을 일깨워 주고 있다.

이런 근대적 문명과 개화사상을 노래한 창가들 중에는 또한 남녀평등, 여성 해방, 자유혼인을 제창한 『여자는 근본』, 『가정가』, 『결혼 축하가』, 『이혼가』, 『사상가』와 같은 많은 창가가 있는데 이때 널리 불리운 창가 『여자는 근본』 중의 한 대목을 임의로 들어보면 다음과 같다.

> 만물중에 우리 인생 제일 귀하고
> 인간중에 우리 여자 근본이로다
> 가정에도 나라에도 기초가 되는
> 온 세계 온 나라의 어머니로다
>
> ……

이 창가는 그 사상 내용의 참신성으로 하여 비단 당시 부녀들에게서 뿐만 아니라 광범한 인민 대중들 속에서 아주 널리 애창되었었다.

둘째, 이 시기에 창작된 창가들 중에는 민족의 독립과 부강발전을 위하여 분초를 다투어 새로운 과학문명을 습득하여야 한다는 사상을 여러모로 강조하고 선양한 노래가 퍽 많은 비중을 차지하고 있다. 이런 주제에 바쳐진 대표적인 창가작품으로는 『학도가』, 『권학가』, 『수학가』, 『수업가』 등을 들 수 있다.

> 동방의 붉은 햇빛 명랑한 곳에
> 갱생의 큰소리 요란하지만
> 눈멀고 귀먹으면 어찌 알리오
> 눈뜨고 귀밝히자 청년학도야
> ──『학도가』의 일설

> 약육강식 이 세상에
> 유식함이 힘이란다
> 티끌모아 태산이라
> 한자두자 배워가자
> ──『권학가』의 일절

여기에서는 민족의 미래인 청년 학도들에게『약육강식』이 지배하는 자본주의가 휩쓰는 정세 하에서 근대적 과학문화를 습득하지 않으면 날로 발전하는 세계의 조류에 뒤지며 먹히우는 운명에 직면할 것이니 정신을 차려 학문을 닦으라고 간곡하게 권고하고 있다. 창가『수업가』와『수학가』도『학도가』나『권학가』와 비슷한 주제를 부동한 시점에서 심각하고도 형상적으로 다루었다.

> 뒤동산 저 송죽
> 굳센 절개 지키려고
> 찬서리 눈보라 견디여
> 홀로 푸르렀네
> 중한 책임 질머진 청년학생들
> 만학천험 두려워말고
> 우리 목적 달하세
> ——『수업가』

> 바위아래 솟는 샘 벽계 이루어
> 여름낮 겨울밤 쉬지 않고 흐르네
> 산협사이 험한 길 굽이굽이 감돌아
> 천신만고 불고코 전진하여나가네
> ——『수학가』의 1절

이 두 수의 노래에서는『만학천험도 두려워 말고』,『천신만고도 불고코』이악스럽게 학문을 닦아 나간다면 민족의 진흥을 안아 올 날을 맞을 수 있다고 철리적 색채가 짙은 은유적인 형상 수법을 빌어 청년 학도들을 깨우쳐 주고 있다. 이런 창가들은『교육이 불흥이면 생존이 부득』이라는 사상에 입각한『내수외학』을 활동강령으로 내세웠던 당시의 민족문화 계몽운동 사조를 직접적으로 반영하고 있다.

셋째, 이 시기에 널리 애창된 창가들 중에는 비운에 처한 민족의 운명을 구원하고 자주독립을 이룩하기 위하여 떨쳐나설 것을 호소한 노래들이 아주 많다. 이런 노래들은 당시의 창가 창작에서 자못 중요한 자리를 차지하고 있다.

이것은 그 시기에 조선 민족이 처하였던 불우한 정치적 처경과 관련되는 바 이 시기 백의 동포들 앞에 제기된 초미의 문제가 바로 일본 제국주의 침략자를 타도하고 독립자주권을 찾는 것이었기 때문이다. 이런 주제를 취급한 창가들로는 『3월가』, 『독립운동가』, 『3월 1일가』, 『복수설치가』, 『절개가』 및 사립학교들의 적지 않은 교가들을 들 수 있다.

> 1919년 3월 초하루날
> 우리는 이날을 잊을 수 없다.
> 손발을 얽매인 남녀노소가
> 소리쳐 독립만세 부르던 날
>
> 굶주리고 헐벗은 천백만 군중
> 도시와 농촌에서 떨쳐나섰다
> 자유에 목마른 아우성소리
> 태산이 움직이고 바다 넘쳤다.
> ——『3월 1일가』
>
> 흰 뫼우에 무궁화 만발했더니
> 등켠으로 찬바람 막 불어오자
> 아름다운 무궁화는 간 곳이 없고
> 보기 싫은 사꾸라만 피였구나
>
> ……
>
> 삼월남풍 철좋은 새론 시절에
> 정의인도 좋은 바람 불어 오누나
> 아름다운 무궁화는 어디 갔다가
> 가지마다 잎이 돋고 꽃이 피누나
>
> 즐겁도다 우리의 부모형제들
> 자유낙원 얻고져 기뻐뛰누나
> 보기 싫은 사꾸라 쓰러져가고

　　　그리웁던 무궁화 만발하누나
　　　　　　　——『3월가』

　　이런 창가들에서는 일본 침략자를 하루속히 내몰고 빼앗겼던 민족의 모든 것을 되찾아 오려는 인민 대중의 불같은 염원을 읊조리고 있다. 이런 사상적 내용은 1910년대 후반기에 여러 사립학교들에서 창작되어 널리 불리운『행보가』,『소년모험행진가』,『작대가』,『응원가』,『명동학교 교가』,『신흥학교 교가』 등에서 보다 구체적으로 강한 정치적 흥분 속에서 토로되고 있다.

　　　무쇠끌격 돌근육 청년남자아
　　　애국의 정신을 분발하여라
　　　다달았네 다달았네 우리앞에는
　　　청년들의 활동시대 다달았네
　　　만인대적 연습하여 후일전공 세우세
　　　절세영웅 대사업이 우리 목적 이 아닌가
　　　번쩍번쩍 번개같이 번쩍
　　　쾌하다 장검을 비껴들었네
　　　　　　　——『행보가』11)

　　　2천만 동포 우리 소년아
　　　민족의 수치 네가 아느냐
　　　천부의 자유권 차가 없거늘
　　　우리 민족 무슨 죄로 욕을 받는가

　　　민족 사랑하는자 적지 않지만
　　　모험행진하는자 몇이 되느냐
　　　깰지라 소년들아 험한 마당에
　　　조금도 사양말고 달려나가세
　　　　　　　——『소년모험행진가』

---

11)『행보가』: 한때 명동학교에서는『응원가』라고 하였다.

　　이 시기에 사립학교와 군사학교들에서 행진이나 군사 훈련 때에 널리 불리운『작대가』도 위에서 언급한『행보가』와 비슷하면서도 기세를 북돋게 하는 특색 있는 노래다.

　　　　동포들 대열지어 전진전진
　　　　우리 권리 찾을 날이 오늘 오늘
　　　　활발하고 용감한 우리앞에
　　　　독립깃발 휘날린다, 펄럭인다

　　　　초연탄우 무릅쓰고 가는 곳에
　　　　독립자유 자유독립 마중온다
　　　　끓는 피로 키운 정성 묻힌 곳에
　　　　원수놈의 창과 검이 끊어진다.
　　　　최후까지 쉬지 말고 전진전진
　　　　자유의 복과 낙이 찾아온다.
　　　　　　　　　　──『작대가』

　　이『작대가』에서도 원수 격멸의 투지를 마음 속에 깊이 간직하고 조련에 몰두하는 반일 투사들의 씩씩한 모습과 영용한 기세를 구김 없이 보여주고 있다.
　　넷째, 반일 무장 투쟁이 벌어짐에 따라 반일 무장의 기세를 격조 높이 구가한 노래들이 수많이 창작되고 널리 보급되었는데 이 부류의 노래들은 이 시기 창가문학에서 크낙한 성과를 떠올린 부분이다. 그 대표적 작품들로는『동원가』,『용진가』,『독립군가』,『결투가』,『혈성대가』등을 열거할 수 있다.

　　　　억눌린 동포들아 일어나거나
　　　　일어나서 총을 메고 칼을 차거라
　　　　잃었던 내 자유와 너의 권리를
　　　　원수의 손에서 도로 찾으라

　　　　한산에 외로 자란 초목까지도

> 무덤속에 누워 있던 송장까지도
> 유부녀까지도 다들 일어나거라
> 일어나서 총을 메고 칼을 차거라

　이것은 당시 널리 불리웠던 『동원가』 중의 두 개 단락이다. 이 노래는 침략자의 예속 밑에서 망국노의 슬픔과 고통에 모대기고 있는 인민 대중의 심각한 체험에 토대하여 반일 무장 투쟁의 필요성과 긴박성을 앙양된 격정 속에서 토로하고 있으며 인민 대중에게 일본 침략자를 쳐 엎는 성전에 떨쳐 나설 것을 소리 높이 호소하고 있다. 이런 주제사상은 『용진가』를 비롯한 여러 가지 변종의 『독립군가』들에 한결 더 강렬하고도 집약적으로 구현되었다. 이제 부동한 『독립군가』들을 간추려 소개하면 다음과 같다.

> 백두산하 넓고넓은 만주뜨락은
> 구국영웅 우리들의 운동장일세
> 걸음걸음 떼를 지어 앞만 향하여
> 활발발 나아감이 엄숙하도다
>
> ……
> 한양성에 자유종 떵떵 울리고
> 3천리에 독립기가 펄펄 날릴제
> 자유의 새 정부를 건설하고서
> 무궁화 동산에서 만세 부르자
> ────『용진가』에서

> 요동만주 넓은 들을 쳐서 파하고
> 여진국을 토멸하고 개국하옵신
> 동명왕과 이지란의 용진법대로
> 우리들도 그와 같이 원수 쳐보세
> 〔후렴〕 나가세 전쟁장으로 나가세 전쟁장으로
> 　　　검수도산 무릅쓰고 나아갈 때에

독립군아 용감력을 더욱 분발해
기천만번 죽더라도 나아갑시다
　　　　　——『독립군가』의 제1절

나아가세 독립군아 어서 나가세
기다리던 독립전쟁 돌아왔다네
이 때를 기다리고 10년 동안에
갈았던 날랜 칼을 시험할 날이

나아가세 조선민족 독립군사야
자유독립 광복할 날 오늘이로다
정의의 기발이 날리는 곳에
적의 군사 낙엽같이 쓰러지리라

……

독립군의 백만 용사 달리는 곳에
압록강 어별들도 다리를 놓고
독립군의 붉은 피가 휘뿌리는 때
백두산 굳은 바위 길을 열리라

독립군의 날랜 칼이 비끼는 날에
현해탄 푸른 물이 피빛이 되고
독립군의 벽력같은 고함소리에
부사산 높은 봉이 무너지누나
……

　　　　　——『독립군가』 중의 4절

　　상술한 여러 가지 『독립군가』들은 반일 무장 대오의 성스런 종지와 그 전투적 과업을 예술적으로 집약하고 있는가 하면 민족의 해방과 독립자주를 쟁취하려는 반일 전사들의 웅대한 포부와 멸적의 기개를 박력 있게 구가하였으며 당시에 앙양되던 반일 무장 투쟁의 성세를 구김 없이 과시하고 있다.

상술한 데서 보여주다시피 창가는 문화 계몽운동과 반일 무장 투쟁 과정에서 산생된 진보적인 시문학이다. 이런 창가는 자기의 발전 행정에서 주제 범위가 확대되고 사상 내용이 보다 심화되고 다양해졌다. 초기의 창가들은 반봉건적인 문명개화와 민족적 각성을 고취한 데 머물었으나 20세기 10년대의 창가들은 일본 침략자의 잔인하고도 야수적인 만행을 폭로 단죄하고 민족의 해방 투쟁을 반영하는 데에 모를 박았다. 따라서 창가들에는 시대와 민족 위기에 대한 인식이 깊어짐에 따라 일제를 물리치고 독립자주를 실현할 민족적 사명에 대한 고도의 책임감, 죽어도 자기의 지조를 잃지 않는 굳은 절개가 안받침되고 있다. 하여 이런 창가들은 전투적 기백이 강하고 정론성이 다분하며 행동적이고 개방적인 면에서 이채를 띠고 있다. 그리고 이런 노래들은 유미주의적 경향과는 담을 쌓고 어디까지나 현실생활과 투쟁 가운데서 제기된 초미의 문제들에 예각적 대응을 시도함으로써 반일 문화 계몽운동과 반일 무장 투쟁에서 유력한 무기로서의 자기의 구실을 훌륭하게 수행하였다.

창가는 그 형식면에서도 그 시기의 새로운 시대적 발전과 인민 대중의 심미적 정서에 맞는 참신한 형식과 표현 수법들을 사용함으로써 우리 민족시가를 새롭게 발전시킴에 있어 커다란 기여를 하였다. 이 시기 창가 창작에서는 그 언어 사용에 있어서 재래의 시가와는 달리 언문일치의 원칙에 따라 우리 민족의 서사어에 기초하여 소박하고도 생동한 인민 대중의 생활어를 재치있게 도입하여 작품의 형상성을 살리고 있으며 동일한 음절수의 불규칙적인 반복, 후렴구의 사용이나 단어 반복 등 다양한 수법들을 씀으로써 전통적인 정형시들과는 구별되는 새로운 특성들을 보여주었다. 또한 운율 조성에 있어서 초기의 창가들은 중세기 가사체 시가의 기본 형태인 3.4조, 4.4조에 기초하고 있으나 후기에 나온 창가들은 가사체 운율 조성의 틀에서 벗어나 4.5조, 6.5조, 7.5조, 8.5조 등 다양한 음수율에 의거하여 시의 운율을 살리었다. 이런 사정은 창가나 시조나 가사와 같은 중세기 정형시의 작시법을 계승하면서도 그 형식을 혁신하였다는 것을 말해 주고 있다. 따라서 창가는 우리 민족시가를 풍부히 하고 우리 민족시가가 정형시에서 벗어나 현대 자유시에로 넘어가는 행정에서 교량적 역할을 수행하였다.

창가를 서술하면서 부언할 것은 이 역사 시기에 산생되고 보급된 창가가 완미한 것이 아니라는 점이다. 일부 창가들에는 반동통치제도를 비호하여 나섰거나 낙후하며 퇴폐적인 것을 고취한 것도 있으며 또한 시대의 국한성과 작자의 사상예술적 제약성으로 하여 민족 독립과 해방을 위한 과학적 방도를 제시하지 못한 것과 같은 결함도 나타나고 있다. 그러나 이 시기 창가를 분석하고 평가할 때에 역사적 실정을 떠나지 말아야 하며 또한 그 창가작품들 중에 나타난 미흡점만을 틀어쥐고 창가 창작에서 거둔 성과마저 말살해 버리는 것은 더구나 그릇된 것이다. 우리는 반드시 이런 문제들에 대하여 역사유물론적 원칙을 견지하여야 할 것이며 이 시기 창가 창작이 조선 시가의 발전과 문학 전반에서 가지는 의의와 위치를 충분히 긍정하고 평가하여야 할 것이다.

제2절 시조, 한문시, 자유시

이 시기에 진입하여 창가의 창작 보급과 더불어 시조와 한문시도 적지 않게 창작되었으며 현대 자유시가 나타나게 되었다. 그러나 여러 가지 원인으로 말미암아 적지 않은 작품들이 인멸되고 나니 지금까지 남아 있는 작품은 많지 못하다. 또한 현존하는 일부 시가들은 당시의 우국지사거나 진보적인 지식인들에 의하여 지어진 것은 사실이나 가석하게도 작가가 밝혀지지 않고 있다. 이런 형편에서 이 시기 시조, 한문시, 자유시 창작의 전모를 체계적으로 서술할 수는 없지만 현존하는 작품들을 통하여 이 시기 시조, 한문시, 자유시 창작의 한 모를 더듬어 볼 수 있으며 당시의 시인들과 작자들의 사상예술적 추구를 가늠해 볼 수 있다.

이 시기에 창작된 시조작품들에서 현존하는 것으로『유화절(柳花節)』,『청년아』,『단결력』,『장부사』,『갑중검』,『지사음』 등이 있는데 이런 시조들은 당시 민족의 운명에 대한 시인과 작자들의 깊은 심려와 절절한 염원을 민족적 향기가 짙은 형식을 빌어 감명깊게 토로하였다.

간밤에 비오더니 봄소식 완연하다
무령한 화류들도 때를 따라 피였는데
어찌타 2천만의 저 민중은 잠깰 줄을
——『유화절』

시인은 『유화절』에서 역사적 전진의 거세찬 새로운 시대적 조류를 『봄소식』
에 비기면서 봉건사회의 세기적 잠에서 깨어나지 못하고 몽매에서 허덕이는 겨
레의 현상태를 통탄하며 하루속히 개화 발전하기를 바라마지 않고 있다. 실로
이 시조의 밑바닥에서는 시인의 민족적 우환의식이 여울치고 있다.

시조 『청년아』에서는 청년 학생들에게 크낙한 기대를 걸고 민족의 진흥을
위하여 시간을 아껴 학문을 닦으며 실무에 투신하어아 한다고 일깨워 주면서
그들을 시대의 전초에로 부르고 있는 바 그 전문을 인용하면 다음과 같다.

금옥이 보배라도 연마않고 광채나며
인재가 출중한들 배양않고 영웅되랴
청년들 방심말고 공부하여 저 수치를

시조 『단결력』에서는 민족의 비운을 초래하게 된 심각한 역사적 교훈에 입
각하여 『만첩청산 드렁칙이 이리저리 얽혀있어／풍우상설 겁 안내고 사시장철
감겼고나／우리도 저와 같이 단결되어 천만년을』 하고 민족적 단합의 웅심깊은
사상을 절묘한 은유적 수법을 빌어 생동하게 집약하고 있다.

십년을 갈은 칼이 갑속에서 우는고나
시사를 생각하고 때때로 만져보니
장부의 일편단충을 그 어느때에 가서야
——『갑중검』

1919년 『3.13』운동 시기에 나온 작품으로 추정되는 시조 『갑중검』은 정중
하고도 심오한 서정세계를 통해 우국지사들의 민족적 비분과 울분, 민족을 위

한 성전에 자기를 바칠 비장한 결의를 아주 무게 있게 토로하였다. 그런가 하면 시조 『벽공월「碧空月)』은 남다른 시점에서 비교적 명랑한 서정적 색조로 미래에 대한 동경과 신념을 형상적으로 표현하고 있는 바 그 전문을 들어보면 아래와 같다.

> 뚜렷한 저 명월이 벽공에 걸려 있어
> 만고풍상 지금까지 밝았도다
> 저 건너 만천흑운이 젠들 어찌하리

이 시기에 조선문 시가의 창작과 더불어 한문시도 많이 지어졌으나 지금 전해지고 있는 것은 극히 적다.

한문시 『월강곡』과 『기다림』12)은 바로 청조가 봉금정책을 한창 실행하던 시기에 조선 겨레들의 비참한 생활상을 반영한 의의 있는 시편으로 알려지고 있다.

> 월편에 나붓기는 갈대잎 가지는
> 애타는 내 가슴을 불러야 보건만
> 이 몸이 건느면 월강죄래요
>
> 기러기 갈 때마다 일러야 보내며
> 꿈길에 그대와는 늘 같이 다녀도
> 이 몸이 건느면 월강죄래요
>
> ——『월강곡』
>
> 새봄이 다 가도록 기별조차 없는 님
> 가을밤 안신까지 또 어찌 참으래요

---

12) 『월강곡』과 『기다림』: 이 두 수의 시는 한문시로서 1910년대에 조선문으로 번역하여 한때 사립학교 조선어문 교과서에 넣었었다. 그런데 지금까지 그 원문을 찾지 못하고 있다.

　두만강 눈얼음은 다 풀리어 갔다는데

　새봄이 아니오라 열세 봄 넘어와도
　못참을 내랴마는 가신 님 낯 잊을가
　강남의 연자들은 제 집 찾아 다 왔는데
　　　　　　　　　　　　　──『기다림』

　　이 두 수의 한문시는 조선족 인민들이 중국으로 이주해 오던 초시기의 비참한 생활 처지를 구슬프게 읊조리고 있다. 이 시들에서는 19세기 이조 봉건통치의 혹정과 계속되는 기근에 못 이겨 살길을 찾아 강을 건너간 님을 사뭇 그리며 혹여나 님의 신변에 불상사나 생기지 않는가 하여 애간장을 태우는 농촌 부녀의 순정을 절절하게 토로하였다.

　　1910년대에 들어서면서 저명한 시인 김택영, 신정 등에 의하여 한문시가 많이 창작되었을 뿐만 아니라 이 시기의 반일 투사들인 이상룡, 김좌진, 이정 등과 반일 대오를 도와 나섰던 진보 인사 김정규 등이 창작한 한문시는 지금까지도 우리의 심금을 울려주고 있다.

　　이상룡13)은 저명한 민족 독립운동가이며 또한 시인이다. 그는 자기의 투쟁 실천과 생활 체험에 기초하여 많은 시편들을 내놓았다. 그는 5언 율시『내 어찌 무릎을 꿇리』에서 민족의 굳센 기개를 떨치며 끝까지 일제를 물리치고야 말 자신의 비장한 결의를 다음과 같이 격조 높이 형상적으로 피력하고 있다.

　칼보다도 날카로운 삭풍은
　나의 살을 어여내는데
　살은 깎기어도 오히려 참을 수 있고
　창자는 끊기워도 그렇겐 슬프지 않으리
　놈들은 이미 내 전택을 빼앗고

---

13) 이상룡(1858 - 1932년) : 호는 석주(石洲)이고 자는 만초(万初)이다.

　　1910년 후 삼원보에서 『경학사』, 『부민단』 등을 조직하여 민족독립활동을 진행. 서로군정서 독반, 상해임시정부 국무령(1926년) 등을 지냄. 길림성 서란에서 서거.

또다시 나의 처자 넘겨다 보니
차라리 이 머리 잘릴 지언정
어찌 내 무릎 꿇고 종될가 보냐

(朔風利于劍, 漂漂削我肌, 肌削猶堪忍, 腸割寧不悲.
既奪我田宅, 復謨我妻怒, 此頭寧可斫, 此膝不可奴.)

일찍 민족 독립운동의 앞장에 섰던 북로군정서의 사령관 김좌진 장군[14]은 『경신년 대토벌』 시기에 다음과 같은 비장한 7언 율시 『대포 소리 울려 퍼지니』를 지어 반일 투사들의 멸적의 기세와 승리의 신심으로 충만된 낙관주의 정신을 구가하였다.

대포 소리 울려 퍼져 만방에 봄이 오니
푸른 뫼 우리 땅에 새빛 아름다워라
달빛 아래 산영에서 칼을 갈고
바람 세찬 산채에서 말을 먹이네
전투의 기발 천리길에 휘날리고
울리는 군악 소리 하늘을 울리네
풀섶에 누워 10년 쓸개 핥던 그 의지로
일제 원수 쳐부시고 피비린 싸움터 쓸어내세

(炮雷鳴送万邦春, 大地靑丘物色新, 山營月下磨刀客, 鐵寨風前秣馬人.
旌旗蔽日連千里, 鼓角掀天動四鄰, 十裁臥薪嘗膽志, 車浮玄海掃醒塵.)

북로군정서 독립군 총사령관의 비서관으로 있던 이정[15]도 이 시기에 많은 시를 지은 것으로 알려지고 있으나 지금까지 전해진 것은 얼마 되지 않는 바

---

14) 김좌진(1889 - 1929년) : 일찍 민족독립 투쟁에 나섰으며 이 시기에는 북로군정서 독립군 총사령관으로 있었다.

15) 이정(李楨)(1889 - 1942년) : 북로군정서 독립군 총사령관의 비서. 흑룡강성 동경성지대에서 대종교 활동에 참가하다가 일본경찰에 피검됨. 1942년 옥사.

그중 『진중음(陣中吟)』 한 편만을 들어보면 다음과 같다.

> 낙엽이 진 고요한 산골짜기
> 높이 뜬 달 휘영청 비추누나
> 장사의 마음속엔 일만군마 달리는데
> 날새길 기다리자니 밤이 이리 길구나

> (木落山容靜, 天高月影肥, 壯士意万馬, 後旦夜漫長.)

이 시에서는 1920년 10월 화룡현 청산리에서 멸적의 매복진을 쳐놓고 이제나 저제나 놈들이 오기를 고대하는 시각에 민족의 새아침을 사무치게 그리는 시인의 깊은 감회를 심절하게 읊조리었다.

위에서 보다시피 이 시기의 시조나 한문시들은 민족문화 계몽운동과 반일 투쟁의 격동적인 현실에서 환기된 앙양된 감정 체험에 기초하여 문명개화와 민족의 비운으로 인한 깊은 우환의식, 일본 침략자에 대한 불타는 적개심, 지조를 굽히지 않는 도도한 민족적 기상과 원수 격멸의 투지가 진실하고 뜨겁게 구현되고 있으며 선명한 시적 형상과 심각한 서정이 밀착되고 격조가 높고 박력이 있는 것이 특징적이다. 이런 시편들은 당시 인민들을 민족적으로 각성시키고 반침략 투쟁에로 불러 일으키는 데 이바지하였다.

1910년대 중기에 들어서면서 반일 민족 투쟁이 발랄하게 발전되는 형세 하에서 새로운 시대적 사조와 인민 대중의 미학적 수요에 따라 현대 자유시들이 나타나기 시작하였다. 이를테면 신채호의 자유시 『한나라 생각』, 『너의 것』, 『새벽의 별』(제2편 제2장에서 서술) 등과 당시 중국 각지에서 간행된 신문과 잡지들에 게재된 일부의 자유시들이 그 좋은 설명으로 된다. 그 예로 1920년 3월 1일 『독립신문』(상해판)에 독립운동을 환호한 유영의 시 『새빛』의 첫 연을 아래에 인용한다.

> 어두운 밤의 막이 열린다.
> 새빛을 띤 해가 동산에 떠오른다.

아아 이날에 한(韓)족이
열광의 기쁨으로 새빛을 맞는도다
삼천리 산과 들에 서기 어리고
삼천만 살과 뼈에 선혈이 뛰도다
영원히 이 땅에 광명을 비춰일
3월 1일의 새빛
자는 자는 아침이 이르렀다
갇힌 자여 옥문을 깨뜨려라
아아! 이날의 한(韓)족이
붉은 피로써 자유를 부르짖는도다
삼천리 풀과 나무 2천만 입술이
뜨거운 만세로 떨도다
영원히 이 땅에 복락을 주고
영원히 이 자손의 자유를 비는
3월 1일 만세!

——『새빛』의 첫 연

갓 창작되기 시작한 상기한 바와 같은 자유시들은 중국 조선족 시문학에서 현대 자유시의 효시로 되고 있다.

제3절 민요, 설화

백의 동포들이 중국에 이주한 이래 재래의 구전문학 작품이 민간에 널리 전파되었을 뿐만 아니라 이 시기 인민들의 생활과 사상감정, 염원과 동경을 담은 구전민요, 설화들이 많이 창조되었다.

이 시기에 창조된 민요들에는 이주 초기 조선족 인민들의 생활 투쟁과 열망과 추구가 진실하게 반영되고 있다. 이런 민요들 중에서도 우선 우리의 이목을 끄는 것은 이주 시기 생활의 실정과 비운에 처한 불우한 신세를 개탄한 『북간도』, 『이사길』, 『신아리랑』과 같은 작품들이다.

> 문전옥답 다 빼앗기고
> 거지생활 웬 말이냐
> 밭잃고 집잃은 벗님네야
> 어디로 가야만 좋을가나
> 아버님 어머님 어서 오소
> 북간도 벌판이 좋답디다
>
> ——『북간도』

> 늙다리 황소 느린 걸음
> 쪽수레는 덜컥덜컥
> 누데긴 다 버리고
> 아내는 질그릇만 이고 가네

> 타향살이 떠나가는
> 우리네의 무거운 발길
> 이조건 당조건 알게 뭐랴
> 우리는 땅 있는 곳 찾아가네

> 정처없이 거니는 늙다리 소야
> 천애지각 가더라도
> 생지옥만 벗어나면 되니
> 어서 걸음을 재우쳐라

> 아내여 속을랑 태우지 마소
> 우리 살 곳 꼭 있을테니
> 비옥한 산천 해살이 넘칠제
> 씨앗 뿌려 농사나 겨보세
>
> ——『이사길』16)

---

16) 『이사길』: 이 민요는 1964년에 길림성 돈화시 액목향 김병철 노인에게서 채집

산천초목 젊어가고
인간의 청춘은 늙어만 간다.
〔후렴〕 아리랑 아리랑 아라리오
　　　　아리랑 고개를 넘어간다

무산자 누구냐 탄식마라
부귀와 빈천은 돌고돈다.
　　　〔후렴〕

밭잃고 집잃은 동포들아
어디로 가야만 좋을가보냐
　　　〔후렴〕

괴나리 보짐을 짊어나 지고
백두산 고개길 넘어간다.
　　　〔후렴〕

감발을 하고서 백두산 넘어
북간도 벌판을 헤매인다
　　　〔후렴〕

　　　　　　　——『신아리랑』

　상술한 민요들에서는 일본 침략자와 이조 지배계급의 가혹한 압박과 수탈로
인한 백의 동포들의 비참한 생활 처지와 그러한 처지에서 헤어나려고 중국 땅
으로 이주하게 되는 비통한 심정을 진실하게 드러내 놓았다. 이러한 민요들에
서는 민족적 울분과 비통의 감정이 행복한 생활에 대한 지향, 민족의 독립과
해방에 대한 열망과 결부되어 있다.
　이 시기 민요들에서 이채를 띠는 것은 근대적 문화 계몽사상의 영향 하에

한 것인데 지금 그 원기록을 찾을 수 없다. 여기서 인용한 『이사길』은 한어문역문(『搬
家歌』 - 돈화시 문물 관리소 이과균 역)을 또다시 번역한 것이다. 참고로 제공한다.

과학문명에 대한 동경을 반영한 작품들인데 그 대표적 작품으로 『이팔청춘가』
를 들 수 있다.

이팔은 청춘의 소년 몸 되어서
문명의 학문을 닦아들 봅시다

세월이 가기는 흐르는 물 같고
사람이 늙기는 바람결 같고나

진나라 시황도 막을 수 없었고
한나라 무제도 어쩔 수 있었나

천금을 주어도 세월은 못사네
못사는 세월을 허송을 할가나

노지를 말아라 노지를 말아라
젊어서 청춘에 노지를 말아요

우리가 젊어서 노지를 말아야
늙어서 행복이 자연히 이르네

청춘에 할 일이 무엇이 없어서
주사청루(酒肆靑樓)로 종사를 하느냐

바람이 맑아서 정신이 쾌커든
좋은 글 보며는 지식이 늘고요

월색이 명광해 회포가 있거든
옛일을 공부코 새 일을 배우소

근근코 자자히 공부를 하며는

> 덕윤신(德潤身)하고요 부윤옥(富潤屋)하리라
>
> 우리가 살며는 몇백년 사느냐
> 살아서 생전에 사업을 이루세
>
> 정신을 깨치고 마음을 닦아서
> 이팔의 청춘을 허송치 말아라

보다시피 『이팔청춘가』는 전통적인 잡가의 멜로디에 창가의 시 형식을 준 민요이다. 이 민요는 계몽기의 교양적 가요 전통을 살리고 있는 바 청년들이 허송세월 하지 말고 자기의 청춘을 아끼면서 분발하여 과학문명을 습득할데 대한 기대의 믿음을 표현하고 있다. 또한 이 민요는 시적 정서가 낙천적이고 그 표현이 소박하고 운율 조직이 정제되고 유창한 것이 특징적이다.

이 시기의 민요에서 또한 중요한 자리를 차지하는 것은 반일 투쟁을 노래하고 반일 무장 대오를 칭송한 노래들이다. 그 대표성을 띠는 작품으로 『의병대가』, 『광복군 아리랑』 등을 들 수 있다.

> 홍대장 가는 길에는 일월이 명랑한데
> 왜적군대 가는 길에는 눈과 비가 내린다
> 에헹야 에헹야 에헹야 에헹야
> 왜적군대가 막 쓰러진다.
>
> 오연발 탄환에는 군몰이 돌고
> 화승대구심에는 내굴이 돈다
> 에헹야 에헹야 에헹야 에헹야
> 왜적군대가 막 쓰러진다
>
> 괴택이 원성택 중대장님은
> 산고개 싸움에서 승리하였소
> 에헹야 에헹야 에헹야 에헹야

>   왜적군대가 막 쓰러진다

>   도상리 김치갱 김도감님은
>   군략도감으로 당선됐다네
>   에헹야 에헹야 에헹야 에헹야
>   왜적군대가 막 쓰러진다

>   왜적놈의 게다짝을 물에 버리고
>   동래부산 넘어가는 날은 언제나 될가
>   에헹야 에헹야 에헹야 에헹야
>   왜적군대가 막 쓰러진다

이는 민요 『의병대가』의 전문이다. 이 민요는 일본 침략자들과 굴함 없이 싸운 반일 투사들의 투지와 용맹, 위용과 투쟁 모습을 세련된 비유와 과장, 대조의 수법으로 박력 있고 경쾌한 운율을 빌어 생동하고도 진실하게 형상화하였다. 민요는 반일 무장 대오의 멸적의 투쟁 기세와 빛나는 승리를 일본 침략자들의 패망상과의 선명한 대조 속에서 형상적으로 보여주면서 반일 무장 대오에 대한 인민들의 찬양의 감정과 성원을 표현하였다. 민요에서 반일 투사의 영웅적인 기개와 투쟁 모습은 복수의 탄환을 내뿜는 『화승대』의 형상을 통하여, 그리고 『에헹야 에헹야 에헹야 에헹야』의 조흥구와 『왜적군대가 막 쓰러진다』는 후렴구의 반복에 의하여 한결 더 강조되고 있다. 이 민요는 전통적인 민요 선율에 기초하면서도 새로운 시대적 요구와 반일 투사들의 전투적인 감정에 맞는 씩씩하고 용기에 찬 운율을 살리고 있으며 민요 전반에 밝고 낙천적인 정서가 흘러 넘치게 하고 있는 것이 특징적이다. 이 민요는 그 시기에 반일 무장 대오 내에서 불리워졌을 뿐만 아니라 인민들 속에서도 널리 애창되었다.

상술한 구전민요들과 함께 이 시기에는 구전설화들도 많이 창작되었다. 하지만 장기적인 역사의 흐름 속에서 인멸된데다 또한 제때에 채집 사업이 따르지 못한 등 원인으로 하여 지금까지 보존되고 있는 작품이 많지 못하다. 지금까지 조선족 인민들 속에 전해지고 있는 대표적인 구전설화 작품으로는 『용천골』,

『소가죽 한 장만큼』, 『물』, 『무빈골』, 『삭발갱의』, 『은혜』 등을 꼽아 볼 수 있다.

설화 『용천골』은 조선족의 중국에로의 이주 초기에 창작된 작품이다. 『용천골』의 이야기를 간추려 보면 다음과 같다. 『용정에서 동남쪽으로 50여리를 올라가면 오붓한 한 마을이 있다. 이 고장엔 천만길 깊은 땅 속에서 솟아나는 샘물이 있는데 수심은 수정같고 물맛은 선경의 불로장생 장명수도 예다 비하지 못한다. 옛날 이곳에는 사람도 없었고 골 이름도 없었다. 임자 없고 이름 없는 무인무명골이었었건만 봄이면 봄마다 골판에는 방초 우거져 초록색 판을 이루고 앞뒤산 봉마다에는 진달래 만발하여 연분홍 꽃무늬 수를 놓으며 봄을 맞는 비둘기 쌍지어 날다가 맑은 샘물에 목욕하고 앞서거니 뒤서거니 하면서 창공에 나래친다. 어느 해 봄 호시절에 초동은 지게에다 괭이와 낫을 가새질러 지고 물줄기 따라 이곳 샘물 터에 이른다. 초동은 먼저 맑은 샘물에다 갈한 목을 적신 후 물 옆의 산기슭에 자리잡고 앉아서 쌍피리를 만들어 흥겨웁게 분다. 이때 아름다운 한 선녀가 구성진 피리 소리 따라 샘물 터에 내리는데 몸에는 채의를 감고 겨드랑이에는 채옥동이를 꼈다. 초동과 선녀는 그날로 백년을 가약하고 샘물가에 터를 닦고 보금자리 일구며 용솟음쳐 솟는 샘을 용천이라 이름 짓고 그 물을 에워 논밭갈아 씨뿌리니 그 골 이름을 용천골이라 불렀다.』

설화 『용천골』은 바로 이런 환상적인 아름다운 이야기를 통하여 개척 시기 조선족 인민들의 노동생활과 행복한 미래에 대한 꿈, 그리고 절절한 향토애를 표현하였으며 적극적 낭만주의 정신이 돋보이게 하였다.

『소가죽 한 장만큼』은 풍자적 성격을 띤 구전설화로서 20세기 초엽에 창작된 것으로 추정된다. 이 설화의 줄거리를 더듬어 보면 다음과 같다. 어느 날 일본영사놈은 국자가(연길)에 있는 도대인(陶大人)을 찾아가서 영사관을 짓겠는데 더두 말고 소가죽 한 장만큼한 땅을 빌려 달라고 간청하였다. 도대인은 소가죽 한 장만큼한 데다가 어떻게 영사관을 짓는가 보자고 좌우 관원들과 상론한 후 그자의 간청을 들어주었다. 그 후 얼마 가지 않아 도대인은 일본놈들이 수십일경의 땅에다 담을 쌓고 으리으리한 영사관 청사를 지었다는 소문을 듣게 된다. 그는 노발대발하면서 용정에 달려가 『네놈들은 그래 양심도 언약도 국제공법도 없느냐?』고 영사놈을 질책하니 영사놈은 히죽 웃으면서 실처럼 오리오리 찢어진 가죽오리를 내놓으면서 『언약과 서약에 소가죽 한 장만큼이라 하였은즉 모아 놓으면 한장이요 펼쳐놓으면 꼭 영사관 둘레길이와 같게 될 터이니 어디 한번 재어 보시지요.』라고 하였다. 도대인은 그자들의 궤변술에 울분이 치받쳤지만 혼내 줄 뾰족한 수가 생각나지 않아 아무 말도 못하고 돌아서려 하였다. 이때 동행했던 마부가 선뜻 나서서 영사놈과 걸고 들었다. 『영사 나으리, 그래 지금 서 있는 곳이 뉘 땅입니까?』 영사는 『누가 이곳이 중국 땅이 아니래서 그 야단인가?』고 하면서 체신도 잊고 붉으락푸르락하였다. 이때 지나가던 백성들이 희한한 구경거리라도 있나 보다 하여 모여 들었다. 마부는 이 기회를 놓칠세라 관중들에게 사건의 자초지종을 설토한 후 영사놈을 쏘아보며 『소가죽 한 장만큼 빌렸으면 그 위에 올라서고 오리를 내어 토성을 늘렸으면 그 가죽오리를 타고 앉아 있을게지 왜 남의 영토를 함부로 차지하는 거냐?』고 대성질호하였다. 이때 관중 속에서 『그렇다! 소가죽 위에 올라앉든지, 가죽오리를 타고 토성 위에 가 춤추든지 해라!』고 하는 함성이 울려 퍼졌다.

　설화 『소가죽 한 장만큼』은 대담한 과장과 풍자적 수법을 빌어 일제의 교활성과 날강도적인 약탈 행위를 신랄하게 폭로 규탄하였고 청나라 통치배들의 미욱한 낯바대기를 여지없이 발가 놓았으며 인민들의 지혜와 총명, 일제에 대한 적개심을 심각하게 표현하였다. 이밖에도 구전설화 『무빈골 전설』은 악질 지주 무빈과 그의 소작인인 김 서방간의 첨예한 갈등을 그 기본 줄거리로 하여 사악한 지주 무빈놈의 죄악을 폭로 단죄하고 환상적인 형식으로나마 지주놈과 대항하여 죽어서까지라도 싸우는 김 서방의 형상을 생동하게 부각함으로써 소작인들의 단호한 투쟁 의지를 반영하였으며 구전설화 『삭발갱의』는 당시 청나라 정부에서 실시한 반동적인 민족차별 시정책을 폭로 풍자하고 있다.

　상술한 이 시기의 구전설화들은 그 전 시기의 구전설화와는 달리 환상적인 것보다 당시 인민들의 실생활을 두드러지게 반영하였고 반항적이며 비판적인 성격이 강하다. 이런 이야기들은 또 슈제트가 비교적 단순하고 격조가 명쾌하고 표현 수법에 있어서 많은 경우 대담한 과장과 풍자적 수법을 쓰고 유머적인 것으로 특색을 보여주고 있다.

이 시기의 구전민요와 설화는 당시 인민들을 교양하고 그들의 미학적 요구를 반영하였을 뿐만 아니라 조선족 문학사를 풍만하게 하는 귀중한 유산으로 되고 있다.

제3장 김택영

제1절 생애와 문학 활동

창강 김택영(1850~1927)은 19세기 후반기부터 20세기 20년대에 걸쳐 활동한 반일 민족 독립운동가이며 자산계급 계몽사상가이며 시, 산문, 평론, 역사, 철학 등 분야에서 자기의 독특한 세계를 개척한 탁월한 조선족 문호이다.

김택영은 1850년 10월 15일에 조선 경기도 개성부 자남산에서 태어났다. 그는 자를 우림(于霖), 호를 창강(滄江), 당호를 소호당주인(韶濩堂主人)이라 하였는데 세인들에게 창강이란 이름으로 널리 알려졌다. 그의 선조인 소호 김씨는 고려 때의 애국 충신으로서 경상도 화개현에서 살았다고 한다. 하기에 그는 늘 자기의 저서에 『화개 김택영』이라 밝히곤 하였다.

김택영은 7살부터 유학자 전상겸(全象謙)을 스승으로 모시고 한문과 유가경전을 읽기 시작하였으며 17살 되던 해에는 서울에 올라가 성균시초시(成均試初試)에 입격함으로써 자기의 시적 재능을 보여주었다. 불타는 구지욕과 문학에 대한 각별한 흥취를 가진 그는 점차 고루한 과시 문체에 싫증을 느낀 나머지 19살 나는 해부터 시문에 능한 유학자 백기진(白岐鎭)을 스승으로 모시고 고문학을 전공하면서 꾸준히 자기의 문학 재질을 키웠다.

　그는 1872년 23살 되던 해 4월에 자기의 서재에서 뛰쳐나와 평양, 해주, 금강산과 동해안을 유람하면서 자기의 문학적 시야와 생활적 공간을 훨씬 넓히게 되었다. 이런 유람은 그에게 강렬한 시적 충동과 풍부한 시상을 불러 일으켰는 바 그는 이 해에 선후로『대동강에서 뱃놀이하고 돌아오며』,『금강산에서 단발령까지』,『통천 총석정』등 서정시편들을 창작하였다. 이러한 생활적 체험을 바탕으로 하여 무르익혀진 시적 열매는 그의 시문학의 새로운 출발점으로 되었다. 이와 때를 같이하여 그는 중국과 조선의 역대 문학가들의 명문을 탐독하면서 사마천, 한유, 소동파, 귀유광의 풍격을 창도하였고 이백, 두보, 소동파, 왕사정의 수법을 따라 배웠으며『기(氣)』와『신운(神韻)』에 대한 고전적 미학 명제들에 접근하기 시작하였다.

　1876년의 왕가물피해와 1878년의 조선 반도에 대한 두 번째의 유람은 그로 하여금 이조 말기의 부패한 사회적 현실에 접근할 수 있는 새로운 기회를 가지게 하였다. 기나긴 노정을 거쳐 조선의 삼남지방을 돌아보는 과정에 그는 부패 무능한 봉건통치배들의 포악한 정치와 경제적 수탈 밑에서 신음하는 근로인민들의 비참한 생활상을 목격하고 가난한 농민들에 대한 동정심이 움트기 시작하였으며 이러한 새로운 사회적 인식에 기초하여 인도주의적 감정이 흘러 넘치는『농사집의 노래』(1876년),『추석 전 날의 농사집의 탄식』(1876년) 등의 훌륭한 시들과『의기의 노래』(1878년)와 같은 걸작을 내놓을 수 있게 되었다. 그의 이런 시적 재능은 1883년 당시 서울에 와 있던 청나라 문사 장건(張謇)과 친분을 맺게 됨에 따라 장건의 격찬을 받았을 뿐만 아니라 중국에까지 알려지게 되었다. 이 시기에 그는 또 교리 이건창(李建昌)과 함께 고문을 연찬하고『고문운동』을 발기하여 쇠퇴되어 가는 이조 말기의 문풍을 개혁하려 시도함으로써 동시대 사람들로부터 조선의『한유, 유종원』이라는 평가를 받게 되었다.

　이상은 김택영의 문학 활동의 첫시기에 해당되는 바 주로 고국 산천에 대한 풍물시와 인민의 운명을 걱정하여 쓴 우국연민시 및 독창적인 역사 산문으로써 조선 문단의『거수』로, 이조 말기를 대표하는『3대 시인의 한 사람』으로 추대되던 시기이다.

　그의 문학 활동의 두 번째 시기는 1891년 그가 서울 과거 시험에 합격하여

진사가 된 그 해부터 중국에 망명하기 전까지이다. 그는 1891년 42살 때에 과거 시험에 합격되어 성균진사(成均進士)가 되었고 1894년 9월에 의정부 주사 서판임관 6등에 편사국 주사(主事)로 임명되어 개성에서 서울로 이사해서 벼슬을 하게 되었다. 그 이듬해 그는 중추원 참서관 겸 내각 기록국 사적(史籍) 과장에 승진되어 조선의 국가역사 문헌편찬에 일심 정력을 다하였다. 또한 이 시기에 그는 『달밤에 구성진 피리 소리를 들으며』(1894년), 『봉황새』(1894년) 등의 서정시편들을 창작하여 일제의 침략적 행위를 저주하고 『봉황새처럼 깨끗하게 살아갈』 자기의 정치적 이념을 토로하였다.

1896년, 그는 학부대신 신기선의 저서 『유학경위(儒學經緯)』에 서문을 써 준 일로 하여 서양 선교사들의 비난을 받고 사임하게 되자 고향 개성에 낙향하여 조용한 나날을 보내며 학문에 정진하였고 이건창, 강위, 황현을 비롯한 문인들과 교분을 나누면서 주로 시문으로 일과를 삼았으며 뒤이어 자기의 시집 『소호자시』를 간행하였다. 이때는 그의 시적 재질이 원숙되어 가는 시기로서 창작에서 자연현상이나 일반적인 생활 문제를 취급하는 것보다도 국운의 위기, 폐정의 개혁, 외래 침략자에 대한 저항 등 정치적 문제를 다루는 데 모를 박았다. 강한 역사의식과 민족의식을 가진 그는 이 시기에 자기의 시 창작과 더불어 백년간이나 유포, 발간이 금지되어 있던 실학 대가 박연암 선생의 문집을 대담히 공개 편찬하고 뒤이어 『동국역대사략』, 『동사집략』을 저술, 간행하였다. 이와 더불어 그는 『영환개록』, 『만국지지』 등 영국, 일본의 계몽 서적을 번역 출판하여 조선 사람들에게 우주, 천체, 세계 각국의 지리, 산천, 풍토, 사회제도, 학술 동태 등 제반 정황을 널리 소개하였으며 서방 자본주의 나라들의 과학기술 발전의 선진성을 긍정하고 아세아주 약소 민족 국가의 자강, 자립과 문명개화를 극구 주장하였다.

1903년 정월, 김택영은 조선 문헌비고속전위원, 정3품 통정대부로 임명되면서 재차 버슬길에 올랐고 을사년에는 다시 내각의 학부위원으로 되었다. 이때는 이미 나라의 판국이 기울어졌은즉 일제가 조선의 주권을 탈취하고 통감부를 설치한 이른바 차관정치가 시작되었다. 보국 민영환의 자결, 의정 조병세의 음독 자살, 참판 이상설의 해외 망명, 교리 이건창의 작고, 시우 황매천, 박문

규의 낙향 등 잇달아 일어나는 이 모든 참변과 불행은 시인 김택영으로 하여금 그 울적하고 쓰라린 마음을 달랠 길 없게 하였다. 따라서 그는 민족의 자주독립을 찾는 길은 오직 망명의 길뿐이라 생각하고 분연히 중국 회남 땅에 이주할 것을 다지었다.

김택영의 문학 활동의 세 번째 시기는 1905년 그가 중국에 망명하여 강소성 남통에 거주하던 때로부터 1927년 4월 그 곳에서 서거하기까지의 22년간이다. 이 시기는 그의 시 창작의 앙양기일 뿐만 아니라 계몽 문화운동을 활발히 벌여 봉건적 유학자로부터 자산계급 민족주의자에로의 사상적 전변을 완성한 시기이다.

1905년 9월, 그는 굴욕적인『을사5조약』의 체결을 눈 앞에 두고 분연히 고국 땅을 하직하고 중국의 상해로 망명해 왔다. 그는 당시 중국 근대입헌파의 수령으로 활약하고 있던 대실업가 장건의 알선으로 인차 남통 한묵림서국에 취직하여 주로 조선 민족문화 유산의 정리, 출판 사업에 정진하면서 수많은 시와 산문들을 발표하였다.

김택영은 상해를 가까이하고 있는 남통시에서 당시 중국의 문단, 학계의 여러 명사들과 널리 교제하였는 바 그 가운데는 당시 중국의 계몽사상가 양계초, 엄복, 장건, 정효서, 학자 유월, 도기 등 수십명의 강소, 절강 명사들이 망라되었다. 이런 중국 계몽사상가들의 진보적 사조의 고무와 추동은 그의 머릿속에 싹트고 있던 민주주의적 개화사상의 발전과 세계관의 전변에 크나큰 영향을 주었다. 그중에서도 김택영의 세계관의 전변에 결정적 영향을 준 것은 엄복의 번역 저서『천연론』이었다. 영국의 걸출한 진화론자 헉슬리의 유물론적 자연관을 서술한 이 저서를 읽고 김택영은 즉시 자기의 느낀 바를 시로 적어 역자 엄복에게 주었다.『한, 송의 경전을 그 누가 스승으로 받들랴／학술은 오늘따라 또 전진하고 있거니／엄공이『천연론』번역해 냈을 젠／황포강의 물귀신도 밤이면 쿨적거렸네.』(1909년) 이 시에서 김택영은 전통적 유학사상의 권위성을 부정하고 자연현상의 단초를 유물론적으로 설명한 새로운 진화론 사상에 대한 열렬한 추구와 탐구의 심정을 토로하면서 엄복의 해박한 지식과 큰 포부를 몰라주는 그 시대 사람들과 당시의 중국을 한탄하였다. 그의 심령 속에서의 계몽사상의 축적과 발전은 드디어 그로 하여금 봉건적 유학자의 속박에서 벗어나 자산계급 민주공화정치의 열렬한 옹호자로 나서게 하였다.

1911년 10월, 신해혁명에 의해 부패 무능한 청조 봉건통치가 뒤엎어진 이 기꺼운 소식이 남통에 전해지자 김택영은 즉석에서 『중국의 의병사에 대한 느낌』이란 시를 지어 아세아 대륙을 진감한 영웅적 무창봉기의 거동을 열렬히 환호하였다. 1912년 1월에 손중산을 임시 대통령으로 취임한 중화민국 임시정부가 건립되자 그 때까지 조선 교민으로 살아오던 김택영은 민주공화의 새 정치, 새 세계를 지향하여 즉시 중국 국적에 가입하였다. 이로부터 그는 중국 신민(新民)의 신분으로 중국의 유구한 역사와 문화를 논하였고 중화 민족의 운명을 걱정하는 훌륭한 정론시들을 발표하였다. 김택영은 중국 신민으로서의 의리를 굳게 지킨 한편 또한 일제의 구두발 밑에서 신음하는 고국 인민의 비참한 운명을 개탄하는 『고국의 10월 사변을 회상하여』(1905년), 『어허 애달파』(1910년) 등의 반일시들도 수많이 발표하였는 바 그의 말대로 하면 『아침에는 고국을 위해 울고 저녁에는 중국의 희사를 노래』한 것이었다.

영용한 반일 민족 독립운동가로서의 그는 자기의 생애의 후기에 이르러 중국에서 일어나는 정치적 사변들에 대해 더욱 깊은 관심을 돌리게 되었다. 그는 조선의 뼈저린 교훈으로부터 원세개의 굴욕적 행위로 조작된 매국적 『21개조』의 체결을 단호히 통책하면서 중국의 자강, 자립을 주장하고 『5.4』운동의 애국적 주류를 찬동하였다. 이 시기에 그는 자기의 저서들을 계통적으로 정리, 출판하였는데 문학작품집으로는 『창강고』, 『소호당집』, 『차수정잡수』 등이 있고 역사 저서로는 『한사계』, 『한국역대소사』 등이 있다. 이밖에도 그는 또 『박연암선생 문집』, 『신자하시집』, 『명미당집』, 『매천집』, 『여한10가문초』 등 10여 종의 조선 고전문학집을 편집 출판하여 중국 인민들에게 조선 민족의 진통 문화를 널리 소개하였다.

20년대에 진입하여 김택영은 꼬리를 물고 일어나는 국내 군벌혼전의 험악한 시국을 통탄하기 시작했다. 친구 비범구에게 주는 시에서 그는 『개와 쥐가 살판치는 이런 세상이 언제 가면 끝장 나겠는가?』고 질문하면서 『용서승침(龍嶼升沉)』의 난세에 태어난 자기의 불행한 처지를 통탄하였다. 나중에 북벌 전쟁이 일어나자 비관과 슬픔 속에서 방황하던 김택영은 북벌군의 줄기찬 혁명 기세에 고무되어 그들에게 자기의 모든 희망을 기대하면서 북벌 전쟁의 승리를 열광적으로 환호하였다. 그러나 장개석의 『4.12』 반혁명 정변으로 하여 북벌 전쟁이 좌절당함에 따라 드디어 그는 절망 속에 빠졌다. 그는 고통과 울분을 달랠 길 없어 1927년 4월 말에 아편을 먹고 자살하였다. 그가 서거한 후 남통시 인민들은 성대한 추도식을 거행하고 그의 유체를 당조 시인 낙빈왕의 묘와 함께 아름다운 남통의 명승지 낭산의 양지쪽에 정중히 모시었다.

제2절 시문학

김택영은 조선족의 탁월한 시인이다. 중국의 계몽사상가 엄복이 김택영의 문학 성과를 언급할 때 『그의 시재는 이백, 두보와 흡사하고 공의 사부는 추양과 매승을 따라 잡았노라』17)고 높이 평가하였고 청 말 문단의 거수 양계초도 김택영의 시문을 읽고 『탄복한바 있다』18)고 솔직히 고백한 적이 있다.

김택영은 자기의 창작 생애를 통하여 무려 1천1백여 수에 달하는 많은 한시를 창작하였다. 이런 한시들은 그 제재와 내용에 따라 대체로 연민시, 우국시, 저항시, 망향시, 정론시, 생활시와 풍물시 등으로 구분할 수 있다.

그의 시 창작에서 먼저 들어야 할 것은 시인의 우환의식이 담긴 연민시들인데 이런 시들은 봉건 착취제도 하에서의 계급적 대립과 그 모순을 반영하면서 소작인, 몸종, 기생 등 사회의 최하층 인민들에 대한 동정을 표시함과 아울러 무위도식하는 봉건통치배들에 대한 인민 대중의 치솟는 분노의 감정을 전달하고 있다.

고시 『추석 전 날의 농사집의 탄식』(1876년)을 통하여 시인은 풍덕마을에 유숙하면서 목격한 농민들의 처참한 생활 처지를 재현하였고, 그에 깊은 동정

---

17) 『합간소호당집 · 시집』 제4권 제18페이지. 한묵림서국 1922년 출판.
18) 『창강선생실기』 제18페이지. 한묵림서국 1934년 출판.

을 표시하고 있다.

일년 내내 가물고
서리마저 일찍 내렸네
늦벼는 걷지도 못하였으니
콩이나 팥인들 소출이 나랴
올해에 이처럼 쪼들리는 건
농부, 그대의 잘못이 아니네
내 들판을 거닐어 보니
찬 구름만 쓸쓸히 깔렸구나
외로운 연기는 빈터에 서리고
이랑마다 물소리 목이 메네
때는 벌써 명절이 되었는데
조상의 무덤엔 무얼 가져 가랴
낫들고 나가 벼를 베니
짧은 이삭 쭉정이가 절반일세
관솔불 밝혀 방아를 찧느라
밤이 깊도록 쉬지도 못하누나
저렇게 하여 조상은 섬기련만
손님 대접은 무얼로 하나
그래도 집안엔 쥐가 있고
들판엔 참새가 떼지어 나는구나
참새야 제발 덤비지 말라
정말 이 곡식 목숨마냥 소중탄다

시인은 모진 왕가물과 된서리 끝에 시들고 쪼그라든 곡식, 이로 인한 모든 불행이 결코 『농부, 그대의 잘못이 아니다』라고 항변하면서 헐벗고 굶주리는 광범한 농민 대중의 울분과 원한의 목소리를 진실하게 전달하고 있다. 시에 비유된 『외로운 연기』, 『목메인 물소리』 등 형상적 시어들은 다름 아닌 농민들 자신의 하소연과 절망의 울음소리이며 『집안에 쏘다니는 쥐』와 『들판에 떼지어

날아다니는 참새』와 같은 구절은 가난한 농민들에게 경제적 수탈을 계속 강요
하는 도적의 무리 — 봉건 관료 지주들에 대한 신랄한 조소와 풍자인 것이다.

　인민에 대한 동정심과 통치배들에 대한 시인의 비판의식은 그의 『호박 탄
식』(1885년), 『가을 궂은비를 한탄하노라』(1885년), 『달밤에 기생집에서 흘
러나오는 피리 소리를 듣고』(1876년) 등의 서정시들에서도 구김 없이 표현되
고 있다.

　　　해살 퍼지는 포전에 나가보니
　　　떼지어 나는 벌 사람 쏘누나
　　　올해 호박농사 잘되지 않아
　　　헛꽃만 피어 벌새끼 기를 뿐
　　　아침내 따도 바구니 안 차니
　　　돌아가 처자 보기 부끄럽네
　　　산골에선 고기붙일 구경도 못해
　　　호박 반찬만 상동무 하였더니
　　　이젠 그것마저 없어져
　　　귀한 손님 오면 어찌할고
　　　아, 내 군색함이 이러하니
　　　공자도 땅괌이 야비하다 했겠지

　위에 인용한 시 『호박 탄식』에서 시인은 안타까운 심정으로 산골 농민들이
호박마저 배불리 먹을 수 없어 가난 속에 쪼들리며 살아야 하는 기막힌 처지를
형상화하였다면 다음의 시 『가을 궂은비를 한탄하노라』에서는 장마비 내린 뒤
의 큰물 피해로 곡식과 집터마저 잃게 된 백성들의 수난당하는 모습을 보다 구
체적으로 진실하게 읊조리고 있다.

　　　한탄하노라 가을비를
　　　궂은비 억수로 쏟아져
　　　끝끝내 물바다 이루고
　　　천리 도회지엔 개구리 저자되었네

도처에 비명소리 애처로운데
저마다 처자 데리고 보금자리 떠나누나
다 여문 곡식 물에 잠겨 썩어가니
아, 불쌍한 건 우리 백성들뿐
온 들판엔 찬 구름만 덮였는데
농부들 호미 팽개치고 떨쳐 나섰네
안타까와라
물에 잠긴 저 곡식은 어쩐단 말인고

(嘆秋雨, 秋雨浬浬何時已;
 陰風怒號水拍天, 類城千里蛙爲市;
 呼邪救溺聲正苦, 走營巢窟携妻子;
 我民旣勞我稼傷, 黍菽折爛禾生耳;
 寒雲慘慘盖四野, 農夫田父投鈕起;
 民勞或可休稼傷, 將奈爾?)

　가옥과 포전마저 죄다 잃어버려 호미를 팽개치고 일떠나 자기의 살길을 찾으려는, 바로 폭동 전야에 직면한 이재민의 군상들의 불우한 운명을 두고 시인은 뜨거운 동정의 눈물을 흘리며 통탄하였다.
　다음으로 그의 시 창작에서 이채를 띠는 것은 망국의 운명을 통탄한 우국시와 반일 의병 투쟁을 노래한 저항시들이라는 것을 지적해야 하겠다.
　조선의 국가 주권을 강탈한 일제의 강압적인 『을사5조약』을 배경으로 한 시 『고국의 10월 사변을 회상하여』(1905년)에서 시인은 망국의 설움을 이기지 못해 자결한 의관 조병세와 시종 무관 민영환의 순국을 아래와 같이 구슬프게 노래하였다.

야밤중에 광풍이 바다에서 휘몰아쳐와
엄동벽력이 서울에 지동치누나
혜소의 피 왕의 옷에 튀어
귀신을 곡하게 하였으니

　　갑옷 입은 병사였으나 하늘이 인색하여
　　범려같은 인재를 내주지 않았어라

　　난로 안에 탄 재마냥 이처럼 싸늘하네
　　하늘가의 방초에 머리 돌리기 어려워라
　　유신이 글을 해서 무슨 소용있더뇨
　　그저 강남에서 한가닥 슬픔 읊었을 뿐

　이 시에서 시인은 격분을 못 이겨 자결한 애국지들을 고대의 전기적 영웅 혜소(嵇紹)에 비유함과 더불어 나라 잃고 중국 땅에 망명하여 온 자신의 가련한 처지를 남북조 시대의 애국 문인 유신(庾信)에 비하면서『글로 나라를 건지지 못하니 무슨 소용 있더뇨』하는 의미심장한 수사학적 질문으로써 자기 마음 속의 울분을 토로하고 있다.

　시인의 이와 같은 울분은 한일합병조약의 체결을 저주하여 쓴 그의 유명한 장편시『어허 애달파』(1910년)에서 가장 집약적으로 표현되고 있다.

　　아. 동서남북 어디가도
　　땅 아닌 곳이 없는데
　　난 어쩌다 이 땅에 태어났는고
　　고왕금래 하도 많은 날 가운데
　　이 몸은 어쩌다 이 때를 만났는고
　　하늘에 소리쳐 물어보고 싶어도
　　아. 하늘은 입 다물고 말이 없고나

　이렇게 시작되는 이 시연에서 시인은 산산이 부서진 고국을 불러도 대답이 없는 입다문 하늘에 비유하여 자신의 미칠 듯한 울분과 설음을 토로하면서 잇달아 비판의 예봉을 일제 침략자와 그 주구놈들에게 돌린다.

　　요 세상이 저마다
　　무비에만 힘을 써

땅덩어리 넓혀 놓고도
더 못 넓혀 걱정이라
슬프다 콩알만한 작은 나라
이 때에 처하기가 더욱 어렵구나
암컷처럼 엎드려
저 혼자만 면하려고
남에게 뇌물 바쳐
종복이 되단 말가
……
아! 슬프다
아무리 나라가 쇠했어도
지금같은 때는 없었으니
뉘라서 우리 임금께
욕 안가게 하겠는가
다투어 호랑이에게
살코기를 먹여 놓고
그 누린내 맡겠다고
애걸복걸 한단 말가

시의 마감 부분에서 서정적 주인공은 빼앗긴 조국에 대한 끝없는 사랑과 미래의 광복에 대한 열렬한 지향을 피력하고 있다.

동풍이 어지러이 불어닥쳐서
바다물이 하늘을 치솟아 오르니
육지를 뒤엎어 물바다 되어
인왕산을 뿌리채 뽑아 눕혔구나
광화문 저녁종은
그 뉘가 칠 것이며
기자의 제사는
어느 민족이 받을 것인가
아! 우리는 어찌하여 귀신도 없고

> 하늘도 없단 말인가
> 호올로 선조로부터 유교를 숭상하여
> 마지막에 의사 한 분 안중근을 얻었구나
> 생생한 그 기상 아직도 늠름한데
> 뉘라서 나라가 망했다고 이르리오
> 틀림없이 혼령은 나를 돌아 볼지어니
> 향기로운 난초를 들고 강가에서 기다리리다

보다시피 시의 마디마디, 구절 마다엔 실로 조국 잃은 사람의 피눈물의 원한과 우국의 심정, 자주독립의 열망이 굽이쳐 흐르고 있다.

망국의 운명을 통탄한 시인의 목소리는 상술한 시편 외에 『9일 뱃길에 올라』(1905년), 『황현이 나라 위해 목숨 끊었다는 소식을 듣고』(1910년) 등 많은 시들에서도 감명깊게 울려 퍼지고 있다.

시인의 이런 우국연민의 감정은 일제의 침략에 대한 그의 저항주의 사상과 밀접히 연결되어 있다.

시 『의병장 안중근이 나라 원수를 갚았다는 말을 듣고』(1909년)에서 시인은 간악한 원수 이또히로부미를 쏘아 죽인 안중근의 영웅적 행동에 대한 찬양과 그로부터 환기된 복수의 통쾌한 심정을 다음과 같이 격동적으로 노래하고 있다.

> 평안도의 장사 한 사람
> 두 눈 부릅뜨고 뛰어 나왔다.
> 마치도 양새끼를 찔러 죽이듯
> 나라의 원수놈 통쾌하게 죽였다.
> 내 다행히 죽지 않고 살아 있다가
> 이 좋은 소식을 듣게 되었구나
> 한창 만발한 국화꽃 곁에서
> 미친듯 노래하고 기뻐 춤추노라

보다시피 시는 할빈 역두에서 일제 침략자의 우두머리 한 놈을 보기 좋게 요정낸 반일 의병장 안중근의 대담하고 슬기로운 투쟁을 높이 찬양하면서 가을 바람에 낙엽지듯 수저를 떨어뜨리는 침략자의 추악한 말로를 형상적으로 확인하고 있다. 시는 이러한 형상적 표현 속에서 침략의 원흉을 복수한 안중근에게 아낌 없는 찬사를 보냄과 더불어 원수들의 멸망과 나라의 독립에 대한 열렬한 염원을 표현하고 있다. 그런데 여기서 부언하고 싶은 것은 안중근에 대한 찬사와 기대에는 개별적 복수의 방법으로는 나라의 독립을 달성할 수 없다는 것을 이해하지 못한 시인의 사상적 제한성도 내포되어 있다는 그것이다.

　반일 투쟁을 호소한 그의 저항시들로는 이밖에도 임진전쟁 때의 애국 기생 논개를 찬양한 『의기의 노래』(1878년), 명조 시기 남통의 반일 애국 장령 조정을 구가한 『조공정의 노래』(1921년), 20년대 동북 장백산 일대의 반일 투쟁을 찬양한 『이시영 공을 위해 베푼 주연에서』(1921년) 등 여러 편이 있으나 그중에서도 『조공정의 노래』는 특히 중조 두 나라 인민의 반일 투쟁의 연대성을 강조한 것으로 특징적이다.

　　　그대여
　　　신정의 눈물 훔치고
　　　나더러 제단에
　　　강신술 붓게 해주소
　　　한 잔은 부어
　　　충무공께 올리고
　　　한 잔은 부어
　　　조 장사께 올리겠소

　　　무양이 넋을 부르니
　　　그 넋 돌아와
　　　서슬 푸른 칼빛이
　　　하늘을 가르누나
　　　두 나라 군사의 도도한 기세
　　　우뢰가 지동치듯
　　　인간세상 그 어느 땐들

영웅호걸 없으리오

  시인은 명조 시기 중조 두 나라의 애국 명장 조정과 이순신의 영웅적 위훈을 노래하면서 두 나라 인민은 공동히 총칼을 들고 일떠나 『우뢰가 지동치듯』 한 멸적의 기세로써 세계 열강의 무력 침공에 단호히 항거해 나서야 한다는 빛나는 저항주의 사상을 표현하고 있다.

  김택영의 시 창작에서 고향에 대한 무한한 애착과 그리움을 노래한 망향시편들이 또한 중요한 자리를 차지하고 있다.

> 쉰여섯 살 그믐날 밤이로구나
> 아! 이 밤 새기 정녕 어려워라
> 만리 고향산천이 그리워
> 남관초 쓰고 북쪽 하늘만 우러러 보네

  이는 시인이 중국에 이주해 온 첫해인 1905년의 섣달 그믐날 밤에 지은 망향시이다. 시에서는 고국과 고향 산천이 사무치게 그리워 『남관초』를 쓰고 밤을 지새우는 서정적 주인공의 애수에 찬 다감한 형상이 선명히 안겨오고 있다. 어머니의 젖줄기마냥 시인을 낳아 자라 온 고향 땅은 한시도 그의 머릿속을 떠나지 않았으며 노상 민족의 신생에 대한 절절한 염원과 하나로 이어져 있었다.

> 남에서 날아오는 기러기 소리
> 시름 많은 나의 잠을 흔들어 깨워
> 밤에 홀로 높은 누에 오르니
> 달빛만 하늘에 가득 찼구나

> 하루 열두시 그 어느 땐들
> 고국 생각을 하지 않았으랴
> 멀고도 먼 삼천리 밖에서
> 또 이 한 해를 보내야 하는가

　　동생도 형도 이미 늙어서
　　벌써 백발이 성성해 있고
　　그리운 아버지와 할아버지는
　　길이 푸른 산에 누워 계시리

　　우리 힘써 나라를 찾아
　　무궁화꽃이 만발하거던
　　봄물결 넘실거리는
　　압록강에 배띄워 어서 돌아가세

이는 시 『누에 올라서』(창작 연대 미상)의 전문인데 우리는 이 시를 거쳐 시인의 망향의식과 밀착된 고국의 광복에 대한 절절한 염원을 역력히 엿볼 수 있는 것이다. 고향과 고국에 대한 시인의 이런 절절한 감정을 노래한 시들로는 이밖에도 『멀리서 개성의 단풍누각을 그리며』(1914년), 『환갑날 아침에』(1910년), 『강매산이 상해에서 부친 시에 화답하여』(1916년) 등 몇십 수가 있다.

그의 생애의 후기에 진입하여 중국 인민에 대한 시인의 요해와 사랑의 감정이 두터워짐에 따라 초기의 망향의식은 점차 중화 민족의 정체적 관념과 더불어 새로운 정착의식으로 바뀌어진 것이 특징적이다. 이를테면 장퇴옹 숙엄에게 드리는 시에서 시인이

　　숭양이런가 서울이런가
　　통주는 이제부터 내 고향 되었어라

라고 읊조린 바와 같이 중국의 대지에 마련된 새로운 보금자리 『통주』를 자기의 제2 고향이라 부르게 되었다.

김택영은 견결한 반일 민족시인일 뿐만 아니라 또한 열렬한 민주주의적 시인이다. 그의 민주주의적 사상 경향은 주로 정론시에서 집약적으로 나타나고 있다. 우선 그의 정론시 계보에서 개화와 민주를 고취하고 암담한 현실세계를

저주한 『엄기도에게』(1909년), 『중국의 의병사에 대한 느낌』(1911년), 『정개
석에게』(1918년), 『범구의 5언 율시 「시국에 대한 느낌」 4수에 쓰노라』
(1925년) 등 작품들이 주목된다. 계몽사상가 엄복에게 주는 시에서 시인은 근
대 진화론에 대한 긍정적 입장을 표명하고 있으며 남통병관 정개석에게 주는
시에서는 국내의 군벌혼전을 하루속히 결속짓고 진정한 민주공화정치를 실시하
여 나라를 진흥시키고 전 민족이 일치 단결하여 『동해에서는 악어 떼를 없애
치우고 서해로는 큰고래를 가두어 두라』고 호소하고 있다..

다음으로 그의 정론시 계보에는 신해혁명을 노래한 5수의 연시 『중국의 의
병사에 대한 느낌』(1911년)이 아로새겨져 있는데 이런 작품들은 시인의 민주
주의 사상의 폭발점으로 된다.

>　무창성 안에서 우뢰 울자
>　음침하던 사면팔방 삽시에 뒤흔들렸네
>　3백년간 천제 취해 나자빠졌더니
>　가엾어라 오늘에야 깨여났구나

이는 그중의 첫수로서 아세아 대륙을 진감한 무창봉기의 승리와 청조 봉건
통치의 최후 멸망을 목청껏 노래하였다. 두 번째 수에서는 청조 봉건통치자들
의 부패 무능을 조소하고 풍자하였으며 세 번째 수에서는 민주공화정치를 지향
하는 4억만 중국 인민의 우렁찬 목소리를 전달하고 있으며 네 번째 수에서는
봉건통치의 보루인 북경성을 함락시킨 영용한 혁명군 의병들을 『용과 범』과 같
은 『일만 호걸』들이라고 칭송하였다. 마지막 수에서는 조선 인민의 반일 투쟁
에 대한 신해혁명의 고무와 추동적 역할을 격조 높이 노래하였다.

그의 정론시 계보에서 보여지는 『범구의 5언 율시 「시국에 대한 느낌」 4수
에 쓰노라』(1925년)는 북벌전쟁의 애국적 주류를 구가한 작품으로서 그의 창
작 생애의 말기에 해당되는 대표적인 정론시이다.

>　언제 가면 끝장 나랴
>　개, 쥐가 살판치는 이 세상

중국의 시국 어지럽기 그지없어
이 얼마나 가슴 아픈 일이냐
다행히 북벌군 일떠나
애국충절 지켜 싸우니
만발한 수선화 곁에서
내 봄을 맞이하노라

보다시피 이 시에는 군벌 혼전에 대한 시인의 분노와 북벌 전쟁의 정의성에 대한 그의 긍정적 입장이 형상적으로 뚜렷이 표명되어 있다.

김택영의 시 창작에서 양적으로 가장 많은 비중을 차지하고 있는 것은 문인, 벗들간의 오가는 정을 노래한『통주로 가는 배 안에서 사귄 벗에게』(1905년), 『왕소병, 제진장 두 분에게』(1906년), 『퇴옹이 보내온 음식물과 새옷을 받고』(1905년), 『도경산과 함께 장무지의 국화모임에 초대되어』(1915년) 등이 있으며 풍물시에는 대동강, 총석정, 서호, 소주, 낭산, 금릉 등 조선과 중국의 명승고적들을 노래한 훌륭한 서경시와 매화, 복숭아꽃, 해당화, 연꽃, 단풍, 낙엽, 참대, 부채, 갈매기, 봉황, 까마귀, 기러기를 노래한 풍만하고 다채로운 영물시가 있다.

이상에서 본 바와 같이 김택영의 시에는 계몽기의 선진사상과 인민적 감정이 진실하게 반영되어 있으며 반제 반봉건 투쟁의 승리에 대한 신념으로부터 오는 낙관주의와 광명한 미래에로의 힘찬 호소가 담겨져 있는 것이 특징적이다. 실로 김택영은 조선족 한시의 묘사 대상의 영역을 훨씬 확대하고 생활 세태에 대한 구체적 묘사에서 새로운 면모를 보여준 탁월한 사실주의 시인이다. 그의 다양한 형식의 시작품들은 19세기 말~20세기 초의 반제 반봉건 투쟁의 본질적인 사변들을 시인 자신의 독특한 체험과 생활 반영의 진실성에 기초하여 서정화, 전형화함으로써 사실주의 문학의 제반 특징들을 훌륭히 구현하였다. 이를테면 영세되어 가는 농촌의 시대상에 대한 예리한 관찰, 떠나온 고향에 대한 사무치는 애모, 민족의 재생에 대한 절절한 염원, 시대의 선진적 조류에 대한 열렬한 추구와 정서적 개방 등등 그 어느 하나도 사회의 진상을 전달하려는 시인의 시대적 각성과 떼어 놓고 생각할 수 없는 것이다.

예술적 추구에서 김택영의 시는 무엇보다도 함축성과 여운이 풍부한 것으로 특징적이다. 그는 신운설(神韻說)에 기초하여 자연과 인간, 신화와 현실, 추상물과 실재물을 하나의 통일체로 융합시키면서 자기의 시적 세계와 사상을 집약적으로 보여줌과 아울러 여운을 튕겨주는 데 신경을 세웠다.

> 나루터 단풍잎에서 아침해 뜨니
> 사공의 갓에 낀 서리 사라지네
> 모래가 옛싸움터를 바라보니
> 물거품마냥 사라졌네— 시비와 성패

이는 김택영의 7언 율시 『아침에 임진강을 건너며』의 한 대목인데 시인은 단풍잎 붉게 타는 가을 아침의 아름다운 어촌 풍경을 『단풍잎』과 『해』, 『모래가』와 『시비, 성패』 등 실재물과 추상물이 결합된 고도로 압축된 시어의 형상에 담아 시적 표현성을 높이고 있으며 또한 자연의 화폭으로 일어나는 서정적 주인공의 사색의 닻줄을 수많은 의병과 애국 충신들이 왜적을 물리치던 모래가 옛싸움터에로 이끌어 가면서 독자들의 심경에 무한한 회포와 매혹적인 연상을 불러 일으킨다. 추상물과 실재물을 결부시켜 시의 함축성을 높인 실례는 7언 율시 『국경도』에서도 찾아볼 수 있는 바 『장군의 기발／밝은 달 아래 달렸고／병사의 새 군복엔／아침서리 끼였구나』라는 시구에서 시인은 나라를 위하여 들판에서 긴긴 밤을 지새우는 장군과 병사들의 간고한 생활을 직설적으로 쓴 것이 아니라 『달 아래 달린 기발』, 『서리 낀 군복』 등 추상물과 실재물이 결합된 함축된 시어로 간접적으로 표달하고 있다.

김택영의 시에는 신화 전설에서의 환상적 수법을 빌어 시적 형상의 함축성을 높인 성공적인 실례들이 적지 않다. 예를 들면 섣달 그믐날이 가고 새해가 다가오는 정경을 『희화 채찍 들고 다급히 쫓으니 먼지 일고／지루한 긴 밤 말 달려 날새려네』라고 형상화하고 있으며 망처를 사모하는 남편의 심정을 『간밤 꿈에 요대에 가니／운모 창문 반쯤 열렸어라／온 뜨락 가랑잎을 동자가 쓸고／그대는 분명 님을 기다리고 있는 게지』라는 신화적 환상에 기탁하고 있으며 박연폭포를 노래한 시에서는 높은 벼랑에서 밤낮 없이 쏟아져 내리는 폭포소리를

『바다신이 고래와 악어를 몰고 가는』 신화적 세계와 연계시키면서 시의 여운을 강화하고 있다.

김택영의 시에는 다채로운 비유 수법과 의인화적 수법에 의하여 시의 함축성과 예술적 매력을 보전한 실례들도 적지 않다. 그는 자기의 시에서 흔히 외래 침략자를 『개구리』, 『악어』, 『고래』, 『아수라』에 비유하고 관료 착취배와 반동 군벌을 『개』, 『쥐』, 『참새』, 『까마귀』에 비유하고 있으며 자신의 고결한 지조와 생활적 신조를 『봉황새』의 처사에 비유하기도 한다. 그는 꽃, 나무 등 자연물에도 인간적 생명을 재치 있게 부여하고 인간의 감정과 연결시킬 수 있는 순간적 계기들을 교묘하게 설정하고 있다. 그리하여 그는 꽃을 감상하여 쓴 시에서 복숭아꽃은 『경박한 자』로, 살구꽃은 『어리석은 자』로, 해당화꽃은 자기의 향기를 조만간에 드러내지 않는 『겸손한』 성격의 소유자로 각기 인격화하고 있다. 또한 시인은 매화의 아름다움을 하늘 위의 상아와 직녀에 비유하고 있는가 하면, 매화의 굳은 절개를 전설에 나오는 라부의 형상에 비유하기도 하였다. 보다시피 시인은 이런 비유법과 의인화 수법을 빌어 시의 함축미와 형상성을 살리고 있다.

김택영의 한시에는 율시, 절구, 고시가 절대다수를 차지하고 있다. 한문자로 표기된 이 다양한 시작품들은 한시의 압운, 평축, 대구 등 격식을 엄격히 지키고 있으며 고저, 장단이 잘 어울리는 5언, 7언의 다양한 형식으로써 풍부한 음악적 리듬을 추구하고 있다.

明河挂屋隅, 白露滿井臼,
蛛絲綴其庭, 落葉樓其牖.
芳芳原上男, 唧唧機中婦,
蓬發者丈人, 呼語逡巡久.

이는 고시 『추석 전 날의 농사집 탄식』 중의 한 대목인데 시인은 압운, 중복, 대구, 의성의태어 등 악부체 시가의 여러 가지 음악적 수단을 다양하게 이용하여 은하수, 찬이슬, 거미줄, 추풍낙엽, 신격질 하는 남정, 베짜는 아낙네, 새 쫓는 백발노인 등 영세화된 농촌의 시대상과 그에 따르는 처량한 정서를 풍부한 시적 율동 속에 깐지게 짜 넣고 있다.

시행의 조직에서도 시인은 4행을 한 연으로 하는 전통적인 작시법에 구애됨이 없이 때로는 6행, 10행을 한 연으로 엮기도 하며 때로는 후렴구를 넣어 가며 3행을 한 연으로 하는 독특한 한시 격식을 창조하기도 하였다. 그는 시의 음악미를 추구하여 음성과 동적 사물에 각별한 관심을 돌렸으며 흔히 우뢰소리, 바람소리, 강물소리, 새소리, 벌레우는 소리, 피리소리, 울음소리 등 음률적 요소를 다분히 띤 형상적 시어들의 사용에 신경을 썼다.

김택영의 시는 당송시 문체에 토대하고 있으면서도 비장하고 호방한 격조와 청아하고 웅혼(雄渾)하며 화려한 표현으로 자기의 독특한 시적 풍격을 형성하고 있다. 청말 중국학자 유월(兪樾)이 말한 바와 같이 그의 시는 『당시의 엄격한 격률과 송시의 청신한 풍격을 겸비』하고 있다. 그리하여 이조 말기의 시인 이건창은 김택영을 일세를 풍미한 근대의 『시신(詩神)』이라 불렀었다.

제 3절 산문

김택영은 『시신』일 뿐만 아니라 이름 있는 산문가이기도 하다. 그는 자기의 창작 생애를 거쳐 5백여 편에 달하는 산문작품들을 창작하였는데 그중에서 문예 성격을 띤 산문이 절대적인 비중을 차지하고 있다.

김택영의 산문은 전(傳), 기(記), 지(誌), 서(序), 발(跋), 논(論), 설(說), 변(辨), 해(解), 서한(書翰), 잡언(雜言)을 비롯하여 의(議), 소(疏), 행상(行狀), 유사(遺事), 묘지(墓誌), 애사(哀詞) 등 중세기의 다양한 산문 형식들을 널리 이용하였다. 그중에서 전, 행상, 유사, 묘지는 전기문학 구성으로, 기는 수필, 기행문 형식으로, 서와 발, 잡언, 서한은 작품론, 작가론적인 성격으로, 논, 설, 변, 해는 정론적인 내용으로 특징지어 진다.

김택영의 산문에서 뚜렷한 성과로 보여지는 것은 전기문학 작품이다. 이런 산문들에서는 외래 침략을 반대하여 목숨 바쳐 싸운 애국지사들의 영웅적 형상이 부각되고 있는가 하면 또 민족문화의 금자탑을 쌓아 올린 문학가, 사상가, 화가, 서법가, 가수 등 탁월한 명인들의 빛나는 형상이 창조되고 있으며 그밖에도 무예에 능한 명사수, 힘 장사, 용감한 협객, 무신론자의 슬기로운 형상들이 다채로운 예술 화랑을 이루고 있다.

장편 전기 『안중근전』은 그의 전기문학에서의 대표작이라고 말할 수 있다. 이 작품은 작가가 1910년부터 집필하기 시작하여 1916년에 완성 발표한 그의 역작이다. 작품은 안중근의 어린 시절로부터 그의 생명의 마지막 순간에 이르기까지의 생애를 생동한 예술 형상으로 일반화하였다.

안중근은 어려서부터 무예에 능하여 달리는 말 위에서 나는 새를 쏴 떨구었으며 20세 좌우에는 큰 뜻을 품고 협객들과 사귀어 항시 열렬한 애국심으로 불타올랐다.

작품은 자기의 조명을 안중근의 애국심을 두드러지게 보여주는 데 집중하였다. 말하자면 중국 내지에서의 동지들과의 연락, 러시아에서의 의병부대 조직과 조선 본토에로의 진격, 할빈에서의 이또히로부미를 격살하기 위한 주도한 계획과 지혜로운 투쟁, 여순 공판정에서의 정의의 열변 등 여러 가지 측면을 통하여 안중근의 애국심을 감명깊게 표현하였다. 특히 안중근이 이또히로부미를 격살하기 위해 노어를 잘 아는 유동하, 조도선 두 사람을 물색하여 할빈에 데리고 가는 장면, 양복을 해 입고 러시아군대 뒤에 섞여 들어가는 장면, 이또히로부미와 10보 가량 거리를 두고 불시에 달려 들어가 연거푸 권총 탄알 세 방으로 이또히로부미를 쓰러 눕히고 잇달아 민족 독립 만세를 높이 외치는 장면에 대한 묘사는 절주가 빠르고 박력이 있고 거침이 없어 그 생동함이 극치에 이르고 있다.

이 작품은 사건, 인물, 배경 등 서사문학의 요소를 구비하고 등장인물 언어의 개성화와 심리묘사의 섬세성, 심각성을 돋보임으로써 근대소설에 접근하고 있다.

『황진이전』(1884년)도 한 편의 훌륭한 전기문학 작품이다. 작가는 이 전기에서 16세기의 저명한 여류 시인 황진이의 애정생활과 그의 시적 재능을 감명깊게 다루었다.

작가는 인민들의 구비 전설에 기초하여 주인공 황진이를 처음부터 전설적인 인물로 등장시키고 있다. 작품은 황진이의 어머니 진현금이 병부교 아래에서 선인이 떠 주는 물을 마시고 황진이를 뱄다고 묘사했으며 그가 날 때 방 안에 이상한 향기가 감돌았다고 밝히고 있다. 또한 황진이가 꽃나이 이팔청춘이 되었을 때 그를 짝사랑하다 죽은 서생의 영구가 그의 집 문 앞에 이르자 땅에 붙어 떨어지질 않았는데 황진이가 자기의 옷을 가져다 덮어 주니 그 영구가 비로소 땅에서 떨어졌으며 소년의 죽음에 감동된 황진이는 마침내 기생이 되어 많은 풍류 인물들과 교유하는 행정에서 애정시를 지어 서정문학을 개척하였다고 서술하고 있다.

작가는 이 전기에서 주인공의 신비한 출생담, 전설적인 연애담, 기생이 된 후 풍류 남아들과의 교유 과정에서 발휘된 시적 재능과 죽으면서도 유언을 남겨 수의와 입관을 거절한 반전통적 정신 등을 빌어 탁월한 여류 시인 황진이의 예술 형상을 성공적으로 부각하였다. 이 작품은 전설에 기초한 기발한 허구, 구성의 엄밀성, 인물 성격의 개성화로 하여 단편소설의 성격을 다분히 띠고 있다.

『설승유전(薛繩儒傳)』(1887년)과 『김리도전(金履道傳)』(1887년)은 근로 인민의 대변자와 그들의 반봉건적 투쟁정신을 노래하였는 바 이런 작품들은 그의 전기문학 창작에서 독특한 의의를 가지고 있다.

『설승유전』은 근로 인민을 사랑하는 협객의 아름다운 미담에 기초하여 씌여진 것이다. 설승유는 이조 순조 때 사람으로서 어려서부터 부자들과 담을 쌓고 살았으며 관리의 세도에 조금도 굴복하지 않았다. 한번은 그가 소를 타고 길을 가다가 소작료를 물지 못하여 관가에 붙들려 가는 한 가난한 농민을 보고 자기가 타고 가던 소를 소작료로 대신 물어주고 그 농민을 놓아주게 하였다. 작품은 설승유의 형상을 통하여 서로 돕고 사랑하는 노동 인민의 아름다운 정신세계를 노래하고 불합리한 봉건 착취제도를 신랄하게 폭로 비판하였다.

『김리도전』은 미신타파를 주제로 한 전기작품이다. 작품은 미신을 반대한 주인공 김리도의 대담한 거사를 찬양하고 시비를 전도한 최고 봉건통치자의 불의와 죄악을 견책하고 있다. 작가는 작품의 마지막 부분에 이르러 귀신을 믿는 재래의 낡은 습관을 타파하려 한『김처사의 분발은 도리가 있는 것』이라고 평가함으로써 봉건적 종교 미신 세력을 배격하고 정의와 과학을 사랑하는 자기의 선진적 입장을 표명하였다.

김택영은 수필과 기행문 창작에서도 높은 예술적 성과를 이룩하였는 바 그 대표적 작품으로는『시진창강실기』(1907년),『한묵림서국 연못에서 노닐며』(1906년),『움직이는 정자』(1915년),『백운정기』(1914년),『일송정기』(1899년),『황주 월파루 보수기』(1903년) 등을 들 수 있다.

수필『시진창강실기』에서 작가는 주로 남통에 자리잡고 있는 자기 집 주위의 환경을 묘사하고 있다. 작품은 남통시의 전경묘사로부터 시작하여『문 밖에 북나들 듯 오가는 배들』과『펄펄 날리는 배기』,『동문 밖의 뽕나무 가지』,『강안의 들참대 숲』,『돛대처럼 구름바다 속에 소소리 높이 솟아 있는』남쪽의 낭산,『신령이 내린 것처럼 푸른 강물에 비쳐 얼른거리는』건축물과 밤의 아름다운 정경에 이르기까지 집 주위의 경치를 눈앞에 보는 듯이 선명하게 그려내고 있다.

수필『한묵림서국 연못에서 노닐며』도 섬세한 정경묘사로 특징적인 바 그중의 한 대목을 들어보면 다음과 같다.

『제군이 삿대질하여 배를 저었다. 연못 복판까지 저어갔을 때 수면에 솟아 있는 연잎 사이로 금시 피기 시작한 연꽃의 그윽한 향기가 풍겨 왔다. 배가 스쳐 지날 때마다 연잎에서 스르럭 스르럭 다치우는 소리를 냈다. 연잎이 상하지나 않을까 저어하여 나는 배가 지난 곳을 다시 돌아보았다. 다행히 연잎들은 어깨를 춰올리며 고스란히 서 있었다. 나는 은근히 기뻤다.』

보다시피 작가가 고한문으로 이처럼 섬세하고 생동하게 자연 풍경을 그려낸 데는 실로 놀라지 않을 수 없는 것이다.

기행문『황주 월파루 보수기』에서 작가는 회화적 묘사와 주정토로를 결부시켜『천하 제일 다락』이라 불리우는 월파루의 경치와 유래, 중국과 조선의 왕래에서 친선의 항로로 되었던 그의 역사적 공적을 기록하였으며 국가와 백성의 안녕에 대한 그 시대 사람들의 간절한 기원을 피력하고 있다.

김택영의 산문작품들은 형식상에서는 전기문학을 위주로 하고 제재상에서는 역사적 인물과 사실을 많이 취급하고 있으며 표현 수법에 있어서는 섬세한 환경묘사와 개성적인 인물의 언어, 행동묘사를 주요한 묘사 수단으로 삼았다. 그의 산문들은 기사에 능할 뿐만 아니라 동시에 주정토로를 유기적으로 결부시킴으로써 작품의 서정성과 형상성, 경향성을 한결 더 살리고 있다. 중국학자 손정계(孫廷階)는 김택영 산문의 예술적 풍격을 염두에 두고『당, 송 8대 산문가와 같은 문풍이 있다』고 높이 평가하였다.

제4절 미학 견해

김택영은 유물론—진화론적 우주관과 민주주의적 사회정치관에 입각하여 문학 분야에서 일련의 선진적인 사실주의 미학 견해를 제기하였다.

우선 문학의 내용과 형식의 관계에서 김택영은 사상의 일차성을 주장하였다. 그는『신자하시집 서(申紫霞詩集序)』(1907년)에서 다음과 같이 쓰고 있다.

『글은 사상에서 나타난다. 사상을 물에 비한다면 글은 마치 물에 뜬 물건과 같다. 사상이 부족하면 그 글은 마치 물이 적은 것과 같아서 물건을 받들지 못하고 가라앉고 만다.』

여기에서 김택영은 글과 사상과의 변증법적 관계를 천명하였고 문학작품에서 무엇보다 사상이 선차적 위치에 놓여 있음을 정당하게 지적하였다.

그는 기1원론적 유물론에 기초하여 사상 내용은『기백』을 위주로 한다는 것과『기백』의 우열에 따라 사상 내용의 깊고 얕음이 구별되는 것이라고 주장하였다.『김매여문고 서(金晦汝文稿序)』(1918년)에서 그는 문학의 본체에 대한 한유, 유종원의 견해를 개괄하여『기백이 넘쳐 나면 언어의 장단이나 음률의 고저가 자연히 서로 어울리게 되』며『기력에 의하여 붓이 자유롭게 내달리게 되는 것』이라고 강조하였다.

그는 글의 사상 내용에서 기백을 위주로 해야 한다는 주장과 함께 시에서의 사상감정의 진실성과 산문에서의 이치, 법도의 중요한 의의를 천명하였다.

김택영은 그의 문예 수필 『잡언』(1897년)에서 『나는 「시경」의 「망시」를 읽고 시라는 것이 없어서는 안된다는 것을 알았다. 음탕한 여자가 평시에는 그 더러운 행실을 감추고 있기에 사람들이 모른다. 그런데 버림받아 쫓겨난 뒤에야 그 불행이 심해진다. 이것이 진실로 사람들이 느끼는 보통 심정이다. 지금 이 시를 읊는 사이에 수치와 더러운 행실이 드러났을 때 저절로 침을 뱉게 된다. 마치 음식을 먹다가 그 속에 파리가 있으면 뱉어 버리게 되는 것처럼 이 어찌 자연스러운 감정이 아니겠는가! 사람들은 자기도 모르게 그렇게 하거늘 시도 이와 마찬가지로 감정에서 우러나와야 하는 것이다.』라고 하면서 문학의 교양적 의의와 함께 작품에서 진실한 사상감정이 심장의 목소리로 터져 나오는 때라야만이 사람들에게 진정한 예술적 공명을 불러 일으킬 수 있다는 진리를 제기하였다.

산문에서의 이치와 법도의 중요성에 대하여 그는 『벗의 고문론에 대답하여』(1916년)라는 서한에서 다음과 같이 지적하였다.

『이른바 글짓는 데 대하여 간단히 말하면 글에는 우선 이치가 있어야 한다. 이치라는 것은 학문의 기본이요, 시비의 준승이요, 취미의 관건이요, 해득하고 깨닫는 기틀이다. 그러므로 무릇 문체, 법도, 수사, 기백 등은 다 그 이치의 바탕으로부터 떠날 수 없다.』

그는 여기서 글에 논리성이 없으면 갈피를 잡을 수 없고 시비를 가를 수 없으며 따라서 독자에게 공명을 불러 일으킬 수 없고 작가가 말하려는 주제를 명확히 전달할 수 없음을 정당하게 논술하였다. 그는 기백, 이치의 주도성을 확인함과 동시에 그에 대한 법도, 수사적 수단의 반작용에 대해서 묵과하지 않았다. 그는 『자고로 문장으로 이름을 떨친 사람들은 그 기가 흘러 넘치는 사람들이다. 그러나 기에는 옳바른 것과 나쁜 것, 맑은 것과 흐린 것의 구별이 있다. 하기에 법도와 수사를 잘 운용하여야만 그 기가 옳바르고 맑게 되며 이에 반하여 그 기가 나빠지고 흐리게 되면 건조무미하거나 황당무계한 것과 같은 갖가지의 폐단을 초래하게 되는 것이다.』라고 하면서 사상 내용의 주도성에 따르는 형식의 기교 연마의 중요성을 특히 강조하였다.

고전 미학 견해에서의 다른 하나의 중요한 기여는 중세기 중국 문예 비평가들이 창도한 신운설(神韻說)을 변천된 시대생활과 사상감정에 알맞게 비판적으로 계승 발양함으로써 문학의 본체에 대한 동방 고전 미학사상을 한결 더 풍부화시킨 것이다.

우선 그는 신운설을 문학의 본체론적 위치에 올려놓고 그의 기본 함의를 다음과 같이 규정하였다.

『이른바 신운이란 귀로 듣고 입으로 전달할 수 있는 것이거나 해박한 지식을 제멋대로 뽐내서 되는 것이 아니요, 엽기적인 취미거나 허무맹랑한 낭만성도 아니다. 그것은 진부한 언어를 깨끗이 제거한 토대 위에서 길고 짧음, 높고 낮음, 앞뒤, 깊고 얕음이 각기 제 위치에 적절하게 놓이게 함으로써 이어 놓으면 그 이치가 정연하고 음미해 보면 그 여운이 사라지지 않는, 사람으로 하여금 읽고 나면 어깨춤이 절로 나게 하는 그런 경지를 말한다.』

보다시피 김택영은 신운을 형상의 외모거나 언어적 외피에 나타나 있지 않는 깊고 숨은 뜻, 다시 말하면 객체와 주체의 상호 교류에서 형성되는 예술의 심리 마당으로 이해하고 있으며 고상한 심령으로서만 느낄 수 있는 정감과 사상의 융합제로 규정짓고 있다. 이런 규준에 입각하여 그는 이백, 두보, 소동파의 시와 사마천, 한유, 소동파, 박지원의 산문을 신운의 대표작으로 인정하고 있으며 신운의 핵심을 작품 전반에 흐르고 있는 기백, 기력 혹은 정기, 원기로 해석하고 있다. 이것은 왕사정을 비롯한 일부 청조 시기 신운설의 창도자들의 편견, 즉 신운을 단순히『함축, 온화, 태평, 표일』을 기치로 한 일종 문학 풍격에 귀결시켜 두보, 백거이 등 사실주의 시인들을 깎아 내린 무단적인 견해에 대한 완곡한 비평이며 시의 영혼—기백을 떠나 운율적 기교만을 추구하는 그 시대의 형식주의 경향에 대한 대담한 부정이다.

김택영은 왕사정의 신운설의 소극적인 일면을 부정함과 동시에 그 가운데의 합리적 요소를 섭취하여 신운설에 대한 자기의 독특한 이론 체계를 확립하였는바 우선 신운의 경지에 도달하려면 작가에게 고상한 사상감정, 흘러 넘치는 기백이 있어야 한다고 인정하였다. 그는『기백이 흘러 넘치면 언어의 길고 짧음, 음률의 높고 낮음이 자연히 서로 어울리게 되』지만『억지로 글자를 맞추고 경구를 만들어 내서는 결코 신운을 얻을 수 없다』고 하였으며『시의 정교로움은 오직 세심한 사람이면 고심하게 사색하여 누구나 도달할 수 있는 것이지만 신운의 경지는 단지 고심하게 사색한다 하여 꼭 도달할 수 있는 것이 아니』라는 것, 그것은 『마치 빛의 광채와도 같아 손으로 붙잡을 수 있는 것이 아닌』 만큼 『성의(誠意), 정심(正心)』을 거쳐 자기의 심령 속에 숭고한 사상감정이 충일되는 그런 때에야만 비로소 도달할 수 있는 것이라고 주장하였다.

다음 신운의 예술 경지에 도달하려면 글에 함축성이 있고 여운이 있어야 한다고 인정하였다. 『벗의 고문론에 대답하여』란 글에서 그는 『글이 묘하게 되자면 신축성과 함축성이 있고 깊이가 있어야 한다』고 주장하면서 『뜻이 죄다 밖에 드러나 얼핏 보아도 다 알 수 있는』 시는 결코 훌륭한 작품이 아니라고 지적하였다. 그는 왕창령의 시 『원정 가는 사람들의 애원』에 나오는 『진나라 때의 밝은 달과 한나라 때의 옥문관』이라는 의미심장한 시구를 실례로 들면서 추상적 사물과 실재적 사물의 결합에서 산생되는 시적 여운을 심각하게 분석하였다. 김택영의 신운설은 현실에 대한 예술의 단순한 재현적 작용에 흥취를 둔 것이 아니라 감정과 사상의 결합으로 나타나는 예술 표현의 정감적 기능을 강조하면서 주체 창조에서 수요되는 특수한 정감의 심리상태와 자유로운 사상을 표현할 것을 강력히 주장하였다. 이것은 과학 및 이론 사유와 구별되는 예술의 기본적 특징에 대한 올바른 이해이며 동방미학의 독특한 장점—그 우월성에 대한 긍정과 계승 발양이다.

글의 함축미를 주장함과 동시에 그는 또 문자가 알기 쉽고 거기에 담긴 내용이 질박해야 한다고 강조하였다. 『무릇 문자가 쉬운 가운데 기묘한 변화가 있어야 진짜 기묘한 변화이며 질박한 가운데 찬란한 빛이 있어야 진짜 찬란한 빛으로 되는 것이다.』 이런 선진적인 미학 견해에 입각하였기 때문에 그의 글은 알기 쉬우면서도 마치 조화를 부리는 요술사처럼 기묘한 변화가 있으며 상징적, 낭만적인 것과 진실하고 질박한 사실주의적인 것이 하나의 정체로 융합되어 있는 것이다.

이밖에 시의 운율적 미에 대해서도 그는 독창적인 견해를 가지고 있었다. 그는 조식, 두보, 소동파의 시를 실례로 운율미에 대한 중국, 조선, 일본 한시의 엄격한 요구를 서방 시가와 구별되는 동방 시가의 중요한 특징의 하나라고 낙인 찍고 있으며 따라서 『아무리 좋은 뜻을 가진 시구라도 운율이 맞지 않으면 결국 좋은 시가 될 수 없다.』고 말하였다. 그는 시운과 성률(聲律)의 중요성을 음악적 미를 산생할 수 있어야 한다는 그런 높이에까지 올려 놓았으며 또 그런 높이에서 청나라 시대의 중국 7언 고시의 점착법과 규칙, 평측의 대립 및 조화 등 운율적 요소들을 대비 연구함으로써 그중 적지 않은 고시들이 외구의 평측이 딱딱하고 체화되었음을 발견하였으며 따라서 이런 폐단을 시정하는 가장 좋은 방법은 평측을 서로 엇물리게 하면서 평성을 위주로 하는 것이라는 독창적 견해들을 제기함으로써 중국 근대시가 운율 이론을 한결 더 풍부화하였다.

김택영은 선진적인 사실주의 미학관에 입각하여 중국과 조선의 한문학 대가들의 풍격, 기질, 성과와 작품의 우열을 구체적으로 평가하였으며 또 신운설에 기초하여 사마천, 이백, 두보, 한유, 소동파, 박지원을 한문학의 가장 걸출한 대표 인물로 인정하였다.

김택영은 조선족 한문학의 최후를 장식한 가장 걸출한 시인이다. 그는 근대시기에 진입하여 날로 쇠약해져 가는 그 한문학을 건져 보려고 모든 힘을 다 바쳤으나 이미 자기의 사명을 완수한 한문학은 끝내 민족문자로 된 현대문학의 대두와 함께 그 종지부를 찍게 되고 말았다. 그러나 김택영이 남긴 사상과 업적은 한문학의 과거의 성과와 함께 영원히 역사의 기념탑에 아로새겨져 있을 것이다.

제4장 신정

제1절 생애와 문학 활동

신정은 신해혁명 시기에 활약한 반일 민족 독립운동가이며 자산계급 민주혁명의 선행자이며 저명한 민주주의적 시인, 작가, 교육가이다.

신정(申檉)은 1879년 1월 13일 조선 충청북도 문의군 동면 계산리에 사는 시골 선비 신용우의 둘째 아들로 태어났다. 그의 호는 예관(睨觀), 자는 공집(公執)이며 그밖에도 여서(余胥), 일민(一民), 산로(汕盧), 청구한인(靑丘恨人) 등의 별호가 있었다. 1911년에 중국으로 건너오자 곧 신정으로 개명하고 손중산 선생이 영도하는 중국 자산계급 민주혁명의 정치 무대에 진출하였다.

그의 생애는 1911년을 전환점으로 하여 크게 두 개 시기로 나뉘어지는 바 그 전반기는 개화의식과 배일 민족의식이 급격히 앙양되던 시기요, 후반기는 자산계급 민주혁명의 선각자와 반일 민족 독립운동의 지도자로 원숙되어 가던 시기였다.

그가 지나온 소년 시절은 이조 오백년의 봉건적인 정치체제가 개화의 물결에 따라 서서히 무너지기 시작하고 일본과 구미 열강들이 조선 반도에 침략의 마수를 뻗치기 시작한 내외 우환의 암담한 시기였다. 그런 연유로 애국심에 불타는 소년 신정은 어려서부터 저항적인 기질을 타고 자라났으며 풍전등화의 위기에 직면한 민족의 운명에 예리한 눈길을 돌리기 시작하였다. 갑오전쟁이 바로 일어나기 직전, 겨우 열다섯 살 나는 그는 왜구를 배척하라는 격문을 짓고 서당 학우를 모아 동년군(同年軍)을 조직하여 주야로 조련하면서 무덕을 널리 제창하였다. 얼마 후 동년군에 대한 정부의 해체령이 내렸고 대장이던 신정이 체포되었다. 그러나 그는 계속 일본의 침략적 근성을 규탄함과 더불어 완강하게 버티면서 자기의 주장을 한치도 양보하지 않았다.

스무 살 나는 해에 그는 고향을 떠나 관립 한어학교에 입학하여 학구에 정진하다가 다시 무관 학교에 입학한 뒤 육군 참위로 임명되어 보병영에 근무하였다.

1905년, 조선 반도에 대한 일본 침략사의 정치, 경제, 군사적 특수 권리의 확인과 더불어 이완용 등 을사오적의 매국적 흉계로 말미암아 조선 민족의 운명은 칠성판에 오르게 되었다. 이 놀라운 소식을 듣게 되자 육군 부위로 있던 신정은 통분을 누를 바 없어 즉시 지방 진위대의 동지들을 규합 의거하여 왜구들과 대결하려 하였다. 그러나 중과부적으로 그의 계획은 인차 실패로 돌아가니 그 통탄과 고뇌를 못 이겨 마침내 음독 자살을 기도하였다. 요행히 집안 사람들에게 발견되어 생명만은 구제되었으나 바른쪽 눈의 시신경이 약기에 다치어 종시 앞을 정시하지 못하고 흘겨 보게 되었다. 그 까닭에 아호를 예관(睨觀)이라 짓고 또한 그때로부터 험악한 세상, 야수 같은 일제놈들의 죄악적 만행을 옆눈으로 흘겨 보게 되었던 것이다. 1907년, 일제의 조선군대 해산령에 의하여 군복을 벗게 된 신정은 민중 각성의 필요성을 절감하고 학교와 학회를 창설하고 공업계 잡지를 발간하여 민족 자강의식을 널리 고취하였다.

1910년, 『한일합병조약』의 강압적 체결과 더불어 독립국가로서의 조선의 역사는 드디어 마지막 페이지를 넘기게 되었다. 이와 같은 비참한 현실에 직면한 그는 또다시 음독 자살을 시도하였다가 대종교의 1대 종사인 나홍암의 구원을 받고 민족의 독립을 위해 재기할 것을 다시 맹세하였다.

이런 사상의 추동 하에서 그는 1911년 봄, 신해혁명이 일어나기 직전에 항일 구국의 진리를 찾아 중국 땅에 건너왔다. 잠시 요녕에다 적(籍)을 두었던 그는 다시 심양, 북경, 청도를 거쳐 당시 중국 자산계급 혁명의 선진 인사들이 집결한 상해로 달려갔다. 그의 처녀작『생각한 바를 읊노라』(1910년19))에 이어 망명의 기나긴 노정에서 읊은『서울을 떠나 압록강을 건너며』(1911년),『산해관에 이르러』(1911년),『교주만을 떠나 상해로 향발』(1911년) 등 시편에서 시인은 망국의 뼈저린 슬픔을 토로함과 더불어 방랑의 길에서 목격한 청조 봉건통치 하에서의 중국의 부패상을 폭로하고 자산계급 혁명의 폭풍우를 기다리는 선각자의 입장을 표명하였다.

그는 상해에 도착한 즉시로 중국 자산계급 혁명단체 동맹회에 가입하고 그해 10월에 손중산 선생을 따라 몸소 무창봉기에 참가하였다. 조선 사람치고 이처럼 직접 신해혁명에 참가하여 청조를 뒤엎고 민국을 창건하는 혁명 투쟁의 진두에 나선 이로는 그가 첫 사람이었다. 하여 당시 혁명군 내부에는『중국에는 손문, 조선에는 신규식』이라는 기대에 찬 말까지 떠돌았다. 이 시기에 쓴『보검』(1911년),『손중산 대통령을 축하하여』(1912년),『손중산에게 드림』(1912년),『황흥에게』(1912년?) 등 시편에서 시인은 신해혁명의 영웅적 거동과 손중산, 황흥 등 자산계급 혁명의 선각자들을 격조 높이 노래하였다.

신해혁명이 실패되자 신정은 계속 상해에서 활동하면서 자기의 여비까지 희사해 가며 동맹회의 기관지『민권보』의 발행을 적극 지지해 나섰다. 1912년 7월에 그는 상해에 모여든 조선 망명 지사들을 묶어 세워 반일운동단체『동제사(同濟社)』를 조직하였으며 아울러 동맹회의 중견 인물들인 송교인, 진기미, 호한민, 요중개, 당소의 등 명사들이 가입한 신아동제사를 발기 조직하여 중국 민주 혁명가들과 광범한 연계를 맺었다. 이때의 감격을 목청껏 노래한 것이 바로 시『제제다사들 장하구나』(1912년)이다.

같은 해에 신정은 당시 중국의 가장 영향력 있는 자산계급 혁명 문학단체인『남사』에 가입하여 유아자 등 진보적 문인들과 교분을 맺고 네 번이나『남사』의 시인 모임에 참석하여『남사에 드림』(1915년),『남사의 11차 모임에서 유아자에게 보냄』(1915년),『태일유서를 읽고 느낀 바를 쓰노라』(창작 연대 미상) 등 혁명적 격정이 흘러 넘치는 주옥같은 시편들을 내놓았다. 1915년 1월

---

19) 이 시는 시집『아목루』에 실린 첫 수로서 작품에 반영된 시대상에 비추어 보아 신정의 중국 망명 직전인 1910년 전후에 씌여진 것으로 추측됨.

일제의 무력 공갈과 원세개의 매국적 행위로 조작된『중일 21개조』의 체결을 목격하면서 그는 불안과 통분을 누를 길 없어 즉시 붓을 들어『남사』에 보내는『동사 여러분에게 드리는 글』을 썼다.

『오호, 위태롭고 위태롭나이다. 폭풍우에 천지가 캄캄하고 검은 물결이 온 누리를 삼킬 듯 흘러드는데 막아서는 자 없나이다. 대사건이 발생된 후 어중이 떠중이들의 담력이 더 커져서 외국 신문들까지 떠들썩하고 있나이다, 하찮은 저 역시 근심과 걱정이 되어 광분질주하며 정형을 살핀 지도 어언간 열흘이 넘었나이다. …그런데 요즈음 평민단체에서 공개회의를 열었다는 소식도 듣지 못하였고 여론기관도 경고의 글 한 편 없나이다. 그리고 이렇게 험한 형세 하에서 여전히 태평세월을 보내고 있는 것이 너무 놀랄 지경으로 이해가 되지 않아 조선의 망국의 교훈을 피력하는 바올시다. …나의 친애하는 중화 민족의 인인 지사들이여, 조선의 뒤길을 걷겠나이까?』

중화 민족의 앞날을 걱정하는 상술한 심정을 그는『여원홍, 단기서에게 올리는 장편 서한』에서도 거듭 피력하였다. 이밖에도 그는 원세개에게 피살당한 서혈아, 송교인, 진기미, 오록정 등 민주 혁명가들을 추모하는, 피눈물로 엮어진 수다한 애도시들을 발표하였다.

1916년 이후『남사』가 봉건 문화의 복고 조직으로 전락되자 그는 유아자 등 진보적 시인들과 함께『남사』에서 결연히 퇴출하였다. 그러나 그의 시 창작이 이로써 중지된 것은 아니었다. 그 후에도 그는 반일 애국지사들을 노래한 애도시와 중국 농촌의 황폐한 시대상을 그려낸 훌륭한 기민시들을 적지 않게 내놓았다.

신정은 손문 학설과 루소의 민권사상을 받들고 자산계급 민주혁명의 진두에 나서 활약한 한편 또 민족 독립운동의 인재 양성과 조직, 선동 사업에 모든 힘을 몰부었다. 그는 상해 프랑스 조계지에 박달학원을 개설하여 전후 백여명의 조선족 청년들에게 구미 각국에 유학갈 수 있는 예비 교육을 진행했으며 국민혁명군의 고급 장령들과 협상하여 백여명의 조선족 청년들을 중국의 각 군사 학교에 보내어 민족 해방운동에 이바지할 군사 인재를 양성하였다.

그의 생애의 최후 수년간은 상해임시정부의 독립운동 사업에 바쳐졌다.

1917년 8월 스톡홀름에서 개최된 만국 사회당 대회에 그는 조선 독립을 요망하는 건의서를 보내어 만장일치의 승인을 받았고 이듬해 12월에는 예관의 이름으로 파리강화회의에 조선 독립을 요청하는 전보를 보냈다. 1919년 1월에는 할빈에 있는 김규식을 민족 대표로 파리에 파견하였으며 비밀리에 일본, 만주, 서울 등지에 부단히 독립운동가들을 파견하여 『3.1』운동의 불길을 지피었다. 동시에 상해 고려교민 친목회를 조직하고 기관지 『우리의 소식』을 발행하여 대일 공격을 들이댔다. 1919년 6월에 그는 임시정부의 법무총장으로 피선되었고 1920년 10월에 그는 장편 정론 『통언(痛言)』을 상해 『진단주간』에 연재하기 시작했다. 그는 1921년 5월에 국무총리 대리 겸 외교총장에 취임하였으며 그해 11월에 특명전권대사의 이름으로 광주에 가서 손중산 선생과 회견하고 손중산 선생으로부터 『나의 오랜 동지』라는 칭호를 받게 되었으며 아울러 북벌서사식에 참가하여 북벌군 장병들에게 열렬한 축사를 드렸다. 광동군벌 진형명의 혜주반란에 의하여 자산계급 혁명이 또다시 좌절당하게 되자 그는 『중국의 불행이 어찌도 이같이 심하단 말이냐? 중산 선생이 고심하게 경영해 온 혁명 사업이 이제 전부 수포로 돌아가고 말았구나』라고 탄식하면서 드디어 병석에 드러눕게 되었다. 이 소식을 알게 된 손중산 선생은 직접 현금을 보내어 그의 병치료를 다그쳤으나 불행하게도 그는 못다 이룬 광복의 원한을 품은 채 1922년 8월 5일, 44세를 일기로 상해 애인리 57번에 있는 그의 거소에서 세상을 떠났다. 그가 서거된 후 그의 영구를 상해 홍교로에 있는 만국 공동묘지에 안장하였으며 그의 탄생 60주년을 기념하여 시집 『아목루(兒目淚)』를 출판하였다.

제2절 시집 『아목루』

시집 『아목루』는 신정 탄생 60주년을 기념하여 사천성 중경에서 출판한 그의 유일한 시집으로서 일명 『예관 시집』이라고도 한다. 이 시집에는 시인 신정이 1909년부터 1922년까지의 10여년 사이에 창작한 160여수의 율시와 산문시들이 수록되어 있는데 그것은 김택영의 시와 마찬가지로 전부 고한문으로 씌여 있다.

『아목루』라는 제목 자체가 암시해 주고 있다시피 이 시집은 나라 빼앗긴 『소년의 피눈물』로 엮어진 고통과 울분의 호소이며 진리와 광명을 찾아 헤매이던 시인 자신의 피어린 발자취이다.

이 시집에서 우선 우리의 이목을 끄는 것은 망국의 비운을 통탄하고 민족의 자주독립을 위해 몸바쳐 싸울 것을 호소한 서정—정론시편들이다.

그의 처녀작으로 알려지고 있는 5언 절구 『생각한 바를 읊노라』(1910년)에서 시인은 한일합방 후 급속히 황폐되어 가는 조선 농촌의 시대상과 일제의 총칼 밑에서 무리 죽음을 당하고 있는 조선 민족의 역사적 비극을 생동한 시적 형상 속에서 보여주고 있다.

> 청산은 옛모습 잃고
> 낙엽은 지는 가을 알리네
> 밉살스럽구나 돈에 미친 장사꾼들
> 다투어 관장사에 달라붙으니

여기서 시인은 금전에 눈이 어두워 동포의 죽음도 아랑곳하지 않고 무치하게 관장사에 달라붙는 장사치들의 가증스러운 추태를 신랄하게 폭로하고 있는바 이 시의 밑바닥에는 민중 각성의 필요성을 절감하고 있는 시인 자신의 계몽적 사명에 대한 자각이 슴배여 있다.

시인은 칠백리 요동벌과 산해관, 북경, 천진, 청도, 교주만을 지나 중국 강남 땅에 망명하여 가는 수천 리의 기나긴 방랑길에서도 언제나 두고 온 고국의 운명을 걱정하였으며 항용 민족의 자주독립을 실현하려는 정치적 이상으로 자기의 가슴을 불태웠다.

> 청구땅엔 해가 지고
> 산해관엔 하늬바람 불어치는데
> 충정으로 불타는 섭군의 말삼

이 가슴 한없이 후덥혀 주네

이는 시인이 산해관을 지나면서 읊은 망향시 『산해관에 이르러』(1911년)의 전문이다. 시의 첫구절 『청구땅에 해가 졌다』함은 바로 조선 반도가 일제에 강점되어 빛을 잃었음을 의미하는 것이요, 두 번째 구절 『산해관에 하늬바람 불어친다』함은 일제의 검은 마수가 이미 중국 땅에 뻗치고 있음을 암시한 것이다.

처음으로 중국 땅에 발을 들여놓을 때만 하여도 그는 외교상의 합법적 도경을 통해 민족 독립을 요망하는 자기의 정치적 포부를 펴 보이려고 환상하였다. 하지만 이런 환상이 오래 가지 않아 무참히 깨어짐에 따라 그는 다음과 같이 가슴을 치며 울부짖는다.

한가슴 맺힌 사연 털어놓고 싶어도
그 사연 무엇인지 알 길 없구나
……
알고보니 그것은 나라 잃은 울분이라
쌓이고 쌓이는 건 설움의 덩이라네

시 『스스로 슬퍼하노라』(창작 연대 미상)에서 표현된 시인의 이와 같은 울분과 원한의 감정은 나중에 발표된 시 『제제다사들 장하구나』(1912년)에 이르러서는 점차 자신의 계몽적 사명에 대한 반성과 자각으로 번져 간다.

세상 변천은 이제 몇 번이냐
쓰리고 아픈 일들 이중삼중 겹치누나
말만으로 되는 일 없거늘
실천해야만 성공한다네

그리운 강산 어디로 찾아가나
풍랑에 같은 배를 탄
제제다사들 장하기도 하구나

호호백발에 상기도 기개 떨치는 것이

님 계신 곳 찾아갈 제
모두가 사공이요 키잡이라
일심으로 대안을 향해
어기어차 저어 가세나

상해에 모여 온 조선족 반일 투사들을 고무 격려하여 지은 이 시에서 시인은 반일 민족 독립운동단체『동제사』의 취지와 전망을 그려 주면서 백의 동포 앞에 가로놓인 급선무는 일치 단결하여 일제 침략 세력을 몰아내고 민족의 자주독립을 하루속히 실현하는 것이라고 형상적으로 밝히었다.

신정은 이 시집에서 동시대의 민족 독립운동가들과 운명을 같이하면서 언제나 예리한 시대적 안목으로 반일 의병 투쟁의 격동적인 현실을 격조 높이 노래하였다.

반일 의병 투쟁을 주제로 한 시『할빈 의거를 찬양하여』(1909년),『여순에서 처형당한 이를 애도하여』(1910년),『의암 탄생 61돌을 축하하여』(1921년),『9월 1일』(창작 연대 미상) 등에서 시인은 일제 침략자를 반대하는 성스러운 싸움의 길에서 목숨 바친 안중근, 유인석 등 반일 애국 투사들의 위업을 칭송하면서 그들의 장렬한 최후를 마음 속으로 추모하였다.

청천 백일의 벽력소리
전 세계 잠든 넋 깨우도다
의사 한 번 성내매 간웅이 꺼꾸러지니
독립만세 3창에 조국광복 되리로다

보다시피『할빈 의거를 찬양하여』라는 제목으로 된 이 시는 시인이 안중근이 이또히로부미를 처단했다는 쾌보를 들었을 때의 기꺼운 심정을 읊은 송가로서 그 밑바닥에서는 민족 영웅에 대한 무한한 흠모와 높은 민족적 긍지감이 굽이치고 있다. 같은 주제의 시『9월 1일』에서는 상술한 시와 시점을 달리하여 어느 한 반일 투사를 찬양한 것이 아니라 반일 무장 투쟁에 궐기한 영웅적 의병들의 집단적 군상을 노래하고 있다.

> 흑천룡은 벽해만에 날아예고
> 청천호는 백두산에 우뚝 서 있네
> 장하도다 간도땅에 운집한 천만 장사들
> 만세소리와 더불어 개선가 높이 부르네

이 시에서 시인은 항쟁의 불길을 높이 추켜든 의병 용사들을 『흑천룡』, 『청천호』 등으로 상징하면서 당시 동북 장백산 일대에서 맹렬한 대일 공격을 들이대고 있던 민족 독립군 투사들의 용맹과 슬기, 백절불굴의 반항정신을 열렬히 구가하였다.

상기한 시편들은 무엇보다도 반일 의병 투쟁의 격동적인 현실에서 환기된 앙양된 감정 체험에 기초하여 애국의 격정으로 일관된 민족 자주정신과 원수들에 대한 불타는 증오심을 토로한 것이 특징적이다.

시집 『아목루』에서는 또 자산계급 혁명에 대한 열렬한 동경과 민주주의적 이상에 대한 추구의 정신이 강하게 표현되고 있다.

신해혁명 전야에 쓴 시 『연경에 이르러』(1911년)에서 시인은 바야흐로 홍기되고 있는 중국 자산계급 혁명에 대한 동경심을 다음과 같이 토로하고 있다.

> 서울 떠나 어언간 삼천리
> 해질 무렵 연경에서 옛친구 만났구나
> 중화의 희소식 정말인지
> 눈물겨워 오랫동안 말 못하였네

시인은 무너져가는 청조 봉건통치를 『낙일연경』에 비유하면서 신해혁명 전야의 『희소식』에 접한 자신의 북받쳐 오르는 혁명적 격정을 읊조리었다. 같은 해에 지은 시 『서현자에게』에서도 시인은 곧 일어나게 될 신해혁명의 불길을 아세아의 밤을 밝혀 주는 희망의 등대로 묘사하였다.

신해혁명의 직접적인 참가자였던 시인 신정은 손중산, 황흥 등 민주 혁명가들과 손잡고 싸우면서 자산계급 혁명의 승리를 위해 분투하여 온 그들의 거룩한 업적을 노래하였다.

> 흉악한 원수부터 목을 자르고
> 이웃의 배신자도 소멸하소서
> 요물들을 모조리 박멸하거든
> 태평양에 넣어서 피를 씻으소

이는 신해혁명 때 혁명군 총사령으로 부임되어 무한으로 떠나가는 동매회의 저명한 수령 황흥에게 보낸 시『보검』(1911년)의 전문인데 이 시에서는 청조 봉건통치계급에 대한 무한한 증오와 자산계급 혁명의 승리에 대한 확고한 신념이 여울치고 있다.

신해혁명 후 손중산 선생이 중화민국 임시정부 대통령에 취임된 경사의 나날에 시인은『손중산에게 드림』(1912년),『손중산 대통령을 축하하여』(1912년) 등 격정에 흘러 넘치는 송가들을 창작하였다.

> 험악한 세상에 거룩하신 분 태어났네
> 강남 땅 험난한 길 누비시여
> 바라고 바라던 무창봉기 일으키던 날
> 천군만마 한결같이 호응하여 나섰네
> ──『손중산에게 드림』
>
> 공화의 새 일월에
> 천지가 개벽했네
> 사해의 만백성 행복을 누리며
> 천대 만대 모셔 가세 중산 선생을
> ──『손중산 대통령을 축하하여』

이 두 수의 시에서 시인은 손중산 선생을 광명과 희망의 상징인『해와 달』에 비유하고『사해의 백성이 환호하는』당세의 위대한 수령으로 높이 추대하면서 중국 자산계급 혁명의 선구자들에 대한 크낙한 기대와 흠모의 감정을 구김 없이 개방하였다. 민주혁명 투사로서의 시인의 선명한 입장은 원세개에게 피살 당한 오록정, 송교인, 진기미 등 근대 자산계급 혁명가들을 기념하여 쓴 수십 수의 애도시와『남사』의 저명한 애국 민주 시인 유아자, 서혈아, 태일을 찬미 하여 쓴 여러 수의 서정단시들에서도 훌륭히 표현되고 있다.

중국혁명 및 그 선각자들에 대한 긍정적 태도는 반식민지 반봉건 사회의 암 담한 현실에 대한 시인 자신의 심각한 인식과 떼어놓고 생각할 수 없다. 시 『청도에 이르러』(1911년)에서 시인은『놀랍구나 쓸쓸하던 황무지가／천추의 명승지로 변했으니／하건만 산천의 아름다움 자랑 마라／독일사람 차지한 걸 뉘보고 원망하랴』라고 부르짖으면서 일찍이 독일 제국주의자들에게 무리하게 강점 당한 중국 교주 반도의 식민지적 운명을 통탄하였다.

1913년『제2차 혁명』의 실패와 더불어 원세개는 신해혁명의 전취물을 앗아 갔고 1915년 1월에 중국 군벌정부가 일본 제국주의에 굴복하여 매국적『21개 조』를 접수하는 수치스러운 정경이 벌어졌다. 시인은 이런 수모를 당하는 치욕 의 날에 통분한 심정을 담은 시『남사에 드림』(1915년)을 지어 동사의 시우들 에게 보냈다.

새바람 불어치니 물결이 사나운데
이 나라는 상기도 깊은 잠 못 깨누나
예로부터 연남엔 강개지사 많았건만
오늘은 상해가 제일 문명하구나

슬프도다 국권 잃고 전철을 밟는 것이
원수낭할 힘 없다 하니 옛이름 아깝구나
5년 동안 통곡하여 눈물 못 거두니
아득해라 어디에다 구원 바랄 손가

시에서 서정적 주인공은 매국적『21개조』의 체결을 저주 규탄하면서 중화 민족의 애국지사들에게 조선 경술국치의 교훈을 거울로 삼아 일제의 속임수를 간파하고 원세개의 매국배족 행위를 단호히 제지시킬 것을 간절히 호소하였다.

시국을 논한 자기의 정론시들에서 그는 또 국내 반동 군벌의 끊임없는 혼전으로 빚어진 암담한 현실을 신랄하게 폭로하여 『사랑과 증오엔 사심이 없고/받들거나 거역함은 공리에 달린 것이어늘/어찌하여 한 종족끼리 다투고 있을가/그 새에 엉뚱한 제3자 이득 보겠네』라고 하면서 『어부지리』의 역사적 교훈을 피력하고 제국주의 열강들의 이간 도발 음모에 경각성을 높일 것을 거듭 강조하였다.

암담한 현실에 대한 예리한 관찰과 제국주의 열강들의 무력 침공에 대한 높은 경각성의 표현은 시 『연시조약이 체결되었다는 소식을 듣고』(1921년)에 이르러 고봉을 이루고 있다.

> 8년 전 일 차마 말 떼기 어려워라
> 중원 땅 돌이켜 보니 가긍하기 그지 없네
> 조석으로 출몰하는 강도병 건드릴 자 없고
> 서남의 장사들도 옥신각신하는 판에
> 용화의 지는 봄은 진형을 품에 안고
> 사자봉의 흰구름은 일선을 떠나 보냈네
> 한심토다 4억만의 살진 고기덩이를
> 칼도마 생선처럼 맘대로 도륙내다니

시에서는 신해혁명의 실패의 교훈으로부터 원세개의 매국배족 행위, 진기미, 송교인의 피살, 남북 군벌의 끊임없는 혼전, 손중산 선생의 해외 망명에 이르기까지의 8년간의 복잡다단한 정치적 사변들을 생동한 형상적 화폭으로 그려내고 있으며 아울러 4억만 중국 인민이 『칼도마에 오른 생선처럼』 식민주의자들에게 도륙당하는 가슴 아픈 현실을 상기시킴으로써 자유, 민주에 대한 열렬한 지향과 원수 격멸의 불굴의 투지를 불러 일으키고 있다.

이밖에도 시집 『아목루』에는 또 근로 인민에 대한 사랑과 동정이 흘러 넘치는 여러 수의 기민시들이 수록되어 있다. 중국 강남 농촌에서 목격한 이재민들의 처참한 생활 정경을 진실한 사실주의적 화폭으로 반영한 『진문에 이르러 물

피해 정경을 보고』(1917년?), 『아침에 진문을 떠나며』(1917년?), 『배 안에서 기도를 드리며』(1917년?) 등 시에서 시인은 큰물에 밀려 밭도, 집도, 가장 집물도 죄다 잃어버린 궁지에 빠진 백성들을 등장시키면서 황하의 큰물을 다스렸다는 전설 속의 『거룩하신 우임금』이 재현하기를 기대하였으며 당세의 『천자의 뜻』을 돌려세워 수난당하고 있는 억조창생에게 먹을 것, 입을 것, 거주할 곳을 마련해 주기를 충심으로 바라고 있다. 시인은 이런 작품들을 통하여 근로인민과 운명을 같이할 자기의 인도주의적 입장을 표명하고 있다.

신정의 시는 형식상에서 5언 및 7언의 절구, 율시가 대부분이고 간혹 고체시와 산문시도 있긴 하나 양적으로 그리 많지 못하다. 그의 시들은 다분히 서정—정론적 성격을 띠고 있으며 한시로서의 운율적 미에 중시를 돌리면서도 보다 더 사상과 감정의 충실한 표현에 초점을 맞추고 있다.

시의 풍격에서 그의 시는 중국 위진 시대의 시가와 비슷한 바 활달한 필치와 비분강개한 정서, 호매롭고 자유분방한 성격으로써 독특한 시적 개성을 이루고 있다. 따라서 시집 『아목루』는 그것이 달성한 사상예술적 성과로 하여 조선족 문학사에서 한낱 중요한 자리를 차지하고 있다.

제3절 장편 정론 『통언』

『통언』(일명 『한국혼』이라고도 함)은 신정의 산문 대표작으로서 1920년 10월 상해 『진단주간』에 연재되면서부터 그 이름이 널리 알려졌다.

장편 정론 『통언』의 산생 과정에 대하여 신정은 이 글의 서문에서 다음과 같이 쓰고 있다.

『경술국치 이후, 나는 중국에 망명하여 왔다. 옛 왕터는 곡식 밭이 되었으니 나의 서러움을 그 어디에 비기랴. 「이소」에 담긴 굴원의 읍소, 진정에 올린 신포서의 곡성마냥 계명의 비바람 소리 내 가슴을 후벼 내었다. 이에 「한국혼」이란 글을 지었는 바 그 취지는 가슴 속의 고통을 세인에게 알리어 민족주의와 복수의 큰 의리로써 민중을 환기시켜 보고자 함이었다.』

　이러한 취지로써 그는 1912년『동제사』의 창립 시에 일찍이 연설을 발표하였으며 그 후 1914년 11월 8일에 이 글이 정식 탈고되어 동인들 사이에 돌려가며 읽혀졌다. 1919년『3.1』운동 이후 민족 해방운동의 앙양과 더불어 그는 스스로 자기의 논단의 정당성을 재확인하고 드디어 이 글을 발표하기로 결심하였던 것이다.

　『통언』은 신정의 사상과 이론의 결정체이다. 이 글의 중심 사상은 조선 민족의 유구한 역사와 빛나는 애국주의 전통을 세계에 선양하고 그 우수한 전통을 발양하여 민족의 자존심과 자신감을 회복하며 자력갱생, 일치단결하여 민족의 자주독립과 해방을 위해 끝가지 몸바쳐 싸울 것을 호소한 것이다.

　글의 서두에서 작가는『어두운 이 밤은 언제나 새려나?… 5천년의 옛나라가 짓밟혀 조그만 고을이 되고 삼천만의 백성이 떨어져 노예가 되다니, 아아, 슬프다!… 우리는 기어이 망국의 백성이 되단 말가? 마음이 죽어버린 것보다 더 큰 슬픔이 없는 것이어니 이제 망국의 백성이 되어 온갖 슬픔을 겪으면서도 흐리멍텅 깨닫지 못한다는 것은 죽음 위에 또 한번 죽음을 더하는 것이다.… 사람마다 그 마음이 죽지 않았다면 넋은 아직도 살아 돌아올 날이 있으리니 힘쓸지어다, 동포들이여!』라고 호소하면서 우선 망국의 시대에 태어난 자신의 고통과 계몽적 사명을 민중 앞에 고백하고 있다.

　글의 본문에서 작가는 조선 민족이 일제의 노예로 떨어지게 된 기본 원인이 법치의 문란, 국민의 원기의 쇠약, 지식의 비개화, 외세에 대한 타협과 굴종, 내부의 파벌 투쟁, 맹목적인 자고자대와 자기 열등감에 있다는 것을 예리하게 해부하고 계속하여 상술한 폐단이 초래하게 되는 사상적 근원이 선조의 교화와 위훈을 망각하고 민족의 역사와 망국의 치욕을 잊어버린 데 있다고 지적하였다. 그는『공명으로 천신을 받들며 사랑으로 겨레를 단합하여 정성으로 성품을 닦으며 고요히 행복을 찾으며 부지런히 산업에 힘쓰라』는 대종교의 교지로써 민족의 재기와 부흥을 도모하려 시도하였는 바 이로부터 그가 고취하는 민족주의는 고유한 민족 종교 및 전통적 유교사상과 결합된 민족 본위의 특수 형태의 시대의식임을 보아낼 수 있는 것이다. 이것은 또한 아직 과학적 사회주의 이론』에 접촉할 수 없었던 그 당시 작가 자신이 처한 시대와 계급의 제약성의 반영이기도 하다.

다음, 선조들이 이룩한 찬란한 위업과 그들이 발명해 낸『이기』에 언급할 때 작가는 성스러운 반침략 투쟁에서 용맹과 슬기를 떨친 을지문덕, 연개소문, 강감찬, 이순신 등 명장들의 공훈과 세상에 이름 날린 조선의 금속활자, 측우기, 거북선 등 과학기술 발명에서의 창조적 성과들을 열거함으로써 조선 민족의 전통적인 상무정신과 선진적 기술문화를 널리 자랑하였다.

뒤이어 그는 외래 침략자들에게 소각 당한 역대의 민족 고전문헌들을 상기하면서 신무와 명치로써 단군의 문명을 훼멸시키려 한 일제 침략자의 죄악적 음모를 규탄하였으며 주자 성리학을 공리공담하는『늙은 행자님』과 서구라파의 사상 조류를 맹목적으로 숭배하는『신진학도』들을 비평함으로써 민족 본위의 역사의식을 견결히 고취하였다.

특히 그는 망국의 수치를 잊지 말 것을 강조하면서 일제가 조선 인민에게 강요한 을사년의 통감협약, 정미년의 군대해산, 경술년의 한일합방 등 일련의 죄악적 행위를 공소하였으며 피와 죽음으로써 최후 대결을 시도한 이충헌, 민충정, 박참령, 홍군수, 안중근, 이준 등 애국자의 희생정신과 김옥균 등 개화파의 민족자강 정신을 높이 찬양함과 더불어『피흘림이 나라를 구하는 데 도움이 없다』고 떠벌이는 비겁한 자들을 타매하였으며 전체 백의 동포들에게『백번 죽어도 원수 일제와 끝까지 맞서 싸울』것을 강력히 호소하였다.

그는 민족주의만이 민족의 운명을 만구할 수 있는 유일한 길이라고 주장하면서 인간의 평등, 자유, 행복에 앞서 먼저 민족의 자주독립을 쟁취하는 것이 전 민족 앞에 나선 선차적 과업이라고 인정하였다.『망국의 죄를 등에 지고 어찌 천국의 행복을 누릴 것이며 망국의 노예로써 어찌 사회와 더불어 평등할 수 있겠는가?』하는 것이 사회와 인생에 대한 그의 현실적 견해였다. 여기서 우리는 작가가 추구하는 민족주의 이상의 역사적 진보성과 시대적 제약성을 동시에 간파할 수 있으며 항일 구국의 진리를 모색하던 그의 발자취와 자산계급 혁명의 시대적 조류에 연면히 이어진 그의 사상 맥박을 역력히 더듬어 볼 수 있는 것이다.

『통언』의 뒷부분에서 작가는 항일 구국과 민족 해방운동의 전략적 방침을 제기하였는 바『자존자신, 자력갱생, 대동단결, 분발도강』의 기치를 높이 추켜들고 손중산 선생이 창도한 삼민주의와 그 이념을 같이하였다. 이 부분에서는 구라파 약소국가들이 자강 자립하여 구미 열강에 대적한 사실로써 동방 약소민족도 능히 일본 제국주의를 타승할 수 있다고 인정하는 확고한 투쟁 신념을 보여주고 있으며 민족 해방을 지향하는 사람이라면『견해나 교파를 가리지 않고 남녀와 노소를 불문하고 멀고 가까움을 가리지 않고 이름이 높은 사람이건 그렇지 않은 사람이건, 단체이건 개인이건, 온건파이건 급진파이건, 농민이건 노동자이건, 상인이건, 선비이건 다 우리의 동지라 하고 이러한 동지들 중에서 인민의 공복으로 될 수 있는 자를 지도자로 추대하여』물 샐 틈 없는 반일 통일전선을 결성해야 한다는 단결 분투의 보귀한 전략적 사상을 제시하고 있다.

『통언』은 비록 민족 해방운동의 정치적 강령과 항일 무장 투쟁의 구체적 방침에 대해서 아직 명확한 해답을 주지 못하였으나 백의 동포들의 심령 속에 민족의 넋을 불러 주고 애국주의 정신을 부활시켜 주었다는 이 점에 있어서 굴원의『이소』와 문천상의『정기가』에 비길 수 있으며 루소의『사회계약론』과 링컨의『흑인노예 해방선언』을 방불케 한다.

『통언』은 민족의 중요한 역사적 문헌일 뿐 아니라 또한 우수한 문학작품이라고도 말할 수 있다. 그것은『통언』이 담고 있는 풍부한 사상과 그의 강한 문예적 성격에 의하여 결정되는 것이다.

이 작품은 비단 사상이 심각하고 관찰이 예리할 뿐 아니라 작가의 주정토로가 힘 있게 안받침됨으로써 비분강개한 정서와 웅장한 기백이 흘러 넘치는 풍부한 서정세계를 펼쳐 보이고 있다. 작품에는 말 그대로 침통한 구절이 많고 분노와 애원이 흘러 넘치고 있으며 매 구절이 피눈물의 파도가 되어 독자의 흥금을 치고 있다.

다음, 작품은 논리적 서술에 설화적 성격을 부여함으로써 작품의 취미성과 통속성을 가미해 주고 있으며 따라서 읽는 사람에게 친절하고 다정한 기분을 안겨 주고 있다. 이를테면 작가는 흔히 중국과 조선 고금의 전설적 인물과 사실, 풍부한 역사 문헌, 세계의 중요한 정치 사건과 신문 소식들을 자유자재로 선택 도입하여 글의 시간적 계선과 문학적 공간을 개방함으로써 독자의 흥분도와 공명도를 훨씬 높여 주고 있다.

이밖에도 작품은 인민들의 생활에 뿌리박은 생명력 있는 속담, 성구, 격언과 생동한 비유적 언어들을 적절하게 이용하여 작품의 설득력과 형상성을 높이고 있다. 이를테면 간고분투하지 않고 요행을 바라는 자를 『감나무 밑에 누워서 저절로 감이 떨어지기를 기다리는』 어리석은 자에 비유하여 풍자하였으며 단결하지 않으면 힘이 없게 된다는 이치를 『활짝 피어난 숯불도 묵묵히 흩어지면 비록 어린애라도 발로 차서 꺼버릴 수 있는 것』이라고 형상화하여 설명하였다.

이상에서 고찰한 바와 같이 예관 신정의 시와 산문은 애족 애민의 격정과 일제 침략자에 대한 불타는 증오심으로 일관되었으며 격조가 높고 명랑하며 호소성이 강한 것이 특징이다. 그의 시문은 기교의 세련성과 예술적 함축미에 있어서 비록 창강 김택영에 미치지 못하고 있으나 민주주의를 지향하는 사상적 높이에서와 그 철저성에 있어서는 김택영을 훨씬 초과하였다.

제2편 현대문학

제1장 1920년~1931년의 문학

제1절 마르크스주의의 전파와 문화 활동

조선족 인민들은 1920년대에 들어서면서 10월 사회주의 혁명과 조선 『3. 1』운동, 중국의 『5.4』운동의 영향 하에 신민주주의 역사 계단에로 진입하여 지난날의 혁명 투쟁을 반성하고 총화하면서 민족주의에 의해 진행된 반일 민족 해방운동을 공산주의 사상에 기초하는 혁명 투쟁으로 전환되게 하였다.

일본 제국주의는 조선을 완전히 병탄한 후 조선 인민들을 더욱 혹독하게 탄압하고 수탈하였다. 이에 파산된 조선의 인민들은 더욱 도탄 속에 빠지게 되어 수많은 사람들이 살길을 찾아 분분히 중국의 동북지방으로 이주하였다. 따라서 1920년대에 동북에 이주한 조선족 인구는 급격히 늘어났는 바 당시 일본 관변 측의 통계에 따르면 1920년에 동북지방의 조선족은 45만 명이었으나 1930년에 이르러서는 63만여 명으로 증가되었다.[20] 이 이주민에는 농민과 노동자들 그리고 민족의 독립과 해방을 도모하기 위하여 건너온 지식인들이 망라되고 있는데 그중 농민들이 압도적인 숫자를 차지하였다.

1920년 이른바 『경신년 토벌』 이후 일본 제국주의는 동북의 봉건 군벌과 서로 결탁하여 동북에 23개의 총영사관 및 그 분관을 설치하고 경찰들을 대량

---

20) 『조선족략사』 68페이지(연변인민출판사 1987년 3월 제1판)

적으로 증파함으로써 조선족 인민들에 대한 통치를 강화하고 혁명조직을 파괴하고 인민 대중들의 반일 활동을 탄압하였다. 일본 제국주의는 또 이른바 조선족 인민을 『보호하고 관리한다』는 미명 하에 연변에 『조선인 거류민회』, 남만에 『조선인회』, 『보민회』 따위의 어용단체들을 세워 『조선 사람으로써 조선 사람을 통제』하며 일본 제국주의를 위해 조선족 인민들의 동태를 정탐하고 일본 군대와 경찰을 도와 반일 군중운동을 탄압하는 죄악적 활동을 벌이도록 하였다. 이런 무도한 탄압은 1925년에 일제가 동북의 봉계 군벌과 이른바 『미쯔야 협정』[21]을 체결한 후 더욱 더 가혹해 졌다. 이에 배합하여 반동 봉계 군벌은 동북에 거주하고 있는 조선족 인민들을 일본의 동북 침략의 『선구』로, 외교상에서 시끄러움과 사단을 초래하는 문제거리로, 그리고 『동북적화(赤化)의 화근』으로 간주하면서 그 입적 여부를 불문하고 일률로 『조선교민』으로 치부한 나머지 모든 정치적 자유와 권리를 박탈하였다.

동북에 대한 일본 제국주의의 침략이 날로 가심해지고 일본 독점자본이 침투됨에 따라 조선족 거주 구역의 소농경제는 점차 파괴되었고 농촌의 토지겸병도 날따라 치열해 졌다. 이런 형편에서 대다수 조선족 농민들은 일제의 『동척(東拓)』, 『동아권업(東亞勸業)』 등 일본 식민회사에서 경영하는 농장에 고용되거나 또는 봉건지주의 땅을 소작 맡아야 하였기에 그 자들의 잔혹한 착취 하에서 시달리지 않으면 안되었다. 이밖에 조선족의 민족 공업과 상업도 일본 독점자본의 배척을 받아 점차 쇠퇴해진 나머지 파산되지 않으면 먹히우고 말았다.

조선족 인민은 바로 상술한 바와 같은 악렬한 정치경제적 환경과 모진 수난 속에서 자신의 생존과 민족 해방을 위하여 마르크스주의를 전파하고 반일단체를 조직하고 반제 반봉건 투쟁을 널리 벌였다.

마르크스주의가 조선족 인민들에게 전파되기 시작한 것은 1920년대 초부터였다. 일찍 소련에서 10월 사회주의 혁명에 직접 참가하였거나 그 사상을 접수한 선구자들은 1920년 초에 상해에 와서 마르크스주의 단체와 그의 외곽조직들인 『노동동맹연합회』, 『사회주의연구회』 등 단체를 내오고 10월 사회주의 혁명의 경험과 마르크스주의 사상을 선전하였다. 당시 북경에서도 조선 청년들

---

21) 『미쯔야(三矢)협정』 동상서 74페이지 참조.

을 중심으로 한 『사회과학연구회』가 조직되었다. 이런 초기 마르크스주의 단체들에서는 많은 마르크스주의 서적과 간행물을 번역, 출판하여 여러 갈래의 경로를 거쳐 연변 및 기타 조선족 거주 지구에 송달하였다. 또한 그들은 1921년부터 1924년까지의 기간에 연변과 기타 조선족 집거구에 진출하여 용정의 영신, 대성, 동흥 등 중학교에 『독서회』, 『학생친목회』, 『사회과학연구회』와 같은 단체들을 조직하여 사회주의 사상을 선전하였으며 또한 동양학원, 노동학원 등을 창설하는 것으로 많은 선진적 지식 청년들을 양성하였다. 이밖에도 선진 지식 청년들을 선발하여 광동 혁명 근거지로 보냈는데 이때에 간 백여명의 학생들은 중산대학, 황포군관학교 등에서 출중한 혁명적 인재로 배육되었다.

마르크스주의의 전파와 더불어 이를 접수한 선진적 청년들의 수가 늘어나자 동북의 조선족 집거구들에서 우선 청년들의 단체가 우후죽순마냥 창설되었다. 1926년에 이런 단체들을 통합하고 그에 대한 영도를 강화하기 위해 선후로 『동만청년총연맹』, 『남만청년총동맹』, 『북만조선인청년총동맹』 등이 결성되었다. 이런 조선족 청년단체들에서는 청년들을 혁명에로 이끎과 더불어 농민들 속에 들어가 식자반과 야학교를 꾸리고 문화 지식을 배워 주었으며 강연회, 오락회 등을 열고 혁명의 도리를 선전하며 혁명가요 보급 활동을 벌여 광범한 인민 대중을 혁명에로 궐기시켰다. 청년들의 혁명단체에 뒤이어 노동자와 농민, 부녀 그리고 소년들의 혁명단체가 각지에 분분히 조직되었다.

1926년 5월부터 각지의 마르크스주의 단체들은 청년단체, 노동조합과 농민조합 그리고 학생회, 부녀회, 소년회 등 대중적 혁명조직을 정돈, 확충하고 노동 인민들의 반제 반봉건 투쟁을 거세차게 벌이었다. 하지만 이런 반제 반봉건 투쟁은 그 발전도상에서 지도 노선상의 엄중한 오류와 시대적 제약성 등으로 하여 심한 파괴를 입게 되었다.

조선족 인민들이 바로 간거한 투쟁의 시련 속에서 몸부림치며 정확한 투쟁 방향과 방도를 모색하고 있을 때 중공만주임시성위에서는 1927년 가을부터 당원 간부들을 각지에 파견하여 조직을 정돈하고 발전시켰다. 이로부터 동변도와 연변 및 북만지구에는 중국공산당 당조직들이 건립되었다. 그리고 1928년에 상급당 조직에서는 일찍 북벌전쟁, 남창봉기, 광주폭동 등에 참가하였던, 투쟁 경험이 있는 조선족 당원들을 동북 지구에 파견하여 당의 지도 역량을 강화하였고 또한 혁명 투쟁의 실천 속에서 많은 당원을 발전시켰으며 당조직 산하의 혁명적 군중단체들을 정돈, 확충하고 새로운 투쟁을 힘차게 벌이었다. 이를테면 1930년 5월과 8월에 선후로 거세차게 일어났던 『붉은 5월투쟁』과 『8.1길동봉기』는 이 시기 혁명 투쟁이 새로운 단계에 진입한 징표로 된다. 이러한 투쟁은 『9.18』사변 이후 당의 영도 밑에서 항일 무장 투쟁을 더욱 광범하고 세차게 벌이는 데에 여러 방면으로 유력한 조건들을 창조하여 주었다.

상술한 바와 같이 1920년대의 사회정치적 환경은 교육, 문화 분야에 새로운 활력을 안아다 주었다. 조선족 인민들은 일제의 문화 탄압의 역경 속에서도 마르크스주의 사상의 영향 하에서 만난을 무릅쓰고 열성적으로 소학교와 중학교를 꾸렸다. 하여 1931년 동북에서 조선족 반일 인사와 인민 대중이 꾸린 것과 종교계에서 세운 학교는 무려 388개소[22]에 달하였다. 이 시기에 진보적인 사상을 가진 인사들에 의하여 꾸려진 많은 조선족 사립학교들은 마르크스주의를 전파하며 혁명의 골간을 양성하는 기지로 되었는 바 이런 학교들에서는 많은 인재들이 배출되었다.

1920년대에 이르러 마르크스주의 사상의 전파와 반제 반봉건 투쟁이 심입, 발전함에 따라 신문과 잡지들이 많이 간행되었다. 문헌의 기재에 의하면 이 시기 『조선족 인민이 동북과 우리 나라 각지에서 발행한 신문잡지 등 진보적 간행물만 하더라도 무려 20종이나 되었다.』[23] 당시 상해, 북경, 광동, 천진 등지에서 발간한 『천고(天鼓)』, 『진단(震壇)』, 『광명』, 『독립신문』, 『신동방』, 남만과 북만 일대에서 출간된 『노력청년』, 『불꽃』, 『청년전위』, 연변에서 간행한 『민성보』, 『기적소리』, 『민중』… 등을 그 예로 들 수 있다. 상기한 매 간행물의 출판 종지와 그가 다룬 내용은 다양하였으나 그중의 절대 부분은 반일과 민족 독립을 고취하고 마르크스주의를 선전하기 위한 수요에 호응하여 꾸려진 것이었다. 이 시기에 순문예지는 없었으나 상술한 신문과 잡지들에서는 거개 상

---

22) 동상서 282페이지 참조.

23) 『조선족백년사화』(요녕인민출판사 1985년판) 제1권 134페이지.

당한 편폭을 내어 문학작품을 게재하였다. 당시 용정에서 간행하던 『민성보』의 조선문판은 『문예란』을 꾸려 많은 우수한 작품들을 발표하였다.

전하는 데 의하면24) 1927년 이후 용정에는 『예우사(藝友社)』, 『문우회』, 『연극호』와 같은 과외 연극단들이 나와 일제와 봉건통치를 반대하는 내용을 담은 다양한 형식의 극들을 공연하였다.

상술한 바와 같은 사회정치적, 문화적 환경 속에서 장성한 이 시기 조선족 문학은 선행 시기 문학 전통과 성과를 계승하고 발양함과 아울러 조선의 새로운 문학 사조의 직접적인 영향을 받았다. 20년대에 들어서면서 중국 조선족 집거구 인민들에게 직접 배달된 신문으로 『동아일보』, 『조선일보』가 있었고 종합성 잡지로는 『서광』, 『서울』, 『개벽』, 『신민공론』, 『조선지광』, 『삼천리』, 『학생계』, 『신여성』 등이 있었다. 그리고 순문예성 간행물인 『창조』와 『폐허』, 『장미촌』, 『백조』, 『금성』, 『조선문단』, 『해외문학』, 『문예시대』, 『문예공론』, 『조선문예』, 『문예월간』 등이 조선족 집거구에 전하여졌으며 조선족 문인들은 자기의 작품을 이런 잡지에 발표하였다. 또한 조선의 『염군사』, 『파스큐라』, 『조선 프롤레타리아 문학동맹』(『카프』) 등 선진적 문학단체의 영향이 컸고 당시의 저명한 조선 작가들인 조명희, 이기영, 한설야, 최서해, 현진건, 나도향, 이상화, 김동인, 김소월, 박팔양 등의 작품이 조선족 문인과 독자들 속에서 널리 애독되었다. 그중 최서해, 박팔양 등이 동북에서 활동하면서 쓴 조선족 인민의 실생활과 의지와 열망을 반영한 작품은 조선족 문학 창작의 발전에 더욱 직접적으로 영향을 주었다. 북경과 상해 등지에서 간행된 중국의 진보적인 간행물 『신청년』, 『새물결』, 『소년중국』 등 종합지와 20년대에 들어서면서 신문학을 적극 창도한 『문학연구회』, 『창조사』 등의 문예잡지 『소설월보』, 『창조』 등이 조선족 집거구에 전하여져 조선족 문학 발전에 일정한 영향력을 산생하였다.

---

24) 『해방전문학의 일보』(이상각 『문학예술연구』. 1982년 1기)

제2절 이 시기의 문학 창작

노동계급이 역사 무대에 등장하고 마르크스주의 단체의 영도 밑에 반제 반봉건 투쟁을 새로운 단계에로 발전시키고 있던 1920년대의 역사적 현실은 이시기 문학에 근본적인 변화를 초래하게 하였는 바 무산계급 문학이 대두하였다.

무산계급 문학을 주류로 하는 이 시기의 문학은 변화하는 현실생활에 입각하여 반제 반봉건과 민족 해방의 기치를 더욱 철저하게 내세웠으며 반동적 착취제도를 뒤엎고 새로운 사회제도를 건설하려는 인민 대중의 염원과 동경을 진실하게 반영하였다. 또한 이 시기 문학 창작은 생활을 계급적인 모순과 대립, 투쟁 속에서 구체적으로 묘사하는 것을 중요시하였고 불합리한 사회 현실과 맞서 싸우면서 자기의 운명을 개척해 나가려고 지향하는 노동 인민 더욱이는 농민들의 형상 창조에 신경을 쓰면서 그들의 계급의식과 저항의식을 두드러지게 표현한 것이 특징적이다. 이밖에도 이 시기 문학은 또한 현실생활을 역사적 구체성으로부터 진실하게 재현하고 그 필연적 발전을 추구하면서 당시의 혁명 투쟁과 긴밀히 배합하기 위하여 자각적인 노력을 기울였다. 하지만 이 시기 문학은 초기 마르크스주의 단체들이 문인들에게 현실과 이탈된 급진적 요구를 제기하고 또한 문학의 공리적 역할만을 지나치게 강조함으로 말미암아 진실성과 예술성에 유의함이 결핍하였고 무산계급 문학 외의 기타 진보적 작품을 배격하는 경향도 나타났었다.

이 시기의 문학은 시, 소설, 산문, 극 등 다양한 문학 양식이 성행하였는데 이 시기에도 혁명가요를 위시한 시가 창작이 선행 시기처럼 가장 활약적이었고 그 영향력도 컸다.

이 시기의 혁명가요는 일부 시인과 작가들에 의하여도 씌여졌지만 거개는 초기 마르크스주의 단체들의 산하에 있던 학교이거나 민중단체의 사회적, 혁명적 활동 중에서 집단적으로 창작되고 일반화되었다. 이와 같은 혁명가요들은 전투성과 고동성이 강한 노래들로서 대중 속에 깊이 뿌리박고 널리 애창되었다. 역사의 기재에 의하면 1926년을 전후하여 남만화전『5.1학교』에서 백여

수의 혁명가요가 창작되어 널리 불리워졌다고 한다.

이 시기 혁명가요는 그 사상 내용면에서 전 시기에 비하여 현실의 암흑면에 대한 폭로가 심각하고 사회주의 혁명에 대한 긍정적인 열도가 높고 새 사회에 대한 동경과 추구가 강렬하고 선명하며 그 소재와 주제 범위도 훨씬 확대되었다.

10월 사회주의 혁명의 승리는 온 누리에 새 서광을 안아다 준 획기적인 중대한 사변이다. 따라서 이 시기의 적지 않은 혁명가요들은 10월 사회주의 혁명의 승리와 새 제도의 탄생을 열렬히 환호하고 혁명의 길을 개척한 선구자들을 경모하고 구가하는 데 모를 박았다. 이를테면 혁명가요『붉은 봄 돌아왔다』(일명 『혁명가』), 『10월 혁명가』, 『소련옹호가』, 『의회주권가』(일명 『무도곡』), 『혁명가』, 『마르크스, 레닌에 대한 추억』 등이 그 좋은 예증으로 된다.

> 날카로운 추운 겨울 물러갈 때에
> 꽃피워 줄 붉은 바람 일어났도다
> 6대주 5대양 온 우주에
> 산 넘고 물 건너 불어치나니
>
> 우랄산 복판에 둔 러시아에는
> 제일 먼저 웃음 웃난 월계꽃 폈네
> 그 다음 4만리 중국벌판에
> 붉은 장미화 입을 열었다
>
> 탐화하는 봉접들은 나래를 펴고
> 하루속히 꽃피기를 재촉하누나
> 꽃동산 짓밟은 벌레 없애고
> 모두 함께 춤추자 넓은 동산에

이는 혁명가요 『붉은 봄 돌아왔다』의 전문이다. 보다시피 이 노래는 상징적 수법을 빌어 10월 사회주의 혁명의 승리와 그 영향 하에 세계적으로 일어난 심각한 변화를 형상적으로 생동하게 구가하였다. 그리고 이런 부류의 혁명가요

『의회주권가』(일명『무도곡』)25)와『10월 혁명가』, 『소련옹호가』등에서는 또
새로운 사회제도를 건설할 이상을 펼치고 있다.

> 의회주권이 왔다 붉은 주권이 왔다
> 무산대중의 피값에 의회주권이 왔다
>
> 공산사회를 만들려 혁명투쟁에 힘쓰고
> 세계혁명을 위하여 프롤레타리아 싸운다
>
> ......
> 만세만세 부르며 붉은10월 성공에
> 의회주권 세우려 마지막 끝까지 싸우자

이는『의회주권가』의 몇 대목이다. 이런 노래들에서는『의회주권』, 『자유의
정부』, 『노농대표정권』등의 새 사회제도를 사무치게 동경하면서 그의 조속한
실현을 위하여 끝까지 싸울 근로 대중의 결의를 경쾌한 리듬 속에 담고 있는
것이 특징적이다.

이 시기 혁명가요에는 민족적 계급적 모순과 불합리한 사회제도를 폭로 비
판한 것들이 적지 않은 비중을 차지하고 있다.

> 현대의 사회제도 검찰한다면
> 만 가지 큰 모순이 여기 있도다
> 평등 행복 구하려는 시대의 마음
> 이런 불평 그대로는 못 참으리라
>
> 자동차 으릉으릉 다니는 길은
> 노동자 농민들이 닦은 길인데
> 길 닦을 때 놀던 놈 지나는 바람에

---

25)『의회주권가』: 이 노래는 소련 노래이나 이곳에 전해져 장기간 보급되는 과정
에서 그 내용이 유사한 가사들이 많이 창작되었다. 이 노래는 그중의 한 가지이다.

길 닦은 이 내 마음 통분도 하다

주린 몸 피땀 흘려 벼농사 해도
일생에 된조밥도 차례 없고나
논과 벼 구경조차 못한 년놈들
흰쌀밥에 살지어 피둥거린다

양잠에 애태우던 농민의 몸은
무명옷 한벌도 차례 못지고
누에라는 이름도 모르는 놈이
통비단에 싸인 꼴 괘씸도 하다

……

삼층대루 유리창을 들여다 보니
양요리에 배부른 개 단잠 들었네
대문 앞에 밥 한술 구걸하던 자
굶어 얼어 맥없이 쓰러졌고나
앞집놈 창고에 쌀 썩는 냄새
온종일 굶은 몸 회동하는데
뒤집아이 밥 달라 우는 소리에
지나가는 내 가슴 쓰라리고나
　　　　　　　——『현대사회 모순가』에서[26]

　위에 예거한 『현대사회 모순가』를 비롯한 여러 수의 부동한 혁명가요에서는 매년을 기본단위로 지주 자본가들과 서로 용납키 어려운 모순들을 밑바닥에 깔면서 '암흑한 현실이 빚어낸 불합리한 전형적인 사회적 현상을 쉽고도 생동한

---

26) 『현대사회 모순가』：동북 조선족 집거구에는 줄곧 8절로 된 것이 널리 불리우고 있다. 『소래집(1)』(선일인쇄사 1969년 6월 발행)에는 16절로 된 가사 『사회의 모순』을 게재하였는데 그 전반부 8절이 『현대사회 모순가』와 같다. 화룡현, 영안현 등 지방에는 이 노래를 김소래(김중건)가 지었다는 설이 전해지고 있다.

언어로 열거하면서 그것의 심각한 본질을 까밝히고 있다. 또한 아래에 열거한
『혁명가』 등에서는 사회 현실을 심각하게 폭로 비판함과 아울러 이런 심각한
모순을 조성한 원인과 그를 해결할 방도를 다음과 같이 선명하게 전시하고 있
다.

다수는 일하고도 못사는데
소수는 놀고도 잘사누나
그 까닭이 무엇인지 알고자 하면
레닌동무의 학설을 연구하여라

전 세계 무산자는 단합하여서
타도하자 군벌과 제국주의를
박멸하자 불평등과 모든 착취를
그대로 두고서는 못살리로다

고통과 모순 많은 육대주에다
무산독재 쏘베트를 모두 세우고
붉은기 하늘높이 휘날리면서
인류가 평등하게 살아들 보자

이밖에도 『불평등가』, 『빈농민 자탄가』, 『기민 투쟁가』, 『가난한 자의 노래』
등이 상술한 바와 같은 주제를 부동하게 다루고 있다.

이 시기의 혁명가요에는 반제 반봉건 투쟁이 심입 전개되는 정세 하에 전체
노동 인민을 혁명 투쟁에로 부른 노래들이 적지 않다. 이런 노래들은 노동자,
농민을 혁명의 기본적인 동력으로 간주하며 이런 주력군이 일떠서야만이 혁명
의 승리를 기할 수 있다는 의식을 바탕으로 하여 노동 인민의 무궁무진한 힘을
구가하고 그들을 혁명 투쟁에 투신하도록 호소하였다. 혁명가요 『총동원가』(일
명 『붉은 5월의 노래』) 『계급전가』, 『결사전가』, 『혁명투쟁가』 등이 그 대표적
예로 된다.

나가자 나가자 싸우러 나가자
용감한 기세로 어서 빨리 나가자
제국주의 군벌들은 죽기를 재촉코
강탈과 학살을 여지없이 하노나

왔고나 왔고나 혁명이 왔고나
혁명의 기세는 전 세계를 덮었다
돈 없는 노동자 망치 메고 나오고
땅 없는 농민은 호미 메고 나오라

밥짓던 누나는 식칼 들고 나오고
글짓던 오빠는 붓대 들고 나오라
아세아 무산자 구라파 노동자
전 세계 무산자 총동원하여라

이는 『총동원가』의 3연이다. 유관 역사자료27)에 의하면 혁명의 새로운 앙
양의 징표로 되는 1930년 『붉은 5월투쟁』 때에 이 노래를 높이 부르면서 시
위 행진을 단행하였다고 한다. 이 노래는 비단 그 당시에 크나큰 영향력을 산
생하였을 뿐만 아니라 항일 무장 투쟁 시기, 나아가 지금에 이르러서까지도 조
선족 인민 대중 속에서 널리 불리우고 있다. 실로 『총동원가』는 광범한 노동
인민과 각 계층 인민을 거창한 반제 반봉건 투쟁에로 궐기시킨 총동원의 노래
이다.

이 시기 혁명가요에서는 반일 혁명 투쟁의 앞장에 선 영웅적 투사들의 사상
정신적 풍모와 그들이 쌓은 빛나는 공훈을 격조 높이 구가한 것들이 많은 바
『혁명자의 노래』, 『혁명가』, 『추도가』, 『기사전가』 등이 그 대표적 작품으로
된다.

......

---

27) 연변대학 『조선족략사』 집필소조에서 수집한 자료 참조.

여름의 숲속과 겨울의 땅굴은
모두 다 우리를 감춰준 곳이다
풀 깔고 눈 깔고 누워나 잘 때에
온몸의 더운 피는 끓어 넘친다.

주린 배 띠졸라 다시금 매고
힘 없는 발걸음 내어 디딜제
즐거움도 괴로움도 가릴새 없이
내 오직 바람은 자유와 평등

혁명을 위하여 피끓는 동무들
놈들의 학살에 주저치 말아라
눈보라 아무리 세차게 날려도
봄바람 불며는 붉은 꽃 피리라
————『혁명자의 노래』에서

혁명을 찾아서 암초많은 바다로
감옥살이 두려우랴 혁명자는 앞으로
어느곳의 감옥이 내 집으로 된대도
단두대의 이슬돼도 겁날 것 없다
————『혁명가』의 1절

　이런 혁명가요는 자기를 잊고 희생적으로 혁명 투쟁에 일떠선 혁명 투사들의 숭고한 혁명정신과 혁명적 이상을 심오하게 일반화하였다. 이런 혁명 투사들은 혁명 사업의 위대성과 그에 이바지하여야 할 자기의 존재를 그와 같이 소중히 여겼기에 그 어떤 난관, 지어는 역경에 부딪쳐도 굴하지 않았다. 바로 『혁명자의 노래』가 노래하다시피 겨레의 『자유와 평등』을 쟁취하고 『붉은 꽃』을 피우기 위하여 모진 시련을 달게 겪었으며 지어 철창 속, 단두대에서도 자기의 신념을 저버리지 않고 끝까지 싸웠다.

　이 시기 혁명가요 중에는 여성해방, 혼인자유, 아동생활 등을 노래한 것들이 일정한 비중을 차지하고 있다. 이런 가요들은 전 시기 창가 등과 달리 사회주의 사상을 그 밑바닥에 안받침하고 있으며 봉건제도를 타파하고 해방을 쟁취하려는 계급적 성격과 열망을 퍽 선명하게 나타내고 있다. 그 대표적인 혁명가요로는 이 시기에 널리 불린 『여성의 노래』, 『여성해방가』, 『나의 가정』, 『이혼가』, 『소년아동가』 등이 있다. 이제 아래에 당시와 후세에 널리 애창되었던 『여성해방가』와 『여성의 노래』를 인용하면 다음과 같다.

오빠의 얼굴은 시들어지고
나의 가슴 속에는 불이 붙는다
원수의 돈 몇백원에 이 몸이 팔려
사랑하는 오빠여 사람 살려요

지상의 일경초도 자유 있고요
하늘우의 별무리도 자유 있건만
가이없다 우리 여성 무슨 죄로써
캄캄한 골방속에 갇히였느냐

울지 마라 금상초야 봄이 간다고
깊은 가을 노란 국화 피여 오고요
엄동설한 찬바람이 불지라도
매화꽃이 피여올 줄 누가 아느냐

———『여성해방가』

만리장천 반공중에 비행기 뜨고
오대양 한복판에 군함이 떴다
육대주에 울리는 대포소리에
오백년의 깊은 잠에서 속히 깨여라

집 안쪽 감옥같은 골방에 갇혀
세상 형편 구경 못한 우리 여성들
어서 빨리 낡은 사회 때려부시고

　　자유평등 활동무대 모두 다 찾자
　　　　　——『여성의 노래』

　　1920년대와 1930년대 초의 준험한 현실을 반영하고 시대와 혁명이 요구하는 가장 절박한 문제들을 다루었으며 혁명의 거세찬 흐름을 타고 성장하여 가는 혁명 투사들의 정신적 풍모와 성격을 시대정신의 높이에서 감명깊게 노래하였다. 이런 가요들은 내용이 명백하고 그 시적 형상 전반에 전투적인 열정과 혁명적인 낭만, 투쟁에로의 힘찬 호소가 줄기차게 관통되고 있다. 또한 혁명가요는 그 시적 형식이 간결하고 예술적 형식이 생동하며 시어가 소박하고 평이하며 시의 운율이 유창하고 박력이 있는 것이 특징적이다. 이 시기에 창조된 가요들은 심오한 사상적 내용과 간결하고 평이하며 통속적인 가요적 형상으로 하여 인민 대중과 청소년들 속에 널리 보급되어 정치사상 교양 사업과 대중적 문예 활동의 중요한 수단으로 되었으며 항일 무장 투쟁 시기 혁명가요의 창조와 발전을 위한 밑거름으로 되었다.

　　이 시기에 자유시와 한문시, 시조의 창작도 퍽 활발스럽게 진행되었다. 지금에 와서 그 대부분 작품은 산실되어 찾을 길이 없지만 지금까지 전해지는 일부 작품을 통해서도 당시 시단의 창작 상황의 일각을 넉넉히 더듬어 볼 수 있다.

　　1920년대에 발표된 자유시거나 시조에서도 이 시기 제반 문학 창작에서와 마찬가지로 우선 일본 제국주의와 반동적 봉건통치에 의하여 조성된 조선 민족 인민의 비참한 운명과 민족의 독립과 자주권을 되찾으려는 열망과 그를 실현하고야 말 인민들의 굳은 의지와 신념을 격정적으로 노래하고 있다.

　　서정시 『조선심(朝鮮心)』(백악산인. 1928년), 『연가해(燕歌解)』(작자 미상. 1928년), 『님 찾는 마음』(이월촌인. 1930년) 등은 고국을 그리는 겨레의 숭고한 감정과 민족적 자주독립의 숙원을 깊이 있게 토로한 감명깊은 시편들이다.

　　　동무야 아느냐 조선의 마음은
　　　겨레의 마음을 한 데 태워서
　　　옳바로 붉어진 자유의 품에

님을 비추는 『거울』을 삼노니
『때』의 사조가 한없이 흘러서
사람의 마음은 낡는다 해도
님의 마음은 꾀일 길 없느니
환영(幻影)을 헤치고 진(眞)을 찾아서
『바람』의 푸른 기를 높이 세우자

……

동무야 아느냐 조선의 마음은
겨레의 피를 한 데 빚어서
곱고비 옥매인 원한의 가슴에
『신(新)』의 꽃을 피우게 하려니
『남』의 빛갈이 아무리 고와도
온 누리 사람이 죄다 따라도
님의 마음은 변할 길 없느니
설움을 걷고 안위를 간직해
조선의 『미』를 길이 맛보라

동무야 아느냐 조선의 마음은
겨레의 혼을 한 데 뭉쳐서
나라의 빛나는 진역의 터전에
새로운 성탑을 높이 쌓으려니
악마의 벽력이 되겹쳐 내리쳐
희생의 선풍이 이 땅을 삼키여도
님의 정화는 꺼질 길 없노니
한토(韓土)에 한(韓)빛을 길이 밝히라[28]

　　이는 서정시 『조선심』의 세 대목이다. 서정적 주인공은 포만한 정서 속에서
고국과 겨레를 찬미하면서 그 어떤 역경에 처하더라도 『낙망을 버리고 용기를

---

28) 『조선심』: 1928년 5월 27일 『민성보』 제4면.

내어』 겨레의 성스런 빛발을 길이 빛나게 하라고 호소하고 있다. 이토록 이 시편에서는 조선의 『마음』을 소중히 간직하고 자기의 일체를 고스란히 고국과 겨레 앞에 바치려는 당시 백의 동포들의 굳은 의지와 깨끗한 지조를 감명깊게 대변하고 있다.

망국노로 전락된 우리 겨레는 오랫동안 피땀을 흘려가며 가꾸던 토지와 정든 향토를 빼앗기고 눈물을 휘뿌리며 정처없는 길을 떠나지 않으면 안되었다. 어디 가나 모진 시달림을 받아야 하였던 조선족 인민들은 그때마다 더더욱 잃어버린 자기의 고국을 사무치게 그렸다. 『연가해』는 바로 이 시기 조선족 인민들의 사상감정을 아주 절절하게 펼쳐 보일 시편이다.

내 누워서 앓는 방 난간 끝에는
제비둥이가 있다
수제비 암제비
낮에는 진흙을 물어다가
네 둥이를 수리하고
밤에는 목을 엇걸고 자더라
일기가 명랑하고 바람이 화창하면
둥이 앞에서 노래를 부른다
나는 그 노래를 들을 때마다
귀를 기웃거리며 아픔을 잊고
그 노래의 뜻을 풀었다
『배달의 청년아(솔솔솔 미미레 미미레)
우리는 옛집을 찾는데(미레도 솔솔솔 미레도)
너는 누워서 앓기만 하느냐(미레도 미레솔 미레미레도)
풍만루(風滿樓)하고 우장래(雨將來)한다(라라라 솔솔솔 솔솔솔)

너는 장차 어데로 가려냐(라라솔솔 미레 미레도)
너도 어서 집을 찾아라 (라라솔솔 미레 미레도)』[29]

---

29) 『연가해』: 1928년 6월 3일 『민성보』 제4면.

이 시의 서정적 주인공은 제비들의 지저귐에 기탁하여 연상의 나래를 펼치면서 버리고 온『자기의 집』을 못내 그리는 순정을 쏟아놓고 있다.

서정시『님을 찾으며』(근파. 1928년), 시조『유랑인』(P.A.S. 1928년)에서도 눈물 없이는 보지 못할 겨레의 망국노적 생활상과 불우한 처경에 대한 절통의 감정을 토로하였다.

> 내 그대를 따라 이 땅을 찾어옴은
> 반생에 그립던 정을 행여나 풀가 하여
> 북관 - 천리길에 노수도 한푼 없이
> 한줄 글만 믿고 내 홀로 떠나 왔소
>
> 고개마다 넘는 고개 님의 기척 살피나
> 적적한 세상이라 소식 듣기 어려우니
> 넘어가는 초생달에 눈물만 스치고서
> 한고비 뭉친 한을 또다시 태우고 있소
>
> ......
>
> 한이야 타든 말든 님이나 만났으면
> 어슬렁 뛰는 맘에 만단설화하렷더니
> 님은 가셨어라 찾아볼 길 없아오매
> 고개길 되넘기에 발길만 허덕이오
>
> 무정하오시라 필시 기약하던 낭군
> 보름달 넘기 전에 소식 멀리 하려 드니
> 불원천리 이내 마음 불현듯이 꺼져질 듯
> 되돌아 가랴 하매 눈물 먼저 앞을 서오
>
> ——시『님을 찾으며』중의 3연 30)

당시 불우한 처경에 빠진 우리 겨레들에게 있어서 님과의 생이별 이는 늘

---

30)『님을 찾으며』: 1928년 6월 10일『민성보』제4면.

목격하게 되는 보편성을 띤 생활상의 한 측면이기도 하였다. 우리는 이 시를 통해 불원천리하고 눈물을 휘뿌리며 발길을 되돌리지 않으면 안되는 서정적 주인공의 그 심각한 울분을 읽게 된다.

> 다 낡은 포대기에 어린 아해 싸서 업고
> 하발령 긴 허리를 쉬여넘는 홀에미는
> 가다가 길 소삽한지 가끔 발을 멈추네
>
> 해여진 호인 옷에 보따리 메인 채로
> 걷다가 쉬이다가 시름없이 하는 양이
> 한깊은 나그네인 듯 태만 봐도 알겠네[31]
>
> 뫼우에 비친 달이 재로 넘어지려 할 때
> 하발령 넘는 길손 느린 걸음 재여지나
> 달지여 길 소삽하매 도로 늘어지오라

이는 시조 『유랑인』(P.A.S 작) 3장이다. 이에서도 살 길을 찾아 하염없는 방랑길에 나선 겨레의 처경과 맺힌 한을 읊조리고 있다.

그리고 이때에 발표된 시편들에는 백색 테러를 단행한 일제 무단통치의 죄악상을 공소하고 단죄한 『백색테로』(남문용. 1928년) 그리고 반동통치의 잔혹한 수탈로 하여 기아선상에서 허덕이는 겨레의 생활상을 비분에 차 폭로 비판한 조시 『여름의 농촌』(김근타. 1930년), 『단오절』(초래생. 1928년) 등이 있다. 아래에 조시 『여름의 농촌』 중의 제3 부분인 『밤』을 인용하면 다음과 같다.

> 밤은 깊어 집집에 등불은 켜지고
> 하늘우에 별들도 반짝거리건만
> 맥없이 늘어진 그는 별조차 보지 못하였다

---

31) 시조 『유랑인』 : 1928년 6월 30일 『민성보』 제4면.

배고파 잉잉 밥 달라 우는 어린애
세네때 굶주린 어머니에겐들 어찌 젖이 있으랴
오! 우는 그 애를 어찌나 달랠 것인가?

곁집에선 저녁 연기 끊어진 지 오래고
위산의 부엉새는 깊은 밤을 노래하는데
때 지난 이때 누구의 집에서 한술 밥 얻어 오랴!

여전히 울고 있는 어린애 말끝마다 밥주――
한숨 짓는 보모의 간장 다 녹여 내리나니
긴긴 여름밤 또 어찌나 새워 보내랴?[32]

상기한 여러 시편들에서는 다들 당시의 사회적 현실에 깊이 뿌리박고 사실주의적 방법으로 반동통치 하에서의 겨레의 수난과 비극적 운명을 까밝히고 겨레들의 숙원과 동경을 전시하고 있다.

이 시기 한문시 창작에서도 일정한 성과들을 거두었다. 일찍부터 저명한 시인과 문필가로 이름을 떨친 김택영, 신채호, 신정 등은 훌륭한 한문시들을 세상에 내놓았다. 그리고 이 시기의 다른 진보적 시인 또는 시 창작자들은 상해, 북경, 광동 등지에서 간행되었던 출판물 『독립신문』, 『광명』, 『천고』, 『진단』 등에다 정치적 격정으로 충만된 한문시들을 많이 발표하였다. 1921년 용정에서 한문시인들의 동인단체 『신유시사(辛酉詩社)』가 무어졌는데 이 『신유시사』를 중심한 시우들에 의하여서도 적지 않은 한문시가 창작되었는 바 잠두봉(蚕斗峰)』(작자 미상. 1923년), 『저물어 가는 봄(暮春)』(이장원. 1924년), 『모아산』(작자 미상. 1924년) 등이 그 예로 된다. 이런 한문시들은 다분히 초현실적인 경향에 흐르면서도 그들의 시행에는 일제의 침략을 저주하고 민족의 불우를 슬퍼하는 정서들이 어리고 있다.

이 시기에 신문과 소설도 적지 않게 나왔는데 그 가운데서도 널리 성행한 것은 격문 등과 같은 정론성을 띤 산문이었다. 이런 사정은 당시의 혁명 정세

---

32) 조시 : 『여름의 농촌』의 3 『밤』. 김근파 작. 1930년 5월 21일 『민성보』 제3면.

와 깊은 연계가 있다. 이 시기에 살포된 격문『강도 일본 제국주의의 조종인 곡물 폭락에 살 길 없는 전투적 농민들에게 격함』(1930년)과 같은 전투적 호소문과 그리고 문예성을 띤 정론문 등을 그 예로 들 수 있다. 그리고 수필, 문예 소품 등과 같은 산문작품이 적지 않게 나온 것으로 알려지고 있다. 예하면 당지『민성보』기자로 활약하던 심여추가 쓴『죄수』(1929년), 용정『문우회』에서 발표한『제2 고향에 드림』(작자 미상. 1928년) 등 많은 작품이 나왔었다. 그러나 지금에 이르기까지 이 시기의 작품을 거개 채집하지 못하고 있다. 지금 우리들이 볼 수 있는 것으로는 상해, 북경, 광주 등지에서 발행된 신문과 잡지에 실린 소품들과 신채호가 쓴 수필『대흥호의 일석담』(연도?),『차라리 괴물을 취하리라』(연도?),『낭개의 신년 만필』(1925년), 등과 용정『민성보』에 발표된『교문을 나서면서』(박동무. 1930년) 등이 있다. 우리는 이 극히 제한된 자료를 통하여 당시 산문 창작의 일모를 볼 수 있다.

이 시기에 단편소설도 얼마간 창작된 것으로 알려지고 있다. 그러나 모진 세파에 산실되다 보니 지금까지 전해진 작품으로는 당시『광명』등 간행물에 실린 몇 편과 1927년 좌우에 창작된 것으로 추단되는 신채호의 단편소설『용과 용의 대격전』등을 볼 수 있을 뿐이다. 이런 작품들은 우리 문학사에서 소설 창작의 공백을 메워주는 기여를 하였다.

이 시기에 연극 창작 활동은 가장 활기를 띠고 널리 벌어졌다. 이는 당시 마르크스주의 사상의 진일보의 전파와 더불어 광범한 인민 대중 속에서 반제 반봉건 투쟁이 심입 발전하였던 사정과도 관계된다.

일부 자료에 의하면 1920년대에 남만 길흥학교 대강당에서는『안중근 의사가 할빈역두에서 이또히로부미를 저격한』내용을 담은 극작품 등이 공연되었었다.33) 살펴본 데 의하면 이때까지만 해도 연극 활동은 그 대부분이 민족의 독립과 사회주의를 지향하는 진보적 청년들에 의하여 과외적으로 창작, 출연되었으며 전문적으로 극창작과 출연 활동에 종사한 사람은 없는 것으로 알려지고 있다. 그 후 1920년대 후반기에 이르러 연극단체『예우사』,『연극호』등과 문

---

33)『한국민족독립운동사연구』(31페이지 참조). (박영석)『일조각(一潮閣)』1982년 출판.

학예술 동인단체 『문우회』와 같은 반과외 단체들이 나타나자 진보적인 극작가들이 활동하고 많은 극을 출연하였다. 1920년대 후반기에 상술한 문예단체들에서는 벙어리극 『이렇다!』(1927년), 화극 『파랑새』(1925년), 『수상한 청년』(1929년) 등이 출연되었으며 또한 초기 혁명단체들에서 자기 사회적 활동의 수요로부터 창작, 공연한 극도 적지 않았다.

이 시기에 연극, 가극, 대화극, 막간극, 벙어리극 등 다양한 형식의 연극들이 출연되었다. 그러나 지금에 이르기까지도 당시에 출연된 극본을 수집하지 못하고 있는 바 이는 우리들이 이 시기 극문학을 연구함에 있어서 막대한 곤란을 주고 있다. 그래서 아래에, 당시 극출연에 직접 참가하였거나 그 극들의 공연을 본 목격자들의 회상, 또는 일부 전해지고 있는 극 줄거리 등 편단적인 자료에 의하여 당시 극 창작과 출연 활동의 상황을 더듬어 보는 수밖에 없다.

이 시기에 영향력이 컸던 극작품들로는 『경숙의 마지막』(1925년), 『파랑새』(1925년), 『수상한 청년(怪靑年)』(1929년), 『야학으로 가는 길』(1920년대 후기), 『어디로 갈 것인가』(1930년?), 『학우지정』(1928년)과 벙어리극 『이렇다!』(1927년) 등이 있다.

상술한 극들에서는 대체로 반동통치 하의 암흑상과 일제의 죄악을 폭로 규탄하고 반일 민족 독립 투쟁에 나선 투사들이거나 진보적 청년들의 형상을 창조하는데 모를 박았었다. 그중에서도 1925년 훈춘 일대에서 출연된 극 『경숙의 마지막』은 광범한 인민 대중들의 일대 환영을 받았다 한다. 이 극의 줄거리는 다음과 같다.

『병석에 누워 신음하는 경숙의 아버지에게 악질 지주 김선달이란 놈이 빚받으러 온다. 그 놈은 당장 딸을 팔아서라도 빚을 갚으라고 호령하면서 「내일 중으로 그 빚을 갚지 않으면 집을 차압하겠다」고 을러멘다. 으름장을 놓고 집에 돌아간 지주 김선달은 빚 대신 경숙이를 데려다 제 병신 아들을 장가들이려고 중매꾼인 이영감을 경숙이네 집에 보낸다. 그런데 이때 경숙이네 집에서는 엎친 데 덮치기로 경숙이의 남동생 쇠돌이가 삯전을 받으며 기르는 송아지를 잃었다. 이렇게 상서롭지 못한 일에 부딪친 경숙네는 그 이튿날 빚 때문에 지주 놈에게 집을 차압당한다. 막다른 골목에 이른 경숙이는 병드신 아버지에게 약도 사 대접하고 집도 살리며 송아지 값도 치러 주기 위하여 자기가 팔려 가기로 작심한다. 드디어 정한 잔칫날이 돌아와 하는 수 없이 지주집에 시집간 경숙이는 그 첫날밤에 남 몰래 나와 강에 몸을 던져 한 많은 일생을 끝맺는다.』[34]

이 극에서는 바로 경숙이의 비참한 운명과 그의 최후를 통하여 봉건지주계급의 잔혹한 수탈과 추악한 본질을 폭로하고 단죄하였으며 반동적 통치제도 하에서의 경숙이와 같은 수많은 근로 인민의 비참한 운명과 봉건지주계급에 대한 그들의 자연발생적인 저항과 투쟁을 보여주고 있다. 이 극은 20년대와 같은 그런 현실에서 악질 지주와 빈농민간의 첨예한 대립을 반영하고 빈농민들의 투쟁을 지지하였다는 여기에 심각한 의의가 있다.

극『파랑새』는 1925년 용정의 문인들로 결성된 『문우회』에서 창작하여 출연하였다. 이 극은 강가에 둥지를 틀고 살아가는 파랑새가 홍수를 만나 신근한 노동으로 마련한 보금자리를 헐리우고 하는 수 없이 새끼들을 하나하나 날개 위에 얹어가지고 자리를 옮겨가는데 마지막 새끼 한 마리까지 날아가버리는 처절한 내용을 다루었다. 이것은 일본 제국주의의 침략에 의하여 전택을 잃고 살 길을 찾아 방랑의 길에 나서는 조선족 인민의 비참한 처지를 상징적 수법으로 표현한 것이다.

극『수상한 청년』은 1928년 용정에 세워진 과외극단 『연극호』에서 출현한 작품이다.[35] 이 극은 당시 조선의 서울을 배경으로 하고 있다. 막이 오르면 늙은 양주가 등장하여 하는 말이 밤마다 이상한 청년들이 나와 다니기에 무서워서 종로 네거리에 나다니지 못하겠다고 한다. 어느 날 밤 순사들이 거리에 쏘다니며 산지사방을 수색하는데 삐라를 붙이고 있던 『수상한 청년』이 그 놈들에게 발각된다. 이윽고 그 『수상한 청년』과 순경놈들이 서로 대결하여 육박전

---

34)『진달래』18집(민족출판사 1987년 3월 출판) 369페이지. 이 자료는 연변대학 1960년도 졸업반 학생들로 무어진 『조서족문학자료수집조』에서 왕청현 라자구 일대에서 채집한 것임.

35) 1920년대 하반기에 용정 만주영화사에서 일하던 진원묵 노인의 회고담에 의함. 진원묵 노인은 지금 연길시 소영향 소영촌에서 만년을 보내고 있음.

이 벌어진다. 이때 청년은 유술로써 순사놈을 높이 떴다가 냅다 꼰진다. 넘어지며 타박상을 입은 순경놈은 가까스로 아픔을 참아 가며 권총을 꺼내 들고 청년을 겨눈다. 이 위기일발의 시각에 이 청년과 혁명 사업을 같이하는 과정에서 정이 깊어진 영자가 총을 쳐 던지고 그 순경놈을 처단한다. 위험을 모면한 청년과 영자는 몹시 기꺼워하면서『이런 곳에서는 못살겠으나 우랄산으로나 가기요』하면서 함께 나가는 때에 막이 내린다. 이 극에서는 당시 반제 반봉건 투쟁의 일각을 보여주면서 이 세상에 나타난 첫 사회주의 국가 소련에 대한 동경을 반영하고 있다.

1920년대 후반기에 훈춘과 왕청 등지에서 널리 출연된 극『야학으로 가는 길』은 문맹퇴치의 주제를 해학적인 수법으로써 퍽 인상깊게 취급한 작품이다. 이 극은 그 뒤 항일 시기 나아가 광복 후에까지도 광범한 지역에서 널리 출연되어 광범한 인민 대중의 찬사를 받았다. 그 대체적인 내용 경개는 다음과 같다.

『시집간 외동딸에게서 온 편지를 받은 늙은 양주는 글을 몰라서 편지를 보일 사람을 찾아 헤매다가 길가에서 그럴듯하게 차려입은 한 신사를 만난다. 그런데 공교롭게도 그 신사도 글을 모르는 눈뜬 소경이었으니 자연 울적해 할 수밖에 없었다. 어쩔 바를 몰라하는 신사의 얼굴을 지켜보던 늙은 양주는 시집간 외동딸에게 무슨 불상사나 생긴 것으로 여기고 그 신사를 붙잡고 눈물을 흘리며 통곡한다. 때마침 그곳을 지나던 지하혁명 일꾼인 야학교 선생이 이런 장면을 목격하고 신사의 손에서 그 편지를 받아 늙은 양주에게 제대로 읽어 준다. 알고 보니 편지에서는 그 무슨 슬퍼할 사연이 아니라 딸이 옥동자를 낳았다는 반가운 소식을 전하고 있는 것이었다. 이런 장면에 띠운 야학교 선생은 차근차근 글을 배워야 하는 이치를 깨쳐 주며 야학실로 다 갈 것을 권고하자 늙은 양주는 기꺼워 덩실덩실 춤을 추며 야학실로 가려 따라 나서는데 막이 내린다.36) 이 극은 문맹퇴치의 중요성에 대한 사상을 해학적 수법으로 생동하게 표현하였고 따라서 글을 알아야 해방의 길을 옳게 찾아나갈 수 있다는 진리를 밝혀 주었다.

---

36)『항일시기에 창작된 연극』(김운일『문학과 예술』1986년 2기 81페이지).

상기한 극작품들은 당시의 새로운 사조와 배합하여 인민을 각성시키고 혁명의 진리를 전파함으로써 사회적 현실 투쟁에 크낙한 기여를 하였다. 이 시기 극본들은 이러저러한 결함들을 동반하고 있는 것은 사실이지만 당시 극 창작에서 달성한 성과를 충분히 긍정하여야 한다고 본다.

1920년대에 있어서도 새로운 사회사상 사조와 인민들의 생활을 환상적으로 진실하게 반영한 민요와 구전설화 등 구전문학이 많이 창조되어 널리 전파되었다. 그러나 지금에 이르기까지 이 시기 구전문학에 대한 계통적인 채집 활동과 심입된 연구 작업이 따라가지 못한 데서 그 당시 구전문학의 전모를 보아낸다는 것은 자못 어려운 일이다. 하여 지금 전해지고 있는 일부 민요나 설화 등을 통하여 당시 구전문학의 일각을 더듬어 보는 수밖에 없다.

이 시기에 창조된 민요들은 일제 원수에 대한 치솟는 분노와 망국노로 전락된 우리 겨레들이 살길을 찾아 떠다니던 비참한 처경을 반영하고 있으며 또한 그 어떤 역경 하에서도 굴하지 않고 신근한 노동으로써 이 향토를 제 손으로 꾸려 아리따운 생활을 이룩하려는 조선족 인민들의 의지와 숙원을 노래하고 있다. 그중 민요 『뉘라서 간도가 좋다더냐』, 『새 아리랑』은 일제의 모진 탄압과 수탈로 하여 쫓기우며 살 길을 찾아 방랑길에서 허덕이는 슬픈 족속의 처경을 노래하였는데 아래에 그 민요 중의 한 단락을 인용한다.

> 뉘가 간도가 좋다더냐
> 가자 어서 가자 하늘땅 잇대인 저속에로
> 앞에는 사막이요 뒤에는 민둥산일세
> 아 찐빵 한 개만 있어도 갈 수 있을 것을
> 대관절 가야느냐 돌아서야 하느냐
> 일이십리를 더 걸을 수는 있는데
> ……37)

---

37) 이 민요는 20년대에 일본영사관에서 민간에 불리우는 것을 채집하여 조선족 실정을 요해하는 자료로 삼았다. 아직 그 원문을 찾아내지 못하였다. 이것은 일역문의 중역이다. 다만 민요 내용을 살펴보기 위하여 인용하니 참고하기 바란다.

이 시기에 널리 보급되었다고 전하여지는 민요『헛농사』,『우리 살림』에서는
반동통치 하에서의 모진 수탈로 하여 가난에 쪼들린 노동 인민들의 신세를 노
래하였다.

>풍년이라 좋은 곡식
>입쌀 한 말 넉 냥하고
>좁쌀 한 말 5각이니
>세금 물고 변돈 두고
>키만 들고 나앉으리
>추운 겨울 어찌하며
>긴긴 여름 어찌할고
>
>　　　　　——『헛농사』

>사람마다 벼슬하면 누가 농사짓나
>의사마다 병고치면 북망산이 왜 생겨
>어떤 년놈 팔자 좋아 고기로 양치질하고
>우리는 굶기를 부잣집 밥먹듯하네
>우리네 살림은 불에 탄 소가죽인지
>오그라만 들 줄 알지 펴질 줄 모르네
>때마다 먹는 밥은 된장에 당콩밥이요
>밤마다 자는 잠은 맨봉당에 토끼잠일세
>동삼(겨울)에 쌀독은 먼지만 풀풀 나구요
>요내라 가슴에는 재만 풀풀 나누나
>
>　　　　　——『우리 살림』

민요『벼가 자라네』는 이 시기에 널리 불린 생활요이다. 이 민요는 비록 적
수공권이지만 온갖 난관을 물리치고 논 일구어 자기 살림을 잘 꾸려 보자는 우
리 겨레들의 굳은 의지, 절절한 숙원을 노래하였다.

>만주당 넓은 벌판에

> 벼가 자라네 벼가 자라
> 우리 가는 곳에 벼가 있고
> 벼 자라는 곳에 우리가 있네
> 우리가 가진 것 그 무엇 있나
> 호미와 바가지밖에 더 있나
> 호미로 파고 바가지에 담아
> 만주벌 거친 땅에 벼씨 뿌리여
> 우리네 살림을 이룩해 보세[38]

이 시기에 창작된 것으로 추정되는 설화로는 노동 부녀의 슬기로움과 미덕을 구가한 『어머니의 마음』, 일제놈들을 감쪽같이 속이고 역경을 모면하는 기민한 반일 투사들의 지혜와 용맹, 일제 순경놈들의 미욱한 낯바대기와 낭패상을 생동하게 그려낸 『청산리 전투』, 『불행중 다행』 등이 있다.

---

38) 원문을 찾지 못하였다. 이것은 일역문의 중역이다. 다만 그 내용을 살피는 데라도 참고될까 하여 이에 인용한다.

제2장 신채호

제1절 생애와 문학활동

신채호(1880~1936)는 조선족 인민이 낳은 저명한 문학가일 뿐만 아니라 탁월한 역사가, 민족 해방운동의 선구자이다.

신채호(申采浩)의 원명은 채호(寀浩)였는데 나중에 채호(采浩)로 고쳤다. 그의 호를 단재(丹齋), 일편단심(一片丹心)이라고 불렀으며 그는 또한 무아생(无涯生), 금협산인(金頰山人), 한놈, 적심(赤心), 환진(幻塵), 연시몽인(燕市夢人) 등의 필명을 사용하였다.

신채호는 1880년 11월 조선 충청남도 대덕군 산내면의 한 한사의 가정에서 둘째 아들로 태어났다. 가세가 기울어진데다가 8세 때에 아버지를 여읜 그는 편모의 슬하에서 아주 가난하게 지내었다. 그러면서도 일찍 정언(正言)까지 지내다가 낙향하여 사숙 훈장으로 있던 조부의 엄한 단속 속에서 글을 배우게 되었다. 총명하고 재질이 출중하였던 신채호는 14세 때에 벌써 유학경전들을 거의 통달하다시피 하여 그의 장래가 촉망되어 인근 마을에 소문이 자자하였다 한다.

그 언제나 진취심과 구지욕으로 자기를 불태우던 신채호는 때마침 당시의 권문세가이며 개화적인 대학자였던 양원 신기선(陽園 申箕善) 선생의 총애를 받게 되었다. 그 후 그는 스승의 지도를 받으면서 양원서고의 책을 널리 섭렵하였다. 그는 신기선 선생의 추천으로 20살 때에 이조 봉건국가의 최고 교육기관인 성균관에 들어가 박사 벼슬을 지냈다.

청년 시기에 들어선 신채호는 19세기 말 조선에 대한 일본 등 제국주의 열강의 침략에 대항하여 날로 일어나는 인민들의 반제 반봉건 투쟁의 격류 속에서 시대적 자각과 민족에 대한 불같은 사랑을 안고 반일 문화 계몽운동을 세차게 벌이었다. 신채호는 성균관에서 학문을 닦던 시기부터 그리고 문동학원(文東學院)에서 강사를 맡았던 시기에 벌써 외래의 침략자를 반대하고 봉건통치배들과 매국적인 무위무능과 죄악을 신랄히 폭로하고 단죄하는 정론과 격문을 많이 써내어 인민들을 계몽하고 반일 투쟁에로 불렀다.

그는 1905년에 명망이 높던『황성신문』의 논설위원으로 초빙되었고 1906년에는『대한매일신보』의 주필의 중임을 맡아 나서서 당시의 진보적 논설진에서 아주 중요한 역할을 놀았으며 또한 자각적으로 민족 독립의 실현을 위한 정치적 실천에 적극 뛰어들었다. 그는 민족 독립운동의 비밀결사인『신민회』,『청년학우회』등의 발기에 참가하여 지도자, 조직자적 역할을 담당해 나섰다.

1908년 그는 여성들의 계몽운동을 밀고 나가기 위하여『가정잡지』를 간행하였다. 이와 아울러 그는 또『대한협회일보』와『기호흥학회보』의 주요 집필자로 활약하면서『역사와 애국심의 관계』(1908년),『대한의 희망』(1908년),『동양주의에 대한 비평』(1909년) 등 무게 있는 정론과 사론(史論)을 많이 발표하였다. 그의 이런 논설에서는 들끓는 정치적 격정과 고매한 민족적 정신, 치밀한 논리, 해박한 지식과 예리한 필치로써 한낱 나 젊은 민족 계몽사상가로서의 재능을 과시하였다.

그는 자기의 논설을 통하여 민족주의를 적극적으로 창도하는 한편 소기한 정치적 이상의 실현을 앞으로 출현될 민족적 영웅들에 기탁하면서 역대의 영웅들의 정신과 업적을 극구 선양하였다. 그는『과거의 영웅을 사(寫)하야 미래의 영웅을 소(김)할』목적으로『이탈리아 건국 3걸전』(1907년)을 번역 출판하고 이어『을지문덕전』(1908년),『이순신전』(1908년),『최도통전』(1903년)을 출판하였으며 이런 영웅전기와 배합하여『20세기 신동국지영웅』(1909년) 등 많은 사론(史論)을 발표하였다.

1910년 4월 일제의 침략이 더욱 노골화되자 그는 곧 다가올 망국의 운명에 대하여 절통을 금치 못해 민족 독립운동을 더욱 밀고 나가기 위하여 중국으로 망명하여 왔다. 신채호는 단도을 거쳐 청도에 이르러 민족 독립 투쟁의 방책을 토의하기 위하여 열린 청도회의에 출석한 후 러시아의 연해주로 갔다. 거기서 그는 민족 독립사상을 고취하며 동지들을 모아 사회정치적 투쟁에 이바지하기 위하여 선후로 『해조신문』, 『청신문』, 『권업신문』의 간행에 참가하였다. 그중 에서도 『권업신문』이 영향력이 컸으나 1914년 일제놈들의 작간으로 하여 이 신문은 폐간당하였다. 그 후 그는 상해로 갔다가 얼마 후 남만에 이르렀다. 그 는 한때 환인에 머무르면서 백두산에도 오르고 고구려 옛터도 답사하였다. 남 만지대에서 진행한 이와 같은 유적지 답사와 민족사 자료에 대한 채집은 그가 후에 조선사를 연구하고 저술하는 데에 심각한 계시와 용기를 주었다.

1915년 그는 북경에 이르렀다. 그는 나라없는 신세로 된 비통에 모대기며 안신처조차 변변치 못한 험난한 처경 하에서 일심으로 정치적 실천과 문필 활 동에 투신하였다. 그는 뜻이 어울리는 이들과 함께 박달학원을 세우는 데 진력 하여 청년 일대에 대한 교육을 도모하고 동인단체 『동제회』의 발기에도 적극적 으로 참여하였다. 그는 또한 『대동청년단』, 『대한독립청년단』, 『보합단(普合 團)』, 『다물단(多勿團)』과 같은 반일 민족단체들을 직심으로 도와 나섰으며 당 시 북경에서 간행된 한문 신문 『중화보』 등에 백의 동포의 민족 해방 투쟁을 소개하고 자기의 정치적 견해와 식견을 피력한 논설을 발표하였다.

신채호는 1919년 4월부터 약 1년 동안 상해에 가 조선임시정부에 참가하고 요직을 맡았으나 당시 임시정부 지도층의 투항주의적 주장과 방책에 대한 의견 대립이 심각하여지자 그는 이런 오류적 논조를 신랄히 비판하고 규탄하였다.

신채호는 그 이듬해 상해에서 북경으로 돌아온 후 더욱 일심으로 민족 독립 을 쟁취하기 위한 정치 투쟁과 문필 활동에 나섰다. 그는 1921년 1월에 잡지 『천고(天敲)』를 간행하였고 『통일책진회』도 무었다. 그 후에 그는 또 『신간회』 의 발기인으로 나서기도 하였다.

신채호는 북경에 거주한 10여 년 내에 민족문화 계몽운동과 독립운동의 수요로부터 많은 정론과 수필들을 발표하였다. 그중 대부분 작품들이 모진 세파 속에서 산실되었으나 현존한 『선언』(연대 미상), 『조선혁명선언』(1923년), 『금전, 철포, 저주』(연대 미상), 『낭객의 신년만필』(1925년) 등에서만도 그의 기발한 식견과 빛나는 성과의 일모를 보아낼 수 있다.

그는 민족 독립운동에 적극적으로 참가하면서 줄곧 역사 저술을 방기하지 않았다. 이때 그의 형편을 보면 모진 생활난에 쪼들리고 참고서적도 극히 결핍하고 역사 조사도 하기 어려운 형편이었으나 모든 곤란을 박차고 연구 사업을 견지하였다. 때로는 생활난을 해결하고 저술을 하기 위한 환경 조건을 마련하기 위하여 『삭발』하고 절에 들어가기도 하였다. 이 시기에 그는 고심한 노력으로 『조선사통론』(1922년), 『조선상고사』(1923년 좌우), 『조선상고문화사』(연대?), 『조선사연구초』(1924년) 등 역사거편들을 완성하였다.

신채호는 중국에 온 그 때부터 20년대 후반기에 이르는 사이에 상술한 역사 저술과 더불어 진보적 낭만주의 문학 계열에 속하는 소설 『꿈하늘』(1916년), 『용과 용의 대격전』(1927년?), 시 『너의 것』(연대 미상), 『새벽의 별』(1910년대 후반기) 등을 비롯한 주옥같은 시와 소설과 산문을 적지 않게 창작함으로써 이 시기 조선족 문학에 이채를 더해 주었다.

1920년대에 날따라 심입되는 혁명 투쟁의 현실과 물밀듯이 들이닥치는 여러 가지 부동한 사상 사조의 소용돌이 속에서 그는 자기가 줄곧 견지해 오던 민족자강론을 근간으로 한 민족 독립운동에 대한 입장과 견해와 방도를 재검토하게 되었다. 그러나 그는 세계관의 제한성으로 하여 그 당시의 복잡다단한 사상 조류들을 정확히 식별해 낼 수 없는 까닭에 점차 무정부주의의 폭력론의 영향을 깊이 받게 되었다. 하여 그는 20년대에 진입하여 중국에 있던 조선인 무정부주의자들과 연계가 깊었을 뿐만 아니라 1927년에는 동방 무정부주의 연맹에 가담하였으며 그 연맹의 기관지 『동방』 등을 간행하였다. 그러나 그는 이 시기에 치열한 투쟁의 현실 속에서 사회주의 사조의 영향을 받아 민족적, 계급적 모순의 불가 상용성을 간파하고 전 세계적 규모에서의 무산계급 혁명을 확신하게 됨에 따라 그의 혁명적 격정은 더욱 줄기차게 맥박쳤으며 소설 『용과 용의 대격전』(1927년)과 같은 우수한 낭만주의적 작품들을 세상에 내놓았다.

신채호는 1928년 5월에 동방 무정부주의 연맹에 위촉을 받고 민족 해방운동을 진일보 심입시키는 데 필수적인 자금을 마련하러 일본 모지(門司)를 돌아 대만 기룽항으로 가는 도중에 배 안에서 일본 해상경찰에게 체포되었다. 그는 그 후 대련일본형무소에 인도되어 2년나마 미결수로 심문을 받다가 1930년 4월에 억울하게 『10년형』을 언도받고 여순감옥에 갇히었다. 그는 옥중생활에서 갖은 고초를 겪으면서도 민족의 절개를 굽히지 않고 강직하고도 단호하게 싸우다가 1936년 2월 21일 56세를 일기로 자기의 빛나는 일생을 마무리지었다.

제2절 시문학

신채호의 문학 창작 실천 중에서 시작품은 중요한 자리를 차지한다. 그는 20세기 초엽으로부터 조선 『대한매일신보』 등에 일부 시조와 한문시를 발표한 그때로부터 20여 성상을 거치면서 많은 시편을 썼다. 하지만 여러 가지 원인으로 말미암아 1910년대 이후에 창작한 부분적 시편들, 이를테면 자유시 『한나라 생각』(1910년), 『너의 것』(연대 미상), 『금강산』(연대 미상), 『매암의 노래』(연대 미상), 『나비를 보고』(연대 미상), 『새벽의 별』(연대 미상), 시조 『61일 계단(戒壇)의 회고(懷古)』(1922년좌우), 한문시 『백두산길에서』(1914년), 『섣달 그믐밤에 벗을 만나 회포를 적음』(1922년), 『고향』(1920년), 『형님 기일에』(1920년), 『계해년 10월 초이튿날』(1923년), 『무제』(1922년) 등 40여편만이 우리에게 전해지고 있다.

이 시기 신채호의 자유시는 그 형식에 있어서 전통적으로 이어 내려오던 고정된 시형식을 타파하였을 뿐만 아니라 그 내용에 있어서도 시대적 정신과 민족의 울분과 이상을 심각히 반영함으로써 자기의 특색을 보여주고 있는 바 그의 자유시들은 이 시기의 조선족 시가 창작에서 뚜렷한 자리를 차지하고 있으며 조선족의 자유시 발전에 크나큰 기여를 하였다.

그는 자기의 작렬하는 감정을 구김 없이 토로할 수 있는 자유시의 형식을 이용하여 민족에 대한 불같은 사랑과 나라를 잃은 민족의 울분, 그리고 반일의 굳은 투지와 민족의 독립자주에 대한 깊은 신념을 낭만주의적으로 노래하였다.

　우선 그의 시에서는 고국과 조선족 인민에 대한 불같은 사랑이 격정적으로 개방되고 있음을 간파할 수 있다. 이 주제에 받쳐진 시들로는 『한나라 생각』, 『너의 것』, 『나비를 보고』 등을 대표적으로 들 수 있다. 1910년 압록강을 건너면서 읊조린 『한나라 생각』에서는 당시 솟구치는 고국에 대한 격정을 시적 형상의 힘을 빌어 구김 없이 피력하고 있다.

　　　　나는 네 사랑 너는 내 사랑
　　　　두 사람 사이 칼로 썩 베면
　　　　고우나 고운 피덩어리가
　　　　줄줄 흘러내려 오리라
　　　　한주먹 덥석 그 피를 쥐어
　　　　한나라 땅에 골고루 뿌리리
　　　　떨어지는 곳마다 꽃이 피어서
　　　　봄맞이 하리

　자유시 『너의 것』에서도 시인은 진지하고도 해맑은 서정의 도움 밑에서 님 나라와 겨레에 깊은 사랑의 정을 쏟아 놓고 있다.

　　　　너의 눈은 해가 되어
　　　　여기저기 비추고지고
　　　　님나라 밝아지게

　　　　너의 피는 꽃이 되어
　　　　여기저기 피고지고
　　　　님나라 고와지게

　　　　너의 숨은 바람되어
　　　　여기저기 불고지고

님나라 깨끗하게

너의 말은 불이 되어
여기저기 타고지고
님나라 더워지게

살이 썩어 흙이 되고
뼈는 굳어 돌되어라
님나라 보태지게

　보다시피 이 시에서는 『너의 눈』, 『너의 피』, 『너의 숨』, 『너의 말』 등 자기의 모든 것을 빛을 잃고 시들어 가는 고국을 밝고 아름답게 되살리는 데 고스란히 바치려는 서정적 주인공—시인의 갸륵한 마음과 단호하고도 비장한 결의를 읽을 수 있다.
　이밖에 자유시 『나비를 보고』도 고향을 사무치게 그리며 고향 길을 막아 놓은 원수 일제에 대한 분노를 그대로 보여준 시편이다.

춘산(春山)에 노는 나비
그 등에 올라앉아
훨훨훨 날아가면
어데를 못가랴만
동풍이 너무 이악하니
빈 꿈에 부치리라
　　　　　　——『나비를 보고』

　다음으로 신채호의 시에서는 고국의 신생을 쟁취할 시인의 투쟁 의지와 이상의 노래가 우렁차게 울려오고 있다. 이런 주제를 다룬 자유시들 가운데서 『새벽의 별』이 대표적 작품으로 알려지고 있다.

아까아까 온 하늘에 가득하던 동무들

　　동안이 멀다 한들
　　새벽이 차다 한들
　　이다지 엉성
　　벌써!

　이는 『새벽의 별』의 첫 연이다. 시인은 달도 다 진 새벽, 그 많던 별무리가 사라져 버려 엉성하게 된 하늘의 반짝이는 남은 별들을 바라보면서 한때 나라의 운명을 두고 비분강개하며 항격의 앞장에 나섰던 우국지사들이 일제의 잔혹한 탄압을 받자 모진 시련을 이겨내지 못하고 성스러운 싸움의 길에서 한사람 한사람 뒤로 물러서는 징경에 대하여 구슬프게 개탄하고 있다.

　그러나 서정적 주인공은 인츰 마음을 가다듬어 하늘에서 유난히 반짝이는 별들로부터 계속 검질기게 싸우고 있는 반일 지사들을 연상하면서 승리의 그날에로 가는 길이 멀고 험난할수록 굳은 신념을 고수하고 불굴의 투지를 다져갈 것을 다음과 같이 호소하고 있다.

　　달은 이미 졌다
　　해는 아직 멀었다
　　이때! 이때!
　　우리 곧 없으면
　　우주의 광명을 뉘 찾으리
　　어데서!

　　동지섣달 긴긴 밤에 자지 않는 과부의 등잔
　　우주의 명상에 꺼먹이는 시인의 눈
　　만리타향에 앉아 늙은 나그네의 머리털
　　산을 넘어 물을 넘어
　　홀로 가는 지사의 마음
　　우리 곧 아니면 동정할 이 누구냐
　　까막… 까막…
　　반짝… 반짝…

  이와 같이 시인은 반드시 오고야 말 새벽—고국의 새 아침과 광명에 대한 확신과 혁명 사업에 대한 높은 자각을 읊조리고 나서 시의 마지막 연에 이르러 자기의 정치미학적 이상을 다음과 같이 감명깊게 피력하고 있다.

> 새벽의 빛
> 자연의 구슬
> 낱낱이 따 내리여
> 하나씩 둘씩
> 우리 아기들 품안에
> 골고루 넣어주어
> 구름이 끼거나
> 안개가 일거나
> 바람이 불거나
> 눈이나 비가 오나
> 꺼지지 않는 빛에
> 천년만년 긴 새벽 되었으면!

  보다시피 이 대목에서는 늘 바라고 기다리던, 영원히 꺼지지 않는 참된 자유와 해방 및 행복의 상징인 『새벽의 별』을 따내려다 『우리 아기들』—인민들의 품속에 골고루 안겨 주려는 서정적 주인공—시인의 간곡한 염원과 고상한 이상을 자못 진실하게 토로하였다. 이렇듯 시 『새벽의 별』은 상상의 나래를 펼쳐 기발한 착상과 우아한 운율, 낭만주의적 격조로 시인의 웅심깊은 감정세계를 감명깊게 노래한 성과작이다. 따라서 이 작품은 이 시기의 조선족 시문학에서 주요한 자리를 차지하고 있다.

  신채호는 자유시 창작과 더불어 한문시도 적지 않게 썼다. 지금까지 전해진 20편에 가까운 그의 한문시들에서는 우국지사의 비통과 울분, 나라 잃은 민족이 겪은 정신적 고통이 진실하게 반영되고 있다.

  한문시 『백두산길에서』, 『가을밤에 회포를 적다』, 『형님기일에』, 『고향』, 『무제』 등은 자기의 겨레들을 한없이 그리며 민족의 비참한 운명을 통탄하고 있다.

> 인생 40년 지리도 하다
> 병과 가난 잠시도 안떨어지네
> 한스럽다 산도 물도 다 한 곳에서
> 내 뜻대로 노래통곡 그도 어렵네
>
> ——한문시『백두산길에서』중의 한 수39)

> 외로운 등불 가물가물
> 남의 시름 같이하며
> 일편단심 다 태울제
> 내 맘대로 못할러라
> 창 들고 달려나가
> 나라운명 못돌리고
> 무지러진 붓을 들고
> 청구역사 그적이네

> 이역방랑 십년이라
> 수염에 서리치고
> 병석에 누운 깊은 밤에
> 달만 누각에 비쳐드네
> 고국의 농어회맛
> 하좋다 이르지 마라
> 오늘은 땅이 없거늘
> 어디다 배를 맬고
>
> ——『가을밤에 회포를 적다』

우리는 이런 한문시들을 통하여 심각한 민족적 울분에 모대기는 서정적 주

---

39) 이은상 역. 아래에 인용한 『가을밤에 회포를 적다』, 『계해년 10월 초이튿날』도 이은상이 번역한 것임.

인공의 티없이 맑고도 진지한 감정세계를 감명깊게 읽게 된다.

시인은 한문시를 빌어 민족적 비운을 통탄하였을 뿐만 아니라 후손으로서의 의무를 다하지 못한 자책감과 미래에 대한 희망을 격조 높이 구가하였다. 한문시 『계해년 10월 초이튿날』, 『회포를 적음』과 같은 작품들이 이런 계열에 속하는 바 그중에서 『계해년 10월 초이튿날』을 들어보면 다음과 같다.

> 하늘과 바다가 넓고 넓구나
> 마음놓고 다녀도 거칠 것 없네
> 생사를 잊었는데 병이 무엇가
> 곡곳에 강과 호수 배탈 수 있고
> 설월이 사람 불러 같이 거니네
> 애닲게 시 읊는 것 웃지 말아라
> 천추에 뜻 아는 이 응당 있으리

이 예문이 보여주다시피 시인은 민족의 비극적 운명에 대한 절통의 정을 안고 몸부림치면서도 다가올 새로운 미래를 확신하여 마지 않았다. 이런 까닭에 그는 생사도 명리도 도외시하면서 호방한 기개로 민족 독립운동을 격조 높이 구가할 수 있었던 것이다.

이 시기에 쓴 그의 한문시에는 낡은 도덕관념과 역사적 편견들을 폭로 비판하고 자기의 심절한 감회를 읊은 『회포를 적음』, 『독사(讀史)』(연대 미상), 『서분(序憤)』(연대 미상) 등과 같은 작품도 망라되고 있다.

이상에서 보는 바와 같이 시인은 이 시기에 자유시 외에도 엄격한 격률을 요구하는 한문시를 썼고 또한 『61일 계단의 회고』와 같은 시조도 지었다. 그는 이와 같이 자기의 감회와 정서를 다채로운 형식에 담아 보려고 많은 노력을 기울였다. 그의 이런 시대적 정신과 자유분방한 서정, 대담한 과장 등으로 특징되는 낭만주의적 시편들은 당시 겨레들의 의지와 열망을 반영함으로써 인민들을 저항에로 고무하였으며 또한 당시의 조선족 시단에 이채를 가해 주었다.

제3절 산문, 소설문학

작가 신채호는 많은 산문과 소설작품을 창작하였다. 그의 문학 활동 중에서의 중요한 성과도 바로 산문과 소설 창작에서 집약적으로 표현되고 있다.

신채호는 20세기 초 문동학원의 강사를 지내던 그때부터 벌써 일제의 침략을 반대하고 매국을 일삼는 봉건통치배들의 더러운 낯바대기와 그자들이 저지른 죄악을 신랄히 규탄하고 타매한 정론들을 써냈으며 1905년으로부터 선후로 『황성신문』과 『대한매일신보』의 논설진에 가담하여 무게 있는 많은 정론과 수필을 발표함으로써 나 젊은 민족 계몽사상가로서, 그리고 문필가로서의 재능을 과시하였다.

그의 정론과 수필 창작은 1910년 중국에 이른 후 더욱이는 1920년내에 보다 발랄하게 전개되었다. 그의 정론과 수필은 잡감, 단평, 문학평론, 서한과 같은 퍽 다양한 형식을 취하였는데 『선언』, 『낭객의 신년만필』, 『문제 없는 논문』, 『금전, 철포, 저주』, 『도덕』, 『이해(利害)』, 『신교육과 정육』, 『인도주의 가애』, 『대흑호의 일석담』 등이 그 대표적인 작품으로 된다.

신채호의 정론은 대체로 정치적 내용을 담은 문예 산문이라고 할 수 있다. 그는 『낭객의 신년만필』이라는 글에서 우리는 『심심풀이로서가 아니라 인민을 비참한 운명에서 건져내는 예술을 창조하여야 한다』고 강조하였다. 그는 그와 같이 예술 창조 작업을 우리 겨레의 독립을 쟁취하기 위한 투쟁과 그것을 위한 전민적 계몽 사업의 일환으로 간주하였다. 바로 이런 취지와 목적 하에서 엮어진 그의 정론과 수필들은 민족애의 밝은 조명을 받은 그 시기 현실 투쟁의 역사적 화폭으로서 당시 투쟁의 진면모를 심각하게 반영하였다.

그의 정론과 수필에서는 우선 민족 독립 투쟁을 다루면서 자기의 모든 것을 이 성스런 투쟁에 바쳐야 한다는 사상을 내세우고 있다.

그는 『피의 인과』(창작 연대 미상)에서 『결과 없는 피가 없다 하지만 그 결과는 종인(種因)대로 되나니 애명예(愛名譽), 애자손(愛子孫)의 뿌린 피에 어찌 애국의 과(果)가 맺히리오』라고 하면서 『신성한 죽음은 시비도 잊으며 훼예(毀譽)도 잊고 오직 나의 사랑하던 바를 위하여 피를 머금고 칼이나 총머리에

엎어지는 죽음이니라』하였으며 또한 그는 항상 붓으로『말속(末俗)에 분개하며 시론(時論)에 격한(激恨)』하여 오직 민족을 위한 일이면 곧 도덕이라고 역설하였다. 그러면서 그는『이해(利害)』(1910년대?)에서 다음과 같이 지적하였다.

『개신(个身)의 생존만 구하다가 전체의 사멸을 이루면 개신도 따라 사멸하나니, 그러므로 군자는 개신을 희생하여서라도 전체를 살리려 하며 구각(軀殼)의 생존만 구하다가 정신이 사멸되면 쓸 데 없는 일부의『추피낭(臭皮囊)』만 남아 무엇이 귀하리오. 그러므로 열사는 적국과 싸우다가 전 국민의 백곡을 태백산만치 높이 쌓아놓고 명예의 멸망을 할지언정 노예되어 구생(苟生)함은 하지 아니 하나니, 구생은 생존이 아니니라.』

이 예문에서 우리는 당시 민족 독립 투쟁의 전초에 서서 앞으로 내닫던 투사의 숭고한 사상과 굳은 신념을 넉넉히 보아낼 수 있다.

다음 이런 정론과 수필에서는 낡은 제도에 대한 부정과 민족의 새로운 이상을 유기적으로 결합시키면서 민족의 자유와 독립의 실현에 배치되는 노예주의와 봉건적 도덕관, 현실도피사상 등을 단호히 비판하고 타매하였다.『대흑호의 일석담』(1920년대?),『수양은 촉계(觸界)부터』(1925년),『청년의 희생』(창작연대 미상) 등이 바로 이 주제를 힘 있게 다룬 대표적 작품들이다.

그는『불만의 현실─곧 최대의 위력을 가진 현실에서 도피하는 자는 은사(隱士)이며 굴복하는 자는 노예이며 격투하는 자는 전사이니 우리는 위의 삼자에서 그 하나를 선택하지 않을 수 없는 경우에· 선줄을 자각』(『대흑호의 일석담』)하여 곧『격투』의 길로 나아가라고 호소하고 있다. 작가는 또한『차라리 괴물을 취하리라』에서 선사(禪師)는『죽을 때까지도 남이 하는 노릇을 안하는 괴물이라 귀물은 괴물이 될지언정 노예는 아니된다. 하도 뇌동부화(雷同附和)를 좋아하는 사회니 괴물이라도 보았으면 하노라』라고 하면서 차라리 괴물을 취하면 취했지 노예로는 될 수 없다고 하였다.

이렇게 작가는 적들의 앞에서 서서 죽을지언정 엎디어 비굴한 삶을 구걸하지 않는 강인한 성격을 숭상하고 고취하였다. 그리고 그는 현실을 도피하는 사상도 단호히 반대하였다. 그는『수양은 촉계부터』에서『잘하는 수양은 산곡에서 안하고 도시에서 하며 청정(淸淨)으로 아니하고 진취로 하나니 대강만 말하자면 경우 따라 분투함이 곧 수양이니라』라고 하면서 현실을 외면하지 말고 투쟁에 착실하게 투입하여야 한다는 사상을 예리화시키고 있다. 실로 신채호는 굴할 줄 모르는 강직한 사람으로서 그에게는 그 어떤 노예적 근성이건 아첨하는 태도가 추호도 없었다. 그의 정론과 수필은 바로 이런 고귀한 정신과 성격의 집중적인 발현이다.

그의 정론과 수필은 또한 민족적 숙원과 이상의 실현을 다그치기 위한 전투적 호소였다. 그는 세계 무산 대중과 제국주의와의 첨예한 모순을 폭로하고 적을 짓부실 전투적 목표를 두드러지게 제시하였다. 그는 『선언』(1923년?)에서 다음과 같이 포만된 정서로 이런 사상을 토로하고 있다.

『우리 민중은 알았다. 깨달았다. 피(彼) 등 야수들이 아무리 악을 쓴들, 아무리 요망을 피운들, 이미 모든 것을 부인한, 모든 것을 파괴하려는 대계(大界)를 울리는 혁명의 목소리가 어찌 거연(遽然)히 까닭 없이 멎을 소냐.…우리의 생존은 우리의 생존을 빼앗는 우리의 적을 없이하는데서 찾을 것이다.…』

그리고 정론 『금전, 철포, 저주』(1920년대 초)에서는 『거룩한 저주는 금전의 농락에 빠지지 안하며 철포의 위협에 물러서지 안하고 목적을 이룬 뒤에야 그 소리가 그치니라』라고 하면서 절대 저주를 멈추지 말고 감격으로 벅찰 민족 독립을 맞이할 때까지 견지하라고 일깨워 주고 있다. 이런 철저한 반항과 승리의 사상은 『예언가가 본 무진』(1927년) 등 여러 편의 정론과 수필에도 구현되고 있다.

신채호의 정론과 수필에서 전시한 화폭에는 겨레에 대한 다함 없는 열애와 일제와 반동통치에 대한 혹렬한 저주가 안받침되었고 독립과 승리를 쟁취하기 위하여서는 온갖 낡은 관념과, 여러 면에서 오는 저애사상을 단호히 반대하는 투쟁정신이 일관되고 있다. 물론 이 시기 작가는 자기 인식의 제한성으로 해서 민족의 이상적 미래와 그것을 실현할 방도에 대한 인식은 명석치 못하였으나 끝까지 투쟁을 멈추지 않고 나아간다면 아리따운 미래가 도래할 것이라고 믿어 마지 않았다. 그의 이와 같은 민족 해방의 사상과 비타협적인 투쟁정신은 당시 조선족 인민들을 계몽하고 자기를 해방하는 투쟁에로 불렀다. 또한 그의 이 시기 정론과 수필에서 구현한 고상한 민족정신, 열정적인 기백, 선명한 형상성, 치밀한 논리, 해박한 지식, 신랄한 풍자, 생신한 언어 등은 작가 신채호로서의 특색을 선명하게 보여주고 있다. 그의 정론과 수필은 이 시기 조선족 인민의 사상 투쟁사와 문학 창작에서 빛나는 한 페이지를 차지하고 있다.

1910년 전에 『을지문덕』 등 세 편의 전기체 작품을 세상에 내놓았던 신채호는 1910년대에 많은 소설을 창작하였다. 그중에는 1910년대 후반이거나 20년대 초에 창작된 것으로 추정되는 역사소설 『백세 노승의 미인담』, 『유화전』, 『일목대왕의 철퇴』, 『전륭황제의 꿈』, 『일이승』[40] 등이 있으며 또한 그의 소설 창작에서 대표작으로 인정되는 단편소설 『꿈하늘』(1916년)과 『용과 용의 대격전』(1927년?)이 있다. 이와 같은 심오한 사상과 참신한 낭만주의적 풍격을 구현한 그의 성과작들은 비단 이 시기 소설 창작의 공백을 메워 주었을 뿐만 아니라 조선족 문학에 진보적인 낭만주의 문학을 새로 개척하여 주기도 하였다.

역사소설 『백세 노승의 미인담』은 남이 장군이 호국사에 놀러 갔다가 한 노승에게서 이야기를 듣는 형식으로 엮어진 일인칭체 소설이다. 말하자면 작중에서는 한 노승의 회고담의 형식을 통하여 이야기를 전개하고 있다.

노승은 아내 황씨와 여종 예쁜이를 데리고 귀주에 가서 수정장으로 부임한다. 그 후 그는 수만 명의 몽골군의 침입으로 하여 패배당한 나머지 자기 아내와 여종 예쁜이를 빼앗긴다. 그 후 날이 감에 따라 아내를 빼앗긴 분과 모욕감에 못 견디게 된 노승은 가산을 팔아 2천 냥의 금을 마련하여 가지고 아내를 찾아 북경으로 간다. 그가 북경에 이르러 아내의 거처를 찾은 때는 일 년 후였었는데 그때 아내 황씨는 이미 마음이 변했을 때였다. 그래서 그는 아내를 찾기는커녕 도리어 그년의 작간에 걸려 옥에 갇히게 된다. 이런 역경에서 노승은 예쁜이의 도움을 받아 구원된다. 그는 나오자 바람으로 황씨를 처단하고 밖으로 퇴출하여 나가려 하였으나 이때따라 보초가 삼엄하여 빠져나갈 수 없게 된다. 이때 또 예쁜이가 사닥다리를 가져다 놓아줌으로 하여 노승은 위험에서 해

---

40) 창작 연대를 밝혀 놓지 않았기에 딱히 지적하기는 어려우나 대체로는 1910년대 후반기에 씌여진 것으로 추정된다.

탈된다. 그런데 자기를 구해 준 예쁜이는 적진을 벗어날 수 없게 되자 그만 칼로 자기의 목을 쳐 자결하고 만다. 노승은 그 후 집으로 돌아오자 나라에 충직하고 민족의 지조를 지켜나선 예쁜이에 대한 경모의 정과 자기를 사경에서 구해 준 은인의 정을 가슴깊이 새기며 곧 삭발하고 중으로 된다.

소설은 이렇듯 노승이 아내를 찾으러 북경에 이른 후 겪은 수치스러우면서도 또한 잊을 길 없는 일들을 엮었다. 그러나 소설은 이런 외부적 사건묘사에 머물은 것이 아니라 예쁜이의 숭고한 형상을 창조하는 데에 모를 박았다.

이 소설은 여종 예쁜이의 애국심에 불타는 고상한 성격을 자기 아내밖에 모르는 노승과의 선명한 대조 속에서 다각적으로 묘사하였다. 예쁜이의 애국심은 우선 외래 몽골 침략자를 물리치기 위한 단호한 입장과 민중의 정치적 적극성을 제어하는 모든 사회적 악폐를 폐기하려는 그의 염원과 상응한 방도를 제시하는 그의 지혜와 자아희생적 정신에서 표현되었다. 그리고 예쁜이의 성격은 또한 국가의 일에 대해서는 아랑곳하지 않고 자기의 안일이나 처자들만을 생각하며 향락을 누리기에만 골똘한 통치자들을 타매한 데서도 제시되고 있다. 북경 거리에서 아내를 찾아 헤매는 노승에게 예쁜이는 『계집이 아무리 중요하지만, 네 계집 이외에 계집보다 중대한 것을 얼마나 빼앗겼더냐, 나라 안의 모든 것을 다 빼앗기고도 찾을 줄 모르면서 어찌 계집 찾을 줄을 아느냐, 네가 무슨 사나이냐』하고 수죄하면서 이토록 무위도식하고 부패한 반동통치배의 추악한 본질을 신랄히 폭로 규탄하였다. 이와 같이 소설 『백세 노승의 미인담』은 강렬한 애국애족의 정신과 원수에 대한 적개심, 외세에 굴하지 않는 민족적 기개, 출중한 식견, 웅대한 포부와 예지로 빛나는 예쁜이의 형상을 창조하였는 바 그 의의는 자못 크다.

그런데 이 소설은 주인공 예쁜이의 형상 창조에서 그의 신분에 어울리지 않게 묘사함으로써 성격의 진실성이 부족하거나 성격 발전의 타당성을 기하지 못하고 있는 등 부족점을 동반하고 있다. 이러한 미흡점들이 있으나 이 소설은 비단 그 내용에서 뿐만 아니라 또한 이 시기 역사소설 창작에서 새로운 시도를 보여주고 있다. 풍부한 상상과 대담한 허구로써 지난날 역사 속에 묻혀 있던 여종의 형상에 당대 인민의 염원과 지혜와 동경을 부여하였다거나 종전의 일인

일대기의 전기체 문학의 틀에서 벗어나 현대적 소설의 수법을 도입한 것 등이 이 점을 웅변적으로 말해주고 있다. 이는 우리 조선족 역사소설 발전사에서의 첫 시도로서 개척적 의의가 있다.

제4절 『꿈하늘』과 『용과 용의 대격전』

단편소설 『꿈하늘』과 『용과 용의 대격전』은 신채호의 문학 창작에서 이정표로 되고 있는 대표적 작품이다.

단편소설 『꿈하늘』은 1910년대 신채호의 낭만주의적 열정과 환상이 자유분방하게 표현되고 있는 작품으로서 가상적인 인물과 환상적인 사건에 의하여 씌여졌다. 하지만 이 소설의 환상과 허구는 결코 허망한 것이 아니라 『자유 못하는 몸이니 붓이나 자유하자고』 한다는 이 소설의 서문이 말해 주다시피 현실생활에서는 실현하기 어려웠던 작가의 민족적인 지향과 미학적 이상을 표현하기 위한 예술적 수법으로서 소설의 환상과 허구는 구체적인 역사적 생활의 진실에 뿌리를 내리고 있다. 그러므로 우리는 이런 환상과 허구에 의해 다루어진 소설 중의 조건부적인 현실 가운데서도 근대사회의 시대적 현실과 작가의 미학적 추구를 속속들이 꿰뚫어 보아 낼 수 있는 것이다.

소설은 모두 6장으로 구성되었으며 날개를 달고 하늘과 땅, 천국과 지옥을 마음대로 날아다니는 비상한 인물인 『한놈』을 주인공으로 내세우고 그를 중심으로 사건의 얽음새를 풀어 나가고 있다.

소설의 주인공 『한놈』은 천관의 영에 좇아 무궁화 꽃송이에 안겨 지국으로 내려오면서 살수대전의 가렬처절한 싸움을 직접 목도하고 못내 경탄을 금치 못한다. 그 후 그는 무궁화 꽃송이와 을지문덕 장군간에 나눈 정성어린 화답시를 통하여 겨레의 앞에 놓인 참담한 현실을 진일보 깨닫게 되며 또한 수나라 대군을 무찔러 버린 을지문덕 장군의 가르침을 받아 민족의 유구한 역사와 자랑찬 문화와 민족의 슬기를 알게 된다. 그리고 또한 그의 교시를 통하여 동족상잔이

나 박애주의 및 위정자들의 무위성의 본질을 진일보 간파하게 되며 오직 원수와 끝까지 싸워서 이겨야만이 민족의 자주독립을 실현할 수 있다는 진리를 더욱 깊이 터득하게 된다.

『한놈』은 그 후 『님나라』에 침입한 원수를 족치러 싸움터로 나간다. 하지만 싸움터로 가는 그의 앞길에는 애로와 난관과 시련이 첩첩이 가로놓인다. 아픔벌의 비바람과 모래바람, 가시덤불, 불덩이 따위가 덮쳐들어 위협하는가 하면 황금과 권세와 부귀와 향락이 그들을 유혹한다. 하여 이런 모진 시련 앞에서 같이 가던 여섯 사람들 중 어떤 자는 죽고 어떤 자는 황금의 유혹과 난관을 이겨내지 못하여 대열에서 떨어지며 어떤 자는 시기 질투와 공포심에 사로잡혀 적에게 투항 변절하니 결국에는 『한놈』만이 홀로 남게 된다. 이런 지경에 부딪친 『한놈』도 뒤로 주춤거리다가 『님』의 고무에 용기를 얻어 『님』이 준 3인검을 받아 들고 용약 싸움터에 이른다. 싸움터에서 『한놈』은 왜소하나 교활하기 그지없는 적장 일본관백 풍신수길과 맞다들게 된다. 『한놈』은 적장을 요정내려고 칼을 들고 달려들었으나 적장이 홀연 미녀로 변신하는 바람에 차마 내려치지 못하고 그만 칼을 땅에 덜렁 떨구어 버린다. 미구에 『한놈』이 다시 칼을 집어 들려는데 그 미녀가 개로 되어 컹컹 짖으며 물려고 달려든다. 『한놈』은 맨손으로는 어쩔 수가 없어서 상책을 찾으려다가 그만 천 길 지옥에 떨어진다. 『한놈』은 지옥에서 순옥사 강감찬을 만나 『애국자가 나라 밖에 다른 사랑이 있어도 애국자가 아니다』라는 훈계를 받고 자기의 잘못을 깨닫게 되며 원수와 비타협적인 투쟁을 벌리려는 굳은 결의를 다진다. 그 후 지옥에서 애써 애국심을 키운 『한놈』은 강감찬의 도움을 받아 지옥을 나와 다시 『님나라』로 올라간다. 『한놈』은 님나라에서 역대의 많은 인물들과 만나며 『님나라』를 제대로 밝게 빛내기 위하여 하늘에 뒤덮인 먼지 쓸기에 검질기게 달라붙는다. 그 일은 무척 고되고 힘들었으나 굴하지 않고 쓴 보람이 있어 『한놈』은 마침내 맑게 개인 하늘을 보게 된다.

『한놈』은 그 후 성의만으로는 큰 뜻을 이룰 수 없다고 하는 『님』의 뜻과 극선으로 『도령군 놀음터』에 가서 애국심과 굳센 투지를 연마하게 된다.

소설 『꿈하늘』은 상술한 바와 같은 곡절적이며 험난한 인생과 투쟁의 길을 통하여 『한놈』의 성격을 풍만하게 부각하였다.

『한놈』의 형상에서 가장 본질적이며 특징적인 성격은 우선 민족에 대한 다함없는 사랑과 자유에 대한 갈망에서 표현된다. 소설에서 묘사하다시피 그는 민족의 비운으로 하여 몸부림치고 울분에 모대기며 나라와 민족을 위해서라면 자기를 잊고 투쟁에 뛰어들었다. 그는 민족의 유구한 역사와 문화 전통에 대하여 무등자호하고 긍지감에 불타며 민족을 비극적 운명에서 구원할 더욱 많은 애국자들의 출현을 목마르게 고대하는 것이다.

이 소설은 또한 민족을 위해서라면 물불을 헤아리지 않고 나가는 불굴불요의 투사적 제반 성격을 다방면으로 돋혀냈다. 물론 주인공 『한놈』은 처음 등장할 때로부터 성숙된 인물로 묘사되지는 않았다. 그러나 작품 중에 묘사하다시피 그는 항시 민족에 대한 태도로써 옳고 그름을 가리는 시금석으로 삼는 것을 잊지 않았기에 그는 부단한 실천 가운데서 점차 성숙되어 갔다. 그는 복잡다단한 투쟁 중에서 나라와 민족을 배반한 매국 역적과 노예적 근성에 푹 젖은 사대주의자들을 무자비하게 타매하였다. 그리고 민족간에 분파를 이루고 싸워대는 파쟁을 반대하였으며 적이 침입하여 강토와 겨레를 마구 유린하는 것을 보면서도 도리어 부저항주의를 고취하거나 종교로써 민족의 투지를 마비시키는 사회적 악패들을 배격하고 줄곧 단호한 투쟁을 견지하였다. 『한놈』은 끝내 수다한 곤란과 애로와 유혹을 물리치고 시련을 겪어냈으며 민족 독립을 쟁취하는 투쟁에서 승리자로 되었다.

작가는 『꿈하늘』에서 『가설의 논리』에 의거하여 자신의 애국적 이상의 구현자로서의 『무궁화 꽃송이』, 『을지문덕, 강감찬』 등 영웅적 형상을 감명깊게 묘사하였다. 이런 영웅적 형상은 죄다 주인공 『한놈』과 한 계열에 속한 인물들이며 『한놈』의 사상과 성격 전환에 중요한 역할을 놀았다. 예를 들면 『한놈』이 싸움터로 나갈 때 그를 고무하여 『무궁화 꽃송이』가 부른 『칼부림』 노래는 바로 그것을 말해주고 있다.

      ……

      아가아가 한놈 두놈 우리 아가

우리 대적이 저기 있다
해 늦었다 눕지 말며
밤 들었다 자지 말며
이 칼이 성공하기 전에는
우리 너희 쉴 짬이 없다

『무궁화 꽃송이』의 이 노래는 『한놈』으로 하여금 불굴의 투지와 애국적 기개를 떨치도록 고무해 주고 있다.

단편소설 『꿈하늘』은 상술한 바와 같이 『한놈』을 비롯한 여러 감명깊은 영웅적 형상을 통하여 당시 민족 독립운동에 나선 애국지사들의 평탄치 않은 투쟁의 노정과 모진 시련을 예술적으로 집약하면서 시대적 요구와 조선 민족의 염원과 의지와 열망을 깊이 있게 반영하였다.

이밖에 작중에서는 또 부정적 인물들인 새암, 옥동자, 풍신수길 등의 형상을 부각하였다. 작자는 이자들에게 필묵을 얼마 들이지 않으면서도 그자들의 음흉한 낯바대기를 적나라하게 발가 놓았으며 이 역사적 쓰레기들의 반동적 본질과 그 말로를 심각하게 보여주었다.

소설 『꿈하늘』은 예술상에서도 새로운 탐구를 진행하여 기특한 성과를 거두었다. 역사적 진실에 바탕을 둔 환상적인 소재와 상징적인 정황의 설정, 의인화된 인간의 형상, 특이한 사건의 얽음새와 과장된 갈등의 첨예화, 강한 주정토로와 낭만적인 시가의 도입 등은 이 소설의 낭만주의적 색채를 짙게 하였다.

단편소설 『꿈하늘』은 상술한 바와 같은 성과를 거두었으나 또한 시대와 작가의 인식으로부터 오는 제약성을 피치 못하고 있다. 이 소설의 사상은 협애한 민족주의 한계를 벗어나지 못하고 있는 바 『선왕』으로 불리는 봉건 제왕들을 민족의 비극을 해결함에 있어서의 본보기로 내세우고 있으며 이른바 『화랑』을 이상화한 나머지 『화랑도』를 극구 찬양하고 있다. 이 작품은 바로 이런 미흡한 점들을 내포하고 있음에도 불구하고 그 시대의 모순된 현실을 비판하고 환상적 형식에 의거한 자기의 진보적 이상을 돋보이게 함으로써 인민들을 반일사상으로 고무하였다는 데서 의의가 크다. 또한 이 소설은 1910년대 조선족의 진보적 낭만주의 문학을 특징짓는 중요한 작품의 하나로 되었다.

신채호는 1910년대의 진보적 낭만주의 전통을 발양하면서 1920년대에 진입하여 또 하나의 대표적인 낭만주의 소설 『용과 용의 대격전』(1927년?)을 발표하였는데 이 소설은 그의 문학 창작에서의 최고봉을 이루고 있다.

1920년대에 들어서면서 사회주의 사상 등 각종 새로운 사조의 전파와 더불어 날로 심입발전하는 반제 반봉건적 민족 해방 투쟁의 현실은 작가에게 크나큰 영향을 주었다. 그러나 당시 작가는 그때까지만 하여도 자기 사상 인식의 제한성으로 하여 조수마냥 밀려드는 여러 가지 부동한 사상 조류를 정확히 식별하지는 못하였다. 그래서 그는 종래로 추구하던 민족주의적 입장으로부터 무릇 침략자와 착취제도를 부정하고 파괴하는 것이면 죄다 지지하여 나서면서 침략과 종교와 전통과 강권을 단호히 반대하고 자유와 평등과 폭력을 숭상하였으며 『민중의 직접 혁명』론을 접수하였다. 이리하여 그는 기본적으로는 무정부주의와 인민주의적 사상을 지지하였다. 그러나 날로 심입되는 반제 반봉건 투쟁의 현실 속에서 자기의 심각한 체험으로부터 몽롱하게나마 사회주의 사상의 합리성을 보아내고 추구하기도 하였다. 단편소설 『용과 용의 대격전』은 바로 1920년대 새로운 사상의 영향 하에서 씌여진 것으로 사상예술 면에서 선행한 작품보다 더 원숙함을 보여주고 있다.

단편소설 『용과 용의 대격전』은 침략자 및 그와 결탁한 착취계급의 압박과 약탈의 화신인 이른바 『천국』의 충신인 미리와 피착취계급의 이익과 힘의 상징인 드래곤 등 두 용의 대격전을 통하여 민족 모순과 계급 모순이 첨예화된 1920년대의 사회 현실을 반영하였으며 일본 침략자와 착취계급의 반동적 본질을 파헤치고 그 멸망의 불가피성을 밝히었으며 민중혁명의 도래와 인민 대중의 필연적 승리를 예시하였다.

『용과 용의 대격전』은 처음에 상제의 충신인 동양진수(東洋鎭守) 미리가 지국에 내려오는 것으로부터 시작된다. 그를 맞이하여 부자와 귀족들은 미리님의 입에 맞도록 중국요리, 서양요리 등 갖가지 좋은 음식과 풍악을 마련하여 놓았으나 헐벗고 굶주린 빈민들은 아무것도 없어 정성을 다하지 못한다. 미리가 내려오자 부자와 귀족들은 노래와 춤으로 환대하지만 가난한 빈민들은 과중한 세금을 감하고 감옥살이와 철도자살이 없게 해 달라고 애원한다.

하지만 빈민들의 『가련하고 모양 없는』 제물을 보고 골이 잔뜩 난 미리는 『이놈들, 정성을 내지 않고 행복을 찾는 놈들 죽어 보아라』하고 불호령을 내리자 지상의 통치자들과 착취배들은 일시에 마구 무고한 빈민들에게 달려들어 닥치는 대로 짓밟고 학살한다. 이때 이런 아비규환에 빠진 지상의 참회를 보고 받은 『천국』의 상제는 인민들을 무참히 참살한 미리에게 책벌을 준 대신 도리어 그의 『공로』를 치하하여 굉장히 큰 훈장까지 준다. 그리고 연회까지 성대히 베풀고 천국의 제신들과 지상의 괴물들을 불러들여 먹인 후에 반항하는 민중들을 탄압하기 위한 『민중 진압책』을 꾸민다.

이렇게 상제와 미리가 민중을 탄압할 흉책을 꾸미고 있을 때에 지상에는 드래곤이 나타나 천국을 위협하며 상제의 반동사상을 선전하던 아들 야소를 처단한다. 그리고 드래곤에 의한 민중의 규합과 폭동에 의하여 상제와 미리와 모든 신하들이 다 소멸되고 새로운 지국이 일떠선다.

지국은 모든 기존 제도와 질서를 폐절하고 모든 것에 대한 공유권을 공포한 후 『천국』과의 교통 단절을 선언한다. 이렇게 되자 『천국』은 위기에 처하게 된다. 『천국』을 구원하려고 떠난 미리는 드래곤과의 대격전에서 패하여 죽으며 상제는 위기일발의 천국에서 도망쳐 나와 목숨을 건지려고 쥐구멍으로 들어간다.

이와 같이 소설에서는 침략자와 통치계급의 소굴인 『천국』과 민중들의 나라인 『지국』과의 대치적인 정치적 환경을 조건부적으로 설정하고 거기에서 벌어지는 모순과 인물들의 대립 관계를 통하여 상제와 미리와 드래곤 등의 형상을 창조하였다.

소설에 나오는 상제와 미리는 침략자와 통치계급의 대표이며 수호자이다. 상제는 『천국』에서 민중을 마음대로 탄압하고 착취하면서 민중들이 바치는 공물과 제물을 받아먹고 살아왔다. 민중들이 항거하여 폭동을 일으킬 때 상제는 그들을 진압하는 원흉으로 된다. 하지만 나중에 민중들의 폭동에 의해 『천국』이 『지국』과의 교통이 단절되자 굶어 죽게 된 상제는 바가지 동냥을 떠났는데 거기서도 쫓기어 쥐구멍으로 들어갔다가 때마침 쥐잡이를 나온 민중들에 의해 처단된다. 소설은 바로 상제의 형상을 통하여 반동 세력의 흡혈귀적 본질, 추악한 몰골과 그 회극적인 말로를 생동하게 보여주었다.

소설 중의 미리는 상제의 가장 충실한 측근이며 동방을 통제하기 위하여 미쳐 날뛴 침략자의 상징으로서 상제보다 더 악랄하고도 교활한 형상으로 묘사되고 있다.

그의 내력에 대하여 소설은 다음과 같이 교대하고 있다. 그는 드래곤과 일태 쌍생(一胎双生)이었으나『그 뒤에 미리는 늘 조선, 인도, 중국에서 장성하야 드디어 동양의 용이 되야 석가, 공자 등의 소극적 교육을 받아 상제의 충신이 되야 늘 복종을 천직으로 알므로 지배계급의 주구인 종교가, 윤리가들이 모두 미리를 인세(人世)모범의 신으로 존봉하여 왔으므로 조선의 신화에나 중화의 유경에나 인도의 불경에 다 용을 비상히 찬미하여 상제에 배(配)하였다. 그래서 상제께서 미리를 발탁하야 동양진수의 대임을 준 것』이다.

그의 반동적인 면모와 잔인하고도 교활하기 그지없는 본질은 그가 안출한 민중 진압책에서 더욱 노골적으로 드러난다. 그는 자기가 안간힘을 다 써가며 고안한 계획을 상제에게 다음과 같이 상주한다.

『…식민지 민중처럼 속이기 쉬운 민중이 없습니다. 철도, 광산, 어장, 산림, 양전(良田), 옥답, 상업, 공업… 모든 권리와 이익을 다 뺏으며 세납과 도조를 자꾸 더 받아 몸서리나는 착취를 행하면서도 겉으로는 너희들의 생존안녕을 보장하여 주노라 하고 떠들면 속습니다. 혁편, 철퇴, 죽침질, 단근질, 전기뜸질, …×심지, ×주리 같은 형법을 행하면서도 군대를 동원하여 부녀를 찢어 죽인다, 소아를 산 채로 묻는다, 전 촌을 도살한다, 곡식가리에 방화한다… 하는 전율한 수단을 행하면서도 한두 신문사의 설립이나 하고「문화정치 은택을 받으라」 소리치면 됩니다. …속이기 쉬운 것은 식민지 민중입니다. 상제여 마음 놓으십시오. 세계 민중들이 다 자각한다 하여도 식민지 민중만은 아직 멀었습니다. 우리가 식민지 민중만 잡아먹더라도 몇 십 년 동안은 아무 걱정 없을 것이옵니다.』

미리의 상술한 바와 같은 상주(上奏)를 다 듣고 난 상제는『아이고 내 자식아, 나도 악독하지만 너는 나보다도 더 악독하고나, 네가 아니면 내가 어찌 이 자리를 보전하랴』고 하면서 미리의 등까지 다독여 준다.

소설은 이와 같은 묘사를 통하여 1919년 이후 일제놈들이 한때 허울을 바꾸어 실시하던 이른바『문화정치』의 실질을 속속들이 파헤침과 아울러 상전에 아부하여 더 못된 짓을 하는 배족적인 망나니들의 성격의 본질과 제반 죄악적 시책을 신랄하게 폭로하고 타매하였다. 미리는 그토록 잔인하고 교활하기 그지 없었지만 종당에는, 지상에서 일어나는 혁명을 탄압하고『천국』을 지탱해 가려 다가 도리어 드래곤에게 짓부시워 귀가 떨어지고 눈이 빠졌으며 대갈통마저 빠개지자 아무 쓸모도 없게 되니 용신묘의 토우상이 되고 만다. 그의 이런 몰골과 처참한 말로를 통하여 독자들로 하여금 당시 침략자와 민족 배신자들의 끝장을 연상케 한다.

이 소설은 또 상제나 미리와는 대립적 입장에 선 드래곤의 형상을 부각하였다. 작품은 드래곤의 내력과 소행에 대해 다음과 같이 서술하였다.

『드래곤은 무엇이냐? 상제가 태고 인민들의 미신적 봉대(奉戴)를 받아 제위(帝位)에 오르던 제5년에 허공 중에서 탄생한 일태쌍생의 괴물이 있었던 바 1은 드래곤이 곧 그것이요 유(又) 1은 현금 천궁의 시위대장으로 동양총독을 겸한 유형한 미리니, 미리나 드래곤을 한자로는 용이라 역(譯)한다.

드래곤은 늘 희랍, 로마 등지에 체재하여 드디어 서양의 용이 되어 늘 반역자, 혁명자들과 교유하여 「혁명」, 「파괴」 등 악희를 즐기어 종교나 도덕의 굴레를 받지 않는 고로 서양사에 매양 판당과 난적들을 드래곤이라 별명하여 왔었다.

근세에 와서는 드래곤이 또 허무주의에 침혹(沈惑)하여 더욱 격렬한 혁명 행위를 가지더니 야소기독을 참살한 「흉범」이 된 것이다.』

드래곤의 내력과 일련의 소행에 대한 소설 중의 묘사와 서술을 통하여 드래곤이자 혁명적 사회 조류의 영향을 받아 민중의 앞장에 선 선각자이며 낡은 통치와 세력, 종교, 도덕을 철저히 반란한 혁명자의 형상이라는 것을 보아 낼 수 있다. 드래곤은 민중과 함께 야소를 죽인 후 지국을 세우고『과거의 사회제도를 일체 부인하고 지상의 만물은 민중의 공유임을 선언…』하는 동시에『천국』과의 교통 단절을 선언하며 상제와 미리 등을 처단한다. 이렇게 되자『천국』은 하루 아침 사이에 아사지경에 이르며 붕괴된다. 소설을 바로 드래곤의 형상 창조와 그를 비롯한 민중의 반항과 폭동에 의한 새로운 지국의 건설과 『천국』의 파멸을 통하여 일제 침략자와 반동 관료배들을 반대하는 무산 대중의 반항정신을 보여주었으며 인민 대중의 해방에 대한 지향과 이상을 낭만주의적으로 구현하고 있다.

상술한 데서 볼 수 있는 바와 같이 소설 『용과 용의 대격전』은 당시 새로운 사회 사조의 도움 밑에 그 시기 역사적 현실이 제기하고 있는 심각한 사회정치적 문제에 일정한 해답을 주는 낭만주의적 형상을 창조하였다. 이와 아울러 이 소설은 선행 시기의 낭만주의 소설 『꿈하늘』에 비하여 착취계급의 본성을 드러내고 비판함에 있어서 보다 더 예리하고 신랄하며 인민 대중의 힘과 승리에 대한 확신을 예술적으로 힘 있게 집약하여 제시하고 있다. 이밖에 이 소설은 예술적 면에 있어서도 기발한 사상과 허구, 광활한 예술적 공간, 생동한 상징적 수법과 풍자적 수법, 세련되고 풍부한 인민적 언어의 사용으로 특징적이다.

소설 『용과 용의 대격전』은 비록 큰 성과를 거두었으나 적지 않은 부족점도 발로시키고 있다. 이를테면 긍정적인 드래곤의 위력을 우의(寓意)적으로 시사하고 있을 뿐 그의 실제적인 투쟁을 구체적으로 생동하게 형상화하지 못하고 있다.

하지만 이 소설은 1920년대의 불합리한 현실과 착취제도를 반대하는 인민 대중들의 투쟁과 염원을 낭만주의 창작 방법에 의거하여 반영한 작품으로서 작가 신채호의 창작 생애와 조선족의 진보적 낭만주의 문학 발전에서 커다란 의의를 가진다.

제3장 1931년~1945년의 문학

제1절 『9.18』사변 후의 항일 무장 투쟁과 항전문화운동

우리 나라 동북을 침략하려고 오래 전부터 음모를 꾸며 온 일본 제국주의는 일련의 사건을 만들어 내 동북을 침점하기 위한 무력적 진공의 구실로 삼았으며 마침내 1931년에 『9.18』사변을 일으켜 동북에 대한 대규모적인 무장진공을 발동하였다. 장개석의 매국적인 부저항주의로 말미암아 일본 침략군은 3개월도 되나마나 한 사이에 동북의 대부분 지구를 점령하였으며 동북을 일본의 식민지로 전락시켰다.

일본 제국주의는 무력으로 동북을 강점한 이후 식민통치를 실시하기 위하여 한줌도 못되는 매국 역적과 결탁하여 1932년 3월 1일에 『만주국』괴뢰정부를 건립하고 파쇼 수단으로써 동북의 여러 민족 인민들을 잔혹하게 압박 착취하였다.

조선족 인민들에 대한 통치를 강화하기 위하여 『9.18』사변 이전에 연변에 건립한 일본영사관, 경찰기구의 기초 위에서 1933년 이후에 또 남만과 북만 지구의 조선족이 거주하는 33개 소도시에 영사분관과 경찰서를 설치하였으며 괴뢰만주국 경찰대와 무장자위단을 대폭적으로 증설하였다. 동시에 일본 침략자들은 『협조회』, 『특별공작반』, 『선무반』 등 특무 외곽조직을 내오고 일본 침략군의 『토벌』에 배합하게 하였으며 조선족이 집거하는 농촌 마을에 이른바 『안전농촌』, 『집단부락』을 만들어서 인민 무장 투쟁을 탄압하고 반동적인 식민 통치를 강화하였다. 이밖에도 일본 제국주의는 조선족 인민들에게 반동적인 민족동화정책과 문화전제주의를 마구 강요함으로써 조선족의 민족성과 문화를 말살하여 버리려 미친 듯이 날뛰었다.

이런 형세 하에서 조선족 인민들은 한결같이 일떠나 일제 파쇼통치의 잔혹한 압박과 수탈과 민족유린정책을 반대하는 항일 무장 투쟁의 불길을 세차게 지폈는 바 조선족 인민들은 중국공산당의 영도 하에서 항일 무장 투쟁을 새로운 단계에로 진입하게 하였다. 『9.18』사변 후 조선족 인민들은 중국공산당의 영도 하에서 항일 유격 근거지와 유격대들을 건립하고 당의 항일 무장 통일전선정책을 관철하면서 유격전쟁을 광범하게 전개하여 도처에서 일제놈들을 족쳤다. 1937년 『7.7』사변 이후 우리 나라에서 전면적인 항일전쟁이 시작되자 조선족 인민들은 동북과 관내에서 유격구와 적 점령구에서 중국공산당의 호소를 받들고 항일 무장 투쟁을 더욱 폭넓게 벌여 전국 인민들과 더불어 8년 항전의 최후 승리를 영접하게 되었다.

일본 제국주의는 동북을 무력으로 강점한 후 정치, 경제, 군사 면에서 뿐만 아니라 문화 분야에서도 반동적인 정책을 기탄없이 실시하였다. 일본 제국주의는 일부 반동적인 역사학자들을 규합하여 조선과 동북의 역사를 왜곡, 날조하면서 일, 조, 만, 몽 등 민족은 역사상 『동원분류(同源分流)로서 오래 전부터 갈라놓을 수 없는 밀접한 관계를 가지고 있다.』, 『조선 민족은 일본 대화 민족의 한 지속이다』라고 떠벌였으며 극력 일본 제국주의의 『대동아공영권』, 『오족협화』, 『만선일체』 등 식민주의적 유론을 위하여 역사를 날조하고 군중을 기만하여 여러 민족 인민들의 반일 의지를 마비시키려고 시도하였다.

일본 제국주의는 1937년에 이른바 『황민화』운동을 벌이고 조선족 인민들을 강박하여 일본 천황의 『신민』이 되며 『아마데라스오미까미(天照大神)』를 믿게 하였다. 1938년에는 일본 제국주의자들이 『조선교육령』을 반포하여 조선족 학교에서 일본어만 쓰고 조선어문을 쓰지 못한다고 규정했고 본 민족의 역사를 배우는 것을 금지시켰다. 1939년 1월에 일본 제국주의는 또 『창씨개명령』를 반포하여 성명을 일본식으로 개변하지 않으면 공부를 할 수 없게 함으로써 제 민족의 성명을 쓰는 조선족 인민들의 권리를 박탈하려 시도하였다. 이밖에도 일본 제국주의는 조선족 가운데의 반동적 문인들을 매수하여 반동적이며 황색적인 문학작품을 쓰게 함으로써 조선족 인민들의 의지를 마비시키려 하였다.

『9.18』사변 후부터 1945년 8월에 이르기까지 조선족 인민들은 이와 같은 일본 제국주의의 문화유린과 민족동화정책에 반항하기 위하여 끈질기게 항전문화운동을 벌였다. 적 점령구의 조선족 인민들은 문맹을 퇴치한다는 이름으로 민족문화를 수호하기 위한 투쟁을 적극적으로 벌였다. 수많은 학교들에서는 진보적 교원과 학생들을 통하여 수업시간과 과외 시간에 민족어문, 민족역사를 강의하고 민족 독립사상을 선양하였다. 농촌들에서는 농한기를 이용하여 야학과 식자반을 계속 꾸렸으며 자체로 교재를 편찬하여 학령 전 아동과 성인들에게 민족어문, 역사, 항일가요 등을 가르쳐 주었다. 많은 조선족 학교의 교원과 학생들은 일본의 노화 교육, 민족차별시 및 파쇼적 폭정을 반대하기 위하여 끊임없이 동맹휴학을 단행하고 반동적 교원을 쫓아 버리고 반일 표어를 내붙이는 등 반일 투쟁을 전개하였다. 적 점령구의 진보적 작가들은 어려운 환경 속에서도 자기의 민족적 절개를 지키면서 진보적인 잡지 『북향』, 『카톨릭소년』 등을 간행하고 일제의 침략죄행과 괴뢰만주국 통치 하의 부패하고 암흑한 현실을 폭로한 작품들을 많이 창작하였다.

항일 유격 근거지의 조선족 인민들은 중국공산당의 영도 밑에 간난신고를 겪으면서 신민주주의 교육을 실시하였다. 동북과 관내의 여러 항일 유격 근거지에는 같지 않은 유형의 학교를 설립하고 조선 민족의 역사와 문화 및 군사 지식과 기능을 전수하였다. 항일 근거지의 혁명정권은 사회 군중들을 도와 식자반과 야학을 꾸리고 문맹을 퇴치하는 운동을 벌였다. 또한 항일 유격 근거지에서는 여러 가지 신문과 잡지, 예하면 동북 항일 유격구에서 『전투일보』, 『반일보』, 『서공』, 『량죠전선』, 『화전민』, 관내 의용군(대)과 광복군 등에서 『조선의용대 통신』, 『한국청년』, 『광복』 등을 꾸려 민족을 계몽하고 반일사상을 선전하였으며 혁명가요의 가창운동과 연극 활동을 널리 벌여 인민들의 투쟁을 고무함으로써 항일전쟁에 유력하게 배합하였다.

제2절 문학 활동과 창작의 일반적 정황

『9.18』사변 이후로부터 거세차게 전개된 항일 무장 투쟁 및 그의 영향에 의한 노동자, 농민들의 대중적 투쟁의 거창한 현실은 문학 앞에 새로운 요구를 제기하였다. 이 시기 문학은 항일 무장 투쟁의 새로운 시대적 요구와 인민들의 장성하는 사상미학적 요구를 반영하면서 발랄하게 발전하였다.

이 시기의 조선족 문학은 자기의 발전 행정에서 선행 시기의 문학 전통을 발양함과 아울러 중국의 항일문학, 소련의 혁명문학, 특히는 조선문학의 성과를 섭취하면서 자기 발전의 나래를 펼치었다. 이 시기에 중조 양국 인민이 연합하여 일제를 물리치는 공동한 투쟁환경 속에서 적지 않은 항일가요와 국, 산문들을 함께 창작하였으며 당시 조선의 새로운 문학사상과 더불어 이기영, 한설야, 홍명희, 송영, 김창술, 박세영 등 작가들의 우수한 창작 성과들을 직접적으로 받아들였다. 그 가운데서도 강경애, 안수길, 박팔양, 김조규 등 수십 명으로 헤아릴 수 있는 조선 작가들이 1930년대에 동북에서 생활하면서 이 고장 인민들의 생활과 투쟁을 진실하게 반영한 역작들 이를테면 장편소설 『인간문제』(강경애), 단편소설 『새벽』(안수길), 서정시 『승리의 봄』(박팔양), 『삼등대합실』(김조규) 등 우수한 작품들은 이 시기 조선족 문학 발전에 직접적인 영향을 주었다.

이 시기의 문학 활동과 창작은 광활한 지역에서 벌어졌는 바 동북 항일 유격구의 문학 활동과 창작, 관내 조선의용군과 광복군 등 부대 내에서 전개된 문학 활동과 창작, 그리고 적 점령구에서 벌어진 진보적 작가들의 문학 활동과 창작 등으로 분별해서 고찰할 수 있다.

동북 항일 유격구에서는 항일 무장 투쟁에 배합하여 항일 부대와 인민 대중들 속에서 항일가요 가창운동과 연극 공연을 중심으로 한 문예 활동이 광범하게 벌어졌다. 이런 문예 활동 가운데서 항일가요, 자유시, 한문시, 극, 산문 등 형태의 작품들이 많이 창작되었다. 그중에서도 항일가요와 극이 보다 많이 창조되어 인민 대중에게 널리 전파되었다.(이에 대해서 제4장에서 전문적으로 논술함)

　　동북 항일 유격구에서 항일가요 극 창작 외에 많이 성행된 것은 신문 『반일보』, 『전투일보』, 『서광』, 『투쟁』, 『3.1월간』, 『화전민』 등 여러 가지 간행물과 삐라 형식을 통하여 발표된 문예성을 띤 정론, 격문, 통신, 서간, 수필 등을 망라한 산문문학이다. 지금까지 전해지고 있는 산문작품으로는 격문 『반일투사 동무들아 힘 있게 싸우자』(1936년), 『강도 왜놈의 통치에 신음하는 소년들에게 격함』(1937년), 수필 『적진에서 보내온 한 정치위원의 편지』(1936년) 등이 있는데 우리는 이런 제한된 작품과 편단을 통하여 이 시기 동북 항일 유격구내의 산문문학의 일모을 엿볼 수 있다.

　　『망국노란 더러운 이름을 벗기 위하여 과감하고 힘찬 싸움을 전개하는 투사 동무들은 추위와 괴로움을 헤아리지 않고 산을 넘고 들을 건너 두 주먹을 부르쥐고 … 싸움을 하지 않으면 안된다.…

　　여름에는 숲속에서 찬비와 찬이슬을 맞고 겨울에는 땅 속과 눈 위에서 일상생활을 하고 있다. 동무들아 우리도 동일하게 개놈들의 강탈에 집과 밭, 돈, 곡식을 모조리 빼앗기고 각골한 생활에서 신음과 아우성을 치면서 눈물 흘리는 우리 아닌가! 그러면 우리도… 놈들의 대전의 화염 속에 밀어넣으려는 기만정책을 여실히 폭로하면서 바삐 우리 대내에 편입하여 싸우는 가운데서 망국노라는 더러운 이름을 벗어야 한다. 우리의 자유와 평화는 투쟁에 있다. 힘 있게 싸우자.』

　　　　　　　——격문 『반일투사 동무들아 힘 있게 싸우자』에서

　　『해는 벌써 서산에 넘어가고 마을 집집 굴뚝에서 연기가 불쑥불쑥 나는데 나는 고픈 배를 다시금 띠 졸라 매고 아니 나가는 걸음으로 집마당까지 오니 집안에서는 어린 동생들의 우는 소리가 난다. 가만히 서서 들으니 밥투정을 하는 울음소리다. 이 울음을 듣는 나의 뜨거운 가슴은 터질 지경이다. 어린 동생들은 강냉이죽 더 달라고 발버둥친다. 나는 배고픈 것과 종일토록 일한 몸으로 뼈가 찌긋찌긋해나는 것을 참고 문을 열고 들어가니 동생들은 울음을 멈추었다. …냉수 같은 물에 시래지(시래기) 둥둥 뜬 것을 밥이라 먹고 좀 앉아 있으니 벌써 배는 또다시 고팠다.

　　온종일 노동하고 잠자리를 찾아 누우니 빈대 벼룩이 설렁거려 잘 수 없고 일하던 맵시로 그냥 누운 모양, 우마 동양으로 생활하고 있다.

화전민 소년들아! 돈 있는 자식들은 삼층누각에서 호의호식하며 커다란 학교를 다니면서 다리가 아프다고 하며 자동차, 기차 타고 다니는데 우리 환전민 소년들은 먹음에 굶주림과 배고픔의 고통을 받으면서 있는데도 「산림보호구」 개들은 자기들의 세금과 부역에 순응하지 않으면 축출령을 내리지 않는가. …우리도 잠자지 말고 일어나서 과감한 반일 투쟁을 전개하자. 서만주에서 활동하는 동무들은 산림 속에서 새를 온돌로 삼고 잠조차 새우고 있지 않는가!』

　　　　——격문『강도 왜놈의 통치에 신음하는 소년들에게 격함』에서

　이런 격문에서는 민족의 비운을 통탄하면서 망국노의 운명에서 벗어나기 위한 성스런 투쟁에 한결같이 궐기하라고 격정적으로 호소하고 있다. 더욱이 격문『강도 왜놈의 통치에 신음하는 소년들에게 격함』은 당시 화전농 소년들의 비참한 생활의 축도를 형상적으로 전시하였을 뿐만 아니라 수천만의 빈한한 소년들과 상층 부자놈들 자식들의 생활과의 선명한 대조 속에서 당시 사회의 불합리성을 파헤치었으며 또한 청소년들을 일제와 반동통치제도를 뒤엎는 투쟁에로 힘차게 부르고 있다. 이밖에도 서간체 수필『적진에서 보내 온 한 정치위원의 편지』에서는 일제의『대토벌』을 멋들어지게 격퇴한 장관적인 일각을 선명한 화폭으로 펼쳐 보이면서 사기 충천하는 유격대원들의 투쟁 모습을 강한 정서적 흥분 속에서 구가하고 있다.

　1930년대 후반기에 특히는『7.7』사변 이후 제2차 국공합작의 실현과 더불어 항일 민족 통일전선의 형성과 진일보의 확대는 전국 인민의 투쟁을 크게 고무하였으며 전국 범위 내에서 항일 투쟁의 일대 앙양을 가져오게 하였다. 이런 정세 하에서 계림, 중경, 서안, 무한, 태항산 등지에 있던 10여만 조선 민족 군민들은 공동의 원수 일제를 무찌르기 위한 항일 투쟁의 세찬 불길 속에 뛰어들었다. 이들은 조선의용대, 조선의용군, 광복군 등을 조직하여 자기의 혁명 활동을 전개하였으며 또한 이를 위하여 여러모로 문화 사업과 문예 창작 활동을 벌이었다. 그들은 이때『조선의용대 통신』,『민족해방』(원『조선청년』),『전고』,『한족청년』등 근 20종으로 헤아리는 간행물을 내고 있었는데 이에는 시와 소설, 산문 등 다종다양한 형식의 작품들을 게재하였다. 그리고 조선족 전사들로 조직된 각종『선전대』,『전지공작대』,『조선의용군 연예대』등 직업

적인 문예공연대와 더불어 과외로 조직된 공연대들에서는 가무와 다양한 형식의 극을 공연하여 항일 투쟁에 이바지함으로써 크낙한 기여를 하였다.

항일혁명 부대들에서는 『문학작품 현상모집 활동도 벌여 놓고 대원들을 자기의 장끼에 따라 시도 쓰고 산문도 쓰게 하였다. 그때 지도부에서는 동지들이 써낸 작품을 평의를 거쳐 1, 2, 3등을 내오고 1등 작품에는 상 대신에 붉은 별을 달아 주었다. 그때 동지들이 쓴 시와 산문은 그 얼마나 혁명적 격정으로 충만되고 그 얼마나 기세가 높았던가! 전쟁 시기여서 작품을 인쇄하지 못하고 보관하지 못하여 지금 그때의 작품들을 다시 보지 못하는 것이 퍽이나 유감스럽다.』41) 그리고 이때 태항산 모 부대에서는 행군 노정에서 벽보 활동을 전개하였는데 그 이름을 「곰방대」라 달았다. 「곰방대」벽보는 유광지를 16절로 베여서 행군 도중 15분간 휴식할 때 새로운 소식이나 전사들의 감회를 써서 돌려 보았다. …진정 벽보 「공방대」는 행군의 길동무로 되었으며 부대 내의 미담, 미덕을 노래하는 돌림신문으로 되었으며 전사들의 용기와 결심을 북돋우어 주는 전투적 무기로 되었다. 부대가 태항산을 떠나 청장하를 건널 때였다. 이때 이윤영이란 대원은 정든 근거지를 떠나기 아쉬워하는 자기의 심정을 다음과 같이 읊었다.

> 지나온 길 돌아보니 흔구름 가리였네
> 오지산도 마음 있어 우리를 바래누나
> 아마도 감자동무의 눈물 가린 수건이리42)

이렇게 관내에 있던 조선족 군민들은 항일 투쟁에 적극 뛰어들어 일제와 싸우면서 문예 활동을 활발하게 벌이었다. 이때 이 지역에서 창작된 작품들은 그곳의 언어적 환경으로 인하여 직접 조선문으로 발표된 작품은 퍽 적었다. 막상 조선문으로 창작된 작품이라 하더라도 왕왕 한어문으로 번역하여 게재하였다. 이런 문예작품 가운데서 가장 압도적인 비중을 차지한 것은 시가와 극이었고

---

41) 『중국의 광활한 대지우에서』 130페이지(연변인민출판사 1987년 3월 제1판).
42) 『태항산에서의 조선족문예활동』(『문학예술연구』 1982년 4기 제40페이지).

산문도 적지 않게 나왔다. 그리고 소설작품도 출현하였댔으나 그 수량이 적게 나온데다 나중에 인멸되다 보니 지금에는 그 작품들을 찾을 길이 없다.

관내의 조선의용군, 광복군들이 활동하던 지역에서 창작된 가요에서는 일제의 죄악을 폭로 단죄하며 항일 군민들의 사상정신적 풍모를 구가한 것이 가장 중요한 위치를 차지한다. 혁명가요 『최후 결전』(석정 작사), 『의용군행진곡』(이덕산 작사), 『어둠을 뚫고』(김학철 작사), 『광복군 항일 전투가』(송호성 작사), 『민족해방가』(작자 미상). 『자유는 빛난다』(작자 미상), 『선봉대가』(이두산 작사) 등이 바로 이런 주제에 바쳐진 대표적 작품들인 바 그중의 일부분 작품을 들어보면 다음과 같다.

포연탄우 떠도는 땅에
지리한 어둠이 샌다
천 년 압제에 시달린
겨레의 영혼 일어나라
노예의 잔여를
……

———『어둠을 뚫고』에서

동아의 노예들 단결하여 일떠나
다같이 쳐부시자 일본 군벌
우리는 동아의 참다운 주인공
다 앞으로 동무들아!

조선의 형제 대만의 동포
그 압박 또 어찌 받을 소냐
혁명의 기발 높이 추켜들고
다 앞으로 동무들아!

———『전가』

최후의 결전을 맞으러 나가자

생사적 운명의 판가리다
나가자 나가자 굳게 뭉치여
원수를 소탕해 나가자
〔후렴〕 총칼을 메고 혁명의 길로
　　　　다 앞으로 동무들아
　　　　혁명의 기는 우리 앞에 날린다
　　　　다 앞으로 동무들아!
　　　　　　　　　　——『최후의 결전가』에서

　이와 같이 상기한 노래에서는 자기의 처지와 운명에 대한 계급적 자각에 기초한 항일 투쟁에로의 궐기를 호소함과 아울러 원수 격멸의 투지와 혁명 승리에 대한 굳은 확신을 힘 있게 일반화하였다.

사나운 비바람 치는 길에서
다 못가고 쓰러지는 너의 뜻을
이어서 이룰 것을 맹세하노니
진리의 그늘 밑에 길이길이 잠들어라
……

　　　　　　　　　　——『조선의용군 추도가』에서

더럽힌 동방하늘 전운을 뚫고
광명은 불꽃같이 굽이쳐 빛나
뛰노는 가슴파도 쇠북 치나니
사무친 원한 풀러 나가자
〔후렴〕 우리 자유 우리 행복 우리 나라
　　　　이 주먹 이 총칼로 빼앗아 오자
……

　　　　　　　　　　——『진군가』에서

　이런 가요들에서는 조선의용군들의 강의한 의지와 백절불굴의 투쟁정신을 구가하였으며 굴함 없이 싸우다 희생된 투사들에 대한 추모의 감정을 표현하였다. 그리고 『의용군 추도가』와 같은 경우에 그 시적 정서는 비록 비장한 색채가 강하지만 시 형상 전반에서 전투적 기백과 혁명적 낭만이 도도히 여울차고 있는 것이 특징적이다.

이밖에도 당시 조선족 인민이 처한 망국노적 운명을 통탄하고 고국의 고향 산천에 대한 절절한 그리움을 반영한 『망향가』, 『그리운 조선』, 『고향이별가』 등이 부대와 대중들 속에서 널리 애창되었으며 연안의 대생산 운동과 그에 뛰어든 군민들의 정서를 반영한 『호미가』(유동호 작사), 『미나리 타령』(집체작)과 같은 가요들은 전사와 인민들의 사랑 속에서 불려졌다.

관내의 혁명 부대 내에서는 상기한 가요 외에 시집 『자유의 노래』(프린트본, 작품을 찾지 못하고 있음)를 인쇄해 내었고 적지 않은 자유시들이 창작되어 간행물에 발표되었다. 지금까지 전해지고 있는 시편들 중에서 민족의 부흥을 갈망한 서정시 『조국을 부흥의 길로』(여전. 1940년), 『너 또 왔는가—3.1절을 기념하여』(이두산. 1940년), 『광복』(진구. 1941년), 망국노가 된 절통의 정과 민족의 재생을 쟁취하고야 말 결의를 읊조린 『압록강』(백치. 1941년), 『어머니를 그리며』(운청. 1940년)와 중조 인민간의 친선을 구가한 『양자강』(김유. 1941년) 등이 우수한 시편들로 알려지고 있다. 그리고 산문작품도 이 시기에 창작되었는데 조선 청년들의 불우한 처지를 반영한 『적진에서 보내온 한 청년의 편지』(작자 미상. 1940년), 『망명생활—최근 적진에서 뛰쳐나온 한 청년의 자술』(김태성. 1941년)이 그 대표적인 작품들이라고 할 수 있다.

관내의 항일 군민들 중에서는 연극 활동이 발랄하게 벌어졌었다. 특히는 1938년 조선의용대가 건립된 후 서안과 태항산 지대에 『선전대』, 『전지(戰地)공작단』 등 연출단의 탄생과 더불어 연극이 많이 공연되었다. 하지만 당시 공연된 연극 대본은 거의 다 산실되었다. 따라서 이 시기에 나온 일부 문헌이나 자료에 의하여 당시 극본 창작과 공연 상황을 대체적으로 더듬어 보는 수밖에 없다.

이 시기에 공연된 극작품들로는 민족의 독립과 해방을 전취하기 위하여 싸움터로 나가는 젊은 일대를 형상화한 단막극 『서광』(김학철, 1941년)과 『두만강변』(집체작. 1944년), 항일 투사들의 피어린 투쟁과 그들의 고귀한 품성을 노래한 『태항산에서』(진동명. 1942년), 일제의 탄압과 약탈에 항거하여 일으킨 농민들의 쟁의와 그들의 열망을 반영한 『조선의 딸』(의용군선전대. 1943년), 국민당과 그 주구들의 매국적인 추악상을 폭로한 『승리』(작자 미상. 1942년)와 『황군의 꿈』(김××. 1943년), 반일 투쟁에 단호히 나선 의용군 용사들을 찬양하고 우경기회주의의 투항 행위를 신랄하게 폭로 규탄한 『북경의 밤』(집체작. 1944년) 등이 있다. 이 중에서도 장막극 『강제징병』, 『태항산에서』, 풍자극 『황군의 꿈』이 관중들 속에서 넓은 공명대를 획득하였다.

　3막 4장으로 된 장막극 『강제징병』은 서울 남대문역에서 조선의 한 어머니가 사랑하는 외동이를 징병에 내보내는 정경을 다룬 것이다. 작중의 홀어머니는 유복자인 외동이를 애지중지 귀엽게 키워서 대학에까지 보냈다. 자기는 험한 세상에서 온갖 천대와 수모를 받아 가며 손발이 다 닳도록 남의 집 삯일을 하면서도 아들이 대학을 마치고 나오기만 하면 남부럽지 않게 살 수 있으리라는 일루의 희망을 걸고 모든 풍상고초를 다 이겨 나간다. 그런데 뜻밖에 세상 뜨신 이 애아버지의 제삿날에 아들은 갑자기 일제의 강제병으로 뽑히어 끌려나간다. 기적을 울리며 떠나는 기차는 어머니와 아들을 멀리 떨어지게 한다. 바람에 머리카락이 볼품없이 흩어진 어머니는 목메어 아들의 이름을 부르다가 실신한다. 어머니는 정거장에 나와 있는 일제놈들에게 마구 달려들어 놈들을 쥐어뜯는다. 제2막과 3막에서는 강제로 끌려갔던 외동이가 일본 부대에서 도망쳐 나와 항일의 길에 들어선다. 이것은 지금까지 전해지고 있는 극 『강제징병』의 이야기 줄거리이다.43)

　장막극 『태항산에서』는 1941년에 있은 호가장적 전투를 역사적 배경으로 하여 쓴 것인데 이 극의 줄거리는 다음과 같다. 막이 오르면 항일 부대 용사들이 한창 노래와 춤으로 즐기고 있다. 이때 돌연 상급으로부터 전투에 투입하라는 긴급 지시가 내린다. 병사들은 상급의 지시에 좇아 용감하고도 기승스럽게 적의 봉쇄선을 꿰뚫고 적의 후방에 들어가 적을 무찌른다. 그런데 대오 내에 몰래 잠복해 있던 배신자가 일제와 내통하여 적군들을 끌어들이자 우리의 전사들은 불의의 습격을 받게 된다. 이에 우리 전사들과 놈들간에는 가렬처절한 백

____

43) 동상.

열전이 벌어지는데 이 싸움에서 우리의 전사들이 많이 희생된다. 살아남은 전사들은 희생된 동지들을 추모하며 선열들이 다하지 못한 위업을 이어 끝까지 싸울 것을 굳게 다지는 때에 막이 내린다.

1940년 여름 서안과 중경 등지에 설립된 전지(戰地)공작단 등 연예대들에 의하여 단막극『국경의 밤』(집체작, 1941년),『조선의 한 용사』(박동운, 한유한 작. 1940년), 가무극『아리랑』(한유한. 1940년)이 공연되어 일대 성황을 이루었었다고 당시의『대공보』는 보도하면서 여러 편의 관후감과 평론을 발표하였다. 그중에서도 단막극『조선의 한 용사』가 관중들의 주목을 받았다고 하는데 그 이야기 줄거리는 다음과 같다.

극중의 주인공은 민족심과 항일 의식을 지닌 일본 헌병대의 조선족 통역관이다. 그는 직무의 편리를 이용하여 헌병 대장을 감쪽같이 속여 넘기면서 체포당하여 옥에 갇혀 있는 항일 유격대원들을 많이 구원해 준다. 그러던 어느 날 그 지대에서 이름난 한 유격대장이 불행하게도 체포된다. 극중의 주인공은 유격대장을 구원하기 위하여 유격대장과 접근하였으나 유격대장은 이 헌병대 통역을 믿을 수 없기에 좀치도 곁을 주지 않았다. 그 뒤 일제 헌병대에서 유격대장을 사형에 처하게 되는 전날 이 주인공은 하는 수없이 기회를 타 이 유격대장 앞에서 일본 헌병 대장을 까 눕힌다. 이에 진상을 알게 된 유격대원은 주인공과 함께 그곳에 갇힌 유격대원들을 구원하고 또한 헌병대의 무장과 기밀 서류들을 몽땅 채서 말에 싣고 항일 유격대로 돌아와 광범한 군민의 열렬한 환영을 받는다.

적 점령구의 진보적 문학도 새로운 역사적 현실과 시대적 특징을 반영하면서 발전하였다. 당시 적점령지구의 정치적 환경은 아주 험악하였다. 그 어떤 문필 자유란 운운할 나위도 없었고 걸핏하면 놈들에게 잡히어 감옥살이를 하거나 목숨을 잃는 수가 많았다. 더욱이 1940년대에 들어서면서 멸망의 운명을 만구할 수 없게 된 일본 제국주의는 단말마적으로 날뛰면서 파쇼통치를 감행하였다. 일제는 문필가들을 자기들이 제출한『대동아공영권』실현에 이용하기 위하여 수단을 가리지 않고 갖은 방법을 다 써 가며 유인하고 듣지 않으면 모진 박해를 가하였다. 그러나 이와 같은 역경 속에서도 우리의 진보적 작가들은 항일 무장 투쟁과 노동운동, 농민운동, 학생운동의 영향 하에서 문학 활동을 끈질기게 벌여 나갔다. 당시 조선의 저명한 작가 강경애를 위시하여 조선문단에 진출한 박팔양, 신영철, 안수길, 황건, 현경준, 김국진, 이학인, 윤영춘 등 무려 30여명이 동북에 거주하면서 문학 창작에 종사하였는데 그중 개별적인 작가들이 민족적 절개를 굽히고 일제에 아부하는 어용문인으로 전락되었을 뿐 그 절대 부분의 작가들은 민족의 얼을 지키며 문필 활동을 진행하였다. 그래서 막부득이한 경우에는 붓을 꺾더라도 일제놈들에게 달라붙지는 않았다. 그중에서도 당시 인민 대중 속에서 선성이 높았던 조선의 여류작가 강경애는 30년대의 전반을 용정에서 생활하면서 장편소설 『인간문제』를 비롯하여 자서전적 장편소설 『어머니와 딸』과, 단편소설 『부자』, 『채전』, 『소금』 등 많은 작품들을 써냈으며 또한 1933년에 용정에서 무어진 문학 동인단체 『북향회』의 문학 활동을 지도하고 적극 두둔하여 나섰는 바 그는 조선족 문학 발전에 크낙한 기여를 하였다.

당시 적 점령구에서 활동하던 조선족의 진보적 작가들은 일제의 눈을 속여가며 자기의 창작품을 『북향』, 『카톨릭 소년』 등 잡지에 내기도 하고 또한 놈들이 꾸리는 신문에 우회적인 수법으로 쓰인 진보적 작품을 내보내기도 하였다. 그리고 작가들끼리 출판 자금을 얻어 모아 작품집을 내기도 하였는데 그중에는 소설집 『싹트는 대지』(1942년), 시집 『만주 시인집』(1941년), 『재만 조선인 시집』(1942년), 『재만 조선인 수필선』(1939년) 등이 망라되고 있다.

이 시기 적 점령구의 대표적 작품들로는 단편소설에서 김창걸의 『암야』(1939년)를 비롯하여 신서야의 『추석』(1941년), 한찬숙의 『초원』(1942년), 김국진의 『설』(1936년) 등과 수필로 『재만 조선인 수필선』에 수록된 작품 외에 『북향』지에 게재된 고적(孤笛)의 『용정의 첫인상』(1936년), 김영일의 『봄 추억의 한토막』(1936년)과 이욱의 기행실기 『동만의 마경, 천험촉도 72정자 척파기』(1941년) 등을 들 수 있다.

적 점령구의 극문학은 당시 정치적 환경으로부터 오는 제한성으로 말미암아 발전하지 못하였는 바 이 시기의 극작품으로는 1936년에 『북향』지에 연재되었던 장막극 『파천당(破天堂)』(이주복 작)만을 볼 수 있을 뿐이다.

이 시기 적 점령구의 진보적 문학은 그의 주제사상에서 보다 적극적인 성격을 띠면서 노동자, 농민들의 계급의식과 투쟁정신을 반영한 동시에 그들의 목적 의식적인 투쟁과 현실생활의 보다 새로운 측면을 심각하게 표현하였다. 또한 적 점령구의 진보적 문학은 항일 무장 투쟁의 영향 밑에 전개한 노동자, 농민들을 비롯한 광범한 인민 대중의 투쟁의 장성을 확인하면서 계급의 선각자, 자각된 인간들의 성격을 부각하였으며 예술 수법에 있어서는 일제의 감시를 모면하기 위해 우회적인 상징 수법을 널리 사용하고 있는 것 등이 특징적이다.

이 시기의 적 점령구에서는 많은 작가들이 창작 활동을 벌였는데 시인 윤동주(제5장에서 전문 서술함), 이욱, 윤해영, 소설가 김창걸(제5장에서 전문 서술함) 등이 그 대표적 작가라고 말할 수 있다.

시인 이욱(1907~1984)은 1924년에 처녀작인 서정시 『생명의 예물』을 내놓은 때로부터 시가 창작의 길에 들어섰다. 1930년대와 40년대 전반기, 특히 40년대 전반기에 이르러 그는 시인으로서의 자태를 뚜렷이 나타내기 시작하였는데 이 시기에 그가 내놓은 주요 작품으로는 『별』, 『나의 노래』(이상 2수의 발표연대 미상), 『금붕어』(1936년), 『철촉』(1942년), 『새 화원』(1942년), 『모아산』(1944년), 『5월의 붉은 맘씨』(1944년), 『북두성』(1944년)과 같은 서정시가 있다. 암흑으로 뒤덮였던 항일 시기에 쓴 그의 시편에서는 질곡적인 암흑 사회를 혐오하고 자유를 갈망하며 진리를 추구하여 마지않는 시인의 미학적 열망을 구김 없이 펼쳐 보여주고 있다.

안타까운 운명에
애가 타고나서
까만 안공에
자주 황금갑옷을 떨치나니

붉은 산호림 속에서
맘대로 진주를 굴리고 싶어
줄곧 창너머로
푸른 남천에

　　희망의 기폭을 날린다.

　　이는 서정시 『금붕어』의 전문이다. 이 시편에서의 금붕어는 시인의 상징이기도 하다. 금붕어는 항시 자유 없는 자기의 기구한 운명을 달가와하지 않고 『칠색무지개를 그리며』 『붉은 산호림』을 『까만 안공에 불을 켜고』 애타게 찾고 있다. 대해 속의 『붉은 산호림』 그것은 시인이 못내 동경하던 자유로운 이상의 동산을 상징한 것이다.

　　1940년대에 들어선 후 그같이 암흑한 현실 하에서도 줄곧 시 창작에 힘써 서정시 『철촉(躑蠋)』과 『새 화원』 등을 창작한 데 뒤이어 또한 『모아산』과 같은 역작을 내놓았다. 1944년 이른봄에 쓴 서정시 『모아산』에서 시인은 모아산을 『대지의 정열을 안은』 창세기의 『위대한 거인』으로 형상화하면서 격정에 넘쳐 『네 머리 위에 해와 달이 흘러흘러／쌓은 정 녹아 터지는 날은／자유의 깃발이 날리리니』하고 사무치게 고대한다. 이렇게 미래의 밝은 전망을 펼쳐 보이고 시의 마지막에 이르러 시인은 모아산을 종래로 『굴한 일 없』는 조선족 투사의 강의한 투쟁정신의 상징으로, 승리의 깃발로 찬송하고 있다. 그의 이런 시적 사상과 미학적 추구는 항일전쟁 승리 전야에 이르러 더욱 똑똑해지고 명랑하여졌다. 그 일례로 1944년 가을에 쓴 『북두성』을 들 수 있다. 이 서정시는 시인의 해방 전야의 창작 풍모를 가장 집약적으로 보여주는 대표작의 하나로 된다.

　　이 서정시에서 시인은 끝 없는 동경심에 찬 눈매로 멀리 하늘가에 반짝이는 밝은 북두성을 바라보면서 하나하나 정겨웁게 헤아리며 새봄은 꼭 오리라는 굳은 신념에 잠기며 다가올 승리에 무한히 고무된다. 이에 시인은 우리 민족이 수천 년을 두고 그려 온 아름다운 미래에 대한 숙원을 『장미원』으로 상징하고 이 서정시의 결말에서 다음과 같이 노래하고 있다.

　　보아 천 년
　　생각해 만 년
　　줄기줄기 흐른 꿈은
　　지금 내 맘속에 장미원을 이룩하고

구름을 밟고 기러기 나간 뒤
은하를 지고 달도 기울리

오오 밤은 상아처럼 고요한데
우러러 두병(斗柄)을 재촉해
아세아 산맥너메서
이 강산 새벽을 소리쳐 일으키다

이 시에서 시인은 자유의 여명이 곧 돌아오며 그 미래는 우리의 것이란 것을 확신하고 있는 것이다. 시인은 일찍 이 시에 담은 사상 경지에 대하여 다음과 같이 말한 바 있다. 『나는 머나먼 북두성을 바라보면서 상념에 잠겨 별들을 헤아리고 있노라니 나도 그 별들과 함께 빛나며 별무리들이 북두성을 향해 반짝이듯이 느껴졌다. 이 경상은 나에게 피눈물 겨운 생활은 오래 가지 않을 것이며 누렇게 말라빠진 대지에는 봄이 올 날이 있음을 깨우치게 하였다. 그래서 나는 「새벽은 곧 올 것이다」, 「내일은 우리의 것이다」라고 소리 높이 외쳤다.』

상술한 데서 본 바와 같이 이 시기 이욱의 시작품은 호방하고 우미한 낭만적 색채를 보이며 주로 은유적 수법을 애용하면서 잠재의식에 의한 형상적 표현들을 많이 보이고 있다. 또한 그의 서정시들은 광명한 미래를 동경하고 있으나 그것이 아직도 몽롱하고 추상적인 것으로 흐르고 있는 약점도 발로시켰다.

시인 윤해영(1909~1948?)44)은 1920년대 후반기에 용정 등지에서 교편도 잡고 사회 활동도 하다가 1932년에 흑룡강성 목단강 지구에 간 후 영안, 신안진 등지에서 문화 사업에 종사하였다. 그는 1930년대 초부터 륙속 적지 않은 시편들을 세상에 내놓았다. 그러나 여러 가지 연유로 하여 지금 찾아볼 수 있는 윤해영의 시편으로는 가사 『선구자』(일명 『용정의 노래』 1932년)와 『만주 시인집』에 수록된 서정시 『해란강』(1939년), 『오랑캐 고개』(1939년), 『사계(四季)』(1942년), 『발해고지』(1942년) 등이 있을 뿐이다. 윤해영은

____

44) 이에서 밝힌 윤해영의 생존 연대는 작곡가 조두남과 김종화의 회고록(또는 회고담)에 의해 더듬어 낸 것이다.

1945년 말부터 1947년 초에 이르는 사이에 문화 교육 사업에 종사하는 한편 많은 시편과 수필작품을 당시 목단강 지구에서 간행하던 신문『인민신보』와 잡지『건설』,『효종』 등에 발표하였었다.

　항일 시기에 쓰여진 윤해영의 작품으로는 가사『선구자』, 서정시『오랑캐 고개』,『발해고지』 등이 있는데 그 대표적 작품으로는『선구자』를 들 수 있다.

> 일송정 푸른 솔은 늙어늙어 갔어도
> 한줄기 해란강은 천 년 두고 흐른다
> 지난 날 강가에서 말 달리던 선구자
> 지금은 어느 곳에 거친 꿈이 깊었나
>
> 용드레 우물가에 밤새 소리 들릴 때
> 뜻깊은 용문교에 달빛 고이 비친다
> 이역하늘 바라보며 활을 쏘던 선구자
> 지금은 어느 곳에 거친 꿈이 깊었나
>
> 용주사 저녁종이 비암산에 울릴 때
> 사나이 굳은 마음 깊이 새겨두었네
> 조국을 찾겠노라 맹세하던 선구자
> 지금은 어느 곳에 거친 꿈이 깊었나

　이『선구자』는 1930년대 초기에 창작된 후(조두남 작곡) 널리 보급되어 크낙한 영향력을 산생한 노래이다. 이 작품에서 시인은 현대의 영마루에 서서 흘러간 민족의 역사를 돌이켜 보면서 외래의 강포에 대항하고 민족 해방을 위하여 분연히 떨쳐 나 슬기와 용맹, 절개와 위훈으로 자랑을 떨친 우리 조상들 특히 선구자들을 절절하게 추모하면서 민족의 비운을 한 몸에 지니고 나라와 민족을 건져낼 선구자들의 출현을 그 같이 애타게 고대하고 있다. 이 노래는 그 시적 정서가 비장하고 겨레의 넋이 세차게 사품치고 민족의 염원과 정서를 대변함으로 하여 당시는 물론 오늘에 이르기까지도 아주 널리 전승되어 불리우고 있다.

항일 무장 투쟁 시기에 상술한 작가 문학뿐만 아니라 인민 대중 속에서도 적지 않은 민요와 민담 등 구전문학이 창조되어 널리 전파되었다. 아직 그 채집 연구 작업이 뒤따르지 못하여 당시 창작의 전모를 밝힐 수는 없으나 지금 전해지고 있는 일부 민요와 민담 등에서만도 이 시기 구전문학의 일각을 엿볼 수 있다.

이 시기에 창작, 전파된 구전민요로 추정되는 것으로 『유격대』, 『왜호박』, 『어이어이 앵고댕고』, 『왜놈 병정 벼락맞았네』 등이 있다.

뒤동산의 딱따구리
참나무벌레만 잘 잡고요
동서남북 유격대 번쩍
왜놈의 대가리 잘도 까눕힌다네

앞마당의 함박꽃은
바람만 불어도 방긋 웃고요
언제나 잊지 못할 유격대는
인민에게는 언제난 웃음이라네
　　　　　　　　　——구전민요 『유격대』

이 민요는 항일 무장 투쟁의 제일선에서 위훈을 떨치는 항일 유격대의 전투적 모습을 다감하게 찬양하고 있으며 인민들의 의지와 염원과 이상의 구현자로서의 항일 유격대 전사들에 대한 신뢰의 정을 구김 없이 토로하고 있다.

호박은 가을에야 따는 줄 알았더니
겨울에도 호박은 풍년이라네
공산군 『토벌』에 으르렁거리며
거뜰머뜰 떠났던 황군나리들
올 적에는 그 위풍 어데로 갔나
수레마다 마대를 싣고 오기에
둥글둥글 무엇이냐 물어 봤더니

백두산에 심어놨던 호박이라니
일 년 사철 잘도 따는 왜호박이라네
————구전민요『왜호박』

　이는 원수 일제놈들이 이른바『토벌』에 나갔다가 항일 유격대의 몰사격에 무리로 나가 너부러진 시체를 어찌 할 바이 없어 대가리만 잘라 마대에 넣어 가지고 오면서도 그것을 호박으로 가장시켜서 군중의 눈을 속여 넘기려는 왜놈들의 낭패상을 자못 신랄하게 풍자하고 있다. 구전민요『어이어이 앵고댕고』도 나서기만 하면 꼼짝도 못하고 녹아 나는 왜놈들의 멸망의 불가피성을 폭로하고 조소하고 있다.

　이 시기의 민담을 보면 항일 무장 투쟁의 역사적 현실에서의 인물과 사건들을 다룬 작품이 그 절대 부분을 차지한다. 이에는 민담『박지형』,『연통라자』,『신출귀몰』,『신창동 전투』,『제1루사건』,『올가미 전투』,『오랍누이』,『별천지』,『정찰반장 김봉숙』과 같은 작품들이 그 예로 된다. 이와 같은 민담들에서는 항일 투쟁의 거창한 현실을 바탕으로 한 기적적이며 전설적인 이야기를 통하여 항일 투사들의 형상을 생동하고 소박하게 부각하였으며 일제의 무도한 침략과 만행을 폭로 규탄하고 놈들의 추악한 몰골을 조소, 야유하였다. 이런 민담의 사상미학적 특성은 항일 혁명 투쟁의 현실에 대한 폭넓은 일반화와 환상적 수법에 의한 생활 반영의 진실성, 그리고 그 격조가 명랑하고 대담한 과장과 상징, 비유 수법의 애용 등에서 표현되고 있다.

제4장 항일가요와 극문학

제1절 항일가요

항일 무장 투쟁 시기에 동북 지구의 항일 유격 근거지와 항일 유격대에서는 전례 없이 어려운 항일 무장 투쟁의 역사적 현실과 투쟁생활을 제때에 반영하고 항일 유격대원들과 인민들에게 신심과 용기를 주고 그들을 혁명 무장 투쟁에로 힘차게 고무추동하는 혁명적인 가요가 대폭적으로 창작되어 널리 보급되었다.

이 시기에 사상고동적 무기로서의 역할을 훌륭하게 수행한 항일가요는 전문적인 작가, 예술가들에 의해 창작된 것이 아니라 항일전쟁의 가렬한 불길 속에서 손에 무장을 들고 싸우던 혁명 투사들의 집단적인 힘과 창조적 재능에 의해 창작되고 다듬어졌다. 이런 항일가요는 선행한 가사 형태의 시가와 창가, 민요의 전통과 선행 시기 조선족 악곡의 곡조를 계승, 이용하면서 시대와 혁명 발전의 요구에 맞게 새롭게 창조한 것으로서 조선족 시가 발전사에서 한낱 중요한 의의를 가지고 있다.

철저한 민족 해방의 사상과 열렬한 혁명정신을 그 기초로 한 이 시기의 항일가요는 변화다단한 당시 현실에 자기의 초점을 맞추고 각이한 시점과 각도에서 시대정신을 격조 높이 구가하였다. 따라서 이 시기의 항일가요들은 비록 하

나의 혁명적 정서로 통일되고 있지만 그 소재와 주제사상은 자못 다양하고도
심각하다.

　이 시기 항일가요에서 우선 우리의 이목을 끄는 것은 일제의 무단적인 침략
죄행을 폭로 단죄하고 망국노로 전락된 민족의 비참한 운명을 통탄하며 반제
투쟁과 해방의 사상을 표현한 가요들이다.

　　1931년 9월 18일
　　일제놈이 만주를 강점하였다
　　대포와 비행기며 기관총으로
　　넓은 만주 피바다로 물들이었다

　　압박착취 강탈을 당하다 못해
　　일어나는 3천만의 반일의 고함
　　만주벌판 몇 천 리를 진동하면서
　　거족적인 반일전쟁 막은 열렸다

　　　……

　　일어나라 3천만의 노력대중아
　　우리 앞에 무서운 것 그 무엇이랴
　　굳고 굳은 반일전선 힘 있게 맺어
　　자유정권 건립하려 힘껏 싸우자
　　　　　　　——『9.18사변가』에서

　　일제놈들의 말발굽 소리 더욱 요란타
　　만주벌과 넓은 천지 횡행하면서
　　살인방화 착취약탈 도살의 만행
　　수천만의 우리 대중 유린하도다

　　나의 부모 너의 동생 그대의 처자
　　놈들의 총창 끝에 피흘렸고나
　　나의 집과 너의 집, 놈들의 손에

재더미와 황무지로 변하였고나

……

일어나라 단결하라 노력대중아
굳은 결심 변치 말고 살 길을 찾아
붉은기 아래 백색공포 뒤엎어 놓고
승리의 개가 높이 만세 부르자
　　　　　　　——『반일가』에서

1932년 4월 6일에
대감자의 반일전쟁 개막되었다.

……

대두천의 불길은 하늘에 닿고
덕원리의 농촌은 재터뿐이다

무죄양민 주검은 들에 널리고
왕청벌엔 인적이 고요하구나

동북땅에 살고 있는 중한대중아
일치단결 일어나서 싸워 나가자
　　　　　　　——『인민의 처지』에서

　위에서 보여준 바와 같이 이런 부류의 가요들에는 일제의 침략적 및 야수적 본성과 그로 하여 빚어진 처참한 현실을 진실한 화폭으로 전시하면서 강도 일본 제국주의 침략자를 반대하여 단호히 투쟁하며 혁명의 승리를 기어이 이룩하고야 말리라는 열렬한 혁명정신과 평등의 신념을 격동적으로 노래하였으며 반일전의 세찬 불길 속에서 멸망의 운명에 직면한 원수들의 추악한 면모를 예리하게 폭로 단죄하였다.

　이런 가요들은 시종 일제에 대한 끝없는 증오심과 적개심, 제국주의와의 비타협적인 투쟁정신으로 일관되어 있으며 어떤 역경 속에서도 드팀없이 높은 민족적 각성과 투쟁의식을 가지고 일제를 반대하여 단호히 투쟁하며 그 투쟁 속에서 혁명의 승리를 이룩하리라는 굳은 결의를 보여주고 있다.

　다음으로 이 시기의 항일가요 중에는 항일 무장 투쟁에로 전민을 동원하기 위하여 노농연맹을 기본적 토대로 한 각계층 인민의 항일 민족 통일전선사상을 노래하고 이런 통일 전선 결성의 긴박성과 그 의의를 선양한 노래들이 퍽 중요한 자리를 차지하고 있다. 이때 1930년 『붉은 5월투쟁』 시에 널리 애창된 『총동원가』와 더불어 아래와 같은 가요들이 널리 불렸다.

　　　　병사는 칼 빼들라 선봉전에서
　　　　노소도 소원대로 총동원하라
　　　　원수들을 쳐 없애는 최후 결전에
　　　　한 마음 한 소리로 모여 들어라
　　　　　　　　　　　──『통일전선가』에서

　　　　……
　　　　누구나 다 나오라
　　　　일제와 주구를 미워하는 동포
　　　　전 민족 혁명의 반일전선에
　　　　모두 다 모여 오라
　　　　내몰자 쳐 없애자
　　　　일제놈을 우리의 손으로
　　　　　　　　　　　──『누구나 다 나오라』에서

　　　　만주의 벌판에 불이 붙는다
　　　　만주의 뫼봉우리에 불이 붙는다
　　　　시뻘건 화염이 치솟는 그 속에서
　　　　반일하는 대중의 함성이 인다
　　　　나가라 싸우라 항일의 병민들

> 모두 다 전선에 나가 싸우라
>
> ——『총동원가』에서

이런 가요들에서는 일제를 반대하는 전제적 조건 하에서 계급, 계층, 성별, 신앙을 가리지 않고 전 민족적인 통일전선을 결성하려는 전체 인민의 의지와 이를 대언한 중국공산당의 전략적인 사상을 아주 선명하게 표명하고 있다. 이런 가요들에는 한결같이 혁명의 새 시대가 도래하였음을 알리는 열정적인 기백과 전민이 성스러운 반제 투쟁에 궐기할 데 대한 강렬한 호소가 일관되어 있다. 또한 이런 주제에 바쳐진 노래들, 예를 들면 『민족해방가』, 『노동자가』, 『농민혁명가』, 『혁명곡』, 『여자 투사가』, 『소년투사의 노래』들에서는 노동자, 농민, 여성, 청년, 학생, 소년 등 부동한 계층의 구체적인 대상과 각이한 정치적 투쟁에 비추어 항일 통일전선의 사상을 선전하고 있는 것이 특징적이다. 그리고 이런 노래들에서는 협애한 민족주의의 울타리에서 벗어나 각 민족간의, 더욱이는 조한민족간의 단합과 투쟁에서의 통일성을 강조하면서 『일어나라 압박받는 조중 민족아』, 『반일전에 뭉쳐 나서라』고 강력하게 호소하고 있는 것이 자못 보귀하다. 이런 항일 민족 통일전선의 전략적인 사상에 대한 구가, 이것은 선행 시기 가요들에서 볼 수 없었던 것으로서 그만큼 참신한 사상 내용을 이 시기 가요에 부여하였는 바 이는 자못 중요한 의의가 있다.

이 시기에 창작된 항일가요들 중에서 또한 민족과 계급의 해방을 위하여 몸바쳐 굴함 없이 싸운 항일 투사들의 숭고한 사상과 고결한 품성을 구가한 노래들이 이채를 띠고 있다. 이런 노래들에서는 포연탄우로 휩싸였던 생사적 투쟁마당에서 앞으로 전진하면서 오로지 민족과 계급의 해방을 위하여 투쟁과 승리의 낭만 속에서 삶의 진가를 찾는 서정적 주인공——항일 투사들의 숭고한 정신세계를 진실하게 형상화하고 있다. 항일가요 『혁명군의 노래』, 『혁명군인 되련다』, 『혁명의 길』, 『끓는 피는 더 끓어』, 『연길감옥가』, 『추도가』가 그 대표적인 작품들이다.

> 우리 가슴에 붙는 불로 낡은 사회 태우고
> 팔다리에 흘린 피로 새 역사를 써 놓자

　　〔후렴〕 결사전을 하려고 오늘 우리 일어나
　　　　　몸과 마음 단련하여 혁명군인 되련다

　　장엄하게 동 터오는 새 세상의 붉은 빛
　　원수들은 넋을 잃고 가을풀잎 되리라
　　〔후렴〕

　　　　　　　　　　　　——『혁명군인 되련다』에서

　　이런 가요에서는 항일 무장 투쟁의 정당성을 깊이 자각하고 주동적으로 투쟁 마당에 떨쳐나선 혁명군들의 드높은 긍지감과 굳은 결의를 읽게 된다.

　　남북만주 설한풍 휩쓰는 산중에
　　결심 품고 떠다니는 우리 혁명군
　　천신만고 모두 다 달게 여기며
　　피와 땀을 흘린 자 그 얼마더냐

　　몽골사막 지동치듯 거세찬 바람
　　사정 없이 살점을 떼여 갈 때에
　　산림 속에 눈 깔고 누워 잘 때면
　　끓는 피는 더욱더 뜨거워진다.

　　지친 다리 끌고서 보보행진코
　　주린 배를 졸라 매고 힘을 돋군다
　　무정하다 세월은 흘러가는데
　　목적하는 혁명사업 언제 이룰가
　　　　　　　　　　——『혁명조의 노래』에서

　　보다시피 이 가요는 원수와의 피어린 투쟁 과정을 시석 정황으로 실정하고서 항일 무장 투쟁의 어렵고 중첩되는 난관과 준엄한 시련 속에서도 조금도 낙망하거나 굴하지 않고 오히려 혁명적 신념을 굳게 다지며 낙관적으로 살며 싸위가는 항일 유격대원들의 불굴의 투지와 영웅적 투쟁 모습을 형상적으로 감명 깊게 구가하였다. 이런 노래에서 투쟁의 간고성, 감정 체험의 격렬성, 절박성을 강하게 울려 주기 위한 감정 조직과 언어 표현, 운율 조직을 깐지게 짜고든 것은 이 노래의 높은 사상예술성을 담보하는데 효과적으로 이바지하였다.

이 시기에 또한 항일전쟁의 가렬한 전투에서, 원수들의 철창 속에서와 단두대에서 굴함 없이 싸워 민족적 정기를 떳떳이 떨친 항일 투사들의 숭고한 형상을 통하여 그들이 지닌 강의한 혁명정신과 백절불굴의 투지를 노래한 작품들도 많이 창작되었는 바 항일가요 『연길감옥가』, 『추도가』, 『유격대 추도가』 등이 바로 그 대표적 작품으로 된다.

바람 세찬 남북만주 광막한 들에
붉은기에 폭탄 차고 싸우던 몸이
연길감옥 갇힌 뒤에 몸은 여웨도
혁명으로 끓는 피야 어찌 식으랴

……

너희는 짐승같은 강도놈이다
우리는 평화사회 찾는 혁명군
정의의 총칼은 용서 없나니
정당히 판결하라 죄인이 누구냐를

팔다리에 족쇄 차고 자유 잃은 몸
너희놈들 호령에 굴복할 소냐
오늘 비록 놈들에게 유린당하나
다음날엔 우리들이 사회의 주인

일제놈과 주구들아 안심 말어라
너희 세력 강하다고 뽐내지 말라
70만 리 넓은 들에 적기 날리고
열린다 감옥문 자유세계로!

이는『연길감옥가』에서 발췌한 몇 대목이다. 이 가요에서 보는 바와 같이 원수들의 악독한 고문과 박해는 투사의 몸을 여지없이 짓밟고 피투성이로 만들었으며 투사는 육체적 고통 속에서 죽음의 순간이 다가왔음을 느낀다. 그러나 투사는 좀치도 비관하지 않을 뿐더러 도리어 자호한다. 그의 온 넋을 지배한 것은 겨레 앞에 이 몸을 바쳐 싸우리라 다진 맹세였다. 하여 그는 비록 육체적 생명은 이지러져도 자기의 정치적 생명을 지킴으로써 자기의 혁명적 정신을 절대로 굽히지 않으리라는 불타는 투지와 신념에 가득 차 있다. 가요에서 서정적 주인공—투사의 이러한 혁명적 신념과 강의한 의지는 생명의 마지막 순간을 체험하는 그의 내면세계의 개방을 통하여 숭고한 높이에서 부각되고 있다. 따라서 서정적 주인공의 몸에서는 혁명 사업에 대한 충성, 불굴의 투지, 원수에 대한 치솟는 분노와 적개심, 미래에 대한 낭만 등이 빛발치고 있는 섯이다. 또한 항일 투사들의 숭고한 형상을 칭송한 부류의 가요들에는 일제와의 혈전에서 희생된 투사들의 장렬한 최후와 혁명정신의 불멸의 의의를 가송한 여러 편의『추도가』들이 망라되고 있는데 이런 가요들의 밑바닥에 흐르는 것은 몸은 비록 죽었으나 혁명정신은 살아 있다는 사상, 말하자면 육체적 생명은 없어져도 혁명에 바친 정치적 생명만은 영원하다는 굳은 신념이다. 이런『추도가』들은 비록 비장한 시적 정서를 강하게 보여주면서도 그 밑바닥에 전투적 열정과 혁명적 낭만을 안받침하면서 항일 투사들의 숭고한 정신세계를 깊이 있게 구가하고 있다.

이밖에도 당시 산생한 항일가요군 가운데에는 10월 사회주의 혁명과 국제적 친선을 노래한『소련혁명가』,『10월 혁명의 노래』,『메데가』,『10진가』와 같은 가요들이 많으며 또한 항일 투사들의 정서적 생활을 다감하게 보여준『유희곡』,『댄스곡』,『사랑의 축복』등과 같은 작품도 많이 창작되었다.

30년대와 40년대 전반기 항일 무장 투쟁의 장엄한 현실과 참된 혁명 투사들의 숭고한 정신을 노래한 혁명가요는 30년대 이전 시기의 시가문학과 근본적으로 구별되는 사상예술적 특성을 가지고 있다.

이 시기의 항일가요 중국공산당의 전략적 사상에 기초하여 항일 무장 투쟁 및 항일 민족 통일전선과 인민정권에 대한 사상을 정확하게 반영하였다. 이런 가요들은 당시 사회정치적 생활에 있어서 가장 기본적인 문제를 강렬한 정서적 흥분 속에서 적시적으로 노래하였다. 따라서 가요 작품들은 인민 대중들을 철저한 혁명의식과 계급의식으로 무장시키는 데 이바지하는 혁명적 내용으로 일관되었는 바 그 사상적 지향이 명백할 뿐만 아니라 전투적인 기백, 선동성, 호소성이 강한 것이 특징이다.

이 시기의 항일가요는 조선족의 시가사에 있어서 처음으로 참다운 우리의 항일 유격대원들을 서정적 주인공으로 내세우고 그들의 숭고한 사상감정과 성격미를 노래하였다. 항일가요의 서정적 주인공들의 성격 속에는 혁명에 대한 끝없는 충실성, 혁명 사업에 대한 긍지와 자부심, 불굴불요의 투쟁정신과 혁명적 낙관주의, 필승의 신념과 원수에 대한 끝 없는 증오심을 내포한 혁명적 사상감정이 깊이 있게 일반화되었다.

이 시기의 항일가요는 혁명적 사실주의 창작 방법에 입각하여 그 시대의 시대적 본질을 진실하게 반영하면서 혁명적 낭만성을 두드러지게 보여주었다. 혁명적 낭만성은 항일가요의 높은 시정신을 특징짓는 중요한 징표의 하나이며 기본 특성이다. 항일가요에 일관되어 있는 혁명적 낭만성은 그 시대의 거창한 현실과 그 창조자들인 항일 투사들의 사상미학적 이상을 자기의 바탕으로 삼고 있다. 항일가요의 서정적 주인공은 무산계급 세계관과 혁명적 이상의 높이에서 현실을 분석 평가하고 일반화하고 간고하고도 준엄한 현실 속에서도 혁명 위업의 정당성과 필승의 신념, 미래에 대한 확신을 뜨겁게 표현함으로써 가요에 구현된 혁명적 낭만성은 아름답고 숭고한 것으로 될 수 있었다.

항일가요는 풍부하고 심오한 내용을 인민군중이 누구나 다 이해할 수 있고 알기 쉬운 다양한 형식으로 일반화하고 있다. 이런 가요들은 죄다 절가로 되어 있으며 대체로 후렴을 가지고 있다. 절가 형식은 항일가요 사상 내용을 심오하고 명백하고 조리있게 표현하는 데 이바지하고 있다.

항일가요는 조선 민족의 전통적 악곡 및 현대적 악곡과 결부된 시가 형태로서 그의 시적 운율과 음악적인 성격이 매우 정제되어 가창성이 강한 것이 특징적이다. 따라서 항일가요는 그 시기에 쉽게 가창될 수 있었으며 널리 보급될 수 있었다.

항일가요의 시적 표현은 작품의 사상 내용을 진실하게 묘사하고 묘사 대상에 대한 표상을 선명하게 가지도록 하고 시의 서정이 포만될 수 있게 뚜렷하고 집약적인 것으로 되어 있다. 항일가요는 조선어의 특성에 따라 매우 다양하고도 풍부한 시적 표현 수법을 이용하고 있다. 항일가요는 비유와 형용어, 상징법과 과장법, 감탄과 전도법, 대조법과 수사학적 질문법 등 다종다양한 수법들을 빌어 사상정서적 감화력을 높혔다.

항일가요에는 사상 내용을 모호하게 하는 표현이나 까다로운 문구들이 없으며 모든 가요에서 조선말 어휘와 인민 대중이 늘 쓰는 구두어를 기본으로 하고 있다. 항일가요의 언어는 정서적으로 예리화된 평이성과 소박성, 정론성과 선명성이 강하다. 또한 항일가요는 이런 언어를 바탕으로 하여 밝고 명랑하고 전투적인 시적 운율을 멋지게 살리고 있다.

이와 같이 이 시기의 항일가요는 상술한 사상예술적 특성을 보여주면서도 또한 역사적 원인과 창작자들의 인식상의 제한성으로 하여 일정한 미흡점들을 동반하고 있다. 이를테면 어떤 가요들은 정치성이 강하나 예술성이 결핍하며 어떤 가요들은 직설적인 명백한 표현은 많으나 함축성이 미약하며 지어 어떤 가요들은 정치적 도해에 그쳐 개념화 도식화에로 흐르고 있다. 이는 당시 급격히 변화하는 정치적 투쟁의 수요에 신속히 순응해야 할 환경 속에서 창작자들이 사상, 예술적 면에서 충분히 심사숙고하고 탁마가공할 시간적 여유를 가질 수 없었던 사정과도 관련되고 있다.

이런 미흡점들이 있음에도 불구하고 이 시기의 항일가요는 혁명 투쟁의 힘 있는 사상적 무기로서의 역할을 성과적으로 수행하였으며 조선족 시가문학 발전을 힘 있게 추동하였다.

제2절 이 시기의 연극과 『혈해지창』

항일 무장 투쟁의 심입발전과 더불어 동북의 항일 유격구(대)들에서 유격대원들과 혁명적 군중들에 의해서 대중적인 연극 활동이 다양한 형태로 활발하게 전개되었다. 항일 유격 근거지의 인민 혁명정부와 각 혁명조직들은 여러 형태의 연예단체들을 무어가지고 부대와 인민들 속에서 연극 창조 공연 활동을 널리 전개하였는데 이 시기 유격대의 전투 승리와 명절, 기념일을 계기로 진행한 여러 가지 연예 공연과 유격 근거지와 구국군, 반일 부대들 속에서 진행한 순회 공연, 학교들에서 진행한 연예 공연은 그것을 말해주고 있다.

이 시기에 공연한 대부분의 연극작품은 항일 투쟁에 직접 참가하였던 군민들에 의하여 엮어졌다. 극본 창작자들은 항일가요의 창작자들과 마찬가지로 가렬한 전투 뒤의 여가나 행군길, 그리고 무시로 옮겨지는 숙영지의 우등불가에서 상상과 연상의 나래를 펼쳐 작품을 구상하고 창조하였다. 이뿐만 아니라 연예대의 과외 배우들은 연극을 하다가는 원수들이 덮쳐 들면 분장한 그대로 전투 마당에 뛰어들어 싸웠으며 전투가 승리한 다음 다시 돌아와 연극을 계속하기도 하였다.

항일 유격 근거지에서의 극작품들은 항일 무장 투쟁에서 제기되는 문제들을 형상의 힘을 빌어 적시적으로 풀어 주었고 혁명 투쟁의 매 시기마다의 본질적 특성을 일반화하였으며 다양한 사회계급의 전형을 창조하였다. 이런 극작품들은 한결같이 첨예한 민족적, 계급적 모순을 극적 갈등으로 설정하였고 그 등장인물이 적고 사건선이 명료하고도 직선적이며 무대장치가 간소한 것이 특징이다. 또한 그 형식에 있어서도 다양한 양상을 보여주었는 바 정극이 있는가 하면 비극이 있으며 풍자극이 있는가 하면 경희극도 있었다. 그 편폭에 따라 보면 장막극과 단막극이 있는 것은 물론 또 촌극, 대화극이 있었으며 연기 수단에 따라 보면 가극, 유희극, 무용극, 무언극이 있었다. 이런 작품들은 자기의 사상예술적 특성으로 하여 유격대와 인민들에게 큰 사상적 영향을 주었으며 그들을 일제를 반대하는 무장 투쟁에로 궐기시켰다.

항일 무장 투쟁 시기, 특히는 1930년대 전반기에 극작품이 많이 창작 공연되었는데 당시 공연된 작품들로는 『굶주린 사람들의 탄식』, 『굿과 약』, 『무당과 의원』, 『매혼』, 『민며느리』, 『홍수』, 『깨어진 죽사발』, 『유언을 받들고』, 『엿물벼락』, 『개싸움』, 『혼나간 오장』, 『춘보와 길남이』, 『10월의 결의』, 『용진』, 『고아의 기쁨』, 『아버지와 남편을 찾는 사람들』, 『한 고학생의 가정』, 『미련한 순사』, 『웃는 집에 복이 온다』, 『한길』, 『이 원수를 갚으리』, 『결의형제』등이 있다. 그중에서도 장막극 『혈해지창』, 『싸우는 밀림』, 『4.6제』, 『유언을받들고』, 『굿과 약』이 당시 관중들의 넓은 공명대를 획득한 대표적 작품들이다. 그런데 적지 않은 공연 대본들이 험난하였던 그 투쟁환경에서 산실되어 거개의 작품들의 내용은 물론 그 창작 연대마저도 똑똑히 밝힐 수 없다. 하여 지금까지 전해지고 있는 극히 개별적인 작품과 일부분 극작품의 이야기 줄거리를통하여 당시 극문학의 일모를 관찰하는 수밖에 없다.

단막극 『4.6제』는 1931년 가을 중국공산당의 영도 하에 기세 드높이 전개되었던 『추수』 투쟁을 배경으로 하고 있는데 그 내용 줄거리는 다음과 같다.

헐벗고 굶주림에 허덕이던 농민들은 보리라도 바심하여 한때 배불리 먹어보자고 보리 가을에 나선다. 그런데 이것을 안 악랄한 지주놈들은 보리밭에 덮쳐 들어 베여 묶어 세운 보리를 단째로 앗아가려 날친다. 이때 일찍 공장에서파업 투쟁과 『5.30폭동』에도 참가한 적 있는 노동자였던 농민협회회장 강수가나서서 『4.6』제를 실시하자는 구호하에 지주놈들과 감조감식 투쟁을 세차게벌인다. 악패지주 달삼은 그 지방의 경찰서장놈을 등에 업고 머슴과 소작인들을 더욱 혹독하게 굴면서 농민들의 요구를 들어주기는커녕 의연히 『반작제』를견지하며 더더욱 악랄하게 농민들이 생산한 농작품을 앗아갈 음모를 꾸민다.지주 달삼네 집에서 머슴을 사는 박돌이를 통하여 이런 음모를 꾸미고 있다는것을 알게 된 강수는 농민들을 이끌어 지주놈과의 투쟁을 한결 더 세차게 벌여간다. 나중에 막다른 골목에 이른 극도로 격노한 장수를 비롯한 농민들은 지주놈의 낟가리와 집에 불을 질러 놓고 집단적으로 항일 유격대를 찾아 산으로 들어간다.

이와 같이 단막극 『4.6제』에서는 빈한한 농민들과 악패지주간의 계급적 대립과 투쟁을 주요 갈등으로 하여 지주와 통치배들의 잔혹성과 기편성을 적나라하게 폭로 규탄하였으며 감조감식의 경제 투쟁의 실천 속에서 계급적으로 각성한 농민들이 항일의 성전에 궐기하게 되는 성스런 투쟁 모습을 보여주었다.

장막극 『싸우는 밀림』(전 5장, 까마귀 작)45)은 일제와의 투쟁이 백열화되던 1938년 이른봄에 항일 유격구에서 일어난 투쟁생활을 진실하게 극적으로 다루었다. 이 극작품은 첨예하고도 복잡다단한 항일 무장 투쟁의 전형적인 장면을 통하여 항일의 전초에서 싸우는 투사들과 인민 대중의 영웅적 형상을 진실하게 부각하였다.

이 극의 중심에는 부상당한 모 항일연군의 군수부장 박민과 그의 아내 계순을 등장시키고 있다. 박민은 놈들과의 싸움에서 상한 다리가 썩어 나는 것을 통조림 깡통으로 만든 톱으로 잘라 내지 않으면 안될 그런 역경 속에서도 항상 일제와의 투쟁 사업을 앞세우면서 해산기가 임박한 계순이마저 인민 대중을 항전의 길로 조직하기 위한 지하 투쟁에 파견한다. 대중 속에 들어가 대담하고도 지혜롭게 투쟁과 사업을 벌여 나가던 계순은 해산한 지 얼마 안되어 그만 비굴한 배신자의 밀고로 일제놈들에게 체포된다. 그러나 계순은 그 어떤 모진 고문과 혹형 하에서도 굴함 없이 혁명자의 기백을 떨치면서 희생당하는 최후의 시각까지 투쟁을 멈추지 않는다. 그리고 이 작품은 박민과 계순이의 형상과 더불어 혁명 사업을 위하여 모든 위험을 무릅쓰고 항일연군의 투쟁을 일심으로 돕다가 놈들과의 백병전에서 장렬하게 희생되는 왕노인(한족)의 형상을 부각하였는데 아주 인상적이다. 이밖에도 항일연군의 용감하고 슬기로운 습격전에 의해 일본 국기를 끌어안고 자살하는 가와모도 중위 등 부정적 형상을 묘사하였다.

이 극본은 바로 이런 인물 형상과 그 대립적 투쟁을 통하여 항일연군 전사들의 혁명적 영웅주의 정신과 필승불패의 위훈 및 고상한 품성을 구가하였으며 공동한 이상을 실현키 위한 투쟁 가운데서 피로써 맺어진 조한 두 민족의 친선 단결을 찬미하였으며 일제 침략자의 야수적 만행과 필패적 운명을 제시하였다.

지금 전해지고 있는 장막극 『싸우는 밀림』은 그것이 인쇄본인 것이 아니라 필사본으로 된 초고이다. 하여 이 작품은 인물 형상의 창조, 구성과 언어 구사 등 면에서 이러저러한 미흡점들을 가지고 있다. 그러나 이 작품은 어디까지나 당시 항일 투쟁의 중요한 화폭을 극적으로 생동하게 펼친 작품으로서 이 시기

---

45) 이 극본(필사본)은 1959년 가을 연변대학 조문학부 4학년 학생들로 무어진 『조선족문학자료채집조』 성원들이 길림성 화룡현 청산리 일대의 농촌에서 채집한 것이다. 『문학과 예술』 1986년 2기(누계 34기) 참조.

의 극문학의 성과를 과시하는 일례로 된다.

극 『혈해지창(血海之唱)』(2막 3장. 까마귀 작)46)은 1937년에 항일 문예 전사들의 집단적 노력에 의하여 창작된 역작이며 항일전쟁 시기 극문학에서의 대표적 작품이다. 문학사 자료에 의하면 『혈해지창』은 네 가지 부동한 대본(또는 내용경개)이 전해지고 있는데 여기서는 연변대학의 『조선족 문학자료 수집조』에서 1959년에 수집한 『혈해지창』(연극 대본)을 소개하련다.

이 극은 1937년 음력 8월 14일 하루 사이에 벌어진 사건을 통하여 30년대 후반기 항일 무장 투쟁의 본질적인 한 측면을 반영하고 있다.

> 피바다 북간도야
> 우리네 상처받은 가슴 속에
> 어둠을 뚫고 들려오는
> 노래들 듣노니
> 백성들이여
> 이것이 혈해지창의 연극이노라

이와 같은 비장한 정서로 충만된 서시의 낭송을 뒤이어 막이 열리면 멀리 산 아래 초가들이 옹기종기 놓였고 뒷산으로 오르는 꼬불꼬불한 길이 보이며 마을 앞으로 시내가 흐른다. 전면에는 큰 나무가 전 폭을 차지하고 있는데 그 아래에서는 일에 지친 농민들이 모여 험악한 세상을 한탄하면서 쉬고 있다. 이 때 항일 유격대의 정찰원 뻐꾹새는 정보도 수집하고 민심도 알아보기 위하여 밭머리쉼을 하고 있는 농민들한테로 가서 이야기를 나눈다. 바로 이때 김영감의 딸 분희는 점심 그릇을 쥐고 다급히 달려오며 아버지를 부른다. 분희를 뒤쫓아오던 황지주의 아들 황자는 마구잡이로 분희를 제 『색시』로 데려가겠다고 하면서 김영감을 위협한다. 김영감은 황자를 얼러 넘기려고 자기 옆에 서 있는 뻐꾹새를 가리키며 자기의 사위라고 한다. 황자놈은 뻐꾹새가 수상함을 느낀 나머지 군경들을 데려다가 뻐꾹새를 잡아가려고 호각을 불며 다급히 달아난다.

---

46) 이 극본의 수집 과정 동상. 『연변문학』 1959년 9월호 참조.

이 위기일발의 고비에 뻐꾹새는 육혈포로 황자놈을 쏘아 눕히고 농민들을 피하게 한 후 그곳을 떠난다.

제2막의 막이 열리면 놈들의 총탄에 부상당한 뻐꾹새는 추격을 받아 깊은 밤중에 원두막에 사는 빈한한 쏭마마(한족)네 집 마당에 이르러 쓰러진다. 원두막에서 나온 쏭마마는 동정을 살피다가 쓰러져 있는 뻐꾹새를 발견하고 아들 왕펑을 불러다 집안으로 업고 들어가서 뻐꾹새의 상처를 싸매 준다. 부상을 입어서 자기가 수집한 정보를 유격대에 전하지 못해 안타까와하는 뻐꾹새의 심정을 알게 된 왕펑은 그 과업을 자기에게 맡기라고 자진해 나서면서 『저를 믿으십시오(팔을 걷어 상처 자리를 보이며). 놈들에게 얻어맞은 상처를 보십시오. 나는 이 원수를 갚아야겠습니다.』라고 한다. 쏭마마도 아들의 혁명적 행동을 지지해 나선다. 뻐꾹새의 부탁을 받은 왕펑은 유격대를 찾아가려 금방 밖을 나섰는데 뻐꾹새의 뒤를 추격하던 일본 헌병, 경찰, 자위단놈들에게 붙잡혀 다시 들어온다. 놈들은 쏭마마더러 유격대원을 내놓지 않으면 아들 왕펑을 총살하여 버리겠다고 위협하고 공갈하나 쏭마마는 종시 입을 열지 않는다. 이렇게 되자 놈들은 쏭마마에게 모진 매를 댄 나머지 왕펑을 죽여 치우겠다면서 잡아간다. 왜놈들이 왕펑을 끌어가자 쏭마마는 기절하여 『왕펑아!』하고 외친다. 뒤에서 이 참혹한 정경을 다 목격한 뻐꾹새는 놈들이 물러가자 나와서 『어머니!』하고 부르며 쏭마마의 품에 안긴다. 이때 암전되면서 제2막 1장이 끝난다.

제2장에 이르러 쏭마마의 보살핌으로 상처를 다 처치한 뻐꾹새가 북두칠성이 기울어질 무렵 쏭마마와 다시 만날 시간을 기약하고 그곳을 떠난다. 뻐꾹새는 그 길로 산속에 들어가 대오를 거느리고 쏭마마네 집으로 달려온다. 뻐꾹새와 그 대원들이 놈들을 처단하고 쏭마마네 집에 이르니 원수놈들과 비타협적인 투쟁을 전개하던 쏭마마와 왕펑이 이미 놈들에게 처참하게 살해되었다. 이에 뻐꾹새와 유격대원들은 너무 비분하여 흐느껴 운다. 뻐꾹새는 쏭마마와 왕펑의 시체 위에 붉은 기를 덮어 주면서 끝까지 싸울 결의를 다지는 때에 비장한 추모의 노래 속에서 막이 천천히 내린다.

상기한 바와 같이 『혈해지창』은 비장하고도 격동적인 사건들과 첨예하고도 긴장한 극적 갈등을 통하여 일제 침략으로 하여 피바다로 된 당시의 참혹한 현실을 반영하면서 극악무도한 일제와 그 주구들의 죄악적 본질을 폭로 규탄하였으며 피바다 속에서도 항일 무장 투쟁을 견지해 나가는 중화 민족의 영웅적 모습을 서사시적 화폭으로 일반화하였으며 조한민족간의 피로써 맺어진 혁명적인 친선 단결을 감명깊게 표현하였다.

『혈해지창』의 중심에는 뻐꾹새, 쑹마마, 왕핑의 형상이 놓여 있다.

작품의 주인공 뻐꾹새는『후리후리한 키에 우렁우렁한 목소리를 가진』유격대 정찰원이다. 일찍 혁명 투쟁의 도가니 속에서 혁명 투사로 육성된 그는 농민들에게 지주 자본가들의 착취 본성을 밝혀 주고 빈궁의 근본적 근원을 캐어 주며 혁명의 씨앗을 심어 주고 민중을 각성시킨다.『이 철쇄를 짓부시고 자유와 행복의 꽃동산을 꾸려야 합니다. 여러분들도 땅 파던 괭이를 들고 일어나야 합니다. 북간도의 피바다에 붉은 주권을 세워야 합니다. …승리하는 날까지 싸워야 합니다.』

뻐꾹새는 발악하는 원수들 앞에서 긴요한 고비일수록 결단성이 있으며 기민하고 용감하게 싸운다. 황지주의 아들 황자가 뻐꾹새의 수상함을 알아채고 군경을 데려다가 그를 체포하려 호각을 불며 달아나는 위급한 고비에 황자를 육혈포로 쏘아 눕히고『여러분 어서 피하십시오. 뒷일은 내가 책임지겠습니다.』고 하는 처사는 상술한 성격적 특징을 잘 보여주고 있다. 뿐만 아니라 뻐꾹새의 이런 처사는 위기일발의 시각에도 대중들의 생명 안전을 먼저 돌보고 그것을 위해 자아희생적으로 싸우는 혁명자의 고귀한 정신적 기질을 웅변적으로 말해주고 있다.

또한 뻐꾹새는 혁명조직이 준 어려운 과업을 성과적으로 수행하기 위하여 일시적인 감정 충동을 억제하고 이지적으로 처사할 줄 아는 혁명적 투사이다. 그는 친형제처럼 믿고 함께 싸우려던 왕핑을 잡아가는 원수들을 눈앞에 보았을 때 당장 요정내려는 격렬한 감정 속에 사로잡힌다. 그것은 동지에 대한 인간으로서의 자연스런 감정의 발로이며 후더운 동지애의 표현일 뿐만 아니라 간악한 원수에 대한 증오심의 표현이다. 그러나 그는 결코 자기가 맡은 혁명 과업마저 잊어버리고 원수 앞에서 망동하는 것이 아니라 치미는 충동을 가까스로 억제하면서 이지적으로 처사한다.

유격대 정찰원 뻐꾹새는 그 어떤 역경 속에서도 혁명 승리에 대한 확고한 신념을 가지고 싸워 나가는 혁명적 낙관주의자이다. 그의 이와 같은 정신적 풍모는 쑹마마와 왕핑의 시체를 발견하고 쑹마마의 가슴에 쓰러져 흐느끼며 토로하는 그의 다음과 같은 대사에서 집약적으로 나타나고 있다.

『어머니!… 왕핑아! 저 북두칠성은 기울어졌지만 새벽을 보십시오. 피바다 속에 새벽을 기약하는 우리의 마음이랍니다. 새별이 지면 어두운 밤이 지나고 희망의 새 아침이 찾아옵니다.… 어머니 깨어나세요. 몸은 비록 가셨지만 영혼이야 어찌 갔다고 하겠습니까?… 아, 분하구나! 허나 안심하라. 혁명을 위해 목숨을 바친 숭고한 어머니와 너의 무덤 위에 행복의 꽃동산을 만들리라!』

이와 같이 『혈해지창』은 항일 투사의 전형을 진실하고도 생동하게 창조하였을 뿐만 아니라 이 작품의 다른 주인공 쑹마마의 형상을 보다 성공적으로 부각하였다.

쑹마마는 쓰라린 생활고를 겪은 농촌의 어질고 순박한 한족 어머니이다. 그는 모진 생활고와 불행을 겪는 과정에 착취사회에 대한 원한을 품게 되었는 바 그것은 쑹마마와 뻐꾹새의 다음과 같은 대화에서 똑똑히 알 수 있다.

쑹마마 : 생각하면 기가 찬 일이지.

뻐꾹새 : 잘 알았어요. 대도회 싸움에서 왕핑의 아버지가 우리 혁명군을 숨겨 둔 『죄』로 황가에게 맞아 돌아가셨다는 사실두. 그리구 세상의 모든 비웃음을 받아 가며 유복자 하나를 믿고 오늘까지 살아왔다는 슬픈 이야기도. 참 어머니는 훌륭한 중국의 어머닙니다.(어머니의 손을 잡으며) 너무 속태우지 마십시오. 어머니 우리 동지들은 꼭 돌아와 어머님의 원한을 풀어 드리겠어요.

쑹마마 : (계속 회상에 잠겨) 그 후 난 어린 왕핑을 데리고 왕지평에서 지팡살이를 했지. 어떤 때는 늦가을 달을 바라보며 혹여나 남편이 살아 돌아오겠는가 하여 부질없이 기다려도 보고 어떤 때는 에미가 굶어 놓으니 젖이 나와야지. 우는 왕핑을 업고 쌀이나 꿔볼가 하여. 후! (한숨) 이런 이야길 다해 뭘하겠소. 저마다 겪은 고생을…

이에서 보여주는 바와 같이 쏭마마는 혁명군을 지지하여 싸우다 죽은 남편의 사상 영향과 어려운 생활 체험 가운데서 착취제도와 일제 침략자들의 죄악적 본질을 더욱 똑똑히 깨닫게 되며 천대받고 가난한 모든 사람들이 민족을 불문하고 한 데 뭉쳐 싸워야 한다는 혁명의 진리를 체득하게 된다. 따라서 쏭마마는 부상당한 항일 유격대원 뻐꾹새를 그토록 살뜰하게 보살펴 주며 자기의 아들 왕핑이 뻐꾹새가 주는 어려운 임무를 맡을 때『그 애한테 부탁하오. 그 애도 무산자의 아들이요.』라고 하면서 아들의 행동을 적극 지지해 나선다. 또한 그는 왜놈 군경들이 숨겨 둔 유격대원을 내놓지 않으면 극진히 아끼고 사랑하는 왕핑을 총살하겠다고 위협 공갈할 때 애초에 착잡한 생각에 갈마들었으나 종당에는 이지를 회복하고 단호히 모르쇠를 놓음으로써 유격대원을 구원한다. 그는 자기의 혈육인 왕핑이 놈들의 총에 맞아 살해되자 그 시체를 안고 몸부림치면서도 아들의 죽음과 항일 무장 투쟁의 연대성을 자각하게 된다.『이놈들아, 내 아들 왕핑의 한 목숨은 죽었다만 혁명에 일떠선 전체 무산 대중은 다 죽이지 못한다. 그들은 우리의 피값을 꼭 갚아 줄 것이다.』쏭마마는 자기의 최후를 마칠 때에도 유격대원들의 진격의 나팔소리와 총소리를 듣자 원수놈들을 노리며 신심 가득히『이놈들 똑똑히 듣거라. 저건 우리 유격대의 총소리다. 네놈들에게 벼락을 퍼부을 것이다.』라고 외치었다.

이처럼 작품은 어질고 순박하기만 하던 한 한족 어머니가 피눈물 나는 생활 체험과 시련, 혁명사상의 영향 하에 혁명의 진리를 깨닫고 투쟁 속에서 어엿한 혁명 투사로 성장되는 과정을 진실하게 전형화하였다.

『혈해지창』에서는 왕핑의 형상도 생동하게 창조하였다. 왕핑은 원수들 앞에서 태연자약할 뿐만 아니라 원수들을 증오하고 경멸하며 혁명 동지를 구원하려고 떳떳이 몸바쳐 싸우는 혁명적 청년의 영웅적 형상이다. 그는 뻐꾹새가 얻은 정보를 유격대에 전할 임무를 자기가 맡겠다고 자진해 나설 때『저를 믿으십시오. 조한족 두 민족은 다같은 형제이니 같이 싸워야 합니다. 무산자는 모두가 같은 처지니 절 믿으십시오.』라고 하였으며 자기가 장렬한 최후를 마칠 때에도 어머니에게『어머니 슬퍼 마십시오… 어머니, 뻐꾹새 아저씨에게 이 왕핑도 혁명을 위하여 끝까지 원수에게 굴하지 않았다고 전하여 주십시오.』라고 하면서 혁명의 아름다운 미래를 믿었고 혁명 사업에 충직하였다.

작품은 쑹마마 일가의 생활과 투쟁과 운명을 중심으로 한 극적 형상을 통하여 당시의 인민 대중이 생활의 모진 시련 속에서 점차 혁명을 인식하고 투쟁의 길에 나서는 과정을 형상적으로 생동하게 반영하였으며 또한 쑹마마 일가와 뼈꾹새의 관계를 통해 민족 단결의 주제를 힘 있게 밝히었다.

이 극본은 주인공들의 투쟁과 운명을 기본으로 하여 혁명 투쟁의 심오한 진리를 밝히면서 그것을 1930년대 후반기 사회역사적 현실에 대한 폭넓은 일반화를 통하여 실현하고 있다. 그리하여 작품에는 당시의 정치, 경제, 군사 등 현실이 폭넓게 그려지면서 중국에서의 항일 무장 투쟁 발전 상황이 예술적으로 생동하게 형상화되고 진실하게 구현되었다.

『혈해지창』은 사상적 면에서 뿐만 아니라 그 예술적 면에서도 커다란 성과를 거두었다.

이 작품은 혁명적 사실주의 창작 방법에 입각하여 진실성의 원칙을 고수하였다. 작품은 1930년대 후반기의 참혹한 현실과 이에 대한 부동한 계층의 각이한 생각을 진실하게 표현하였으며 인물 형상 창조에 있어서 인물을 터무니없이 이상화한 것이 아니라 인물의 성격 발전의 논리에 맞게 창조함으로써 독자와 관중들에게 친절감과 진실감을 안겨 주어 더욱 미덥다. 이를테면 아들에 대한 원수들의 돌연적인 악형 앞에서 표현되는 쑹마마의 내심상의 불안과 일시적인 나약한 사상 활동을 회피하지 않았는 바 이처럼 작품은 긍정적 인물의 묘사에 있어서 성격 발전 과정 중의 복잡한 모순과 굴절을 진실하게 보여줌으로써 인물 형상을 더욱 구체적으로 생동하게 부각하였다. 또한 이 작품은 비장한 분위기 속에서 쑹마마 일가의 비극적 장면을 대담하게 건드리면서도 그 뒤에 혁명적 낭만성을 안받침함으로써 혁명적 사실주의의 위력을 효과적으로 담보하였다.

『혈해지창』은 갈등이 첨예하고 긴장하며 동작성이 강하고 극적 분위기가 짙다. 작품에서 시간, 공간적 전환이 타당하게 처리되었기 때문에 사건 전개가 자연스럽고 순통하며 층차가 분명하고 이야기선, 행동선이 뚜렷한 것이 특징적이다. 또한 작품의 구성에 있어서 대조와 대응의 수법을 기묘하게 사용하였다.

이를테면 작품에서의 서시는 극의 마지막에 울리는 비장한 노래와 서로 대응 관계를 이루면서 작품의 주제사상을 한결 더 두드러지게 하고 있는 것이 매우 인상적이다.

『혈해지창』은 언어 구사에 있어서도 그 특색을 보이고 있다. 대화가 평이하고 생동하며 독백이 서정적이고 솔직하고 심각하며 표현력이 풍부한 구두어를 골라 쓰기에 모를 박았는가 하면 생동한 비유와 과장, 반의어와 상징 및 완곡법 등을 대사에 도입하였으며 고전 명작의 언어와 조상들의 언어 표현 형식을 적절하게 채용함으로써 민족적 색채를 짙게 하고 그 예술적 효과를 높이었다.

『혈해지창』은 상술한 바와 같은 사상예술적 성과로 하여 당시 항일 유격 근거지의 군민들을 항일 투쟁에 궐기시키는 데 있어서 유력한 무기로 되었을 뿐만 아니라 이 시기 극문학에서는 물론 조선족의 전반 극문학 발전사에 있어서 자못 뚜렷한 자리를 차지하고 있다.

제5장 김창걸, 윤동주

제1절 김창걸

김창걸(1911~   )은 1930년대 후반기부터 창작 활동을 벌인 조선족의 저명한 소설가이다.

김창걸(필명으로 추소, 황금성, 강철 등이 있음)은 1911년 12월 조선 함경북도 명천군의 한 농민 가정에서 태어났다. 1917년 그가 여섯 살 되던 해에 가난에 부대끼던 그의 가정은 중국 길림성 용정현 지신구 장재촌으로 이주해 왔다. 김창걸은 명동소학교를 마치고 15세 되던 해(1926년)에 용정의 예수교 장로교파회에서 꾸린 은진중학에 입학하여 1년을 공부하다가 1927년 3월에 학교 당국의 반동적인 종교 교육을 반대하여 일어난 동맹휴학운동에서 중견이 되어 단호한 투쟁을 벌인 후 학우들과 함께 마르크스주의의 영향이 깊이 미쳤던 대성중학으로 진학하였다. 대성중학에서 그는 혁명적 조류에 휩쓸려 들어갔고 지하혁명단체에 가입하여 선전고동 사업을 하였다. 그는 또한 진보적 교원들의 지도 아래 조선의 『신경향파』문학과 『카프』문학의 애호자로 되어 많은 작품을 애써 탐독하였다.

1928년 10월 그는 모진 경제난으로 학비를 댈 길이 없어 대성중학교를 중퇴하고 부모를 도와 낮이면 농사를 짓고 밤이면 마을의 야학교에서 교편을 잡았다. 이때에 그는 또 명동촌을 중심으로 하여 조직된 혁명청년단체에 가입하여 대중적 선전 활동을 맡아 하였으며 얼마 후에는 조직의 지시에 따라 돈화에 옮겨가서 지하당 조직의 비밀 간행물 『마르크스주의』와 속보 『선봉』의 간행 사업을 하였다. 그 뒤 피치 못할 사정으로 하여 조직과의 연계를 잃은 그는 마치 부모를 잃은 고아와 같은 처지에 빠져 외로운 몸이 되었다. 이로부터 그는 홀몸으로 방랑생활의 길에 들어섰다. 그는 동북 각지, 소련 블라디보스토크를 중심한 연해주와 그리고 조선 각지를 떠나 다니는 사이에 때로는 남의 논밭에서 품팔이꾼으로, 때로는 공장에서 막벌이꾼으로 일하면서 사회의 밑둥에 깔린 근로 인민들의 생활 속에 깊이 들어갔다. 산전수전 다 겪으며 지내 온 5, 6년간의 방랑생활은 그로 하여금 노동 인민을 한없이 동정하게 하였으며 착취자와 온갖 불의를 증오하게 하였다. 작가는 이때의 생활을 실화 『절필사』(1943년)에서 다음과 같이 회상한 바 있다.

> 『방랑생활—「인간대학에서 수업하다 나니 별의별 곡절을 다 겪었다. 소련 가서 조선 사람 농촌에서 벼가을도 해보았고 정어리 공장에서 일도 해보았다. 조선에 가서도 조선에서 제일 크다는 H공장에서 한 해 동안 보이라 일을 하는 인부로 있었고 Y공장에서는 이레 동안 수리직장 인부 노릇을 하여보았다. 여기서 나는 인간의 쓴맛 단맛 다 겪어 보았다.」47)

이런 인간대학에서의 심각한 생활 체험과 거기에서 쌓은 풍부한 견식은 그의 창작 실천에 더없는 『훌륭한 밑천』을 마련하여 주었다.

1934년에 명동에 있는 집으로 돌아온 그는 이 고장에서 농사를 짓기도 하고 소학교 교원, 점원, 사무원 노릇을 하기도 하면서 문학 창작을 진행하였다.

김창걸은 1936년에 처녀작 『무빈골 전설』을 쓴 때로부터 자기의 창작 생애를 시작하였다. 그는 이때로부터 1943년까지의 사이에 『암야』를 비롯한 단편 소설 20여 편과 수십 편의 시, 수필, 평론 등을 발표하였다.

---

47) 『김창걸단편소설선집(해방전편)』 240페이지(요녕인민출판사 1982년 5월 1판).

1943년에 『만선일보』 학예면이 일본말 판으로 바뀌고 간악한 일제놈들의 파쇼통치가 더욱 우심해지고 작가들에게 일제의 어용문인으로 나설 것을 강요하게 되자 김창걸은 1944년부터 단호히 붓을 꺾고 창작 자유를 안아다 줄 새 사회의 탄생을 고대하였다. 그는 붓을 꺾을 때의 자기의 내심적 활동을 실화 『절필사』에서 다음과 같이 털어놓고 있다.

> 『돈도 안 생기는 노릇, 명예나 지위란 보잘 것도 없는 노릇, 성공할 가망이 꼬물도 안보이는 노릇, 더구나 대작품은 쓸 가망이 전혀 없는 노릇, 기껏해야 일본 놈의 「졸개」나 되게 마련인 노릇, 살아도 못살고 죽은 뒤 천추에 누명이나 끼칠 노릇, 다른 사람은 모르겠지만 내가 한다는 문학—작품을 쓴다는 것은 이런 노릇임을 참말 가슴 깊이 깨달았다. 깨닫지 못할 때에는 몰라서 속히워 하노라고 했지만 알고서야 어찌 범한단 말인가?
>
> 우선 붓을 꺾고 보자! 아무런 미련도 있어서는 안된다. 나는 이제 붓을 꺾으려 「절필사」를 쓴다.』[48]

1936년부터 1943년에 이르는 8년 동안의 창작 활동에서 거둔 주요한 성과는 단편소설 창작에서 집약적으로 나타나고 있다. 이 시기에 창작된 그의 단편소설은 당시 현실에 대한 작가의 진실한 감수에 기초하여 사실주의적 창작 방법으로 20세기 초엽으로부터 30년대에 이르는 조선족 인민들의 비참한 생활 처지를 진실하게 전시함과 아울러 일제 통치 하의 암흑 속에서 새날을 지향하는 인간들의 투쟁 및 그들의 염원과 동경을 생동하게 반영하였다.

그의 단편소설 계보에서는 농민들을 비롯한 노동 인민들의 비참한 생활과 민족적 및 계급적 압박에 대한 그들의 반항정신을 묘사한 작품들이 절대적인 비중을 차지하고 있다. 그 대표적 작품으로는 『암야』(뒤에서 전문적으로 서술함)를 비롯하여 『무빈골 전설』(1936년), 『수난의 한토막』(1937년), 『두번째 고향』(1938년), 『낙제』(1939년), 『범의 굴』(1941년), 『밀수』(1941년)를 들 수 있다.

단편소설 『무빈골 전설』은 첨예한 사회 현실적 모순 갈등의 전개 속에서 이

---

48) 동상, 259페이지.

주 초기 조선족 농민들의 비참한 생활 처지와 조우를 심각히 보여준 작품이다. 『회녕 근방 산골에서 살다살다 못해 기사흉년에 어찌다 죽지 않고 요행 목숨이 붙어 난』 작중의 주인공 김서방과 그의 아내 박성녀는 그래도 살아보겠다고 간도 땅에 이주하여 온다. 황량하나 넓고 비옥한 이 변강지대는 그들 양주에게 재생의 희망과 새로운 힘을 준다. 그들 부부는 『어쨌든 억세게 벌기만 하면 땅이 있으니 살아갈 수 있지 않을까,… 몇 해만 고생하면 살림도 펴일 것이다. 고생 끝에 낙이 오는 법이니까.』하고 생각하면서 먼저 이곳에 와 자리잡은 이웃의 도움을 받아 가며 몸을 내여번지고 억척스레 일에 달라붙는다. 그러나 세도를 부리며 이 지대를 좌우지하는 악질 지주 무빈놈의 수탈과 압박을 피하지 못한다. 하여 김서방은 그놈의 지팡살이꾼으로 전락되며 가난과 병에 쪼들리어 무빈놈에게 억울하게도 많은 빚을 진다. 그 후 악착하고 음특하기 그지없는 무빈놈이 김서방더러 빚 대신 젊은 아내를 내놓으라고 강요한다. 그러나 죽을지언정 굴욕을 당하지 않으려는 김서방은 대항하다가 무빈놈의 총에 맞아 죽고 그의 아내 성녀도 목을 매어 자결한다. 소설의 마지막에 이르러 원통스럽게 죽은 김서방은 다시 생불(生佛)이 되어 무빈놈을 죽이고 그놈의 모든 것을 훼멸시킨다.

단편소설 『수난의 한토막』에서는 『철 모르던 시절부터 농사일에 잔뼈가 굳은』 주인공 영삼이는 곧은 마음으로 곰상곰상 일만 잘하면 살 길이 있으리라고 생각하면서 아껴모은 돈을 밑천 삼아 겨우 꼬부랑 송아지를 한 마리 장만하고 그 송아지를 키워 농사를 늘리려 작심한다. 그러나 영삼이는 그 송아지로 하여 큰 화를 입는다. 그 고장의 송주사 따위는 그 송아지의 표적이 맞지 않는다고 생트집을 잡고 작간을 부리는 바람에 영삼이는 억울하게도 모진 수난을 당한다. 영삼이는 놈들을 한없이 저주하며 『언제나 바른 세상이… 음, 이를 악물고서라도 살아서… 그런 세월이』 오게 하기 위하여 반일 부대로 가야겠다고 결의를 다진다.

그리고 단편소설 『두번째 고향』에서도 주인공 경철이가 살 길을 찾아 이 고장으로 들어오게 되는 눈물겨운 과정, 간도 땅에 들어와서 겪는 모진 시련, 나아가 망국노의 운명에서 벗어나기 위하여 학교생활과 실제 투쟁에서 진리를 터득하고 용약 반일 혁명 투쟁에 투신하는 곡절적인 노정을 아주 감명깊게 묘사하였다.

상술한 단편소설들은 첨예한 사건의 얽음새와 인물들의 곡절적인 운명을 통하여 당시 사회의 주되는 모순에로 육박하면서 악랄한 봉건적 착취와 인간의 문명을 짓밟는 민족적 및 계급적 압박에 대한 조선족 농민의 반항정신을 반영하고 있으며 반동 세력이 제아무리 사나와도 가난한 사람들이 한결같이 일떠나 싸운다면 기어이 타도할 수 있다는 굳은 신념을 보여주고 있다. 20세기 초엽 연변지대의 사회역사적 생활과 그의 단편소설 계보에서는 일제를 반대하고 민족정신을 선양한 작품들이 아주 중요한 위치를 차지하고 있다. 이런 주제를 다룸에 있어 단편소설 『낙제』(1939년), 『스트라이크』(1938년), 『범의 굴』(1941년), 『개아들』(1943년) 등이 자기의 성과를 자랑하고 있다.

단편소설 『낙제』는 민족을 차별시하고 인민들을 혹독하게 수탈하는 불합리한 사회제도를 폭로하고 그에 대한 민족적 반항을 반영한 작품이다. 소설의 주인공 장호는 중학을 졸업하였지만 빈한한데다 또한 조선족인 탓으로 실업자로 되어 고향에서 야학교 사업을 하다가 정처 없이 방랑하던 끝에 석탄액화공장 한산인부로 일한다.

『장호는 그 뒤 이 석탄액화공장에 다닌 지 에누리 없이 꼭 반년 만에야 지정인부가 되었다.

그 전에는 날마다 아침 신새벽에 곽밥을 싸 가지고 수백 명의 한산인부들 틈에 끼여 공장의 노동과 인원이 내여주는 만보(일할 수 있는 패쪽)를 타 가지고 그날 그날 임시로 일할 수 있는 곳에 가서 하루 동안 죽도록 일을 하여야 하였다. 화투장 만한 나무패쪽에 먹으로 오린 번호가 적혀 있는 만보를 타야 안도의 숨을 내쉬었다. 일이 끝나면 그 날 품삯으로 40전이란 전표를 받아 가지고 집으로 돌아온다. 그러나 만보를 타지 못하면 일자리가 없어 일도 못하게 되는 판이니, 말하자면 「실업자」로 되어 꽁무니에 찬 밥곽을 도로 가지고 돌아와 그 다음날을 기다려야 하였다.』

장호는 지정인부가 된 후 수리직장에 배치받았다. 거기서 그는 용원으로 되려는 새로운 분투 목표를 세웠다. 하여『장호는 노라리도 부리지 않고 그야말로 성실하게 일을 하였다.』그러나 민족적 기시로 충만된 실생활은 장호의 분투 목표를 수포로 돌아가게 한다. 장호의 인품과 근면성은 물론 지식과 기술면에서도 갓 들어온 일본 청년들보다 퍽 나았지만 일본 청년은 들어오자 바람으로 용원 마크를 달 수 있어도 그는 좀체 진급할 수 없었다. 이는 전적으로 민족적 기시로 충만된 일제 식민통치로 하여 빚어진 필연적 결과이다. 그러나 이와 같은 당시 사회의 본질을 딱히 파악하지 못한 장호는 나중에 딴 사람들의 권고를 받아들여 당시 사회에서 행하여지는 인습대로『코아래 진상』을 하여 가면서라도 용원이 되어 보려 한다. 하여 그는 빚을 져가면서 고급 술과 담배와 값비싼 통조림을 사가지고 조장으로 있는 왜놈 니시오까네 집을 찾아간다. 그러나 그 조장놈 집 문 앞에 이른 그는 인격상으로 받은 가책과 더욱이는 조선민족으로서의 수모감이 불끈 치밀어『그깟 놈에게 무슨 놈의 술이야, 쓸개 빠졌지!』하고 마치도『벽에 맞힌 공처럼… 휙 돌아서』고 만다. 그는 되돌아『오던 길에 가까이에 있는 친구 몇을 불러 가지고 느닷없이 술상을 차리고』왜놈 조장의 코 아래에다『진상』을 하려던 고급 술, 담배와 통조림으로 소위『낙제』한 턱을 내면서 의미심장하게 환성을 울린다. 이와 같이 소설은 장호의 불행한 처지와 운명에 대한 사실주의적 묘사를 통하여 민족적 차별시와 계급적 압박으로 충만된 일제 통치 하에서의 조선족 노동자들의 망국노적 처지를 눈물겨웁게 보여준 동시에 일제놈들에게 굽어 들지 않고 민족의 넋을 지켜나선 조선족 노동 인민의 기백과 반항정신을 높이 칭송하였다.

단편소설『스트라이크』는 종교의 허울을 쓰고 일본 제국주의의 침략을 합리화하면서 조선족 인민을 영원히 망국노로 전락되게 하려는 극히 반동적인 설교를 신랄히 폭로 규탄한 작품이다. 이 소설은 민족적 기백이 있는 최성희, 여창순과 그리고 K와『나』등 인상적인 인물들을 창조하였는 바 그중에서도 최성희의 형상이 한결 더 감명깊게 부각되었다.

최성희는 비단 제국주의 침략을 비호하는 종교의 배신자일 뿐만 아니라 또한 민족적 존엄과 지조를 수호하기 위해서라면 자기의 모든 것을 도외시하고 투쟁의 앞장에서 서는 나 젊은 투사이다. 이목사가 성경 수업시간에 이 세상은 소위 하느님이 정한대로 되어 간다는 유심론적 논리에 좇아 조선 사람은 태초에 하느님께 죄를 지은 탓으로 나라를 빼앗기고 고생한다느니 뭐니 하고 뇌까리자 이에 격분한 최성희는 조선 민족으로서의 민족적 모멸감에 몸부림치면서 단호히 반격하여 나서며 동무들을 선동하고 조직하여 투쟁의 길에로 이끈다. 또한 그는 성경과 시험을 칠 때 시험지에 답안을 한글자도 쓰지 않고 그 대신 자기의 엄연한 입장과 태도를 다음과 같이 적어 놓는다.

> 『우리는 조선이 하느님의 뜻대로 망하였다고 하는, 그리고 태초에 지은 죄값으로 망국노의 운명을 당하게 되었다는 설교를 믿지 않습니다. 왜냐 하면 우리는 조선 사람이기 때문입니다. 우리 민족의 거룩한 명예를 위하여 이렇게 하지 않을 수 없는 민족적 양심을 가졌기 때문입니다.』

민족의 정기가 맥맥히 흐르는 최성희의 숭엄한 형상과 영웅적인 소행에서 우리는 진정한 민족의 얼과 기백을 직감하게 되며 온갖 불의를 저주하는 진보적인 조선족 청년의 강직한 성격을 보게 된다.

단편소설 『개아들』은 신랄한 풍자적 필치로써 일제의 민족동화정책에 대한 비분을 토로한 작품이다. 이 소설의 주인공 전형(全兄)은 온갖 불의를 보고서는 참지 못하는 『직방배기』 성미의 소유자로서 일제놈들을 눈에 든 가시처럼 증오하며 일제의 『황민화』정책을 반대한다. 하여 그는 『개아들』이라 창씨하는 것으로써 『황민화』정책을 반대하고 저주하며 이르는 곳마다에서 일본놈들을 골려준다. 나중에 야수같은 일본 군경놈들에게 잡히어 감옥살이를 하며 감옥에서 불치의 병을 얻어 저주로운 이 세상을 하직하게 된다. 그는 임종시에 『나』에게 다음과 같은 유언을 남긴다.

> 『나는 아마 이렇게 죽어가나 보오. 내가 죽으면 비석에다 「개아들」, 아니 아무개라고 써 주오. 아니 비석이야 어찌 세우길 바라겠소. 명정에나마 이렇게 써 주오. 역사의 증인이 될 것이요.』

이 소설은 주인공의 형상을 빌어 일제에 대한 증오심을 토로하였고 일제의

『황민화운동』에 대한 피눈물 나는 공소를 하였으며 창씨하면 민족의 얼을 잃은 왜놈—개아들이라고 대성질호하면서 민족적 기개를 지켜나설 것을 호소하고 있다.

그의 단편소설의 계보에서는 진보적 지식인들의 생활을 묘사하고 그로부터 혁명사상을 선양한 작품들이 또한 이채를 띠고 있다. 단편소설 『그들이 가는 길』(1938년)을 비롯하여 『강교장』(1942년), 『건설보』(1940년), 『전형』(1943년) 등이 그 대표적 작품이라고 할 수 있다.

단편소설 『그들이 가는 길』은 무산계급 혁명가로 성장하는 지식인의 형상을 부각한 특색 있는 작품이다. 소설에 나오는 최기창은 배일사상이 강한 『선죽교』선생으로부터 『민중의 기』선생으로 전변되었는데 『선죽교』란 자기의 얼을 지킨다는 데서 배일사상을 의미하는, 『민중의 기』란 사회주의 혁명을 의미하는 상징적 표현들이다. 소설 중의 다른 한 인물 임창전은 『요보』라고 하면서 야료를 부리는 일본놈들에 대한 반일사상으로부터 『프롤레타리아 문화운동』으로 넘어갔는데 『요보』란 반일사상의 전이이고 『프롤레타리아 문화운동』이란 무산계급 혁명을 가리킨다. 또 다른 한 인물에 한해서는 소련 연해주로 들어갔다는 것으로써 사회주의 혁명의 길에 들어섰다는 것을 암시해 주었다. 소설은 결말에서 이 세 사람은 『꼭같은 길』을 걷고 있는데 그것은 역사적 해명도 유명한 사회과학의 해명도 필요 없으며 『알고도 말 못할 벙어리 가슴』이라고 하면서 민족주의 혁명으로부터 무산계급 혁명에로 전환된 내용을 명확하게 밝혀 주었다. 이 소설에서는 세 인물이 무산계급 혁명에로 전환할 수 있는 구체적 계기를 지어 주지 못한 결함은 있으나 혁명의 방향을 제시한 면에서는 매우 진보적인 의의를 갖고 있다. 이렇게 작자가 추상적으로나마 민족주의 혁명이 무산계급 혁명에로 전환된 시대적 발전을 다룬 것은 그의 전반 창작 생애에서 가장 빛나는 사상이라고 할 수 있다.

이밖에도 김창걸은 당시 암흑한 사회제도 하에서의 부패한 생활 세태를 파헤치고 모리배의 기풍을 신랄하게 타매한 『세정』(1940년)과 종교의 허위성을 여지없이 까밝힌 『부흥회』(1939년), 그 어느 하루도 편한 날이 없이 만단곡경을 다 겪으면서 고생 속에서 허덕지덕 지나온 농촌 여성의 피눈물 고인 반생을 진실한 생활의 화폭으로 펼쳐 놓은 『밀수』(1941년)와 같은 우수한 단편소설들을 세상에 내놓았다.

위에서 보여주다시피 작가 김창걸은 자기의 창작 실천 중에서 시종 사실주의적 창작 방법에 충실하고 민족에 대한 고도의 사명감으로 자기를 불태우면서 엄숙한 태도로써 조선족 인민의 생활과 운명을 보다 진실하게 반영하기에 자기의 심혈을 몰부었다. 그의 단편소설 창작을 전일적으로 볼 때 그 소재가 퍽 다양할 뿐만 아니라 시대적 색채가 짙고 예술적 면에서도 자기의 특성을 보여주고 있다.

그의 단편소설들을 보면 인물 형상 창조에서 직설적인 방법을 아주 적게 썼으며 또 지루하게 집중적으로 소개하는 식의 수법을 피면하였다. 말하자면 그의 소설들은 인물의 활동과 인물간의 관계 및 얽음새의 전개에 있어서 디테일의 진실성을 기함으로써 인물들의 성격을 생동하게 부각하고 있다. 또한 섬세한 심리묘사, 행동묘사와 인물간의 생동한 대화 등으로써 등장인물의 개성적 특징을 선명하게 돋혀내고 있다. 단편소설 『암야』와 『수난의 한토막』, 『두번째 고향』에서 창조한 주인공들은 당시 농촌 청년들에게서 흔히 볼 수 있는 성격을 갖고 있으면서도 또한 어디까지나 개성적인 형상으로 창조되었는 바 이는 그 좋은 예로 된다.

작가 김창걸은 단편소설 창작에서 유머와 풍자적 수법으로 인물 형상을 생동하게 부각하였으며 더욱이는 추악한 인물과 사물들을 신랄히 타매하였다. 예하면 소설 『그들이 가는 길』 등에서는 다양한 유머적 필치와 가벼운 아이러니를 자연스럽게 도입하여 인상깊은 인물을 창조하였는가 하면 단편소설 『강교장』과 『개아들』 등에서는 신랄한 풍자로써 추악한 낯바대기를 여지없이 타매하고 또한 그로써 긍정 인물의 형상을 더욱 선명하게 돋혀내었는데 이는 아주 인상적이다.

김창걸 단편소설에서의 언어 구사도 아주 특색이 있다. 그는 인민들이 늘 쓰는 소박하고도 간결하며 형상성이 강한 구두어에 기초하여 생동한 언어를 제련하기에 힘썼다. 그리고 경쾌한 감을 자아내게 하는 유머, 풍자와 야유가 내포된 생신한 언어를 퍽 자연스럽게 사용함으로써 독자들에게 별미를 안겨주고 있다.

상술한 사상예술적 특징을 갖고 있는 김창걸의 단편소설 창작에서 대표작으로 인정되는 작품은 『암야』이다.

단편소설 『암야』는 일제 식민통치 하에 있은 1930년대 농촌에서의 근본적으로 대립된 지주계급과 농민계급간의 불가 조화적 모순 관계를 심각히 제시하면서 당시 농촌생활의 본질적 측면을 진실하게 보여주었다.

이 소설은 명손이와 고분이네를 일방으로 하고 윤주사와 최영감네를 타방으로 한 빈부의 계급적 대립 관계를 주요한 슈제트선으로 다루고 있다. 명손이네는 윤주사네 밭 이틀 갈이를 손이야 발이야 빌어서 얻어 부치는 소작인으로서 길닦이, 탄광 막벌이, 땔나무의 등짐장사로 입에 풀칠이나 하는 형편이었다. 고분이네 부모네도 최영감에게 진 빚 150원 때문에 고분이를 팔지 않으면 안되는 어려운 처지에 이른 가난한 농민이었다. 그러나 윤주사는 너머 마을에 사는 부자로서 그 세도가 이만저만이 아닌 농촌 통치 세력의 대표자이다. 최영감은 밭쉰날갈이를 팔고 사는 요민으로 되어 『옹기종기 쓰러지는 듯한 오막살이를 열댓집 늘어선』 마을에서 가장 호기 있게 살고 있다. 소설 『암야』는 이와 같이 대립된 계급 관계를 통하여 암흑한 통치 하에서 황폐해져 가는 농촌과 가난에 쪼들려 끼니도 제대로 에우지 못하는 빈농민들의 비참한 생활을 생동한 화폭으로 전시하였다.

바로 이와 같은 생활적 현실이 빈농민들에게 들씌운 죄악과 고통은 아주 다면적이고 또한 잔혹하였다. 소설 중의 고분이는 한마을에 사는 명손이와 아기자기한 사랑을 속삭였지만 최영감에게서 진 빚을 갚기 위하여 윤주사의 업으로 팔려가게 된다. 고분이네 아버지는 자기보다도 『삼사 년이나 위인 윤주사에게 열여덟 나는 딸을 2백원 돈 때문에 주지 않으면』 안되게 된다. 소설 『암야』는 이런 참상을 다음과 같이 묘사하고 있다.

『고분이에게서 들어서 안 일이지만 고분이의 「값」은 2백원인데 사려는 사람은 둘이다. 하나는 남가이고 하나는 윤주사이다. 고분이의 젊은 나이를 생각하면 젊은 사람에게 주어야 할 터이니 그 점으로는 남가가 나으나 보기 흉한 외눈통이고 게다가 2백원 값을 치르고 나면 별로 남을 것이 없는 가난뱅이다. 그런가 하면

윤영감은 나이 50이니 장인보다 이상이라 이제 한 10년 살는지도 알 수 없는데 20년을 산다면 다행이요, 오늘 죽는대도 액상이라고는 안할 터이니까 그 점은 좀 께름직하나 돈 있고 젊고 사람 잘나고 한데서 누가 돈을 묶어 들고 사려고 한다든가. 그래도 돈 있고 사람이 그리운 집이니 만일 고분이가 윤주사의 바라는 대로 아들만 낳아 준다면 윤씨 가문에서 다시 없는 대접을 받으며 호강을 할 터이니 이때까지 가난에 지지리 쪼들던 고분이의 부모는 결국 윤주사 쪽이 나으리라는 결정을 지은 것이라고 한다!』

실로 이와 같은 암흑한 사회에서 농민들은 가난에 매워 살아나갈 권리마저 다 빼앗겼고 지어는 딸자식마저 마소 마냥 팔지 않으면 안되었다. 하지만 돈 있는 부자들은 마음껏 세도를 부리며 아무 짓이나 다하면서 자기의 수욕을 채울 수 있었는 바 소설 『암야』는 이와 같은 당시 사회의 죄악상을 심각하게 폭로하였다.

이 소설은 죄악으로 충만된 사회를 무자비하게 폭로 타매하면서 또한 그런 역경 속에서도 자기의 생활을 검질기게 헤쳐 나가는 농민들의 굳은 의지와 간곡한 열망과 아름다운 미학적 추구를 심각히 반영하였으며 농촌 청년 남녀들의 순진하고도 깨끗한 사랑과 그들의 승리를 찬미하였다. 이 경우 소설의 주인공 명손이의 형상은 우리들에게 퍽 감명깊게 안겨 온다.

주인공 명손은 농촌에서 태어나 자란 근면하고 소박하고 슬기롭고 담대하고 용감하며 쾌활한 성격적 특질들을 가진 청년 농민이다. 그는 언제나 자기 힘을 믿고 그 어떤 곤란이라도 이겨내면서 검질기게 살 길을 헤쳐 나간다. 그리하여 그는 빈한한 가정에서 태어나 비록 학교에는 다니지 못하였지만 여기저기서 얻어 배운 글로써도 소설책을 읽을 수 있게 된다. 게다가 노래도 잘 부르고 여러 가지 악기마저 다룰 줄 알아 그 마을에서는 재간둥이로 치부된다. 그는 어느 모로 보나 빠진 데 없는 준수한 청년이다. 명손은 한 마을에 사는 가난한 농가의 딸 고분이에게 순정을 몰부으며 정열적으로 사랑을 속삭였는데 시간이 흐름에 따라 그들의 사랑은 깊어만 간다. 그러나 가난은 그림자처럼 따라다녀 명손이에게는 화근으로 된다. 이로 하여 그들의 사랑에는 모진 시련이 들이닥치게 된다. 하지만 명손이는 고난에 머리 숙이지 않고 생활에서의 강자로 되려 한다. 명손이는 고분이에게 장가들기 위하여 길닦기, 석탄 캐기, 땔나무하여다 팔기… 닥치는 대로 죽기 내기로 일한다. 그러나 끝내 돈 액수가 차지 않아 고분이를 색시로 데려오지 못하고 애간장을 태우고 있을 때 그들의 순박하고 아기자기한 사랑에는 비운이 덮친다. 명손이는 자기가 그렇게도 극진히 아끼고 사랑하던 고분이가 그만 자기 아버지보다도 나이가 많은 윤주사에게 팔려가게 되는 참경에 부딪치게 되자 치솟는 울분을 참을 수 없어 과감하게 윤주사에게 도전하면서 호되게 욕을 퍼붓는다. 나중에 명손이는 윤주사의 손아귀에서 사랑하는 고분이를 빼앗아 내기 위하여 단연 고분이를 데리고 남몰래 신새벽에 탈출의 길에 올라 고향 마을을 떠난다.

단편소설 『암야』는 이와 같이 명손이의 일련의 투쟁과 과단한 소행들을 통하여 험악한 사회제도를 부정하고 항거하면서 자기의 힘을 믿고 새 생활을 개척해 나가려는 당시 진보적 농촌 청년들의 투쟁정신과 사상적 추구를 생동하게 전형화하였다. 여기에 바로 이 형상의 전형적 의의가 있으며 예술적 가치가 있다.

단편소설 『암야』에서 작가는 사실주의 창작 방법에 입각하여 실재하는 인간을 성격 창조의 바탕에 두고 실생활에서 흔히 보게 되는 진실하고도 생동한 세부를 재치 있게 도입함으로써 심오한 주제를 밝혀 내는 데 성공하였다. 작가는 자기의 『창작담』에서 『내가 쓴 「암야」는 모델이 있는가, 체험인가고 물을 것이다. 즉 명손이는 나 자신이 아닌가, 고분이는 나의 아내가 아닌가고 물을 것이다. 꼭 그렇다고 말할 수는 없으나 많은 경우, 많은 부분, 많은 디테일이 나의 체험—직접적이든 간접적이든 간에—에서 나온 것으로서 매우 비슷하다』라고 말한 바 있다. 이렇듯 그는 실생활에서 듣고 겪었거나 접촉한 사실을 통하여 현실을 진실하고도 심각하게 반영하기 위하여 예술적 추구와 실천을 거듭하였다.

단편소설 『암야』에서는 일인칭 소설체의 장점을 아주 능란하고 재치 있게 운용함으로써 작품의 진실감과 감정적 색채를 더욱 진하게 하였다. 이 소설에서의 『나』의 초상묘사는 그 좋은 예로 된다.『족집게로 잔털을 뽑을 때 마사진 거울 쪼각에 비치는 얼굴은 내 얼굴이래서 그런 것이 아니라 사실 사내답다.

첫째로 앞턱이 넓고 노루 고개 마루턱처럼 쭉 뻗은 코, 정기가 끓는 듯한 눈도 좋다. 그리고 키가 늠름한 것은 누구나 다 멋들어지다고 일러주지 않는가』. 소설은 이렇게 마사진 거울 쪼각에 비친 자기의 영상에 대한 자아적 감상과 남이 일러준 말을 통하여 『나』의 외모적 특징을 눈으로 보듯 환하고도 생동하게 그려냄과 아울러 또한 그 시기 순박한 청년 농민들에게서 흔히 보게 되는 자부심과 익살스럽고도 활력에 찬 낙관적인 성격도 아주 잘 돋혀냈다.

단편소설 『암야』에서 보여주는 바와 같이 그의 소설은 민족적 색채가 짙은 것이 또한 특색으로 되고 있다. 소설에서 명손이와 고분이가 서로 사랑을 속삭이는 장면에 대한 민족적 색채가 진한 세부적 묘사는 아주 감명적이다.

> 『나는(명손이를 가리킴) 신문지에 싼 눈깔사탕을 꺼내어 고분이의 손에 쥐어주고 거울과 실도 내여주었다.
> 「무슨 돈으루 이렇게 샀음둥?」
> 「내 주먹엔 맨 돈이다. 젊은놈의 주머니에 돈이 안 생긴대?』
> 고분이 좋아하는 것을 보니 오늘 어깨가 붓도록 나무를 지고 가던 일이 싹 잊어진다.
> 「야, 고분아」
> 「응?」
> 「너 이 실루는 내 오금매끼(대님)를 하구. 이 거울은 저 머시기…야, 뭐라구 했으면 좋을가… 그저 두구 봐라, 그리구 마음만 굳게 먹어라!」

이 예문에서 보여주는 바와 같이 명손이는 나무를 해다가 판 돈으로 개눈깔사탕과 거울, 실 등을 사다 주거나 가마 타고 시집가는 아름다운 내일을 동경하는 등의 다감한 묘사는 바로 당시 조선족 청년 남녀들의 아리따운 민속생활의 단면도이기도 하다.

이밖에도 단편소설 『암야』에서 작가가 소박하고도 생동하며 향토적 색채가 진한 인민적 언어를 탁마하여 쓰기에 많은 노력을 경주했음을 볼 수 있다.

상술한 데서 알 수 있는 바 단편소설 『암야』는 그 사상예술적 성과로 하여 작가의 창작 생애에서 하나의 이정표로 될 뿐만 아니라 해방 전 조선족 소설문학에서의 큰 성과작으로 되어 자못 중요한 자리를 차지하고 있다.

제2절 윤동주

　시인 윤동주(1917~1945)는 일본 제국주의의 민족적 기시와 탄압이 혹심한 처경 하에서도 시종 민족의 독립과 자유를 위하여 자기의 시와 삶을 바친 재능있는 저항 시인이며 인도주의 시인이다.

　윤동주는(아명은 해활) 1917년 12월에 길림성 용정시(당시의 화룡현) 명동촌에서 한 교원의 맏아들로 태어났다. 1931년 3월에 넝동소학교를 졸업하고 그 해에 달라자관립한족소학교 6학년에 편입하여 1년 동안 공부하다가 1932년에 용정에 있는 은진중학에 입학하였다. 은진중학교 재학 시절에 그는 문예와 체육을 무등 즐겼는데 당시 교내 문예지를 꾸리는 데서와 학교 축구대의 활동에서 중견적인 역할을 하였다.

　1935년 9월 은진중학교 4학년 첫학기를 마친 윤동주는 상급학교 진학을 위한 순리로운 조건을 마련하기 위하여 평양 숭실중학에 진학하여 3학년 하학기에 편입되었다(중국학제와의 차이로 1년 늦어지게 되었음). 그러나 숭실중학교가 이른바 신사참배 거부 문제로 하여 폐교되자 윤동주는 1936년 봄에 다시 용정으로 돌아와 5년제인 광명중학 4학년에 편입되었다. 광명중학 시절에 그는 연길 천주교회에서 발간하는 『카톨릭 소년』지에 동주(童舟)란 이름으로 동시 『병아리』, 『비자루』, 『무얼 먹고 사나』 등을 발표하였다. 이 시절에 그는 벌써 『세계문학전집』과 조선 작가들의 소설과 시를 탐독하였고 『정지용 시집』과 이상의 작품을 각별한 흥취를 가지고 읽기를 즐겼다. 1938년 2월에 광명중학을 졸업한 윤동주는 앞으로 의학을 전공하라는 아버지의 강요도 굳이 마다하고 그해 4월에 조선 서울에 가서 연희전문학교 문과에 입학하였다. 연희전문학교 시절에 그는 문학을 전공하면서 서방의 미켈란젤로, 데카르트, 로댕·릴케, 발레리 등의 저술과 문학작품을 탐독함과 아울러 시 창작에 정진하였다.

일제의 식민통치가 더욱 가심했던 서울에서 생활하는 사이에 시인 윤동주는 일제가 우리 민족에게 들씌운 재난과 민족적 수모를 더욱 직접적으로 체험하게 되었다. 이와 같은 참담한 현실은 일제에 대한 그의 반항의 정신과 더불어 자기 민족과 인민에 대한 깊은 사랑을 격발케 하였다.

1942년 12월 연희전문학교를 마칠 때 시인은 졸업 기념으로 자기의 시집 『하늘과 바람과 별과 시』를 묶어 출판하려 하였으나 여러 가지 연유로 뜻을 이루지 못했다. 애초 예정했던 시집 이름은 『병원』이었으나 『서시』가 씌여진 후 상술한 제목으로 바꾸었다. 『병원』은 병든 사회를 치유한다는 상징이었다.

1942년 4월 그는 진학을 목적으로 일본에 건너가 처음에는 동경의 입교대학 문학부 영문과에 입학하였다가 그 해 10월에는 경도의 동지사대학 영문학과로 옮기었다. 그러나 당시 민족적 기시로 충만된 질곡적인 현실은 그에게 심각한 오뇌와 고통을 덮씌웠다. 이에 따라 그의 민족적 울분과 고독감은 절정에 이르렀으며 그는 일제 식민정책에 저항하는 길로 나가게 되었다. 시인은 이때 경도에 유학 중인 학생들과 회합의 기회에 민족 독립사상을 선양하고 여러 모로 민족의식을 고취하여 시도하였다. 그런데 그만 그것이 이른바 죄가 되어 1943년 7월 19일에 일본 경찰에게 체포되었다. 그 이듬해 3월 31일에 시인은 『독립운동』의 죄목으로 2년 실형의 언도를 받고 일본 후꾸오까형무소로 이감되어 모진 옥고를 겪지 않으면 안되었다. 그러나 그는 놈들의 모진 취조 하에서도 하냥 민족적 절개를 굽히지 않고 민족 자유의 날을 고대하며 저항을 견지하다가 1945년 2월 16일 그가 오매에도 그리던 민족의 새 아침을 보지 못하고 28세를 일기로 장렬하게 희생되었다. 그의 시집 『하늘과 바람과 별과 시』는 그가 희생된 지 3년되던 해인 1948년 1월에 공개 출판되었다.

시인 윤동주의 창작생활은 그가 중학에 다니던 때인 1934년에 첫 서정시 『삶과 죽음』을 쓴 때로부터 시작된다. 그러나 그가 민족의 저항 시인으로 나타나고 저항문학으로서의 특성을 구유한 시작품들을 내놓은 것은 1938년 이후 서울과 일본에서 생활하던 시기이다. 물론 그의 습작기의 시편들에서도 하냥 민족을 열애하는 시인의 개성적인 시점에서 민족의 비참한 처경과 염원을 반영하고 그의 미래를 예시한 무게 있는 시편들을 내놓았다. 이런 시편들에서도 당시 조선족 인민의 불우한 생활을 읊조린 『장』, 『해바라기 얼굴』, 『곡간(谷澗)』 등과 청춘의 정열과 희망찬 이상과 티 없이 맑은 동심세계를 구김 없이 들어낸 『비둘기』, 『창공』, 『코스모스』, 『공상』 등은 그의 시적 재능을 보여준 훌륭한 시편들이다.

1938년에 들어서면서 시인은 자기의 생활환경의 변화와 더불어 당착한, 암담한 현실에 대한 인식이 진일보 심화됨에 따라 강렬한 민족적 의식을 반영한 저항시편들을 많이 내놓았다. 그러나 이 시기에 이르러서도 세계관상의 제한성으로 말미암아 식민통치를 저주하고 민족의 장래를 위하여 분진하면서도 민족구원의 방도를 명확하게 찾지 못하였었다. 이로 하여 시인은 민족의 사명을 수행하지 못하는 자책감으로 자기를 불태우면서 늘 오뇌와 저주와 연민과 환멸이 서로 엇갈리는 모순된 사상 경지에서 헤매이었다. 이런 사회적, 성치적 환경 하에서의 부단한 사색과 추구는 그의 인식을 심화시키고 그의 작품의 철학적 깊이를 더하게 하였다. 이 시기 시인의 사상과 염원과 미학적 추구는 바로 1938년으로부터 1942년에 이르는 사이에 창작한, 보다 자기의 얼굴을 드러낸 원숙한 시편들에 구김 없이 구현되고 있다.

시인으로서의 윤동주의 시작품은 그 수량상에서는 그리 많지 않다. 그에게는 생전에 출판하려다 하지 못한 유고집 『하늘과 바람과 별과 시』가 있을 뿐이다. 시 창작을 한 시간을 그가 처녀작을 내놓은 1934년부터 다 쳐도 근근 8년이 되나마나하다. 그러나 그는 『시인이란 슬픈 천명인 줄 알면서도』 자진하여 시대와 민족을 대언한 빛나는 시편들을 내놓음으로써 항일 시기의 이름 있는 시인의 보좌에 오르기에 손색이 없다.

시인 윤동주는 험악한 현실 하에서는 적지 않은 시를 쓴 것으로 알려지고 있으나 그의 대부분 시고, 더욱이 일본에서 지낼 때에 탈고한 많은 시편들은 그가 옥고를 치를 때에 산실되었다. 그리하여 지금은 그의 후배에 의하여 수집된 110여 수를 수록한 시인 윤동주의 유고집 『하늘과 바람과 별과 시』를 볼 수 있을 뿐이다. 이 시집의 편집자는 다음과 같이 밝히고 있다.

이에 수록한 『5부의 유고집은 우리가 오늘날 얻을 수 있는 그의 작품의 전부이다. 제1부는 고인이 연회전문학교 문과를 졸업할 무렵에 졸업을 기념코자

77부 한정판으로 출판하려던 자선 시집『하늘과 바람과 별과 시』를 그대로 실었고, 제2부는 일본 교또 시대의 작품인 바 제1부 이후 약 반년간에 쓴 것이다. 그 후의 작품은 모든 일기와 함께 일경에게 피검되었을 때에 압수되었으니, 오늘날 아깝게도 찾을 길이 묘연하다. 제3부는 그의 습작기 작품집『나의 습작기의 시 아닌 시」 및 「창(窓)」의 2권을 비롯한 시고를 정리하여 연대순을 역(逆)으로 배열하였으며 그중에 년대가 기입되지 않은 작품은 적당하다고 인정되는 것에 넣었다. 제4부는 동요로서 역시 연대순을 역으로 배열하였고 제5부는 그의 산문을 작품 연대에 관계 없이 편집하였다.』49)

이에서 알 수 있는 바 그의 성숙기의 작품 중의 많은 부분이 산일되었다. 그래서 우리는 현존한 일부분 시편을 통하여 그의 시 창작의 일각을 더듬는 수밖에 없다.

시집『하늘과 바람과 별과 시』에서 시인 윤동주는 당착한 일제 식민통치를 저주하고 비운에 모대기는 겨레를 개탄하면서 민족에 대한 자아적 반성과 참회 의식, 굳은 민족의 지조와 순절 정신, 미래에 대한 열렬한 동경, 속절없이 솟는 향토애, 사랑하던 이에 대한 다함 없는 추억… 그야말로 광범위한 생활적 내용을 다각적으로 다루었다. 그러면서도 그의 전반 시편의 밑바닥에 전일적으로 일관되고 있는 것은 민족에 대한 불같은 사랑이다.

그의 서정시『서시』는 시인 윤동주가 1941년 11월 연희전문학교 졸업을 앞두고 펴내는 자선 시집『하늘과 바람과 별과 시』의 편집을 마무리하면서 읊조린 감명깊은 시편이다.

> 죽는 날까지 하늘을 우러러
> 한 점 부끄럼이 없기를
> 잎새에 이는 바람에도
> 나는 괴로워 했다
> 별을 노래하는 마음으로
> 모든 죽어가는 것을 사랑해야지

---

49) 시집『하늘과 바람과 별과 시』편집후기(정음사 1948년 1월 제1판).

　　그리고 나한테 주어진 길을
　　걸어가야겠다.
　　오늘밤에도 별이 바람에 스치운다

　이는 『서시』의 전문이다. 이 시에서 시인은 바람과 별, 하늘과 부끄러움, 죽음과 삶을 결합시키면서 고통 속의 삶, 삶 속의 고통을 그리고 있으며 우리 민족의 절망과 희망을 내성적인 자기 응시로 이끌어 내어 그것을 자연의 표상과 조화시켜 진실한 고백과 의식으로 표현하고 있는 것이 특징적이다.

　이 시는 네 부분으로 구성되어 있는 바 1~2행이 첫 부분이고 3~4행은 두 번째 부분, 5~8행이 세 번째 부분이다. 그리고 마지막 행이 네 번째 부분이 된다. 첫 부분에서는 하늘을 우러러 보아도, 또 땅을 굽어 보아도 부끄럼이 없도록 살아야 한다는 시인의 견실한 윤리의식과 생활철학을 표명하였으며 두 번째 부분에서는 시인이 추구하고자 한 윤리와 생활철학이 당시의 시대 상황과 광의적 방해물들에 의하여 어려움을 겪고 있는 상태를 섬세하고도 결백한 심정의 조명 속에서 보여주고 있다. 세 번째 부분은 이 시의 핵심으로 되고 있는데 어려운 역경 속에서도 스스로를 채찍질해 가며 자기의 미학적 이상을 실현시켜 보려고 모대기는 시인의 의지와 실천적 다짐을 드러내고 있다. 마지막 부분은 두 번째 부분의 연장으로서 이상을 실현시키려고 애쓰는 실천적 의지가 현실적 조건에 부딪혀 끊임 없이 시달리고 있다는 것을 재차 강조하였다. 마지막 시행에서의 『별이 바람에 스치운다』는 일종 『단련』, 『연마』의 뜻을 표현한 것으로 바람에 스칠수록 별은 더 빛을 낼 수 있다고 시인은 믿었다. 고발의식과 저항의식을 잠재의식의 바탕에 두면서 내적 관조를 지향하는 시인의 자세를 이 시행에서 엿볼 수 있다.

　총적으로 이 시에서는 당시 암흑한 일제 식민통치 하에서의 조선 민족이 처한 불우한 운명을 통탄하고 민족의 독립과 자유를 위하여 깨끗하게 살며 지어는 죽음도 마다않겠다는 웅심깊은 사상과 격정을 구김 없이 토로하고 있으며 따라서 이 시에서는 실로 『손 들어 표할 하늘도 없는』, 그런 사람을 질식케 하는 암흑한 연대에 하냥 민족의 현실과 미래를 심려하는 서정적 주인공의 티 없이 맑은 마음이 그대로 내비치고 있다. 이런 견지에서 볼 때 이 『서시』는 시인 윤동주의 시적, 인생적, 윤리적, 서정적, 민족적 사고를 겸허하면서도 의젓하게 제시한 것으로 그의 인생관과 우주관을 집약하고 있다. 이 시는 시집의 서문격으로 쓴 작품으로서 자연의 표상으로서의 상징 전부를 함축적으로 다루어 다른 모든 시와 내적 연관성을 가지고 있는 바 이『서시』는 그의 전체 시정신을 요약한 것이라 할 수 있다.

『서시』의 시정신으로 일관된 그의 시집『하늘과 바람과 별과 시』에 수록된 시편들에 담은 사상 내용을 구체적으로 보면 우선 일제 식민통치 하의 암흑과 질곡을 혐오하고 저주하며 수난에 허덕이는 민족의 비참한 조우를 통탄한 시편들이 퍽 많은 바『돌아와 보는 밤』(1941년), 『무서운 시간』(1941년), 『슬픈 족속』(1938년) 등은 그 대표적인 시편이다.

세상으로부터 돌아오듯이 이제 내 좁은 방에 돌아와 불을 끄옵니다. 불을 켜두는 것은 너무나 괴로운 일이옵니다. 그것은 낮의 연장이기에 이제 창을 열어 공기를 바꾸어 들여야 할 텐데 밖을 가만히 내다 보아야 방 안과 같이 어두워 꼭 세상 같은데 비를 맞고 오던 길이 그대로 비속에 젖어 있사옵니다.

하루의 울분을 씻을 바 없어 가만히 눈을 감으면 마음 속으로 흐르는 소리. 이제, 사상이 능금처럼 저절로 익어 가옵니다.

이것은 산문시『돌아와 보는 밤』의 전문이다. 이 시에서 서정적 주인공은 『세상으로부터 돌아오듯이』좁은 방에 돌아와『불을 켜두는 짓』은 곧『낮의 연장이기에 너무나 괴로운 일』이라고 개탄하고 있다. 왜냐하면 일제 통치 하의 세상에서 맞는 낮은 비록 밝은 대낮이라 하더라도 그것은 탄압과 수탈과 상잔을 위하여 설치한 감옥과 사형장이며 또한 모진 민족적 기시, 패륜과 패덕 등으로 충만된 암흑한 세상이었기 때문이다. 이에 잠시나마 그런 암흑의 현실을 피하려고 돌아왔으나 이 시의 서정적 주인공은 낮에 받은 모진 충격으로 하여 하냥 혐오와 저주의 정을 새길 바이 없어 고통 속에 모대긴다. 그러나 시인은 시대의 의식을 포기하지는 않는다. 그는 그와 같은 역경에서도 미래에 대한 신념을 버리지 않고 자기를 격려한다. 시의 마지막에 이르러『하루의 울분을 씻을 바이 없어 가만히 눈을 감」고 깊은 사색에 잠기노라면『사상이 능금처럼 익어 가옵니다』라고 하였는데 여기서의『사상』이란 현실을 부정하고 민족의 자주적 독립을 실현하려는 민족의식과 굳은 결의일 것이다.

　서정시『무서운 시간』에서의 시인의 울분과 오뇌는 더욱 가심화되고 있다. 이 시에서 시인은『한 번도 손들어 보지 못한 나를／손들어 표할 하늘도 없는 나를／어디에 내 한 몸을 둘 하늘이 있어 나를 부르는 것이요』하고 살아 몸 둘 곳 없고 죽어서도 누울 자리조차 없게 된, 망국노가 된 우리 겨레의 비참한 처지를 피눈물 나게 공소하면서 암흑한 현실을 부정하고 있다. 그리고『슬픈 족속』,『가슴』,『장』과 같은 여러 시편에서도 고난의 심연 속에서 허덕이는 우리 겨레의 처참한 생활상과 비운을 다각적으로 전시하고 있다.

　　　흰 수건이 검은 머리를 두르고
　　　흰 고무신이 거친 발에 걸리우다

　　　흰 저고리치마가 슬픈 몸집을 가리고
　　　흰 띠가 가는 허리를 질끈 동이다
　　　　　　　　　　　——『슬픈 족속』

　　　불꺼진 화독을
　　　안고 도는 겨울밤은 깊었다

　　　재만 남은 가슴이
　　　문풍지 소리에 떤다
　　　　　　　　　　——『가슴 2』

　다음, 윤동주의 시 창작에서 민족의 자유를 쟁취하기 위한 시인의 웅심과 이를 저애하는 암흑한 현실과의 심각한 모순을 해결할 바이 없어 늘 고뇌에 잠겨 방황하던 모순된 실존적 존재에 대한 자아성찰과 참회의식을 반영한 시『자화상』(1939년),『참회록』(1942년) 등이 이목을 끌고 있다.

산모퉁이를 돌아 논 가 외딴 우물을 홀로
찾아가선 가만히 들여다 봅니다

우물 속에는 달이 밝고 구름이 흐르고
하늘이 펼치고 파아란 바람이 불고 가을이 있습니다.

그리고 한 사나이가 있습니다.
어쩐지 그 사나이가 미워서 돌아갑니다

돌아가다 생각하니 그 사나이가 가엾어집니다
도로 가 들여다 보니 사나이는 그대로 있습니다

다시 그 사나이가 미워서 돌아갑니다
돌아가다 생각하니 그 사나이가 그리워집니다.

우물 속에는 달이 밝고 구름이 흐르고
하늘이 펼치고 파아란 바람이 불고 가을이 있고
추억처럼 사나이가 있습니다.

──『자화상』

이 시에서는 보다 심각한 시대적 인식으로부터 일제의 통치 하에서 욕된 목숨을 부지하는 서정적 주인공의 심절한 내심적 고통과 자책과 울분의 심경을 그대로 구김 없이 해부하여 보이고 있는 바 우리는 이 시를 통해 시인의 보다 깊은 시대적 자각과 당시 암흑한 현실에 대한 부정을 읽을 수 있다.

시 『참회록』도 상기한 『자화상』과 마찬가지로 그같은 암흑한 현실 하에서 좌절된 아무런 가치도 없는 삶을 자책하고 참회한 무게 있는 시편이다. 강렬한 민족의식을 지닌 시인은 이 시를 통하여 『파란 녹이 긴 구리거울 속에／내 얼굴이 남아 있는 것은／어느 왕조의 유물이기에／이다지도 욕될가／나는 나의 참회의 글을 한 줄에 줄이자／─만 24년 1개월을／무슨 기쁨을 바라 살아 왔는가』고 갸륵한 뜻도 꿈도 없이 버둥대며 지나온 자신을 자책과 회한에 몸부림치면서 개탄하고 있다. 따라서 이런 시편들에서는 도덕적 자아의 정취를 지향하는 시인의 끈질긴 노력, 고상한 윤리의식과 결백한 심정을 읽을 수 있다.

  그러나 자기에 대한 그의 이런 성찰과 참회가 결코 자포자기는 아니다. 강렬한 민족의식의 소유자였던 시인은 결코 자아성찰과 참회에만 머무르지 않았다. 그 외 많은 시편들에서는 자기를 바쳐서라도 『주어진 길』—민족 구원의 길을 걷고야 말리라는 불같이 뜨거운 마음과 저항정신 그리고 단호한 결의를 토로하고 있는데 이에 바쳐진 『십자가』(1941년), 『간』(1941년) 등 시작품들이 그의 시 창작에서 이채를 돋구고 있다.

  시 『간』에서는 자기를 바쳐서라도 민족의 비극을 종말 짓고 자유를 줄 수 있다면 자기는 『불도적한 죄로 목에 매돌을 달고/끝 없이 침전하는 프로메테우스』의 뒤를 달갑게 따르리라 맹세하고 있다. 이렇듯 시인은 겨레의 독립과 자유를 위해서라면 자기를 고스란히 바치려는 굳은 결의를 표명하였다. 시 『십자가』에서는 이와 같은 고상한 지조와 신념, 순절정신을 더욱 깊이 있게 파헤치고 있다.

> 쫓아오던 해빛인데
> 지금 교회당 꼭대기
> 십자가에 걸리었습니다
>
> 첨탑(尖塔)이 저렇게도 높은데
> 어떻게 올라갈 수 있을까요
>
> 종소리도 들려오지 않는데
> 휘파람이나 불며 서성거리다가
>
> 괴로웠던 사나이
> 행복한 예수 그리스도에게
> 처럼
> 십자가가 허락된다면

모가지를 드리우고
꽃처럼 피여나는 피를
어두워 가는 하늘 밑에
조용히 흘리겠습니다.
　　　　　——『십자가』

　시『십자가』는 윤동주의 시가 창작에서 가장 성공적인 저항시이다. 이 시의 서정적 주인공은 숭고한 민족적 이상을 실현하기 위하여서라면 선뜻 나서서 예수 그리스도 마냥 십자가에 못 박혀 피를 흘리는 고행을 달갑게 치르겠노라 선언하고 있다. 시인은 이와 같이 자기의 시편을 통해 고도의 사명감으로 자신을 불태움과 더불어 저항의 길에서 자기 희생마저를 언녕부터 각오하였다. 그리하여 그는 끝내 놈들의 형무소에서 장렬한 희생으로써 더욱 절절한 진가의 시편을 엮어 놓았다.

　윤동주의 시에서 또 중요한 자리를 차지하고 있는 것은 새 시대에의 소망을 다룬 작품들이다. 그는 암흑의 장막 속에 잠긴 밤중마냥 암담한 현실 속에서 살았으나 하냥 미래에 대한 굳은 신념으로 불태우면서 겨레의 가슴 속에『새봄을 당겨 올』이상의 불씨를 묻어 주었다. 암흑의 뒤엔 여명이 뒤따르고 어둠 속에는 광복이 잠복해 있으며 절망의 뒤에는 희망의 새움이 싹트고 있다. 이는 곧 민족애로 불타는 시인 윤동주의 사상변증법과 미래지향적 역사의식이며 삶의 신조였다. 그로하여 그는 새로운 이상의 나래를 펼치면서 새 시대에의 소망을 읊조린『새로운 길』(1938년),『봄』(1942년?),『쉽게 씌여진 시』(1942년),『길』(1941년),『또 다른 고향』(1941년),『새벽이 올 때까지』(1941년)와 같은 많은 시작품들을 내놓았다.

　내를 건너서 앞으로
　고개를 넘어서 마을로

　어제도 가고 오늘도 갈
　나의 길 새로운 길

민들레가 피고 까치가 날고
아가씨가 지나고 바람이 일고

나의 길은 언제나 새로운 길
오늘도… 내일도…

내를 건너서 숲으로
고개를 넘어서 마을로
　　　　　　——『새로운 길』

봄이 혈관 속에 시내처럼 흘러
돌, 돌, 시내 가까운 언덕에
개나리, 진달래, 노오란 배추꽃

삼동을 참아온 나는
풀포기처럼 피여난다.

즐거운 종달새야
어느 이랑에서나 즐거웁게 솟쳐라

푸르른 하늘은
아른아른 높기도 한데…
　　　　　　——『봄』

　상술한 두 수의 시에서 보여준 시심은 실로 맑고도 깨끗하며 부드럽기만 하다. 이 새로운 길과 맞이할 새 봄은 우리 민족 앞에 놓일 새로운 앞날에 대한 상징이다. 이 시편들에는 또한 진취적 기상이 잘 드러나 있으며 그 시적 정서가 강할 뿐더러 그 운율도 아주 힘차고 명랑하다.

　시인의 이런 낭만적 이상주의는 시종 역사 발전에 대한 깊은 자각과 겨레의 무궁무진한 역량에 대한 굳은 신념을 그 바탕으로 하고 있다. 아래에 산문『종시(終始)』 중의 두 대목을 발췌하여 이를 인증한다.

> 『이윽고 턴넬이 입을 벌리고 기다리는데 거리 한가운데 지하 철도도 아닌 턴넬
> 이 있다는 것이 얼마나 슬픈 일이냐. 이 턴넬이란 인류역사의 암흑시대요, 인생행
> 로의 고민상이다. 공연히 바퀴 소리만 요란하다. 구역날 악질의 연기가 스며든다.
> 하나 미구에 우리에게 광명의 천지가 있다.…
> 　　이제 나는 곧 종시를 바꿔야 한다. 하나 내 차에도 신경행, 북경행, 남경행을
> 달고 싶다. 세계 일주행이라고 달고 싶다. 아니 그보다도 진정한 내 고향이 있다
> 면 고향행을 달겠다. 다음 도착하여야 할 시대의 정거장이 있다면 더 좋다.』

이로부터 볼 때 그가 고대한 새벽, 아침, 내일, 새로운 길 등은 그것이 환상
적인 상상에 머문 것이 아니라 곧 어둠을 뚫고 환히 펼쳐질 현실로 전시하였다
는 그 점이 아주 보귀하다.

끝으로, 그의 시편 중에는 또한 『별 헤는 밤』(1941년), 『또 다른 고향』
(1941년)과 같은 진한 서정으로써 어머니, 고향, 지난날의 그리움을 다감하게
읊조린 시편들이 있는가 하면 옛 벗과 사랑하던 연인을 그린 『사랑스런 추억』
(1942년), 『소년』(1939년) 등 아름다운 시편들도 있다. 이런 시편들은 이름
없는 들풀 한 포기에까지 사랑의 손길을 뻗치고 영원한 님을 사무치게 그리며
모든 차별과 개인적 탐욕이 사라진 사랑과 평화의 현실적 공간을 염원하는 시
인 윤동주의 인도주의 정신을 집약적으로 드러내고 있다.

고상한 윤리의식과 미래지향적 의식, 시대적 사명감과 민족적 연대의식에 바
탕을 둔 저항정신, 자아성찰과 참회와 밀착된 결백한 심정, 『부끄러움』의 미학,
뜨거운 인도주의 등을 자기의 사상적 특질로 하고 있는 윤동주의 시문학은 예
술 형식상에서도 자기의 독자적인 풍격을 나타내고 있다.

윤동주의 시는 전체적으로 보아 낭만주의적인 서정시의 범주에 속하지만 그
러나 그의 시는 자기 나름대로 상징시의 성격을 개성적으로 파악하고 적용한
것이 특징적이다. 물론 이런 시들에서 시인 윤동주가 상징의 원초적 특질을 이
해한 기초 위에서 그것을 시 창작 과정에 직접 수용했다고는 간주할 수 없으나
그의 시문학엔 자못 자연스럽게 표출된 상징적 표현들이 시의 기본적인 골격을

이루고 있다. 이를테면 그의 대표작으로 인정되는 『또 다른 고향』, 『서시』, 『간』, 『십자가』, 『별 헤는 밤』 등을 살펴보면 그의 시는 예민하고도 섬세한 감각과 언어의 다의성에 바탕을 둔 상징적 표현에 의하여 독특한 세계를 이루고 있음을 알 수 있다.

윤동주 시문학의 상징적 표현에는 자연의 표상으로서의 상징적 표현, 시대 및 역사적 상황으로서의 상징적 표현, 『부끄러움』, 『밀실』, 『거울』의 심상으로 대표되는 소리와 갈등의 상징적 표현, 이웃에 대한 연민과 사랑을 소재로 하는 상징적 표현 등이 망라되고 있다. 예컨대 자연의 표상으로서의 상징적 표현을 보면 윤동주의 시문학에서 『하늘』, 『별』의 심상을 통해 시인이 추구하는 이상 세계를 상징적으로 표현하고 있는가 하면 『바람』의 심상은 『빛』과 『어둠』의 심상과 유기적 관계를 이루면서 존재의 이원적 갈등 사이에서 방황하는 시인의 섬세한 의식과 현실 세계에서 부딪치는 시련을 상징적으로 암시하고 있다. 그러나 『바람』은 다시 자유의 의미와 연결되면서 시인이 희망하고 있는 근원적 목표가 『진정한 자유의 구현』에 있음을 상징적으로 시사해 주고 있다. 시인 윤동주는 이런 상징적 표현을 빌어 시의 형상성, 함축성, 생동성, 암시성, 다의성을 살린 것이 자못 인상적이다.

윤동주 시문학의 다른 하나의 형식적 특색은 그의 시가 대부분이 산문시적인 형태를 구비하고 있다는 점이다. 윤동주는 시 전반을 통하여 그가 노리는 정신적 분야를 총체적으로 표현하는 데 정열을 몰부었다. 매 시어의 의식적인 탁마 윤색보다는 자연스럽게 발로된 일상적 언어의 활달한 전개를 통하여 진솔한 표현을 꾀하고 있는 것이 특징적이다. 시인 윤동주는 시적 기교의 측면보다도 그의 『시정신』을 자연스럽게 표출하는 데 주력한 탓으로 그의 시에는 인위적으로 조작된 심상에 의한 세련된 형식미를 수용하지 않은 자취가 흔히 엿보인다. 시인이 형식적 규세와 조화를 찾기 전에 먼저 그의 진지한 시정신을 말해가는것이 필요할 경우에 가장 알맞은 형식이 산문시 또는 산문적 형태의 서정시라면 그는 곧바로 그 형식을 택했다고 말할 수 있다.

이밖에도 윤동주의 시가 보여주고 있는 산문적이면서도 결코 산문 아닌 자연스러운 운율 구사는 민요적 음조와 서양시 운율의 모방 사이에서 방황했던 당시의 시풍에 참신한 기분을 던져주고 있다.

윤동주의 시문학은 해방 전 조선족 시문학의 최후를 아름답게 장식한 시문학이며 시대의 문학적 사명감과 독자적인 예술적 추구로 조선족 시문학을 한결 높은 단계로 끌어올린 시문학으로서 우리 조선족 문학사에 빛나는 한 페이지로 남아있을 것이다.

제6장 1945년~1949년의 문학

제1절 항일전쟁 후의 새로운 정세와 문화 활동

1945년 9월 3일 항일전쟁이 승리하자 조선족 인민들은 장기간 지속되었던 일제의 식민통치에서 해방되었다. 민족의 재생을 안아온 연변, 할빈, 심양, 통화 및 목단강 지구 등의 모든 조선족 집거구들에서는 항일전쟁의 승리를 열정적으로 환호하였으며 중국공산당에서 제기한『국내 평화를 공고히 하며 민주를 실현하고 인민의 생활을 개선시켜며 평화, 민주, 단결의 토대 위에서 전국의 통일을 실현하며 자주독립적이며 부강한 새 중국을 건설하자』는 정치적 주장을 적극적으로 호응하여 나섰다.

그러나 항일전쟁이 승리한 직후에 조선족이 집거하는 동북의 정세는 매우 복잡하였다. 연변과 흑룡강 지구 등지에서의 괴뢰만주국 정권은 이미 전복되었으나 국민당 반동파는 항전 승리의 전취물을 탈취하기 위하여 국민당 지방조직을 건립하고 반혁명 무장을 조직하여 반혁명 활동을 미친 듯이 감행하였다. 국민당 반동파는 특무들을 파견하여 일본 침략군과 괴뢰군의 잔재 세력을 규합하고 토비무장을 끌어 모아 해방구에서 자기들의 지반을 닦고 파괴와 노략질을 일로 삼았다. 그리고 장개석은 미제국주의의 부추김 밑에 군대를 동북에 이동시켜 심양 이남의 성진과 교통요도를 점령하고 계속 북진을 시도하였다.

이와 같은 정세 하에서 중국공산당에서는 동북을 장기적으로 투쟁을 견지할 수 있는 공고한 근거지로 창설하는 것을 급선무로 내세웠다. 이에 동북민주연군에서는 여러 민족 인민들을 발동하여 인민정권과 인민 무장을 건립하고 지주와 한간을 청산 투쟁하였으며 적의 잔재 세력을 숙청하는 투쟁을 힘차게 벌였다.

1946년 6월 국민당 반동파가 『정전협정』을 무치하게 찢어 버리고 전면적인 내전을 발동하자 조선족 인민들은 민주정권 건설과 토지개혁을 승리적으로 밀고 나감과 아울러 제3차 국내혁명전쟁에 용약 뛰어들었다. 당시 조선족 군민들은 『일체는 전선의 승리를 위하여』란 당의 호소를 받들고 참군과 전선 지원의 열조를 일으켰으며 두려움 모르는 혁명정신과 영웅적 기개를 발휘하여 용감하게 싸움으로써 빛나는 공훈을 세웠으며 형제민족 인민들과 더불어 제3차 국내혁명전쟁의 개선가 속에서 중화인민공화국을 일떠 세웠다.

항일전쟁의 승리로 하여 중국에서의 일제의 식민통치가 결속되자 조선족 인민들은 오매에도 그리던 자기의 이름과 말과 글을 되찾았으며 조선족 인민의 염원과 의지대로 문화 사업을 발전시킬 수 있는 자유와 권리를 획득하였다. 이에 고무된 조선족 인민들은 도시와 농촌에서 더 없는 열성으로 민족적인 문화 계몽운동을 힘차게 벌였으며 또한 대중적 문화 교육 사업을 널리 전개하였다.

조선족 인민들은 이 시기에 이르러 자기의 민족문화를 대폭적으로 발전시키기 위하여 당의 배려 하에서 많은 소학교와 중학교를 꾸리고 조선족 인민의 문화 교육 발전사에 있어서 획기적 의의를 가지는 자기의 대학—연변대학(1949년 4월)을 창건하였다. 이렇게 학교 교육을 대폭적으로 늘이는 한편 대중적 사회 교육 사업을 벌이기 위하여 열성적으로 야학교와 문맹퇴치반, 독보조, 문화구락부를 꾸렸다. 이와 더불어 조선족 집거구에서는 신문, 출판 사업을 바싹 틀어 쥐었는 바 이때 수많은 신문과 잡지들이 간행되었다. 이 시기에 영향력이 컸던 조선문 신문으로는 『연변일보』(연길), 『인민신보』(목단강), 『민주일보』(할빈), 『단결일보』(통화), 『건군』(164사) 등이 있었고 잡지로는 『불꽃』(연길), 『민주』(연길), 『대중』(연길), 『연변문화』(연길), 『문화』(연길), 『건설』(목단강), 『효종』(영안) 등이 선후로 발간되었다.

이 시기에 문화운동의 앙양 속에서 대중적인 문예 활동도 발랄하게 전개되었다. 하여 조선족 인민들이 집중된 도시와 농촌 그리고 공장, 광산, 상점, 중학교들에서는 극단, 연극사, 문공대와 같은 전문적이거나 반전문적인 문예 공연단체들이 세워졌고 부대에서도 조선족들로 구성된 전문 문예단체들이 많이 나타나 활약하였는데 그중에서 『이스크라극단』, 『길동군구문공단』, 『양양극단』, 『166사선전대』, 『연변문공단』, 『송강노신예술극단』, 『송강군구 제3지대 선전대』, 『164사선전대』, 『이홍광지대 선전대』 등이 영향력이 컸다.

조선족 문학은 항일전쟁이 승리한 후에 새로운 정세와 새로운 문화운동을 시대적 배경과 생활적 토양으로 하면서 자기 발전의 나래를 펼치었다.

동북 각지에 산재해 있는 조선족 문인들은 민족문화 발전을 추동하기 위하여 자기 지방의 실정에 따라 자발성적으로 각이한 문학단체들을 꾸렸다. 그 대표적인 것으로는 『간도문예협회』(연길), 『동라(銅羅)문인동맹』(연길), 『동북신흥예술협회』(목단강), 『중소한문화협회』(연길), 『노농예술동맹』(도문) 등을 들 수 있는데 이런 문예단체들에서는 문예 평론회, 작품 감상회, 『문예 연구회의 밤』 등과 같은 모임을 가지거나 『신춘 문예 현상모집』 등 활동을 전개하여 문학 창작의 발전을 다그쳤다. 이런 문예단체들은 또한 점차적으로 전국의 문예운동과의 밀접한 연계 속에서 발전하였는 바 1948년 3월에 심양에서 열린 『동북문예공작자회의』와 1949년 7월에 북경에서 개최된 『중화전국제1차문학예술일꾼대표대회』에 자기의 대표를 파견하였으며 그 회의의 정신을 참답게 전달하고 학습하였다. 그리고 모택동의 『연안문예좌담회에서 한 연설』에 대한 학습을 진행하였다. 이 시기에 목단강에서 간행되던 『인민신보』에서는 『동북신흥예술협회』의 추천하에, 1946년 9월 초부터 10월 말에 이르는 사이에 도합 25회에 걸쳐 『연안문예좌담회에서 한 연설』을 번역하여 게재하였고 연변에서도 이 학습을 지도하기 위하여 『중국 문예의 새로운 방향』 등 단행본을 출판하였다. 이는 조선족 문단에서 올바른 문예 방향을 견지하고 문학 창작자들의 문예 사상을 바로잡고 그 소질을 높임에 있어 중요한 역할을 하였다. 따라서 『연안문예좌담회에서 한 연설』의 조선족 문단에로의 전파는 조선문학 발전사에 있어서 자못 중요한 의의를 가지고 있다. 이밖에도 상술한 문학단체들에서는 조선의 문학과 더불어 중국 현대문학과 세계문학의 성과를 힘써 번역하고 소개하였는 바 이를테면 중국의 노신, 곽말약, 모순, 조수리, 유백우… 러시아의 레브 똘스또이, 벨린스끼, 영국의 쉐익스피어 등 저명한 작가, 평론가들의 작품을 번역하여 출판하였다. 이는 조선족 문학 창작의 번영과 발전에 심각한 영향을 주었다.

이 시기에 조선족 인민의 문화번신운동과 대중적인 문예 활동의 수요로부터 노래 보급과 연극 활동이 광범한 군중 속에서 널리 진행되었다. 이 시기 인민들이 즐겨 부른 노래에는 선행 시기의 항일가요도 많지만 또한 일제의 기반에서 해방된 인민들이 자체로 창작하여 부른 가요 『토지 얻은 기쁨』, 『전선지원의 노래』, 『방어공사의 노래』, 『우리 패장동무』, 『꿩탕국의 노래』 등이 있다. 이 시기의 대중적 연극 활동은 당시의 현실 투쟁과 배합하여 활발하게 전개되었는데 이런 활동 가운데서 많은 극들이 창작 공연되었다. 당시 연변의 정황만을 보더라도 해방 후부터 건국 전까지의 기간에 공연한 극본들을 초보적으로 조사한 데 근거하여 종합해 보면 모두 86편이나 된다.[50]

당시 우리의 문단에는 다양한 문학 형식으로 창조한 적지 않은 시와 연극, 산문과 소설들이 출현함과 더불어 문학평론 활동도 전개되었다. 하지만 이 시기의 정상적인 문학평론 활동은 설인의 서정시 『밭둔덕』에 대한 비판으로 말미암아 저애를 받게 되었다.

설인의 서정시 『밭둔덕』은 시인이 1949년 6월의 어느 날 할아버지를 따라 조밭김을 매다가 쉴 짬에 밭둔덕에 앉아 활기 띤 새 농촌의 모습을 보고 감격되어 창작한 작품이다.

서정시 『밭둔덕』은 해방 후 날따라 변모되는 농촌생활의 일각을 다정다감한 서정 속에서 읊조리였다. 물론 이 작품을 완전완미한 작품이라고는 할 수 없지만 그 주제나 사상감정은 포만하고 건전하다.

하지만 『동북조선인민보』에서는 1948년 겨울부터 전국적으로 벌어진 소군[51]에 대한 이른바 비판운동에 배합하기 위하여 1949년 7월 16일부터 그

---

50) 『해방 초기 연극운동의 초보적 고찰』(홍성도, 원주삼)(『문학예술연구』 1982년 4기 56페이지).

해 11월 5일까지 근 4개월 동안에 걸쳐 지상토론, 좌담회 등 형식으로 서정시 『밭둔덕』에 대한 비판운동을 벌이었다. 이 이른바 비판운동에서 문예 문제를 정치 문제로 인상시키면서 서정시 『밭둔덕』의 성과를 전적으로 부정한 나머지 그에 터무니 없는 누명을 들씌웠다. 이는 『동북조선인민보』 문예부간과의 명의로 1949년 11월 5일에 발표한 『시 「밭둔덕」에 대한 결론』이란 글에서 집중적으로 표현되었다. 이 글은 시 『밭둔덕』에 대하여 다음과 같이 지적하였다.

> 『자연을 묘사하는 데 그저 무비판적으로 순간적인 인상을 가지고 전편을 대체하고 말았다. 작품에는 마치 영화촬영사가 촬영기를 여기에 펀뜻 돌리는 식으로 그저 자연을 찍어 넣기만 하였다.』
> 『아직 농민의 감정을 완전히 바탕잡지 못하고 한낱 이설인 동무의 소자산계급 지식분자의 감정으로 이 작품을 창작하였다는 것을 논증할 수 있을 것이다.』

조선족 문단에서 처음으로 되는 이 좌적인 비판운동은 시인 설인을 타격하였을 뿐만 아니라 조선족 문인들의 창작 적극성에 손상을 주었으며 정상적인 문예평론 활동에 영향을 끼치었다.

제2절 문학 창작

이 시기에 조선족 작가들은 새로운 시대적 요구와 인민 대중의 지향에 부응하여 각이한 양식과 형태의 문학작품을 창작하였다. 그중에서도 가사를 망라한 시문학과 극문학이 두드러진 성과를 달성하였다.

현실의 급격한 변화에 민감한 시문학은 이 시기에 활기를 띠면서 발전하였

---

51) 소군(肖軍). 중국 현대의 저명한 작가. 그는 1947년 봄 할빈에 이르러 노신문화출판사 사장, 『문화보』 주필을 맡고 많은 문장들을 발표하였다. 1948년에 동북 문예계에서는 그 『문화보』와 소군에게 오유적인 비판을 진행하였는데 1980년에 이르러 그의 명예를 회복하였다.

다. 이욱, 윤해영, 채택룡, 김례삼, 설인, 김태희, 김순기, 임효원 등을 비롯한 시인들은 시대와 발걸음을 같이하면서 많은 서정시와 가사를 창작하였으며 이런 서정시 창작의 번영과 더불어 종합시집 『태풍』(1947년), 이욱의 시집 『북두성』(1947년)과 『북륙의 서정』(1949년) 등이 출판되었다.

이 시기의 시가문학은 시종 시대의 전초에 서서 해방된 인민들의 민족적 감격과 희열, 당과 모주석에 대한 경모의 정을 토로하였고 근로 인민들의 창조적 노력과 토지개혁, 정권 건설 등 각항 민주개혁을 뜨거운 심장의 열도로 긍정하였으며 제3차 국내혁명전쟁을 격조 높이 구가하였다. 이 시기 시가작품들은 그 주제와 소재 범위가 확대되고 감정적 색채가 명랑하며 다양한 것이 특징적이다. 이는 근로 인민들의 생활에서 일어난 심각한 변화와 더불어 이 벅찬 현실을 다각적으로 반영하려는 시인들의 정열적인 시도와 갈라볼 수 없다.

이 시기의 시문학에서 일제의 통치를 뒤엎고 해방을 맞은 근로 인민들의 벅찬 감격과 가슴 속 깊이 솟구치는 희열을 격정적으로 구가한 작품들이 중요한 자리를 차지한다. 이에 바쳐진 대표적인 시작품들로는 『그날의 감격은 새로와』(이욱. 1948년), 『도문강』(이욱. 1947년), 『환호성』(설인. 1945년), 『해방』(채택룡. 1945년), 『승리의 감격』(김순기. 1948년), 『나가자 해방의 길로』(장해심. 1948년), 『해방의 봄맞이』(작자, 연대 미상) 등이 있다. 시인 이욱은 서정시 『그날의 감격은 새로와』에서 오매에도 그리던 해방을 맞는 민족적 감격의 날을 『천지가 새로운 이 크낙한 날』, 『새로 맞는 애인』, 『오래간만에 돌아온 아들』이라고 하면서 목메어 외치고 있다. 시인 설인은 바로 이런 북받치는 정감을 서정시 『환호성』에서 진지한 서정으로 다음과 같이 구김 없이 터쳐놓고 있다.

들린다 만세소리
터졌다 환호성이

일본천황이 떨리는 목소리로
두 무릎 꿇었음을 선포하자
『왜놈은 망하고

우리는 해방되었다』

얼싸 안고 얼싸 안고
갈린 목소리로 부르는 만세소리
얼마나 부르고 싶었더냐, 바랐던 것이냐
빼앗겼던 조국을 다시 찾은 이 만세 소리가

......

억지로 쓰게 하던 뾰족모자 전투모
흐르는 강물에 와락 벗어던지며
부여 안고 뚝뚝 뛰며 부르는
마을 젊은이들의 우렁찬 만세 소리

만세 소리 울려퍼져 산울림 되고
환호성은 메아리로 하늘땅을 뒤흔들듯
실로 땅 속에서 뜬 눈으로 묻힌 순국의 열사들도
이 시각 꿈틀 다시 돌아누웠으리라!

아.
아프고 쓰리던 한많던 매듭이
영영 풀리던 날
잊지 못할 8월 15일이여!

　　이와 같이 이 시는 당시 희열로 충만된 조선족 인민들의 감격과 긍지와 승리를 열성껏 노래하였다.

　　이 시기의 시문학에서는 공고한 동북 근거지의 창설을 위한 토지개혁운동과 인민정권 인민 무장의 건설 및 그 거창한 투쟁 속에서 숫구치는 인민들의 감격과 희열을 구가한 작품들이 이채를 띠고 있다. 가사 『동북인민 행진곡』(윤해영. 1945년), 서정시 『토지얼은 이 기쁨 쏟아 쏟아』(김진. 1948년), 『석양의 농촌』(이욱. 1948년), 『젊은 내외』(이욱. 1948년), 『내 땅에 내 곡식』(채택

룡. 1948년), 『토지집조』(김례삼. 1948년), 『밭가는 봄』(김례삼. 1948년),
『번신한 철령하』(임효원. 1947년), 『건설의 혈조』(김창석. 1947년), 가사
『주구청산가』(박노을. 1947년), 『고향의 진달래』(작자 미상. 1947년), 『임강
의 봄』(작자 미상. 1948년) 등이 바로 이런 주제를 다룬 작품들이다.

동북의 새벽하늘 동이 트는 대지에
새로운 역사 싣고 종소리는 울린다
모여라 동북인민 우리들의 일터로
희망의 아침이다 새기발을 날리자

무도한 제국주의 침략자의 쇠사슬
인류의 적이란다 우리들의 원수다
피압박 약소민족 자유해방 위하여
정의의 칼을 들고 너도 나도 싸우자

선구인 혁명자의 원한 서린 붉은 피
저녁노을 지평선에 송화강도 붉었다
잊으랴 경신토벌 『9.18』의 혈세를
복수의 날이 왔다 백년 한을 갚으리

홍안령 부는 바람 흐린 안개 가시여
송화강 힘찬 줄기 나갈 길이 보인다
새로운 민주주의 우리들의 노선에
발맞춰 건설하자 새로운 동북을

이는 『동북인민 행진곡』의 전문이다. 이 작품은 동북 조선족 인민들이 당의
영도 밑에 굳게 뭉쳐 선열들의 뒤를 이어 힘차게 싸워 철저한 민족 해방을 쟁
취하며 새로운 동북을 건설하려는 웅심을 격조 높이 노래하였는 바 당시 우리
의 군민 속에 널리 보급되었다.

가을바람이 높은 하늘 사이로 새여드는 듯
가을 절기는 대지를 뒤덮는다

……

부드러운 아침 해발은
무서리 녹여 아롱지고
무겁게 수그러진 벼이삭들은
풍년을 더 한층 익혀내는 듯
가지마다 콩꼬투리 얼키설키 메달려
가을은 풍양(豐穰)으로
맥박처럼 돌레이다

이 얼굴 저 얼굴이 웃음에 피여
이 가슴 저 가슴은 기쁨에 부풀었다

해방 세 돐을 맞이한 이 땅 이 평원엔
하늘과 땅과 사람들이
한갖 승리로만 물결치여…

평생에 가져보지 못하던 이 밭 이 논배미가
내 땅이 될 줄이야 내 땅이 될 줄이야
갈퀴같은 손아귀에 낫들어 가을하러
피줄 서린 팔뚝을 크게 내저으며
……

　이는 김진의 서정시 『토지 얻은 이 기쁨 쏟아 쏟아』에서의 몇 대목이다. 여
기서는 악질 지주를 청산하고 토지를 분배받은 농민들의 행복과 기쁨, 자랑과
긍지를 격조 높이 구가하였다. 시인 이욱은 그 외 많은 시편에서 한뉘 머슴살
이에 시달리던 농민이 『해방 세 돐을 맞아／갓 설흔에 장가들어／옥동이 낳은
해 지난 봄에／밭짓을 타고』(시 『젊은 내외』 1948년) 신바람이 나서 일하는
그들의 행복을 찬미하였으며 그는 또한 서정시 『석양의 농촌』(1948년)에서 토

지개혁에 의해 환발된 인민들의 창조적 노력을 열렬히 긍정하면서 날로 변모되는 조선족 농민들의 생활을 다음과 같이 다감하게 노래하였다.

······
무시무시 몸서리치던
왕가지팡 틀림없건만
꿈이런듯
토지분배
신세 고친 농민들의 웃음꽃이
마을마다 호함지게 피는구나

······
저기 바라뵈는 논밭에는
풍년이 풍년을 실어오고
저기 바라뵈는 마을에는
인정이 인정을 끌어 오나니

비둘기 빙빙 날아도는 지평선
그우에 흐르는
풍경소리
노래소리
퉁소소리에
내 가슴은 몰래 흐뭇한데

이제
평화로운 마을에 피여나는 푸른 연기에
뉘엿뉘엿 석양은 더욱 붉어
토지의 새 주인들이
대지 어머니의 커다란 가슴팍에
오붓하게 안기누나

이런 시편들에서는 토지개혁의 거대한 역사적 의의에 대한 형상적인 확증, 날로 변모 발전되는 농촌 새 생활에 대한 열렬한 포옹과 더불어 새 시대, 새 생활에 대한 감격의 정과 미래에 대한 낭만이 여울치고 있다.

제3차 국내혁명전쟁에서 문학이 놀아야 할 사명과 과업을 깊이 자각한 조선족 시인들은 전선과 후방에서 무한한 헌신성과 희생정신을 발휘하여 혁명전쟁을 진행하는 거창한 현실을 반영하고 군민들의 무비의 용감성과 대중적 영웅주의, 숭고한 사상정신적 풍모를 노래한 시작품들을 많이 창작하였는데 이런 작품들은 이 시기의 시문학을 아름답게 장식하고 있다. 이에 속하는 대표적 작품들로는 『지뢰수 조성두 용사』(이홍광지대 선전대집체작. 1947년), 『토비숙청가』(이홍광지대 선전대. 1947년), 『동북인민자위군송가』(윤해영. 1946년), 서정시 『전우의 영령앞에서』(장해심. 1948년), 『양자강가에 봄이 오면』(설인. 1949년), 『어머니시여 돌아오셨구려』(설인. 1948년), 『존귀한 희생』(이욱. 1949년), 『승리의 전선으로』(김창석. 1948년), 『승리의 날 고백하려네』(전복순. 1948년), 『담가대』(김례삼. 1948년), 『편지』(임효원. 1947년), 『농촌의 밤』(최형동. 1948년) 등을 들 수 있다.

이홍광지대 선전대에서 작사, 작곡한 『지뢰수 조성두 용사』는 당시 부대와 인민들 속에서 널리 애창된 노래이다.

> 무너진 포대에는
> 어제밤에 그 동무가
> 위대한 승리는 가슴에 품고
> 히쭉 웃는 얼굴에 지뢰를 안고
> 용감하게 돌진하여 포대와 함께
> 산화한 동무의 피어린 자욱
> 무너진 포대에서 고이 자는 동무야
> 웃어다오 오늘은 동무 원수 갚았다
> 너의 죽음 혁명승리 초석이였고
> 헐벗은자 해방의 어머니였다.
> 들어다오 맹세한다

그의 정신 본받아
동무한테 지지 않게
오늘도 싸움터로 적을 찌르러

  보다시피 이 노래는 지뢰로 적의 포대를 폭파한 조성두 용사의 영웅적 위훈과 멸적의 불타는 결의를 시적으로 일반화하였다. 장해심의 서정시『정우의 영령 앞에서』는 시인의 비장한 주정토로로 원수와의 싸움에서 희생된 전우에 대한 절절한 추모의 감정과 그의 혁명정신을 본받아 영웅적으로 싸워 전국 해방의 꽃다발을 안아 올 굳은 결의와 필승의 신념을 감명깊게 노래하고 있다.

아 전우야 나의 전우야
안심하고 고이고이 잠들라
너의 가슴 이제 더워질리 없어도
이름없는 이 고지우에
너를 묻고 떠나는 내 가슴 속에는
분노의 불길이 이글이글 타오르거니
멀지 않아 전국해방의 꽃다발을
너의 무덤에 안기여주마!

  또한 서정시『양자강가에 봄이 오면』(설인. 1949년),『새중국의 기발』(이욱. 1949년),『기발의 대열』(작자 미상. 1949년) 등은 한결같이 제3차 국내혁명전쟁을 찬미함과 아울러 승리의 감격과 바야흐로 탄생할 새로운 공화국에 대한 동경을 읊조리고 있다. 이를테면 시인 설인은『양자강가에 봄이 오면』(1949년)에서 항일전쟁과 제3차 국내혁명전쟁의 빛나는 승리를 격조 높이 구가하면서 시의 마지막 부분에 이르러 바야흐로 다가올 새 중국의 탄생의 거창한 앞날을 다음과 같이 감명깊게 노래하고 있다.

이 나라에 봄이 오면 꽃피는 봄이 오면
양자강가에도 봄은 진정 찾아오리니
오래 두고 신음하던 동토는 화창히 풀려 대해에 흐를것이고

굳었던 비바람의 하늘도 맑게 개여
휘영청 낮색을 보이리라

그러면 이 나라
매맞아 멍이 졌던 인민의 등허리도 펴질것이고
주름잡혔던 어머니의 양미간에도 웃음이 올것이며
동결되었던 아가씨의 얼굴에도 웃음꽃 피리니
종달이도 새 보금자리에서 노래 다시 아름다우리라

오오
저기 양자의 강가에 봄이 온다
곤륜의 지붕에도 5억의 가슴가슴에도
끝없는 내일과 악수하는
실로 기나긴 수천년 무거운 쇠사슬 끊어버리는 우리들의 봄이
저기 파도와 같이 늠실늠실 걸어온다
(우리는 또 그예 가져와야 하려니…)

이 시기 시인들은 현실생활에서 일어난 거대한 사변을 구가함과 더불어 흘러간 세월에 예민한 눈초리를 돌리면서 비운에 빠졌던 조선족 인민의 지난날의 눈물겨운 역사와 시련에 찬 험난한 투쟁생활을 진실한 화폭으로 펼쳐 보인 시들을 적지 않게 창작하였다. 그중에서 서정시 『혁명가의 안해』(신활. 1946년), 『옛말』(이욱. 1948년), 『이 밤이 새면』(설인. 1948년), 『밀행』(김례삼. 1948년) 등이 독자들에게 깊은 인상을 안겨 준 작품들이다. 이욱의 『옛말』에서 겨레의 처절한 수난의 생활을 역사적이며 서사적인 생활의 화폭으로 펼쳐 보였다면 신활의 『혁명가의 안해』에서는 사랑하는 남편을 항일 투쟁에 내보내고 이제나 저제나 남모르게 님을 기다리는 아내의 애타는 정을 절절하게 읊조리고 있다.

고량(수수)밭 지나 역까지 20리길
떠나는 남편을 보낸지도 그 몇해

눈보라치는 세린하골에 겨울을 보낼 때마다
소식이 그리워 잠 못이루었소

옥수수죽 한그릇도 더웁게 앞에 놓으면
생각은 어느덧 먼곳으로
지금쯤 어느 산협에서 굶지나 않는지
목메인 생각에 가슴이 뭉클했소

......

앞산 고개 넘는 옆으로 가로놓인 오솔길에
사람의 그림자만 얼른거려도
울타리나 마당앞 백양나무가지에 까치만 울어도
그리 쉽게 안돌아올줄 번연히 알면서도
마음은 남모르게 기다렸소

깊은 밤 회오리바람이 윙윙 우는 밤
건너마을 호개 짖는바람에 잠을 깨던
또다시 놈들의 경찰이 오는가 하여
고스란히 한밤을 그냥 지냈소

......

눈물 대신 슬그머니 웃는
그는 혁명가의 안해
남모르게 내일을 기다리는
그는 혁명가의 안해였소

이렇게 혁명의 길로 떠난 남편을 애타게 그리는 아내의 회포를 통해 그의
숭고한 품성을 보고도 남음이 있다. 또한 그런 수난시에 대한 진지한 회고로부
터 일제를 더욱 저주하게 되며 무수한 혁명가 그리고 그들의 아내들의 혈한과
고통으로 바꾸어 온 오늘을 더욱 소중히 여기게 한다.
이밖에 이 시기 시단에는 소련홍군에 대한 경모의 정을 토로한 시편과 애정

윤리 소재를 다룬 시편들도 발표되었는 바 서정시 『장교와 늙은이』(임효원. 1947년), 『어머니』(설인. 1949년)가 그 좋은 예로 된다.

상술한 바와 같이 이 시기 시가문학에서 다룬 주제는 다각적이고도 다양하였다. 암담하였던 일제 식민통치의 기반에서 벗어나 민족적 재생을 목격한 시인들은 민족적 감격과 승리의 낭만으로 가슴을 들먹였다. 이로 하여 이 시기 시가 창작에는 새로운 현실생활에 대한 끓어 넘치는 흠모와 칭송의 정을 담은 장중한 송가가 중요한 자리를 차지하였으며 또한 이와 같은 시편들은 인민들의 영웅성에 대한 긍정과 찬양의 열도가 높고 서정적 색조가 맑고 명랑하며 전투적 기백이 담긴 주정토로가 강렬하고 시적 묘사가 박력이 있다. 물론 이 시기의 시가문학은 창작 환경과 시인들의 변화된 현실에 대한 인식의 제한성 및 예술 경험의 결핍으로 말미암아 이러저러한 미흡점들을 보여주고 있지만 다른 한편 조선족 시문학의 새로운 경지를 개척함에 있어서 기특한 성과를 달성한 것만은 사실이다. 이와 같은 성과는 건국 후의 당대 시가문학의 번영과 발전을 위하여 든든한 토대를 닦아주었다.

이 시기 극문학은 항일전쟁 승리 후의 새로운 정치적 환경과 대중적인 문화 번신운동의 열조 속에서 급속히 발전하였다. 조선족 작가들은 흘러간 역사와 변화된 새로운 현실에 기초하여 조선족 인민들의 영웅적 투쟁 모습을 형상한 많은 극본들을 창작하여 무대 공연을 보장하였다. 이 시기에 이르러 단막극의 활발한 창작과 더불어 장막극의 창작도 이채를 보이기 시작하였다.

항일전쟁이 승리한 후 연길 일대에서는 장막극 『호가장 전투』(김혁. 1946년), 『북경의 밤』(길림군구정치부문공단 공연)[52], 『풍장』(박노을. 1946년), 『승리의 혈사』(김평, 천일, 신영준. 1946년), 『인민무장』(신활. 1948년), 『꼬맹이참군』(고철. 1947년), 『파몽기』(맹심. 1946년), 『안중근』(김진문. 1946년), 가극 『승리 향해 진군하자』(차창군, 홍성도. 1947년) 등 극작품들이 공연되었는데 이런 작품들은 당시의 조선족 연극 예술의 무대에서 커다란 반향을 일으켰다.

목단강 지구에서 공연된 작품으로는 장막극 『밀림의 고백』(이한용. 1947

---

52) 이 극은 1940년에 조선의용대에서 창작 공연되었다.

년), 『너?! 이놈』(신용검, 김태희. 1947년), 『새 결의』(이한용, 신용검. 1947년), 단막극 『봉기』(김태희. 1947년), 가극 『북방에 종이 운다』(권영일 각본, 김종화 작곡. 1947년) 등이 있으며 이밖에 제3지대 선전대(할빈)에서 장막극 『태항산의 혈적』(최채. 1947년), 『우리의 맹세』(장만련. 1948년), 이홍광지대 선전대(통화)에서 장막극 『이홍광』(선전대집체작. 1947년), 『민주연군이 오던 날』(최정연 등. 1947년), 『영광방』(선전대집체작. 1948년), 장막가극 『폭파수 조성두 용사』(선전대집체작. 1947년)와 같은 극작품들이 공연되었다.

이 시기의 극문학작품들은 토지개혁을 비롯한 각항 민주개혁의 실시가 가지는 거대한 의의와 그로 하여 펼쳐진 거창한 현실을 다양한 극적 갈등과 인간관계를 통하여 제때에 민감하게 반영하였으며 제3차 국내혁명전쟁에서 조선족 군민이 발휘한 무비의 영웅성과 완강성을 극적으로 일반화하였으며 항일 시기의 역사적 사실을 소재로 하여 조선족 인민의 빛나는 혁명 전통과 투쟁 역사를 형상적으로 보여주고 있다. 이런 작품들 중에서 당시 관중의 절찬을 받은 대표적 작품으로는 『승리의 혈사』, 『밀림의 고백』, 『너?! 이놈』, 『인민무장』, 『승리 향해 진군하자』, 『폭파수 조성두 용사』 등을 들 수 있다.

장막극 『승리의 혈사』는 항일 무장 투쟁 시기의 『해란강대혈안』을 소재로 한 작품이다. 일본 제국주의가 1932년과 1933년에 용정시 해란구 화련리 일대에서 94차의 『토벌』을 감행하여 1천7백여 명의 혁명자와 무고한 인민 군중들을 살해하고 수십 개의 부락을 폐허로 만든 한 차례의 대참안을 『해란강대혈안』이라고 한다. 항일전쟁 승리 후에 이 『혈안』에 참여했던 조선족 중의 주요 흉수 18명이 인민의 법망을 벗어나지 못하고 모두 체포되어 처단되었다. 1946년 10월 3일 오전 10시부터 3일간 연길시 인민 광장에서 열린 『해란강 대혈안청산대회』에서 만여 명 군중이 모여 피해자 가족들의 공소를 들었으며 흉수들을 심판하였다. 연길의 이스크라(불꽃)극단은 이 청산대회가 진행되던 기간에 이 『대혈안』을 다룬 장막극 『승리의 혈사』를 창작하여 무대에 올려 관중들에게 깊은 인상을 남겼다. 당시의 한 신문은 이 극본의 공연을 두고 『피의 원한을 그린 「승리의 혈사」 상연』이라는 표제 아래 『10월 30일 저녁 6시부터 3일간 시내 스탈린극장에서 유가족 및 일반 시민을 초대하여 화련리 일대에서 빚어낸 지난날의 혈투사를 묘사한 김평, 천일, 신영준 세 동무의 집체작인 연극 「승리의 혈사」를 이스크라극단에서 공연』하였다고 보도하였다(『인민일보』(연길) 1946년 11월 2일 제1면). 하지만 항일전쟁 승리 직후에 넓은 공명대를 획득했던 이 극본은 가석하게도 인멸되어 그 이름과 줄거리만이 전해지고 있을 뿐이다.

1947년에 목단강 인민극장에서 극작가 이한용이 창작한 장막극『밀림의 고백』이 공연되었는데 이 극본도『해란강대혈안』을 취급하고 있다. 작품은 일제 침략자들이 천인공노할『대혈안』을 빚어낼 때 일제놈들에게 달라붙어 수많은 혁명자와 군중을 투옥 학살하던 임남두 일파를의 역사의 심판대에 등단시키고 있다. 두 손에 혁명 선열들의 피가 묻은 임남두 놈은 교활한 수단을 다 써가며 자기의 정체를 속이고 혁명간부 대오에 혼입하여 또다시 인민들을 혹사하고 수탈한다. 이때『해란강대혈안』시에 모진 박해를 입어 죽게 된 심영복이 임가놈 등의 죄악을 적어 유리병 속에 넣어 밀림 속 땅 밑에 깊이 파묻어 두었던 것이 나중에 심영복의 아내 경애에 의하여 알려지게 된다. 이로 하여 임남두 등 13명이나 되는 악질분자들의 정체가 백일하에 드러나게 되어 광범한 인민 대중에게서 엄정한 심판을 받게 된다. 이 작품은 임남두 등 반면인물들의 형상을 진실하고도 심각하게 부각함으로써 일제와 그 주구들의 추악한 죄악상을 무자비하게 폭로 단죄하였으며 원수들에 대한 인민들의 불타는 증오심과 복수심을 통쾌하게 반영하였다. 당시 열렬하게 전개되고 있던 악질 지주와 한간, 주구놈들을 청산하는 인민 대중의 혁명 투쟁과 밀접히 배합된 이 극작품은 조선족이 집거하고 있는 여러 지방들에서 공연되어 일대 성황을 이루었다.

1947년 4월 목단강시 조선족 민주동맹문공단에서 공연한 장막극『너?! 이놈』이 많은 관람자들의 절찬을 받았다. 작자는 3막으로 된 이 극의 내용 경개를 극본 서두에서 다음과 같이 집약하여 소개하고 있다.

> 『때는 1937년. 원산에 거주하는 이동철은 홍남공장 노동자의 선각자로서 일제의 약탈을 반대하고 무산 노동 대중의 행복을 쟁취하고자 비밀리에 활동을 시작하였다.
>
> 사회주의운동의 선진분자들과 긴밀히 연계된 동철의 거동을 살핀 주구 남원수

는 한편으로 동철이를 체포, 투옥되게 하였다. 동철의 아우 수현이는 허무주의자로서 타락의 고민 속에서 헤매이다가 형이 잡혀가는 마당에서 현실의 처참한 본질성을 발견하고 수색 중인 경관을 피살한 후 북만으로 도주한다.

연숙이는 반생을 주구 남원수에게 여지없이 유린당하였다. 일제 세력이 만주에까지 뿌리깊이 박혔을 때 남원수도 부귀 영달의 허욕으로 할빈에 왔다. 남편 원수의 죄악을 비로소 알게 된 연숙이는 그 당시 동철의 애인이었던 춘실이의 정체를 알게 되었고 아울러 유랑생활에 시달리고 있던 수현이도 만나게 된다. 이리하여 사건은 최고도에 이르는 바 연숙이의 실책으로 수현이는 사망되고 연숙이는 투옥된다.

8·15의 종소리와 함께 시간은 새로와지며 공장의 역사도 전환되었다. 과거에 고통을 받던 피압박 민족, 약소민족은 총궐기하였다. 홍군의 위대한 혜택에 중국과 조선의 해방은 약속되었다. 정의감이 있는 자들은 솔선하여 전선으로 나가고 연숙, 춘실 등도 역시 인민을 위해 복무하는 사업에 뛰어든다. 극악무도한 남원수는 자기 죄행을 엄폐하면서 교묘한 술책으로 가면을 쓰고 인민의 간부로 등장한다. 이것은 간악한 인간으로서 불가불 걷지 않으면 안될 경우에 하는 당연한 발악의 표현인 것이다.

일찍 남원수의 독수에 피해 당했던 인민의 일꾼 이동철이와 일생을 흡혈당한 누이동생 연숙이의 뜻밖의 상봉의 눈물겨운 장면에서 남원수의 죄행도 낱낱이 폭로되어 마침내 역사의 심판대 위로 끌려가게 되었으니 이로써 이 사건은 설음 속에 기쁨으로, 눈물 속에 웃음으로 끝을 박았다.』

상기한 바와 같이 이 작품은 첨예하고도 복잡한 극적 갈등과 정황 및 계기들을 통하여 이동철을 비롯한 정면 인물의 형상과 남원수를 두목으로 하는 반면인물의 형상을 생동하게 부각하였다. 그중에서도 주인공 이동철의 형상은 보다 성공적으로 창조되었다. 작품은 이런 인물 형상들과 사건 전개를 빌어 일제의 식민통치에 대한 조선족 인민들의 하늘에 사무치는 원한과 단호한 반항정신을 구김 없이 보여주었으며 또 혁명 사조의 영향 하에 각성한 인민들이 당의 영도 하에 일제를 타도하고 자유와 해방의 길을 찾게 되는 간거한 투쟁 노정을 심오하게 일반화하였으며 일제 및 그 주구들의 추악한 본질과 그자들의 멸망, 혁명 투쟁의 필연적 승리를 형상적으로 보여주었다.

이 극작품은 인물들의 복잡한 인생 행로와 투쟁 과정을 비교적 정교하고 명료한 극적 구성과 이야기 줄거리를 통하여 선명하게 반영하고 극적 갈등과 정황 속에서 개성적 성격을 진실하게 부각하였으며 대사가 생동하고 민족적 색채가 짙은 특성을 보여주고 있다.

『인민무장』(신활)은 1948년 초봄에 연길에서 공연된 장막극으로서 이 작품은 토지를 분여받은 조한족 인민들이 생산 투쟁의 열조를 일으킴과 더불어 인민 무장을 조직하여 쳐들어 온 국민당 군대들을 무찌르고 빛나는 승리를 쳐득한 이야기를 다루고 있다.

한마을에 사는 박달과 왕거(王哥)네를 비롯한 조한족 농민들은 토지개혁운동을 거쳐 오매에도 그리던 땅을 분여받고 충천하는 열정으로 생산 투쟁을 힘있게 다그치고 있을 때 그 부근에 있던 국민당 군대들이 돌연적으로 마단장의 지휘 하에 마을로 쳐들어와 노략질하며 인민들에게 야수적 만행을 감행한다. 이에 격노한 인민 대중은 인민 해방군의 지지 하에 자위 무장을 조직하고 국민당 반동파와 과감히 투쟁하여 빛나는 승리를 쳐득한다.

이 작품은 제3차 국내혁명전쟁 시기 조한족이 집거한 농촌에서 조직된 인민 무장과 그들의 영용한 투쟁을 진실하게 반영하였으며 박달, 왕거, 임우, 철식과 같은 부동한 형의 농민 형상을 생동하게 묘사하였으며 조한족 인민들 사이에 맺어진 민족적 우의와 단결의 주제를 두드러지게 하였다. 이 극은 인물 성격의 여러 측면들을 다양하게 천명하고 부각하였으며 당시 인민 대중들에게 널리 불리우고 있던 대중가요들 예하면 『해방의 봄맞이』, 『농민가』, 『인민 무장의 노래』와 그리고 작가가 창작한 가요를 작품의 내용과 구성에 맞게 자연스럽게 인입함으로써 예술적 감화력을 한결 더 높이고 있는 것이 특징적이다.

이 시기에 산문, 단편소설도 일정하게 창작되어 당시의 간행물에 발표되었다. 그중 지난날 조선족 항일 투사들의 영웅적인 모습과 품덕을 노래한 단편소설 『담배국』(김학철. 1946년), 민족 해방의 희열과 새 생활에 대한 진지한 열망을 반영한 단편소설 『전선』(이한용. 1947), 『고백』(이한용. 1947년), 자기의 일체를 성스런 인민 해방전쟁에 바치기 위하여 선열의 뒤를 이어나가는 영철이와 옥련이의 숭고한 형상을 부각한 『그들의 길』(김창호. 1948년) 등이 대표적인 작품으로 알려지고 있다.

김학철의 단편소설 『담배국』은 비단 이 시기 작가의 성과작일 뿐만 아니라 또한 당시 소설 창작에서의 대표작으로 공인되고 있는 작품이다.

이 소설은 치중해서 평범한 전사 문정삼의 형상을 성공적으로 창조하였다. 문정삼은 『조선의용군 제×대에서 소문난 느리배기이며 게으름뱅이였다.』 그래서 그는 군사 훈련에서도 잘못하여 남달리 『전쟁할 때』라는 아름답지 못한 별명을 얻게 되고 자기 직책을 수행하는 과정에서 엄청난 과실을 빚어내어 전 의용대에서 소문났었다. 그러나 그는 혁명에 무한히 충성한 전사였다. 그는 『인류의 불행에 대하여 뜨거운 동정의 눈물을 뿌렸고』 자기로서는 『열성을 다하여 맡은바 직무에 충실하려고 애를 썼다』. 『행군 도중에서만도 치중대에서 한 번, 취사대에서 또 한 번, 거의 불가항력적으로 저지른 과실에 대하여 책임을 느끼고 또 자극을 받은 문정삼이는 비상한 결심으로 연락원의 임무를 수행하려고 뼈물었다. 명예회복, 설치 이 두 단어가 잠시도 그의 머리에서 떠나지를 않았다』. 그는 생활과 성격상에서 크낙한 결함이 있으면서도 항일 투쟁에서는 생사도 마다하면서 열성을 다하였다. 이와 같이 소설은 사실주의 창작 방법과 유머적인 묘사 수법에 의거하여 평범한 전사의 단순성과 천성적 결함 뒤에 숨은 내면세계의 미를 심각하게 발굴하였다.

제3편 당대문학

제1장 1949년~1966년의 문학

1949년 10월 1일 중화인민공화국의 창건은 중국 역사에 새로운 기원을 열어 놓았으며 중국 신민주주의 혁명의 기본적인 결속과 사회주의 혁명의 시작을 표징한다. 중국 역사에서 가장 위대하고 가장 심각한 사변으로서의 중화인민공화국의 창건은 조선족 인민들의 생활과 운명에 획기적인 전환이 일어나게 하였는 바 조선족 인민들은 나라의 주인으로서 새 생활, 새 역사를 창조하는 보람찬 길에 들어서게 되었다.

건국 후 중국공산당의 현명한 영도와 민족정책의 빛나는 광망 하에 길림성, 흑룡강성, 요녕성의 조선족 집거구들에서 선후로 민족 구역 자치를 실시하였으며 조선족 인민들은 자기 운명을 자기 손이 틀어쥐고 정치, 경제, 문화 등 여러 분야에서 보람차고도 성스러운 사업을 자주적으로 힘 있게 벌여 나갔다. 나라와 사회의 떳떳한 주인으로 된 조선족 인민은 형제민족 인민들과 더불어 건국 후 첫 3년 동안에 항미원조전쟁과 『3반5반』운동을 전개함과 아울러 국민경제를 신속히 회복하였으며 뒤이어 50년대 중반기에는 생산 수단의 사적 소유에 대한 사회주의적 개조를 기본적으로 완수한 토대 위에서 전면적이고도 대규모적인 사회주의 건설에 한결같이 떨쳐 나 빛나는 성과를 달성하였다.

하지만 건국 후 17년 동안 특히 사회주의적 개조를 기본적으로 완수한 후의 사회주의 건설 사업은 중국공산당의 지도 방침상의 엄중한 실착, 말하자면 1957년의 반우파 투쟁의 확대화, 1958년의 『대약진』운동과 농촌인민공사화운동, 1959년의 『반우경』투쟁과 지방 민족주의를 반대하는 정풍운동, 1963년 ~1965년의 계급 투쟁 확대화와 절대화 등 『좌』경적 오류로 하여 곡절 많은 발전 과정을 경유하였다.

건국 후의 새로운 역사적 상황과 거창한 현실은 민족문학을 발전, 번영시킬 수 있는 훌륭한 토대를 마련해 주었는 바 조선족 문학은 한낱 참신한 발전단계인 사회주의 단계에 진입하게 되었다. 중화인민공화국 창건의 개선가 속에서 고고성을 울리며 태어난 조선족의 당대 문학은 중국 조선족의 근대문학, 현대문학의 계속과 발전으로서 새 제도의 조명을 받아 가며 자라난 사회주의적 내용과 민족 형식의 통일을 이룬 신형의 문학이다.

조선족의 당대 문학은 중국의 정치경제의 발전 상황과 민족문학 발전의 특수성에 따라 1949년~1966년의 문학, 1966년~1976년의 문학, 1976년~현재의 문학으로 구분할 수 있는데 중화인민공화국 창건으로부터 『문화 대혁명』 전까지 17년 동안의 조선족의 당대 문학은 비록 간단없는 정치적 세파에 부대끼면서 평탄치 않은 길을 걸어 나왔으나 건국 후 중국의 새로운 사회역사적 현실과 인민들의 장성하는 사상미학적 요구에 토대하여 시문학, 소설문학, 극문학, 평론문학 및 구전문학 등 각종 문학 형태에 걸쳐 커다란 발전을 보았으며 뚜렷한 성과를 달성하였다. 바로 이것이 이 시기 문학의 주류를 이루고 있다.

제1절 문단의 정비와 민족문학 건설

건국 후 중국에 조성된 새로운 사회역사적 환경과 조건, 그리고 정치, 경제, 문화 등 사회생활의 제반 분야에서 위대한 혁명적 변혁이 이룩된 거창한 현실은 조선족 작가들로 하여금 한량없는 감격과 새로운 지향으로 흥분되게 하였으며 또한 그들에게 문학 활동의 사회적 기반 확립을 위한 문단의 새로운 정비 작업과 사회주의의 시대적 조명을 받는 새로운 민족문학 건설에 한결같이 떨쳐 나설 것을 절박하게 요청하였다.

이런 형세 하에서 민족적 주체의식과 민족문학 건설에 대한 새로운 이해와 자각이 전례 없이 높아진, 방방곡곡에 산재해 있던 조선족 작가들은 민족문학을 전면적으로 개화 발전시키며 또 그것을 위한 문학 본거지를 창설하기 위하여 건국 전야와 직후에 중국 조선족의 정치, 경제, 문화의 중심지인 연변에 집중하기 시작하였다. 건국 전 흑룡강성의 목단강, 할빈지대에서 문학 활동을 발랄하게 벌이고 있던 김례삼, 김태희, 최수봉, 이홍규, 임효원, 최현숙, 황봉룡 등 작가들이 건국 전야에 선참으로 연변에 왔으며 뒤이어 길림성 통화지대에서 문학적 기량을 과시하고 있던 백남표, 최정연, 중국의 항일 근거지인 태항산에서 혁명적 문학 활동에 종사하던 김학철, 정길운 등 작가들도 건국 직후에 연길시로 진출하여 건국 전부터 연길시와 연변의 기타 지역에서 문학 창작에 정열을 몰부어온 이욱, 김창걸, 현남극, 채택룡, 마상욱, 설인, 김순기, 홍성도, 김창석 등 작가들과 역사적인 대회합을 이루게 되었다.

이런 실정에서 조선족 문인들의 단합을 보다 강화하고 새로운 시대의 민족문예사업을 계획적으로 지체 없이 폭넓게 벌여 나가기 위하여 제1차 중화전국문학예술일꾼대표대회(1949년 7월 2일~1949년 7월 19일)의 정신을 받들고 1950년 1월 15일 최채, 현남극, 김동구, 이홍규, 임효원 등의 발기 하에 연길에서 연변문예연구회를 결성하고 그 산하에 문학, 연극, 음악, 무용, 미술 등 5개조를 설치하였다. 『연변에 있어 모주석의 새 문예 방향에 의거한 인민의 문예를 연구하고 창작함으로써 참다운 인민의 문예 공작자가 되며 문예로써 인민을 위하여 복무함을 목적』(『연변문예연구회 규약』에서)으로 한 연변문예연구회는 조선족의 문단적 기반을 닦기 위한 첫 조직적 거동이었다. 하지만 이 연구회는 조선족 문예사업의 급속한 발전의 요구에 만족을 주지 못하였다.

이런 상황에 비추어 문예 대오와 문예 창작의 발전에 따라 1951년 4월 23일 연변문예연구회를 해소하고 연변문학예술계연합회준비위원회를 결성하여 『연변문예』(6호까지 발간하고 폐간되었음)지를 발간함과 아울러 여러모로 조직적인 활동을 벌리었다. 이런 기초 위에서 1953년 7월 10일에 제1차 연변조선

족자치주문학예술일꾼대표대회를 소집하고 이 대표대회에서 연변조선족자치주
문학예술일꾼연합회(약칭 연변문련)를 성립하였으며 규약을 통과하고 지도 성
원들을 선거하였다.

이 대회는 선행 시기 조선족 문예운동의 경험을 총화하고 모택동 문예사상
이 조선족 문예 발전의 지도 사상이라는 것을 확정하고 문예 일꾼들에게 중국
공산당의 영도 하에 마르크스주의, 레닌주의, 모택동 사상을 학습하며 인민을
위해 복무하고 노농병을 위해 복무하는 방향에 따라 인민 대중 속에 심입하고
그들과 고락을 같이하고 세계관을 개조하며 생활 체험과 예술 실천을 강화하여
인민 대중이 즐기는 새로운 작품을 창작하며 사회주의 문예사업의 번영 발전을
위해 분투할 것을 호소하였다. 연변문련은 1954년 1월에 기관 월간지『연변문
예』를 복간,(1956년 12월까지 35호를 내고 폐간됨) 발행함으로써 작가, 예술
인들에게 활무대를 마련해 주고 그들의 창작 활동을 힘 있게 추동하였다. 따라
서 제1차 연변조선족자치주문예일꾼대표대회와 연변문련의 성립은 조선족의 사
회주의 문예운동의 새로운 발단으로서 조선족 문예사업이 중국공산당의 영도
하에서의 조직적인 궤도에 들어섰다는 것을 표징하는 바 이것은 조선족의 당대
문학 발전사에 있어 일대 전환을 표시하는 이정표적인 의의를 띠고 있다.

연변문련 사업이 강화되고 조선족 문예 활동이 날따라 발랄하게 전개되고
조선족 작가 대오가 점차 형성, 확대됨에 따라 1956년 8월 15일과 8월 16일
이틀 사이에 제1차 연변조선족자치주작가대표대회를 열어 중국작가협회의 결정
에 따라 중국작가협회 연변분회를 성립하였다. 또한 이 대회에서 중국작가협회
연변분회의 규약을 통과하고 지도부를 구성하였다.

이 대회에서는 건국 후 조선족의 사회주의 문학운동과 창작 실천의 경험을
총화하고 분회의 중심 과업을 다음과 같이 확정하였다.

『작가들로 하여금 우리 문학의 주인공들의 생활 실제에 깊이 침투하도록 조
직하고 도와주며 작가들을 사상상과 예술상에서 성숙하도록 하는 방면에서 가
능한 일체의 방조를 아끼지 않으며 문학 방면에서의 일체의 잠재역량을 발견하
고 조직하여 작품을 쓰도록 하며 적극적으로 청년작가를 배양하며 창작 경쟁과
자유 토론을 전개하면서 당의「백화만발, 백가쟁명」의 방침을 잘 관철시켜야

한다.』(배극의 『몇 년 내 연변의 문학 창작 정황과 중국작가협회 연변분회의 임무』에서. 『연변문예』1956년 9호)

이 대회에서는 작가들이 거창한 사회주의 현실 속에 들어가며 문학 신인들을 배양하며 『백화만발, 백가쟁명』의 방침을 관철하여 제재, 장르, 형식, 풍격의 다양화를 제창하고 예술상에서 부동한 유파의 자유로운 경쟁을 제창하며 『시대의 영웅적 인민의 찬란한 사시로 되는 작품을 창작』하며 조선족의 문학 유산을 발굴, 정리하고 비판적으로 계승하는 문제 등을 보다 똑똑히 밝히었다.

제1차 연변조선족자치주작가대표대회와 중국작가협회 연변분회의 성립으로 하여 조선족 문학 발전의 총적인 방침과 과업이 확정되었고 조선족 문단이 정립되고 문인들의 대단결을 추진하였는 바 중국작가협회 연변분회의 성립은 조선족 당대 문학사상의 획기적인 사변이라고 말할 수 있는 것이다. 실로 조선족 작가들은 이때로부터 자기의 문단적 기반에 발을 붙이고 조직적인 지도와 배려 하에서 자기의 창작 활동을 폭넓게 벌일 수 있게 되었다.

중국작가협회 연변분회가 성립된 후 그 산하에 창작 위원회, 구전문학 위원회, 번역 위원회, 간행물 위원회를 설치하고 그를 통해 자기의 활동을 힘 있게 추진시켰으며 또한 월간지 『아리랑』(그의 전신은 『연변문예』. 1958년 12월까지 발간하고 1959년 1월부터 『연변문학』으로 개칭)을 발간함으로써 작가들에게 문학 광장을 마련해 주었다. 『아리랑』의 발간으로 하여 조선족 문단의 문학 창작이 더욱 생기를 띠게 되었고 사회주의적 내용과 민족 형식을 갖춘 새로운 민족문학을 건설하기 위한 구체적인 방도가 한결 더 똑똑하게 되었다. 『아리랑』 창간사가 그 좋은 실례로 되는데 그 몇 대목을 인용하면 다음과 같다.

> 『「아리랑」은 중국공산당의 정확한 민족정책과 「로농병을 위해 복무」하며 「백화 만발, 백가쟁명」의 위대한 문예 방침 아래 탄생하였으며 독자 여러 동무들의 뜨거운 관심과 적극적인 협조 지지에 의하여 자기의 첫걸음을 떼였다.』
> 『「아리랑」은 창작상 가장 좋은 방법의 일종인 사회주의 사실주의 창작 원칙에 입각하여 연변 및 국내 각지의 조선족 인민들이 전국 각 형제민족 인민들과 함께 진행하는 조국 사회주의 건설의 줄기찬 노력적 생활 모습들을 반영하며 그들을 교육하여 사회주의 건설의 더 큰 위훈에로 불러 일으킨다.』

『「아리랑」은 당의 「백화만발, 백가쟁명」의 방침을 관철 집행하기 위하여 제재와 장르 범위를 확대하면서 각종 유파, 각종 형식, 각종 풍격의 예술 작품을 대담히 선택 게재하며 간행물의 독특한 풍격과 특색을 수립하기 위해 정상적인 노력을 기울인다.』

『「아리랑」은 적극적으로 고전 작품을 정리 소개하며 민간 문예를 발굴, 정리, 소개하는 사업을 집행하며 한족을 비롯한 국내 각 형제민족의 문학 성취 및 세계 문학의 정화들을 적극 소개함으로써 연변 문학으로 하여금 민족문학의 우량한 전통을 계승 발양하며 민족풍격이 농후한 우수한 사회주의 문학으로 되게 하며 조국의 사회주의 문학 건설의 위대한 사업에 이바지한다.』

상술한 데서 알 수 있는 바와 같이 조선족 작가들의 전문적인 문학단체인 중국작가협회 연변분회가 결성되고 작가들의 광장인 문학지가 마련되고 사회주의 민족문학 건설 사업을 하나의 당위론적 과제로 내세우고 그 방향을 명확히 하는 전제 하에서 조선족 작가들은 그 과업 수행에 한결같이 일떠났다.

건국 후 새로운 사회, 새로운 현실에 고무된 조선족 작가들은 전례 없는 단결을 가져왔으며 애국적 문예보급 운동의 도도한 물결 속에서 문예가 인민 대중과 결합하는 길을 견지하여 농촌이나 공장에 내려가고 항미원조전선에 나가 그들과 호흡을 같이하면서 창작 활동을 힘 있게 벌이었는 바 이런 행정에서 훌륭한 시가, 소설, 극작품들이 많이 산출되었다. 이런 기꺼운 경상은 1956년 『백화만발, 백가쟁명』 방침의 제기에 따라 한결 더 무르익게 되었다. 이 시기의 작가들은 포만된 열정과 낙관주의 정신으로 생활을 대하는 시점에서 건국 후의 새로운 생활과 투쟁을 찬미하며 새 사회, 새 생활을 가꾸어 가는 근로 대중들의 전형적 성격 창조에 모를 박았다. 따라서 건국 초기의 문학에는 현실에 대한 열렬한 포옹과 긍정, 미래에 대한 낭만이 흘러넘치고 있는 바 혁명적 사실주의가 압도적인 우세를 점하게 되었다.

하지만 건국 초기의 문학 건설 사업은 적지 않은 모순에 봉착하였다. 거창한 현실에 대한 작가들의 관찰과 연구가 심도있게 진행되지 못하였고 예술적 기량이 아직 성숙되지 못했으며 문예와 정치의 관계를 타당하게 처리하지 못한 데서 오는 창작상의 개념화, 도식화의 경향이 나타났다. 하지만 총적인 견지에서 볼 때 건국 초기의 문학 건설 사업은 커다란 성과를 떠올렸다.

제2절 문예사상 투쟁과 문예운동

건국 후 중국 문단은 그 발전 초기부터 간단없는 문예사상 투쟁과 문예운동의 세파에 부대끼며 우여곡절을 겪으면서 자기의 앞길을 개척해 나갔다. 이 경우 조선족 문단도 예외가 아니었다.

공화국 창건 초기에 조선족 작가들도 전국 문인들과 마찬가지로 영화『무훈전』에 대한 토론,『홍루몽』연구 중의 자산계급 유심론에 대한 비판, 호풍문예사상에 대한 비판운동에 뛰어들게 되었다. 이런 비판운동 중에서 조선족 작가들은 역사적 유물론 교양을 받았고 문예 전통과 문예 유산에 대한 올바른 태도를 초보적이나마 수립하게 되었으며 마르크스주의 세계관과 문예관을 수립할 필요성에 대한 자각성을 높이게 되었다. 하지만 이런 비판운동이 나중에 학술적 비판운동으로부터 정치적 비판운동으로 넘어가고『좌』경적인 오류를 빚어내자 그것이 또한 조선족 문학 발전에 해로운 영향을 끼치었다. 이런 해로운 영향은 반우파 투쟁에 이르러 악성적으로 발전하였다.

조선족 문단에서의 반우파 투쟁은 1957년 하반년에 시작되어 그 이듬해 봄에 이르러 대체로 마무리되었다. 반우파 투쟁은 건국 후에 벌어진 영향력이 가장 크고 범위가 가장 넓은 문예사상 투쟁이었다. 당시 중국의 실정으로 놓고 볼 때 극소수의 자산계급 우파분자들이 전당적으로 정풍운동을 전개하는 기회를 타서 이른바『대명대방』을 고취하고 당과 사회주의 제도를 마구 공격하는 데 대하여 단호히 반격을 가한 것은 옳았고 필요한 것이었다. 하지만 이 반우파 투쟁은 엄중한 확대화의 오류를 빚어냈는데 조선족 문예계의 반우파 투쟁도 예외는 아니었다. 조선족 문예계의 반우파 투쟁에서 학술 문제거나 문예 문제를 정치 문제로 간주하면서 정확한 것을 오류적인 것으로 비판하였을 뿐만 아니라 정치운동과 군중운동의 방식을 빌어 엄중하게 시비를 전도하고 적아 관계를 전도함으로써 자기 발전의 걸음마를 힘 있게 타고 있던 조선족 문단과 예술계에 커다란 불행을 안겨 주었다.

첫째, 조선족 문단의 반우파 투쟁은 자기의 창작 성과로 독자들의 광범위한 공명대를 획득한 이름난 작가들 그리고 자기의 사상미학적 주장에 따라 대담하게 탐구의 창문을 열던 문인들을 이른바『자산계급 우파분자』로 몰아 혹독하게 투쟁하였다. 이를테면 최정연, 김학철, 김순기, 채택룡, 주선우, 서헌, 김용식, 조용남 등 작가, 시인들이 억울한 누명을 쓰고 자기의 총명 재질을 발휘할 수 있는 권리와 예술 창조의 청춘을 빼앗기었다.

둘째, 조선족 문단의 반우파 투쟁은 현실생활 중의 부정적인 인소와 모순들을 대담하게 건드린 소설작품들과 우리 시대 인간들의 애정 윤리와 인정미를 읊조린 서정시들을 이른바『사회주의적 정치 표준』에 어긋나는『독초』로 몰면서 터무니 없는 비판의 모닥불을 사정 없이 안기었다. 김학철의 단편소설『괴상한 휴가』, 김순기의 단편소설『돼지장』, 주선우의 서정시『잊을 수 없는 여인들』, 최정연의 단막극『귀환병』, 고철의 풍자극『일일상사』와 같은 작품들이 그 비판의 두드러진 과녁으로 되었다. 이런 작품들은 생활에 충직하는 사실주의 창작 방법에 입각하여 예술적 형상을 빌어 사회현실 중의 부정적인 현상을 고발하고 풍자하였으며 사회주의 시기 새 인간들의 인간성, 인정미, 애정 윤리를 노래하였다. 물론 이런 작품들이 결함을 갖고 있지만 총적인 견지에서 볼 때 사회주의의 전진 도로상의 장애를 물리침과 함께 인간 심층의 심리를 발굴함에 있어 적극적인 역할을 놀았다. 그럼에도 불구하고 반우파 투쟁의 물결은 이런 작품들을 억울하게도『독초』의 계보에 밀어 넣었으며 또한 그것들에 인민 내부 모순과 생활 중의 암흑면을 고의적으로 과대한 반사회주의, 반인민적인 작품으로 낙인을 찍었다. 더욱 한심한 것은 조선 민족의 항일 역사 소재를 다룬 김학철의 장편소설『해란강아 말하라』까지도『역사현실에 대한 엄중한 왜곡』,『군중투쟁에 대한 악독한 공격』,『통일전선정책에 대한 왜곡』으로 충만된『반동작품』으로 밀몰아 비판한 것이다.

셋째, 조선족 문단에서의 반우파 투쟁은 문예사상 분야에서의 교조주의적 이론을 배격하는 탐구적인 평론과『백화만발, 백가쟁명』방침의 고무 하에 예술적 민주를 발양하여 발표한 언론들을 죄다『수정주의』거나 반동적인 글과 견해로 간주하면서 혹독한 비판을 가했다.

당의『백화만발, 백가쟁명』의 문예 방침이 제기된 후 조선족 작가들은 예술 민주의 기치 하에서 민족문학 건설을 다그치기 위하여『좌』경적인 교조주의 사조를 배격할 문제를 에워싸고 적지 않은 글들과 언론을 발표하였는데 그중 대표적인 것을 든다면『개념화 공식화에 대하여』(최정연.『아리랑』1957년 2월호),『작가 시인 평론가들의 친목좌담회기』(『아리랑』1957년 3월호) 등이 그 좋은 실례로 된다. 이런 글들과『좌담회기』에는 비록 오류적이거나 편면적인 견해들이 내포되고 있지만 총적인 견지에서 볼 때는 이런 글들에 마르크스주의 문예 이론의 일부 기본 원리와 문예의 기본 법칙에 대한 대담한 탐구가 깃들어 있는 것이다. 하지만 문예계의 반우파 투쟁에서 이런 기특한 탐구마저 반당, 반사회주의의 수정주의 사조로 간주한 나머지 그에 비판의 예봉을 돌리었다. 그 주요한 표현들을 간추려 보면 다음과 같다.

문예와 정치의 관계에서―적지 않은 문인들은 문예의 노농병 방향을 견지하는 전제 하에 문예가『근근히 정책문건을 매우 서툴게 해석하는』정치적 도구와 나발통으로 되지 말아야 하며『문학작품에 대한 파악이 없이 수개 보충할 것을 강요하는』것과 같은 행정 명령의 방식으로 문예에 간섭하는 현상을 배격해야 한다고 제기하였다. 그 까닭은 주관적인 염원과 정치적 개념에 따라 문예를 해석하거나 도해한다면 기필코 사실주의 원칙을 왜곡하기 마련이고 작품의 예술성을 약화시키는 나머지 창작의 도식화, 개념화의 심연 속에 빠지고 말 것이기 때문이라고 강조하였다. 이런 견해들은 그 시기 문단에 존재한 일부 조폭하고도 간단화한 관료주의적 행정 간섭을 염두에 둔 것으로서 그 본의는 죄다 문예와 정치의 관계를 정확히 처리하며 예술 법칙에 따라 처사하자는 것이지 당을 반대하기 위해서가 아니었다. 하지만 반우파 투쟁 가운데서 계급 투쟁을 지나치게 확대함과 아울러 예술 발전의 특수 법칙을 홀시하면서 예술 민주와 창작 자유를 보장할 데 관한 정당한 요구를 분석 없이 일률적으로 마구 부정하였는 바 상술한 견해와 주장들은『우리의 문예를 인민의 정치를 위하여 복무하지 않으며 정치에 복종하지 않는 노선에로 이끌려 하였』으며『극력 당의 영향을 배제하기에 발광』했다고 비판하였다.

문예와 생활의 관계에서—적지 않은 문인들은 공화국 창건 이래 문예 창작에 존재하는 복잡한 생활을 간단화하거나 표면화하며 첨예한 모순 충돌을 회피하는 경향을 고려하여 문학이 현실에 충직하며 생활의 진실과 예술적 진실을 추구하는 전제하에 『진실을 써야 한다』는 미학적 주장을 내세웠다. 그들은 진실은 예술의 생명이며 진실성이 의례 문학 창작의 일차적이고도 기본적인 문제로 되어야 한다고 인정하였으며 사실주의 문학의 사상성과 경향성은 문학의 진실성과 예술성의 혈액 속에서 생존하며 예술의 정치적 가치와 예술적 가치가 죄다 예술적 진실성을 떠나 존재할 수 없다고 강조하였다. 또한 그들은 당시의 창작 실정에 비추어 제멋대로 생활을 분식하는 경향을 비평하면서 『작가의 눈은 인간생활의 밝은 면을 정확히 볼 줄 알아야 하고 인간생활의 어두운 곳도 예리하게 찾아낼 줄 알아야 한다. 작가의 붓은 좋은 사람은 찬양할 줄 알아야 하는 동시에 좋은 사람을 해치는 나쁜 사람을 폭로 규탄할 줄도 알아야 한다. 왜냐 하면, 작가의 천직은 인간 영혼을 개조하는 데 있기 때문이다』라고 지적하였다. 현실생활 중의 광명 면과 암흑 면은 대립 통일물로서 객관적으로 존재한다. 사회주의 문학은 사회생활 중의 광명 면을 구가해야 할 뿐만 아니라 암흑 면도 대담히 고발하고 규탄해야 한다. 하지만 반우파 투쟁에서 상술한 견해들을 무단적으로 압제하였는 바 『우리 사회를 비방하는 것뿐만 아니라 우리의 일체 광명과 긍정 면을 암흑으로 묘사하고 이로써 우리의 사회를 뒤집어 엎도록 군중을 선동하는 것』이며 또한 『이것은 틀림없이 「암흑만세!」를 부르려는 기도이며 이것으로써 문학이 혁명 투쟁 중에 있어서의 실천적 의의를 말살하려는 데 있다. 또한 이것은 그가 말하기 두려워하는 사회주의 제도를 반대하고 자본주의를 재생시키려는 반동적 사상 기도와 갈라놓고 생각할 수 없다』라고 질책하였다.

문학과 인간의 관계에서—적지 않은 문인들은 자기의 글과 좌담회를 통해 문학이란 『인간학』으로서 인간생활을 다각적으로 관찰하고 반영하며 각이한 인물들의 독특한 운명과 내면세계를 진실하게 전형화하여야 한다고 하면서 그 시기 창작 실천에 존재하던 『인간생활을 깊이 연구하며 사색하는 태도가 심각하지 못하』고 『인정미』를 진실하게 다루지 못하는 경향을 선의적으로 비평하였다. 이것은 어디까지나 정확한 것이다. 그러나 문예계의 반우파 투쟁에서 이런 견해들도 전적으로 부정당하였는 바 상술한 견해를 이른바 반동적인 「인간성」론으로 간주한 나머지 이런 견해의 제창자들에게 『계급을 부인하고 혁명적 투쟁을 부인하며 소위 이 「인간성론」을 방패로 하여 자본주의 제도를 재생시키려는 그것 외에 다른 어떤 것을 찾아볼 수 없다.』라고 터무니 없는 감투를 씌웠다.

위에서 볼 수 있는 바와 같이 반우파 투쟁 확대화의 오류는 조선족 문학 건설에 막대한 손실을 가져다 주었다. 반우파 투쟁에서 건국 후 발랄하게 발전하던 조선족 문단은 엄중한 파괴를 입었고 적지 않은 중견 작가와 문학 신인들이 『우파』로 몰려 농촌에 『추방』되어 이른바 『노동개조』의 시련을 겪게 되었으며 갓 형성되었던 『백화만발, 백가쟁명』의 따사로운 분위기는 자취를 감추게 되어 문학 광장에는 차디찬 한류가 흐르게 되었다. 조선족 문예계의 반우파 투쟁은 교조주의로 이른바 『수정주의』를 비판함으로써 문예 창작의 정치성으로 진실성을 대신하고 생활의 진실에 배치되는 기계론, 도식화, 개념화의 반사실주의적 경향을 조장시켰다. 또한 반우파 투쟁을 거쳐 마르크스주의와 교조주의간의 계선이 혼란해지고 교조주의가 합법화되어 문예계의 『좌』경적 경향이 보다 가심해지는 데로 나아갔다. 따라서 반우파 투쟁 시기는 문예 생산력이 엄중히 파괴되고 당대 문학 발전이 엄중한 좌절을 입은 『수난기』라고 말할 수 있다.

1958년에 이르러 전국 문예계와 마찬가지로 조선족 문단에서도 이른바 『수정주의 문예 사조』에 대한 비판운동을 벌이었다. 이 비판운동은 반우파 투쟁에서의 사상비판의 계속이며 『백화만발, 백가쟁명』 방침의 각광 하에 나타난 사상해방 조류에 대한 총적인 청산운동이었다. 이 운동의 내용은 크게 두 가지로 귀납할 수 있는데 하나는 이른바 『수정주의 문예 사조』의 대표 인물 및 그 『반당』 역사를 추구하는 것이었고 다른 하나는 이른바 『수정주의 문예 사조』의 대표적인 견해와 작품을 집중적으로 체계적으로 비판함으로써 이른바 두 갈래 문예 노선의 근본적인 분기를 해결하려는 것이었다.

이런 비판운동에 직면하여 1948년 1월호 『아리랑』에 『사회주의 문예 노선을 견결히 보위하자!』라는 표제로 된 사실을 발표하여 조선족 문인들을 이른바 『재비판』의 차가운 물결 속에 밀어 넣었다. 이런 형세 하에 김학철, 최정연, 주선우, 김동구 등이 일관적으로 반당 활동을 진행한 『독사』로, 혁명적 문단에 끼어든 자산계급 노선의 대표 인물로, 수정주의 문예 이론의 『뿌리』로 판결 받았으며 그들이 창작한 장편소설 『해란강아 말하라』, 시집 『잊을 수 없는 여인들』, 단편소설 『돼지장』 등이 다시 비판의 『단두대』에 오르게 되었다. 따라서 지난날 그들의 모든 문학 활동, 문학 주장, 문학작품이 전반적으로 부정당하였다. 이런 비판운동의 결과는 문단에 대한 교조주의의 영향과 통치를 강화하고 문예 창작을 막다른 골목으로 처넣게 되었다.

이른바 『수정주의 문예 사조』에 대한 비판운동과 더불어 조선족 문단에서는 또 지방 민족주의를 반대하는 운동을 발동하였다. 이 운동은 주요하게 이른바 『자산계급 조국관』, 지방 민족주의를 선양한 작품, 『언어의 순결화』 등을 자기의 과녁으로 삼고 비판의 화살을 집중하였는 바 이는 조선족 작가들과 민족문학에 대한 또 한 차례의 정치적 『토벌』이었다.

건국 후 당의 민족정책의 광망 하에 조선 민족의 문예 유산을 계승 혁신하며 그를 바탕으로 한 민족문학 건설을 한결 더 다그치기 위하여 전통적인 구전문학을 대폭적으로 채집, 정리, 출판하였을 뿐만 아니라 자기의 민족생활에 집중광을 부여하며 역사적 제재를 다룬 작품들의 창작을 중요시하였으며 조선어 규범화에 신경을 세웠다. 이런 작업을 벌여 나가는 행정에서 일부 오류를 면치 못했지만 그 주류만은 옳았고 건전하였다. 그러나 1955년에 있은 이른바 지방 민족주의를 반대하는 운동은 이런 기특한 성과와 실천적인 작업을 밀몰아 지방 민족주의로 간주하면서 무정한 비판을 가했다.

민족문화 전통을 계승하고 발양함에 있어 비판자들은 『「민족의 긍지감」을 교육하기 위해서 「계승」한다거나 「발양」한다는 것은 지방 민족주의의 표현』이라고 무단적인 결론을 내렸고 민족 전통을 계승하는 것은 『후고박금(厚古薄今)』으로서 『애국주의의 교육에 불리한 것』이라고 억설하였으며 지어는 『형제 민족의 우수한 전통과 현대 문화재부들을 자기의 것으로 보지 않는 것』도 자산계급의 『협애한 민족주의』라고 고아댔다.

문학과 생활의 관계에 있어 비판자들은 조선족 작가들이 조선족 생활을 반영하는 데 치중하는 것을 지방 민족주의의 표현으로 인정한 나머지 한 연극단이 『한족의 극』을 『조선족의 생활로 각색한 것』마저 견책하였으며 조선족의 전통적인 애정 윤리를 다룬 극시 『김옥희와 팔거북』 등을 『독초』로 비판하였다. 이 작품은 봉건 시대 김옥희와 팔거북의 사랑 관계를 통해 빈한한 인민들의 고상한 정신도덕적 풍모와 그들의 아름다운 추구를 가송하고 봉건통치배들의 추악상을 적나라하게 폭로 규탄하였는 바 이 극시는 그 주제나 내용 및 격조에 있어 추호도 비난할 점이 없다. 하지만 비판자들은 자산계급 민족주의에 기초한 『민족의 얼』을 고취한 『독초』로 몰아 무단적으로 비판하였다.

문학과 언어의 관계에 있어 비판자들은 부동한 민족어간의 차이점을 무시하고 그들간의 『공동성분』만을 지나치게 강조함과 아울러 지어 한어와의 융합을 주장하면서 조선어의 규범화는 『언어 순결화』를 야기시키는 것으로 『모두 오류적이거나 반동적인 것이므로 우리는 그것을 비판하며 견결히 반대하여야 한다』라고 억설하였다. 이런 사조의 지배 하에 『아리랑』 문학지(1957년 7월호)에 발표된 김창걸의 『연변의 창작에서 제기되는 민족어 규범화 문제』라는 논문도 『칠성판』에 오르게 되었다.

김창걸은 이 논문에서 조선어 사용에 나타나는 혼란 상태를 다음과 같이 귀납하였다. 『첫째, 이미 조선어화한 한자어와 한자로 표기된 한어화를 혼돈하여 현행 한어의 한자음 그대로를 조선말이라고 쓰는 말들이다.… 둘째, 조선어 문장 구성의 감정에 맞지 않는 한어 직역식인 말들이 많다.… 셋째, 조선 민족의 풍속 습관과 감정에 맞지 않는 말을 역시 한어 직역식으로 만들어 쓰는 일이 있다.』 김창걸은 자기의 논문을 빌어 당시 조선족 문단에 존재한 조선어 사용에서의 혼란 상태를 이처럼 예리하게 지적하면서 『민족어 규범화란 우리 민족의 영광스러운 과업을 위해서 우리 작가 시인들은 모두다 함께 최대의 노력을 기울여야 할 것이다.』라고 주장하였다. 이런 주장들은 전적으로 실제에 부합되는 정확한 주장들이다. 하지만 이른바 지방 민족주의를 반대하는 정풍운동 중에서 비판자들은 민족어 사용에서 차이점을 부인하고 융합만을 편면적으로 강조한 나머지 이런 주장들을 『민족어 순결화』를 고취하는 지방 민족주의 언론으로 몰아 비판의 모닥불을 들씌웠다.

이 비판운동에서 반우파 투쟁 때 요행 고비를 넘긴 몇몇 작가들이 억울하게 『지방 민족주의 분자』로 몰려 문단에서 쫓겨났다. 이처럼 반우파 투쟁과 지방 민족주의를 반대하는 정풍운동의 확대화로 말미암아 조선족 문단의 전직 작가들과 중견 작가들이 거의 다 정치 권리와 창작 권리를 박탈당하고 『18층 지옥』에 떨어짐으로써 조선족 문단은 과외 작가들과 문학 청년들에 의해 그 운명을 근근히 유지해 나가는 비참한 처지에 전락되었다. 이밖에도 그번 비판운동을 거쳐 민족문화 전통의 계승, 민족 역사 제재의 취급, 민족정신과 민족 감정의 표현, 형식의 민족화 등은 아무도 건드릴 수 없는 『금지구역』으로 되었다. 이런 『금지구역』은 『문화 대혁명』 시기에 이르러 더더욱 삼엄하게 되었다.

1958년부터 1959년 사이의 『대약진』 시기에 조선족 집거구에서도 전국의 다른 지구와 마찬가지로 신민가의 홍기를 발단으로 하는 대중적인 문예 창작운동을 벌이었다. 이는 건국 후 처음으로 일어난 대폭적이고 대중적인 문예 창작운동이었다. 이 문예 창작운동은 기꺼운 성과를 떠올렸을 뿐만 아니라 엄중한 오류도 빚어냈다. 이 창작운동의 홍기와 그 발전 행정에서 부딪친 좌절은 죄다 우연적인 것이 아닌 바 그것은 당시 중국의 정치, 경제 발전 형세와 밀착되었던 것이다.

1956년 중국이 사회주의적 개조를 기본적으로 완수한 후 사회주의 경제와 문화를 대폭적으로 발전시키는 것은 이미 국가 정치생활의 주제로 나섰으며 전국 인민들의 절박한 욕구로 되었다. 따라서 조선족 인민들은 분발하는 정신과 충천하는 열정으로 사회주의 건설의 소용돌이 속에 뛰어들었고 문예 창작의 앙양을 추진시켰다. 조선족 문단에 나타난 『대약진』 초기의 신민가는 바로 이런 정신과 열정의 생동한 반영이라고 지적할 수 있다.

1957년 겨울과 1958년 봄에 조선족 집거구의 농촌에서는 수리 건설의 앙양을 떠올렸다. 이는 농업합작화 이후 근로 대중이 대자연을 향해 진군하는 제일 처음으로 되는 대규모적인 실천 활동이었다. 인민 대중은 충천하는 노동 경쟁 속에서 집단적 역량의 위대성을 감수하게 되었으며 이는 또한 인민 대중의 시적 열정을 격발시켰다. 하여 조선족 문단도 신민가 창작의 앙양기를 맞이했는 바 아주 짧은 시간 내에 『연변민가선집』과 『연변민가집』(전 5책)이 출판되었다. 인민들은 신민가를 빌어 집단적 노동을 가송하고 사회주의적 노동 열정과 혁명적 이상을 구가하였으며 사회주의 제도와 공산당을 격조 높이 노래하였다.

신민가 운동의 전반기는 그 발전이 비교적 건전하였는데 이 기간에 청신하고 강건하고 생동 활발한 신민가들이 많이 창출되었다. 비록 이런 신민가들에는 환상을 현실로 여기는 경향이 흐르고 있지만 그 주류는 긍정적이다. 하지만 『대약진』, 인민 공산화 운동 중에 나타난 『좌』경적 오류의 엄중한 범람 및 이와 밀착된 예술 법칙에 배치되는 문예사업 중의 망탕 지휘풍으로 말미암아 신민가 운동은 후기에 이르러 그 지도사상과 창작에 있어 엄중한 오류를 빚어냈다. 말하자면 『대약진』 시기에 주관적인 의지와 주관적 노력의 역할을 지나치게 과대함과 아울러 대중적 창작과 신민가의 사회적 공능을 과분하게 강조함으로써 신민가 운동에 허풍치는 바람이 세차게 휘몰아쳤다.

1958년 10월호 『아리랑』지는 『문학위성을 올리자』는 사설을 발표하고 1959년 1월호 『연변문학』지는 『전당, 전민적 창작운동을 전개하자』는 사설을 게재하여 『사람마다 시인이 되고』 『사람마다 문학위성을 발사하자』는 실제를 이탈한 구호 밑에 사람마다 신민가 창작운동에 투신하도록 강요하였으며 일면적으로 수량만을 추구하고 형식상의 허장성세를 부리는 데 푸른 등을 켜 주었다. 이런 형세 하에 적지 않은 지구에서 이른바 신민가 창작의 『헌례운동』을 벌이고 신민가 창작의 『실험전』, 『고산전(高産田)』을 꾸리고 터무니 없는 높은 지표를 추구하였으며 남녀노소를 불문하고 신민가 쓰기에 달라붙도록 호소하였다. 만일 이런 호소에 수응하지 않는 사람이 있는 경우에는 그에게 『우경』이라는 억울한 누명까지 씌웠다. 이런 『좌』경적 오류에 한해서는 『전당 전민적 창작운동을 전개하자』는 사설 중의 다음과 같은 대목을 일별하면 대뜸 알 수 있다.

  『각급 당위, 문력과 작가협회들에서는 이 헌례운동을 매우 중시하고 있으며 모두 창작 계획을 세우고 우람찬 구호들을 제출하고 광범한 군중 창작운동을 발동하고 있으며 벌써 적지 않은 성적들을 거두고 있다. 왕청현에서는 자기들의 창작 임무와 구호를 아래와 같이 제출하였다. 「전당이 동원되고 전민이 꾸리며 노, 농, 상, 학, 병이 일제히 동원되어 보수와 미신을 철저히 타파하고 공산주의 사상을 강으로 삼아 창작의 대고조를 일으키며 7개월 동안 착실히 노력하여 1백만 건의 작품을 창작하며 10만 건의 우수 작품을 예물 삼아 국경 10주년을 영접하자!」 왕청현에서는 이런 구호와 임무를 실현하는 제1차 전투 중에서 각종 각양의 형식으로 된 작품을 10만 건이나 창작하였으며 장백산 밑 첫마을인 화룡현 숭선향 인민 군중들은 135만 건을 창작할 계획을 제출하였으며 훈춘현에서는 일주일 민가 창작운동 주간에 7만 건의 민가를 창작하였다.」

이와 같이 정신 생산 법칙을 위반한 신민가 운동—군중 창작운동은 조잡한 작품의 범람을 야기시켰을 뿐만 아니라 반사실주의의 창작 경향을 조장시켰다. 이때 창작된 적지 않은 신민가들은 실사구시적인 과학정신을 떠나 소자산계급의 열광성을 극구 찬미하였고 실제를 이탈한 환상을 숭고한 혁명적 이상으로, 생활의 가상을 생활의 진실로 구가하였다. 이에 반하여 사회주의 건설 가운데 나타난 『좌』경적 오류에 한해서는 추호의 비판도 고발도 하지 않았다. 게다가 당시 신민가를 평론한 글들은 이런 시대적 오류를 혁명적 낭만주의의 산물로 취올리고 시대정신의 체현으로 긍정하고 고취하였는 바 이는 후기의 사회주의 문학 발전에 극히 불량한 영향을 끼치었다.

신민가 운동의 추동 하에 다른 분야의 대중 문예 창작도 자기의 기운을 보여주었다. 그중 항일투쟁 회상기와 3사(공사사, 공장사, 부대사), 특히 항일투쟁 회상기의 창작은 이 시기 대중 창작운동의 중요한 구성 부분으로서의 위치를 과시하였다. 이 시기에 대중 문예 창작운동의 앙양 속에서 항일 투사 및 광범한 간부들은 항일투쟁 회상기의 창작에 달라붙었는데 1958년~1959년 2년 사이에 많은 회상기들이 산출되었다. 이런 성과에 기초하여 연변인민출판사에서는 『항일투쟁 회상기』(전 5책)를 묶어 공개 출판하였다. 이런 회상기들은 주요하게 1930년대 연변지구에서 줄기차게 벌어진 조선족의 항일 무장 투쟁을 다루면서 조선족의 빛나는 혁명 투쟁사를 형상적으로 기록하였고 항일 투사들의 혁명적 영웅주의와 혁명적 낙관주의 정신을 격조 높이 구가하였다. 이런 작품들은 대체로 항일 투사들이 직접 쓴 것으로서 진실하고 생동하고 소박한 것이 특징적이다. 이런 회상기들은 오늘의 인민들에 대한 혁명 전통 교양을 진행하는 훌륭한 교과서일 뿐만 아니라 자못 훌륭한 전기문학이기도 하다. 따라서 항일투쟁 회상기는『대약진』시기 대중 문예 창작에서 거둔 제일 호함진 열매라고 말할 수 있다.

농촌과 도시에서 대폭적으로 벌어진 대중적인 문예 창작운동은 작가들의 문학 창작에도 커다란 영향을 미치었다. 1958년 중국작가협회 연변분회에서는 문학 창작의『약진계획』을 세우고 창작에서『약진, 약진, 대약진』의 구호 하에 작가들마다 이른바『문예위성』을 발사할 것을 호소하였다. 이런 형편에서 적지 않은 작가들이 우경보수의 누명을 쓸까 두려워 실현할 수도 없는 창작에서의 높은 지표를 세우게 되었다. 또한 이 시기에 집체 창작을 지나치게 강조함으로써 개인의 정신노동을 거쳐 실현되는 문학 창작의 특수성을 전반적으로 부정하고 작가들의 창작 개성을 말살하고 풍격과 유파의 산생과 발전을 질식시켰다. 이밖에도 편면적으로 그 시기마다의『중심을 쓰고 과업에 따를 것』을 강조하면서 작가들로 하여금 자기의 생활 축적을 떠나 자기가 익숙하지 못한 소재를 다루도록 강요하였다. 예술 법칙과 배치되는 이런 작법들은 당시 작가들의 예술적 창발성을 압제하였고 문예 생산력을 대대적으로 파괴하였다.

하지만 이런 역경 속에서도 일부 작가 시인들은 장기적인 생활 축적과 풍부한 창작 실천 경험에 근거하여 현실생활을 진실하게 반영하고 인민들의 노력 투쟁과 고상한 정신적 풍모를 노래한 비교적 훌륭한 작품들을 써냈다. 이런 작품에 한해서는 반드시 긍정적인 평가를 주어야 하지『대약진』의 산물로 마구 부정해서는 안된다.

『좌』경적 사조가 엄중하게 범람하는 환경 속에서 제2차 중국작가협회 연변분회회원대표대회가 1959년 3월 28일부터 4월 3일까지 연길에서 열리었다. 이 대회에서는 중국작가협회 연변분회 성립 이래 2년 남짓한 동안의 사업을 총화하고 금후의 사업 계획을 세우고 분회의 지도부를 개선하였다.

이 대회에서는 이왕의 성과를 긍정하고『대약진』시기 문예사업의 경험을 총화할 때 문단의 문제를 에워싸고 유익한 탐구를 거듭함과 아울러 비교적 정확한 견해도 제기하였다. 이는 그번 대회의 사업보고『창작의 번영을 위하여』
에 집약적으로 체현되었다.

문학과 정치의 관계에 있어 문학이 정치에 대한『직접복무, 간접복무, 당면
과 장원한 이익을 위해 복무하는 몇 가지의 결합을 잘해야 한다』는 것을 제기
하였다.

문예 방침의 관철에 있어『작년에 일부 새로운 형식들이 나타났으나 아직
다양하지 못하며 각종 형식의 자유 경쟁이 활발하게 전개되지 못하고 있다.』는
것을 지적하고 나서『「백화만발, 백가쟁명」, 「백화만발, 추진출신」의 방침을
잘 관철해야 한다』고 강조하였다.

문학과 제재의 관계에 있어『현대의 것이 있어야 하거니와 과거와 장래의
것도 써야 하며 사회주의 건설을 위해 복무하는 큰 전제 하에서 제재에 대해서
는 제한하지 말아야 한다.』고 지적하였다.

집단 창작과 개인 창작의 관계에 있어『작년에 한때 우리가 집체 창작을 제
창하였는데 많이 토론하는 것은 좋으나 개인의 연찬이 결핍하였』으며『창작에
서의 「3결합」에 대한 오해는 작가로 하여금 기계로 되게 하였』는 바『우리는
개인의 독창성과 독특한 풍격을 충분히 발휘시켜야 하며 개인의 옳은 주장이
충분히 발휘되어야 한다』고 강조하였다.

문학 창작의 수량과 질의 관계에 있어『수량상의 발전이 크고 질량상에서도
일정한 제고가 있으나 질적인 요구에서 볼 때 아직 상당한 거리가 있』고『문예
창작에서 농업 생산처럼 「4고정」의 방침을 취한 것 등은 모두 예술 법칙을 위
반한 것이며 예술을 간단화하는 방법이었다』고 지적하였다.

이밖에도 대회에서는 문학평론 중의 조포하고 간단화하는 경향을 비평하였
고 작가 대오를 보다 강화하고 항일투쟁 회상기 창작과 구전문학 발굴 정리 사
업을 계속 추진시킬 것을 호소하였다.

이 대회는 비록 상술한 옳은 견해와 비교적 옳은 견해들을 제기하고『대약
진』시기 문예운동의 오류와 결함을 피상적이나마 간파하고 유익한 탐구를 벌
였지만 당시 전국적으로 살판치던『좌』경적 사조의 영향으로 말미암아 이런 문
제들을 근본상에서 해결을 가져오지 못했으며 지어 모순된 현상까지 빚어냈다.

이를테면 이 대회에서는『대약진』시기의 대중적 문예운동을 밀몰아 긍정한 나머지 문예 창작에서『정치를 통수로 삼아야 하』며『앞으로도 계속 약진해야 한다』는 것을 각별히 강조하였으며 이른바 문예계에서의 지방 민족주의를 반대하는 정풍운동을 계속 심도 있게 밀고 나갈 것을 오류적으로 호소하였다.

하지만 여기서 한 가지 짚고 넘어가고픈 것은 그번 대회가 비록 적지 않은 오류와 모순된 현상들을 빚어냈지만 이 대회에서 제기되고 탐구된 옳은 견해들은 당시의 작가들에게 좋은 영향을 끼치었다는 그 점이다. 이를테면 대회에서 역사적 제재를 다룬 작품의 창작과 항일투쟁 회상기의 창작을 강조함에 따라 항일 투쟁을 다룬 장막극『장백의 아들』과 훌륭한 작품들이 산출되고 항일투쟁 회상기 창작이 한결 더 발랄하게 전개되었던 것이다.

『대약진』과『반우경』의 오류 그리고 자연재해와 중국에 대한 국제상의 압력으로 말미암아 중국의 국민경제는 1959년부터 연속 3년 동안 엄중한 난관에 봉착하게 되었다. 하여 1960년 겨울부터 당중앙은 농촌 사업 중의『좌』경적 오류를 시정하기 시작하고 국민경제에 대한『조절, 공고, 충실, 제고』의 방침을 결정하였으며 이와 아울러 문예정책에 한해서도 조절하게 되었다. 이런 상황에 비추어 조선족 문단에서도 1961년 6월에 열린 전국문예사업좌담회와 전국예술영화창작회의 정신 및 1962년 8월 대련에서 열린 농촌제재단편소설창작좌담회의 정신을 관철하고 전국문예사업좌담회에서 제정된『문예10조』를 학습하였다. 특히 1960년 7월에 개최되었던 제3차 중국문학예술일꾼대표대회의 정신을 관철하기 위하여 중국작가협회 연변분회에서는 1961년 11월 18일부터 11월 20일 사이에 연길에서 제3차 회원대표대회를 열었다.

그런데 이 대표대회는 당의『조절, 공고, 충실, 제고』의 방침이 제기되고 농촌 사업 중의『좌』경적 오류를 시정하기 시작했으나 문예계에서의『좌』경적 오류만은 계속 범람하는 환경 속에서 열렸기 때문에『좌』경 교조주의의 속박에서 벗어나지 못했다. 이 대표대회에서는『백화만발, 백가쟁명』,『추진출신』의 방침을 관철 집행할 것을 힘주어 제기하였는데 이에 한해서는 긍정적인 평가를 주어야 한다. 하지만 이 대회에서 조선족 문단의 창작 실천과 결부하여 문학의 사회적 역할, 봉사 대상, 반영 대상을 천명할 때 협애성을 극복하지 못했으며 특히 반우파 투쟁과 지방 민족주의를 반대하는 정풍운동 중에서의 비판운동마저 『백화만발, 백가쟁명』 방침의 관철로 간주한 것은 이 방침에 대한 몰이해와 왜곡이라 하지 않을 수 없다. 이 대회에서는 문학이 『진실을 써야 한다』는 견해를 수정주의 유론으로 비판하였는데 이는 작가들을 모순으로 충만된 현실 앞에서 속수 무책하게 만들었다. 또한 이 대회에서는 문예사상 해결에서의 정치적 운동과 대중 투쟁 방식마저 긍정적인 경험으로 총화하였다.

이 시기에 소설가 이홍규는 터무니 없이 『반당분자』, 『수정주의분자』, 『민족주의분자』로 몰렸고 조선족 문단에서는 그의 이른바 『수정주의 문예관』과 일련의 작품들을 오류적으로 비판하였다. 이와 때를 같이하여 중국작가협회 연변분회의 기관지인 『연변문학』이 폐간(1961년 2월호까지 발간되었음)되었다. 하여 조선족 작가들은 겨우 살아남은 종합지 『연변』의 좁다란 『문예란』에 매달려 붐비게 되었다. 따라서 조선족 문단은 1961년부터 시작된 문예정책 조절 과정에서 큰 덕을 입지 못한 채 계속 『좌』경적 오류의 속박에서 모대기게 되었다. 조선족 문단의 이런 불행은 1962년 9월에 있은 당의 제8기 제10차전원회의 후에 더욱더 조선족 작가들의 머리를 짓누르게 되었다.

당의 제8기 제10차전원회의 이후 사회주의 계급 투쟁 이론과 실천에는 보다 엄중한 오류(계급 투쟁 확대화, 절대화)가 발생되었으며 당의 민주주의 중앙집권제 원칙이 파괴되고 개인숭배가 점차 대두하여 사상적인 면에서 전국 문예계를 지배하게 되었다. 1963년 후에는 또 임표, 강청, 강생 등 야심가들이 문예계를 망라한 의식 형태 분야의 중요한 권력을 틀어쥐고 우리 당의 상술한 오류를 빌어 문예계에 존재해 온 『좌』경 완고증으로 하여금 더더욱 악성적으로 발전되게 하였으며 수많은 문예작품과 문예 관점 그리고 문예계의 일부 대표적 인물에 대하여 그릇된 정치적 비판을 가했으며 건국 이래의 문예사업을 점차적으로 부인함으로써 문예계의 계급 투쟁 확대화, 절대화 등 『좌』경적 경향이 끝내 『문화 대혁명』의 도화선으로 되게 하였다.

1960년대 전반기에 조선족 문단도 이런 사조 하에서 자유로울 수 없었다. 이 시기에 조선족 문단은 『시대정신회합론』, 『사실주의심화론』, 『중간인물론』에 대한 전국적인 비판운동의 물결 속에 휘말려 들어갔다. 특히 전국적으로

『중간인물론』에 대한 비판운동이 앙양될 때 그와 보조를 같이하여 단편소설 『「태평서방」약전』(민별), 『가라지매』(박창묵)에 대한 비판을 진행하였다. 이런 오류적인 비판은 조선족 작가들의 사상을 더욱 경직화시켰고 조선족 문학 발전의 침체 상태를 빚어냈다.

상술한 데서 알 수 있는 바 1957년부터 『문화 대혁명』 전까지 조선족 문학은 『좌』경 사조의 범람으로 하여 엄중한 교란과 파괴를 받았다. 그 주요한 표현을 다시 간추려 보면 첫째, 적지 않은 중견 작가들이 정치적 권리와 창작 권리를 박탈당했으며 많은 작가들이 무시로 덮쳐 드는 정치운동과 비판운동 및 예술 민주의 결핍으로 말미암아 안정된 환경 속에서 창작할 수 없었으며 예술 탐구의 용기를 잃어버렸다. 둘째, 문학작품의 사실주의 정신이 여지없이 약화되었고 제재, 장르, 풍격, 형식이 다양화되지 못했고 가송과 폭로를 대립시킴으로써 현실을 분식하고 문학의 비판적 기능을 상실하는 경향이 엄중하게 존재하였다. 셋째, 지나치게 해당 시기의 구체정책과 정치 과업에 대한 배합에 신경을 쓰는 데서 정치로 예술을 대신하고 정책을 도해하고 해석하는 도식화, 개념화의 구호식 작품들이 성행하게 되었다.

이 사이 조선 문단에 상술한 상황이 나타났음에도 불구하고 조선족 문학은 정치적 세파와 시련 속에서도 끈기 있게 자기의 핸들을 잡고 앞으로 전진하면서 커다란 성과를 떠올렸다. 1957년부터 『문화 대혁명』 전까지의 근 10년간에 비교적 우수한 장편소설, 장시, 서정서사시, 장막극, 시나리오, 항일투쟁 회상기들이 창작되었고 권철, 박상봉, 허호일, 정판룡, 임휘, 김현근, 서일권, 조성일 등을 비롯한 평론가들에 의해 문학평론 활동이 발랄하게 전개되었다. 허다한 작가들이 예술상에서 자기의 풍격을 이룩하는 데로 매진하고 많은 문학 신인들이 새로운 목소리를 가지고 문단에 등장하였으며 문학과 대중의 혈연적인 관계가 강화되었다. 그리고 작가문학뿐만 아니라 정길운, 김례삼, 김태갑, 박창묵 등을 비롯한 구전문학 일꾼들에 의해 구전문학의 채집, 정리, 출판 사업에서도 기꺼운 성과를 거두었는 바 『천지의 맑은 물』(정길운 채집 정리), 『천도복숭아』(김례삼 채집 정리)와 같은 구전설화집이 그 일례로 된다. 이런 성과는 그 후의 조선족 문학 발전에 건실한 토대를 닦아주었다.

제3절 17년의 시문학

중화인민공화국의 탄생으로부터『문화 대혁명』전까지 17년간의 조선족 시문학은 17년간의 전반 조선족 문학에서 풍만한 성과를 올린 분야이다.

중화인민공화국의 탄생은 조선족 인민들에게 새로운 시대 사회주의 혁명과 건설의 시대를 열어 놓았다. 건국 후에 펼쳐진 거창한 현실과 사회적 변혁, 나라의 주인으로 된 조선족 인민들의 행복한 생활은 조선족 시문학에 새로운 세계, 새로운 인물, 새로운 사상을 안겨 주었고 시문학 발전의 폭넓은 활주로를 닦아주었다. 이런 형세 하에 건국 후 17년간의 조선족 시문학은 백의 동포의 고전시가와 현대시기의 빛나는 전통을 계승하고 발양할 뿐만 아니라 중국, 조선, 소련 등 나라의 시문학 성과에서 유익한 영양분을 섭취하면서 사회주의 현실과 밀착된 새로운 발전단계에 들어서게 되었다.

천지를 진감하는 세기적 사변들과 거창한 현실은 새로운 사회주의 시문학을 급속히 전면적으로 발전시킬 것을 절박하게 수요하였다. 건국 전부터 자기의 시적 기량을 과시하던 이욱, 김례삼, 채택룡, 현남극, 임효원, 설인, 김창석, 서헌 등 시인들은 불타는 정열을 안고 사회주의 시문학 건설의 선두에 나섰다. 그들에 의해 발족한 사회주의 문학 건설 사업은 새로 자라난 신진 시인들로 하여금 자기의 발전 속도를 한결 더 다그치게 하였다. 건국 초기 특히 사회주의 개조의 폭풍우 속에서 시단에 진출하여 자기의 성과를 자랑한 김철, 김성휘, 이행복, 조용남, 윤광주, 황옥금, 반우파 투쟁 전야에 시단에 두각을 내밀기 시작한 김태갑, 김응준, 김학, 이상각, 김경석, 이삼월, 60년대 초 시단에 새로운 목소리를 안겨 준 송정환, 한원국, 허도남, 박화, 허홍식, 황상박 등이 노시인들과 더불어 사회주의 시대의 시문학 발전 도로를 간단없이 탐색하면서 자기의 신근하고 창조적인 노력으로 조선족 시단을 가꾸어 나갔다. 그들은 시대의 고수나 인민의 가야금수로서 아름다운 노래 가락을 골라 가며 전진하는 조국의 발걸음 소리와 조선족 인민들의 뜨거운 감정세계를 읊조리는 데 모를 박았으며 또한 이런 행정에서 훌륭한 시편들을 창작하였다.

시문학은 시대의 목소리요, 생활에 감응하는 문학에서의 제일 민감한 신경으로서 건국 후 거창한 현실의 약동하는 맥박은 우선 시문학에서 메아리쳤다.

17년간의 조선족 시문학의 발전도로는 평탄하지 않은 바 청소한 공화국과 더불어 간단없는 곡절을 겪으면서 자기의 앞길을 개척해 나갔다. 건국 후 17년간 조선족 시문학 발전은 공화국 탄생부터 반우파 투쟁 전야까지, 반우파 투쟁으로부터 『문화 대혁명』 전까지 두 단계로 나누어 고찰할 수 있다.

새 중국의 창건부터 반우파 투쟁 전야까지의 이 7년 동안에 조선족 시문학은 안정되고도 급속히 발전하는 시대의 밝고도 명랑한 조명을 받아 가며 온당하게 전진하면서 점차 번영의 길에 올랐다. 일찍 신민주주의 혁명 시기에 자기의 뛰어난 시적 기량으로 조선족 시단을 아름답게 장식한 노시인들이거나 건국 후 시단에 두각을 내민 신진 시인이거나를 막론하고 모두 한량없이 솟음치는 행복감과 자호감으로 사회주의의 들끓는 생활을 뜨겁게 체험하면서 그것을 참신한 시적 형상으로 생동하게 반영하고 개성적인 목소리로 격조 높이 노래한 훌륭한 시작품들을 많이 창작하였다. 이에 따라 종합시집 『해란강』(1954년), 개인시집 『고향 사람들』(이욱), 『진달래』(임효원), 『잊을 수 없는 여인들』(주선우), 『변강의 마음』(김철) 등이 선후로 출판되었다.

이 시기에 창작된 시작품들은 그 소재를 다룸에 있어서나 예술적 추구에 있어서 서로 판이함에도 불구하고 한결같이 조국과 당, 인민 대중에 대한 뜨거운 사랑과 현실 긍정의 기백 및 진실하고 소박한 서정으로 충만되고 있으며 그 격조가 경쾌하고 명랑하고 투명한 것이 특징적이다. 이 시기의 시문학은 그 형태와 양식 발전에서도 새로운 특징을 나타냈다. 이 시기에 진입하여 거창한 현실과 인민들의 행복한 생활, 그들의 아름다운 정신세계를 노래하는 것을 서정시 창작의 주선율로 하면서 서정서사시, 장시 등이 자기의 얼굴을 보여주었고 시조, 산문시, 풍자시 창작도 자기의 자태를 과시하였다. 특히 이 시기의 조선족 시문학에서 송가 형식이 압도적인 비중을 차지하였는 바 전례 없는 송가 시대를 펼쳐 주었다. 선행 시기에 흥기되고 이 시기에 이르러 대폭적인 발전을 보게 된 송가의 미학 원칙은 50년대로부터 70년대에 이르기까지 거의 유일한 원칙으로 되었던 것이다.

건국 초기 7년 동안에 무엇보다도 먼저 우리의 이목을 끄는 것은 민족 재생의 새봄을 안겨 주고 행복한 생활의 요람을 마련해 준 조국, 당, 수령에 대한 조선족 인민들의 다함 없는 흠모와 존경, 최대의 찬양과 칭송의 마음을 앙양된 정서적 체험과 생동한 형상으로 뜨겁게 노래한 시작품들이다. 건국 후 조선족 시문학의 첫 떨기의 생생한 꽃송이는 공화국의 탄생을 경축하는 명절의 예포소리 속에서 피어나게 되었고 사회주의 시대의 새 생활에 대한 시인들의 송가는 바로 여기서부터 자기의 선율을 타기 시작하였다.

조국의 주제는 건국 후 처음으로 조선족 시문학의 궁전에 인입되게 되었다. 시인 임효원은 중화인민공화국 창건의 역사적 사변에 고무된 나머지 서정시 『새 국기 밑에서』(1949년 10월)를 창작하여 진정한 인민의 나라를 가지게 된 조선족 인민들의 조국에 대한 끓어 넘치는 사랑의 감정을 격조 높이 구가하였다. 이런 숭고한 감정은 서헌의 서정시 『영예는 조국에』(1949년 12월)에서도 집약적으로 표현되었다.

조국을 노래할 때 시인들은 위대한 사회주의 조국을 마련해 준 당과 수령에 대한 흠모와 칭송의 감정을 잊지 않았다. 하여 시인들은 당과 수령에 대한 송가 창작에서도 자기의 시적 재능을 아끼지 않았는 바 김례삼의 『공산당의 붉은 기발』(1951년), 김창석의 『7월의 붉은기 인민의 자랑으로 휘날려라』(1951년), 박응조의 『모주석의 초상화』(1955년), 김철의 『꽃방석』(1954년) 등 서정시가 그 좋은 실례로 된다.

김례삼의 서정시 『공산당의 붉은 기발』은 중국공산당 탄생 30돌에 즈음하여 쓴 작품으로서 이 작품은 중국 인민혁명 투쟁을 승리적으로 이끌어 오고 위대한 조국을 떠올린 중국공산당의 빛나는 위훈과 간거하고도 영광스러운 노정을 끝 없는 신뢰와 긍지감으로 다음과 같이 열정적으로 찬양하고 있다.

> 점점의 불꽃이 요원을 태워
> 충천한 불길 이루었으니
> 위대하여라 그대 중국공산당!
> 그의 타수 우러러 영명하신 모택동!
>
> 일월도 빛을 잃어 헐떡이던

허구한 어둠속 그 몇천년이냐
피맺힌 통치의 해와 달이여!
저주로운 멍에에 휘여든 잔등우로
그 얼마의 태풍이 휘몰아쳐갔던가
피살점 저며내던 원한에 찬 채찍이여!

허나 공산당이여, 모택동이여!
그대만이 원한에 찬 5억의 한가슴에
확 불질러 불을 질러
잠들었던 『사자』를 깨우쳐 일으켰으니
파란만중 곡절도 많았어라
그대 걸어온 한걸음 그 한걸음마다에
피 스며 고인 자국 30년이여!

아, 만고장청 그 위업
천추 길이 남으리니
억천만 후대 앞길 열어주었고
그 영광 눈부시여
청사에 금빛으로 수놓이리니
만대 길이 그 광망 인류 앞길 비추리라

이와 같이 조국, 당, 수령에 대한 송가 형식의 서정시들이 건국 초기에 창작된 것은 조선족 시문학에 나타난 새로운 기상이다. 하지만 이 제재 분야는 건국 초기에 있어 개척단계에 처해 있었다. 이 제재는 후시기에 이르러 대폭적으로 다루어졌다.

건국 초기 애국주의와 국제주의 정신으로 빛나는 항미원조전쟁으로 하여 조선족 시문학에 전쟁과 평화에 대한 시작품들이 중요한 자리를 차지하게 되었다. 격동적인 사변과 영웅적인 위훈으로 충만된 항미원조전쟁의 현실은 그것을 제때에 민감하게 반영하며 전쟁 승리에로 고무 추동하는 혁명적이며 전투적인 시문학 발전을 요청하였다. 따라서 조선족 시인들은 포화가 울부짖는 전방에서 애국 증산의 열화가 타오르는 후방에서 전투적 격정과 낭만이 나래치는 전투적인 서정시들을 많이 창작하였다. 임효원의『이 손에 총을 주소』(1950년), 김창석의『불길은 일었다』(1950년), 김순기의『조선의 싸움터로』(1950년), 김례삼의『선반기 앞에서』(1951년), 문극의『그대 불굴의 영웅』(1952년) 등 서정시들이 그 좋은 실례라고 말할 수 있다. 이런 서정시들의 중요한 특징은 군민의 혁명적 영웅주의와 낙관주의에 대한 격조높은 가송, 강한 정론적 기백과 전투적 호소성, 장중하고 박력 있는 시적 묘사, 역학적 파동이 심한 운율 등이다. 이 시기에 전투적인 서정시 외에 대중적인 가창운동의 물결을 타고 전방과 후방 인민들의 영웅적인 투쟁과 필승의 신념, 애국 증산의 열정을 노래한 가사 작품들도 많이 창작되어 독자들의 공명대를 획득하였다.

50년대 중기에 농업합작화가 앙양되고 생산 수단 사유제에 대한 개조가 완수되고 대규모적인 경제 건설이 전개됨에 따라 합작화된 사회주의 농촌에서의 농민들의 보람과 노력적 투쟁을 이 시기 조선족 시문학의 주제 분야에 새롭게 제기된 형상적 과제의 하나로 되었다. 하여 시인들은 위대한 역사적 전환을 이룩하고 있는 농촌과 도시의 새로운 현실, 농민들의 약동하는 생활 감정을 노래하는 데 예각적인 대응을 시도하였다. 서정시『처녀들은 노래를 부른다』(임효원. 1954년),『동무여, 내 노래 듣는가』(김창석, 1954년),『조국은 그대 심장으로 하여』(설인. 1954년),『지경돌』(김철. 1955년),『다시 만나자 고향아』(윤광주. 1955년),『령을 넘으며』(김응준. 1955년),『오얏나무 두 그루』(김태갑. 1955년),『고향의 봄』(황옥금. 1955년),『아버지와 아들의 이야기』(조용남. 1956년),『새날의 아침을 맞으며』(김학. 1957년)와 산문시『새벽의 고조』(이욱. 1956년) 등이 이 주제에 바쳐진 대표적 작품들이다.

김철의『지경돌』은 농업합작화의 주제를 다룬 훌륭한 서정시 중의 하나로 주목되고 있다.

　　해토무렵 두 영감
　　지경돌을 뽑는다

　　둘싸움에 삽자루 동강나던

지난 일을 생각하여 얼굴이 붉었는가

아니 지경없는 이 밭을
임경소 뜨락또르 척척 갈아엎으리니

오늘부턴 한집식구 두 영감
오, 행복의 노을이 비꼈노라!

　보다시피 시인 김철은 해토 무렵에 두 영감—농민이 소농경제의 산물이며 소생산자의 토지 사유의 상징인 지경돌을 뽑는 구체적인 계기를 포착하여 사회주의적 농업합작화의 역사적 전변 속에서 느끼는 농민들의 감격과 환희, 새로운 결의와 황홀한 앞날에 대한 낭만을 다정다감하게 노래하였다. 이 서정시는 기발한 착상, 나래치는 시대정신, 고도의 시적 일반화, 세련된 형식 등으로 하여 그 시기 독자들의 사랑을 받았다.

　설인의 『조국은 그대 심장으로 하여』는 사회주의 농촌에서 자기의 청춘을 가꿔가는 청년 농민의 희열과 보람, 희망찬 노동 생활의 낭만을 시적으로 일반화함에 있어 성과를 보여준 작품이다. 이 서정시의 각끼을 노동 생활의 미와 그 속에서 성장하는 청년 건설자의 절절한 서정세계를 개방하는 데 돌려지고 있다.

아침이면 아침마다
이슬 머금은 벼이파리
반짝이는 구슬을 자랑하며
그대를 반겨 손질하니

실로 이곳은
그대 애띠디애띤
아직 새파란 청춘처럼
우로 우로 성장만 하는 곳이어니

      쳐다보면 하늘도 푸르고
      이마에 손을 얹어 내다보면
      모두다 생명이 뚝뚝 흐르는
      푸른 물감에 젖어있는 일터가 아닌가

      그대와 우리
      이렇게 말없이 나란히 하여
      풀과 싸우는 전투마당
      염천 칠월의 한복판에서

      이마에 구슬땀 흘리노라면
      의례히 흘러나오는 그대의 코노래
      힘드는줄 모르는 행복한 시간을 가져오나니

      그대는 실로
      한창 푸르러 싱싱한
      칠월의 대지처럼
      다할줄 모르는 아름다운 청춘을 가져왔구려!

   이 서정시는 약동하는 대지의 서정을 빌어 우리 시대의 힘, 우리 시대의 지혜, 우리 시대의 환희, 우리 시대의 낭만을 강한 정서적 흥분 속에서 일반화하였다.

   상술한 서정시들이 말해주다시피 이 시기의 시문학에 이르러 노동과 건설의 주제가 참신한 미학적 의의와 가치를 획득하게 되었다. 노동은 노역과 착취를 의미하는 것이 아니라 자기의 행복한 미래를 창조하는 한낱 자각적인 행위로 묘사되고 있다. 이 시기 노동송가의 특징은 노동을 사회주의 건설과 혁명적 이상에 밀착시키고 근로 인민들의 긍지감과 역사적 사명감을 표현하며 역사와 이상의 차원에서 노동과 건설의 미를 발굴한 데 있다. 이 시기 시인들에 의해 창조된 참신한 미학적 경지는 그 후 시가 창작의 미학적 토대로 되었다.

   건국 후 첫 7년 동안 조선족 시문학에서 민족의 역사와 혁명 전통의 소재도

폭넓게 다루어지기 시작했는 바 서헌의 서정서사시 『청송 두 그루』(1955년),
이욱의 서정서사시 『고향 사람들』(1957년 2월), 서정시 『장백산의 전설』
(1957년), 설인의 서정시 『묵상』(1957년) 등이 이에 대한 좋은 설명으로 된
다.

　서헌의 『청송 두 그루』는 건국 후 조선족 시단에서 제일 처음으로 조선족의
유구한 역사와 빛나는 혁명 전통을 폭넓게 형상적으로 다룬 서정서사시이다.

　　　풍만히 흐르는 구수하의 젖줄기를 물고
　　　하얗게 팬 벼꽃의 바다에 얼싸안겨
　　　아늑히 들어앉은 새봉마을
　　　양지바른 동구앞에 청송 두그루

　　　에영꾸부정 마주섰다 하여
　　　길가던 나그네들 부부솔이라 이름짓고
　　　마을의 젊은또래 제딴에 좋게 붙여
　　　처녀총각 죽은 영신이라 불러온다만

　　　청송 두그루엔
　　　새봉마을 백년이 흘러온 나날속에
　　　슴배이고 아로새겨진
　　　가지가지 이야기 많기도 많아…

　이는 서정서사시 『청송 두 그루』의 서시 전문이다. 시인은 서시에서 당의 올
바른 영도 하에 날따라 꽃피는 새봉마을의 양지바른 동구 앞에 우뚝 솟은 청송
두 그루에 슴배이고 아로새겨진 이야기가 많다고 고백하면서 독자들을 흘러간
세월에 대한 회억에로 이끌어 간다. 이 서정서사시는 서시에 뒤이어 『고난』,
『투쟁』, 『굴하지 않는 뜻』, 『땅을 찾던 날』, 『무성하라 청송이여』 등 5장을 거
쳐 조선족 인민의 눈물겨운 수난사와 빛나는 투쟁사를 풍만한 서정의 힘을 빌
어 감명깊게 일반화하였다. 특히 시인은 이 작품에서 항일 무장 투쟁 시기 조
선족 인민들의 굴함없는 투쟁정신과 굳은 절개의 표현에 모를 박았다. 작품의

제목이 보여주는 청송 두 그루, 이는 조선족 인민이 성스러운 이 땅에 뿌리박은 상징이며 새 시대를 안아오기 위한 처절한 투쟁에서 영용무쌍하게 싸우다가 희생된 혁명선열들의 『마음 속의 비문 없는 열사비』이며 더더욱 번영할 생활에 대한 표징이기도 하다. 시인은 청송 두 그루에 깃든 이야기를 엮고나서 작품의 마지막 부분에 이르러 다음과 같이 자기의 주정을 토로하였다.

> 마을을 지켜온 열사들의 넋이런가
> 청송 두그루 어깨를 너울거릴제
> 애솔마저 싱그런 솔향기 풍기며
> 하느적하느적 화답을 하누나!
>
> 이 땅을 싸움과 피로 지켜온
> 마을사람들이여
> 아직 이 행복은 첫열매이고
> 갈길은 만리!
>
> 조상들의 강굴했던 피줄을 이어
> 그대들의 다함없는 청춘과 노력으로 하여
> 저 애솔들이 창창히 자라나듯
> 이 마을은 호함지게 흥성하리라!
>
> 천세만세 번영하여 다함이 없을
> 우리의 새봉마을이여
> 『새봉집단농장』이란 금빛글자로
> 청송 두그루에 새빛을 돋치라!

이 서정서사시는 형상의 힘을 빌어 오늘날의 행복한 생활이 선배들의 피어린 투쟁으로 전취한 것이라는 진리를 시사하고 있으며 현실생활을 뜨겁게 포용하고 더욱 미만한 생활의 창조에로 매진할 것을 사람들에게 호소하였다. 서정서사시 『청송 두 그루』는 비록 그가 취급한 생활적 공간이 넓지만 시적인 비약과 함축의 수법을 재치있게 사용함으로써 그것을 효과적으로 다루었다. 작품은 높은 격조와 시적 흥분을 줄기차게 보장하고 있는 것이 또한 우리를 기쁘게 한다. 이 작품이 취급한 민족 역사와 혁명 전통의 주제는 그 후에 창작된 이욱의 서정서사시 『고향 사람들』에 이르러 한결 더 호함지게 다루어졌는 바 『고향 사람들』은 건국 후 첫 7년간의 조선족 시문학에서 거둔 제일 대표적인 성과작이라고 말할 수 있다.

위에서 보다시피 건국 후의 첫 7년 동안에 조선족의 시문학은 커다란 발전을 가져왔다. 특히 1956년 『백화만발, 백가쟁명』의 문예 방침이 제기된 후 정치상 예술상의 민주적 기분이 고창됨에 따라 보다 생기를 띠게 되었다. 『백화만발, 백가쟁명』의 문예 방침이 제기된 때로부터 반우파 투쟁 전야까지의 사이에 조선족 시문학은 소재, 장르, 풍격의 다양화를 돋보이면서 생활의 암흑면을 대담하게 건드리는 풍자시 『과민증』(김철. 1956년), 『엄청난 결론』(서헌. 1956년), 새 시대의 애정을 읊조린 애정시 『그때면 알겠지』(윤광주. 1956년), 『수박밭에서』(이상각. 1956년), 『첫사랑(주선우. 1957년)』 등 독자들의 폭넓은 공명대를 획득한 작품들을 산출시켰다. 하지만 시문학에 나타난 풍자시와 애정시에 대한 탐구와 생기는 얼마 가지 않아 사그라지게 되었다.

1957년 하반기에 시작된 반우파 투쟁으로부터 1966년 『문화 대혁명』 전까지의 조선족 시문학은 정치 세파의 모진 충격을 받으면서 곡절 많은 발전의 길을 걸었다.

1957년 하반기에 시작된 반우파 투쟁과 1958년의 『대약진』 운동으로 말미암아 조선족 시문학 발전에는 복잡다단한 상황이 야기되었다. 반우파 투쟁의 확대화로 하여 오래 전부터 탁월한 시적 재능을 보여준 중견 시인들이거나 새로운 목소리를 가지고 시단에 갓 등장한 신진 시인들이 억울하게도 『자산계급 우파분자』로 몰려 사랑하던 자기의 『가야금』을 잃어버렸다. 지나친 『정치운동』의 압력과 교조주의적인 사상 비판은 시인들의 머리를 속박하였고 시인들의 영감을 고갈시켰고 시적 상상의 나래에 모진 상처를 남겼다. 조선족 시단에 휘몰아치던 이런 『좌』경적 사조가 1958년~1959년 사이에 『대약진』, 『인민공사화 운동』, 『반우경투쟁』, 신민가 운동과 합류되어 조선족 시문학으로 하여금 허다한 폐단을 빚어내게 하였다. 이때로부터 조선족 시단에는 반사실주의적 사조와 허풍으로 특징되는 『낭만주의』 사조가 범람하여 현실을 터무니 없이 분식한 『송가』, 정치 개념과 구호로 엮어진 표어식 시가들이 쏟아져 나오게 되었다. 이런 그릇된 시풍과 경향은 시집 『동풍만리』(1958년), 『청춘의 노래』(1959년), 『들끓는 변강』(1959년)과 각종 민가집 그리고 적지 않은 서정시에 집약적으로 반영되고 있다.

하지만 이 시기에 민가운동 중의 일부 긍정적인 영향, 『모주석시사』(현남극 번역)의 번역 출판, 대자연 개조에 일떠난 인민들의 충천하는 열정의 고무 하에 적지 않은 시인들이 비교적 강건하고 청신하고 기백있는 좋은 시편들을 창작하였다. 인민들의 불타는 노동 열정을 가송한 서정시 『최신지도를 그리는 이들께』(임효원. 1958년), 『고동하시초』(김성휘. 1958년), 『장사들이 예 왔노라』(김철. 1958년), 『염전』(이욱. 1958년), 『겨루어 보자』(이삼월. 1958년), 혁명 전통 주제를 다룬 서정서사시 『산촌의 어머니』(김철. 1958년), 서정시 『수림은 나의 동지』(임효원. 1959년), 조국을 노래한 서정시 『조국』(이욱. 1959년), 『조국찬송』(김철. 1959년), 『영광스런 나의 조국』(임효원. 1959년), 『내 조국을 자랑하노라』(김창석. 1958년) 등이 그 예로 된다. 그리고 이 시기에 이욱의 서정시집 『연변의 노래』가 한문으로 번역 출판되어 형제민족 독자들에게 읽혀졌다.

이 시기에 전면적으로 시작된 사회주의 건설 사업은 시인들을 무한히 흥분시키면서 그들에게 시적 영감의 새로운 샘물터를 안겨 주었다. 따라서 시인들은 자기 창작의 기본 방향을 위대한 사회주의 건설 사업을 구가하는 데로 점차 돌리면서 사회주의 건설의 앞장에 서서 보무당당하게 전진하는 영웅 인물들과 선진 인물들의 정신세계의 미를 다각적으로 노래하는 길에 본격적으로 들어섰다. 이는 이 시기 시문학이 제재면에서 보여주는 하나의 새로운 특징이라고 말할 수 있다. 이런 특징은 거창한 대자연 개조 사업으로 일어난 변혁을 격조 높이 노래한 서정시들에서 집약적으로 나타나고 있는 바 김성휘의 『고동하시초』가 바로 그 대표적 작품들 중의 하나이다.

시인 김성휘는 뜨거운 열정, 포만된 정서로 고동하의 물줄기를 옮겨 산간 마을에서 논을 푸는 사회주의 시대 농민들의 투쟁 모습과 그들에 의해 이룩된 놀라운 변천을 소리 높이 노래하였다.

> 북으로 북으로 흐르던 물
> 오늘은 정지!
> 명령을 받았구나
> 동으로 동으로 흘러간다
>
> 세기를 내리내리
> 목마르던 땅이
> 허리띠를 풀었구나
> 강물을 몽땅 마실 잡도리라네
>
> 땅이 어디메냐
> 하늘이 어디메냐
> 오, 땅에 하늘이 내려앉았구나
> 해와 별이 미역 감는 논이로다

이는 『고동하시초』 중의 몇 대목이다. 이 서정시는 새로운 시대적 변화를 민감하게 반영한 작품으로서 대자연 개조에 일떠선 농민들의 보람찬 투쟁에 대한 열렬한 긍정과 감격, 이것이 바로 『고동하시초』의 밑바닥에서 여울치는 시적 정신이다. 이 서정시는 『최신지도를 그리는 이들께』를 비롯한 여러 작품들과 더불어 사회주의 건설의 주제를 다룸에 있어 기특한 탐구와 성과를 보여주었다.

이 시기에 이르러 혁명 전통에 대한 시인들의 깊은 관심과 사색으로 하여 조선족 시문학에서 혁명 전통의 주제가 본격적으로 다루어지기 시작하였다. 이 경우 김철의 서정서사시 『산촌의 어머니』가 우리의 이목을 끌고 있다.

이 서정서사시는 1930년대 항일 무장 투쟁 시기에 항일 투사들이 발휘한 혁명적 영웅주의와 고상한 동지애, 군민일치의 전통적 기풍을 정서적으로 채색된 사건 속에서 노래하였다. 이 작품의 기본 사건은 주인공 산촌의 어머니와 유격대 박대장의 행동선에 의해 이루어졌고 작품의 초점도 바로 두 인물에 맞추고 있다.

선달의 눈보라 봉창을 두드리는 이른 새벽, 일제 침략자로 하여 부상당한 유격대의 박대장이 산촌의 어머니 집에 뛰어든다. 뒤미처 적들이 어머니 집에 덮쳐 들어 박대장을 내놓으라고 으르렁댄다. 어머니는 적들의 수색에 지혜롭게 대처한다. 놈들은 음흉한 궤계를 꾸며 어린애를 죽이는 것으로 어머니를 위협한다. 하지만 어머니는 여전히 태연자약하면서 박대장의 피신처를 알려주지 않는다. 놈들은 하는 수 없이 돌아간다. 하여 유격대의 박대장은 사경에서 구원된다. 나중에 산촌의 어머니 그리고 적지 않은 마을 사람들이 박대장을 따라 유격전에 나선다.

밀영을 찾아
혈전을 찾아
박대장이 길잡이 서고
식칼 든 어머니
뒤미처 따르고
그 버금엔
박포수의 화성대
최첨지의 마포짐…

준엄한 대열은
산으로 산으로!

(생략)

보복의 홰불로
어둠을 태우며
승리의 새벽을
소리높이 부르며
불패의 대오가 나아거거니

아, 영광이 있으라
구김없는 이 땅의 심장이여
이 나라 영생의 불사조여!

이 서정서사시는 굵고도 세련된 사건의 얽음새와 민족적 색채가 짙은 서정을 통하여 항일 무장 투쟁 시기 영웅적인 조선족 부녀의 형상을 성공적으로 부각하였으며 그 시기의 본질적 특징을 훌륭하게 일반화하였다. 이 작품은 항일 투사에 대한 절절한 칭송의 감정과 원수들에 대한 치솟는 적개심이 시 구절마다에 뜨겁게 맥박치고 있는 것으로 하여 서사성을 보장하면서도 정서적 체험과 운율성이 강한 특성을 보여주고 있으며 시적 표현들이 잘 다듬어지고 정제되어 커다란 표현적 효과를 나타내고 있다. 따라서 서정서사시 『산촌의 어머니』는 이 시기 시문학에서 항일 투사들의 사상정신적 특질을 심오하게 일반화하고 주인공의 성격미를 감명깊게 부각한 대표적인 성과작으로서 혁명 전통의 주제를 취급함에 있어 귀중한 경험을 남기었다.

60년대에 진입하여 조선족 시인들은 『대약진』 시기의 열광적이고도 허위적인 『낭만주의』의 사조에 대하여 초보적이나마 반성하면서 혁명적 사실주의가 요구하는 시 창작의 진실성 추구에 모를 박고 진실한 감정을 읊조리기에 노력하였으며 또한 일부 중견 시인들은 고심한 탐구와 창작 실천을 거쳐 자기의 나름새와 개성을 보여주기 시작하였다. 이런 행정에서 종합시집 『아침은 찬란하여라』(1961년), 『푸른 잎』(1962년), 『연변시집』(1964년), 『변강의 아침』(1964년) 등이 선후로 출판되고 인민 대중이 즐기는 훌륭한 시편들이 창작되어 이 시기의 조선족 시단을 장식하였다. 하지만 이 시기에 이르러 계급 투쟁의 확대화와 절대화가 가심해짐에 따라 『좌』경적인 정치 사조가 시 창작에 막대한 영향을 끼치었다. 하여 60년대 전반기의 조선족 시문학 역시 정치적 세파에 모대기면서 자기 전진의 앞길을 열어 나갔다.

건국 후의 정치, 경제, 문화생활을 거쳐 조선족 인민들은 조국의 따사로움을 날따라 뜨겁게 느끼게 되었고 이런 위대한 조국을 마련해 준 당에 대한 신뢰의 감정이 날따라 더욱 두터워졌다. 시인들은 인민들의 이런 숭고한 감정을 대변하여 조국과 당 그리고 수령에 대한 신뢰와 칭송의 감정을 토로하는 시작품 창작에 정열을 몰부었다. 하여 60년대 전반기에 조국과 당, 수령에 대한 서정시들이 건국 후 그 어느 시기보다 더 많이 쏟아져 나왔다. 이런 작품들 중에서 『나는 북경에 가고 싶소』(김성휘. 1960년), 『나는 이 땅을 사랑한다』(김창석. 1961년), 『조국에 대한 생각』(한원국. 1961년), 『태양송가』(김태갑. 1961년), 『당을 따르는 마음』(이상각. 1961년), 『조국』(송정환. 1962년), 『태양성』(김철. 1962년), 『위대한 나의 조국』(김경석. 1963년) 등이 자기의 광채를 자랑하고 있다.

시인 송정환의 『조국』은 조국의 주제를 다룬 서정시들 가운데서 깊은 인상을 남긴 서정시 중의 하나이다.

내 여기 한폭의 지도우에서
그대의 슬기론 모습과 높뛰는 맥박을
가슴깊이 가슴깊이 느끼나니

그대의 넓은 대지우에
그물처럼 뻗어있는
철도와 도로와 항선
이것은 그대의 굵은 피줄이 아니오이까?

가슴헤쳐 흐르는
양자강의 높은 물소리에
장백림해 춤추어 화답하고
옥야만리에 황금파도 넘실대거니
이것은 그대의 약동하는 맥박이 아니오이까!

자하천척 갱도와 갱도에서
굴진기는 멎을줄 모르고
안강에서 포강에서
용광로는 끓어 식을줄 모르오니
이것은 그대의 불같은 정열이 아니오이까!

이는 서정시 『조국』의 앞부분에서 발취한 몇 대목인데 이것만을 보더라도 이 서정시에서 울려나오는 것은 사회주의 건설을 전면적으로 다그치고 있는 조국의 번영에 대한 열렬한 칭송의 감정이다. 시인은 거대한 상상의 힘과 웅건한 감정의 폭을 가지고 시상을 구김 없이 개방하면서 시의 마지막을 다음과 같이 마무리짓고 있다.

> 누가 만일 나더러 묻는다면
> ―무엇이 가장 귀중하냐고?
> 그러면 아들은 서슴없이 말하리라
> 조국!
> 그대 말고 나는 모른다고!
> 그리고 그네를 위해서라면
> 모든것을 바쳐 싸우련다고
> 오, 조국이여 길이 빛나라!

시인들의 심장은 조국과 함께 고동치고 있을 뿐만 아니라 위대한 당과 맥박을 같이하고 있다. 시인들은 조국을 말할 때 당을 잊지 않으며 당을 노래할 때 조국을 마음 속에 간직하고 있다. 하기에 시인 이상각은 서정시 『당을 따르는 마음』에서 서정적 주인공의 생활과 운명에 일어난 놀라운 변화를 당과 밀착시켜 노래 가락을 감동적으로 엮고 나서 당에 대한 시인의 무한한 신뢰의 감정을 다음과 같이 절절하게 토로하였다.

> 아, 지옥의 어제날엔 피눈물을 흘렸건만
> 당신이 계신 오늘은 웃음으로 보내노니
> 당신이 우리를 인도하는 내일은
> 또한 그 얼마나 황홀하리까
>
> 벽해가 말라서 평지로는 될수 있어도
> 당신을 따르는 마음 일편단심이오니
> 당신이 가리키는 눈부신 길을 따라

자자손손 대를 이어 나아가리라

이런 숭고한 감정은 수령에 대한 송가에서도 메아리쳤다. 하지만『문화 대혁명』전야에 이르러 수령을 노래한 시작품들에서 개인숭배의 경향이 대두하게 되었다. 이런 경향은『문화 대혁명』기간에 악성적으로 발전되어『현대미신』을 낳게 하였다.

60년대 전반기의 조선족 시문학에는 전국 인민이 당의『조절, 공고, 충실, 제고』의 방침에 따라『대약진』시기의『좌』경적 오류를 시정하며 사회주의 건설을 다그치는 전진적 기상, 인간에 대한 사랑과 미덕으로 꽃피는 선진 인물들의 높은 정신세계, 날따라 번영하는 새 생활에 대한 감격이 힘 있게 투영되었다. 서정시『숭선시초』(이상각. 1961년),『심산속의 오솔길』(김철. 1961년),『아침합창단』(윤광주. 1962년),『개간지의 봄노래』(이삼월. 1962년),『고향사람』(김성휘. 1962년),『교원의 노래』(김응준. 1962년),『백발』(박화. 1962년),『꽃피는 공소부』(황상박. 1962년),『꽃수레』(김창석. 1962년),『행복한 어린것들아!』(윤태삼. 1962년),『탄광시초』(김경석. 1963년),『천 짜는 복이』(김태갑. 1964년),『기러기』(허도남. 1964년),『대뚜베군처녀』(허홍식. 1964년) 등이 바로 상술한 주제에 바쳐진 대표적 작품들이다.

『탄광시초』는 사회주의 건설에 떨쳐나선 탄부들의 드높은 열정과 창조적 적극성, 노동에 대한 새로운 희열을 생동한 시적 화폭을 통해 훌륭하게 일반화하였는 바 이 작품은 노동자들의 생활을 조선족 시단에 끌어들임에 있어 일정한 역할을 하였다.

서정시『숭선시초』는 근로한 농민들의 창조적 노동과 그 속에서 이룩되는 농촌의 엄청난 변천, 새 생활에 대한 감격과 낭만에 그윽한 향토적 서정의 조명을 부여하면서 시대정신을 감명깊게 노래하였다.

서정시『심산속의 오솔길』,『교원의 노래』,『천 짜는 복이』등은 조국과 인민을 위해 헌신적으로 일하는 선진 인물들의 아름다운 내면세계를 파헤치는 데 초점을 맞추면서 그들의 자기 일터에서 느끼는 참된 보람과 충성의 마음, 내일에 대한 낭만을 예술적으로 깊이 있게 토로하였다.

사회주의 제도 하에서의 새 생활에 대한 인민들의 행복감과 긍지감은 시인들의 영감을 야기시켰는 바 서정시 『꽃피는 공소부』, 『아침합창단』, 『행복한 어린것들아!』가 이에 대한 좋은 설명으로 된다. 그중에서도 『꽃피는 공소부』가 독자들에게 더욱 깊은 인상을 안겨주고 있다.

> 매대위에 펼친 꽃천
> 나비떼 부르는가
> 마을의 아낙네들
> 옷감을 끊네
>
> 늙으신 아버님께
> 두루마기 한견지
> 첫돌내기 복둥인
> 색동저고리
>
> 고운 무늬 골라들고
> 색갈도 맞춰가며
> 한감, 두감…아낙네들
> 꽃천을 끊네

이 예문은 서정시 『꽃피는 공소부』의 첫부분이다. 시인은 산촌의 공소부에서 아낙네들이 천을 끊는 장면을 시적 계기로 포착하고 날따라 꽃 피어나는 농민들의 행복한 생활에 대한 감격과 흥분을 명랑한 서정으로 읊조리었다. 뒤이어 시인은 다음 부분에 이르러 아바이가 라디오를 사는 장면, 꽃분이의 잔칫날 선물을 두고 벌어진 아기자기한 이야기 등 생활적 사실들을 시적으로 엮고나서 시의 마지막 부분에 와서 자기의 참을 수 없는 흥분과 감격을 다음과 같이 토로하였다.

> 앞몫낟알 나라에
> 선참 바친 웃음꽃

향기 뿜는다
일손들 가슴 속에
깃드는 행복
아, 산촌에 꽃이 피였네

우리가 이 시를 읽노라면 모름지기 시에 그려진 행복한 생활 정경에 도취되며 그 밝은 색조와 명랑한 기분에 젖어 들게 되면서 이 행복을 마련해 준 은인을 생각하게 된다. 이 작품에서는 일상생활에서 시적인 것을 발견하는 미학적 안목, 열정에 불타는 깊은 정서적 체험, 작품에 도입된 편단적 사건에 대한 정서적인 채색 등이 예술적인 견지에서 독자들의 이목을 끄는 것이 특징적이다.

60년대 전반기에 조선족 시인들은 조선족의 빛나는 혁명 전통과 항일 투사들의 숭고한 정신세계를 선행 시기의 서정시보다 더 심도있게 형상한 서정시들이 많이 창작되어 이 시기 시문학의 한낱 중요한 주제 범위를 이루고 있다. 이에 바쳐진 대표적 작품으로는 서정시 『옥중의 노래』(김태갑. 1962년), 『열사비』(김창석. 1962년), 『항전의 나날에』(김경석. 1962년) 등이 있다.

서정시 『옥중의 노래』는 30년대 항일 무장투쟁 시기 유격대의 처녀—수리개가 사형당할 전날밤 옥중에서 원수와 싸우는 혁명적 영웅주의와 낙관주의 정신을 깐진 시적 구성에 담아 감명깊게 노래하였다. 시인은 이 시편에서 적에게 체포된 유격대의 처녀가 옥중에서 『중국공산당 만세』라는 빗발치는 일곱 글자를 수놓으면서 싸우는 비장한 모습 및 그 처녀의 추억과 낭만을 장중하게 읊조린 다음 시의 마지막 대목에 이르러 처녀의 투쟁과 약속된 황홀한 미래, 시대와 더불어 영생할 유격대 수리개의 불멸의 위훈을 다음과 같이 가슴 뜨겁게 토로하였다.

이 밤
그대 부른 노래는
폭풍되어 흑운을 쫓고
그대 수놓은 글자는
홰불되어 암흑을 태우리니

이제 날이 새고
태양이 솟으면
처녀는—수리개는
사형리들 이마빼기에
노래로 폭탄을 들씌우고
피로 수놓은 기폭 펄펄 날리며
조국의 하늘에 나래쳐오르리!

　이와 같이 『옥중의 노래』가 항일 투사의 숭고한 정신세계를 반영하는 데 시적 초점을 맞추었다면 서정시 『열사비』는 혁명 전통을 계속 발양할 데 관한 주제를 정면에 내세웠다.

산길에는 연분홍진달래
들길에는 노란 민들레
길복판에 늘여진 두줄기 수레길
고향길은 몇백리 수레길은 몇천리

연변이라 내 고향길 걷기가 좋아
꽃이라 범나비 수놓은 들판
길섶에 맞아주는 반가운 동지
천추에 정기뿜는 하얀 열사비

피바다로 젖어든 조국의 땅
걸어온 길 백리 가는 길 천리에
손짓하며 바래주는 다정한 동지
마음속에 우뚝 솟은 하얀 열사비

한치 땅도 귀중하게 디디자
활개치며 못다 걸은 그들의 땅
한모금 샘물도 아껴서 마시자

갈한 목도 못추겼던 그들의 샘물

이는 서정시 『열사비』의 전문이다. 시인은 자못 다정다감한 서정과 명랑한 색조로 열사비가 자리잡고 있는 환경—연분홍 진달래, 노란 민들레꽃이 피는 화창한 봄날의 참신한 화폭을 제시하면서 독자들로 하여금 자신들이 누리고 있는 행복한 생활을 연상하게 하고 또 이런 행복을 마련해 준 열사들에 대한 존경의 감정을 자아내게 하였다.

상술한 서정시 『옥중의 노래』와 『열사비』는 한결같이 깊은 체험세계를 통한 강렬한 서정, 소박하고도 가식없는 진실한 묘사, 눅잦힐 수 없는 강한 정서적 홍분 속에 묻은 깊은 철리적 사색과 여운으로 특징적이다. 게다가 두 서정시가 모두 자못 함축되고 세련된 시행과 시연으로 엮어 나가면서 작품의 사상감정을 깐지게 짜고든 함축미, 간결미에 예각적 대응을 시도한 것이 또한 기특하다.

60년대 전반기의 조선족 시문학에서 또 하나 홀시할 수 없는 것은 정론시의 대폭적인 창작이다. 이런 정론시에서 중국 인민과 세계 인민의 단결과 친선, 반제 투쟁을 취급한 시편들이 뚜렷한 위치를 차지하고 있다. 이를테면 『폭풍의 노래』(김철. 1960년), 『싸우라 빠나마』(이삼월. 1964년), 『세차게 타오르는 항미의 불길이여』(김경석. 1965년) 등 정론시들은 전세계 피압박 인민들의 정의의 투쟁을 열정적으로 구가하고 중국 인민의 국제주의 정신을 격조 높이 노래하였다. 이런 정론시들은 드높은 혁명적 격정, 강렬한 전투적 호소성으로 특징적이다.

총적인 견지에서 볼 때 건국 후 17년간의 조선족 시문학은 간난신고를 겪으면서 전진하였는 바 그가 이룩한 성과를 낮게 평가할 수 없다. 하지만 그것이 시대와 인민의 욕구에 비해 보거나 예술적 차원에서 가늠해 보면 적지 않은 미흡점들이 있다는 것을 지적해야 하겠다.

우선, 시문학의 공능을 대함에 있어 인식교양적 공능을 지나치게 중요시한 나머지 심미적, 오락적 공능을 홀시함으로 말미암아 시문학을 단지 정치와 계급 투쟁의 『도구』로만 여기는 폐단이 엄중하였다. 이와 같이 문예와 정치의 관계에 대한 편면적인 인식과 오류적인 처리, 과분한 행정적 간섭과 조폭한 비평은 예술 민주를 압제하고 시인들의 머리를 속박하여 지어 한때는 시인들의 창조적 재능을 마구 압살하는 지경에까지 이르렀다. 애정시나 풍물시 같은 것은 건드리기 어려운 『금지구역』으로, 이른바 자산계급의 미학적 이상을 추구하는 『대명사』로 되었으며 조선족 시단에 자각적으로 혹은 비자각적으로 정치적인 중심 과업과 배합하고 형세만을 따르는 표어구호식적인 시작품들이 많이 쏟아져 나와 판을 치게 하였다.

다음, 상술한 원인으로 하여 시문학의 진실성이 대대적으로 약화되었다. 현실생활에 뿌리를 내리고 인민 대중의 정신세계와 밀착된 진실한 감정과 서정은 시의 생명이다. 하지만 이 시기의 적지 않은 시작품, 특히 『대약진』 시기의 많은 서정시들은 들뜬 열광성과 허위적인 『낭만주의』로 진실한 감정의 다각적인 토로를 대신하였다. 이런 시작품들은 이른바 『송가』풍에 휘말려 들어가 사회 모순을 회피하고 현실생활 중의 암흑면을 대담하게 건드리지 못하고 생활을 표층에 보이는 『광명면』만을 분식하는 경향이 심했다.

그 다음, 17년간의 조선족 시문학은 예술적 풍격의 형성과 발전에 있어서도 적지 않은 구애를 받았다. 건국 후 17년 동안에 시인의 주체의식이 홀시됨에 따라 시인들의 개성이 충분하게 발휘되지 못하였는 바 시인 『자아』의 감정이 시작품에 구현되면 흔히 자산계급의 『자아 표현』으로 간주됨으로 말미암아 시인들의 독특한 감수와 내부적 체험에 기초한 『나』의 서정세계가 일반적인 『우리』 속에 매몰되어 적지 않은 시작품들이 시대의 『나발통』으로 전락되었다. 『사회주의 시가의 방향은 민가』라는 사조의 영향 하에 시의 형식에 대한 다양한 탐구와 대담한 혁신이 홀시되었고 시의 표현 수법에 있어서도 생경한 직설법만이 강조된 데서 표현의 단색화, 경직화를 초래하였다. 이런 오류와 결함은 『문화 대혁명』 시기에 가서 더욱더 만연되고 노골화되어 조선족 시가문학에 모진 상처를 남겼다.

제4절 17년의 소설문학

중화인민공화국의 창건으로부터『문화 대혁명』전까지의 17년 동안의 조선족 소설문학은 시문학과 더불어 당대의 전반 조선족 문학에서 뚜렷한 성과를 달성한 분야이다.

이 시기의 조선족 소설문학은 선행 시기의 빛나는 전통을 계승하고 한족을 비롯한 형제민족과 조선, 소련 등 외국의 훌륭한 소설들의 영양분을 섭취하면서 거창한 현실생활을 바탕으로 하여 새로운 발전의 길에 올랐다. 새 중국의 탄생은 소설 창작에 새로운 소재와 주인공들을 제공하였으며 소설가들에게 전례 없이 평화로운 창작 환경을 마련해 주었다. 따라서 건국 후 17년 동안의 조선족 소설문학은 생활 반영의 깊이와 넓이거나 창작의 수량과 질에서 나를 막론하고 기꺼운 성과를 거두었다.

건국 후 17년간의 조선족 소설문학은 사회생활의 변천과 소설문학 자신의 발전 법칙에 따라 두 개 단계로 나누어 고찰할 수 있는데 첫 단계는 공화국 창건으로부터 반우파 투쟁 전야까지, 두 번째 단계는 반우파 투쟁으로부터『문화 대혁명』전야까지이다.

중화인민공화국 창건으로부터 반우파 투쟁 전야까지는 건국 후 당대 조선족 소설문학이 발전의 나래를 펼친 첫 단계이다. 건국 후의 눈부신 변천과 벅찬 현실에 고무된 김창걸, 김학철, 염호열, 백호연, 백남표, 마상욱, 최현숙, 이근전 등을 비롯한 소설가들이 중견적인 역할을 하면서 조선족 소설문학으로 하여금 건국 후의 첫 걸음마를 힘 있게 내디디도록 하였다.

이 시기의 소설문학에서 압도적인 우세를 차지한 것은 현실의 급격한 변화에 민감한 기동적인 형식인 단편소설과 산문 창작이다. 이 시기에 선후로 출판된 종합 단편소설집『뿌리박은 터』(1953년),『세전이벌』(1954년),『새집 드는 날』(1954년), 김학철의 단편소설집『군공메달』(1952년), 이근전의 산문집『과일꽃 필무렵』(1956년) 등이 그 웅변적인 증명으로 된다.

건국 후 소설 발전의 첫 단계의 단편소설들은 사회주의 제도의 우월성과 새 생활에 대한 희열과 긍정, 자기 운명을 자기 손에 틀어쥐고 새 사회, 새 생활을 가꾸어 가는 근로 대중의 전형적 성격 창조, 사건 얽음새의 비복잡화, 묘사의 진실성과 소박성 등을 자기의 특징으로 하고 있다.

건국 후 첫 7년 동안의 단편소설 창작에서 무엇보다 먼저 사회주의 제도가 마련해 준 새 생활에 대한 희열과 감격, 나라의 주인으로 된 농민들의 노력적 투쟁, 애국증산의 열정을 반영한 작품들이 전면에 나섰다. 이에 바쳐진 대표적인 단편소설들로는 『새로운 마을』(김창걸. 1950년), 『소골령』(염호열. 1950년), 『새집 드는 날』(김학철. 1953년) 등을 손꼽을 수 있다.

『새로운 마을』은 건국 후 조선족 문단에서 처음으로 창작된 단편소설이다. 이 소설은 알곡 생산, 부업 생산, 문맹퇴치 등 사건선과 토지개혁 후 각성한 진보적 농민 갑식의 전형적 형상의 부각을 통해 개인 영농으로부터 집단적 영농으로 이행하는 변천 중에 느끼는 농민들의 희열과 감격, 정치상에서 뿐만 아니라 경제면에서도 크낙한 번신을 이룩하려는 강렬한 욕구, 자기의 미만한 앞날을 자기절로 안아오기 위한 노력적 투쟁 및 그 속에서 꽃 펴나는 고상한 정신적 풍모를 소박하고도 진실하게 반영하였다. 단편소설 『소골령』은 농민들이 『애국심의 결정』인 공량을 수레와 발구에 싣고 눈길을 헤치면서 험준한 령을 넘어가는 감격적인 장면과 그 속에서 벌어지는 이야기를 빌어 이 땅의 주인으로 된 농민들의 조국에 대한 무한한 충성심을 생동하게 표현하였다. 상술한 두 단편소설은 한결같이 혁명적 사실주의 창작 방법에 입각하여 새 생활을 창조하는 농민들의 노력적 투쟁과 그들의 애국심을 형상화함으로써 건국 후 조선족 소설문학의 첫 페이지를 아름답게 장식하였다.

건국 초기 시대에 민감한 조선족 소설가들은 사회주의 제도의 품 속에서 성장하는 신형의 긍정적 인물에 이목을 돌리면서 그들의 전형적 창조와 내심세계의 발굴에 정열을 몰부었다. 따라서 이 시기에 사회주의 시대의 신형의 인간을 부각한 단편소설들이 대폭적으로 창작되었다. 신형의 사회주의적 농민 형상을 창조한 단편소설 『과일꽃 필 무렵』(이근전. 1954년), 『박창권 할아버지』(이근전. 1955년), 『어머니와 아들』(강철. 1955년), 교육 전선의 신근한 원예사―참된 인민 교원을 노래한 단편소설 『꽃은 새 사랑 속에서』(백호연. 1950년), 『최선생』(원시희. 1956년), 새 시대의 노동자들의 형상을 떠올린 단편소설

『감화』(정관석. 1956년), 사회주의의 무일꾼들의 인도주의 정신을 구가한 단편소설 『간호장』(마상욱. 1956년) 등이 상술한 주제를 취급함에 있어 자기의 성과를 자랑하고 있다.

단편소설 『박창권 할아버지』는 사회주의 합작화의 길에서 선두에 나선 박창권 할아버지의 형상 창조에 신경을 썼다. 소설의 주인공 박창권 할아버지는 『일거리 없이 그저 앉아 있으면 도리어 병이 나는』 근면하고 성실하고 강직한 간농군이며 집단주의 사상으로 무장된 신형의 사회주의 농민이다. 그는 『다섯 살에 아버지를 여의었고 그의 형도 신병으로 오래 고생하다가 스물세 살 되는 아까운 나이에 세상을 떴다. 이리하여 열여섯 살 되는 어린 나이에』『가정의 무거운 짐을 지게 되었다. 그는 늙은 어머니를 모시고 이곳 저곳 정처없이 떠다녔다. 입에 풀칠하기 위해 그는 야장일도 해 보았고 목수일도 배워 보았다. 그러나 살림살이는 펴이지 않았다. 그는 할 수 없이 늙은 어머니를 모시고 장백산 깊은 산골에 들어가 황무지를 일구었다. 하지만 해마다 재해를 당하다 보니 고슴도치 외따지듯 빚만 잔뜩 걸머지게 되었다. 빚받이군들의 성화에 견디다 못하여 그는 하는 수 없이 그곳을 도망해 나와 이 태홍촌으로 오게 되었던 것이다.』 이런 피눈물 나는 과거사는 박창권 할아버지로 하여금 사회주의 제도의 따사로움을 누구보다 가슴깊이 느끼게 하였고 또한 이로 하여 그는 고령에 달하였지만 모상판 관리 사업을 맡고 밤낮 없이 헌신적으로 일하였다. 소설은 바로 농촌 건설의 앞장에서 서서 남다른 열정과 본보기를 보여준 박창권 할아버지의 자기희생 정신과 불굴의 투지를 감명깊게 묘사하였다.

단편소설 『박창권 할아버지』가 『아들과 손자를 사랑하는』것처럼 집단을 진정으로 사랑하는 노세대의 선진적 농민의 형상을 부각한 데 반하여 단편소설 『어머니와 아들』은 당의 교양 하에 건실하게 자라나는 젊은 세대의 형상을 창조하였다.

단편소설 『어머니와 아들』의 주인공 형준이는 고중을 마치고 사회주의 새 농촌을 건설하려는 아름다운 이상과 드팀없는 신념을 안고 고향에 돌아와 농업생산에 참가한다. 그는 고향의 노농들을 스승으로 모시고 실천 가운데서 자기의 사상과 기량을 연마하여 어려운 시련을 거쳐 점차 믿음직한 건설자로 자라나며 또한 순복이와 참된 사랑을 무르익힌다. 이 소설에서 형준이는 지식이 있고 이상이 크며 그 어떤 난관과 풍파도 두려워하지 않고 농촌 건설의 선두에 나선 새 시대 청년 지식인의 형상으로 부각되었다. 소설은 그의 형상을 통하여 새 중국 젊은 세대의 고상한 정신도덕적 풍모를 감명깊게 일반화하였다. 이 소설은 사건의 얽음새가 흥미롭고 인물의 내면세계 묘사가 진실하고 섬세함이 이채를 보여주고 있다.

단편소설 『꽃은 새 사랑 속에서』는 인민 교원의 고상한 풍덕을 칭송한 작품으로서 학생 기봉이와 선생 명훈의 관계를 설정하고 기봉이를 전변시키는 명훈이의 다각적인 교양 과정을 보여주는 데 형상의 초점을 맞추었다.

기봉이는 어릴 때 일찍 아버지와 어머니를 여의고 이웃인 박씨네 집에서 자라며 학교를 다닌다. 그 집 어머니는 마음이 나쁜 것은 아니지만 교양이 없는지라 기봉이를 알아주지 못하고 칭찬보다는 욕설이 앞서는 편이 일쑤였다. 하여 기봉이는 점차 엇나가기 시작하였다. 그는 학습에 싫증을 느끼고 제 또래들을 손아귀에 쥐고 맘대로 하였다. 그는 『욕설 속에서 자란 탓인지 아무 일이건 대수로와 하지 않을 뿐더러 사납기 그지 없었다.』 이런 실정을 알아차리고 목격한 선생 명훈이는 기봉에 대한 따뜻한 교양의 손길을 뻗친다. 명훈이는 기봉에 대한 인격적 존중과 신뢰, 인정미 어린 사상 담화, 영웅 인물 소개, 기봉의 적극적 인소에 대한 칭찬과 지지, 자기의 이신작칙 등 다양한 정면적 교양 수단을 동원하여 기봉이를 선진적인 학생으로 전변시킨다. 기봉이의 전변을 두고 명훈이는 깊은 밤에 교수안을 쓰고 나서 다음과 같이 일기를 썼다.

『붉은 오월에 나는 또 새 기쁨과 용기를 얻고 내 사업을 즐긴다. 귀한 것을 꼽자면 나의 생명보다 먼저 후대를 꼽아 왔다. 그 새 후대의 한 사람인 김기봉을 고치기 시작했다. 물론 이것은 첫시작이다. 앞으로 해야 할 일은 가정 방문과 계속되는 교양이다…

강철이 강하다구? 그러나 나는 더욱 강하게 되련다. 나라는 바위는 물결에 씻기울수록 더욱 강해질 것이다.

자—교육전선에 나선 젊은 혁명가여! 이 일에 자만을 말고 또 새일을 찾아 저진하자! 사업을 사랑할 줄 모르는 자가 무엇을 사랑하겠는가? 다만 나의 두뇌에 무장된 유일한 것은 내가 맡은 후대를 훌륭한 노동자의 아들 딸로 기르자는 그것 뿐이다. 만약 그렇지 못하면 광명한 시대에 살면서 나는 「고요한 돈」의 그리고리의 운명을 걸을 것이다.』

이 소설은 후진 학생에 대한 뜨거운 사랑, 신뢰와 인정미로 흘러 넘치는 정면교양 및 이신작칙의 모범으로 후진 학생을 감화시켜 선진 학생으로 전변시킨 주인공 명훈의 형상을 통해 새로운 제도 하에서 이루어지는 인민 교원의 고상한 사상정신적 특질을 생동하게 보여주었다. 이 소설은 선명하고도 흥미로운 사건 얽음새, 섬세하고도 진실한 세부묘사, 묘사에서의 강한 서정성 등으로 하여 예술적 감화력을 가지고 있는 바 이 시기의 조선족 소설문학에서 달성한 성과직의 하나라고 말할 수 있다.

건국 초기의 조선족 소설문학에서 이채를 보여주는 것은 사회주의 제도 하에서 아름답게 꽃피는 새로운 애정 윤리를 묘사한 소설작품들이 자기의 얼굴을 돋보인 것이다. 이 경우 단편소설 『나의 사랑』(최현숙. 1955년), 『참된 사랑』 (이근전. 1956년) 등을 그 예로 들 수 있다.

당시의 문단에서 큰 파문을 일으킨 서한체 소설 『나의 사랑』은 농촌에서 자기의 사랑을 무르익힌 주인공 『나』가 『농촌으로 시집을 가지 말고 거리로 가라』고 권고하는 친구 옥별에게 어찌하여 농촌으로 시집갈 것을 단정하게 되었는가 하는 『사랑의 사연을 고백』하는 주인공의 회답 편지를 주요한 내용으로 하였다.

소설의 주인공 『나』는 소학교 4학년 시절에 어머니가 세상을 뜨자 학교를 그만두고 집살림을 하면서 농업 노동에 종사하였다. 『나』는 어려운 환경 속에서 비단같은 마음씨를 길렀다. 『나』는 근면하고 선량하며 사리가 밝고 목적 지향성이 강하다. 『나』는 농업 노동의 실천 가운데서 청년단 지부서기 겸 청년생산 돌격대 대장인 동원에게 자기의 사랑을 기탁한다. 『행복이란 창조할 수 있다』는 신조를 굳게 믿는 주인공 『나』는 『농촌으로 시집을 가지 말고 거리로 가라』, 『또 시부모도, 시동생도 없고 첫날부터 깨알같은 부부생활을 할 수 있는 데를 손톱으로 떵겨가며 골라라』고 하는 친구 옥별의 『권고』도 아랑곳하지 않고 자기의 사랑을 제나름대로 무르익힌다. 소설은 『나』의 애정관을 다음과 같이 밝히고 있다.

　『옥별아! 나는 내가 가장 잘 알고 또 나를 가장 잘 이해하는, 그리고 나도 모르게 마음이 끌려서 보고 싶고 돕고 싶은(이것이 나의 유일한 조건이기도 하다), 네가 반대하는 동원이와 일생을 약속하겠다. 그리고 그의 어머니의 눈이 되겠다. 정말이다. 그러면서 사랑하는 그와 함께 화목하고 아름다운 가정을 꾸리겠다. 이 가정은 우리 사원들이 잘 살 수 있는 행복하고 아름다운 농장 건설에다 뿌리를 박게 될 것이다. 그때면 우리는 자동차에 어머니를 모시고 현대화한 병원으로 갈 수 있다. 그러면 어머니는 우리 손으로 꾸려놓은 가정과 인민의 낙원을 자기 눈으로 보게 된단 말이다.

　옥별아! 지금 그가 문 앞에 와서 콩 심으러 가자고 부르는구나. 어서 가야겠으니 할 수 없이 오늘은 붓을 놔야겠다.

　나를 가장 관심해서 권하는 네 뜻을 저버리는 것은 이렇듯 알뜰한 나의 사랑—행복이 움트고 있기 때문이다. 나는 내 고향을 떠날 수 없다. 여기는 나의 사랑이 있고 나의 희망이 깃들인 곳이다. 세상에 이보다 더 아름답고 행복한 보금자리는 없을 것 같다.

　옥별아! 조건부로 대상을 구하여 안위를 얻을 것이 아니라 행복을 창조할 줄 아는 것이 가장 아름답게 사는 것이며 거기에서 진정한 행복을 맛볼 거라고 생각한다.』

　보다시피 이 소설은 주인공 『나』의 형상을 통하여 젊은 세대들의 고상한 윤리도덕관과 지향을 전형화하였다. 소설 『나의 사랑』은 그가 제기한 사회적 문제의 예리성, 주인공의 아름다운 내면세계, 정서적이고도 아름다운 필치로 하여 당시의 독자들 속에서 큰 공명대를 획득하였다.

　이밖에도 이 시기의 조선족 소설문학에는 조, 한 두 민족간의 형제적 단결과 친선을 노래한 단편소설 『김동무네와 왕동무네』(백남표. 1954년), 『누님』(현용순. 1956년) 등이 자기의 독특한 자세를 보여주었다. 이런 소설들은 전통적인 주제를 새롭게 심화시키면서 인민 대중에 대한 사상교양에 이바지하였다.

　공화국 창건부터 반우파 투쟁 전야에 이르는 동안 조선족 소설문학 발전에서 반드시 강조하여 지적해야 할 것은 소설가들의 사상예술적 수준의 제고와 생활 축적의 풍부화 및 인민들의 심미적 욕구가 높아짐에 따라 사회생활을 폭넓게 거시적으로 반영한 중편소설이거나 장편소설들이 나타나기 시작했다는 그것이다. 이것은 이 시기의 소설문학이 날따라 성숙하는 방향에로 줄기차게 매진하고 있었다는 것을 말해주고 있다. 김학철의 장편소설 『해란강아 말하라』(1954년), 중편소설 『번영』(1957년), 김동구의 중편소설 『꽃쌈지』(1957년) 등이 조선족 문학의 중장편 장르의 개척에서 중요한 역할을 놀았다.

상술한 바와 같이 건국 후 첫 7년 동안의 조선족 소설문학은 표토를 가르고 나온 새싹처럼 따사로운 시대적 각광을 받으면서 건실하게 자라났다. 하지만 방금 자기 발전의 나래를 펴기 시작한 이 시기의 소설문학 특히 단편소설 창작이 자기의 미흡점도 발로시켰다. 이 시기에 소설작품이 대폭적으로 창작되지 못했을 뿐만 아니라 발표된 작품들이 다룬 소재 범위도 협소하였다. 적지 않은 작품들은 구체적인 정책의 해석에 머물러 도식화, 개념화 경향이 엄중하고 예술적 감화력이 크지 못한 폐단들을 내포하고 있다.

건국 후 17년 동안의 조선족 소설문학 발전에서의 두 번째 단계는 반우파 투쟁으로부터 『문화 대혁명』 전야까지의 시기이다. 이 시기는 우리 나라에서 생산 관계의 사회주의적 개조가 기본상 끝나고 사회주의 건설을 전면적으로 시작한 시기이다. 따라서 이 시기의 조선족 소설문학은 이런 시대적 변천에 예각적인 대응을 시도하면서 발전의 길을 경유하였다.

이 시기에 조선족 소설문학은 다른 문학 형태들과 마찬가지로 반우파 투쟁 확대화, 『대약진』과 인민공사화운동, 『민족정풍』 확대화, 『반우경』 투쟁, 계급투쟁 확대화와 절대화 등 정치생활과 경제생활 및 문화생활 중의 『좌』경적 오류의 피해를 입으면서 곡절적인 발전의 길을 톺아 올랐다.

사회주의 건설 시기에 진입하여 노농 대중과 지식인들 속에서 현용순, 허해룡, 김병기, 윤금철, 차용순, 안창욱 등 신진 소설가들이 나타나 조선족 소설문단에 새로운 혈액을 보충해 주었다. 이 시기에 소설가들은 자신의 정치사상적 수준과 예술적 기량을 높이기에 힘쓰고 현실생활에 대한 체험과 미학적 탐구를 보다 심화시킴으로써 사회주의 건설의 약동하는 현실을 선행 단계의 소설문학보다 더욱 다양하고 생동하게 다루었다. 이 시기의 소설문학은 소재의 확대와 다양화, 사회주의 건설을 다그치는 근로 대중의 혁명적 영웅주의 정신에 대한 가송, 노농병 형상의 대폭적인 부각, 항일 제재의 심도 있는 발굴 등으로 자기의 특색을 보여주었다.

이 시기 소설문학에서 중심적인 자리를 차지한 것은 단편소설이다. 시대와 보조를 같이하는 소설가들은 시급히 변하는 현실의 맥박을 반영하기 위하여 무엇보다도 단편소설 창작에 이악스레 달라붙었다. 이런 행정에서 종합 단편소설집 『병상에 핀 꽃송이』(1959년), 『장화꽃』(1962년), 『봄날 이야기』(1962년) 등이 선후로 출판되었고 훌륭한 단편소설들이 많이 창작되었다.

이 시기의 단편소설 창작에서 뚜렷한 자욱을 남긴 것은 근로 대중의 혁명적 영웅주의 정신을 반영한 작품들이다. 이를테면 단편소설 『쇠돌골의 변천』(김병기. 1958년), 『병상우의 해연』(안창욱. 1958년), 『사막에서의 조난』(박태하. 1959년) 등이 바로 이런 주제에 바쳐진 성과작들이다.

『쇠돌골의 변천』은 농촌 건설의 들끓는 현실과 그 속에서의 농민들의 감동적인 사상전변 과정을 엮은 단편소설로서 주요하게 김영감의 형상 부각에 모를 박았다.

김영감은 농촌에서 태어나고 농촌에서 자란 근면한 농민이다. 그는 일찍 조선에서 일제놈들의 압박과 착취에 견디지 못해 기미년에 동북의 쇠돌골로 이주하였다. 그는 자기의 두 손으로 쇠돌골을 개척하면서 농사를 지었다. 그는 이 고장에서 해방을 맞고 토지를 분배받고 팔간집도 탔다. 그는 이때부터 사회주의 건설을 위해 몸과 맘을 바쳤다. 하기에 그는 노동 모범으로 되어 현에까지 갔다 왔다. 하지만 나중에 그는 쇠돌골을 뜨려는 생각에 물젖게 된다.

『김영감이 사는 곳은 참 그렇다. 개척된 지 오십여 년이 되지만 돌만 남은 밭가숭이 산골짜기였다. 그리하여 구들돌도 나고 지어 쇠돌까지 나기 때문에 이곳을 쇠돌골이라 한다. 1948년도만 하어도 60여호나 잘되던 것이 모두 해방덕에 번신하여 가지고 벌판으로 이사들을 하였다. 지금은 열여덟 집밖에는 남지 않았다. 그리하여 김영감도 이사할 생각으로 둘째 아들 집을 찾아갔던 길이다.』

하지만 고향을 떠난다는 것은 그리 쉬운 일이 아니다. 자기의 피와 땀이 슴배인 고향땅에 대한 애착심이 그를 고민 속에 빠지게 한다.

『내가 만약 이번 갔던 일이 되었다 하더라도 이곳을 떠나기는 참으로 애수하다. 이게 내가 조선에서 그놈들 단련에 못견디여 기미년에 두만강을 건너와서 보따리를 풀어논 곳이 아닌가? 또한 내가 개척한 곳이 아닌가. 그리고 해방 후 분배받은 팔간집이며 그중에도 특히 아까운 것은 어떤 왕가물에도 쫄쫄 흘러내리는 돌샘, 찌는 듯한 삼복 염천에도 시원한 그 물 맛은 더욱 잊을 수 없었다.』

김영감은 복잡한 사상 투쟁 끝에 쇠돌골을 뜨려는 생각에 동요가 생기며 나중에 이사하는 문제를 토의하러 둘째 아들 집에 갔다가 한 달 남짓이 지나 쇠돌골에 돌아와 그 사이에 일어난 쇠돌골의 놀라운 변천을 직접 목격하게 된다. 쇠돌골은 한 달 동안에 무척 변하였다. 김영감이 꿈에도 생각 못한 쇠돌골에는 어느새 전기가 들어왔고 미봉산 옆으로 저수지가 생겼다. 이런 엄청난 변천은 김영감의 그릇된 생각을 뒤집어 놓는다. 김영감은 자기의 여생을 쇠돌골에 묻고 보다 아름답고 풍만한 새 생활을 꾸려 보리라 마음 속 깊이 다짐하고 쇠돌골을 개변하는 노력적 투쟁의 세찬 물결 속에 뛰어든다.

이 단편소설은 김영감의 형상을 통해 대자연과 박투하는 장엄한 투쟁 속에서 자라나는 농민들의 새로운 사상과 혁명적 영웅주의 정신을 힘 있게 보여주었다. 이 소설은 낭만주의 색채가 짙고 농민들의 열정과 지향, 꿈과 이상을 반영한 것으로 특색이 있다. 하지만 여기서 부언하고 싶은 것은 이 소설이『대약진』시기의『좌』경적 사조의 영향으로 말미암아 쇠돌골에서 일어난 변천에 대한 반영과 그와 밀착된 세부묘사에서 진실성이 결핍한 폐단을 빚어냈다. 이런 폐단은 피면키 어려운 시대적 제한성이라 생각된다.

단편소설『병상우의 해연』은 농촌 제방공사를 지원하는 노력 투쟁의 현장에 뛰어든 인민해방군의 영웅적 투쟁에 기초하여 창작된 작품으로서 자연 개조의 들끓는 현실과 병상 위의 해연─한 상등병의 고상한 정신도덕적 풍모를 감동적으로 형상화하였다.

일기체 형식으로 된 단편소설『병상우의 해연』은 농촌의 제방공사를 돕는 노력 투쟁의 현장에서 머리에 부상을 입은 상등병 종인이가 입원하여 병상에 누운 이틀간의 사상 활동을 자기의 소재로 삼았다. 소설의 주인공 종인이는 다른 해방군 전사들과 마찬가지로 청춘의 기백과 무한한 헌신성을 가진 평범한 전사이다. 그는 공사장에 달려온 첫날부터 어렵고 힘든 일이 제기될 때마다 말없이 맡아 나서며 뜨거운 열정과 강의한 의지로 모든 일을 해제 긴다. 그는 이런 헌신적인 노력 투쟁에서 불행하게도 머리에 부상을 입고 병상에 눕게 된다. 그는 입원하자마자 출원하여 공사장에 달려갈 결의를 다진다.

『에이 참 부끄러운 일이야! 남들은 오늘도 공사장에 나갔을 텐데 머리를 좀 상했다고 일을 못하다니? 팔다리가 성하고 이처럼 든든한 어깨를 가졌으니 못하긴 왜 못한단 말이냐! 인젠 열한시는 되겠는데 자야겠다. 자고 일어나면 정신도 맑아지고 기운도 날 것이다. 내일 아침엔 일어나자마자 「홍」선생이라고 불리는 그 위생 소장을 찾아가서 출원등기를 해 달라고 해야겠다. 물론 얼른 해줄 것이지. 만약 해주지 않기만 하면 한바탕, 아니 영락없이 해줄 것이다.』

종인이는 이런 결의를 다지고 이튿날 아침 소장을 찾아가서 출원할 것을 탄원한다. 소장은 그의 상처가 경하지 않기에 한 달 가량 치료해야 한다고 하면서 그의 출원 요구를 허락하지 않는다. 하여 종인이는 병문안하러 온 지도원에게 또 출원 등기를 허가해 줄 것을 간곡하게 요청한다. 지도원은 다음과 같이 종인이를 타이른다.

『의사의 치료를 거절하는 것은 자기 건강에 대한 말살을 의미하며 나아가서는 조국과 인민의 더 큰 이익을 좀먹는 것을 의미하는 것이요. 우리들의 앞에는 보다 크고 어려운 일들이 산악처럼 쌓여 있소. 맘껏 일하고 실컷 머리를 쓸 때가 얼마든지 있으니 조급해 말고 몸을 잘 휴양해야 하오. 전투에서 큰 승리를 얻기 위하여 잠시 후퇴하는 것과 마찬가지요.』

종인이는 하소연할 곳 없는 애탄에 잠긴 미소를 입가에 띠우며 베개 밑에서 일기장을 끼내 놓고 일기를 쓴다.

『어째 지도원마저 나의 의견을 무시하는가? 지금 당장이라도 공이 날아오면 멋지게 헤딩할 지경인데… 나에게 나래가 있다면 저 높다란 벽돌담을 훌쩍 날아 넘기라도 하련만… 아! 내가 어떻게 아직도 두 주일 동안이나 이 병원 한 침대를 지키고 시간을 보낸단 말인가! 두 주일! 열네 밤! 아! 그럼 4월은 다 지나가겠구나!… 오늘 이 밤도 저 동산 너머 골짜기 공사장에선 사람들의 대하가 줄기차게 흐르고 있겠지! 나의 전우들도 그 높다란 방뚝을 오르고 내리면서 기적을 창조하고 있겠지! 하루에 6미터! 우리가 방금 공사를 시작할 때엔 하루에 겨우 2미터밖에 쌓아올리지 못했는데… 실로 대기적이야! 그들과 함께 기적을 창조 못하는 것이 큰 유감이고 고통이야! 고통이란 말이야! 아, 생활의 담요에 꽃을 수놓는 나의 사랑하는 공사장이여! 난 지금 병상에 앉아 달빛 어린 유리창으로 너의 흐르고 날뛰는 격랑과 바위를 짓부시고 태산을 휘가르는 거센 폭풍우를 내다보고 있노라! 나의 마음의 주류는 용맹한 해연이 되어 나래치며 항시 너에게로만 날으고 있어라!

아! 어서어서 열닷새 째의 아침 태양이 솟아라! 해연은 푸른 봄날의 창공을 훨훨 날아 폭풍우의 품속으로 되닐아 가련다!』

소설은 주인공 종인이의 이런 시대 앞에 지닌 자기의 의무와 책임감을 자각하고 그 어떤 역경 속에서도 주저와 낙망을 모르고 의연히 나래치는 해연마냥 만난을 박차고 당과 인민의 사업에 자기의 생명도 청춘도 바치려는 고매한 성격의 바탕에는 병상에서도 간고한 노동을 한 빠웰, 이족을 가지고 비행 영웅으로 된 미레씨예브와 같은 영웅 인물을 따라 배우며 자기의 사랑하는 집단과 전우들과 함께 고락을 같이하려는 절절한 염원이 놓여 있다는 것을 예술적으로 밝히었으며 생활적으로 강조하였다. 이렇게 함으로써 혁명적 영웅주의 정신의 체현자, 사회주의 시대 인간의 참모습을 감동깊게 형상화하였다.

이 작품은 일기체 형식의 1인칭 소설의 특성을 잘 살려 주인공의 내면세계를 깊이 있게 파고들었으며 이 작품이 보여준 기발한 착상과 깐진 구성 및 풍만한 서정은 독자들에게 깊은 인상을 남기고 있다.

영웅주의적 성격 창조는 단편소설 『사막에서의 조난』에서 보다 품위 있게 과시되었다. 『사막에서의 조난』은 고비사막을 배경으로 하여 조선족 전사—운전수 김태희가 당한 사막에서의 조난을 다루었다. 이 소설은 형상 창조의 각광을 주인공 김태희의 죽음과의 박투, 자연과의 박투에 집중하였다.

주인공 김태희는 생기발랄하고 진취심이 강하고 황홀한 꿈과 불같은 열정을 가진 젊은이다. 그는 압록강반의 어느 아늑한 농촌 마을에서 자랐다. 그는 사범학교를 졸업하고 전선에 갔다 돌아와 북경후근부학원에서 반 년 동안 학습한 후 자동차 운전사로 고비사막의 어느 한 부대에 배치되었다. 그는 부대의 손풍금수로 불려 『그가 가는 곳엔 어디나 노래소리와 웃음소리가 따라 다녔다.』 『뿐만 아니라 얌전하고 언제나 생글생글 웃기 때문에 전사들은 그를 「색시」라고도』 불렀다.

이런 바람직한 청년 김태희가 6백여 리 밖의 고비사막에 있는 탐사대의 전우들에게 생활물자를 운송하고 돌아오는 길에 의외의 일에 부딪친다. 말하자면 그가 운전하는 자동차 냉각기의 물이 줄어들어 더 전진한다면 발동기가 모조리 타 버릴 위험에 직면하게 되자 김태희는 폭풍이 포효하는 광막한 사막에서 물을 찾으려 애쓰다가 길을 잃고 방향마저 가늠할 수 없게 된다. 하여 그는 자동차를 찾고 부대로 돌아가기 위하여 초인간적인 의력으로 광막한 사막에서 7일간 폭풍과 새벽 추위, 주림과 갈증 그리고 죽음과 박투한다.

　　『지금 나의 앞에는 두 가지 길이 놓여 있다. 이곳이 고비사막의 중심이겠은즉 어느 한 방향만 향하여 계속 걸어간다면 꼭 어느 초원에 이르게 될 것이다. 굶어서 일주일을 견딜 수 있다 하지 않았는가? 그렇지 않으면 계속 일주일을 이 주위로 방황하면서 나의 「3NC」를 찾는 것이다. 두 번째 길은 매우 모험적인 길이다. 자동차를 발견하지 못하는 날이면 영락없이 말라 죽는다. 하지만 지금 쓸쓸한 사막에서 애타게 나를 기다리고 있을 사랑하는 「3NC」를 버리고 어디로 도망친단 말인가? 차우에는 조국에 희보하는 광석 견본도 있지 않는가!』

그는 이런 두 갈래 길 앞에서 『위경에 처할수록 더욱 굳은 신념을 가져야 하고 과단성과 침착성을 잃지 말아야 하오』라는 정치위원의 말씀을 멍기하고 삶을 위해 악진고투한다. 그는 오줌으로 목을 축이고 자기의 『3NC』자동차를 찾는다. 죽음은 사정없이 그를 위협한다. 지칠대로 지쳐 숨길도 고르롭지 못하고 머리도 움직일 수 없는 지경에 이르렀을 때 그는 다음과 같이 생각한다.

　　『생명을 언제까지나 지탱할 수 있으며 나의 사랑하는 「3NC」는 정녕 찾을 수 있겠는지? 찾지 못한다면 나는?… 아! 얼마나 사막의 정복을 동경하였던가! 나의 지망이 실현되어 사막으로 향할 때 나는 얼마나 기뻐 날뛰었던가! 그런데 단 만키로미터도 달리지 못하고 나의 「3NC」와 아니 나의 사랑하는 조국과 영별해야 한단 말인가! 아니다. 나는 꼭 자동차를 찾아 가지고 정위한테로 달려가야 한다.』 『나의 사랑하는 「3NC」를 찾기 위하여 탐사대 동무들의 회보를 전하기 위하여 그리고 내가 우연히 발견한 이 보물(사막에 있는 고갈된 호수)을 알리기 위하여 나는 기어코 살아야 한다.』

그는 이런 정신적 노력의 도움 밑에 각종 위협을 전승하면서 6일 동안이나 싸웠다. 하지만 그는 굶은 데다가 닷새째되는 날부터 오줌마저 마시지 못하였다. 목안이 마르다 못해 이제는 숨도 내쉬기 어려웠다. 그는 이레째되는 날 자기의 생명이 오늘로 끝난다는 것을 직감하였다. 그는 이런 역경 속에서도 자기가 걸어온 길, 부대의 전우들, 조국과 당이 자기에게 베푼 배려를 회상하면서 유언을 쓴다.

『20세를 일기로 일생을 끝마치게 될지도 모르는 저로서 지금 가장 유감스러운 것은 지금 갖고 있는 희소식을 속히 전하지 못한다는 것과 미구에 새로운 변강도시로 건설될 이 고비사막의 개척을 위하여 내 힘을 더는 바치지 못하게 되었다는 것 뿐입니다. 그러나 나는 이 고비사막이 멀지 않은 장래에 위대한 사회주의 새 도시로 건설되리라고 믿으며 아울러 이곳의 첫 개척자 중에는 나도 포함된다고 생각할 때 승리의 쾌감과 긍지를 느껴마지 않습니다.』

나중에 그는 정치위원을 비롯한 전우들의 노력에 의해 구원된다. 전우들이 사막에서 그를 찾았을 때 그는 갈증을 이기려 땅을 헤집고 마른 모래를 한입 물고 있었으며 병원에서의 구급치료로 하여 그가 소생했을 때 그가 한 첫마디는 『정위동지, 저의 자동차는?』라는 말이었다.

단편소설 『사막에서의 조난』은 주인공 김태희의 영웅적 사상과 낙관주의 정신을 가송하면서 그 성격과 정신의 기초에 놓여 있는 시대 앞에 지닌 높은 책임감과 자각, 조국과 인민 그리고 전우들에 대한 무한한 사랑, 아름다운 이상에 대한 불타는 지향을 뚜렷하게 보여주었다. 이 소설은 조국과 인민에게 바치는 무한한 헌신성으로 자기의 삶을 엮어 가는 사회주의 시대의 영웅적 인물 형상을 감명깊게 부각하였을 뿐만 아니라 정치위원의 형상도 자못 인상깊게 창조하였다. 한 사람의 생명을 건지기 위한 백방의 노력, 자동차 밑에 기어 들어간 태희의 다리를 나꿔채는 장난, 태희의 회상장면에 나오는 우켠 호주머니의 단추 하나가 벗겨졌다고 엄격히 비평하는 것 등의 세부묘사와 에피소드를 통해 그가 얼마나 전사들을 사랑하며 낙천적인 성격의 소유자이며 사업에서 엄격하고 요구가 높은 당의 지도자라는 것을 구김 없이 표현하였다.

이 소설은 1인칭 소설의 형식과 조난 장면에 대한 주인공의 일기를 밀착시킨 기묘한 구성법, 사건 전개의 긴장한 흐름과 역동적인 절주를 빌어 주인공의 내면세계의 움직임을 섬세하고도 실감 있게 묘사하였다. 서술 방식에 있어서도 서정적 색채를 돋보이게 함으로써 독자들의 예술적 감흥을 한결 더 돋구어 주었다.

이 시기의 단편소설 창작에서 상술한 주제 외에도 새 사상과 낡은 사상간의 투쟁, 민족 단결의 주제를 다룬 작품들도 적지 않게 창작되었는 바 단편소설 『숙질간』(윤금철. 1961년), 『약초 캐는 사람들』(차용순. 1965년), 『혈연』(허해룡. 1962년) 등을 그 실례로 꼽을 수 있다. 60년대 전반기에 창작된 이런 작품들은 『대약진』 시기의 소설에 비해 일상적인 생활에 눈초리를 돌리고 사건의 얽음새나 성격 탐구에 있어 새로운 측면을 보여주었다.

단편소설 『약초 캐는 사람들』은 신구 사상간의 투쟁을 염두에 두고 약초 캐는 부업 생산에서 약초만 캐고 후세를 위해 약초를 심지 않는 그릇된 사상에 모닥불을 안기면서 『인삼 아바이』의 긍정적 형상를 창조하였다.

이 소설의 주인공 『인삼 아바이』의 사상성격적 특질의 핵은 집단에 대한 사랑과 후세에 대한 깊은 사색이다. 『산에 의지해 사는 사람은 산을 키우게 마련』이란 사상으로 무장한 『인삼 아바이』는 몸은 심산에 있어도 생각은 미래에로 나래친다. 그가 젊은이에게 한 다음과 같은 말씀은 이것을 단적으로 증명해 준다. 『이 장백산이 우리에게 보물을 준다고 해서 자꾸 파내는 재간만 피울 게 아니라 보물을 더 많이 키울수록 가꾸는 게 우리 산골 사람들의 의무가 아니겠니…』 이와 같이 소설은 『인삼 아바이』의 형상을 통해 농민들의 정신세계에 일어나는 변화를 시대의 벅찬 숨결 속에서 표출시켰다.

단편소설 『혈연』은 민족 단결의 주제에 바쳐진 좋은 작품이다. 이 소설은 항일전쟁 시기에 한족인 왕할아버지가 왜놈들에게 체포된 조선족 항일 투사의 아들을 구원해 준 감격적인 사실, 해방 후 20년이 지나서 그들이 서로 만나고 그 아들이 자기의 어머니와 누이동생과 상봉하는 곡절많은 이야기를 통하여 조, 한 두 민족 사이에 『계급으로, 피로 뭉친』 혈연적 관계를 눈물겹게 다루었다. 이 소설은 그 소재가 참신하고 사건의 얽음새가 복잡다단하고 작품의 밑바닥에서 혁명적 인도주의 정신이 빛발치고 있는 것이 특징적이다.

반우파 투쟁으로부터 『문화 대혁명』 전야의 조선족 소설문학이 거둔 성과를 서술할 때 반드시 지적해야 할 것은 중편소설, 장편소설의 탄생이다. 이것은 이 시기 조선족 소설가들이 현실생활과 역사적인 투쟁을 폭넓게 반영하려는 추구와 지향을 의미하며 소설가들이 점차 성숙해 가고 있었다는 것을 표징한다. 이 경우 이근전의 중편소설 『호랑이』(1960년)와 장편소설 『범바위』(1962년)를 그 대표적인 작품으로 들 수 있다. 그중에서도 『범바위』가 독자들에게 널리 알려졌는 바 이 작품은 김학철의 장편소설 『해란강아 말하라!』를 뒤이어 건국 후 조선족 문단에 태어난 두 번째 장편소설이다.

장편소설 『범바위』는 중국 제3차 국내혁명전쟁 시기에 조선족 인민들이 중국공산당의 영도 하에 한족 인민들과 단합하여 국민당 반동파, 악패지주 그리고 민족 분열을 책동하는 민족주의 분자들과 영용하게 싸워 이긴 피의 역사를 형상적으로 기록한 작품이다.

이 장편소설의 이야기는 송화강 이북에 자리잡고 있는 서위자촌—조선족들이 모여 사는 마을에서 벌어진다. 1945년 겨울 일본 제국주의가 망한 후 이 마을 사람들은 『떠도는 풍우란설의 엄습으로 하여 불안과 공포 속에서 지내는데다』가 국민당 지하토비들이 행패를 부리는 바람에 살기가 어렵게 된다. 하여 적지 않은 사람들은 뿔뿔이 피난 가고 노빈농 김치백의 아들 김근택(호랑이)은 밤중에 집을 떠나 그 마을 청년들과 함께 팔로군을 찾아간다. 그리고 호랑이 김근택과 같이 자라던 예수교 신자인 장만화의 딸 칠순이는 토비들에게 납치되어 대지주이며 위촌장이던 한몽둥이(한족)의 손아귀에 들어간다.

이런 난리판에 위만 우가분주소 소장이었던 김달삼과 친일파요 대지주인 이규동, 지주의 마름이요 예수교 장로인 박화선 등은 한몽둥이와 결탁하여 인민들을 또다시 짓누르며 음모를 꾸민다. 그자들은 이 고장 조선족 인민들의 존경을 받고 있는 김치백을 나꾸기만 하면 서위자의 조선족 백성들의 죄다 저들 편으로 끌어오는 것이 되고 이렇게만 되면 또 서위자 일대의 조선족을 좌지우지할 수 있다고 생각한 나머지 저들의 『대한민국동북민단』에 들라고 김치백을 유인한다. 하지만 김치백은 이때 그『민단』의 내막을 딱히 알지는 못하였지만 이전에 위만경찰 두목으로 있으면서 백성을 못살게 짓누르던 김달삼과 친일파, 대지주로서 농민을 착취하던 이규동의 위인을 잘 아는지라 그자들의 기만책에 넘어가지 않는다.

바로 이런 때 공산당과 팔로군이 이 고장에 와서 현과 구에 인민정권을 세우고 공작대를 농촌에 보내어 당의 방침정책을 선전하자 갈팡질팡하던 민심은 온정되고 백성들은 공산당과 팔로군을 옹호한다. 그러나 얼마 가지 않아 국민당군의 대진공으로 하여 팔로군은 잠시 전략적 철퇴를 하게 된다. 하여 서위자 마을은 양군이 서로 쟁탈하는 지대로 변한다. 김치백은 이때 팔로군의 전략적 철퇴의 의의를 잘 이해하지 못함으로 하여 팔로군을 원망하는 한편 이춘호와 함께 자발적으로 무장 민병을 조직하여 현당위에서 파견한 무공대와 더불어 고향 마을을 보위한다. 이런 실정을 알아챈 여우같은 박화선은 섣불리 나서지는 못하고 비밀리에 종교의 허울을 쓰고 민족간에 이간을 도발하며 김달삼, 한몽둥이와 합모하여 국민당군을 끌어들인다. 서위자 마을에 쳐들어온 국민당군은 백성들의 집을 거의 다 불살라 버린다. 그리고 칠순이의 어머니는 한몽둥이놈에게 타살된다.

한몽둥이 집에 끌려갔던 칠순이는 한사코 한몽둥이에게 항거하다가 머슴 로쏜의 도움 밑에 도망친다. 칠순이는 마구 뛰다가 기진맥진하여 풀숲에 쓰러진다. 다행히 때마침 이곳을 지나던 팔로군에 의해 칠순이는 구원되며 현병원에서 간호장으로 사업하게 된다. 호랑이는 포로한 국민당 비적을 현공안국에 압송해간 후 무공대가 쓸 약을 가지러 현병원에 갔다가 뜻밖에 칠순이와 만난다. 그들은 어렸을 때부터 누나 동생하며 다정하게 자라났으며 지금은 혁명의 한

길에서 함께 어깨걸고 원수와 싸우는 전우로 되니 그들의 정은 더욱 깊어만 간다. 그들은 이번 뜻하지 않은 상봉에서 서로 혁명적 투지를 고무하면서 사랑의 감정을 움틔운다.

국민당군과의 생사적인 대박투 속에서 김치백과 호랑이 김근택은 재빨리 성숙되어 간다. 1947년 봄 김치백은 구농회 회장의 중임을 맡게 되고 호랑이는 무공대 부대장으로 된다. 그들은 백성들은 이끌어 국민당 반동파가 규합한 환향단 비도들과 거듭되는 치열한 투쟁을 벌인다. 그자들과의 한 전투에서 호랑이는 중상을 입고 쓰러진다. 놈들은 그를 체포하여 감옥에 가둔다. 이와 같은 시기에 칠순이는 당 조직의 지시에 따라 한 노 지하공작원과 함께 적구에 잠복하여 사업한다. 그러던 중 반역자가 나타나 불시에 칠순이도 체포되어 감옥에 갇힌다. 이렇게 되어 호랑이와 칠순이는 감옥에서 또 뜻밖의 상봉을 하게 되며 그들은 난우들과 함께 옥중에서 여러모로 투쟁을 벌인다.

놈들은 유인술을 써 가며 호랑이를 『우대』하고 지어는 칠순이마저 호랑이가 들어 있는 감방에다 연금한다. 놈들은 김치백이가 애지중지하는 호랑이만 항복시키는 날이면 김치백도 더 내뻗치지 못할 것이고 또 김치백이 동요하면 서위자의 조선족들을 몽땅 끌어 들일 수 있다는 제 좋은 생각에 이런 계책을 쓴다. 하여 한몽둥이와 김달삼은 번갈아 호랑이를 벼슬과 금전 따위로 얼리기도 하고 당장 사형에 처하겠다고 으르렁대기도 한다. 하지만 호랑이는 끄덕도 하지 않는다.

호랑이의 이같은 단호한 행동은 칠순이를 몹시 감동케 한다. 칠순이는 호랑이가 더없이 영준하고 담력과 식견이 있는 영웅으로 보인다. 드디어 칠순이는 호랑이에게 다년간 깊이 묻어 두었던 애정의 샘을 터쳐 놓는다. 호랑이의 정열도 칠순이만 못지 않았다. 호랑이는 칠순이와 백년가약을 맺는다.

투쟁은 옥중에서와 서위자 마을 두 곳에서 계속 진행된다. 이 투쟁에서 많은 동지들은 피를 흘리고 고귀한 생명을 바친다. 마을 사람들은 김치백의 인도 하에 줄곧 투쟁을 견지한다. 그리고 호랑이와 칠순이가 옥중에서 내보낸 선색에 따라 박화선은 국민당 간첩이며 『대한민국동북민단』의 간첩이라는 것이 밝혀진다. 따라서 군중을 발동하여 민족 내부에 숨은 적을 청산하고 민족 단결을 파괴하려던 적들의 음모를 짓부신다. 나중에 감옥에서 뛰쳐나온 호랑이는 자기 대오와 함께 밀강성에 들어가 한몽둥이를 처단하고 최후 승리를 전취한다.

장편소설 『범바위』는 조선족 노빈농 김치백과 그의 아들 호랑이를 대표로 하는 서위자 마을 조선족 백성들과 대지주 한몽둥이를 두목으로 하는 국민당환 향단간의 계급적 모순을 주선으로 하고 조선족 내부의 인민 대중과 민족 분열자간의 모순 및 조선족 인민 내부의 선진사상과 후진사상간의 모순을 복선으로 깔고 그것을 풀어가는 행정에서 제3차 국내혁명전쟁 시기 조선족 인민들의 역사적인 투쟁 모습을 진실하게 보여주었고 중국공산당이 가리키는 길만이 조선족 인민의 해방을 실현할 수 있는 길이라는 것을 예술적으로 반영하였다.

이 소설에 등장하는 인물은 수십 명을 헤아리는데 그 형상 체계로부터 볼 때 김치백과 호랑이를 비롯한 칠순이, 장만화, 박화춘, 김순옥 등의 긍정적 형상 체계와 한몽둥이를 위수로 한 김달삼, 이규동, 박화선, 정일권, 고영민 등이 부정적 형상 체계로 구분된다.

긍정적 형상 체계의 중심에 우뚝 솟아있는 것은 소설의 주인공 김치백과 호랑이다. 그들은 조선족 농민의 늙은 세대와 젊은 세대의 대표적 인물이다.

조선족의 노빈농 김치백은 근면하고 정직하며 과감하고 반항정신이 강하다. 또한 심중하고 무엇이나 쉽게 믿지 않는다. 그의 이런 성격적 특징은 그가 경유한 시대와 밀착되고 있다. 그는 만청 시대와 위만 시대를 겪었다. 강직한 성품을 지닌 그는 위만 시대를 저주하며 도지를 감할 것을 요구해 나섰다가 경찰과 한몽둥이한테서 욕을 단단히 보기도 하였다. 이처럼 과감하게 반항하는 그였건만 일제가 타도된 후 각종 정치적 요언에 한해서는 함부로 자기의 태도를 표시하지 않는다. 자기의 고향을 지킬 결의를 다진 그였건만 계급 모순과 민족 모순이 복잡하게 뒤얽힌 당시의 첨예한 형세 하에서 고민하고 방황한다. 그는 자기가 처한 계급적 상황으로 하여 가난한 백성을 위하는 공산당에 접근하면서도 자기 민족의 운명을 전적으로 공산당에 기탁하지 않는다. 또한 구사회에서 민족적 기시를 받을 대로 받은 김치백은 조선족을 부모를 여읜 아들처럼 천대받고 기시당하는 가련한 민족으로 보면서 조선족의 운명을 건지려고 하지만 민족 불평등의 사회역사적 근원을 잘 모른다. 아직 계급적으로 각성하지 못한 그는 팔로군에 접근하면서도 팔로군을 대담하게 믿지 못한다. 팔로군이 잠시 전략적 철퇴를 하게 되자 김치백은 그들이 조선족 인민의 운명을 구하려 하지 않고 도망치는 것으로 오해한 나머지 조선족 인민의 운명을 건지자면 그래도 조선족 인민에 의거해야 한다고 생각하면서 서위자 마을의 조선족 농민을 뭉쳐 가지고 국민당군과 죽든 살든 결판을 내려고까지 한다.

하지만 김치백은 무장 공작대의 따뜻한 교양, 자신의 실천 투쟁과 침통한 교훈 및 자신의 계급적 바탕에 의하여 점차 각성한다. 그는 점차 공산당의 영도를 접수하고 자기 계급의 해방과 민족의 운명을 공산당에 전적으로 기탁하며 나중에는 중국공산당에 가입한다. 그는 공산당의 영도 하에 서위자 마을의 조선족 농민들을 단결하여 반동 세력과의 비타협적인 투쟁을 진행하며 자기의 일체를 혁명전쟁 지원에 바친다.

위에서 보다시피 김치백의 사상 발전 과정은 곡절적이면서도 빛나는 과정이다. 소설은 자기의 필묵을 그의 사상 발전 과정에 집중하였는 바 이는 김치백의 개성적 특징과 사상 발전의 맥락을 진실하게 표출해 주었을 뿐만 아니라 조선족 농민들의 역사적 흐름을 보여 주었으며 인물 형상의 사상적 깊이도 돋보이게 하였다.

호랑이는 전쟁과 계급 투쟁의 모진 세파 속에서 발전 성숙되는 청년 일대의 전형적 형상이다. 호랑이는 순박하고 강직하고 용감한 청년이나 애초에는 천진하고 유치하고 모험적인 행동을 즐기었다. 하지만 당의 교양과 전쟁의 세례 및 피의 교훈을 거쳐 점차 성숙되며 나중에는 자각적인 전사로 된다. 소설은 국민당과의 전투와 감옥에서의 투쟁을 통하여 호랑이의 성숙된 고상한 사상성격적 특징을 선명하게 표출시켰다. 호랑이는 감옥에서 적들의 갖은 유혹에도 넘어가지 않으며 참혹한 고문 앞에서 굴하지 않는다. 그는 사형 선고를 받고 사랑하는 칠순이를 떠나 사형장에 나가면서도 칠순에게 혁명적 힘을 안겨 줄 뿐 그 어떤 나약성도 보여주지 않는다. 이처럼 호랑이는 계급 투쟁과 전쟁의 가렬한 용광로 속에서 무산계급 혁명 전사로 된다. 실로 그의 성장의 연륜미다에는 시대적 전진의 낙인이 찍혀 있는 것이다.

장편소설 『범바위』는 긍정적 인물 형상을 성공적으로 창조하였을 뿐만 아니라 부정적 인물 형상도 개성적으로 묘사하였다. 소설은 한몽둥이, 이규동, 김달삼, 박화선 등의 부정적 인물 형상을 통해 반동계급의 악랄성과 교활성, 추악성과 야수성을 적나라하게 폭로 규탄하였고 그자들의 필연적인 멸망을 형상으로 제시하였다.

이 장편소설은 그 구성이 방대하고 인물 관계가 복잡하며 사건의 얽음새가 또한 흥미롭다. 이 소설은 각이한 인물 관계와 얽음새를 굴곡적으로 교차적으로 풀어 나가면서 조선족 인민의 운명에 관한 기본 주제를 살리었을 뿐만 아니라 종교미신과 민족 분열을 반대하는 두 개의 부차적 주제도 형상적으로 들어냈다. 작품의 인물 체계와 사건의 얽음새는 제3차 국내혁명전쟁 시기의 복잡다단한 사회계급적 관계, 혁명 역량과 반동 세력간의 사회적 투쟁을 폭넓게 체현하였고 혁명 전쟁에 일떠난 인민의 거세찬 흐름은 그 어떤 힘으로도 막을 수 없다는 진리를 인상깊게 예술적으로 반영하였다.

이상에 보다시피 건국 후 17년간의 조선족 소설문학이 거둔 성과가 크고 그 주류도 건강하다. 하지만 당 사업 지도 방침에 나타난 『좌』경적 오류로 말미암아 이 시기의 소설 창작도 여러 차례의 곡절을 겪으면서 자기의 미흡한 점을 발로시켰다.

간단없는 정치운동 특히 반우파 투쟁 이후 조선족 소설문학이 생활의 긍정면에 대한 표층적인 반영과 찬양에만 지나치게 쏠리고 현실 중의 암흑면을 회피하는 경향이 다분하였다. 또한 계급 투쟁이 확대화되고 절대화됨에 따라 애정 소재와 민족 역사 소재가 모름지기 소설가들이 건드릴 수 없는 『금지구역』으로 되었다.

인물 형상 창조에 있어 영웅 인물의 부각이 편면적으로 강조되고 각양각색의 인물 형상 창조가 홀시되었다. 또 인물 형상 창조에서의 계급적인 공통성에만 역점을 두는 데서 인간 심층의 희로애락을 발굴함이 부족하였다.

이밖에도 서술 방식과 표현 수법이 다양하지 못하고 조선족 소설계에 중편소설과 장편소설이 장르적으로 고착되지 못하였다.

제5절 17년의 극문학

건국 후 17년간의 조선족 문학 발전에서 또 홀시할 수 없는 것은 극문학이다.

사회주의 혁명과 건설 가운데서 조선족 극문학은 종합예술로서의 자기의 우세를 가지고 광범위한 독자층의 공명대를 획득함과 아울러 대중 속에서 선동 교양적, 심미적, 오락적 역할을 발휘하였다. 이런 행정에서 김태희, 황봉룡, 최정연, 최수봉, 차창준, 윤지현, 정창환, 홍성도, 박응조, 김세영 등을 비롯한 극작가들이 배출되고 또 그들의 힘을 입어 훌륭한 극작품들이 많이 창작되었다.

건국 후 17년간의 조선족 극문학은 선행 시기의 연극 전통과 성과를 계승발양하면서 새로운 세대를 반영하고 새로운 인물을 부각하여 인민 대중의 역사적 전진을 추동하는 사회주의 극문학 발전단계에 들어섰다. 건국 후 조선족 극문학은 『좌』경적 사조의 교란으로 말미암아 굽은 길을 걸으면서 현실과 보조를 같이하고 민족화 대중화의 탐색을 거듭하고 혁명적인 사실주의의 전통을 살리기에 신경을 썼다. 건국 후 17년간 조선족 극문학의 발전도 크게 두 개 단계로 구분하여 고찰할 수 있다.

건국 초기의 반우파 투쟁 시기까지 첫 발전단계라고 할 수 있는데 이 단계의 조선족 극문학은 대중적인 과외 연극 활동 가운데서 자기의 활주로를 늘리었다. 대중적인 과외 연극 활동은 건국 후에 벌어진 애국 문예운동의 물결을 타고 조선족이 집거하고 있는 농촌, 농장, 학교, 상점들에서 광범위하게 전개되었다. 이 실정에 한해서는 연변지구의 대중적인 연극 활동을 가늠해 보아도 대뜸 짐작할 수 있는 것이다.

1950년에 『연변 5개 현 군중문예단체는 과외극단 23개, 농촌구락부 41개이고 성원은 1364명으로 조직 발전되고』(『연변문예』 1951년 창간호 『연변의 애국주의적 문예운동을 전개하자』에서) 1957년에 이르러서는 『구락부가 893개(그중 공장 광산의 구락부 96개)로 발전되고 과외극단이 574개(그중 공장 광산의 과외극단 63개)로 늘어났다.』(길림성 소수민족 사회역사 조사조에서 쓴 『길림성 연변 조선족자치주 문화예술사업의 발랄한 발전』에서. 1959년) 그리고 1956년 전까지만 하여도 연변지구에서는 5차의 전 주 군중과외 문예공클과 3차의 종업원 문예콩클을 벌이었다. 상술한 통계에서 볼 수 있는 바와 같이 이 시기의 연극 활동은 전문 연극단체가 없는 형편에서 주요하게 농촌, 공장, 광산에 세워진 과외극단과 구락부에 뿌리를 박고 꽃을 피우면서 예술 무대를 장식하였다.

이런 대중적인 연극 활동 중에서 극작가들은 기동적인 소편대공연을 위한 연극 소품들을 창작하여 구락부 무대 공연에 제공하였다. 따라서 건국 후 첫 단계에 단막극을 비롯하여 촌극, 사이극, 소가극, 재담, 만담, 삼노인 등 형식의 작품이 다채로운 양상을 보이면서 발랄하게 창작되었다.

이 단계의 극문학에서 가장 큰 성과를 떠 올린 것은 단막극이다. 건국 직후에 조선족 극작가들은 현실생활에 침투하여 시대의 맥박을 짚어 가며 문화번신운동, 애국증산열조, 항미원조, 『3반』, 『5반』운동에 배합된 극본 창작에 달라 붙었다. 농민들의 문화번신운동을 단막극 『농민학교로 가는 길』(최수봉 1953년), 항미원조의 소재를 취급한 단막극 『항미원조 총회의 호소를 받들고』(왕청현 문공대. 1951년), 『피에 젖은 땅』(구영문. 1952년), 반혁명 진압의 소재를 취급한 단막극 『기여든 독사』(황봉룡, 차창준. 1951년), 농민들의 애국 증산의 열정을 구가한 단막극 『애국공약수첩』(김태회. 1952년) 등이 그 실례로 된다.

50년대 중기에 농업합작화의 고조가 도래하자 조선족 극작가들은 농촌에서 벌어지는 사회주의 혁명과 농민들의 운명에 각별한 흥취를 돌리면서 농민들의 새로운 정신적 풍모와 낡은 사상의식의 전변 과정을 그린 극작품들을 많이 내놓음으로써 이 시기 조선족 극문학에 참신한 한 페이지를 더해 주었다. 그 대표적인 작품들로는 단막극 『합작사는 내 집이다』(윤지현. 1956년), 『완두씨』(최정연. 1954년), 『새각시』(황봉룡. 1954년), 『랭상모』(황봉룡. 1955년), 『모범 부부』(정창환) 등을 들 수 있다.

단막극 『합작사는 내 집이다』는 농업합작화운동 시기 보수사상에 물젖은 늙은 부모와 새 사상의 대표자인 딸 사이의 모순을 기본 갈등으로 취급하였는데 이 갈등의 기초에는 집단주의 사상과 개인 이기타산간의 투쟁이 깔려 있다. 극본은 이런 갈등과 투쟁을 거머쥐고 주인공 용자의 형상을 창조하였다.

용자는 사회주의 제도 하에 자라난 선진적 청년이다. 초중을 졸업하고 농업노동에 참가하면서 사원들이 맡겨 준 감찰위원의 책임을 충실하게 감당한다. 그는 아직 어리고 단련이 적지만 학교에서 배운 그대로 그릇된 행위에 한해서는 바로잡아 놓고야 견디는 정직하고 순진하고 해박한 처녀이다. 아버지 어머니가 이해타산이 심해서 농업사를 자기 집으로 생각지 않고 공수따기에만 눈이 어두워 김매기와 후치질에서 질을 보장하지 않고 속도만 추구하는 현상과 비타협적인 투쟁을 벌이며 과거와 현재의 대비 및 자신의 모범 행동으로 부모를 감화시켜 그들의 사상을 전변시킨다.

이 단막극은 농업합작화운동 가운데서 자라나는 젊은 세대의 새로운 사상정신적 특질을 일반화하였고 농민들의 머릿속에 있는 진부한 사상의 극복 과정을 극적으로 보여주었다. 이런 소재를 다룬 이 시기의 극작품들은 한결같이 부단히 전진하는 진취적인 기백과 전진을 가로막는 낡은 사상과의 심각한 대립을 기본 갈등으로 삼고 농촌의 위대한 변혁이 야기시킨 농민사상의 변화, 투쟁의 곡절성과 복잡성을 반영하면서 농업합작화의 길로 매진하는 농민들의 모습을 잘 보여주었다.

건국 후 첫 단계의 극문학은 현실생활에 조명을 준 극본 창작에서 중시를 돌렸을 뿐만 아니라 민족 고전극에 대한 발굴에 신경을 세웠고 흘러간 역사의 현장에도 각광을 부여하기 시작하였다. 반우파 투쟁 전까지만 하여도 연변을 중심으로 한 조선족 집거구에서는 고전창극 『춘향전』, 『심청전』을 공연하였고 고전소설 『장화홍련전』, 『홍길동전』, 『임꺽정』, 『콩쥐팥쥐』 등을 극으로 각색하여 무대에 올려 관중들의 인기를 끌었다. 민족 고전극에 대한 발굴과 공연 활동이 전개됨에 따라 그 힘을 입어 역사극 『양산성』(김철. 1955년), 판소리 대본 『떡메의 증오』(최정연. 1955년) 등이 창작되었다.

건국 후 연극 활동의 발랄한 전개와 극작가들의 간단없는 창조적 노력에 의하여 『삼노인』이란 새로운 구연 형식이 나타났다. 『삼노인』은 건국 직후에 전통적인 재담과 만담을 바탕으로 하여 연변지구에서 산출된 구연 형식인데 선진, 중간, 후진 세 계층을 대표로 한 세 노인이 등장하여 모순 갈등에 기초한 생동 활발한 동작과 대사를 통하여 주제사상을 들어내는 것을 원칙으로 하고 있다. 『삼노인』은 어디까지나 세 노인의 성격적, 개성적 차이와 객관사물에 대한 인식상의 차별을 토대로 하여 모순 갈등이 형성되고 이야기와 사건이 발전되어 나간다. 이 형식은 재담, 만담, 희극, 풍자극 등의 표현 수법을 상용적으로 도입하는 바 극적 갈등이 첨예하고 대사와 동작이 유머적인 것이 특징적이다.

『연변 조선족 연극운동에 대한 회고』(홍성도, 원주삼. 『문학예술연구』 1983년 제1호)라는 글은 『삼노인』 형식의 창출 과정을 언급할 때 인민 대중 특히 농촌 노인들에 대한 선전 고동 사업의 수요로부터 만담, 재담의 전통을 발양하여 『일노인』『이노인』 형식이 생겨났다는 것을 지적하고 나서 다음과 같이 서술하였다.

『이러한 경험을 토대로 하여 연변문예공작단소분대가 광성구 소재지인 용수평에 주둔하고 있을 때 원주삼, 최수봉, 허창석, 문일평, 홍성도 등이 모여 정식으로 호조조 내의 모순을 해결(혹은 개체로 하는 것과 호조조 지간의 모순)하는 것을 내용으로 한 「삼노인」을 꾸미고 그 후 어느 곳에 가면 그곳 정황을 요해하여 「삼노인」을 만들었는데 그 수집된 자료에 근거하여 적극분자(그 당시엔 적극분자는 일반적으로 좌상이고 점잖고 꽤 유식한 것으로 정하는 것이 상례였다), 중간분자(처음엔 낙후분자의 말에 장단 맞추다가 차츰 적극분자 쪽에 기울어지며 낙후분자와 대립된다), 낙후분자(외고집통으로서 자기 말만 자기 말이라고 우기다가 나중에 적극분자의 도리에 설복된다)를 설정해서 공연했다. 초기엔 주로 온돌에서 하였는데 서로 쟁론하다가 때론 본줄거리를 탈선하는 폐단이 많았으므로 삼노인이 그날 저녁 해야 할 이야기 줄거리는 작은 종이쪼박에 제강식으로 써서 앞에 놓고 시비곡직을 한창 따지며 쟁론하다가도 어느 한 사람이 왜지밭으로 달아나게 되면 옆사람이 씨무룩이 웃으며 그의 옆구리를 찔러 주거나 대통을 휘두르며 「다음으로 넘어갑세」 하고 서로 일깨우며 계속 엮어 내려갔다. 이 「삼노인」은 자기의 산생지인 용수평을 떠나 용해촌의 어느 한 부락의 널찍한 단간집 온돌방으로 옮겨갔다. 연이어 용호, 석국촌으로 다니며 출연했고 후에는 서성구의 명암촌과 용포촌에 가서 출연하면서 점차적으로 성숙시켜 갔다. 이때 자료 수집은 주로 촌장이나 지부

서기를 통하여 했는데 그 촌에서 모범은 누구누구이며 낙후한 전형은 누구누구인가 하는 것을 상세히 알아 가지고 직접 이 「삼노인」의 입을 통하여 그 촌의 모범 인물들의 성명을 불러 가며 칭찬하였고 「××의 아버지 ××는 똥고집이 좀 세다」고 빗쓸어 놓기도 하였다. 그런 때마다 관중들은 「저 사람들이 어떻게 우리 촌의 아무아무개의 사실까지도 저렇게 환히 꿰뚫고 있는가」라고 하면서 웃음소리, 경탄 소리가 그칠 줄 몰랐다.」

이처럼 건국 초기에 산생된 『삼노인』 형식은 무대 공연의 훌륭한 『경기병』으로 되어 관중들의 사랑을 받게 되었다. 하지만 건국 후 첫 단계의 『삼노인』은 아직 대본화되지 못하고 극작가들과 인민들의 구비 창작과 전승에 머물고 있었다. 비록 이런 상황이었지만 건국 후에 새로 창출된 『삼노인』은 조선족 극문학에서 중요한 의의를 갖고 있다.

건국 후 극문학 발전의 첫 단계를 서술할 때 또 반드시 짚고 넘어가야 할 것은 연변연극단의 창립이다. 당의 올바른 민족정책의 빛발 아래 1956년 1월 30일 연길에서 전래의 연변 문공단 연극조와 용정시 문공대에 기초하여 연변연극단이 창립되었다. 이 연극단은 중국에서 유일하게 조선말로 공연하는 조선족의 전문 예술단체로서 그의 창립은 조선족 연극 활동의 대폭적인 전개 및 극문학 창작의 활성화에 조직적인 담보를 제공해 주었다. 그러므로 연변연극단의 탄생은 조선족 극문학 발전사에 있어서 한낱 획기적인 사변이라고 말할 수 있는 것이다. 이 극단은 태어나자 마자 고전 명작 『춘향전』을 화극으로 각색(김재한 각색)하여 공연함으로써 자기의 민족적인 자세를 세인들에게 알렸다.

건국 후 17년 동안의 조선족 극문학 발전에서의 두 번째 단계는 1957년의 반우파 투쟁으로부터 1966년 『문화 대혁명』 전야까지로 구획할 수 있다. 건국 초기에 씩씩하게 자기의 걸음마를 타고 있던 조선족 극문학은 1957년 후반기의 반우파 투쟁으로부터 점차 갖은 난관에 봉착하면서 곡절적인 길을 걸었다.

반우파 투쟁의 확대화와 『대약진』운동 그리고 『좌』경적 교조주의 문예 사조의 범람으로 말미암아 반우파 투쟁으로부터 1960년에 이르기까지의 시기에 도식화, 개념화된 극작품들이 『혁명적 구호』의 비호 하에 적지 않게 산출되었다. 또한 이 단계에 적지 않은 극작품 이를테면 최정연의 『귀환병』, 이홍규의 『꾀꼴새의 사랑가』 등이 무리한 비판을 받았다. 그리고 생활을 분식하거나 왜곡하고 인민을 이탈한 창작 경향이 머리를 들게 됨으로 하여 극문학의 사실주의 전통이 막대한 파괴를 입게 되었다. 이런 역사적 환경 속에서 이 단계의 극창작에는 다음과 같은 세 가지 상황이 나타나게 되었다.

첫째, 항일 무장 투쟁을 취급한 극작품들과 고전명작에 기초한 각색본들이 산출되었다. 30년대의 항일 무장 투쟁에 바쳐진 장막극『장백의 아들』(황봉룡, 박영일. 1959년), 고전명작『심청전』을 화극으로 각색한『심청전』(김재한 각색. 1957년) 등을 그 성과작으로 꼽을 수 있는데 이런 성과작들은 사실주의 전통과 낭만주의 전통을 계승 발양하고 예술의 새로운 경지에 오름으로써 광범한 독자와 관중의 이목을 끌었다.

둘째, 일부 극작가들은 현실생활에서 소재를 섭취하되 그 시점이 새롭고 생활 분식의 폐단에서 벗어나 비교적 진실하게 자기의 소재를 다룬 좋은 작품들을 창작하였다. 예컨대 단막극『새별은 반짝인다』(황봉룡, 장동운. 1960년), 장막극『보통 노동자를 위하여』(황봉룡, 최수봉, 박영일. 1960년),『붉은 댕기』(김룡구. 1960년) 등은 정도부동하게『대약진』중의『좌』경적 사조의 영향을 입기는 하였지만 대체로 사실주의 궤도에서 이탈하지 않고 당시의 생활을 그 논리에 따라 비교적 실감있게 반영함으로써 독자와 관중들의 넓은 공명대를 획득하였다.

셋째, 이 단계의 대부분 극작품들이『형세를 바싹 따르고』『중심 과업에 배합』하면서『정치를 위해 봉사』하였다. 이런 작품들은 비록 인민 대중의 생활 감정과 열성을 다소나마 반영한 것은 사실이지만 그 기본적인 경향에서 볼 때 도리어 생활을 분식하거나 왜곡하였으며『허풍치기풍』,『공산풍』,『망탕지휘풍』에 돛을 달아 주었다. 이 경우『용광로 앞에서』(1959년),『아침노을』(1958년),『약진의 노래 속에서』(1958년) 등이 그 예라고 할 수 있다.

하지만 60년대의 전반기에 진입하여서는『대약진』운동에 대한 초보적인 반성과 각항 정책(문예정책도 포함)의 조절에 따라 조선족 극문학에 다시 새로운 기상이 나타나게 되었다. 선행 시기에 비해 소재 공간이 보다 확장되고 형식이 다양해졌으며 장막극 창작이 훨씬 생기를 띠고『삼노인』작품이 본격적으로 서사화되기 시작하였다. 1961년부터 1965년 사이에 선후로 적지 않은 훌륭한 극작품들이 배출되었는데 이를테면 노동자들의 생활과 사상면모를 반영한 단막극『5.1절 전야』(김세영, 최증현, 김귀수. 1964년),『장갑 한 짝』(구형문, 남효원. 1965년), 농촌의 과학 실험 소재를 취급한 장막극『광활한 천지』(황봉룡, 하명안. 1964년), 농민들의 사상 투쟁에 초점을 맞춘 삼노인『풍년가』(이영근. 1964년) 등을 그 예로 들 수 있다.

단막극『5.1절 전야』는 노동자들의 생활에 필묵을 몰부은 작품이다. 이 단막극의 극적 갈등은 긴박한 개간과업이 부여된 뜨락또르를 밤새로 수리하는가 안하는가 하는 문제에서 표현되는 두 노동자의 부동한 태도와 모순 충돌을 기본선색으로 하면서 전개된다. 이런 갈등 속에서 신형의 청년 노동자 광일의 형상을 떠올렸다.

광일은 대폭적으로 농업을 지원하라는 당의 호소에 적극 향응하여 농촌에 내려가 기계수리소를 꾸리고 억세게 일하는 정신을 발휘하여 다른 동무들과 함께 며칠 밤을 새워 가면서 나사압력기를 만들어 낸다. 이와 같은 그의 포만한 노동 열정은 그로 하여금『5호노동자』의 영예를 지니게 한다. 그의 이런 고상한 품성의 성격적 특징은 뜨락또르를 수리하는 문제를 에워싸고 더욱 두드러지게 표현한다. 그가 숙직을 서는 날 밤 공교롭게도 급속히 수리해야 할 뜨락또르가 온다. 그때 그는 나사압력기를 만드느라 며칠 밤을 새워 몸이 무척 피곤하였다. 게다가 내일 어머니를 모시고 처갓집으로 가야 했다. 하지만 광일은 선뜻이 수리 작업에 착수하며 수리를 거절하는 박동무를 비평 방조하여 작업에 끌어들이며 다른 노동자들과 더불어 수리 작업을 성과적으로 완수한다.

단막극『5.1절 전야』는 광일의 긍정적 형상을 통하여 우리 시대 젊은 노동자들의 고상한 품성을 보여주었고 그릇된 사상에 모닥불을 안기었다. 또한 이 단막극은 기본 갈등 외에 광일이와 어머니 사이, 며느리와 시어머니(광일의 어머니) 사이에 벌어지는 오해로 인한 희극적인 갈등을 삽입함으로써 작품이 다루는 현실생활 폭을 보다 넓히고 풍부화시켰으며 단막극으로 하여금 희극성과 명랑성을 갖도록 하였다.

총적인 견지에서 볼 때 건국 후 17년간의 조선족 극문학은 현저한 발전을 보았지만 적지 않은 결함도 내포하고 있다. 이 시기의 극문학에 있어 갈등의 계급 투쟁화, 노선 투쟁화가 엄중하였고 도식화, 개념화 경향이 심하였다. 또한 이 시기에 극문학 형태의 전면적인 발전을 보지 못하였는 즉 비극, 희극, 풍자극의 창작이 도외시되었다. 건국 후 17년간 조선족 극문학에 내포된 이런 치명적인 결함들은『문화 대혁명』시기에 이르러 더욱 악성적으로 확장되어 조선족 극문학을 막다른 골목에 밀어 넣는 후과를 초래하게 하였다.

제2장 이욱

제1절 생애와 창작의 길

이욱은 조선족 문학 발전에 크나큰 기여를 한 저명한 시인 중의 한 분이다.

시인 이욱은 일찍 1949년 1월에 출판된 그의 두 번째 시집 『북륙의 서정』의 서문에서 『시대의 행정에 역사의 지표가 뚜렷이 서서 나의 전진을 재촉하매 나는 고스란히 이 땅 선구자의 발자국을 더듬어 나가며 인민과 조국에의 충성을 피로써 다할 것을 진정으로 고백한다』고 말한 바 있다. 실로 시인 이욱은 근 반세기 동안 특히 건국 후 우리 시대와 인민의 생활을 구가하기 위해 자기의 모든 심혈을 쏟았다.

이욱(1907년~1984년)은 1945년 해방 전까지 학성(鶴城), 월촌(月村), 홍엽(紅叶), 단림(丹林), 산금(汕琴), 월파(月波) 등 필명으로 작품을 발표하다가 해방 후부터 작품에 이욱이란 이름을 밝히기 시작했다.

이욱(원명은 이장원—李章源)은 1907년 7월 15일 소련 블라디보스토크의 신안촌(고려촌)에서 빈한한 가정의 아들로 태어났다. 워낙 그의 일가는 길림성 화룡현 강장동에서 살았으나 빈궁에 못 이겨 생활난을 타개하기 위해 신안촌으로 이주해 간 것이었다. 하지만 그 고장에서도 살기 어려워 나 어린 이욱은 1910년 봄에 부친을 따라 길림성 화룡현 로과향 서호촌으로 오게 되었다. 그는 이 고장에서 어릴 때부터 한학자인 조부와 부친의 가르침 밑에 한학 공부를 하면서 소학교를 마치고 중학교에 입학하였으나 학비를 댈 길이 없어 1924년 (17세)에 중퇴하고 서호촌에서 농업에 종사하였다.

그는 이 시기에 조선 문화 계몽운동과 서구 자본주의 문명의 영향을 받으면서 여가를 이용하여 시 창작을 진행하였는데 1924년 17세 때 처녀작인 서정시 『생명의 예찬』을 『간도일보』에 발표하였다. 이때로부터 그의 시 창작 생애가 시작되었다.

20년대 후반기에 이르러 이욱은 지하당의 영향 하에 당시 용정에서 발간된 진보적 신문 『민성보』 기자로 있으면서 서정시 『죄수』, 『분노의 노래』 등과 단편소설 『파경(破鏡)』을 발표하였다. 1930년대에 이르러 일제의 무단적 탄압이 우심해지자 그는 1931년부터 1935년 사이에 서호촌에서 농사를 지었다. 한편 그는 야학을 꾸려 농민들에게 글을 가르치며 계몽사상을 전수함과 아울러 그들을 단합해 가지고 지방 토호를 반대하는 투쟁을 벌이기도 하였다. 이욱은 이 기간 자기의 실제 체험에 기초하여 『만선일보』에 적지 않은 시를 발표하였다. 1936년부터 이욱은 조선에서 발간하는 『조선일보』의 간도 특파 기자로 있으면서 계속 시 창작에 몰두하였고 『조선일보』사에서 발간하는 『조광』, 『조선지광』 등 잡지에 서정시 『북두성』(1937년), 『금붕어』(1939년), 『모아산』(1939년), 『새 화원』(1940년) 등을 발표함으로서 시인으로서의 자기의 입체적 자세를 정립하였다. 그런데 1940년 8월 일제가 신문통제령을 내리고 조선의 『동아일보』, 『조선일보』 등을 폐간시키게 되자 이욱의 기자 생활도 결속되게 되었다.

1945년 8월 일본 제국주의가 투항하고 연변지구 인민들이 해방을 맞이하자 이욱의 생활과 창작에는 근본적인 변화가 일어나게 되었다. 해방의 감격과 새로운 지향으로 흥분된 그는 새로운 창작단계를 펼치면서 창작과 문학 조직 활동 및 사회 활동에 뛰어들었다.

1945년 해방 식후 그는 신후로 『간도예문협회』의 문학부장, 『동라문인동맹(銅羅文人同盟)』 시문학 분과의 책임자, 『연길중소한문회협회』의 문학국장으로 있으면서 문학조직 사업에 달라붙었다. 1946년부터 1948년 사이에 이욱은 동북군정대학에서 학습하는 한편 마르크스주의를 연구하였다. 이 시기에 그는 왕청현 라자구 토비 숙청에 직접 참가하였다. 그는 군정대학에서 학습하는 기간 즉 1947년에 자기의 첫 서정시집『북두성』을 세상에 내놓았다. 1948년 동북 군정대학을 졸업한 그는 연길에 있는『대중』잡지사에 와서 이 잡지의 주필 겸 연변도서관 관장 사업을 맡아 보았다. 1949년 1월 그는 자기의 두 번째 서정 시집『북류의 서정』을 출판하였다.

이욱은 1951년 연변대학에 전근되어『세계문학사』를 강의하였다. 그는 이 때로부터 시인 겸 교육가로 자기의 후반생을 엮어 나갔다. 그는 1956년에 중국작가협회에 가입하고 중국작가협회 연변분회의 이사로 되었다. 1957년에 그는 시집『고향 사람들』과 장시『연변의 노래』(한문)를 출판하였으며 1959년에 이르러 또 하나의 시집『장백산하』를 세상에 내놓았다. 이런 시집들의 출판은 사회주의 시대의 가수로서의 그의 문단적 지위를 확정해 주었다. 건국 후 17년 동안 이욱은 정치운동이 있을 때마다 막심한 사상적 타격을 받으면서도 당과 조국에 대한 신념만은 잃지 않고 자기의 창작을 인민생활에 밀착시키면서 줄기차게 벌여 나갔다.

『문화 대혁명』은 시인 이욱에게 비극적 재난을 안기였다. 그는 이른바『반동적학술권위』,『반동문인』으로 몰려 정치적 박해를 받았을 뿐만 아니라 창작 권리마저 박탈당하였다. 이런 비극적 운명은『4인무리』가 타도된 후에야 마무리 짓게 되었다.『4인무리』가 타도되고 새로운 역사 시기가 시작되자 그는 정치적 누명을 벗고 다시 문단에 돌아와 시 창작에 달라붙었다. 새로운 역사 시기에 접어들어 그는 이미 고령에 달하였지만 시인의 청춘을 확보하면서 인민과 시대와 함께 전진할 웅심을 길렀다. 그는 1980년에『이욱 시선집』을 내놓았으며 이 시집을 출판한 후에도 많은 서정시들을 신문 간행물에 발표하였다. 그는 서정시 창작과 더불이 1982년에 장편 서사시『풍운기』(제1부)를 세상에 발표하였다. 시인 이욱은『풍운기』제2부를 집필하는 과정에 불행하게도 뇌익혈로 하여 1984년 2월 26일 77세를 일기로 세상을 하직하였다.

제2절 서정시와 한문시

  건국 후 17년간의 이욱의 시 창작을 가늠해 보면 서정시 창작이 압도적 우세를 차지하고 있다. 건국 후 17년간에 창작된 그의 서정시들을 주제별로 보면 사회주의 시대의 새 생활에 대한 찬미, 평화에 대한 갈망, 혁명 전통에 대한 송가 등으로 구획할 수 있다.

  이욱은 『시 창작에서 얻은 몇가지 체득』이란 글에서 『문학가와 예술가 앞에는 곧 어떻게 예술로써 생활미를 탐구하고 창조하겠는가 하는 위대한 과업이 나선다. 이 과업을 완성하기 위하여 시인은 인민생활의 예술적 노동자로, 시대의 가수로 되어야 한다』고 말하였다. 건국 후 이욱은 새 생활에 민감한 눈초리를 돌리고 시대정신을 가슴 속에 뜨겁게 받아 안고서 현실의 놀라운 변화와 사회주의 건설을 위한 조선족 인민들의 줄기찬 노력적 투쟁 및 그들의 숭고한 정신적 풍모를 열정적으로 가송하였다.

  서정시 『해란강의 봄철』(1956년)은 농민들이 뜨락또르로 밭을 가는 생활적 계기를 포착하여 농촌의 기계화를 영접하는 농민들의 감격과 환희를 다정다감하게 읊조리었다.

　　　　해란강가에 봄이 깃드니
　　　　동성촌벌에 뜨락또르가 굴르오

　　　　착실한 처녀운전수 조정옥은
　　　　운전대에서 바삐 핸들을 돌리오

　　　　전일 이름난 량궨의 조수가
　　　　오늘 이 마을 의젓한 뜨락또르수라오

  시인은 기계화의 봄바람이 농촌에 스며드는 새로운 기상과 그 속에서 자라나는 처녀 뜨락또르 운전수를 화자의 시점에서 열정적으로 칭송하면서 작품의 마지막 부분에 이르러 새 시대, 새 인간에 대한 자기의 태도를 보다 명료하게 서정적으로 토로하였다.

　　물동이 이고 아지장 걸음치는 처녀들아
　　잘난 총각은 샘터만 안찾아간다오

　　주방의 알뜰한 안손도 기특하오만
　　농장의 씩씩한 처녀가 더 예쁘오

　　동성촌에 구수한 흙냄새가 풍기니
　　해란강언덕에 푸른 물결이 넘치오

　서정시 『사랑하는 고향으로 오라!』(1963년)는 방황하는 친구에게 편지하는 서한체 형식을 빌어 자기 고향 마을에 뿌리를 내리고 새 농촌 건설에 자기의 청춘을 서슴없이 바치는 젊은 세대의 고매한 정신과 숭고한 이상을 강한 정서적 흥분 속에서 격조 높이 읊조리었다.

　　아! 우리 부모들이
　　천대받던 그 시절은
　　이미 물결에 흘러갔건만
　　경수야 너는 오늘도
　　뽀얀 안개가 자욱한
　　『희망의 항구』에서
　　갈팡질팡 헤매는구나!

　　보라! 칠색무지개는
　　저 언덕밑 샘터에
　　뿌리를 박지 않았는가!
　　경수야 오너라
　　너는 네 고향 네 집을 떠나
　　어데를 가려느냐?
　　정든 고향마을은

기술혁신자를 찾는다
저 눈 모자라는 논판과 과수원에서…

(생략)

아! 경수야
어서 이상의 은빛날개를 펼치고
훨훨 날아와서
아름다운 청춘을 부르는
향촌의 가슴팍—
사랑하는 어머니의 품에 안기라

시인 이욱은 시대의 전진과 보조를 같이하면서 날따라 변모되는 조국의 새로운 기상을 서정시 『정월담』(1964년)에 담았다.

정월담 맑은 물이
동파로 굽이치는데
명월이 물에 떨어져
황금이 들에 쏟아지네

이는 1964년 장춘시교에서 우연히 큰 저수지를 보고 영감이 떠올라 쓴 서정시 『정월담』의 전문이다. 달이 떠오른 저녁, 정월담 맑은 물이 동으로 동으로 굽이쳐 흘러간다. 황금의 밝은 달이 빛을 골고루 뿌리며 호심깊은 저수지 물결 위에 비껴 내린다. 시인은 황금 달빛과 그 빛으로 반짝거리는 저수지 물결을 보고 또 흘러가는 그 물을 먹고 자라 끝없는 황금의 오곡이 물결치는 넓고 기름진 가을의 들판을 연상한다. 시인은 이처럼 저수지를 구축하여 어거리 풍수를 안아오는 우리 시대의 기적을 기묘한 예술적 수법을 통해 재치있게 노래하였다. 이 서정시는 생동하고도 매력적인 형상, 강한 함축성, 간결한 언어 구사, 깐진 구성 등으로 하여 독자들의 사랑을 받고 있다.
전쟁과 평화의 주제, 이것은 이욱의 서정시 창작에서 다른 한낱 중요한 주제로 되고 있는데 그 성과작으로는 『어머니와 애기』(1956년), 『정의의 함성』
(1956년) 등이 있다. 그중에서도 서정시 『어머니와 애기』가 더욱더 독자들의
기억 속에서 사라지지 않고 있다.

터벅터벅
네굽으로 기여와서
어머니 가슴에 안기우는
새별같은 눈아!

자근자근
젖꼭지를 물고는
어머니 자장가를 재촉하는
비둘기같은 마음아!

불면 날가
쥐면 꺼질가
금지옥엽으로
애지중지하노니

보다시피 서정시 『어머니와 애기』의 첫머리에서 시인은 『터벅터벅／네굽으
로 기어와서』어머니의 젖가슴에 안겨 『자근자근／젖꼭지를 물고는／어머니 자
장가를 재촉하는』평화로운 생활적 계기를 포착하고 그것을 우아하고 민족적
색채가 짙은 화폭으로 펼쳐 보이면서 젖먹이 애에 대한 시인의 기대를 다음과
같이 다정다감하게 표출하고 있다.

아가야
삼림을 헤치고
산정에 뛰여오르는
사슴처럼 건장하여라

아가야
태양을 우러러
하늘을 껴안은
호수처럼 명랑하여라

어허 둥둥
인간의 보배동아!
어허 둥둥
나라의 충성동아!

무서운 꿈을
다시는 꾸지 말고
슬픈 울음을
다시는 우지 말라

시인은 어린 애기의 푸르창창한 앞날에 대한 절절한 기대를 통하여 평화와
행복에 대한 동경을 표현하였다. 이 서정시에서 젖먹이 애기는 평화의 상징이
요 행복의 상징이다. 이런 평화와 행복에 대한 동경은 기필코 전쟁 장사꾼들에
대한 저주를 동반하기 마련이다. 하여 시인은 작품의 마지막 부분에 이르러 다
정다감한 서정을 정중한 서정으로 바꾸면서 다음과 같이 읊조리었다.

전쟁장사군들아
네놈들 심보로서는
애기의 요람을 다치지 못하고
애기의 손도 잡지 못한다

어머니는
불타는 심상으로
원수를 물리쳐
애기를 보호하고

　　어머니는
　　갸륵한 심정으로
　　애기의 체온에서
　　행복을 느낀다

　전쟁과 평화의 주제를 다룬 서정시 『어머니와 애기』는 우아하고 민족적 향기가 풍기는 시적 화폭, 티없이 깨끗하고 명랑하고 다정다감한 서정의 색조, 전통적 민요에 바탕을 둔 미묘한 언어 구사 등으로 하여 독자들에게 참신한 예술적 경지를 안겨 주는 바 이 시편은 건국 후 17년간의 조선족 시단에 피어난 한 떨기의 아름다운 꽃이라고 할 수 있다.

　시인 이욱의 창작 실천을 더듬어 보면 그는 오랫동안 장백의 영웅들, 조선족 인민들의 역사와 투쟁에서 가슴 뜨거운 시적 정열을 체험하고 고상한 미학적 이상을 발견하고 또한 그것에 시적 조명을 주었는 바 그의 시작품 계보에는 역사와 혁명 전통에 관한 소재를 취급한 서정시들이 적지 않은 비중을 차지하고 있다. 산문시 『연변찬사』(1954년), 서정시 『장백산』(1957년), 『유격대를 회억하며』(1959년), 『홍군전사의 묘』(1961년) 등을 그 예로 들 수 있다.

　역사의식이 강한 시인 이욱은 서정시 『장백산』에서 『변강의 천봉만학을 거느리고／창공에 우뚝 솟은 장백산』, 『성성한 백발을 날리면서도／가슴은 꺼질 줄 모르는 청춘의 불길에 타서／항시 두어깨에 칠색무지개를 걸고／목청을 돋구어 꽝꽝 대택을 울리』는 장백산의 거인적 형상을 빌어 자손만대의 행복을 위해 산을 주름잡아 달리며 싸워 온 반일 투사들의 빛나는 역사를 노래하면서 그들의 혁명 전통이 어떻게 우리 시대 인민들에게 뿌리를 내리고 거대한 원동력으로 되고 있는가를 다음과 같이 토로하고 있다.

　　그 천년수림속에서 타오르던 화토불이
　　오늘 우리의 힘으로 뻗치고
　　그 동서 봉우리에서 반짝이던 초병의 눈이
　　오늘 우리의 정신으로 빛난다네

　　이제 천지의 젖줄기 흘러 기름진 전야마다
　　오곡과 백과가 탐스럽게 무르익고
　　장백산 기슭에 늘어선 웅장한 공장마다
　　기계와 비단이 수두룩이 쌓이거니

　　백옥으로 쌓아올인 장백의 상상봉이여
　　백발을 구름높이 날리고
　　웃음을 폭포소리에 터치며
　　이 나라 아들딸 - 영웅호걸들을 굽어보라

　거대한 상상의 힘과 웅건한 감정의 폭을 가지고 펼친 이 서정시의 심상은 역사와 혁명 전통의 소재를 다룬 다른 서정시에서도 감동적으로 표출되고 있다.

　건국 후 17년 동안에 이욱은 조선 문자에 의한 서정시 창작과 더불어 한문시(漢文詩) 창작에서도 자기의 기량을 구김 없이 과시하였다. 어려서부터 부친의 영향과 가르침을 받아가며 한문을 익힌 그는 건국 후에 이르러 한문시 창작을 본격적으로 벌여 신문 간행물에 발표했을 뿐만 아니라 한시집 『우중시사』를 유작으로 우리들에게 남겨 주었다. 건국 후 17년간에 창작된 한문시들 중에서 독자들에게 깊은 인상을 주는 것으로 『노시인』(1959년), 『독수리』(1960년), 『고성(古城)』(1964년) 등이 있다.

　시인 이욱은 7언 율시 『독수리』에서 독수리의 투쟁정신과 절개를 다음과 같이 칭송하였다.

　　노상 창공을 정복함으로
　　만리 광풍에 나래치노라

　　눈은 아득한 천애 뚫어보고
　　발톱은 숨은 요마 잡아내네

　　올빼미 어찌 그 절개 알리요

비비새 실없이 애된 원한 씹거니

목청높아 울면 호기도 장하여라
깃으로 호된 원수 쳐엎네

(山鷹志在擊雲霄,
不怕狂風万里飄,
眼便看破天地大,
爪能攫減山水妖,
鴟鴞安識堅貞節,
百舌空謳悲恨謠,
唱殺三聲豪氣壯,
劍翎除 乃今朝.)

또한 시인 이욱은 7언 율시 『고성』에서 두만강반의 옛 고향 땅을 밟고 옛성의 도고한 모습을 바라보면서 흘러간 세월의 영웅들의 발자취를 감개무량하게 다음과 같이 회상하고 있다.

멀리 보니 고성은
절반 하늘 둘러싸
그제날의 풍진은
저으기 아득하네

녹수의 고기비누
새빈 전승한 진지요
청산의 호랑날개
아홉번 진공한 창이라네

창공을 우러러
달은 천추에 걸렸고
물결을 헤치며

배는 대강에 비꼈네

영웅 달리던 곳
어딘가 물으니
늙은이 저 멀리
대강가를 가리키네

(遠看古城半分天,
昔日風塵已渺然,
綠水魚鱗三捷陣,
靑山虎翼九攻鞭.
霜天寥廊千秋月,
秋水波潤一葉船.
借問英雄馳騁地,
笑指融融大江邊.)

한문시 창작에서 이욱은 7언 율시에 흥취를 돌렸을 뿐만 아니라 시의 창작에서도 자기의 탐구를 보여주었는 바 1978년에 창작한 한문시 『랑도사 · 도문강(浪淘沙 · 圖們江)』이 이를 시사해 주고 있다.

제3절 서정서사시 『고향 사람들』

이욱의 시 창작에서 서정서사시가 많은 비중을 차지하는 것은 아니다. 하지만 몇 편이 안되는 이 서정서사시는 그의 시가 창작 성과를 풍만하게 장식하는 중요한 인소라는 것을 지적하고 싶다. 그의 서정서사시는 죄다 50년대 중기에 창작된 것으로 『고향 사람들』(1957년), 『장백산의 전설』(1957년)이 있다.

서정서사시 『고향 사람들』(일명 『연변의 노래』)은 그의 시 창작의 최고봉을 이루는 성과작이며 건국 후 조선족 시문학에 있어서는 하나의 뚜렷한 이정표로 되고 있다.

『고향 사람들』은 『간도』에서의 조선족의 빛나는 역사를 다룬 장편 서정서사시로서 5장으로 구성되고 있다. 그런데 제1장과 제5장은 각각 머리시와 맺음시에 해당한다.

제1장에서는 웅위로운 장백산의 형상을 통해 조선족의 빛나는 역사와 업적을 인기시키면서 그것을 『나의 부모와 형제와 자매, 더구나 용감한 나의 고향 사람들과 영웅들을 대신하여 소리를 높여 찬미』할 시인의 불타는 결의를 격조 높이 토로하였다.

제2장에서는 백여년 전 조선족 인민들의 간거한 개척사와 지주계급에 대한 인민들의 분노와 저항을 묘사하였다.

제3장에서는 이 서정서사시의 핵심적인 부분으로서 여기에서는 『9.18』사변 후 조선족 인민들이 한족 인민들과 더불어 장백산을 근거지로 하고 신출귀몰한 유격전으로 일제 토벌대와 영용하게 싸운 혁명적 영웅주의를 찬미하고 있다.

제4장에서는 항일전쟁 승리 후 연변 조선족 인민들의 해방의 감격과 희열을 노래하였고 제5장에 이르러서는 건국 후 연변지구의 발전을 구가하면서 선열들의 뜻을 높이 받들고 보다 아름다운 생활을 창조할 것을 호소하였다.

조선족의 역사적 현장에 시적 각광을 부여한 이 서정서사시는 역사상의 편단적인 사건을 호매로운 서정으로 채색하고 엮어 가면서 주요하게 항일 유격대의 형상을 부각하였다. 시인은 서정서사시라는 장르적 특성을 고려하여 삼득, 정숙 등 인물들을 등장시켰으나 그들의 성격 창조와 완전한 형상 부각에 유의한 것이 아니라 그들을 비롯한 항일 유격대의 군상 창조에 모를 박았다.

이조통치배들의 혹정과 자연재해로 인한 기아를 못 이겨 조선 반도의 백성들은 살길을 찾아 『간도』 땅에 이주하게 되었다. 그러나 이 고장에 이르러서도 지주놈들의 압박과 착취 그리고 일제놈들의 야수적 탄압과 만행으로 하여 백성들에게 차례진 것은 모진 고역과 학대 및 빈궁뿐이었으며 민족의 운명은 칠성판에 오르게 되었다. 이런 위기일발의 시각에 각성한 인민들은 유격대를 조직하여 일제에 대한 저항의 길에 나섰다. 서정서사시 『고향 사람들』은 바로 이런 항일 무장 투쟁을 거머쥐고 유격대의 혁명적 영웅주의 정신을 격조 높이 구가

하였다. 이 경우 시인이 우리 민족의 전설을 빌어 유격대 형상 창조에 각광을 부여한 몇 대목을 발췌하면 다음과 같다.

아!
백성들의
천만대에 전하는
아름다운 이야기

유격대에는
나는 장수와
뛰는 장수가 있어
장백산 대택속
해와 달이 질줄 모르는
별천지에서
천하 역사들을 모아
보검을 치고
대포를 만들면서
때로는
해왕국 공주들이
여름마다
목욕하러
동해에서
천지로 다니는
무지개 다리를 더듬어
봉래
방장
영루에 노닐고

제틀로
수림속에 나오면
천리 련봉—

나무가지를 더우잡고
나래 돋친 용마인양
일행 천리
청운장을 휘둘러
산삼과
사향과
지초가 녹아내리는
압록강
두만강
송화강을 넘나들며
마음대로
풍운조화를 부려
불시에
놈들을
마른 날에 번개치듯
쳐엎는다 하나니

이렇듯
유격대들이
때로는
침실에서
잠든놈들을
꿈속에 잡아가고
대낮에
길가는놈들도
무망중에 쓸어눕힌다

　　서정서사시 『고향 사람들』은 항일 유격대의 형상 창조를 거쳐 조선족 인민
들의 빛나는 투쟁사를 가송함과 아울러 항전의 연대에 이룩된 민족 단결의 감
동적인 장면의 묘사에도 필묵을 아끼지 않음으로써 이 작품의 사상적 공간을
훨씬 넓히었다. 이 서정서사시에 다르면 어느 하루 주구의 밀고에 근거하여 대

량의 병정들을 동원해 가지고 유격대원을 붙잡는다. 그놈들은 그 유격대원을 마을 사람들이 둘러선 뒷산에서 참혹하게 살해한다. 하지만 그 이튿날 아침해가 동산에 떠오르자 용사가 쓰러진 평토 위에는 푸른 잔디에 고이 덮인 무덤 하나가 엄연히 나타났다. 그 앞에는 아름드리 통나무로 세운 묘비가 섰는데 비문에는『조선영웅의 묘』라 하고 모서리엔『중국 사람이 세움』이라 정중히 씌여져 있었다. 이 청천벽력에 질겁한 왜놈들은 부근 30리 안팎을 샅샅이 뒤지면서 묘비 세운 사람을 찾았으나 조선족이나 한족 사람이나 할 것 없이 모두『모른다』는 한 마디 말로 대처하였다. 서정서사시『고향 사람들』은 이처럼 민족단결의 사상을 항일 유격대 형상 창조와 밀착시킴으로써 더욱 큰 감화력을 획득하였다.

서정서사시『고향 사람들』은 조선족 역사의 거시적인 개괄, 항일 유격대 형상의 창조, 기백 있고 세련된 시적 표현, 생략과 함축 및 비약의 수법, 민간 전설의 생동한 도입, 호매로운 서정 등 높은 사상예술적 성과로써 건국 후 조선족 시문학의 발전 면모의 일각을 훌륭하게 보여주었다. 이 서정서사시가 다룬 주제사상은 그의 서정서사시『장백산의 전설』, 산문시『연변찬사』에서도 각이한 각도로 취급되고 있는데『장백산의 전설』, 『연변찬사』는 서정서사시『고향 사람들』과 자매편을 이룬다고 하여도 과언이 아니다.

제4절 이욱 시문학의 예술적 특징

이욱의 시문학은 풍만하고 다채롭다. 그의 시작품들은『샘물로도 속삭이고 바다로도 울부짖으면서 생활의 노래와 길동무로, 투쟁의 고무자』로 되었는 바 그의 예술적 추구는 실로 다양한 양상을 보이고 있다. 하지만 이런 다양한 양상 가운데도 시인의 개성적 얼굴이 돋보이는 비교적 온정된 핵이 있다.

그의 전반 시작품을 읽어보면 역사 제재에 대한 흥취가 각별하고 거인적 형상 창조에 모를 박았으며 격조가 높고 뜻이 깊으며 서정이 짙고 낭만적 색채 및 민족적 특색이 강하다. 이런 것들이 바로 그의 시작품 밑바닥에 깔려 있는 핵이라고 할 수 있다.

　시인 이욱은 자기의 예술적 추구를 두고 다음과 같이 말한 적이 있다. 『시는 애정시이건 혁명적시이건 단시이건 장시이건 간에 모두 뜻이 깊고 정서가 깊으며 품위가 높고 격조가 높아야 한다. 이래야 인민을 교양하고 시대의 전진을 추진시킬 수 있다. 이런 주장을 관철하기 위하여 나는 시 형상을 창조할 때 표어구호식은 단호히 반대하는 한편 격조가 높고 뜻이 깊으며 정서가 짙고 생생한 형상과 사색을 통하여 주제를 보여주기에 큰 힘을 넣는다.』(이욱『시 창작에서 얻은 몇 가지 체득』에서)

　이욱의 시문학에서 보여지는 가장 선명한 특징은 역사 제재에 대한 각별한 흥취이다. 그는 역사의식에 기초하여 조선족의 운명에 깊은 관심을 돌리면서 일생 동안 조선족 인민들의 생활과 투쟁의 역사라는 이 기본 주제를 집요하게 파고들었으며 이 주제 분야에서 한 걸음도 물러서지 않았다.

　서정시『옛말』에는 기사년 흉년을 만나 남녀노소가 쪽박을 차고 샛섬에 건너와 진대나무 속에 구틀막집을 짓고 부대를 일구어 감자씨를 박던 개척 초기의 생활 모습이 담겨져 있으며 서정시『오월의 붉은 맘씨』에는 샛노랗게 익은 벼이삭이 소작인들의 눈물에 젖던 가을, 집에서는 귀여운 딸자식이 굶어 죽고 있으나 아버지는 손수레에 벼를 산더미처럼 싣고 가 최부자집 낟가리만 가려야 했던 지난날의 뼈저린 생활이 반영되어 있다. 그리고 서정시『장백산』,『유격대를 회억하여』, 서정서사시『장백산의 전설』, 한시『고성』 등 시작품들에서는 장백산을 주름잡고 고산대하를 넘나들며 원수를 족치던 반일 투사들의 영웅적 투쟁 모습을 노래하였는가 하면 서정시『젊은 내외』,『석양의 농촌』,『황소야』 등에서는 토지얻은 농민들의 감격과 기쁨이 메아리치고 있다. 또한 서정시『봄은 어디에 먼저 왔느냐』,『배나무를 심으며』,『배낭』 등에는 사회주의 건설을 다그치는 조선족 인민들의 억센 노력적 투쟁이 투영되고 있다. 조선족 인민들의 이런 역사적 생활과 투쟁은 그의 서정서사시『고향 사람들』, 산문시『연변찬사』에 가장 집약적으로 체계 있게 다루어졌다. 이욱의 시문학은 실로『변강의 천봉만학을 거느리고 창공에 우뚝 솟은 장백산』 그리고 몇 천만 년을 내려

오면서 천험의 골짜기, 만고의 숲을 뚫고 노도쳐 흐르는 두만강과 직결되고 있으며 그를 포용한 풍요한 대지에서 살아오는 조선족 인민들의 역사에 밀착되고 있다.

이욱의 시문학에서 보여지는 두 번째 예술적 특징은 심오한 사상과 낭만에 바탕을 둔 거인적 형상의 창조이다.

이욱은 시인으로서의 예민한 감수와 깊은 철학적 사색으로 생활에서의 본질적인 것과 특징적인 것을 발견할 줄 알았으며 심오한 철학적 진리거나 숭고한 인민적 지향을 포착하면서 거인적 형상 창조에 심혈을 몰부었다. 따라서 그의 시작품들에서는 영웅적 형상이 중심적 위치를 차지하고 있으며 산이나 강과 같은 자연현상도 노상 거인적 형상으로 노래되었다. 그리고 그의 시작품들에서 노래한 반일 투사의 형상을 보더라도 장백산의 웅장한 자연을 배경으로 초인간적인 영웅적 성격을 부여하여 거인적 형상으로 부각하였다.

서정서사시 『장백산의 전설』이 낭만주의적 수법으로 『나래 돋친 용마를 타고 고산대하를 주름잡아 넘나들면 머리 위에 하늘이 쪼각쪼각 갈라지고 발 밑에 구름이 실실 흩어지는』 거인적인 형상을 창조하였는가 하면 앞에서 지적하다시피 서정시 『장백산』에서는 『변강의 천봉만학을 거느리고 창공에 우뚝 솟은 장백산』의 거인적 형상을 떠올렸다. 또한 서정시 『두만강』에서는 『천험의 골짜기 만고의 숲을 뚫고 몇 천만 년을』 내려오면서 『언제나 청춘의 정열로 노도쳐 흐르는』 두만강의 거인적 형상을 감명깊게 부각하였다.

시인 이욱의 이러한 예술적 추구는 30년대에 창작된 그의 초기 작품들에서도 엿볼 수 있다. 서정시 『모아산』에서 시인은 『대지의 정열을 안고도／푸른 하늘을 이고／묵묵히 앉아 있는』 위대한 거인같은 모아산의 형상을 빌어 반동세력의 폭압에도 끄덕하지 않는 인민들의 영웅적 성격을 상징적으로 표출하고 있다.

이욱의 시문학에서의 이런 거인적 형상은 역사의 창조자로서의 인민의 역량과 역사 발전에 대한 시인의 굳은 신념에 뿌리를 내리고 있다. 우리는 그의 시작품에서 참회의 눈물이나 실망의 한숨을 볼 수 없다. 이에 반하여 그의 시작품들을 통해 생활 중의 난관, 역사상의 암흑을 뚫고나가는 조선족 인민들의 억센 투지와 밝은 미래에 대한 시인의 낭만을 기꺼웁게 볼 수 있다. 또한 이런 작품들을 감싸주는 기본 정서가 장중하고 호방하며 격조가 높고 낭만적 색채가 짙다.

이욱의 시문학에서 보여지는 세 번째의 예술적 특징은 선명한 민족적 색채가 빛발치고 있는 것이다.

시인 이욱은 조선족 인민들의 구전문학을 깊이 연구하고 그것을 선택적으로 계승 발양함으로써 생동한 예술적 형상을 창조하였다. 우리는 이 시인의 적지 않은 작품들에서 신화거나 전설들이 재치있게 이용되고 있음을 간파할 수 있다. 서정서사시 『고향 사람들』은 물론 서정단시에서도 이런 예를 찾아볼 수 있다. 서정시 『장백산』에서 시인은 『달밤에 백호가 바위 위에서 울면 동해의 용왕도 소스라쳐 깨여서는 거센 물결을 타고 헤매었다』는 구전설화를 이용하여 장백산의 거인적 형상 창조를 돕고 있으며 서정시 『오월의 붉은 맘씨』에서는 『죽은 누나를 불러도 아니 오는 누나는 옛둥지에 제비를 보내었다』는 전설을 인용함으로써 빼앗기고 짓밟힌 그 세월에도 희망에 찬 새봄, 아름다운 생활에 대한 지향을 드러내고 있다. 그리고 그의 적지 않은 시들에서는 조선족의 전통적 민요나 속담이나 숙어들을 재치있게 도입하여 시의 민족적 색채를 짙게 하였다. 서정시 『어머니와 애기』는 『불면 날가 쥐면 꺼질가 금지옥엽으로 애지중지하노니』라는 민요의 표현을 삽입함으로써 애기에 대한 조선족 어머니의 뜨거운 모성애를 보다 생동하게 표현하였고 서정시 『황소야』는 『별을 이고 나가고 달을 밟고 들어온다』 등의 숙어를 도입하여 조선족 농민들의 근면한 노동생활을 형상적으로 묘사하였다. 이런 민족적 색채는 서정시 『옛말』에서 보다 집약적으로 표현되고 있다.

> 아침이면 샘터에
> 분이 옥순의 물동이에
> 푸른 버들이 청천을 물고 떨어지고
> 저녁이면 앞고개에
> 복동이 길남의 소잔등에
> 푸른 꼴 청산을 지고 와

마을에는 이야기꽃을 피우고
꿈은 열매를 맺고
(생략)

　이밖에도 그의 시작품을 읊게 되면 우리 민족의 고유어에 바탕을 둔 언어 구사, 과장법과 비유법, 생략과 함축 등 다양한 표현 수법의 사용 및 그 표현의 간결성이 또한 자기의 특색을 갖고 있다는 것을 강조하고 싶다. 시인은 조선족 민요에 많이 사용되는 음조, 조흥구 등을 자기 시작품에 창조적으로 도입하여 시의 운치를 돋구었고 민족적 생활의 체취가 풍기는 고유어의 선택과 생활화된 대중 언어에 각별한 주의를 돌렸다. 이를테면 『신세 고친 농민』, 『지리한 지팡살이』, 『할머니 삼모지에 고양이 세수하다』, 『오솔길로 총총 걸어 올라오는 다홍치마』, 『차조밥, 씀바귀, 된장냄새 구수하다』 등이 이에 대한 설명으로 된다. 또한 시인 이욱은 과장법과 비유법을 능란하게 사용하였는 바 『장백산의 전설』에서 햇빛에 총검이 반짝이는 것을 『천지에 청룡이 굼틀거렸다.』로, 바다로 줄기차게 흐르는 두만강의 흐름을 『호호탕탕하게 발을 구르며 활개를 치며 달리』는 것으로 과장하고 상징하고 비유하였다. 또한 그의 시작품들에서 대담한 함축과 생략이 특징적인데 서정서사시 『고향 사람들』이 이에 대한 좋은 예로 된다.

제3장 김학철

제1절 생애와 창작의 길

김학철(1916년~   )은 조선 민족의 해방 사업과 중국혁명을 위해 영용하게 싸워 온 혁명 투사이며 30년대 말기부터 문학 활동을 벌여 온 조선족 문단의 저명한 소설가이다.

김학철은 1916년 11월 4일 조선 원산시의 누룩 제조업자의 아들로 태어났다. 일곱 살에 부친을 여읜 김학철은 어려운 환경 속에서 1930년 3월에 원산 공립소학교를 마치고 1935년 3월에 서울보성고등학교를 졸업하였다. 그는 가정의 생활난으로 하여 대학으로 진학하지 못하고 1936년 초까지 집에서 어머니를 도와 일하였다. 망국노로 전락된 조선 인민의 비참한 처지와 불우한 운명을 목격한 그의 가슴 속에서는 점차 일본 제국주의에 대한 적개심이 불타올랐고 혁명의 씨앗이 움터났다. 하여 그는 웅대한 포부를 지니고 1936년 3월에 사랑하는 고향과 집을 떠나 중국 상해로 망명하여 반일운동의 조류 속에 뛰어들었다.

중국에 들어온 김학철은 1937년 7월에 남경에서 조선민족혁명당에 가입하고 1937년 8월부터 그 이듬해 7월까지 중앙육군군관학교를 다녔다. 군관학교를 졸업한 그는 무한에서 조선의용군에 참가하여 분대장의 직무를 맡고 반일

전선에서 용감하게 싸웠다. 1940년 8월 그는 영광스럽게 중국공산당에 가입하고 1941년 5월에 당의 지시에 따라 태항산으로 전이하여 팔로군에 들어갔다. 한 달이 지나서 그는 조선독립동맹과 조선의용군에 참가하여 조선독립동맹 선전부의 선전간사 직무를 맡고 문화 선전 활동을 힘 있게 추진시켰다.

일찍이 어려서부터 조선 고전작품과 서양 문학작품을 탐독하는 과정에 문학 소양을 닦기 시작한 김학철은 항일전쟁의 포화 속에서 자기의 문학적 기량을 과시하기 시작하였다. 그는 1938년부터 1941년까지 항일전쟁의 수요와 그 특정된 상황에 따라 주요하게 극작품과 시가 창작 활동에 종사하였다. 그는 단막극 『서광』(1938년), 『승리』(1939년), 『등대』(1941년)를 창작하여 무한, 유양, 태항산 항일 근거지 등에서 공연하였고 작곡가 유신과 합작하여 『조선의용군 추도가』(1941년), 『고향길』(1941년) 등 노래를 창작하여 군민들의 사기를 돋구고 군민들을 항일 무장 투쟁으로 궐기시킴에 있어서 커다란 역할을 수행하였다.

이와 같이 한 손에 총칼을 들고 한 손에 붓을 거머쥐고 일제와 완강하게 싸우던 김학철은 1941년 12월에 태항산 지구의 호가장(胡家庄)전투에서 일본군과 싸우다가 불행하게도 부상을 입고 체포되었다. 체포된 김학철은 석가장의 일본총영사관 경찰서 유치장에 감금되어 중세기적인 옥고를 겪다가 1942년 5월 일본에 압송되어 나가사끼형무소 이사하야(諫早) 본소에서 계속되는 중세기적인 옥고의 시달림을 받게 되었다. 하지만 그는 감옥 속에서 혁명적 절개를 굳게 지키면서 일제놈들과 계속 투쟁하였다. 감옥살이할 때 치료를 받지 못한 까닭에 호가장 전투에서 일본군의 총에 맞은 왼쪽 다리의 상처가 썩어나서 가석하게도 절단하게 되어 그는 불구자로 되게 되었다.

1945년 8월 15일 일본 제국주의가 무조건 항복을 하게 되자 김학철은 그 해 10월에 감옥에서 풀려 나와 불구의 몸으로 조선 서울에 오게 되었다. 몸은 비록 불구로 되었지만 혁명의 뜻만은 변하지 않은 김학철은 1946년 10월까지 서울에서 조선독립동맹(조선노동당의 전신) 서울시위 위원으로 있으면서 문학 창작 활동을 새롭게 벌이기 시작하였다. 이 기간 그는 항일전쟁 및 기타 소재를 취급한 단편소설 『지네』, 『어간유정』, 『담배국』, 『밤에 잡은 포로』, 『애정』,

『상흔』, 『균열』, 『닭알』, 『구멍 뚫린 맹원증』 등을 서울에서 간행된 『문학』, 『신세대』, 『건설』, 『서울문학』, 『삼천리』에 발표하였다. 이때로부터 그는 소설가의 자태로 문단에 본격적으로 진출하여 활약하였다.

1946년 11월 김학철은 조선 남반부 정치 형세가 긴장해짐에 따라 당조직의 명령을 받고 조선 북반부에 전이하게 되었다. 그는 평양에 온 후 선후로 『노동신문』 기자, 『인민군신문』 주필로 있으면서 단편소설 『정치범 919』, 『선거만세』, 『적구』, 『똘똘이』, 『콤뮨의 아들』과 『범람』 등을 『노동신문』, 『조선문학』, 『화살』을 비롯한 여러 신문잡지에 발표하였다. 그는 이 기간에 또 저명한 조선족 작곡가 정률성과 합작하여 대형교성곡 『동해어부』(1948년), 『유격대전가』(1948년)를 세상에 내놓았고 러시아 작가 고골리의 『검찰관』을 조선문으로 번역 출판하였다.

혁명 사업의 수요에 따라 1951년 2월에 중국에 들어오게 되었는데 1952년 9월까지 북경 중앙문학연구소에서 학습하고 중화전국문련의 전직 작가로 활약하면서 단편소설 『엄혹한 나날에』, 『전우』, 『고향』, 『솔바람』, 『군공메달』 등을 『인민문학』, 『광명일보』, 『소설』, 『중국청년보』와 같은 신문잡지에 발표하였다. 이와 때를 같이하여 그의 단편소설집 『군공메달』(1952년), 『범람』(1952년)을 인민문학출판사에서 한문으로 출판하였다.

이와 같이 조선과 중국 문단에서 두각을 내밀기 시작한 김학철은 연변 조선족 자치주가 창립되자 조선족 문학 건설 사업을 줄기차게 밀고 나갈 원대한 포부를 안고 1952년 10월에 연길시로 이주하게 되었다. 그는 1947년까지 선후로 연변문련 주석, 연변문련 전직 작가로 있으면서 자기 창작의 앙양기를 안아 왔다. 이 시기에 그는 단편소설집 『새집드는 날』(1953년), 『고민』(1956년), 중편소설 『번영』(1955년), 장편소설 『해란강아 말하라!』(1954년)를 발표하였다. 그는 창작과 더불어 중국의 형제민족문학을 조선족 문단에 번역 소개하는 활동에서도 자기의 정열을 몰부었는 바 『아Q정전』, 『축복』, 『풍파』, 『태양은 상건하를 비춘다』, 『산촌의 변혁』 등을 번역해서 조선족 독자들에게 안겨 주었다.

이처럼 그는 창작과 기타 문학 활동의 앙양기를 안아올 때 1957년의 반우

파 투쟁에서 터무니 없는『반동작가』라는 누명을 쓰고 문단으로부터 쫓겨나게
되었다. 하여 그는『문화 대혁명』전까지 사회의 밑바닥에 깔려 모진 박해와
인간의 멸시를 받았다. 그의 이런 비극적 운명은『문화 대혁명』기간에 이르러
더욱 막다른 골목에 치닫게 되었은 즉 1967년 12월에 장편소설『20세기 신
화』(미발표작)를 쓴 것이 죄가 되어 억울하게도『현행반혁명분자』로 몰려 10
년도형을 받고 옥고를 치르게 되었다.『4인무리』가 타도되고『문화 대혁명』이
결속되자 1980년 12월에 이르러서야 드디어 무죄 석방되었다. 그는 이때로부
터 오랫동안 곰팡이 끼었던 붓을 버리여 거머쥐고 다시 조선족 문단에 나타나
자기의 작가적 기량을 과시하면서 창작에서의 어거리풍년을 떠올리게 되었다.

제2절 단편소설 창작

건국 후 17년간의 김학철의 소설 창작에서 단편소설이 중요한 위치를 점하
고 있다. 시대에 민감한 소설가 김학철은 문학의『경기병』인 단편소설을 이용
하여 사회주의 시대의 변모되는 생활과 인간들의 새로운 정신적 풍모를 제때에
반영하고 시대의 전진을 가로막는 부정적인 현상에 모닥불을 안기었다. 그의
단편소설이 이룬 소재 공간이 무척 넓지만 주제별로 보면 대체로 새 생활의 찬
가에 초점을 맞춘 것, 평범한 인간의 정신미를 발굴한 것, 생활의 암흑면에 대
한 참여와 고발에 관한 것, 민족 단결과 국제주의 정신을 노래한 것 등이 있
다.

새 사회의 탄생을 위해 일찍 혁명의 길에 나선 김학철은 남다른 흥분과 감
격 속에서 중화인민공화국의 창건과 더불어 마련된 인민들의 행복한 생활과 그
에 대한 인민들의 기쁨을 폐부깊이 뜨겁게 체험하였다. 하여 건국 후 17년간
의 그의 단편소설 계보에서 무엇보다 먼저 우리 눈에 안겨오는 것은 새 생활의
찬가로 엮어진 단편소설『새집드는 날』(1953년),『뿌리박은 터』(1953년),
『구두의 역사』(1955년) 등이다.

소설 『새집드는 날』은 오랫동안 변변한 집도 없이 구차하게 살아온 동준이가 새집 짓고 드는 날에 아버지와 벌어진 이야기를 사건 줄거리로 하고 있다. 소설의 주인공 동준이는 나라의 덕택으로 경제생활 형편이 좋아지자 외양간을 살림집 안에 두는 재래의 농촌집 구조와는 달리 살림집의 위생을 보장하기 위해 외양간을 살림집 밖에 따로 내다 지었다. 이를 목격한 60고령에 오른 동준의 아버지는 동준이가 지은 새집에 들어가 외양간이 없는 것을 발견하자 대뜸 아니꼬운 생각이 갈마든 나머지 곰방대로 상앗대질을 하며 아들에게 종주먹을 대였다.

『어디다 갖다 맸니?』
『무얼 말씀입니까?』
(생략.)
『소, 소, 소말이야!』
『아, 예, 난 또 무슨….』하고 아들이 허허 웃으니
『웃기는!』하고 노인은 증을 내었다.
『외양간 없는 집이 그래 어느 세상에 있다던?』

아들 동준이의 해석과 집들이를 거들어 주던 이웃 사람들 그리고 합작사 주임의 설명으로 하여 동준의 아버지는 외양간을 집 밖에 내다 짓게 된 연유를 알게 되며 그도 긍지감을 느낀다. 소설은 이런 짤막한 이야기를 통해 건국 초기 농촌의 새로운 생활과 농민들의 정신적 욕구의 변화를 보여주었다. 이런 주제사상은 단편소설 『뿌리박은 터』에 이르러 더욱 풍만하게 제시되고 있다.

『뿌리박은 터』는 1인칭 서한체 형식을 채취하여 고향 땅에 뿌리박은 『나』의 고난에 찬 역사, 오늘의 행복, 내일에 안겨 올 더 큰 행복에 대해 묘사하였다. 이런 묘사는 신구 사회의 대조, 가정 3대의 대비를 거쳐 이룩되고 있는 것이 특징적이다.

이 소설의 주인공 『나』는 가정의 혁명 전통을 이어 처절한 전쟁의 포화 속에서 모진 시련을 겪은 전사이며 강한 향토의식의 고무 하에 고향 건설에 대한 황홀한 꿈과 뜨거운 열정으로 가슴 불태우는 낭만적이고도 정열적인 인간이다.

소설은 『나』의 이런 사상성격적 특징을 생동한 생활 세부를 거쳐 쪼아 내면서 마지막 대목에 이르러 『나』의 입을 빌어 다음과 같이 쓰고 있다.

　　『언제 한번 와서 참관하지 않으려오? 그리고 우리 집 뜰 앞에 웅장하게 치솟은 역사의 산 표본—백양나무도 한번 와 보아주시오. 나는 아무때고 손님을 환대할 용의를 가지고 있소. 해방 후의 특히는 이 근년의 연연 풍작으로 하여 우리의 살림은 놀랄 만큼 늘어났소. 그러니 자연 손님 대접도 후해질밖에. 속담에도 쌀독에서 인심난다고 하지 않았소. 앞으로는? 물론 점점 더 좋아질 것이요. 자, 이만하면 우리의 현재의 살림 형편을 짐작할 수 있겠지? 와서 살이 내릴까 봐 걱정말고 한번 꼭 오시오. 기다리겠오.
　　나는 잘 모르기는 하겠소만—사회주의, 공산주의란 작자가 다 자기의 뿌리박은 터를 사랑하고 존중하고 그 터의 무한한 번영을 위하여 노력 분투하면 자연히 이루어지는게 아닐는지.』

　　보다시피 소설 『뿌리박은 터』는 건국 초기 새로운 인생관과 세계관으로 무장한 신형 인간의 형상을 통해 높은 열도로 새 사회, 새 생활을 찬미하였다. 이런 찬미는 단편소설 『구두의 역사』에서도 감동적으로 울려 나오고 있다.
　　건국 초기 김학철의 단편소설을 보면 노동자들의 고상하고 아름다운 정신적 풍모와 성격적 특질을 전형화한 작품들이 이채를 띠고 있다는 것을 직감할 수 있다. 이 시기의 대부분 조선족 소설가들이 농촌생활에 눈초리를 돌린 데 반하여 김학철은 노동자 생활에 예각적 대응을 꾀하면서 노동자의 형상 창조에 필묵을 아끼지 않았다. 그가 창작한 단편소설 『내선견습공』(1956년), 『고민』(1956년), 『지나온 다리』(1953년), 『현장에서 온 편지』(1956년) 등은 조선족 단편소설의 소재 공간을 확장시켜 노동자들의 생활과 그들의 형상을 창조함에 있어 커다란 역할을 수행하였다.
　　소설 『내선견습공』은 설화체 형식으로 전기 노동자인 서윤봉의 자기 사업에 대한 긍지감을 복잡한 심리 활동을 거쳐 표출한 작품이다.
　　설화자의 시점에서 부각된 주인공 서윤봉은 초중을 마치고 전기관리국의 내선반에 배치 받아온 나 젊은 내선견습 노동자이다. 청춘의 기백과 열정을 안고 전기관리국에 달려온 서윤봉은 애초에 다른 견습 노동자들과 마찬가지로 노상 복잡하고 어려운 공사일수록 배울 것이 많다고 될 수 있으면 그런 공사에 자진해 나서서 중임을 떠메고 이악스레 일한다. 지어 이 관리국에 자기와 같이 온 친구들이 이곳의 노동이 천하다고 직장을 떠날 때도『약자들아 갈 테면 가라. 나는 끝까지 전기 노동자의 긍지를 지키련다.』고 결의를 다진다. 하지만 초중 시절의 동창생들이 그의 직업을 얕잡아 봄으로 하여 그의 가슴 속에 갓 싹트기 시작한 전기 노동자의 긍지감과 결의가 산산조각이 나 버린다. 『나는 밥맛을 잃었습니다. 웃음을 잊었습니다. 화학공장의 그 복잡한 공사에 참가하면서도 기술 배우는 흥취를 완전히 잃어버리고 그저 무슨 기계 모양으로 움직였습니다.』

주인공 서윤봉이가 이런 동요 속에서 모대길 때 모교 어문교원의 타이름과 농촌청년생산대의 양봉실을 비롯한 여대원들이 두엄 달구지를 몰면서도 그 어떤 위축감도 없이 자기의 사업을 사랑하는 실제적인 행동 앞에서 그는 심각한 반성을 거듭하면서 자기의 오류적인 사상을 깨닫게·된다. 소설은 주인공의 이런 각성에 따르는 심리적인 움직임을 다음과 같이 묘사하고 있다.

『나는 자기 자신에게 침이라도 탁 뱉어주고 싶었습니다. 그렇게 자기를 경멸했습니다. 나는 자기를 통털어 저울에 달아도 봉실이 발가락 하나의 무게가 못 갈거라고 생각했습니다. 나는 정말 부끄러웠습니다. 뼈속가지 빨개졌는지도 모릅니다. 하나 그러면서도 어쩐지 한편으로는 또 슬그머니 기뻐났습니다. 어디서인지 모르게 기운이 솟구쳤습니다. 그러자 금시 울음이 터져나올것 같이 벅차던 가슴이 차츰 후련해지기 시작했습니다. 검은 구름이 낮게 드리웠던 앞길이 탁 트이는 것 같았습니다.』

서윤봉은 선진적 사상과 선진적 인물들의 모범적 행동에 감화되어 심각한 반성을 거쳐 자기의 그릇된 사상을 경멸한 나머지 잠시였을망정 수치스럽게 잃어버렸던 선행 공업에 종사하는 노동자의 긍지를 도로 찾고 자기의 일터에서 무비의 헌신성을 빛내간다.

소설 『내선견습공』은 이와 같이 주인공 서윤봉의 사상전변 과정을 통해 사회주의 제도 하의 노동자들 속에서 선진적인 사상이 어떻게 자라나며 또한 그 선진적 사상이 어떻게 그릇된 사상을 전승하고 있는가를 예술적으로 보여주었다.

이런 주제사상은 소설 『고민』에서 비교적 복잡한 인간관계와 사건의 얽음새를 풀어 나가는 과정을 거쳐 보다 풍만하게 형상적으로 밝혀지고 있다.

소설 『고민』의 중심에는 전기 시공 검사원 『나』의 형상이 솟아 있다. 초중을 졸업한 그 해 가을 전기 노동자로서의 첫출발을 한 주인공 『나』는 몇 해 지나 6급 기능공으로 되어 시공 검사원의 직무를 맡는다. 시공 검사원의 직책은 공사가 끝난 다음 송전을 하기 직전에 그 공사의 질을 검사하여 『합격』또는『불합격』을 결정하는 것이다. 헌데 휴즈를 넣어 송전을 시키고 합격증을 떼 주기는 좋으나 『고침일』로 판정을 내려 이미 가설해 놓은 전선을 다시 다 뜯어고치게 하는 것은 정말 마음 괴로운 일이다. 어느 누구나를 막론하고 『고침일』을 하기 좋아할 사람은 없지만 그래도 공사의 수명을 보장하고 또 누전이나 감전 사고를 미연에 방지하기 위해서는 부득이 『고침일』을 시키지 않을 수 없다. 하여 이 직책을 맡은 사람은 미움의 살을 맞기가 일쑤요 남들이 알지 못하는 고충을 겪는 것이 상례이다.

주인공 『나』도 검사원이 된 후 내선반에 『고침일』을 시킨 적이 있다. 하여 내선반 제3조 조장인 현창수는 기회만 있으면 『나』에게 조소와 비방의 화살을 쏜다. 현창수는 지어 자기 마음 속에 있는 처녀 양정숙을 사랑하지 않는가 해서 『나』를 질투까지 한다. 검사원 『나』는 이런 상황 속에서 복잡한 사상 투쟁에 시달리며 고민한다. 하지만 책임감이 강한 『나』는 고민 속에서 초탈하여 조소와 비방에 맞서 검사원의 직책을 드팀없이 수행한다. 그러다가 한번은 현창수네 조가 맡은 공사를 검사할 때 그들의 속임수에 넘어가 합격되지 않은 공사에 『합격증』을 떼 주게 되었다. 그런데 그 공사가 송전한 후 불과 사흘도 못 가서 누전으로 인한 미수 사고를 빚어냈다. 이는 『나』에게 큰 타격을 안겨 준다. 소설은 이 경우 『나』의 심정을 다음과 같이 밝히고 있다.

　『합격증을 내준 뒤에 사고니까 두말 없이 그 책임은 검사원이 짊어져야 했습니다. 나는 억울하고 분해서 속으로 울었습니다. 내색하지 않고 속으로 울었습니다. 뭐니뭐니해도 이 세상에서 가장 두려운 형벌은 역시 고립이라는 걸 그때 비로소 깨달았습니다. 한 동아리가 돼가지고 계획적으로 먹이는 골탕을 무슨 수로 안먹는 단 말입니까. 나는 그때 자기가 숱한 미움의 살이 집중되는 과녁이라는 걸 새삼스 럽게 똑똑히 인식했습니다. 그러잖아도 미움을 사기 마련인 직책인데다가 시공 부문의 유력자의 하나인 현동무에게 연적으로까지 지목을 받고 보니 견뎌배기는 재주가 있습니까. 연적? 터무니 없는 가상의 산물! 정말 애매하지요.』

  주인공 『나』는 고민 속에서 후퇴하지 않는다. 그는 경험을 총화하고 진공적 자태로 나타났다. 『나』는 시공 검사에서 경각성을 높여 면밀히 검사하였고 갖은 방도를 대서 시공 검사에서의 결함을 극복해 나갔다. 하루는 현창수의 대리인인 유동무가 술상을 벌여놓고 『나』를 낚으려 했다. 하지만 『나』는 부정과 타협하지 않으며 무원칙한 단결을 구걸하지 않는다. 『나』는 이럴수록 시공 검사원의 중책을 맡겨 준 지도자의 신뢰를 저버리지 않고 과감하게 자기의 사업을 추진시켜 나간다. 『나』의 이런 고상한 정신과 행동은 점차 군중들의 지지를 받게 되고 정숙이의 참된 사랑도 얻게 된다. 나중에 현창수는 강직 처분을 받는다.

  소설 『고민』은 이와 같이 주인공 『나』와 현창수 사이의 첨예한 대립과 심각한 갈등을 통하여 그 어떤 역경 속에서도 사업의 책임감을 잊지 않고 부정적인 현상과 비타협적인 투쟁을 견지하면서 당과 인민이 준 과업을 성과적으로 수행해 나가는 새 시대 노동자의 형상을 풍만하게 부각하였으며 또 현창수의 형상을 통해 우리 사업을 저해하는 그릇된 사상에 비판의 채찍을 안기었다.

  위에서 보다시피 노동자들의 생활을 묘사한 김학철의 단편소설들은 각이한 시점과 부동한 형상화의 수법으로 새로운 사회제도 하에서 발현되고 있는 노동계급의 뜨거운 열정과 창조적 적극성 및 그들의 새롭고 아름다운 사상정신적 풍모를 진실하게 그려냈다. 특히 이런 소설들은 등장인물들의 내면 세계의 변증법, 주인공들의 심리 활동에 모를 박고 그 정신적 미를 발굴함에 있어 기꺼운 성과를 거두었다.

  소설가 김학철은 건국 초기의 단편소설 창작에서 현실생활 중의 밝은 면을 열정적으로 가송하였을 뿐만 아니라 그 어두운 면에 한해서도 스쳐 지나지 않으면서 대담하게 자기의 해부도를 댔다. 이리하여 이 시기 그의 단편소설 계보에서는 인민들 속에 잔재해 있는 부정행위나 변태적 심리 그리고 정치적 풍파가 인간에게 가져다 주는 기형적 정신 상태를 해학적 웃음으로 불사른 『맞지 않은 기쁨』(1953년), 『새암』(1955년), 『괴상한 휴가』(1955년) 등이 자기의 입체적 자세를 자랑하고 있다.

『맞지 않은 기쁨』은 2천자도 되지 않는 짧은 소설이다. 하지만 작은 그릇에 큰 사회적 문제를 담은 것으로 하여 무게 있는 작품으로 지목되고 있다. 이 소설은 사건 본위가 아니라 부정의 고발을 자기의 핵으로 삼았다.

이 소설의 이야기는 매우 간단하다. 진흙탕에 바퀴가 자꾸 빠지니까 달구지꾼들이 임시처변으로 벽돌 부스러기를 갖다 펴놓은 흙다리 목에서 하학을 해서 돌아오던 아이들이 자전거를 타고 흙다리를 지나는 걸 보고 그 자전거가 개인의 건지 직장의 건지를 알아맞추기 하는 편단적인 생활적 계기를 틀어쥐고 그 속에 깃든 본질적인 문제를 드러냈다. 아이들이 알아맞춘 결과 자전거를 타고 벽돌 부스러기가 울퉁불퉁한 흙다리를 서슴없이 건너는 것은 그 자전거가 직장의 것이고 자전거에서 내려 자전거를 껴들고 조심스럽게 벽돌 부스러기 투성이의 흙다리를 건너오는 것은 그 자전거가 개인의 것이라는 것을 단정하게 된다. 학생 아이들이 이런 기특한 알아맞추기의 광경을 목격한 소설 중의 『나』의 심정을 소설을 다음과 같이 까밝히고 있다.

> 『이 광경을 목도하고 나는 어쩐지 한심한 생각이 들었다. 마음이 우울했다. 해도 어쩐지 그 자리를 그냥 뜨고 싶지는 않아서 혹시나 하는 막연한 희망을 안고 멀거니 그대로 서 있었다. 한데 불쾌하게도 아이들의 예측은 매번 다 영락없이 들어맞았다. 신통할 정도로 자전거를 내려서 껴들고 건너는 사람의 것은 거개 다 개인의 자전거요 그냥 타고 건너는 사람의 것은 예외없이 단위의 명칭이 표식된 것들이었다. 나는 실망을 한 나머지 혀를 쯧 차고 그 자리를 떴다.』

단편소설 『맞지 않은 기쁨』이 해학적 수법으로 간부거나 직원들의 부정기풍에 모닥불을 안기었다면 단편소설 『새암』은 일부 농민들 속에 습배여 있는 변태적인 심리—질투심을 예리하게 해부하였다.

소설 『새암』은 돼지사양을 에워싼 사건을 중심으로 춘식이와 창석 사이의 심리적 갈등을 썼다. 춘식이는 이웃집 창석이네 돼지가 자기네 것보다 더 잘 자라는 게 배가 아팠다. 창석의 색시가 제 색시보다 인물이 고운 것만 해도 벌써 배가 열두 번 아플 노릇인데 게다가 돼지 기르는 솜씨까지 월등하니 그 시기심은 더 말할나위 없다. 어느 날 춘식이가 큰집에 갔다가 밤이 이슥하여 서쪽 하늘에 기울어지는 조각달의 그림자를 밟으며 돌아오다가 창석이네 돼지우리에서 꽥—하고 돼지가 외마디 비명을 지르다 마는 것을 듣고 무춤하였다. 알고 보니 승냥이가 창석이네 돼지울에 덮쳐 들어 돼지를 물어 죽이는 판이었다. 창석이네 돼지가 물려 죽는 것에 기쁨을 금치 못한 춘식이는 또 고기맛을 보려고 승냥이를 삽으로 쳐서 잡으려 서둘렀다. 삽자루에 얻어맞은 승냥이가 달아나자 그놈을 따라잡자고 마구 뛰어가다가 발을 헛디디어 발목을 삐고 땅바닥에 주저 물러앉았다. 이때의 춘식이의 심리를 소설은 다음과 같이 묘사하였다. 『그놈의 승냥이를 놓친 건 분하지만 그래도 그놈이 창석이네 재봉침 밑천을 물어 죽여놔서 내 배아플 일이 어지간히 덜렸는 걸. 발목은 침을 맞든가 한사날 찜질을 하면 낫겠지… 호호…』

그 후 또 어느 날 밤 속잠이 들었던 춘식이는 잠결에 돼지 먹따는 소리를 듣고 놀라 깨었다. 분명히 그 소리가 자기네 돼지우리에서 나는 것이었다. 하여 그는 방문을 열어 잦히고 속옷 바람에 맨발로 빙판같이 찬 마당에 뛰어내렸다. 이와 때를 같이하여 담배 건조장으로 통하는 길 쪽에서 한발의 총소리가 났다. 춘식이가 나와 알아본즉 자기네 돼지가 승냥이한테 물려 죽고 승냥이를 쏘아 잡은 것은 그 옆집 창석이었다. 그 승냥이인즉 전번에 춘식이의 삽에 얻어맞은 승냥이였다. 이 때문에 춘식이는 더 배아팠다.

소설 『새암』은 이같이 돼지우리에서 발생한 두 개의 사건 및 그 대조를 통해 이웃이 잘되는 것을 질투하는 춘식이의 변태적 심리를 적나라하게 표출시켰다. 소설가는 춘식이의 이런 고질에 모닥불을 안기면서 춘식이와 같은 인간들의 인격적인 졸렬함을 분개함과 아울러 이런 부정적인 심리를 타개하지 않으면 새로운 인간관계의 성립이 어렵다는 사상을 심각하게 제시하였다.

단편소설 『괴상한 휴가』는 독자들의 문학적 소양과 분석을 요하는 사색편이라고 말할 수 있다. 실로 이 소설은 철리가 담긴 사회 심리소설이라고 할 수 있다. 『괴상한 휴가』는 그 어떤 사건보다 작품의 주인공인 소설가 차순기의 『심리 변증법』에 필묵을 쏟았다.

소설의 주인공 차순기는 성실하고 겸허하고 생활과 진리에 충직하며 그 어떤 풍파가 일어도 자기의 줏대를 잃지 않고 자기의 좌표계를 드팀없이 지켜 가는 문인의 전형이다. 차순기는 독자들과 평론가들의 찬양과 비난 속에서 살아 간다.

그가 자기의 역작 『반지』를 발표하여 수많은 독자들의 찬양이 자자할 때 『말 없이 쓴웃음을 웃으며 설레설레 머리를 저을 뿐이』고 드놀지 않는 겸허한 태도를 취한다. 그 후에 차순기가 중편소설 『서리』를 세상에 내놓자 평론가들의 비난을 받는다. 일부 평론가들은 그의 세계관까지 건드리면서 이왕의 성과를 사정없이 내리깎았다. 하지만 차순기의 얼굴에서는 고민이나 우울 따위는 그림자조차 찾아볼 수 없다. 소설 중의 『나』가 그의 심사가 우울할 것이라 짐작하고 위안하러 그의 집으로 찾아가니 그는 평론가들의 비난에 아랑곳하지 않고 네 살짜리 막내동이를 방울 단 염소 등에 올려 태우고 부자 함께 손뼉을 치며 즐기는 것이었다.

그런데 평론가들의 비난이 있은 뒤 얼마 가지 않아 차순기의 중편소설 『서리』를 혹평한 평론가들의 오류가 시정되면서 『서리』가 『반지』 이상의 성공을 거둔 성과작으로 인정받게 되었다. 소설 중의 『나』는 차순기를 축하하러 또 그의 집으로 달려갔다. 헌데 의례 남보다 몇 갑절 더 기뻐할 줄로 안 당사자 차순기는 『나』의 치하를 받고는 구슬픈 얼굴로 쓴웃음을 웃으며 『아니 왜 그러십니까? 뭐가 또 잘못되기라도 했습니까?』 『내게는 진정한 의미에서—독자가 없습니다.』라고 하고 나서 다음과 같이 자기의 속심을 구체적으로 고백한다.

『저걸 좀 보십시오. 저게 요 며칠 사이에 온 독자들의 편지와 읽어보고 간행물에 소개를 해 달라는 원고들입니다. 그러나 사람의 정력이란 유한한 것인데 어떻게 나 혼자의 힘으로 저 많은 편지에 답장을 일일이 쓰며 또 저 많은 원고를 다 매사람의 비위에 맞도록 처리를 할 수 있겠습니까. 「반지」때도 그러했고 또 이번에도 그렇고… 아무튼 「좋다」소리만 나면 언제나 이 모양입니다. 그러기에 작품이 두들겨 맞을 때가 도리어 내게는 즐거운 휴가로 된단 말입니다.—뭐가 좀 「나쁘다」소리만 나면 독자의 편지란 죽을병에 살라먹을 부적으로 쓸래도 없으니까…』

소설 『괴상한 휴가』는 차순기의 형상을 통하여 간단없이 덮쳐 드는 정치적 풍파 속에서의 작가들의 운명과 처지, 그리고 그 속에서도 꿋꿋하게 살아가는 작가들의 태연자약한 자세를 예술적으로 감명깊게 일반화하였으며 자기의 독자적인 주견이 없이 바람에 뒤흔들리는 일부 인간들의 인격적 졸렬성과 정치적 취약성을 신랄하게 풍자하였다. 따라서 이 소설은 당시의 『좌』경적 경향에 대한 예술적 저항이라고도 할 수 있다. 하지만 이 작품은 그 당시에 『독초』로 몰려 모진 비판을 받았다. 이렇지만 소설가 김학철은 이 소설의 진가를 역사가 검증해 주리라는 굳은 신념을 안고 소설 중의 『차순기』마냥 자기의 정신 철학과 행위 철학을 유지해 나갔다. 우리는 이 소설을 통해 작가의 정치적 주장을 기껍게 엿볼 수 있으며 『좌』경적 경향이 날따라 가심해지는 그 시기에 사회적 문제를 이처럼 서슴없이 들고 나온 그의 담력에 탄복하지 않을 수 없다. 실로 이 소설은 사회주의 문학의 비판정신을 돋구는 데 있어서 커다란 역할을 수행했다.

건국 초기 김학철의 단편소설 창작에서 상술한 부류의 작품 외에도 국제주의 정신과 민족 단결을 반영한 소설 이를테면 『군공메달』(1951년), 『송도』(1951년) 등이 인기를 끌고 있다.

앞에서도 지적한 바와 같이 김학철의 소설 창작은 반우파 투쟁으로 말미암아 공화국 탄생부터 1956년까지 진행되고 반우파 투쟁으로부터 『문화 대혁명』이 결속되기까지에는 중단되고 말았다. 하지만 그 짧은 기간에 창작된 그의 단편소설만을 보아도 소설가로서의 그의 기량을 충분히 가늠할 수 있으며 또한 그의 단편소설이 건국 후 17년간 조선족 소설문학을 장식함에 있어서 크낙한 기여를 했다는 것을 알 수 있다.

제3절 장편소설 『해란강아 말하라!』

『해란강아 말하라!』는 건국 후 조선족 문단에 나타난 첫 장편소설이다. 이 장편소설은 3부작으로 되었는데 제1부는 1954년 4월, 제2부는 1954년 8월, 제3부는 1954년 12월에 출판되었다.

소설가 김학철은 『해란강아 말하라!』의 창작과 출판을 염두에 두고 이 장편소설 제1부의 『머리말』에서 다음과 같이 피력하였다. 『이 소설은 피어린, 눈물어린 예전의 간도땅이 오늘의 행복한 연변에 도달하기까지 걸어온 험난한 길 위에 세워진 한 개의 이정표입니다.』

장편소설 『해란강아 말하라!』는 연변 연길현(지금은 용정시로 개칭) 해란구 버드나무골을 주요한 무대로 삼고 조선족 인민의 항일 투쟁사의 비장하고 거세찬 흐름 중의 한 맥락, 말하자면 『9.18』사변 전후인 1931년부터 1932년까지의 곡절 많은 투쟁사를 폭넓은 서사적 화폭으로 그려냈다.

『조선족략사』는 이 시기의 시대 배경을 다음과 같이 기사하고 있다.

> 『동만전역이 그러하듯이 32년 늦은 봄에서 겨울에 걸치어 해란강 일대의 농민들도 역시 암담한 검정 구름의 그늘 아래서 세월을 보내었다. 일제는 「9.18」사변 후 저들의 식민지화 음모와 파쇼적 통치로 하여 야기된 여러 민족 인민들의 반일 정서와 반항 투쟁을 탄압하기 위해 혈안이 되어 날뛰었다. 인민들의 애국의식과 반항 투쟁은 반동의 선불맞은 고조기를 휘몰아온 것이었다. 일제는 저들의 식민지 통치를 하루속히 실현하기 위해 중국공산당의 손길이 인민들 속에 확고한 신심과 신념을 키워주기 전에 그 싹을 베여 버리려 시도하였다. 1932년 한 해에만도 일제는 연변에서 4천여 명의 군중을 학살하였다. 1932년 봄부터 1933년 사이에 일제는 연길현 해란구에 대해 선후로 94차의 「토벌」을 발동하고 1천7백여 명의 혁명자와 백성들을 살해하여 피로 물든 「해란강 대참안」을 빚어 내었다.』(『조선족략사』 100~101페이지)

김학철은 『해란강아 말하라!』에서 이런 역사적 현실의 어려움과 참혹성을 그 어떤 경직된 관념과 도식화에 따라 분해시켜 이상화로 채색한 것이 아니라 마르크스주의적 역사관과 혁명적 사실주의 창작 방법에 입각하여 역사적 사변을 원형 그대로 예술적 진실과 유기적으로 통일시키면서 반영하였다. 또한 그것을 통해 혁명 투쟁의 간거성과 장기성 및 그 필승의 진리를 예술적으로 반영하였다.

3부작으로 된 이 장편소설의 제1부는 반동 세력의 압박착취에 의한 인민들의 계급의식과 반일의식의 각성 및『추수투쟁』을 묘사하였고 제2부는 인민들의 조직적 역량의 강화와『춘황투쟁』및 무장 탈취의 자각 등을 취급했으며 제3부는 항일 무장 투쟁의 앙양과 그의 잠시적 실패 및 왕우구 유격 근거지에로의 전이를 다루었다.

이 장편소설은 그 시기의 가장 기본적인 모순인 일본 제국주의 및 그 충실한 주구 박승화, 최원갑 등과 한영수, 임장검, 한영옥, 허연화를 비롯한 광범한 인민 대중간의 사활적인 첨예한 민족 모순과 계급 모순을 주선으로 하고 인민과 혁명 대오 내부의 혁명과 반혁명, 투쟁과 변절, 견지와 동요간의 모순을 복선으로 깔아 주면서 중국공산당 영도 하에서의 인민대중의 각성 과정과 항일 무장 투쟁의 간거성과 곡절성 그리고 그 승리의 필연적 추세를 사실주의적으로 일반화하였다. 소설은 대단원에 이르러 비록 사건을 비극적으로 처리하였으나 그 비극 속에 승리에 대한 믿음과 희망을 깔아 주었다. 그 마지막 대목을 들어 보면 아래와 같다.

『물기 많은 봄눈이 내리기 전후하여 실패에 굴할 줄 모르는 사람들은 풀리기 시작한 해란강 기슭을 떠나갔다.

총을 들고 제각기 다 아물리지 못한 크고 작은 가슴의 상처를 그대로 안은 채 풀리기 시작한 해란강의 기슭을 떠나 고난에 찬 길에 올랐다.

그들은 해란강을 작별하였다. 하나 그것은 결코 영결은 아니었다. 비록 지금은 쫓기어 떠나가는 그들이었으나 그러나 아무도 자기들이 다시 돌아오게 되리라는 것을 의심하지 않았다. 다시 돌아와 해란강 양안의 자유로운 땅을 가는 진정한 주인이 되리라는 것을 의심하지는 않았다.

그들은 왕우구—왕청, 연길 접경—의 밀림지대로 이미 있는 세력을 보존하기 위하여 그리고 새 역량을 거기서 자래우기 위하여 잠시 들어갔다.

　　그들은 무거운 발을 묵묵히 옮겨 놓았다. 그들의 가슴 속의 횃불은 더욱더 활활 타오르고 있었다.』

　　장편소설 『해란강아 말하라!』는 복잡다단한 갈등 속에서 부동한 계급성과 각이한 개성을 가진 다양한 인물 형상들을 창조하였다. 이런 형상 체계에서 무엇보다 먼저 우리들에게 인상깊게 안겨오는 것은 정면 인물 형상들이다.

　　이 소설의 주인공 한영수는 버드나무골 농민협회의 지부 책임자이다. 가난에 쪼들리며 일찍 부모를 여읜 영수는 단 하나밖에 없는 누이동생을 데리고 악질 부농 박승화의 땅을 소작 맡아 근근득식 살아간다. 해마다 늘어나는 빚더미 속에서 나이 서른이 되도록 장가도 못들고 제 소 한짝 매지 못하고 있는데다가 조선에 나가 살면 어떨까 해서 간도 땅에 안착하지도 않는다. 그러다가 당의 따사로운 손길이 그에게 뻗치게 되자 그는 비로소 터밭머리에 배나무와 백양나무를 심고 간도 땅에 뿌리를 내리게 되며 점차 중국공산당 당원으로 성장한다. 그는 상급당 조직의 지시를 제 때에 관철 집행하며 당의 기층지부 서기답게 인민대중 속에 깊이 뿌리 박고 그들의 힘에 의거하여 당의 지하일꾼 배상명과 양문걸을 피신시킴과 더불어 그들이 찍어낸 혁명 삐라를 널리 산포한다. 영수는 버드나무골 농민들을 조직하여 『추수투쟁』을 벌이며 『춘황투쟁』과 더불어 박승화를 청산하고 안문홍과 같은 주구놈들을 처단하는 운동을 힘 있게 촉진시킨다. 뿐만 아니라 무장 투쟁의 중요성을 자각하고 무장 탈취운동을 전개하며 적위대와 유격대를 조직하여 인민들의 생명 재산을 실제 행동으로 보호한다. 그는 자기가 적들에게 체포되어 부상을 입은 데다가 아내 연하가 최원갑에게 더럽혀져 유산까지 하고 지어 학교가 불에 타고 마을이 불바다 속에 잠기는 그런 역경 속에서도 굴함 없이 싸워 나간다. 그러나 그도 전진 가운데서 오류도 범한다. 그는 『9.18』사변을 계기로 민족 모순이 더욱더 격화된 새로운 형세 하에 항일민족통일전선을 결성할 데 관한 당의 정책을 망각하고 단결 대상인 부유중농 김행석을 투쟁한다. 하지만 그는 당의 교양 하에 이런 『좌』경적 오류를 제 때에 뉘우친다. 하여 그는 참을성 있는 실천 과정을 통해 동요가 심하던 김행석을 끝내 쟁취한다. 그는 또한 임장검을 도와 그를 입당까지 하게 하며 적

위대 대장으로 용맹을 떨치게 한다. 그리고 혁명의식이 무디어 사랑밖에 모르던 허연화를 영옥이와 함께 혁명의 한길에 나서게 한다. 자기가 체포되는 그 시각, 연화가 영옥이와 함께 따라나설 때 영수는 혁명의 전반 이익을 고려하여 사랑의 불길을 억누르고 연화를 눌러 앉힌다. 이렇게 소설은 영수의 참된 사랑을 혁명의 이익과 긴밀히 연관시킨 데서 영수의 넓은 도량과 고상한 정신세계를 보다 선명하게 묘사할 수 있었다.

소설에 등장한 다른 한 주인공 임장검은 가정의 사랑을 일찍 잃은 고통 위에 반항 의식을 키워 온, 불같은 성격을 가진 강한 의지형의 인간이다. 추위와 굶주림 때문에 가엾이 세상 뜬 어머니의 품속에서 겨우 살아난 장검은 15세 되는 해까지 외할머니 품에서 자라다가 외할머니가 돌아가시자 외사촌 매부 박승화네 집에서 고용살이를 하게 된다. 고용살이에서 받은 학대와 천대로 하여 마음 속에 저항의 불씨를 키운 그는『나두 사람이다』는 자각 끝에 드디어 교활하고 악착스러운 박승화네 집에서 뛰쳐나온다. 그는 비록 인간 가치에 대한 순박한 자각 의식에 삶의 자세를 바꾸었지만 박승화와의 모순을 다만 개인적 모순으로만 여길 뿐 이를 계급적 대립으로 생각지 못한다. 그는 영수의 도움을 입어 혁명의 진리를 알게 되고 정치적으로 각성한다. 그는 영수와 당조직의 따사로운 배려 하에 공산당에 가입하고 적위대 대장으로 된다. 그는 혁명의 물결 속에 몸을 잠근 후에도 애초에는 의연히 자기의 신변생활에 대한 강렬한 불만 정서에 사로잡혀 맹독적인 처사를 하기도 한다. 하지만 나중에 혁명자들과의 접촉, 혁명에 대한 실천적 체험, 박승화의 노골적인 반공 활동은 장검의 환상적인 꿈을 깨뜨려 버리며 그로 하여금 정치적으로 더욱 성장되게 한다. 그는 마반산분주소를 들이치고 왜놈들의 자동차를 전복하며 백성들의 양식난을 해결하려 적들의 군마를 훔쳐 온다. 달삼이가 변절하여 혁명이 위급한 고비에 직면하였을 때 그는 자아희생적 정신으로 적의 지휘관과 기관총수를 쓸어눕혀 동지들의 퇴각을 엄호한다. 혁명에 대한 한량없는 헌신성과 무지의 용감성을 가진 장검은 동지들을 엄호하다가 부상을 입고 놈들에게 체포되어 교수대에 오르는 그 순간까지도 놈들을 조롱하고 야유하면서 대결한다.

장편소설『해란강아 말하라!』는 이처럼 소박한 농민으로부터 무산계급 투사로 성장한 한영수, 임장검의 형상과 더불어 대소사 불문하고 언제나 적극적인 참여 의식으로 할 말은 허리 부러지게 하고 투쟁에서 코기러기처럼 앞장서는 박화춘, 개인적 관계에서 사랑하는 사람이 하는 일에 대한 무조건적인 방조와 지지로부터 점차 혁명의 도리에 대한 소박하고도 생활적인 자태를 보이면서 개인적인 목적 추구를 계급의 근원적인 목적 추구와 직결시키는 허연화, 영리하고 오돌찬 한영옥, 총명하고 지혜롭고 용감한 삐오넬 성길 등의 형상을 생동하게 떠올렸다. 소설은 이런 긍정적인 형상군의 창조를 거쳐 30년대 초기 조선족 인민들의 줄기찬 혁명 투쟁과 날따라 각성되고 성장되어 간 그들의 모습을 생동하게 펼쳐 보였으며 공산당의 강유력한 지도자가 없이는 혁명의 철저한 승리를 이룩할 수 없다는 사상을 형상적으로 천명하였다.

장편소설 『해란강아 말하라!』에서 박승화, 최원갑, 김달삼 등 부정적 형상도 인상깊게 부각되었다.

박승화는 아버지로부터 착취의 권력을 물려받은 촌장이요 부농이다. 그는 자기의 피비린 권력과 재산을 보존하기 위해 왜놈들과 결탁하고 국자가의 반동단체인 『조선민회』와 합모하고 인근 동의 지주 부농과 한 동아리가 되어 인민들을 가혹하게 압박 착취하며 반공, 반혁명 활동에 눈이 뒤집혀 미쳐 날뛴다. 박승화는 공개적으로 농민들의 노동 과실을 긁어 가고 뜯어 가고 처남을 돌봐 준다는 미명 하에 장검이의 수족을 얽어맨다. 그런가 하면 그는 계획 있게 조직적으로 반동 세력과 결탁하여 혁명자들을 암해하고 최원갑을 매수하여 행석이를 때려눕히고는 그 누명을 영수에게 넘겨 씌운다. 또한 이서방을 죽인 뒤 귀를 잘라 경찰서에 바침으로써 『황국신민』이란 칭호까지 받으며 유인호 장인을 잔인하게 죽여 버리는 등 수단으로 상전에게 아첨하고 『본때』를 보여 무장자위단 단장으로 된다. 박승화는 악착스럽고 잔인한 반동파일 뿐만 아니라 음험한 교활성과 유산자의 극단적인 이기주의가 골수에 배긴 패덕한이기도 하다. 이기주의는 그의 인생관이요 교활성은 그의 생존 수단이다. 나라를 버릴지언정 자기 것을 잃을 순 없다는 이런 인생철학은 그의 교활성에 그 어떤 수단으로든지 자기에게 유리하게만 되면 그만이라는 『지시등』을 켜 주어 그로 하여금 그 어떤 비인간적인 행위도 서슴없이 빚어내게 한다. 소작농들이 애초에 자기를 응당한 주인으로 여기며 아직 새로운 의식과는 낯설어 할 때 그는 등쳐 간 빼먹는 수단으로 소작농들을 착취하면서도 자기를 선량한 구세주로 분장하고 자기의 삶의 길에 도금질을 한다. 그러다가 소작농들이 점차 각성하여 그에게 점점 깊은 적의를 품게 되자 그의 교활성은 위선적인 데로부터 음험한 데로 탈바꿈을 하고 마침내 보다 잔인한 데로 나아간다.

이 장편소설에서 술과 여색, 금전과 명예에 눈이 어두워 자기의 빈고농 출신을 배반하고 박승화의 깡패 졸개로 전락된 최원갑의 형상도 주목된다. 그는 게으르기 짝이 없고 게걸스럽기 한이 없다. 돈이라면 오금을 펴지 못하며 권세 있고 잘사는 사람 앞에서는 비굴하게 아부하지만 이에 반하여 가난한 사람들 앞에서는 거드름을 피우며 그들을 형편없이 깔본다. 그는 아무런 연고도 없이 장검과 성길을 괄시하지만 박승화 앞에서는 눈꼴이 사납게 아첨하면서 행석이를 때려눕히라는 지령에 『아주 없애 치우겠다』고 헤덤빈다. 또한 이서방(성길의 아버지)을 죽여 버리고 귀 한 짝을 베어 오라는 지령에 귀 두 짝을 잘라다 바치는가 하면 피난 갔다가 내려온 유인호 장인을 도끼로 두개골을 찍고 시체를 동강 내어 가마에 푹 삶기까지 한다. 그는 하동반공자위단 분단장이란 벼슬을 갖고 적위대와 유격대를 토벌하는 데 앞장선다. 나중에 그는 적위대에게 체포되어 처단된다.

이 장편소설의 부정적 형상 체계에서 달삼의 형상도 홀시할 수 없다. 달삼은 워낙 버드나무골의 농협선전 간사이며 사립학교 교장이었다. 비록 한영수의 영향 밑에 혁명에 몸담은 터이지만 그의 마음 구석구석에는 소지식인의 연약성과 배부른 자의 이기심이 장난친다. 이런 사상은 그가 가볍게나마 받아들인 혁명의식과 모순되어 수시로 의식의 심리적 맞겨룸을 야기시킨다. 이런 맞겨룸은 환경의 변화에 따라 두 가지 의식이 오르내린다. 아직 반동 세력이 그닥 강대하지 못할 때 그의 혁명의식은 그래도 미약하나마 그의 행위를 지배한다. 그러나 반동 세력이 사나와지고 자기의 생명이 직접적인 위협을 받게 되자 그의 마음은 대뜸 추워나고 자기만을 보살펴야겠다는 일념이 그의 일체를 좌우지한다. 하여 박승화의 위협공갈과 유혹 앞에서 그의 공허한 삶의 의식에 몸부림치면서 표면적으로나마 유지해 오던 옳은 가치 균형을 깨뜨리고 부정적 힘에 절대적 행위를 주고 만다. 마침내 그는 반역자로 되어 유격대 행동 계획을 원수들에게 밀고하며 자기의 정체를 숨기기 위해 우리 연락원을 살해한다. 그러나 그의 광열적인 삶의 욕망은 적의 유탄에 맞아 끊어지고 만다.

소설은 이런 부정적 형상 체계를 거쳐 반동 세력의 추악상과 흉악성을 신랄하게 폭로 규탄하고 그자들의 필연적 멸망의 합법칙성을 제시하였다.

장편소설 『해란강아 말하라!』는 폭넓은 사상 내용을 반영함에서와 각이한 인물 형상 창조에 있어서 기꺼운 성과를 달성하였을 뿐만 아니라 그 예술적 추구에서도 자기의 탐구를 구김 없이 보여주었다. 이 장편소설은 혁명적 사실주의에 입각하여 생활을 역사적 구체성 속에서 진실하게 반영하는 원칙을 고수하면서 혁명 투쟁 과정에 나타나는 비극적인 장면과 잠시적 실패, 좌절에 대한 묘사도 회피하지 않았다. 또한 소설가 김학철은 이 소설에서 인물 성격 창조의 진실성과 개성화에 유의하였으며 언어 구사와 묘사에서의 유머 풍격을 멋있게 살리었다.

그런데 이 장편소설은 미흡점도 가지고 있다. 예컨대 당조직이 어떻게 항일 무장 투쟁에서 핵심적, 지도적 역할을 수행했는가 하는 것을 구체적인 세부와 형상을 빌어 감명깊게 보여줌이 부족하며 인물 성격 발전에서의 계급적, 정치적인 차원에 대한 근원적 탐색이 깊지 못하며 소설의 언어 구사와 묘사에 있어 간혹 분촌감이 덜한 경우를 발견하게 된다. 이런 미흡점들은 어디까지나 지류에 해당되는 것으로서 반우파 투쟁 기간에 이런 지류를 거머쥐고 장편소설 『해란강아 말하라!』를 『독초』로 비판한 것은 심히 그릇된 것이다.

건국 후 조선족 문단에 처음으로 태어난 장편소설 『해란강아 말하라!』는 조선족의 역사적 현장에 조명을 준 대작으로서 조선족 문학발전 중 하나의 뚜렷한 이정표로 되기에 손색이 없다.

제4절 김학철 소설의 예술적 특징

　김학철은 다년간의 소설 창작을 통해 점차 자기의 풍격을 형성하면서 생활에 대한 독자적인 견해와 예술 추구에서의 개성을 돋보였다.

　소설 창작에서의 김학철의 예술적 특징은 무엇보다 먼저 소재의 선택과 그 다룸에서 나타나고 있다. 소재의 선택과 다룸은 작가가 생활에서 가장 익숙하고 가장 관심하고 가장 요해가 깊은 것이 어떤 사람이며 어떤 사건인가를 시사해 주며 또한 생활에 대한 작가들의 특유한 민감성과 독창적인 견지는 흔히 예술적 특징을 이루는 중요한 요소로 된다. 김학철의 소설작품을 보면 많은 경우 그 어떤 사람을 놀래우는 이야기나 요란한 사건을 쓴 것이 아니라 공장이나 농촌의 일상생활 중의 편단을 틀어쥐고 그것의 표현에 유의하였음을 실감할 수 있다. 『해란강아 말하라!』와 같은 장편소설에서도 조선족 혁명 투쟁사 중의 중대한 사건과 위대한 인물의 묘사에 치중한 것이 아니라 이에 반하여 투쟁 중의 생활적 내용의 묘사에 역점을 두고 있다.

　소재 선택과 다룸에서의 이런 특징은 생활에 대한 김학철의 독특한 견해와 감수를 말해주고 있다. 김학철은 대체로 진지한 감정, 소박하고도 해학적인 필치, 명쾌한 어조로 일상생활을 묘사하면서 그 밑바닥에 슴배여 있는 심각한 사상을 발굴해 내며 그것에 시대의 각광을 부여한다. 따라서 김학철의 소설작품은 많은 경우 일상적인 생활을 취급하였지만 그 속에 담겨진 사상은 심각하고 무게가 있는 것이다. 이런 상황은 김학철의 심각한 관찰과 개괄과 직결된다. 김학철은 이런 사정을 두고 일찍 『심각하라』(1954년)는 글에서 다음과 같이 고백한 적이 있다. 『바늘을 보면 그것을 만들어 낸 공장을 알려 하고 그 공장을 알면 또 그 공장이 존재하는 사회제도에까지 생각이 미쳐야만 작가가 될 수 있지 않을까요?』『한 마디로 작가는 사물을 잘 관찰할 줄 알고 잘 분석할 줄 알고 잘 종합할 줄 알아야 한다는 것입니다.』『관찰이 심각하면 심각할수록 이해가 깊으면 깊을수록 그 작품의 무게도 더 나가게 되는 것입니다.』혁명적 사실주의에 바탕을 둔 그의 냉철한 사고는 일상생활에 나타나는 밝은 면을 가송함과 아울러 어두운 면까지도 대담하게 고발하게 하였다. 그의 허다한 단편소설들이 이를 입증해 주며 『찌꺼기들에 대하여 무자비한 수술칼을 들지 않을 수 없는 것입니다.』(『심각하라』)의 고백이 또한 그의 실천과 일치되는 것이다.

인물 형상의 부각에 있어 김학철은 자기의 정열을 주요하게 생활의 밑층에서 활약하는 평범한 인간들의 정신미의 발굴에 몰부었는 바 이것이 그의 소설 창작에서의 두 번째 예술적 특징이다. 이를테면 소설 『군공메달』, 『새집드는 날』, 『뿌리 박은 터』, 『지나온 다리』, 『맞지 않은 기쁨』, 『구두의 역사』 등은 사실주의 창작 방법에 입각하여 생활의 논리에 따라 현실생활과 사업 중에 나타나는 평범한 인간들의 정신미를 발굴하고 있는데 그 인물들이 진실감과 친절감을 독자들에게 안겨 준다. 소설가 김학철은 이런 인물들을 부각할 때 방관적 태도가 아니라 그들과 호흡을 같이하면서 자기의 격정을 그 속에 삽입시킨다. 김학철은 『밤의 단상』(1986년)이란 글에서 『격정이 없는 소설은 물에 물탄 듯이—암만 마셔도 맹탕—아무 역할도 하지를 못한다.』고 썼다. 그는 이런 미학 주장을 자기의 소설 창작에 효과적으로 옮겨 놓았는데 그의 격정은 주요하게 직접적인 서정 토로거나 철리적인 의논이거나 인물들의 대화를 통해 표출되고 있다. 이 경우 단편소설 『군공메달』을 들어보는 것도 무익한 일이 아니다. 『군공메달』의 주인공 양운봉 전사는 적의 탱크를 짓부시고 공훈을 떨쳤지만 운명하는 그 순간 그는 생사를 같이한 지원군 전사 호문평에게 그 공훈을 양여한다. 하지만 호문평 전사는 군공메달을 이미 숨겨 버린 양운봉 전사의 가슴에 도로 달아 준다. 소설은 이 장면을 다음과 같이 감명깊이 서정적으로 채색하였다.

『문평동무, 들리오? 전선이 동무를 부르는구려…』
호문평 전사는 군복 소매로 눈물을 닦고 손에 들었던 군공메달을 이미 숨겨 버린 양운봉 전사의 가슴에 조심스러이 달아 주었다. 그리고 차렷 자세를 취하고 이렇게 영결의 말을 하였다.
『잘 가시오, 운봉동무! 나는 이 땅에서 미국 강도들을 깡그리 몰아내기 전에는 북녘 하늘을 우러러보지 않을 것이요!』
남풍이 실어 오는 군단포 소리는 애국용사의 최후에 가장 알맞는 장송곡이었다. 그리고 또 그것은 한 용사가 다시금 전선으로 떠나가는 데 가장 알맞는 행진곡이었다.

 김학철의 소설은 사건의 얽음새를 짬에 있어서 또 간결성과 극성의 예술적 특징을 보여주고 있다. 그의 소설에는 자질구레하고 무의미한 쇄말사의 나열이 없다. 그는 지루할 정도의 사건의 완전성을 추구하지 않는다. 그의 소설의 슈제트는 일반적인 경우 간격하고 깨끗하고 극적이며 장황한 이야기 엮음보다도 단편적인 사건 속에 묻힌 의의를 사색하고 이해하도록 하는 데 이바지하고 있다. 단편소설 『괴상한 휴가』는 1천5백자 좌우의 아주 짧은 소설로서 주인공 차순기의 특수한 반응을 묘사하였을 뿐이다. 노신의 단편소설 『사소한 일』을 연상케 하는 김학철의 단편소설 『지나온 다리』는 더없이 간결한 생활의 한 횡단면을 통하여 보통 노동자(운전수)의 거인적인 품성을 구현하였다.

 상술한 작품에서처럼 김학철 소설의 슈제트는 간결하면서도 거기에 극적인 요소가 다분히 내포되어 있는 것이 또한 우리의 주목을 끈다. 이는 소설가 김학철의 의식적인 노력의 산물인 바 『우리의 소설은 모름지기 이런 극적인 전변을 자연스럽게 조성하고 능숙하게 다루어야 할 것이다.』(『밤의 단상』)라고 피력한 그의 견해가 이를 입증해 준다. 『괴상한 휴가』에서 『나』가 차순기의 한 작품이 좋은 평가를 받을 때 그를 축하하러 갔는데 차순기 자신은 덤덤하고 무감각한 편인 반면에 그의 작품이 두들겨 맞는 때 그 자신은 도리어 태연자약하다. 나중에 소설의 진가가 밝혀져 독자들의 긍정적 편지가 눈사태처럼 날아들어 쌓여도 자기에게는 진정한 의미에서 독자가 없노라고 하는 이것은 얼마나 깊은 사색이 깔린 극적인 장면인가!

 김학철의 소설에서 또 하나 홀시할 수 없는 예술적 특징은 유머이다. 『재미없는 소설은 읽지를 않습니다. 소설은 약이 아니거든요. 억지로 먹이지는 못한단 말입니다. 그러니 아무리 훌륭한 내용이 있더라도 읽어주지를 않는 데야 무슨 수가 있습니까. 읽혀야 합니다. 읽도록 해야 합니다. 읽히려면 첫째 재미가 있어야 합니다. 재미가 있으려면 유머적인 필치로 쓰는 것이 가장 좋습니다. 말에 맛이 있어야 합니다. 유머는 우리말로 익살이라는 뜻도 되고 우스개라는 뜻도 되고 또 해학이란 뜻도 됩니다.』(김학철 : 『형상성과 유머』) 유머는 그의 소설이 활기를 띠게 하는 주요한 요인의 하나다. 짝짝이 신발을 신고 다녀도 타발 없는 색시를 얻는다는 『구두의 역사』의 주인공, 마치 전리품을 가득 실은 치중마차를 모는 낭자군들 같다고 한 붉은 길사의 두엄 달구지들에 대한 묘사 (『내선견습공』) 등에서 볼 수 있는 유머적인 언어 구사는 처처에서 소설에 생기를 부여하고 있다.

제4장 임효원, 황봉룡

제1절 임효원

임효원(1926년~   )은 40년대 후반기로부터 자기의 창작 생애를 가꿔 온 조선족 문단의 이름 있는 서정시인이다.

임효원(필명으로 백천, 광망, 채두)은 1926년 10월 13일 조선 함경남도 주전령(赴戰嶺) 골짜기의 빈한한 화전민 가정에서 태어났다. 그는 세 살 되던 해에 아버지의 등에 업혀 강동땅(지금의 씨비리 지대)으로 이주해 갔다가 여섯 살나는 해에 부모를 따라 『북간도』에 들어왔다. 『9.18』사변 후에는 그의 일가가 흑룡강성 목단강 지대의 철령하 마을에 이주하여 자리잡고 화전민의 생활을 영위하였다. 시인은 이렇게 기아, 유랑, 동란 속에서 자기의 동년과 소년 시절을 흘려 보내게 되었다.

임효원은 목단강 지대에서 소학교와 공업학교를 마치고 장춘에 들어가 사도학원을 다니면서 문학 수업에 달라붙었다. 이 시기에 그는 고금중외의 명작 특히는 뿌쉬낀, 바이론, 괴테, 하이네, 이백, 두보, 김소월 등 시인들의 작품을 탐독하였다. 이런 독서 생활은 후일의 그의 시 창작에 직접적인 영향을 주었다.

1945년 8월 일제가 무조건적으로 투항하자 임효원은 고향의 소학교에서 교편을 잡은 한편 당지의 사회 활동과 토지개혁 운동에 뛰어들었다. 이 시기에 그는 처음으로 마르크스주의 저작을 접촉하면서 혁명적 이론을 배우기 시작하였다. 당시의 새로운 현실은 그에게 영감을 안겨 주었는 바 1945년 겨울에 그의 처녀작 『여명의 붉은 선』이 목단강 『건설』잡지에 발표됨으로써 임효원은 시인의 창작 생애를 엮기 시작하였다. 그는 1946년 1월 중국공산당에 가입하고 1947년 6월부터 1948년 말까지 선후로 『인민일보』(목단강), 『민주일보』(할빈)의 편집인으로 있으면서 서정시 『편지』, 『마을의 도서실』 등을 지상에 발표하였다.

1949년 3월 임효원은 중화인민공화국 창건과 연변 조선족 자치주 창립을 앞두고 당의 지시에 따라 연길로 전근되어 『연변일보』사의 편집실 주임 등 사업을 하면서 시 창작을 계속하였다. 그는 1950년 11월에 서정시 『이 손에 총을 주소』를 창출함으로써 조선족 문단에 이름을 날리기 시작했다. 그는 1956년에 중국작가협회 회원으로 되었으며 1956년부터 『문화 대혁명』 전까지 선후로 중국작가협회 연변분회 비서장, 연변문련 비서장, 『아리랑』문학지 주필로 조선족 문학 조직 활동을 힘 있게 추진시킴과 아울러 서정시 창작의 앙양기를 안아 왔다. 1957년 그는 자기의 첫 서정시집 『진달래』를 세상에 내놓았다. 『문화 대혁명』 기간 그는 억울한 누명을 쓰고 비판받고 투쟁당하다가 나중에 벽촌에 『추방』되어 갖은 고생을 겪었다. 『4인무리』가 꺼꾸러지고 새로운 역사 시기가 펼쳐지자 그는 연길로 돌아와 중단되었던 자기의 시 창작을 새로운 시점에서 다시 추진시키고 있다.

건국 후 17년간의 임효원의 시 창작은 전성기를 맞이하였다. 그는 『시에 대한 단상』(1983년)이란 창작담에서 『시대정신이 있는가 없는가, 시대정신을 여하히 반영하였는가 하는 것은 시가의 생명력과 직결된다』고 말했다. 실로 시인 임효원은 건국 후의 시 창작에서 이 미학적 주장을 지켜 가면서 시대정신과 인민의 목소리를 구가하기에 힘썼다. 그의 서정시들은 다양한 소재와 주제를 다루고 있는데 그중 가장 두드러진 것은 조국애와 향토애에 대한 가송, 항비원조의 전가, 농촌의 변혁과 새 인간에 대한 구가, 애정 윤리의 탐구, 항일 투사들에 대한 추모 등이다.

  그의 서정시들에서 우선 우리들에게 깊은 감명을 안겨주는 것은 항미원조의 전쟁 주제를 다룬 서정시들이다. 항미원조의 고조 속에서 시인은 붓대를 전투의 무기로 삼고 미제 침략자의 만행을 규탄하는 전투적 시편을 많이 창작하였는 바『이 손에 총을 주소』(1950년),『마을의 교환수』(1951년),『항미원조의 더 큰 승리 향해』(1952년) 등을 그 성과작으로 떠올릴 수 있다. 그중에서도 『이 손에 총을 주소』가 한결 더 독자들의 주목을 받고 있다.

  시인 임효원은 서정시『이 손에 총을 주소』의 창작을 두고『시에 대한 단상』이란 창작담에서 다음과 같이 피력하였다.

  『어느 하루 미국 양키놈들의 비행기가 우리 나라 연변과 화룡의 영공에 덮쳐 들어 숱한 작탄을 투하하여 우리 나라 동포들을 살해하고 허다한 가옥들을 잿더미로 만들었다. 나는 먼길도 마다하고 현장으로 달려갔다. 그 참상을 보니 솟음치는 격분을 금할 수 없었다. 그 현장에서 미제의 폭행을 목격하던 청년들은 서로 다투어 참군 신청을 하면서 항미원조의 길에 오를 것을 탄원하였다. 나도 예외가 아니었다. 다르다면 저마다 참군신청서를 교부할 때 나는 이 시편을 교부한 그것이다. 만일 이런 현장을 직접 목격하지 못했더라면 나는 이 시를 쓰지 못했을 것이다. 썼다 하더라도 이것처럼 되지 못했을 것은 너무나도 자명하다. 나는 이 시를 미국 양키놈들에게 향한 비수, 총창, 작탄으로 여기고 미제국주의에 대한 적개심을 구절마다 행마다에 슴배이게 하였다.』

> 이 손에 총을 주소
> 그렇지 않으면 폭탄을 주소
> 늙은이라 염려말고
> 이 손에 총을 쥐게 해주소
>
> 피에 굶은 원수는
> 우리의 하늘에 쳐들어와
> 그처럼 웃으며 근심없이 자라던
> 철부지 손자를 죽였쇠다
> 희디흰 가슴팍에 폭탄을 던져

글쎄 짓찢어 죽여버렸쇠다

아니외다
이것뿐 아니외다!
이웃 조선땅우에 몰려와
수천수만 손자들의 가슴팍에
날창을 휘둘러 어린 목숨 앗아가고
무수한 아들과 며느리들을
달고 치고 지지다 못해
생매장해 치웠쉐다

(생략)

갈구리손에 총을 주소
이 가슴에 폭탄을 품게 해주소
이 몸에 피 한방울 남는
그날까지 싸우리다!
불타는 조선의 땅우에서
눈물을 잊은 형제들과 함께
그 더러운 짐승의 검은 숨통을
기어코 쏘아넘기고야말겠쇠다!
산산이 부시여 씹어버리고야말겠쇠다!

보다시피 서정시 『이 손에 총을 주소』는 한 편의 격조높은 서정시이며 시인
자신이 말하다시피 비수요 날창이요 작탄이다. 시인은 천인공노하는 미제의 무
차별 폭격에 자기의 철부지 손자마저 잃어버린 한 할아버지의 시점에서 항미원
조 보가위국의 정의성을 심장의 열도로 확인함과 아울러 원수에 대한 한없는
증오감과 적개심을 불같이 토로하였으며 복수의 총칼을 들고 끝까지 싸워 승리
하리라는 혁명적 투쟁정신과 필승의 신념을 박력 있게 보여주었다. 강렬한 전
투성과 고동성으로 특징되는 이 시편은 당시 인민들의 용기와 투지와 적개심을

북돋우어 주는 힘있는 선전고동의 무기로 되어 자기의 역할을 훌륭히 수행하였다.

임효원 서정시의 밑바닥에서는 조국에 대한 뜨거운 사랑이 강물처럼 도도히 흐르고 있다. 조국에 대한 절절한 사랑, 이는 그의 시 창작에서 관통되는 하나의 이미지이다. 오성붉은기가 천안문 광장에 휘날리던 1949년 10월부터 시인 임효원은 누구보다 먼저 조국애의 주제를 자기의 서정시에 끄집어 들이고 건국 후 17년 동안 이 주제를 다룬 서정시들을 지속적으로 세상에 내놓았다. 이 계열의 서정시들 중 인상깊게 안겨오는 것으로는 『새 국기 밑에서』(1949년), 『조국찬송』(1956년), 『사랑의 품이여』(1962년), 『영광스러운 나의 조국』(1959년), 『기발』 등이 있다.

서정시 『새 국기 밑에서』를 통해 시인은 국가의 장엄한 주악과 더불어 일어나는 억만 인민의 환호성 속에서 서서히 오르는 국기를 우러러보며 조국애에 불타는 주정을 열정적으로 토로하고 새 국기 밑에서 떳떳이 힘차게 전진할 결의를 다지고 있다. 시인은 또한 서정시 『기발』에서 선열들의 더운 피로 물들인 깃발을 동방에 불타오른 찬란한 노을로, 싸움터에 뿌린 동지의 혈조로, 현장에 남긴 혁명가의 미소로 간주하면서 따라서 그것은 언제나 눈부신 아침의 태양과도 같이 영원히 고동치는 우리의 심장과도 같이 대지 위에 아름다운 봄을 안아다 주는 조국의 깃발, 당의 깃발이라고 자랑차게 노래하였다. 조국의 소중함과 숭엄함을 심장으로 체험한 시인은 서정시 『사랑의 품이여』에서 조국이란 무엇인가 하는 데 대한 정서적 체험의 개방으로 조국애의 벅찬 감정을 다음과 같이 쏟고 있다.

> 아, 조국, 넓은 나래를 키워준이여
> 그대의 넓은 품, 내 한시도 잊을 수 없노니
> 불러도 불러도 마음에 절절한
> 자애로운 어머니여, 사랑의 품이여

건국 후 17년 동안의 임효원의 서정시를 고찰해 보면 들끓는 현실에 대한 열조 높은 긍정과 새 인간들의 고상한 정신적 풍모를 기송하는 데 바쳐진 서정시들이 많다는 것을 대뜸 짐작할 수 있게 된다.

임효원의 서정시 『최신 지도를 그리는 이들께』(1958년)는 한편의 훌륭한 현실 송가이다. 이 서정시에서 시인은 『지난날 이름없던 변강의 작은 마을』을 자기 감정 흐름의 시발점으로 삼고 현실의 놀라운 변화에 대한 감격을 총체적으로 구김 없이 개방하면서 다음과 같이 자기의 감정세계를 펼치고 있다.

    구름우에서 머리 내젓던
    험봉 절벽은 간곳 없고
    만년 묵은 진펄우에는
    신형구역이 일어섰노라

    여기 탁 트인 포석에서는
    중형트럭이 쉴새없이 달리고
    저 멀리 펼쳐긴 미래의 바다에서는
    지금 굴토작업이 한창이다

    (생략)

    그렇다! 오랜날 범람하던 하천도
    이제는 찍소리 못하고 새 하상으로 흘러드는
    아, 엄청난 사변으로 충만된 내 고향을
    그대는 어떻게 지도에 그리려나

    농촌, 아니면 도시라 표식하려나
    또 아니면 이 순간을 사진 찍어 넣으려나
    최신지도를 그리는 이들어여
    차라리 공산주의 새별 하나 그려넣으라

시인은 이 서정시를 통하여 사회주의 건설의 열조 속에서 일어난 변강마을의 엄청난 변천을 앙양된 정서적 흥분 속에서 혁명적 낭만의 나래를 타고 격조 높이 구가하였다. 특히나 시인이 현실의 변천에 감동된 나머지 시의 마지막 연에 이르러 솟음치는 시적 감정을 금할 길 없어 산간 마을의 눈부신 변천을 두고 최신 지도를 그리는 이들께 한 서정적 호소는 독자들에게 깊은 감명을 주고 있다. 물론 이 서정시에는 그 시기의 역사적 제한성으로 하여『대약진』운동 시기『좌』경 사조의 그림자가 비끼고 있지만 이것은 어디까지나 지류에 해당하는 바 이것이 이 서정시의 긍적적 가치를 말살하는 원인으로 될 수 없다는 것을 짚어두고 싶다.

서정시『처녀들은 노래를 부른다』(1954년)는 새 일대에 대한 찬가로 엮어진 인상깊은 작품이다. 시인은 흑룡강성 성화집단농장에서 뜨락또르를 모는 조선족 처녀들이 뜨락또르의 동음에 맞추어 부르는 청춘의 노래를 들었다. 여기서 시인은 해방된 조선족 여성들의 늠름한 모습과 커다란 긍지를 통감하였고 농업 기계화의 보람찬 길로 매진하는 사회주의 농업의 전망을 뼈물어 왔다. 하여 시인은 강렬한 시적 충동을 받고 서정시『처녀들은 노래를 부른다』를 창작하였다.

『뭇별이 반짝이는 북방의 밤/지평선 저 멀리/마을도 잠들었는데/처녀들이 뜨락또르를 몰며 밭을 가는』장면을 시적 계기로 포착하고 시의 첫머리에서 처녀들이 뜨락또르를 운전하는 심원한 역사적 의의를 다음과 같이 형상적으로 밝히었다.

> 그렇다
> 한가닥 쟁기에
> 몇몇 식구의 목숨을 건
> 백성의 등허리에서
> 피땀을 앗아가고
> 숨통마저 악착스레 죄이던
> 암담한 역사를 갈아엎고 짓부시고
> 처녀들은 노래부르며 나아간다

이 서정시는 뒤이어 뜨락또르를 모는 처녀들의 굳센 의지력과 벅찬 노력적 투쟁을 열정적으로 가송하고 나서 시인의 정서적 흥분을 다음과 같이 개방하였다.

> 처녀들이여 노래를 부르라!
> 마음껏 부르라!
> 그대들의 노래소리
> 나젊은 우리의 조국—
> 사회주의를 건설하는 새중국의 방방곡곡에
> 억만의 새로운 여가수들을 낳으리라

이런 청춘 송가는 그의 다른 서정시 『귀분이』(1955년)에서도 우렁차게 울리고 있다. 시인 임효원은 1955년 5월에 화룡현 숭선수리공사에서 산정까지 물을 이어 나르는 아낙네들과 강파로운 산길에서 돌 실은 소수레를 홀로 몰고 가는 아가씨를 보았다. 이 감동적인 장면을 거쳐 뜨거운 시적 체험을 받아 안은 시인은 세차게 뛰는 심장의 약동으로 서정시 『귀분이』를 쪼아냈다. 이 서정시는 쌍태머리 치렁치렁 가슴에 드리우고 감장치마 받쳐입은 귀분이의 외형미, 눈보라 울부짖는 십 리 새벽길에 돌수레 모는 귀분이의 행실미, 진달래 살구꽃 산허리를 단장한 오월에 수문을 여는 귀분이의 어엿한 형상미을 떠올리면서 자기의 벅찬 노력적 투쟁으로 풍년수, 생명수, 행복의 감로수를 이끌어 오는 귀분이의 아리따운 정신세계를 읊조리었다. 따라서 이 서정시에 일관된 주제사상적 지향은 조국과 인민을 위해 헌신적으로 일하는 새 시대의 인간—한 농촌 아가씨에 대한 절절한 송가이다.

임효원의 서정시 계보에서 이채를 띠는 것은 인간의 애정세계에 집착된 서정시들이다. 당의 『백화만발, 백가쟁명』의 문예 방침이 제기된 전후의 아주 짧은 시간에 기특하게도 애정시 창작에 신경을 썼는 바 『머루넝쿨 한 그루』(1954년), 『요 살뜰한 처녀야』(1954년), 『꾀꼴새 사랑가』(1956년), 『아, 산딸기는 익어가건만』(1956년) 등이 그 대표작들로 제기할 수 있는 것이다. 이런 서정시들은 당시 조선족 시단에서 보기 드문 향기로운 꽃이라고 할 수 있다. 또한 이런 꽃들은 당시의 『좌』경적 오류에 대한 저항의 산물이기도 하다.

　서정시『요 살뜰한 처녀야』는 초소로 나가는 한 총각 전사의 시점에서 저녁
노을 붉게 타는 강가에서 빨래하는 살뜰한 처녀에 대한 절절한 사랑의 이미지
를 다음과 같이 그려내고 있다.

　　　　맑고 푸른 강가에
　　　　그대 홀로 있으면
　　　　이 마음 이리도
　　　　설레누나

　　　　요 살뜰한 처녀야
　　　　나의 사랑아
　　　　어서 망치 놓고
　　　　이야기하자꾸나

　　　　너의 맑은 눈속을
　　　　이리 보여주렴
　　　　강기슭에 저녁노을
　　　　다 지기전에

　　　　요 살뜰한 처녀야
　　　　나의 사랑아
　　　　세상에 둘도 없는
　　　　나의 꾀꼴새

　　　　저 산에 달이 뜨고
　　　　다시 날이 밝으면
　　　　나야 다시 초소로
　　　　가야 할 몸인데

　　　　요 살뜰한 처녀야
　　　　나의 사랑아

애시때 뽕타령을
소리소리 불러보자

이는 인간의 순정에 바쳐진 한 폭의 아름다운 심상이요, 인간의 생명 철학이 슴배인 절절한 노래 가락이다. 실로 이 서정시에서는 저녁 노을 불타는 강가에서 청춘 남녀가 아기자기한 사랑을 속삭이는 우아한 화폭이 그려져 있고 인간의 본체에서 흘러 나오는 티없이 맑고 깨끗한 감정의 파도가 정제된 시형식을 통해 표출되고 있다. 서정시 『아, 산딸기는 익어가건만』에서도 동일한 격조와 색채로 바야흐로 무르익어 가는 사랑 앞에서 야기되는 총각의 미묘한 심리적 움직임과 안타까움을 깐진 시적 구성에 담아 다음과 같이 투영하였다.

산딸기 익어가는 고요한 샘물터
처녀는 동이를 내려놓은채
길다란 머리태만 만지고있네

물우에 비치인 바른금머리
걷히는 안개속에 무엇을 찾길래
그리도 마음을 걷잡지 못하느냐

미나리 움트던 즐거운 시절
너 수집게 심어놓은 씨앗도
그처럼 무성히 날더러 눈짓하고

은하수 흐르는 밤에 밤마다
오리 고운 꽃실로 수놓은
새빨간 마음의 쌈지도 있잖느냐

아 산딸기는 산딸기는 익어가건만
행복의 발자취여 무정하고나
들려줄듯 들려줄듯 장난만 치네

시인 임효원은 남다른 시점에서 다정다감한 서정과 맑고 깨끗한 색조를 빌어 인간의 심처로부터 솟구치는 사랑의 샘물을 노래하였다. 이는 기특한 성과이다. 하지만 그 후 정치적 풍파가 간단없이 일고 『좌』경적 사조가 문단을 조이는 바람에 1957년 후반기부터 『문화 대혁명』이 결속될 때까지 시인 임효원은 이 애정 주제를 더는 다루지 못했다.

건국 후 17년 동안에 시인 임효원은 현실에 안목을 돌리는 한편 흘러간 역사의 현장에도 필묵을 쏟았다. 항일 투사들을 가송한 그의 서정시 『수림은 나의 동지』(1959년), 『가랑비 내리는 새벽에』(1959년), 『장군과 함께』(1963년) 등이 그 예증으로 된다. 그중에서도 『수림은 나의 동지』는 시인의 대표작의 하나로 널리 알려졌다.

서정시 『수림은 나의 동지』는 항일 투사들의 영웅적 투쟁에 대한 찬미와 그들에 대한 추모의 심상을 창출하는 데 모를 박았다. 시인은 조선족 항일 근거지의 상징으로 되는 장백산의 울울창창한 수림을 두고 시의 첫머리에서 다음과 같이 자기의 시상을 발족시킨다.

내 조용히 듣노라
푸른 달빛아래 설레이는
끝없는 수림
수림의 거센 숨소리를

시인은 계속하여 『수림은 거센 숨소리』로부터 『그처럼 뜨겁고 그처럼 수수한／영원한 벗, 내 벗의 숨소리』를 연상한 나머지 장백의 절벽과 봉우리, 매하나의 송백에 새겨진 항일 투사들의 영웅적 업적을 회상하는 추억의 세계에 진입하여 그들의 혁명정신을 노래하고 그들에 대한 뜨거운 추모의 감정을 표달하였다.

시인은 이 서정시의 마지막에 이르러 추억의 세계로부터 다시 현실세계로 돌아와 항일 투사들의 숨결과 입김이 어려 있는 장백의 수림에 대한 자기의 감정과 태도를 포만된 서정으로 다음과 같이 표출시켰다.

아, 나의 노래여, 시여
임해의 파도소리 이처럼 호탕하게
끝없이 끝없이 쳐오고 가누나
그대 숨소리여, 수림이여, 푸른 나래여

너는 사랑하는 나의 조국 매 한치 땅우에
아침의 붉은 노을로 피여올라
인민과 더불어 영원히 살고
공산주의와 더불어 무성하리니

아, 수림은 나의 벗
수림은 나의 동지
수림은 나의 생명
수림은 나의 영원한 사랑!

혁명적 전통 교양에 바쳐진 이 시편은 시적 계기가 자연스럽고 사색이 심각하고 서정이 풍만하고 서정의 전개와 비약이 진실하다. 또한 이 시편은 항일 투사들이 원수놈들의 철교를 까부시는 전투, 왕반장, 복실이 등 전사들의 행군, 움 속에서 수류탄을 만드는 것과 같은 편단적인 사건을 도입함으로써 작품의 내용을 보다 풍만하게 해준 것이 특징적이다. 그런데 이런 서사적 요소는 시인의 서정적 계기를 마련해 주거나 시인의 주관적 체험의 토대를 뒷받침하는 데 이바지하고 있으며 따라서 시인은 아주 제한된 범위 내에 선택한 사건의 편단마저 정서적으로 채색함으로써 서정시의 특징을 효과적으로 살리었다.

시인 임효원은 오랫동안의 시 창작 실천을 통하여 자기 나름의 얼굴과 자세를 가지게 되었다. 그는 형상화된 『시론』이라고 할 수 있는 서정시 『시인』(158년), 『서정』(1958년), 『시』(1979년) 등을 통하여 자기의 미학적 주장과 예술적 추구를 일반화하였다. 이에 따르면 시인 임효원은 『생활의 진실은 시의 생명, 인간의 성실은 시의 성미』로 간주하며 시대정신과 생활의 맥박을 제때에 구가하는 것을 자기의 신성한 직책으로 여기고 있다. 또한 그는 서정시란 『갈매기의 가벼운 날개』인 것이 아니라『기나긴 밤, 번뇌를 뚫고 태어난 천길 바다가 뿜어내는 거센 조류』로서 그 서정이 뜨겁고도 진실해야 된다고 주장하며 시인의 재능은 함축의 수법을 빌어 여운을 남기는 것이라고 말하였다. 그의 이런 미학적 주장은 그의 시문학에 생동하게 체현되었다.

임효원은 서정의 시인이요 정열의 시인이다. 시대에 민감한 그의 서정시에서 여울치는 서정은 노상 뜨겁고 강렬하고 그윽하다. 그는 언제나 생활 속에 뿌리를 깊이 내리고 생활 중의 심광을 예리하게 포착하여 그것을 뜨거운 내부적 체험과 세차게 뛰는 심장의 약동으로 표현하였다.

임효원의 서정시에는 심각한 사색에 기초한 철리가 담겨져 있다. 그는 철학적 안목으로 생활을 통찰하고 철리를 더듬어 내고 그것을 세련된 시글 속에 깊숙이 파묻을 줄 아는 시인이다. 이 경우 임의로 그의 서정시『길장구』(1956년)를 들어보자.

> 한평생
> 이름없이 살아도 좋다
> 넓은 땅 지심깊이
> 내 뜨거운 양심을 묻었노라
>
> 돌이 타면 삼복이지
> 설풍인들 두려울가
> 고난을 겪어온 대지여, 내 넋이여
> 생활은 언제나 무성하여가리

보다시피『길장구』는 2연 8행으로 엮어진 서정단시이다. 시인은 소문없이 피었다가 가뭇없이 사라지는 수수한 풀 길장구에 기탁하여 영예도 향락도 탐내지 않고 근로 인민과 고락을 같이하면서 그 어떤 역경 속에서도 의젓하게 드팀없이 자기의 신념대로 살아가는 보통 인간들의 고매한 정신과 인생철학을 상징적 수법으로 노래하였다. 임효원 서정시의 철리적 특징은 시편의 전반적 형상을 거쳐 나타날 뿐 아니라 심오한 사색으로 다듬어 낸 철리적 경구를 시편에

군데군데 박아 넣어 보석처럼 빛을 뿌리게 한 데서도 보여지고 있다.

임효원의 시적 표현 수법을 헤아려 보면 과장이 적고 진실성, 소박성, 함축미를 추구하고있는것이 특징적이다. 하여 그의 대부분 서정시들은 수수하고 담담하고 깔끔한 맛을 안겨 준다. 또 그의 서정시 거개가 그 구성에 있어 깐지게 짜고 들어 길지 않고 『말은 압축되고 사상은 풍부하도록』하는 데 힘을 썼다. 따라서 임효원은 짧은 서정시 한 편이라 할지라도 긴 소설 한 책의 이야기를 압축해 담을 수 있다는 데 시 짓는 사람의 긍지가 있다는 것을 창작 실천에 체현한 서정 시인이라고 말할 수 있다.

제2절 황봉룡

황봉룡(1925년~   )은 건국 후 조선족 극문학을 발전시키는 행정에서 크낙한 기여를 한 이름 있는 극작가이다.

황봉룡은 1925년 11월 23일에 길림성 안도현 차조구의 한 가난한 농가에서 태어났다. 그는 소학교를 마친 후 어린 시절부터 일본 사람이 경영하는 도문약방에서 점원으로 일하였다. 구지욕에 불타던 황봉룡은 17세 되던 해에 일본 동경에 건너가 와세다상업학교에서 고학을 하다가 경제의 핍박으로 말미암아 중퇴하고 돌아왔다. 그는 일본에서 고학하는 사이에 18, 19세기 구라파의 저명한 작가들의 작품과 전기를 탐독하면서 문학 수업에 뜻을 두게 되었다.

일본 제국주의가 투항하자 모든 것을 새로 배우려는 의욕에서 그는 흑룡강성목단강고려중학교 고급반에 입학하였다. 1946년 학생시절에 그는 처음으로 한 안과 의사가 구사회에서 혁명의 길을 찾게 된 경로를 다룬 장막극 『광명』(처녀작)을 학교와 사회의 공연 무대에 올려 관중들의 환영을 받았다. 이때로부터 그는 장차 극작가가 되려는 포부를 지니게 되었다.

그는 1947년 3월에 혁명 대오에 참가한 후 1947년부터 1949년 사이에 선후로 목단강시문공단, 할빈송강노신문공단, 동북노신예술학원에서 극본 창작에 종사하였다. 그는 1950년 1월에 연변문공단에 전근되어 계속 극본 창작에 몰두하였다. 이때로부터 1955년까지의 사이에 그는 『처녀와 황소』(1951년), 『새각시』(1954년), 『랭상모』(1955년), 『봄철에 생긴 일』(1955년) 등 극본을 창작하였다. 그중 단막극 『새각시』는 황봉룡의 극작가로의 자세를 정립한 하나의 뚜렷한 이정표로 되었다.

1956년 1월 연변연극단이 창립되자 황봉룡은 이 연극단으로 전근되어 『문화 대혁명』 전까지 줄곧 극문학 창작에 몰두하였다. 그는 1957년에 중국작가협회 회원으로 되고 1963년에 중국연극가협회에 가입하였다. 그는 생활 경험의 축적과 예술적 기량이 높아지고 생활을 거시적으로 반영하려는 지향이 강해짐에 따라 이 시기에 이르러 그의 대부분 정력은 장막극 창작에 집중되게 되었다. 하지만 단막극 창작을 버리지는 않았다. 그는 1959년에 이르러 박영일과 합작하여 장막극 『장백의 아들』을 무대에 올림으로써 관중의 절찬을 받았다.

『장백의 아들』을 무대에 올림으로 명성을 날린 황봉룡은 1960년대 전반기에 진입하여 『상촌의 소나기』, 『예조리영감』 등을 비롯한 극작품들을 많이 내놓았다. 하지만 이런 극작품들는 『좌』경 사조의 충격 하에 계급 투쟁 절대화와 확대화의 영향을 심하게 받았고 도식화나 개념화의 틀에서 벗어나지 못하였다. 그는 『문화 대혁명』 기간에 정치적 박해를 받았다. 『4인무리』가 거꾸러지고 새로운 역사 시기가 시작되자 황봉룡의 극창작은 다시 제 궤도에 오르게 되었다.

건국 후 17년 동안 황봉룡은 무려 30여부에 달하는 극작품을 무대에 올렸다. 그의 극창작 성과는 주요하게 단막극과 장막극 창작에서 집약적으로 나타나고 있다. 단막극으로 새 인간의 정신미 발굴에 바쳐진 『새각시』, 새로운 가정 관계를 취급한 『김원장일가』(1957년), 문맹퇴치와 여성 해방의 주제를 반영한 『네번째 해방』(1954년), 일부 농민들의 사리사욕에 과녁을 세운 『물남에서 온 영감』(1955년), 『새벽길』(1962년) 등이 관중의 시선을 끌었고 장막극에서 『장백의 아들』, 『광활한 천지에서』(1965년) 등이 독자와 관중들의 넓은 공명대를 획득하였다. 그중에서도 단막극 『새각시』와 장막극 『장백의 아들』은 그의 극문학 창작 생애를 장식하는 대표작이라고 말할 수 있다.

단막극 『새각시』는 『연변문예』지에 발표되었을 뿐만 아니라 연변연극단에서 몇 차례 무대에 올린 작품이다. 50년대 중반기에 이 단막극이 발표되고 공연되자 독자와 관중들의 절찬을 받았다. 나중에 이 극본은 한문으로 번역되어 『1956년 전국단막극선집』에 수록되었고 조선『대중문예』지에 등재되었다.

이 단막극은 낡은 풍속 습관을 개변할 필요성과 근검절약 문제를 다룬 작품으로서 그 기저에는 시아버지의 환갑잔치를 앞두고 낡은 풍속 습관대로 치를 것인가 아니면 새로운 방법으로 절약하면서 근검하게 치를 것인가 하는 문제를 에워싸고 야기되는 새 며느리와 시아버지 사이의 모순 갈등이 깔려 있다.

이 단막극의 중심에는 주인공 선순이가 자리잡고 있다. 선순이는 나라의 주인으로 된 새 시대의 착실한 며느리의 전형이다. 그는 가마목에서 제 집 살림만 잘 꾸려 보려고 무등 애를 쓰는 보통 며느리가 아니다. 그는 집 밖에 나서면 집단과 나라를 생각하고 농업 생산과 사회 활동에 적극 참가하며 가정에서는 시부모를 효성스럽게 모시고 근검 절약하면서 새 살림을 꾸리는 기특한 며느리이다. 그는 평시에 취하던 시아버지의 태도를 보고 시아버지도 새 방법으로 환갑잔치를 치르는 것을 찬동하리라 지레 짐작하고는 다른 집에 가서도 환갑잔치를 근검하게 쇠야 한다고 선전했다. 그런데 뜻밖에도 시아버지는 새 며느리의 계획을 못마땅하게 여기면서『자네 대관절 찹쌀 60근을 가지고 어떻게 할 작정인가?』라고 며느리를 책망한다. 애초에 선순이는 도리로 설복하면 시아버지가 찬동하리라 믿었지만 이에 반하여 해석할수록 시아버지의 노여움은 커져『자네 돈 쓰는 문제까지 훈계할 셈인가?』,『말 끝마다 대답질인가?』라고 마구 꾸중한다. 새각시 선순이는 시부모로부터 처음 꾸지람을 듣자 설음이 북받쳐 눈물이 나지만 당의 말대로 처사하는 것이 옳다는 신념 하에 한 발자욱도 물러서지 않는다. 나중에 선순이는 더 참을 수 없어 자기의 진심을 피력한다.『제가 뉘 집 식구예요? 시집온 그날부터 이 집은 저의 집이고 어머님과 아버님은 저의 부모예요. 아버님…』. 선순이의 시부모에 대한 효성의 정과 압축되었던 감정 폭발은 노발대발하던 시아버지의 격해진 가슴에 부딪쳐 그의 마음 속에 자책과 측은한 감정을 야기시킨다.

여기서 볼 수 있는 바 선순이는 시집을 자기 집으로, 시부모를 자기 부모로 여기고 살림살이를 굳건히 하려는 착실한 며느리다. 그는 솔직하고 원칙성이 강하고 그릇된 사상과 단호히 투쟁하는 강한 성격의 소유자다. 단막극 『새각시』는 설순의 형상을 통하여 새로운 사회제도의 건립에 따라 이룩되는 젊은 세대의 고상한 정신적 풍모를 일반화하였다. 또한 이 인물을 빌어 사람들 가운데 잔존하는 낡은 사상과 진부한 관념에 채찍을 안기었다. 이 단막극은 사상적 갈등이 첨예하고 인물 형상이 생동하고 생활맛이 다분한 것으로 독자와 관중들에게 커다란 예술적 향수를 안겨주고 있다.

장막극 『장백의 아들』(박영일과 합작, 황봉룡 집필)은 황봉룡의 대표작인 동시에 조선족 문단에서 빛나는 항일 투쟁사를 처음으로 예술 무대화한 대작이다.

『장백의 아들』은 중화인민공화국 10돌 기념에 즈음하여 창작된 장막극으로서 그것이 세상에 태어나자 마자 독자와 관중의 인기를 끌었다. 독자와 관중의 인기를 모으던 이 장막극은 『문화 대혁명』 기간에 이른바 『민족문화 혈통론』의 산물로, 『매국투항주의 표본』이란 억울한 누명을 쓰고 그 공연이 중지되었다가 『4인무리』가 타도된 뒤 다시 무대에 올랐다. 이 장막극은 탄생된 그날부터 『문화 대혁명』 후 다시 공연될 때까지의 20여 년 동안에 무려 384차나 공연되었는데 관중이 33만여명에 달하였다. 그리고 공연될 때마다 관중이 초만원을 이루었다.

장막극 『장백의 아들』은 소재 수집으로부터 구상, 집필에 이르기까지 3년 남짓한 시간이 걸렸다. 이 작품은 전적인 허구에 의한 것이 아니라 『혁명 열사 한산동지의 실화를 근거로 하여 발전시킨 것이다. 한산동지는 반동적인 자기 가정을 탈리하고(아버지는 대포목상이며 일제의 주구였다) 혁명에 참가한 후 백색테러 지구에서 줄곧 지하 투쟁을 견지해 오다가 놈들에게 체포되어 장렬하게 희생되었다.』(황봉룡 :『「장백의 아들」의 창작 경과』에서, 『연변』, 1963년 제7호)

8장으로 구성된 이 장막극은 30년대 장백산 지구의 항일 무장 투쟁을 배경으로 하고 당의 영도 아래 진행된 지하 투쟁을 치중하여 반영했다. 이 작품을 펼치면 독자들로 하여금 『암흑의 시대, 유혈 투쟁의 시대』였던 1936년 장백산 지구 모 소도시에서 일어난 이야기에로 끌려가게 한다.

가랑비가 부슬부슬 내리는 어느 날 저녁, 상처를 입은 젊은이가 천인당약방 집 하녀로 있는 정봉녀네 집으로 급히 뛰어 들어간다. 바로 그가 극중의 주인공 박철이다. 박철은 당의 지시를 받고 지하 사업을 추진시키려고 천인당 약방으로 들어가는 길에 보초선을 넘다가 놈들의 총에 맞아 상처를 입었다. 봉녀와 그의 어머니는 시급히 박철을 숨기고 순경들의 수색을 모면하게 한다. 박철은 정봉녀네 집에서 석 달 동안 보살핌을 받아 가며 상처를 치료한 후 일제놈들에게 아부하여 벼락부자로 된 천인당 약방 주인 박인달과의 『부자』관계를 이용하여 그 약방에 잠복하고 지하 사업을 벌린다.

박철은 기민하게 유격대에서 파견한 연락원과 연계를 짓고 정봉녀와 기타 점원들의 협조 하에 일본 헌병대 특무요 외삼촌인 김태권을 얼러 넘겨 왜놈들의 긴요한 토벌 정보를 장백산 밀림 속에 있는 항일 유격대에 알린다. 이 정보에 따라 왕정위가 인솔하는 유격대가 왜놈 토벌대를 깊은 골짜기에 몰아넣고 불벼락을 안기는 장인골 전투를 조직한다. 이 격전에서 왕정위를 비롯한 적지 않은 전사들이 부상당해 주력부대를 따라 이동하지 못하고 삼림 동굴에 임시병원을 꾸리고 박철이가 보내 준 약품에 의해 치료를 받는다. 그리고 박철의 정보에 의해 놈들의 대규모적인 토벌에서 벗어나 메바위골로 퇴각을 조직한다. 이때 중요한 정보와 약품을 휴대한 이원길이가 산턱에 이르자 놈들의 토벌대도 산기슭에 당도한다. 이 위급한 고비에 수술을 받고 있던 왕정위는 즉시 퇴각할 것을 명령하고 항일 전사『호랑이』, 꼬마와 이원길더러 퇴각을 엄호하라고 한다. 이 엄호 전투에서『호랑이』, 꼬마는 장렬하게 희생되고 죽음의 공포에 떨던 이원길은 부상을 입고 놈들에게 체포된다. 체포된 이원길은 놈들의 혹형에 못 이겨 비굴하게도 투항하고 변절하여 박철을 물어 먹는다. 하여 박철과 봉녀는 불행하게도 체포된다.

박철은 옥에 갇힌 후 인정, 미인계, 금전, 지위 등 여러 가지 유인과 음모궤계 및 혹형에 맞서 싸우면서 혁명적 절개를 지킨다. 그는 시종 혁명적 경각성을 늦추지 않고 적들과 단호한 투쟁을 전개한다. 박철이가 연금당하고 있을 때 변절한 이원길이 독약을 가지고 산 속으로 들어갔다는 기별을 듣게 된다. 이에 몹시 분개한 박철은 이 기별을 유격대에 전하라고 봉녀 어머니에게 알린 한편 생사결단하고 감옥에서 뛰쳐나가다가 다시 체포된다.

이와 때를 같이하여 산 속 임시병원의 상병원들은 갓 잡아온 노루를 이원길에게 맡기면서 손질하여 끓이라고 한다. 이원길은 가지고 온 독약을 괴춤에서 꺼내어 노루국 가마에 넣는다. 그리고 박철의 부탁을 유격대에 보고하러 온 봉녀 어머니를 몰래 식칼로 찔러 눕힌다. 왕정위는 즉시 이원길의 수작을 간파하고 그자를 처단하고 봉녀 어머니를 구해 낸다. 그리고 끝내 양정우 사령원이 지도하는 주력부대를 찾고 부상당한 동지들을 새로운 싸움터로 전이시킨다. 바로 이처럼 승리의 시각이 다가올 때 박철과 봉녀는 사형장에서 희생된다.

장막극『장백의 아들』은 민족 모순과 계급 모순을 주선으로 하고 가정 모순을 복선으로 깔아 주면서 복잡다단하고 첨예한 갈등과 각이한 인물 형상 및 인물 관계를 거쳐 장백산 지구 조선족 인민들이 형제민족과 더불어 중국공산당의 영도 하에 전개한 항일 무장 투쟁과 지하 투쟁의 본질적인 측면을 폭넓게 극적으로 개괄하였다. 특히나 이 장막극은 공개적인 항일 무장 투쟁과 배합된 지하 투쟁을 진실하게 묘사함으로써 공개적 무장 투쟁이 전반 항일전쟁 중에서 일으킨 근본적 역할을 충분하게 밝힌 동시에 또한 이 항일전쟁 중에서의 지하 투쟁의 역할과 중요성을 형상적으로 보여주었다. 따라서 이 장막극은 30년대 장백산 지구의 항일 투쟁을 입체적으로 전면적으로 일반화한 셈이다. 실로 이 작품은 가렬한 무장 투쟁과 무시무시한 지하 투쟁을 화폭으로 그려냈을 뿐만 아니라 낙천적인 항일 투사들의 생활, 친밀한 군민 관계, 민족 단결, 진지한 애정까지 폭넓게 취급하였다.

장막극『장백의 아들』은 침략자와 반침략자, 혁명과 반혁명, 지하 투쟁과 공개 투쟁 그리고 친일 자본가와의 혈연관계 등 복잡다단한 사회 관계와 모순 충돌을 통하여 개성이 두드러진 각이한 인물 형상들을 성공적으로 부각하였다. 이런 형상 체계의 복판에는 박철의 형상이 의젓하게 정립하고 있다.

박철은 조선족 항일 영웅의 전형적 형상이다. 박철은 원래 일제의 충실한 졸개인 박인달(천인당 약방 주인) 전처의 아들이었다. 박인달의 배신행위로 쫓겨난 박철과 그의 어머니는 빈궁과 기아선상에서 헤매었다. 어머니가 한 많은 세상을 하직한 후 박철은 정거장, 목재판, 탄광 등지를 떠다니며 막벌이를 하였다. 이런 비참한 생활고는 이른바 『아버지』와 사회에 대한 저주와 반항의 불씨를 박철의 가슴 속에 심어 주었다. 나중에 박철은 한 탄광의 지하 갱도에서 우연히 양사령을 만나게 되어 혁명의 도리를 깨닫고 투쟁의 길에 나서게 되며 준엄한 전쟁과 투쟁의 용광로 속에서 건강한 항일 투사로 성장한다.

박철은 무산계급의 순결한 지조와 굳센 절개를 간직한 항일 투사이다. 그는 죽는 날까지 『혁명자의 일생은 소나무처럼 살아야 한다. 뿌리는 대지의 심장에 튼튼히 박고 대는 붉고도 억세고 잎은 사시장철 눈 속에서도 푸른 잎을 돋히며 자기의 청춘을 자랑해야 한다』는 것을 자기의 좌우명으로 삼고 모든 일을 훌륭하게 처사한다. 박철은 이런 소나무 성격을 본보기로 지하 투쟁을 벌이던 나날에 적들의 총칼 앞에서 자기의 기개를 굽히지 않았고 부화타락한 자산계급 생활의 포위 속에서도 모든 악습과는 아예 멀리하였다. 그는 어떤 역경 속에서도 혁명과 동지들을 위하고 바위 위에 우뚝 솟은 소나무마냥 거연히 서서 그 고결한 절개를 지키면서 과감하고 지혜롭게 추호도 타협없이 적들과 싸운다. 그는 자기의 죽음을 눈앞에 두고서도 성스러운 혁명 위업에 대한 필승의 신념과 보람찬 삶에 대한 긍지감으로 하여 흥분된 가슴을 들먹이곤 한다. 실로 그는 참다운 무산계급 혁명가만이 소유할 수 있는 영혼—소나무 성격의 체현자로 되기에 손색이 없다.

박철은 원수를 한없이 증오하고 멸시하였으며 인민과 동지들에 한해서는 불같이 뜨겁다. 그는 일본 헌병소좌 사사끼와 맞다들었을 때 그놈을 무등 증오하고 고도로 멸시하는 한편 줄곧 그놈과 추호도 타협없는 투쟁을 벌인다. 박철의 이런 선명하고 강렬한 무산계급 애증관은 변절분자 이원길에 대한 분노와 기타 적들과의 비타협적인 투쟁에서 표현될 뿐만 아니라 자기의 죽음을 마다하고 탈옥하여 동지들을 위험에서 구한 다음 비장하게 최후를 맺는 숭고한 행위에서 그리고 갖가지 그릇된 인생 철학과 세계관에 대한 투쟁 가운데서도 심도있게 밝혀졌다.

박철은 한때 난관 앞에서 막막해 하는 봉녀에게 다음과 같이 말한다. 『혁명가는 가장 어려운 경우에 어떻게 하여야 한다는 것을 잊지 말아야 하오…. 우리 혁명자의 앞에는 곤란이란 두 글자가 없는 거요. 다른 사람이 이겨낼 수 없는 것도 우리는 이겨낼 수 있으며 다른 사람이 할 수 없는 것도 우리는 해낼 수 있소』. 이처럼 박철은 굳센 의지를 갖고 있음과 아울러 혁명적 낙관주의 정신을 소유하고 있는 바 이런 정신적 풍모는 제8장 사형장 장면에서 보다 집약적으로 나타나고 있다. 박철은 죽음을 앞둔 최후의 순간에도 맘속으로 극진히 사랑해 오던 봉녀에게 진지한 사랑을 고백하고 그와 함께 지평선 위에 떠오르는 아침 해마냥 온 누리에 황홀하게 빗발칠 내일의 탄생을 동경한다. 또한 사형대에 오르면서도 그는『사람의 껍질을 쓴 백정들아, 너희놈들이 나에게서 얻는 것이 무어냐?… 네놈들은 기억해야 한다. 우리 대오가 네놈들을 향해 진군할 때 총탄은 나의 말을 대신할 것이다.』라고 적들에게 무자비한 심판을 내리고 웃음으로 자기의 최후를 장식하였다.

『장백의 아들』은 집중적으로 박철의 형상을 창조한 외에도 왕정위, 봉녀, 봉녀의 어머니 등 항일 투쟁에 한결같이 일떠선 영웅 인물들을 개성있게 부각하였다.

극작가 황봉룡 등의 창조적 노력은 부정 인물에 대한 묘사에서도 표출되고 있다. 황봉룡은 부정 인물의 형상을 묘사함에 있어서 그 어떤 도식이거나 만화적인 틀에서 벗어나 치열한 갈등 속에서 그자들의 추악한 영혼과 잔인한 야수적 본성을 적나라하게 드러냈다. 허장성세하며 날뛰는 교활하고도 악독한 사사끼, 돈과 권세에 눈이 어두운 박인달, 비굴한 변절자 이원길, 안일과 향락만 추구하는 소시민 고영애, 음특하고 독스럽고 상전 앞에서는 발바리마냥 나불대는 김태권 등 부정 인물의 형상이 이를 실증해 주고 있다.

장막극『장백의 아들』은 예술적 면에서도 자기의 성과를 떠올리고 있는 바 우선 그 갈등이 복잡하고 첨예하며 극성이 강하다. 이 장막극은 침략자와 반침략자간에 누가 누구를 건승하는가 하는 첨예한 갈등을 주선으로 하고 또한 이를 에워싼 혁명과 반혁명간의 모순, 지하 투쟁과 공개 투쟁 그리고 친일 자본가 등 기타 사회 관계에서 야기된 모순을 취급하였으며 주인공 박철을 시종 치열한 모순 갈등의 초점에 두고 그를 갖은 시련 속에서 영웅적 성격을 과시하도록 하였다. 그리고 장막극에서 전개되는 모순 갈등의 생활적 토대가 진실하고 풍요하며 또한 그 모순 갈등이 첨예하고 고도로 집약된 데서 극성이 풍부하다.

이 장막극의 제1장에서 부상당한 박철이가 정봉녀네 집으로 뛰어들어간 그때로부터 적의 소굴에서 간고하게 지하 투쟁을 전개하는 나날에 무수한 모순과 뜻하지 않은 경우와 모진 역경에 부딪친다. 제6장에 이르러 옥에 갇힌 박철은 사사끼놈과 설전을 벌일 때 이원길이 독약을 가지고 산으로 갔다는 의외의 소식에 접하자 박철은 몹시 초조해 한다. 이때 모순 갈등은 생사를 결단하지 않으면 안되는 절정에로 발전한다. 이 긴장한 고비에서 우리는 제기된 모순 갈등의 초점이 구경 어떻게 발전하는가를 손에 땀을 쥐어 가며 고대하게 된다. 이런 위급한 시각에 박철은 최후 수단으로 구로다놈을 까눕히고 탈옥하여 정보를 부대에 전함으로써 동지들을 구하게 되자 우리는 안도의 숨을 쉬게 된다. 그러나 인츰 우리의 주의력은 또 박철의 운명이 어떻게 되는가를 관심하는 데로 쏠린다. 이처럼 장막극은 모순 갈등을 진실하고 긴장하고 치밀하게 집중적으로 끌고 나감으로써 극성을 매우 풍부하게 하였으며 또 이로써 작품의 예술적 효과를 높였다.

『장백의 아들』에서는 혁명적 낭만주의 색채가 짙은 것이 특징적이다. 이 장막극의 이야기 자체가 전설적인 성분이 강하다. 장막극 『장백의 아들』은 박철이 홀로 흉악한 적들의 심장 속에 깊이 잠복하여 군사 정보를 탐지하고 유격대에 시급히 수요되는 생활 필수품을 구해 줌으로써 곤경에 처한 유격대를 구원하는 크나큰 공훈과 그의 비장한 최후를 이야기와 사건의 중심으로 하였다. 이 장막극은 박철의 형상을 이상화하였을 뿐만 아니라 주요 등장인물들이 처한 자연환경 묘사에 있어서도 낭만주의적 색조를 진하게 하였다. 산 속 동굴에 자리 잡은 부대 임시병원의 특이한 환경, 함박눈이 푸실푸실 쏟아지는 은백색 대지를 내려다 보며 날아예는 수리개, 대지에 승리의 넋인 양 만발한 진달래, 가없는 지평선에 떠오르는 아침해, 사시장철 푸른빛을 돋히며 자기의 청춘을 자랑하는 소나무… 이 모든 자연환경과 현상들은 긍정적인 등장인물들의 의지와 이상과 하나로 융합되어 작품의 낭만주의적 기분을 한결 더 돋혀주고 있다.

『장백의 아들』은 서사적 작품임에도 불구하고 서정적 요소가 다분하다. 이 장막극은 서정적 요소의 강화 및 그것의 서사적 화폭에로의 침투를 통해 장막극의 감정적 농도를 짙게 하고 독자와 관중들에게 주는 정서적 감흥을 깊게 하였으며 작가의 애증을 선명하게 표출하였다. 이를테면 제1장에서 『서시』를 빌어 장막극의 주제사상을 기묘하게 쪼아낸 것은 더 말할 것도 없거니와 유격대의 정서적 생활의 묘사 및 박철과 봉녀의 대사 등이 그 좋은 예로 된다. 특히 사형장에서 죽음을 앞두고 박철과 봉녀 사이에 오간 대사는 그야말로 서정적이다.

박철 : 봉녀!
정봉녀 : 동지!(두사람 서로 쳐다본다)
박철 : 난 이 시각에 동무를 보니 반갑소.
정봉녀 : 난 박철동지를 만난 후부터 혁명의 도리를 알게 되었으며 장님이 눈을 뜬것처럼 가난한 사람이 잘살수 있는 세상이 온다는것을 알게 되었어요.
박철 : 그날은 멀지 않았소.
정봉녀 : 박동무, 우리는 혁명사업을 위해 바삐 보내다보니 전 여지껏 마음 속에 깊이 간직했던 말을 입밖에 낼 시간을 찾지 못했어요.
박철 : 봉녀, 알만하오. 나 역시 그렇소.
정봉녀 : (목멘소리)동지.(박철의 가슴에 쓰러진다)
박철 : 봉녀…
정봉녀 : 전 어젯밤 꿈에도 박철동무를 봤어요. 진달래 빨갛게 핀 산마루에서 우리는 아침해살을 맞으며 걷고 걸었어요. 박동무는 저에게 진붉은 진달래꽃 한송이를 따서 내 머리에 꽂고 하염없이 걸어가지 않겠어요!
박철 : 봉녀, 어머니를 잘 모시고 끝까지 혁명하오.
정봉녀 : 안심하세요. 전 박철동지처럼 살며 박철동지처럼 투쟁할 것이예요.
박철 : 새중국은 지평선 위에 떠오르는 아침태양처럼 온 누리에 빗발칠 날이 멀지 않았소(하늘을 보며). 아, 수리개…

장막극 『장백의 아들』은 이밖에도 대사가 생활맛이 짙고 개성적이며 등장인물들의 동작성이 강한 것이 또한 특징적이다.

『장백의 아들』은 이런 사상예술적 성과로 하여 황봉룡 창작에서의 대표작일 뿐만 아니라 건국 후 조선족 문단이 떠올린 성과작의 하나로 되기에 손색이 없다.

제5장 1966년~1976년의 문학

제1절 『문화 대혁명』과 민족문예사업의 대파괴

『문화 대혁명』 시기(1966~1976년)는 중국 당대 문학사상 가장 암담한 연대이며 중국 조선족 문학의 가장 암담한 연대이기도 하다. 10년의 동란 중에서 조선족 문학은 전국의 전반 문학예술 사업과 마찬가지로 엄중한 파괴를 당하였다.

『문화 대혁명』은 지도자가 잘못 발동하고 반혁명 집단에 이용되어 당과 국가와 여러 민족 인민들에게 엄중한 재난을 가져다 준 내란이다. 이 내란 중에서 임요, 강청 반혁명 집단은 저들이 장악한 정치권력을 이용하여 문학예술 사업의 영도권을 찬탈하고 봉건 파쇼문화 독재주의와 문화 허무주의를 대대적으로 실시함으로써 중국 문학발전사에 가장 암담한 시기를 초래시켰다.

1966년 2월에 강청은 임표와 결탁하여 상해에서 이른바 『임표동지께서 강청동지에게 위탁하여 소집한 부대 문화사업 좌담회 기요』를 전국에 산포하였는데 이는 임표와 『4인무리』가 우리 나라의 사회주의 문예사업을 파괴하는 강령이요, 선언서였다. 그자들은 이 『기요』에서 건국 이래 17년 동안 문예계에서는 『모주석의 사상과 대립되는 한 갈래의 반당, 반사회주의의 검은 선이 우리에게 독재를 실시하였다. 이 검은 선이 바로 자산계급 문예사상, 현대 수정주의 문예사상과 30년대 문예와의 결합이다.』라고 터무니 없는 결론을 내리고 건국 이후의 당의 문예 노선, 문예계에 대한 당의 영도, 당의 품속에서 자라난 작가 대오, 그들에 의하여 창작된 문학작품을 전면적으로 부정하였다.

1966년 5월, 『문화 대혁명』이 시작되자 임표, 강청 반혁명 집단은 저들이 이미 찬탈한 권력을 이용하여 『문예계의 검은 선』을 비판한다는 간판을 내걸고 우리 나라의 사회주의 문예사업에 대한 전면적인 포위 토벌을 감행하기 시작하였다. 이리하여 중국 조선족 문단은 전국의 문단과 더불어 여지없이 짓밟혔는바 『문화 대혁명』 10년 동안 중국 조선족 문학은 일대 수난기를 겪지 않으면 안되었다.

전국적으로 벌어진 이른바 『문예의 검은 선』을 비판하는 운동 가운데서 조선족의 집거구 특히 연변지구의 『반란파』들은 줄곧 조선족 문예사업을 위해 심혈을 기울이신 주덕해 동지에게 『연변지구당 내의 으뜸가는 주자파』라는 모자를 들씌웠을 뿐만 아니라 주덕해가 문예 분야에서도 『한사코 문예계를 틀어쥐고 그가 긁어 모은 「유소기 수정주의」 검은 선과 「국외 수정주의」 검은 선이 합류되어 이루어진 매국투항주의 문예의 검은 선을 기를 쓰고 실시하여 반혁명 여론을 대대적으로 조성함으로써 나라를 팔아먹고 수정주의에 투항하며 자본주의를 재생시키는 죄악적 목적을 실현하려 망령되게 시도하였다.』는 터무니 없는 죄명을 들씌웠다.(『연변일보』 1969년 7월 29일, 『「민족문화 혈통론」을 철저히 짓부시자.』 연격문)

그자들은 17년간의 중국 조선족 문예를 『마귀떼가 춤을 추고 독초가 무성하며』, 『작가들이란 거의 모두가 잡귀신이다.』라고 모함하면서 많은 작가, 시인, 예술가들을 『간첩』, 『잡귀신』, 『반동문인』으로 몰면서 갖은 박해를 가하였다. 하여 절대다수의 작가, 시인들이 농촌에 『추방』되고 김학철, 김철 등 부분적 작가 시인들은 족쇄를 차고 감옥에 들어갔으며 또 적지 않은 작가 시인들이 이른바 『군중독재』를 받아 감옥이 아닌 감옥에 감금되어 심사를 받았다. 그중 일부 문인들은 비인도주의적인 무정한 투쟁, 잔혹한 박해 끝에 원한을 품고 세상을 떴다.

임표, 『4인무리』가 당의 영도 밑에 있는 문학예술단체를 『뻬떼피 구락부』라고 모욕 중상하면서 중국문련과 중국작가협회 등 문학예술단체를 강박적으로 해산시키고『해방군 문예』외의 모든 문예지들을 폐간시키자 조선족 지구 특히 연변에서도 상응한 변화가 생기게 되었다. 1966년 7월에 연변문련과 그 산하의 각 협회가 해산되었고 거의 같은 시기에 연변가무단, 연변연극단 등 예술공연단체들에서 모든 문예 창작, 문예 공연 활동이 중지되었으며『연변』,『장백산』등 잡지들이 폐간되었다.

이른바『문예의 검은 선』에 대한 전국적인 비판운동이 보다 맹렬하게 벌어짐에 따라 조선족 문단에서도 주덕해의 이른바『매국투항주의 문예 검은 선』의 핵심이라는『민족문화 혈통론』,『민족 분열주의 언어방침』을 전면적으로 비판하는 군중운동을 대폭적으로 벌이면서 17년 동안 쌓아올린 조선족 문학의 성과를 마구 부정하였다.

1. 이른바『민족문화 혈통론』에 대한 비판.

1966년 6월에 연변지구의『4인무리』의 파벌 체계에 속하는 자들은『신문, 출판, 문화전선대 비판 학습반』을 꾸려 이른바『민족문화 혈통론』에 대한 비판운동을 벌인 토대 위에서 1969년 7월 29일 연격문이란 필명으로『연변일보』에『「민족문화 혈통론」을 철저히 짓부시자』라는 글을 발표하였다. 이 글에서 아무런 근거도 없이 다음과 같은 결론을 내리었다.

『이른바「민족문화 혈통론」이란 바로 연변지구당 내의 자본주의 길로 나아가는 으뜸가는 집권파의 매국투항주의 문예 검은 선의 핵심이다. 그의 논법대로 한다면 문화는 계급에 속하는 것이 아니라 민족에 대하여 착취계급이나 피착취계급이냐를 막론하고 한가지 민족문화, 한가지 민족정신, 한가지 민족 감정이 있을 뿐이다. 그는 민족문화 유산을「구원」하고 몽땅 계승하여야 한다고 무척 고아 댔으며 계급 내용을 몽땅 뽑아 버리고 계급 모순을 뽑아 버리는 이른바 민족정신을 대대적으로 수립하고 자산계급 민족주의의 검은 물건 짝을 팔아먹는 것으로서 이것이 바로 그의「민족문화 혈통론」의 핵심이다.』

상기한 글은 이렇게 무단적인 결론을 내린 후『민족문화 혈통론』을 박살내

자면 1961년 말 주덕해의 직접적인 지도 밑에 열리었던『노예인 좌담회』의 이른바『반혁명 본질』을 해부해야 한다고 고아대었다. 그자들은 이 글에서『노예인 좌담회』는『같은 민족, 같은 혈통, 같은 선조, 같은 역사, 같은 감정, 같은 문화』란 간판을 내걸고 민족문화 유산을 구원한다는 구실로『그 무슨 기생, 무당, 위만 경찰, 법사 등등 거개가 낡은 사회의 찌꺼기』인 그들을 긁어모아 몰락하는 봉건주의, 자본주의, 수정주의 등 반동사상을 대대적으로 선양하면서 조국을 배반하고 수정주의에 투항하는 반혁명 여론을 대대적으로 퍼뜨렸다는 죄명을 들쌔웠다. 또한 이 글은 상술한 논조에 따라 연변 구전문예유산 채집조가 동북3성의 조선족들 속에서 채집 정리한 460편의 민담과 1500여 개의 속담을 모조리 검은 책, 검은 작품이라고 무치하게 판결한 나머지 전설『천수』를 전형적인 실례로 삼아 다음과 같이 티무니 없는 비판을 가하였다.

『「천수」는 소위「노예인 좌담회」에서 벼려 낸 보이지 않는 칼이다. 「천수」의 자초지종에 관통되어 있는 것은 바로「물」이다. 검은 이야기는「그때로부터 천지의 물이 발원되어 한 탯줄에 낳은 강 삼형제(두만강, 압록강, 송화강)가 동, 서, 북으로 사이좋게 흐르게 되었다고 뻔뻔스럽게 말하였다. 「한 탯줄에 낳은 삼형제」라는 이 검은 선에는 어떤 사상감정이 포함되어 있으며 탯줄이란 어떤 탯줄인가? 검은 이야기 자체는「태」가 바로 피라고 대답하였다. 검은 이야기는 한 탯줄에서 나온 삼형제를「한 원천을 가진 세 강으로 비유하였는데 두말할 것도 없이「물」을 피에 비유하고 수원을 혈통에 비유하였다. 여기에서 조국의 영토를 팔아먹고 조국을 배반하고 수정주의에 투항하려고 망령되게 시도한 연변지구당 내의 자본주의 길로 나아가는 으뜸가는 집권파의 승냥이 야심이 남김없이 폭로되었다.』

『그는(주덕해 동지를 가리킴—필자주)「민족문화 혈통론」이란 허울 밑에서 계급 투쟁을 덮어 가리우고 국외수정주의 문예 검은 선의 침투를 덮어 감춤으로써 봉건주의, 자본주의, 수정주의를 위해 혼을 부르고 제국주의, 수정주의, 반동파들을 위해 힘을 다 썼으며 조국을 배반하고 수정주의에 투항하는 반혁명 여론을 대대적으로 조성하였다. 이것은 연변지구당 내의 으뜸기는 자본주의 길로 나아가는 집권파는 무산계급의 적이며 각족 인민의 철천지 원수라는 것을 완전히 증명하였다.』

이와 같이 『4인무리』와 그자들의 파벌 체계에 속하는 연변지구의 사람들은 이른바 『민족문화 혈통론』에 대한 비판을 벌여 『민족문화 혈통론』을 핵심으로 한 매국투항주의 문예 노선 이 17년간 조선족 문예계를 통치하였다고 미친 듯이 불어 대면서 조선족 문예 유산을 전반적으로 부정하고 건국 후 17년간에 달성한 조선족의 문예 성과를 전반적으로 말살하였다.

2. 이른바 『민족 분열주의 언어 방침』에 대한 비판.

중국공산당의 현명한 민족정책의 광망 아래 건국 후 조선족 인민들은 자유롭게 조선어와 조선 문자를 사용하면서 자기의 문학예술 사업을 발전시켰다. 그러나 『4인무리』는 『문화 대혁명』 기간에 중국공산당의 민족정책을 마구 유린하고 민족 배타주의 노선을 실시하여 소수 민족언어를 차별시하고 지어는 없애 버리려고까지 시도하였다.

강청은 악독하게도 민족문자는 쓸 데 없으며 민족언어와 민족문자를 사용하는 것은 『퇴보』라고 떠벌였으며 장춘교는 『문자가 있는 몽골문, 장문, 위글문, 까자흐문, 조선문만은 먼저 쓰기로 하고 다른 것에 대하여서는 언급할 필요가 없다.』고 하였다. 『4인무리』를 상전으로 모신 모원신은 심지어 『조선말을 배울 필요가 없다. 한어를 배우는 것이 방향이다. 조선어는 인제 10년, 15년이 지나면 없어지게 된다.』고 떠들어쳤다.(김인손 『언어평등정책을 파괴한 동북태상황의 죄행을 규탄한다』에서. 내부간물 『조선어문사업통신』 제2호)

이런 반동 이론에 따라 그자들은 주덕해 동지에게 『민족 분열주의 언어 방침』을 실시했다는 죄명을 들씌우고 비판하였으며 지어는 주은래 동지가 조선언어 문자 사용을 두고 하신 일련의 정확한 지시도 수정주의에 투항하는 방침이라고 하면서 모조리 부정하였다. 이리하여 거의 10년간 조선언어 문자 사용은 정책, 법률, 제도상에서 아무런 담보도 받지 못하였으며 많은 학교들에서 조선어문 과목을 취소하였다.

3. 이른바 『반당 반사회주의 독초』에 대한 비판

이른바 『민족문화 혈통론』에 대한 극 『좌』적인 대비판의 바람을 타고 건국 후 17년 동안에 조선족 작가, 시인들이 심혈을 몰부어 창작해 낸 많은 작품들을 『반당 반사회주의 대독초』로 몰면서 마구 까눕혀 버렸다.

『혈통론』의 비판자들은 항일 무장 투쟁을 다룬 훌륭한 장막극 『장백의 아들』을 『민족문화 혈통론』의 표본으로 여기면서 비판의 모닥불을 안기었다. 그 자들은 『장백의 아들』을 이른바 『반역자를 미화하고 노농병을 추악하게 만든』 『반동연극』이며 『매국주의를 선전한 대독초』라고 억설하였으며 지어는 『항일전쟁의 역사를 뜯어고치고 조국의 통일을 분열시키며 무산계급 독재를 뒤엎고 자본주의를 재생시키는 반혁명 수정주의 노선을 극력 고취한』 독초라고 모욕 중상하였다.(『연변일보』 1969년 9월 13일. 『매국투항주의 대독초』. 연격문) 비판 과정에서 그자들은 몽둥이를 휘두르고 시비를 전도하고 마구 짓밟아 놓은 수법을 쓰다 못해 지어는 극중 인물인 일본 군관의 대사마저 작자의 언론이라고 하면서 이 작품의 작자와 연출을 일본놈보다 못하다고 모욕하였다.

『문화 대혁명』 기간에 『4인무리』는 사회주의 문예사업을 발광적으로 파괴함과 아울러 모든 여론 도구를 동원하여 이른바 『문예혁명의 기수』 강청의 지도 밑에서 창조했다는 『본보기극』을 『무산계급 문예의 최고봉』이라 극구 찬양하면서 그것만에 『푸른등』을 켜 주었다. 『4인무리』는 『본보기극』을 대대적으로 수립함과 아울러 『본보기극』과 밀착된 이론 체계를 만들어 냈다. 그자들은 노농병 영웅 인물을 부각하는 것은 사회주의 문예의 근본 과업이라는 『근본 과업론』, 모든 인물 가운데서 긍정 인물을 돌출히 하고 긍정 인물 가운데서 영웅 인물을 돌출히 하고 영웅 인물 가운데서 주요 영웅 인물을 돌출히 한다는 『3돌출론』, 문학 창작 과정에서 반드시 주제사상을 먼저 결정하고 그 주제에 근거하여 인물을 정하고 그 다음 이야기를 꾸민다는 『주제 선행론』 등 주관 유심론과 형이상학의 유론을 만들어 내어 문예 일꾼들이 접수하도록 강요하였다. 이리하여 조선족의 전문 문예단체와 과외 문예 선전대는 일률로 『본보기극』을 공연하게 되어 민족 예술은 조선족 예술 무대에서 자취를 감추고 『본보기극』만이 독판치게 되었으며 조선족 문예계에 유심론과 형이상학이 범람하게 되었다.

『4인무리』의 문예계에서의 죄악적 활동은 1971년 9월 임표 반혁명 집단이 분쇄된 후 임표를 비판하는 정풍 운동 가운데서 한 차례의 타격을 받게 되었다. 당시 당 중앙과 국무원의 일상 사무를 사회하는 주은래 동지는 여러 분야에 거쳐 일정한 전환이 일어나게 하였다. 하지만 『4인무리』는 계속 『혁명』이란 허울을 쓰고 극『좌』 노선을 보다 발광적으로 실시하고 반혁명 활동을 보다 미친 듯이 감행하면서 투쟁의 예봉을 무산계급 혁명가들에게 돌리는 『음모문예』를 조작하였다. 이런 『음모문예』는 『4인무리』의 정치적 음모 활동과 반혁명 정치 강령의 형상적 도해이며 문예를 이용하여 반당 활동을 감행한 검은 표본이다. 『4인무리』의 이런 『음모문예』 활동은 『문화 대혁명』이 마무리되는 1976년까지 계속 진행되었는 바 이런 『음모문예』작품들이 조선족 문예계에도 전파되어 악렬한 영향을 끼치었고 이런 영향 밑에 조선족 문단에도 좋지 않은 작품들이 적지 않게 나타났다.

제2절 이 시기의 문학 창작

『문화 대혁명』 10년은 조선족 문화 창작의 쇠퇴기이며 수난기이다. 10년 동안에 임표, 『4인무리』의 파쇼문화 독재주의의 통치 하에 조선족 문학 창작은 엄중한 파괴를 입었다. 1966년 5월부터 1971년 9월 임표 반당 집단이 분쇄될 때까지 조선족 문단에는 진정한 문학작품이 한 편도 없었다고 해도 과언이 아닐 것이다. 그러다가 1971년 이후 『4인무리』의 반동적인 문화정책이 인민들의 강렬한 반대를 받고 『좌』경적인 오류가 극히 제한된 범위에서나마 촉동을 받게 되자 1971년부터 『연변일보』 문예부간이 회복되었고 1974년 4월부터 『연변문예』지가 복간되고 연변인민출판사의 조선족 문예작품 출판 활동이 회복되었다. 따라서 조선족 문학 창작에서도 갱생의 싹이 움트기 시작하였다.

하지만 이때에도 여전히 『4인무리』가 살판치고 있는 까닭에 문단의 근본적인 전환을 가져올 수 없었다. 하여 1971년부터 1976년 상반기까지의 사이에 조선족 문학 창작에는 복잡한 상황이 나타나게 되었다. 이 시기 조선족 문단의 상황을 헤아려 보면 대체로 세 가지 부류의 작품이 있는데 첫 부류의 작품들은

『4인무리』의『좌』경 노선을 선양한 것이고 둘째 부류의 작품들은 개인숭배를
고취한 것이며 셋째 부류의 작품들은 인민들의 일정한 생활 감수와 사상감정을
반영한 것이다.

  이 시기 조선족 문단에는『4인무리』의『좌』경 노선을 선양하는 작품들이 많
이 창작되었다. 이 시기 조선족 문단의 적지 않은 소설들은 정치상에서 이른바
『계급투쟁』,『노선투쟁』,『자본주의 길로 나가는 집권파와의 투쟁』을 두드러지
게 다루면서『영웅인물』을 부각한다는 미명 하에『머리에 뿔이 나고 몸에 가시
가 돋은 반란파』 말하자면『4인무리』의『좌』경 노선의 견결한 집행자의 형상을
부각하였으며 예술상에서『4인무리』의『주제 선행론』,『3돌출론』에 따라 현실
을 분석하고 인물을 신격화하고 생활을 도해하는 개념화, 도식화가 엄중하였
다. 이 시기의 적지 않은 조선족 시작품들은 인민을 이탈하고 생활을 이탈하여
『4인무리』의『좌』경 사조를 대변한『나발통』으로 되었다.

  이 시의 조선족 문단을 보면 개인숭배를 고취한 작품들도 적지 않았다. 이런
부류의 작품들 중에서 절대적 비중을 차지하는 것이 시가였다. 적지 않은 시가
작품들은 사실주의 문학의 진실성의 원칙을 떠난『송가』형식으로 당의 수령을
우상화하면서 만세를 불러대고 영웅이 역사를 창조한다는 유심사관을 대대적으
로 선양하였다.

  이 시기에 상술한 경향의 작품 외에 인민들의 일정한 생활 감수와 사상감정
을 반영한 작품들도 나타났다. 시집『공사의 아침』(1976년. 연변인민출판사),
시집『조국에 드리는 노래』(1975년. 연변인민출판사), 단편소설집『우두봉의
매』(1972년. 연변인민출판사)에 수록된 일부 작품들과『연변일보』문예부간에
발표된 일부 작품들 그리고 장막극『백산의 봄우뢰』(집체작, 한원국 집필.
1972년) 등 작품들을 그 대표적인 예로 들 수 있다.

  시집『공사의 아침』에는 조선족 집거구인 연변 화룡현 덕화의 농민 시인들
의 시 46수가 수록되었는데 그중 몇 수의 서정시는 작가들의 오랜 생활 체험
과 소박한 감정으로부터 생활을 노래하고 고향의 아름다운 산천을 노래하고 당
과 수령을 구가하였다.

    좋구나 뙤약볕 내리쬐는 정오가
    살초제를 치는 좋은 때거니
    내 공사의 무연한 논벌에서
    날랜 솜씨로 살초제를 치노라

    밤새 논코도 잘 손질했거니
    푸른 벼모 날 반겨 인사하누나
    떡가루같은 흙에 습도 맞춰 섞은 살초제를
    한배미 두배미 성수나게 쳐가거니

　이렇게 시작한 서정시 『살초제』(박상국. 1976년)에서 서정적 주인공은 뙤약볕 아래에서 땀흘려 가며 살초제를 치는 농민들의 노동의 희열을 아기자기하게 읊조리고 있다. 이 서정시에서 흐르는 기본적인 사상감정은 노동의 희열이며 자기의 땀으로 자기의 행복을 창조하는 농민의 자랑이다. 이 시는 예술상에서도 당시 시단을 휩쓸던 구호적 설교가 없으며 의인법, 과장법 등 수사법을 재치있게 쓰고 있다.

　시집 『조국에 드리는 노래』에 수록된 『소산의 집』(전광국. 1974년)은 모택동 동지에 대한 조선족 인민들의 숭경의 감정을 읊은 서정시로서 서정적 주인공의 감정이 진지하고 정서는 격앙하지만 구호화되지 않고 모택동 동지의 형상이 우상화되지 않았다.

    마음 속에 얼마나 그리던 집인가
    가슴 속에 얼마나 새기던 수림인가
    푸르청청 우거진 소산의 수림이여!
    수림속에 자리잡은 아담한 집이여!

    끝없이 찾아오는 사람들과 더불어
    내 경모의 정 함뿍 안고
    녹음짙은 수림을 지나
    금모래 반짝이는 마당가에 들어설제

시는 이렇게 들끓는 감격을 안고 모주석의 고향집 뜰 앞에 들어서는 서정적 주인공의 모주석에 대한 경모의 감정을 읊조리면서 모주석의 위대한 혁명 위업을 노래하였다.

이 서정시는 시 연이 정제하고 시어가 세련되고 감정의 흐름이 유창하며 시적 상상이 풍부하고 시 내용이 숭엄한 등 특징으로 하여 당시 유행되던 일반적인 송가와 질적인 구별을 보여주고 있다.

이 시기에 비교적 훌륭한 서정시들과 더불어 당시 인민들의 염원과 건전한 사상감정을 진실하고도 소박하게 반영한 단편소설도 나타났는데 단편소설집 『우두봉의 매』에 수록된 『임무』(이봉렬. 1972년), 『여용수 관리원』(이왕구. 1972년), 『화수로 가는 길』(이선근. 1971년), 그리고 『연변일보』 부간에 발표된 『창격표연』(최견. 1972년 8월) 등이 그 예로 된다.

단편소설 『임무』는 탄광 노동자들의 생활을 취급한 작품이다. 연말, 1년 동안의 생산 총화를 앞두고 노동 경쟁의 불길이 치솟는 관건적인 시각에 1패에서는 석탄 캐기가 아주 위험한 고굴을 만났다. 이 고굴을 에돌아 가는가 아니면 이 고굴에 착암기를 대겠는가 하는 문제를 놓고 치열한 쟁론이 벌어진 끝에 연장 장수복은 광부들을 이끌어 고굴에 착암기를 댄다. 여기에서는 한 근의 석탄이라도 더 캐내어 나라에 바치려는 탄광 노동자들의 뜨거운 마음이 맥박치고 있다. 주인공 장수복은 그때 입만 벌리면 『어록』을 외우던 『반란파』들과는 달리 역사와 현실의 구체적인 사실들을 들어가면서 노동자들의 생산 열정을 불러 일으키며 자신의 실제 행동으로 모범을 보여주고 있다. 따라서 이 단편소설은 비록 『4인무리』의 『3돌출』 창작 원칙의 영향에서 초탈하지 못했지만 생산을 취세우려는 인민들의 염원을 소박하게 반영한 면에서 특점을 보여주었다.

단편소설 『여용수 관리원』은 청춘을 농업 분야에 묻고 분투하는 여지식 청년 영애의 형상을 창조하였다. 작품에서는 번개가 번쩍이고 우뢰가 지동치는 밤, 삽자루를 틀어쥐고 논판에 나와 수문을 조절하는 영애의 갸륵한 소행을 절절한 사랑을 안고 묘사하면서 최대장을 비롯한 노농들의 새 세대에 대한 배려와 기대를 생동하게 보여주었다. 이 작품은 인간과 자연의 투쟁을 다루는 가운데서 인간과 인간이 서로 아끼고 도와주는 관계를 진실하게 그려내어 그때 유행되던 작품들과 다른 멋을 보여주었다.

단편소설 『화수로 가는 길』은 상업 전선에서 인민을 위하여 전심 전의로 봉사하는 영업원들의 고상한 정신, 사랑스러운 품성, 고마운 마음을 여실하게 보여주었다. 화수 분소점으로 회의하려 가는 길에 이조장과 영순이가 겪은 세 가지 토막 이야기를 재치있게 엮은 이 소설은 손님들의 곤란을 자기의 곤란처럼 생각하고 손님들을 위하여 노력을 아끼지 않는 영업원들의 고상한 정신을 흥미진진하게 보여주고 있다. 이 단편소설에서 특히 주목을 끄는 것은 계급 투쟁 확대화의 영향에서 벗어나 믿음직한 상업 일꾼 김조장과 영업원 영순이의 불타는 사업심 그리고 언제나 서로 이해하고 도와주면서 인식을 통일하는 인간관계를 아기자기하게 보여준 그 점이다. 이 소설은 대비 수법을 재치있게 사용하여 두 주인공의 대비되는 생각과 처사를 통하여 인물들의 개성을 생동하게 부각하였다. 이 작품은 구성에 있어서도 독창성이 있는 바 주인공의 앞에 화수 분소점이라는 목표를 내세우고 거기로 가는 아침에 있은 세 가지 사실을 흥미진진하게 긴박감이 나게 엮어 가면서 주제사상을 심화시켰다.

단편소설 『창격표연』은 부대생활 중에서 흔히 볼 수 있는 젊은 병사와 늙은 병사, 군관과 전사 사이의 날창치기 표연을 다루었다. 퇀장이 기묘한 가동작으로 퇀의 날창치기 능수를 제끼는 데로부터 사람의 가슴을 쥐어 흔드는 이야기를 끌어내어 현실과 역사를 교묘하게 융합시킴으로써 『적을 소멸하려면 죽음을 두려워하지 않는 정신이 매우 중요하지만 그것만으로는 안된다. 반드시 멸적의 본령이 있어야 한다』는 주제를 예술적으로 해명하였다.

이 주제는 당시의 상황에서 상당한 목적성을 갖고 제시된 것이며 또 작자의 정치적 원견과 예술적 담략을 요구하는 문제였다. 당시 『4인무리』는 곳곳에서 텅 빈 정치를 불어 대었으며 붉어지는 것만 제창하고 전문화하는 것을 반대하였다. 이런 상황에서 작자가 몇 천 자의 짧은 작품을 빌어 정치와 군사의 통일 문제를 제기한 것은 자못 중대한 의의가 있는 것이다. 이 단편소설은 또 오랫동안 거듭되는 고심한 실천을 통하여 점차 멸적의 본령을 장악한 노전사이며 복잡한 상황 속에서 독립적으로 사고할 줄 아는 노간부—퇀장의 형상을 비교적 생동하게 부각하였다.

장막극『백산의 봄우뢰』는 장백산 아래 백하량안 농민들이 자력갱생, 간고분투의 정신으로 산과 물을 다스리어 논을 풀고 수력발전소를 세우는 자랑찬 투쟁을 반영한 대형 작품이다. 극은 백산공사당위 부서기 권혁, 민병련장 왕지강의 인솔하에 운수 대회전을 벌이는 정경으로부터 시작된다. 이 극은 백산 인민들의 높은 혁명 열정을 구체적으로 보여주면서 극적 갈등을 풀어 나간다. 폭파조는 범바위 콧등이라 불리는 험한 산기슭에 세 개의 큰 굴을 파고 남포를 터쳐 언제에 수요되는 3천 입방의 돌을 캐낸다. 공사에 동원된 일꾼들은 밤낮을 가리지 않고 언제를 쌓는다. 그러나 투쟁은 간고하고 사업은 복잡하다. 공사가 시작된 뒤 첫 비에 몇 달간 쌓은 언제는 물에 밀려갈 위험에 처한다. 이 위험한 고비에 권혁이는 군중의 지혜를 집중하여 언제를 지키고 마침내 계획대로 발전소를 세워 5월 1일에 전기를 내여 500헥타르 논에 전력 관개를 하게 된다. 이 과정에 암장한 계급의 원수를 붙잡아 내고 또 수많은 군중과 간부를 교양한다. 이 장막극은 비록 이른바『계급투쟁』,『노선투쟁』을 주요한 사건선으로 한 것이나 정면 인물 창조에서『3돌출』의 영향이 미치는 등 결함을 보여주고 있으면서도 불구하고 하늘땅과 싸우면서 산과 물을 다스려 장백의 산천을 아름답게 건설하려는 조선족 인민들의 역사적 숙망을 객관적으로 반영하고 사회주의 건설 중에 발양된 조선족 인민의 혁명적 영웅주의 정신 및 그 업적을 인상깊게 그렸으며 조선족의 생활 모습과 민족 세태를 생동하게 보여주었다는 점만은 반드시 긍정해야 할 것이다.

모두어 말하면『문화 대혁명』시기는 조선족 문학 창작의 수난기요 저락기이다. 이 시기의 문학 창작에서 압도적인 비중을 차지한 것은『4인무리』의『좌』경 노선과 그 반동사상을 선양한 작품과 진실하지 못하고 예술 수준이 낮고 거칠게 씌여진 작품들이다. 비록 일정한 생활 기초가 있고 인민의 사상감정을 반영한 작품이라 하더라도 사상 내용과 창작 방법상에서 정도부동하게『4인무리』의 문예사상의 영향을 받아 많은 폐단들을 빚어내었다.

제6장 1976~1986의 문학

제1절 문예계의 사상 해방운동과 문단의 부흥

1976년 10월 중국공산당과 중국 인민은 『4인무리』를 짓부신 위대한 승리를 취득하여 위급한 고비에 당을 구원하고 나라를 구원하였으며 『문화 대혁명』을 마무리짓고 우리 나라를 새로운 역사 발전 시기에 들어서게 하였다.

1978년 12월에 진행된 당중앙위원회 제11기 제3차 전원회의는 우리 당의 역사상 심각한 의의를 가지는 위대한 전환으로서 『문화 대혁명』과 그 이전에 존재하던 『좌』경적 오류를 전면적으로 진지하게 시정하기 시작하였으며 사상을 해방하며 깊이 사고하며 실사구시하며 일치 단결하여 앞을 내다보아야 한다는 지도 방침을 확정하였으며 『계급 투쟁을 기본 고리로 한다』는 구호의 사용을 과단성 있게 중지시켰으며 사업 중점을 사회주의 현대화 건설에로 옮길 데 대한 전략적 결책을 지었다. 이로부터 중국은 진정으로 사회주의 현대화 건설을 전면적으로 진행하는 새로운 시기에 진입하였으며 조선족 문학도 새로운 발전 단계에 들어서게 되었다.

1976년 10월 『4인무리』가 분쇄되자 조선족 문예 일꾼들은 한결같이 일떠나 문학예술 분야에서 저지른 임표, 『4인무리』의 죄행을 적발 비판하며 『4인무리』가 문학예술 분야에서 10년 남짓이 경영하던 낡은 기지를 청산하고 『4인무리』가 광범한 문학예술 사업 일꾼들에게 들씌운 정신 쇠사슬을 짓부시는 투쟁에 뛰어들었다. 광범한 조선족 문예 일꾼들은 문예를 이용하여 당과 국가의 최고 권력을 찬탈하기 위한 반혁명 활동을 감행한 임표, 『4인무리』의 하늘에 사무치는 죄행을 성토하고 『4인무리』의 『문예 검은 선 독재론』, 『3돌출론』 등 일련의 반마르크스주의적인 문예 이론을 비판하였으며 『4인무리』가 조작해 낸 『음모문예』와 조선족 문예사업을 마구 짓밟은 죄행을 성토하고 비판하였다. 조선족 문예 일꾼들은 성토회, 좌담회를 열고 『연변일보』, 『연변문예』 등 신문과 잡지에 글들을 육속 발표하여 임표, 『4인무리』의 죄행을 비판함과 아울러 조선족 지구의 『4인무리』 파벌 체계에 속하는 자들이 고취한 『민족문화 혈통론』에 비판의 해부도를 대었다. 그들은 『민족문화 혈통론』이 조선족 문예 일꾼들에게 들씌운 정신 쇠사슬이며 문학예술 분야에서 조선족 문예 유산과 그 전통을 부정하고 사회주의 문예사업의 성과를 말살하고 당이 배양한 사회주의 문예 대오를 짓밟은 반동 이론이었다고 규탄하였다.

이처럼 임표, 『4인무리』의 죄행을 성토하고 비판하는 도도한 물결 속에서 1978년 10월에 연변문학예술일꾼연합회 제2기 제3차 전체위원(확대)회의가 소집되었다.

이 회의는 『4인무리』를 짓부신 후 연변 문학 예술계에서 처음으로 소집한 대회로서 중대한 역사적 의의가 있는 회의였다. 회의에 참석한 전체 문인들은 무산계급적 의분을 품고 자신이 겪은 경력과 조난 받은 사실로써 임표, 『4인무리』와 연변의 『반란파』들이 조작해 낸 『문예 검은 선 독재론』과 『민족문화 혈통론』을 호되게 비판하였으며 조선족 문예 일꾼들을 잔포하게 박해하고 조선족의 문예사업을 여지없이 짓밟아 버린 하늘에 사무치는 죄행을 폭로 규탄하였다. 회의는 조선족 문예사업의 실정에 따라 계속 임표, 『4인무리』를 폭넓게 비판하고 그자들이 산포한 여러 가지 유론의 유독을 철저히 숙청할 데 대하여, 작가 예술가들을 가일층 사상을 해방하고 우려를 없애고 금지 구역을 타파하면서 대담하게 창작하라고 호소하였으며 아울러 『문화 대혁명』 중에 해산되었던 연변문학예술일꾼연합회 및 그 산하의 중국작가협회 연변분회 등 협회가 각기 자기의 제반 사업을 회복한다는 것을 선포하였다.

회의 후 연변 조선족 자치주 문학예술일꾼협회와 중국작가협회 연변분회 등 각 협회는 당의 영도 밑에서 지난날 적지 않은 조선족 문인들이 억울하게 썼던 갖가지 누명을 벗겨 주고 명예를 회복시켜 주었으며 장막극『장백의 아들』, 구전설화『천수』 등 수많은 작품에 들씌워졌던 죄명을 벗기고 따사로운 햇빛을 보게 하였다.

1978년 12월에 열린 제2차 동북3성조선어문사업실무회의에서는『4인무리』가 퍼뜨린『조선언어문자 무용론』,『조선언어문자 사멸론』을 호되게 비판하였으며 사회주의 사회는 민족언어 문자가 무용하거나 사멸하는 시기가 아니라 계속 발전하는 시기라는 것을 재확인하고 사상상, 이론상, 조직상에서 조선언어 문자를 발전시킬 제반 방도를 거론하였으며 동북3성조선어규범화방안집필소조에서 작성한『조선말 명사술어 규범화 방안』과 연변 조선어 사전 편찬실에서 작성한『제1차 조선말 명사술어 통일안』을 심의 채택하였다.

『4인무리』가 분쇄된 후 2년 남짓한 사이에 조선족 문단에서 성세호대하게 벌어진 대비판 운동은 문예 분야에서 전도된 국면을 바로잡고 문예 생산력을 해방함에 있어서 자못 필요한 것이었으나 그때까지만 하여도 일부 중대한 시비 문제가 갈라지지 못하였다. 예를 들면 임표,『4인무리』가 내어놓은『문예의 검은 선 독재론』을 비판하면서도 어떤 사람들은 건국 후 17년의 문예계에『검은 선』이 확실히 존재하였다고 인정하였으며『문화 대혁명』 가운데서『독초』로 비판받은 작품들에 대한 사람들의 가지가지 편견도 바로잡지 못하고 있었다.

중공중앙 제11기 제3차 전원회의 후 사상을 해방하고 실사구시하라는 당의 호소 밑에 진행된 실천은 진리를 검증하는 유일한 표준이라는 문제에 대한 성세호대한 재토론 중에서 전국 인민들과 더불어 조선족 작가, 시인들도 지난날 성행하던 개인숭배와 교조주의의 정신적 질곡으로부터 벗어나기 시작하였으며 새로운 차원에서『임표가 강청에게 위탁하여 연 부대 문예사업 좌담회 기요』를 비판하고 건국 후 17년래 조선족 문학의 중대한 성과를 충분히 긍정하고 문학예술 분야에서 제기되는 허다한 문제에 대한 시비를 재검토하게 되었으며 이론상에서 임표, 강청 반혁명 집단의 반혁명 문예이론을 철저히 짓부셔버렸을 뿐만 아니라 건국 이래 오랫동안 내려오던『좌』적인 사상 영향도 청산하기 시작하였다. 따라서 당의 제11기 제3차 전원회의 후 조선족 문학은 개화와 부흥의 새로운 발전단계에 들어서게 되었다.

1978년 10월에 회복된 중국작가협회 연변분회는 사업의 발전에 따라 그 산하에 소설문학, 시문학, 평론문학, 아동문학, 번역문학 등 위원회를 설치하였으며 목단강, 할빈, 길림, 통화, 장춘, 심양, 북경 등 지방에 작가소조를 두었다. 또한 문학예술 연구 사업과 평론 사업을 추진하기 위하여 연변에서는 1979년 2월 연변문학예술연구소(1985년부터 연변사회과학원 문학예술연구소로 개명했음)를 세웠다. 이런 문학 기구의 회복과 새로운 정비 작업은 연변 조선족 자치주의 범위에 국한되지 않고 조선족이 집거하고 있는 기타 지구에도 80년대에 접어들어 진행되었는 바 길림성 통화지구에서는 통화 조선족 문학예술일꾼 연합회를 세웠고 길림지구에서는 길림시 조선문학예술연구회를 내왔다.

새로운 시기에 진입된 이래 조선족 작가 대오는 부단히 확충되고 건실해 졌다. 50년대부터 형성되기 시작한 조선족 작가 대오는『문화 대혁명』기간『4인무리』의 폭압정책에 의해 산산이 흩어졌다가 새로운 역사 시기에 들어와서 다시 묶어지고 확충되었다.『문화 대혁명』전 중국작가협회의 조선족 회원은 몇 사람밖에 되지 않았지만 1987년에 이르러 38명으로 증가되었다. 이밖에도 중국연극가협회의 조선족 회원 16명, 중국구전문예가협회 조선족 회원 25명 등을 망라하면 거의 80명의 전국 총회의 회원이 있다. 그리고 1987년 12월까지의 통계에 따르면 중국작가협회 연변분회의 회원수가 300여명으로 확충되었다.

새로운 역사 시기에 들어와서 중국공산당의 민족정책과 문예정책이 시달되면서 조선족 문학원지도 갈수록 확대되고 있다.『문화 대혁명』전에는 전국적으로 조선문 문예지『연변문예』,『송화강』두 가지밖에 없었는데 이것마저 때로는 정간되고 이름을 바꾸고 종합잡지에 끼살이를 하는 등 형편이었으나 새로운 역사 시기에 들어와서 이런 가련한 국면이 결속되고 연변지구를 비롯하여 조선족이 거주하는 여러 지구에 자기의 특색이 있는 문학지가 육속 태어났다. 연변지구에는 중국작가협회 연변분회의 기관지인『연변문예』(월간. 1985년부터『천지』로 개칭.),『아리랑』(총서. 1980년 창간).『문학과 예술』(격월간.

1980년 창간)이 발행되고 통화지구에는 중국작가협회 길림성분회 기관지로
『장백산』(격월간. 1980년 창간), 길림지구에는 『도라지』(격월간. 1979년 창
간), 장춘지구에는 『북두성』(격월간. 1983년 창간), 심양지구에는 『갈매기』
(격월간. 1982년 창간), 할빈지구에는 『송화강』(격월간. 1960년 창간), 목단
강 지구에는 『은하수』(월간. 1980년 창간) 등이 발행되고 있다. 이밖에도 번
역 문학지로 북경에 『진달래』, 연길에 『세계문학』이 꾸려지고 있으며 여러 신
문과 종합지들에서도 적지 않은 지면을 문학작품에 내어주고 있다. 이와 같은
조선문 문학지의 대폭적인 발행은 조선족 문학사에 있어서 하나의 큰 비약이라
할 수 있다.

새로운 역사 시기에 진입하여 조선족 문단의 지역적 공간이 전례 없이 넓어
졌다. 역사적 상황으로 말미암아 『문화 대혁명』 전에는 물론 70년대 말까지만
해도 조선족이 집거하고 있는 각 지구의 문학 발전은 불균형 상태에 처하여 있
었는데 연변을 제외한 기타 조선족 집거구의 문학 사업은 거의 공백으로 되어
있었다. 그러나 새로운 역사 시기 특히 80년대에 이르러 이런 불균형 상태가
점차 타개되면서 연변 외에 길림, 통화, 할빈, 목단강, 장춘 등 지구에서도 선
후로 자기의 문단적 기반을 이루어 제마끔 자기의 작가 대오와 문학지, 문학단
체를 가지고 있으며 상호간의 교류와 경쟁 속에서 자기 지구의 문학 발전에 박
차를 가하고 있다.

조선족 문학은 개혁과 개방 속에서 몸부림치고 있는 조선족 인민들의 들끓
는 생활과 앙양된 정서를 부단히 재현하면서 애가문학, 상처문학, 반성문학,
개혁문학 등의 단계를 거쳐 다양한 발전적 양상을 보이면서 줄기찬 흐름을 이
루어 왔으며 그 도도한 흐름을 타고 훌륭한 성과작들이 많이 용솟음쳐 나오고
있다. 새로운 역사 시기에 진입한 이래 시, 소설, 극작품들을 헤아려 보면 그
것들이 각이한 시점에서 조선족 인민의 개방된 당대 의식을 다각적으로 반영하
기에 정열을 몰부었는가 하면 인민적인 견지에서 『문화 대혁명』을 망라한 사회
문제를 직접적으로 건드리는 참여의식을 두드러지게 하였으며 우리 민족의 역
사와 정신 기질 그리고 간단없이 벌어진 여러 차례의 정치운동과 동란 속에서
모대기던 인간의 처지와 운명을 이루는 데 모를 박았는가 하면 혁명적 사실주

의를 견지하면서도 시대의 변천과 독자들의 다각적인 심미적 수요에 관련되는 다양한 창작 방법, 형식 수법의 추구에서도 신경을 세운 것이 특징적이다. 또한 이 시기의 작품들은 작가, 시인들의 예술적 개성을 중시하면서『자아』를 발견하고 자기의『영지』를 건립하고 자기의 예술적 각도를 찾는 것이 보편적인 추구로 되었다는 것을 대뜸 느낄 수 있다.

새로운 역사 시기에 시문학은 풍만한 성과를 쌓아올린 분야이다. 1976년 10월부터 1978년 사이에『4인무리』를 규탄하고 늙은 세대 혁명가들을 구가하는 가운데서 새로운 개인숭배의 심연 속에 빠져들어 가던 시인들은 전국적으로 전개된 사상 해방의 물결 속에서 대담하게 많은『금지 구역』을 타파하고『현대 미신』과 이어진『송가』풍의 영향과 시문학을 단지『폭탄과 기치』로만 간주하던 공리주의적 가치관의 속박에서 초탈하여 심미적 가치를 비롯한 다원화의 가치관을 세움으로써 조선족 시문학으로 하여금 인간의『내우주』를 다각적으로 읊조리는 예술의 길을 따라 나아가도록 하고 있다.

새로운 역사 시기에 조선족의 소설문학이 미증유의 속도로 발전하였다. 소설가들은 역사와 현실, 사회와 인생, 문학 관념에 대한 반성을 거듭하면서 소설문학을 정치와 정책의 도해와 해설로 충만된 이른바『정치학』의 부호가 아닌 인간의 희로애락이 안받침된『인간학』으로 복귀시키기 위하여 부단한 창조적 작업을 벌여 왔다. 역사에 대한 반성, 현실에 대한 투시, 인간의 내면세계에 대한 발굴을 중심으로 하는 다양한 탐구를 과시하고 있으며 혁명적 사실주의 전통의 회복과 발양에 치중하는 한편 서방 현대파 문학을 망라하는 모든 외민족과 외국의 문화를 비판적으로 수용하면서 창작 방법상의 다양화의 추세를 보여주고 있다. 특히 인물 형상의 부각에 있어서 인물의 복잡한 내면세계와 잠재 심리를 발굴하는 데 모를 박기 시작하였으며 예술 수법상에서 개방적인 자태로 나타나 다른 자매 문학 지어는 다른 형태의 예술에서도 다양한 수법을 대담하게 수용함으로써 조선족 소설문학을 보다 높은 차원으로 오르게 하고 있다.

새로운 역사 시기에 조선족의 극문학도 자기의 궤도에 올랐다. 소재 범위가 부단히 확대되고 내용이 풍만해졌으며 형식이 다양해지면서 활기를 띠고 있다.

『문화 대혁명』전에는 정극밖에 볼 수 없었지만 이 시기에 이르러 10년 동란의 모진 세파 속에서 모대기던 인간의 운명을 다룬 장막극 『눈속에 핀 꽃』 (박웅조, 홍성도. 1980년), 개혁의 봄바람이 금방 불기 시작한 해토 무렵의 복잡한 생활 모순과 인간의 모지름을 취급한 장막극 『해토 무렵』(최정연. 1981년) 등 정극 외에 『문화 대혁명』 기간의 암흑면을 고발하고 풍자한 장막 풍자극 『괴상한 약력표』(황봉룡. 1979년), 경희극 『두부장사』(김훈. 1981년), 『시름거리 웃음거리』(김훈. 1982년), 『도시＋농민＝?』(이광수. 1984년) 등이 나오게 되었다. 이밖에도 가극 대본, 영화 대본 창작도 점차 자기의 궤도에 오르기 시작하였다.

여러 가지 사회 상황과 주관적인 원인에 의하여 『문화 대혁명』 전까지 조선족 문단에는 시, 소설, 극 외에 다른 형태의 문학 즉 수필문학, 실화문학은 그 존재를 의심할 정도로 미미한 상태에 처하여 있었다. 새로운 역사 시기에 들어와서 조선족 작가들의 고정관념이 갱신되고 지력 구조가 변화되고 독자들의 문화 의식이 날로 높아짐에 따라 조선족 문단에서 거의 공백으로 되었던 수필문학, 실화문학도 점차 자기의 자태를 돋보이기 시작하였다. 따라서 조선족 문학의 생태 평형이 점차적으로 회복되는 바람직한 국면을 떠올리게 되었다.

새로운 역사 시기에 조선족의 평론 문학과 이론 연구도 자기의 위치를 찾고 비약의 날개를 펼치기 시작하였다. 당의 제11기 3차전원회의 이래 조선족 평론가들은 『4인무리』가 설치한 가지가지 문예의 『금지구역』을 타파하고 문학 이론에서 혼란된 것을 바로잡고 『좌』적인 오류를 단호히 비판함과 아울러 그 영향을 숙청하는 면에서 커다란 역할을 하였다. 이런 토대 위에서 조선족 문학 자체에 대한 평론과 연구 사업을 다그쳤으며 이 가운데서 조선족의 평론 문학 대오가 점차 형성되기 시작하였다. 그중 대표적인 평론가들로는 정판룡, 조성일, 권철, 임범송, 전국권, 최삼룡, 김봉웅, 장정일 등을 들 수 있다.

『문화 대혁명』 전에는 조선족 문학 내부 법칙에 대한 연구는 개간되지 않은 『처녀지』라고 하여도 과언이 아니다. 하지만 새로운 역사 시기를 맞이해서 이런 『처녀지』가 점차 개간되기 시작하였는 바 조선족 문학평론가와 이론가들은 조선족 문학 발전사 및 그 법칙과 특징들을 탐구하고 총화함에 있어서 일대 전진을 과시하고 있다. 그 대표적 성과로 『조선족 문학개관』(권철, 조성일.

1979년), 『30년대의 조선족 문학평론사업을 회고하면서』(정판룡. 1982년), 『우리의 시문학이 거둔 빛나는 성과』(최삼룡. 1980년), 『번영발전하는 소설문학』(김동훈. 1982년), 『영광으로 빛나는 발자욱—건국 후의 조선족 연극예술 개관』(김기형, 김창길. 1982년) 등을 들 수 있다.

　새로운 역사 시기에 들어와서 조선족 평론가들이 조선족의 작가 작품에 대한 체계적인 평론과 연구를 시작하여 작가의 창작도로, 풍격, 작품의 사상예술 특색과 문학사적 위치를 구명하는 새로운 국면을 열어 놓았다. 이에 바쳐진 우수한 논문으로 『이욱의 시창작에 대하여』(허호일. 1981년), 『시의 화원에 피어난 진달래—김철 서정시의 민족적 특성』(조성일. 1981년), 『「새별전」의 민족적 특색』(최삼룡. 1981년), 『임효원과 그의 서정시의 특점』(임범송. 1981년), 『김성휘와 그의 시풍격』(전국권. 1982년), 『폭넓은 화폭, 향토의 서정—장편 서사시 「장백산아 이야기하라」를 읽고』(임범송. 1982년), 『김창걸과 그의 단편소설』(이정문. 1982년), 『이근전과 그의 문학』(서일권. 1982년), 『장편소설 「범바위」의 사상예술적 성과』(서일권. 1982년) 등이 있다.

　새로운 역사 시기에 문학 기초 이론 연구와 구전문학 연구도 활발하게 진행되었는 바 『시론』(조성일. 1980년), 『민요연구』(조성일. 1983년), 『시창작과 감상』(전국권. 1983년)·등 저작들을 그 대표적인 것으로 들 수 있다.

　새로운 역사 시기에 작가 문학에서 뿐만 아니라 구전문학의 채집, 정리, 출판에서도 눈부신 성과를 거두었다. 연변구전문예가협회의 성립과 발전 및 그 조직적인 지도 하에서 조선족 인민들 속에 묻혀 있는 여러 형태의 구전문학 작품들을 계속 전면적으로 채집, 정리하는 한편 그에 대한 출판 작업을 틀어쥐었다. 이런 행정에서 『연변민간문학집』(1979년), 『조선족구전설화집』(1982년), 『민간문학자료집』(3책, 4책. 1982~1984년), 『조선말속담사전』(1981년), 구전설화집 『백일홍』(정길운 채집 정리. 1979년), 『천도복숭아』(김례삼 채집 정리 1980년), 『사랑산』(박창묵 채집 정리. 1982년), 『삼태성』(김명한 채집 정리. 1983년), 『불로초』(이용득 채집 정리. 1984년), 『소년부사』(김재권 채집 정리. 1985년), 『천상배필』(김재권 채집 정리. 1986년), 『현부인과 바우돌』(박창묵 채집 정리. 1986년), 『조선구전민요집』(이상각 채집 정리. 1980년),

『민요집성』(김태갑, 조성일 편찬. 1982년), 『배뱅이굿』(장동운 채집 정리.
1982년) 등을 비롯한 20여부의 구전문학 작품집이 출판되었다.

제2절 시문학

새로운 역사 시기에 진입하여 조선족 시문학은 자기 발전의 나래를 활짝 펼
쳤다. 노시인 이욱, 설인, 임효원, 김창석 등이 다시 시적 청춘을 찾고 시단에
돌아와 조선족 인민들의 사랑을 받는 많은 시들을 세상에 내놓았으며 김철, 김
성휘, 조용남, 이상각, 김태갑, 이삼월, 송정환, 박화, 김응준, 김경석, 김동호
등 중년 시인들이 창작의 황금 계절에 들어섰으며 한춘, 문창남, 김동진, 남영
전 등을 비롯한 많은 시인들이 대두하여 시단에 새로운 목소리와 활성을 부여
하였다. 이 시기의 시문학은 이런 시인들에 의해 서정시, 벽시, 산문시, 서정서
사시, 장편 서사시 등 다양한 양상을 보이면서 풍만한 성과를 쌓아올렸다.
　이 시기의 시문학에서 가장 현저한 성과를 올린 것은 서정시의 창작이다. 시
인들은 시대와 보조를 같이하고 인민들과 호흡을 같이하면서 사상예술적으로
높은 경지에 이른 훌륭한 서정시들을 대폭적으로 창작하여 시단을 아름답게 장
식하였다. 이를테면 『조국송가』(이욱. 1978년), 『만리장성』(김철. 1979년),
『북녘의 서정』(임효원. 1980년), 『원혼이 된 시인에게』(송정환. 1978년),
『그때 우리는 어찌하여』(한춘. 1979년), 『압록강 물결따라』(이상각. 1980년),
『땀의 노래』(김학. 1981년), 『해빙기의 강변에서』(조용남. 1983년), 『나의
노래』(허흥식. 1983년), 『농민들은 땅을 떠난다』(이삼월. 1984년), 『태양이
웃는 거리』(박화. 1984년), 『사랑의 애가』(김응준. 1985년), 『할머니』(남영
전. 1986년), 『시대의 골목에서』(김동호. 1985년) 등을 그 대표적인 작품으
로 들 수 있다. 서정시 창작의 번영과 함께 70년대 말부터 『시선집』(1979년),
『변강의 무지개』(1979년), 『봄바람』(1981년), 『서정시집』(1982년), 『칠색무
지개』(1984년) 등 종합시집과 김철의 『산향길』(1979년), 『태양에로 가는 길』

(1983년), 『인간세상』(1985년), 김성휘의 『나리꽃 피였네』(1978년), 『들국화』(1982년), 『금잔디』(1985년), 임효원의 『어머니 품이여』(1979년), 『마음의 지평선』(1982년), 이욱의 『이욱 시선집』(1980년), 이상각의 『샘물이 흐른다』(1980년), 『사랑의 꽃바구니』(1985년), 김경석의 『파란수건』(1981년), 이삼월의 『황금가을』(1981년), 김태갑의 『고향길』(1982년), 송정환의 『풀피리』(1982년), 박화의 『봇나무』(1982년), 설인의 『봄은 어디에』(1983년), 김창석의 『꽃수레』(1986년), 김파의 『흰돛』(1986년) 등 개인시집 30여부가 출판되었다.

1976년 10월, 『4인무리』를 짓부신 위대한 승리를 안아 온 인민들은 다시 해방받은 커다란 감격에 잠겼으며 오랫동안 참아 오던 『4인무리』에 대한 증오를 화산처럼 터쳤다. 인민들의 이런 감정을 뜨겁게 체험한 시인들은 드높은 목소리로 10월의 위대한 승리를 환호하고 만강의 증오를 토로하였으며 1976년에 선후로 세상을 뜬 모택동, 주덕, 주은래 등 늙은 세대 혁명가들에 대한 비통과 추모의 감정을 절절하게 표달하였다. 이리하여 전국의 시단과 마찬가지로 조선족 시단도 기쁨의 환호, 증오의 불길, 슬픔의 눈물로 사품치게 되었다.

시인 김철은 서정시 『날이 개였습니다』(1978년)에서 두 번째 해방을 맞은 조선족 인민의 무한한 기쁨을 격조 높이 읊조리었다.

　　날이 개였습니다
　　햇빛이 눈부십니다
　　목메는 이 감격 가슴치는 이 순간
　　——아 당이여 고맙습니다!

　　이 세상 그 어디에 더 좋은 말이 있습니까
　　이 세상 그 무엇에 이 기쁨을 비기오리까
　　내 눈에 정녕
　　정녕 한줌의 흙이 덮이기전엔
　　오매에도 흐느끼다 소스라칠 이 감격!

이렇게 시인은 시의 첫머리에서 다시 해방을 받은 감격을 터쳐놓은 후 아래에서 감격과 기쁨은 가슴에 폭포처럼 쏟아지고 물바래로 솟는다고 하면서 여생에 목에 피가 터치도록 노래를 부를 결의를 다지고 있다. 이 서정시는 바야흐로 새로운 역사 시기를 맞이하는 조선족 시인들의 새로운 자세를 과시하여 주고 있다.

시인 이욱은 서정시 『조국송가』(1978년)에서 『4인무리』가 분쇄된 뒤 드높은 낭만주의 정신으로 조국과 당에 대한 뜨거운 충성을 읊조리었다.

> 여기는 동방!
> 태양이 솟아
> 해빛아래 온갖 꽃 피는 조국——
> 빨간꽃은 충성이요
> 파란꽃은 행복이요

이렇게 『4인무리』를 짓부신 뒤의 조국의 아름다운 기상을 읊은 후 시인은 아래에서 『내 머리 영락없이 더욱 희련만／하나 내 마음 더더욱 붉어지리니／청춘은 길이 깃들어／정열이 길이 북받친다／눈앞에 청산이요／발밑엔 녹수로다』라고 자기의 끓어 넘치는 정열과 청춘의 기백을 토로하였으며 시의 마지막 대목에 이르러 10월의 승리를 맞이한 조국의 대지에 넘치는 광명과 희망에 넘치는 미래를 노래하였다.

『4인무리』를 분쇄한 위대한 10월의 승리를 노래하고 광명이 넘치는 조국을 노래하는 나날 사람들은 자연스럽게 선후로 우리 곁을 떠난 늙은 세대 무산계급 혁명가들을 생각하게 되었다. 그리하여 이 시기에는 자연스럽게 무산계급 혁명가들에 대한 추모의 정을 담은 서정시들이 많이 나오게 되었다. 이 경우 『가랑비 내리는 유월이 오면』(김경식. 1977년), 『아, 또다시 꽃방석에 모실 수는 없는가』(김철. 1978년), 『우리의 주아바이』(임효원. 1978년) 등을 대표적인 작품으로 들 수 있다.

서정시 『가랑비 내리는 유월이 오면』은 1962년 6월, 경애하는 총리 주은래 동지께서 연변 땅을 밟으신 역사적 사실에 입각하여 언제나 인민들과 함께 계시며 언제나 변강 인민들에게 다함없는 사랑를 베푸시던 주은래 동지의 고상한 품성을 다정다감하게 노래하였다.

> 그날도 이처럼 가랑비 내려
> 머리도 어깨도 축축이 젖는데
>
> 달려가 펼쳐드리는 우산도 사양하시고
> 터실한 내 손부터 뜨겁게 잡아주신
>
> 아, 농민들의 미더운 총리이시여
> 어쩌면 그리도 화애롭고 친절하시옵니까.
>
> 감격에 목메어 말도 못한채
> 내 눈엔 행복의 이슬이 맺혔습니다

이렇게 고향의 밭머리에서 주총리를 만나 뵌 서정적 주인공의 드높은 격정을 읊은 후 조선족 농민의 집에 들르시어 방안의 꽃이불도 살펴보시고 쌀독도 열어 보시고 풍구도 돌려보시고 식장도 열어 보시는 주은래 총리의 형상을 구체적으로 그리면서 언제나 인민들과 마음이 이어져 있는 주은래 총리의 높은 덕성을 노래하였다.

이 시기 조선족 시문학에서는 『4인무리』를 짓부신 위대한 승리를 환호하고 세상을 뜬 늙은 세대 무산계급 혁명가들을 추모하는 외에 임표 강청 반혁명 집단의 하늘에 사무치는 죄악을 고발하는 시편이 많은 비중을 차지하였다. 여기서 서정시 『원혼이 된 시인에게』(송정환. 1978년)를 대표적인 작품으로 헤아릴 수 있다.

이 서정시는 시인의 죽음이란 비극적 사실을 바탕으로 하여 『4인무리』의 하늘에 사무치는 죄행을 고발하였다.

> 죽어서 눈 못감은 시인이여

불러도 대답없는 시인이여
원혼이 되어 구천에서 헤매일
나젊은 시인이여!

너무도 일찍 세상을 뜬 젊은 시인의 죽음에 대한 애통을 직설법으로 토로한 후 이른바 젊은 시인의 『죄』를 열거하면서 다음과 같이 수사학적 반문을 하였다.

말하라 대지여 하늘이여!
아첨을 모르는것도 죄였더냐
굴종을 모르는것도 죄였더냐
깨끗이 사는것이 무슨 죄였으며
꿋꿋이 사는것이 무슨 죄였더냐!

뒤이어 시인은 『4인무리』가 분쇄됨에 따라 강산에 광명이 넘치는 환락의 경상을 원혼이 된 시인에게 고하면서 당과 조국은 시인의 깨끗하고 충직한 마음을 알고 있으며 시인의 정치적 생명은 세월과 더불어 불멸할 것이라고 긍정하였다.

1976년 10월 『4인무리』가 타도되어서부터 1978년에 이르는 사이에 조선족 시문학은 총적으로 웅장한 기백과 진지한 감정으로 인민의 기쁨과 슬픔, 사랑과 증오, 웃음과 울음을 담았으며 시문학의 사실주의적 전통을 회복하고 발전시켰다. 그러나 이 한 단계의 서정시들은 아직도 생활의 표층을 핥는 국면을 타개하지 못하였고 많은 시인들이 아직 생활의 복잡성과 인간의 내면세계의 복잡성을 깊이 파고들지 못하였다.

당 중앙 제11기 제3차 전원회의 이후 조선족 시문학은 이런 결함들을 점차 극복하면서 진정으로 자기 발전의 새로운 단계에 들어섰다. 『4인무리』가 분쇄된 후로부터 1978년까지 조선족 시문학은 『4인무리』를 분쇄해 버린 위대한 승리를 환호하고 『4인무리』의 하늘에 사무치는 죄행을 고발하고 선후로 세상을 뜬 무산계급 혁명가들을 애도, 추모하는 것을 중요한 내용으로 삼았다면 당 중앙 제11기 제3차 전원회의 후에는 중화의 대지에서 10년간 계속된『문화 대혁명』에 대한 반성과 이런『문화 대혁명』이란 역사적 비극이 중화의 대지에 나타나게 된 근본적 원인을 사색하기 시작하였는 바 정신적 상처에 대한 고발과 역사 교훈에 대한 반성을 다룬 작품들이 많이 나타나게 되었다. 서정시『그때 우리는 어찌하여』(한춘. 1979년)를 여기서 대표적인 작품으로 헤아릴 수 있다.

서정시『그때 우리는 어찌하여』는 서정적 주인공『나』의 역사에 대한 회고와 반성을 밀착시키면서『문화 대혁명』에 대한 고발과 더불어 이런 비극과 재난에 대한 사색을 격조 높이 토로하고 있다.

> 그때 우리는 어찌하여 그렇게도 유치했던가?
> 꽃이란 꽃은 모두 짓뭉개고
> 잠결에도 혹시나『이교도』의 꿈을 꿀가봐
> 『잡귀신 쓸어내자』베개잇에 수놓았던가
>
> 아, 그때 우리는 어찌하여
> 『반란』의 기발 들고 마스고 짓부셨던가
> 잡초 돋은 중화의 빈궁한 땅을 깔고
> 여왕이 용좌에 앉을번하게 하였는가

보다시피 이 서정시는『문화 대혁명』의 참여자로서의 시인의『참회록』이다. 시인은 바로 흑백이 전도되고 시비가 혼돈된 시대에서의 자아의 행위를 심각하게 반성하고 있는 바 이것은『문화 대혁명』에 대한 신랄한 비판이며 또 자기의 영혼에 대한 날카로운 해부라고 할 수 있다. 이 서정시는 강렬한 시대정신, 절절한 서정세계, 심오한 철리적 사색으로 하여 발표되자 마자 독자들의 넓은 공명대를 획득하였다.

새로운 역사 시기 특히 80년대에 들어와서 조선족 시문학이 거둔 뚜렷한 성과의 하나는 새로운 송가의 발전이다. 이런 송가들은 개인숭배의 질곡에서 벗어나 새로운 예술 경지를 펼쳐 가기 시작하였다. 서정시『조국 나의 영원한 보모』(김성휘. 1981년), 『거치른 수림에』(임효원. 1979년), 『황포강의 뱃고동』
(김태갑. 1982년), 『물소』(김철. 1978년), 『땀의 노래』(김학. 1981년)는 새
로운 역사 시기에 창작된 대표적인 송가라고 볼 수 있다.

조국이란
내 잠들었을 때에도
후둑후둑 뛰는 내 심방가까이에 앉아
맥박을 세여보는 보모입니다

그 이름은
너무나도 친근스러워
나의 산천과 나의 처자와 함께
언제나 내곁에서 숨쉬는 보모입니다

그 누가 선심을 써서
나에게 선사한 이름이 아니오이다
나를 키워준 정든 땅에서
내 힘으로 내 땀 흘려 새겨안은 이름이길래

울어도 그로 하여 울고
웃어도 그로 하여 웃습니다
모든 슬픔 걷어안고 기쁨을 주는 나의 보모
세상에 그처럼 고생많은이 또 어데 있으리까

　　이것은 김성휘의 서정시 『조국, 나의 영원한 보모』의 몇 대목이다. 이 서정
시에서 시인은 조국을 보모에 비유하면서 어머니와 같이 뜨겁고 영원하고 대공
무사한 조국의 사랑을 절절하게 노래하고 있다. 은은하고 부드러운 음조로 울
리는 이 시의 밑바닥에서는 조국에 대한 시인의 진지하고도 열렬한 사랑의 감
정이 맥맥히 흐르고 있는 바 여기에는 시인의 생생한 인생 체험과 심각한 철리
적 사색이 안받침되어 있고 이 사랑의 감정은 인민들의 폐부에서 흘러나오는

뜨거운 마음과 자연스럽게 합류되고 있다.

임효원의 서정시 『거치른 수림에』는 인민에 대한 한 수의 특색 있는 송가이다. 이 서정시에서 시인은 무참히 불을 맞은 거친 수림에 기탁하여 10년 동란 중에서 임표, 강청 반혁명 집단에 의하여 입은 인민의 모진 상처를 표출시켰으며 희망의 새봄을 맞이하여 무지러진 가지에 움트는 새싹에 기탁하여 인민의 무비의 생명력과 인민의 미래에 대한 굳은 신념을 특색 있게 노래하였다.

이제 봄이 가고 여름이 오면
구곡에 맺혔던 상처우론
생명에 넘치는 자유의 이파리
불멸의 사상을 인간에 뿌리리니

흘러간 세월의 엄연한 연륜우에
세기의 긍지를 새겨넣은
거창한 대지에 넓은 우주에
무성한 송림이 빛나오르니

이 서정시에서 시인은 인민의 뼈저린 상처를 뜨겁게 애무해 주었을 뿐만 아니라 역사의 새 시기를 맞이하여 약동하는 인민의 힘과 인민의 아름다운 미래를 낭만에 넘쳐 읊조리었다.

김학의 서정시 『땀의 노래』는 보통 인간의 품성을 진지하게 노래한 송가이다.

방울로 주렁질 땐
진주처럼 반짝이다가
떨어져선 형체마저 없어지는
땀을 헛되이 보지 말라

진주의 가치는 빛갈에 있고
땀의 가치는 열매에 있나니

    찬란한 빛갈 좋기는 하지만
    실속있는 열매에 비기랴

    진주는 장식품만 단장하지만
    땀은 온 대지를 단장한단다
    땀은 신근한 노동의 상징
    땀의 가치는 인류문명의 전부!

이 서정시에서 시인은 세계를 개조하고 인류의 행복을 창조하는 성스러운 노동 중에서 흘리는 땀에 기탁하여 보통 인간의 가치를 가늠하고 노동 인민의 아름다운 정신세계를 열정적으로 노래하였다. 노동자, 농민들의 노동생활을 원시적으로 복사하거나 노동 태도를 구구하게 설명하는 수법을 단호히 거부하고 시인은 생활에 대한 정체적인 파악과 인간에 대한 다각적인 이해에 토대하여 땀이라는 이 시적 대상을 단단히 틀어쥐고 노동 인민에 대한 아름다운 송가를 부르고 있다.

이상의 대표적인 작품들을 통하여 볼 수 있는 바 새로운 역사 시기에 창작된 송가들은 개인숭배와 봉건의식에 의하여 강요되던 수령과 당에 대한 신격화(神格化)를 단호히 배격하고 시적 대상에 대한 시인의 주체의식을 굳히고 보통 인간의 생활과 운명, 감정과 사색을 진실하게 다룬 것으로 특징적이다.

새로운 역사 시기의 조선족 서정시에서 또 하나 중요한 자리를 차지하는 것은 개혁과 개혁자에 대한 열정적인 구가로 일관된 작품들이다.

80년대에 진입하여 사회에 대한 사명감과 시대에 대한 책임감이 있는 시인들은 목청을 돋구어 개혁의 거세찬 물결과 개혁자의 희로애락을 노래하는 서정시를 창작함으로써 조선족 시단에 소재 공간을 넓혀 주고 생기를 안겨 주었다. 서정시 『잘 가라, 옛집이여』(이상각. 1984년), 『농민들은 땅을 떠난다』(이삼월. 1984년), 『태양이 웃는 거리』(박화. 1984년), 『가야하 너는 무슨 꿈을 꾸느냐』(김성휘. 1984년) 등은 이 주제를 다룬 훌륭한 작품으로 짚을 수 있다.

이상각의 서정시 『잘 가라 옛집이여』는 농촌의 위대한 변화를 특색 있게 읊

조린 작품이다. 시인은 농민들이 초가집을 허물고 벽돌집을 짓는다는 평범한
사실로부터 개혁 중에 나타나는 농촌의 거대한 변화를 포착하였다. 이 서정시
는 서정적 주인공『나』가 굴토기를 몰고 와서 자기의 정든 옛집을 허무는 순간
가슴 속에서 야기되는 회포와 감격을 다음과 같이 토로하고 있다.

할아버지 아버지 물려주신 집
예서 나는 걸음마를 익혔다
푸른 꿈을 고이 키웠다
먼먼 타향에 가서도
그리워 그려보던 초가집

너는 나의 가장 큰 재산이 아니었더냐
너를 떠나서는 못살줄로만 알았다
해마다 지붕을 손질하면서
찌그러진 문틀을 바로잡아주면서

개딱지같은 초가여 너와 갈라지려니
서운한 마음 없지 않다만
어이하랴 덩실한 궁궐들이
온 마을에 다투어 일어서는데야

청석돌이 날아와 땅을 구른다
벽돌기와들이 날아든다
비껴서라 어서 옛집이여
서두를 때로다

　보는 바와 같이 낡은 집을 무너버리는 서정적 주인공의 생각은 복잡하며 낡
은 집을 허물어 버리고 새 집을 지을 결의 또한 굳세다. 현대화 맛이 나게, 빛
이 나게, 먼먼 후대들도 만족하게 황홀한 층집을 짓기 위하여 옛집을 바스는
이 순간의『나』의 복잡한 마음을 통하여 시인은 개혁 중에서 낡은 생활과 헤어

지고 새로운 생활의 길을 개척해 나가는 전환기에 체험하게 되는 당대 농민들의 사상감정을 진실하게 감명깊게 일반화하였다.

이삼월의 시초『농민들은 땅을 떠난다』는 위대한 개혁 중에서 상품경제의 길로 나아가는 농민들의 생활을 진실하게 재현하면서 개혁의 길에 오른 농민들의 모대김과 희열을 특색 있게 노래하였다.

이 시초의 첫 수『이별』에서는 땅을 떠나는 농민들, 전에는 떠나면 죽는다던 땅, 세세대대 농민들의 땀과 정으로 바꾼 땅을 울면서가 아니라 춤을 추며 떠나 상품경제의 길로 나아가는 희열을 특색 있게 쓰고 있다.

　　　　일욕심이 부쩍 곱으로 늘어나
　　　　지평선밖에서 일감을 찾을 때
　　　　농사만 지어선 잘살수 없노라며
　　　　땅이 속삭인다 이별을 하자고

농민이 땅을 떠나는 이것이야말로 농민들의 일생에서 아니 온 중국의 역사에서 유례없는 변혁의 표지이다. 따라서 농민들은 새로운 생활이 손저어 부르는 미래를 향하여 춤을 추며 날개를 펴는 것이다.

　　　　어떤이는 꿀벌과 함께 산으로 가고
　　　　어떤이는 우유의 강에 돛을 올리고
　　　　어떤이는 용왕께서 늪을 얻어 다스리고
　　　　어떤이는 버스 몰고 큰길에 나서고

보다시피 시인은 개혁의 봄바람이 농민들에게 천지 개벽의 변화를 가져다 주고 있으며 또 아름다운 미래를 약속해 주고 있음을 포만된 정서 속에서 보여 주고 있다.

시초의 두 번째 시『나는「푸른 왕국」의 공민』에서는 도시에 와서 새 생활을 개척하는 농민의 긍지감을 격조 높이 읊조리고 있다.

시인들이 노래하는 안테나 높은 기와집은
길이 멀어 보이잖는 나의 시발점
오, 시인들이여 시의 구역을 넓히며
『푸른 왕국』의 길 따라 나에게로 오라

나의 숨결 나의 눈길에서 읽는것은
해처럼 둥근『푸른 왕국』의 형상
그곳의 천만갈래 길 햇빛처럼 뻗어
나는 햇빛을 밟고 온『푸른 왕국』의 공민

뒤이어 시인은 시초의 세 번째 시『그리운 마음』에 이르러 개혁의 길에서 더 아름답고 더 부유한 새 날을 가꾸어 갈 농민들의 결의를 표현하고 있다.

박화의 서정시『태양이 웃는 거리』는 도시의 표상을 틀어잡고 개혁 중의 생활을 묘사하면서 현실 긍정의 열정과 미래에 대한 신심을 낭만에 넘쳐 노래하고 있다.

환희에 젖어
음향에 젖어
내가 걷는 거리는
해가 웃는다

어디로 가랴
웃음은 어디나 흐드러져
광장의 화분들도
한결 곱구나
깨끗한 거리

이렇게 시의 첫부분에서 거리의 총적인 표상을 시적으로 개괄한 후 시장의 꽃물결, 거리의 승용차와 자전거, 일어서는 건축, 제거되는 오염 등 눈길이 닿는 곳마다의 생생한 표상을 열거하고 거리에서 사람과 사람의 새로운 관계, 날마다 고와지는 사람들의 심령세계를 인상깊게 그린 다음 시의 마지막 부분에 이르러 시인은 솟음치는 정서적 흥분을 억누를 수 없어 다음과 같이 감명깊게 토로하고 있다.

아 좋구나 우리의 거리
80년대 중국의 축도를 그려
이 거리 안고 사는 내 마음에도
태양이 웃는다!
미래가 웃는다!
환희에 젖어
희망에 젖어…

새로운 역사 시기에 진입한 이래 조선족 서정시는 내용과 형식면에서 부단히 자기의 예술적 공간을 개척하면서 전진하였는 바 사회의 암흑면을 고발하는 풍자시, 인간의 아름다운 사랑을 노래하는 애정시, 조국과 고향의 아름다운 자연 경물을 노래하는 경물시 등 새로운 소재가 부단히 개척되고 확대된 것이 그 생동한 실례로 된다.

조선족 시인들은 새로운 역사 시기에 사회의 부정면과 부단히 나타나는 모순들을 예리하게 정시하면서 봉건의식, 관료주의, 부패 현상 등에 대하여 고발하는 풍자시를 적지 않게 창작하였다. 풍자시 『시대의 골목에서』(김동호. 1985년), 『관심, 결심, 야심』(이상각. 1986년), 『말뚝(외 1수)』(문창남. 1986년), 『시대의 여울소리 ABC』(김동호. 1986년) 등은 이 면에서 대표적인 작품으로 헤아릴 수 있다.

시초 형식으로 된 『시대의 골목에서』는 사회에 존재하는 바르지 못한 기풍을 적나라하게 고발한 풍자시다.

첫수 『거울』에서 시인은 심각한 사상과 유력한 시어로 우리 생활 가운데 적지 않은 반면 거울의 형상을 그리고 있다.

나는 두렵다

인젠 진정 두려워진다
너무도 편안할가봐
너무도 안정해질가봐

앉으면 푹신푹신
누우면 뜨끈뜨끈
나가면 씽— 씽—
들어서면 혼전만전

앉아서 세상구경
더우면 전기바람
송수화기 척 들면
무엇이나 척척…

이 풍자시는 상품경제의 충격 밑에서 일부 당원, 간부, 당정 부문의 크고 작은 요인들의 게으르고 게걸스럽게 욕심 사나운 모습을 그려내면서 그들의 추악한 영혼을 적나라하게 까밝혀 놓았다. 이 시는 우리의 현실생활에 존재하는 부정부패 현상을 고발하는 데 그치지 않고 자아의 각성에 모를 박으면서 다른 누구에게 아니라 우선 자기 자신에게 경종을 울리고 있다.

내 처지 아직은
이르다고 보지만
한발만 더 나아가면
그들처럼 될가봐
……
오 그래서 나는 본다
종종 나의 산 거울을
경각성 높이 나의 몸과 마음을

이렇게 이 풍자시는 부정부패에 대한 고발과 자아의 각성을 유기적으로 융합시키면서 시의 감화력을 크게 하였다.

두 번째 시 『역겨운 거동 앞에』는 우리 간부 대오의 일부 무골층—아첨쟁이들의 역겨운 행실과 비참한 처세술을 날카롭게 고발하였으며 세 번째 시 『소개신』은 큼직한 도장박은 소개신보다 한아름 귀중품이 더 맥을 쓰는 현상을 신랄하게 고발하고 있다.

총적으로 풍자시 『시대의 골목에서』는 진정한 거울마냥 시대의 골목에 존재하는 추악한 것들을 에누리 없이 비춰 주고 있으며 물질재부의 증장, 상품경제의 발전에 따라 생기는 부정부패를 날카롭게 풍자하였다. 이 시는 예술상에서도 엄밀한 구상, 자연스럽고 유창한 감정 흐름, 과장적인 표현, 신랄한 언어 등으로 풍자시의 기능을 잘 발휘하게 하였다.

새로운 역사 시기의 애정시도 사상예술상에서 모두 기꺼운 진전과 돌파를 보게 되었다. 새로운 역사 시기에 진입한 초기 시인들은 『4인무리』가 애정 소재에 설치한 『금지구역』을 타파하고 애정 소재를 다시 문학 영역에 인입시켰으며 애정이 사회생활과 인간의 정신생활에서 차지하는 위치를 다시 찾고 건립하는 데 큰 기여를 하였다. 사상 해방운동이 심도있게 전개됨에 따라 애정 문제에 대한 시인들의 사색은 날로 깊어졌으며 새로운 물질 문명과 정신 문명의 차원에서 다층자적이고 다각도적인 탐구를 진행하게 되었다. 시인들은 애정시로써 『4인무리』의 극『좌』적인 정치 노선을 비판함과 아울러 낙후한 경제, 우매한 문화, 부패한 의식에 대한 습관적인 심리 발전에 대한 진지한 추구와 열렬한 기대를 표현하였다. 시초 『벼이삭 익거들랑』(김철. 1979년), 서정시 『달』(김철. 1981년), 서정시 『별들은 무슨 말을 하고 있을가』(김성휘. 1980년), 서정시 『내 사랑 고운 꽃』(김경석. 1980년), 서정시 『나란히 걸읍시다』(김창석. 1981년), 서정시 『이제야 깨달았소』(박화. 1981년), 시초 『사랑의 애가』(김응준. 1985년) 등이 바로 애정 소재를 다룬 성과작들이라고 볼 수 잇다.

김응준의 시초 『사랑의 애가』는 『원앙침』, 『금반지』, 『님과 딸』 3수의 시로 묶어지었는데 사랑과 죽음이라는 독특한 시점에서 사랑의 가치를 탐구한 작품이다. 이 시초에서의 서정적 주인공은 짝을 잃은 원앙새이다. 사랑에서 서로 충직하였고 금슬이 좋았던 원앙새 한 쌍이었건만 상서롭지 못한 풍운의 조화에 의하여 간다는 말도 없이 원앙새 하나는 영영 저 세상으로 떠나가 버려 홀로 남은 원앙새 서정적 주인공은 옆에 없는 님을 그리며 가슴을 찢는 애가를 부르고 있다.

시초의 첫 수『원앙침』에서 시인은 금슬 좋은 부부가 베던 원앙을 수놓은 베개를 읊조리고 있다.

> 여기에 평화가 깃들었습니다.
> 원앙이 녹수를 만난 그날에
> 님께서 꽃마차에 정히 싣고 오더니
>
> 여기에 행복이 숨쉬였습니다
> 원앙 서로 단꿈을 속살거릴제
> 정겨워라 솔깃이 새겨듣더니
>
> 여기에 영혼이 살아있습니다
> 사랑사의 물결우를 날아예며
> 원앙 쌍쌍 고이고이 받들어주더니
>
> 아, 원앙 하나 영영 떠나간 오늘
> 원앙침 그러안고 목맺히는 이내 몸
> 생명은 가도 못가는 정, 두고 간 사랑!

평화가 깃들어 있고 행복이 숨쉬고 영혼이 살아 있는 베개는 바로 생명보다 더 길고 죽음보다 더 강력한 진정한 사랑의 상징으로 되고 있다.

두 번째 시『금반지』는 님이 두고 간 금반지, 님의 넋이 빛을 뿌리고 님의 충성이 깃들어 있고 님의 연정이 안겨져 있는 금반지를 놓고 죽음을 이긴 영원한 사랑의 불멸의 가치를 읊조리었으며 세 번째 시『님과 딸』에서는 님이 한평생을 바쳐 고스란히 키워 낸 딸을 노래하면서 사랑은 영원히 살아 있고 생명은 영원히 지속된다는 철리를 읊조리었다.

주지하다시피 대자연은 인간생활의 요람이며 또 시의 요람이다. 그러나 오랫동안 우리 시단에서 자연 경물은 역시 금지구역으로 되었다. 이따금씩 고향의 산수, 조국의 아름다운 경물을 읊은 시가 있은 것은 사실이지만 그것들은 근근히 애국주의 교양을 진행하는 내용으로 충당되었을 뿐 진정으로 대자연의 미를 읊은 경물시는 거의 없었다. 시인들의 사상이 점차 해방되고 시의 기능에 대한 이해가 보다 심각해지고 전면적으로 됨에 따라 조선족 시단에도 훌륭한 경물시가 많이 나오게 되었다. 이를테면 『내물』(김철. 1983년), 『시골의 서정』(김성휘. 1980년), 『계림기행기 3수』(김태갑. 1979년), 『압록강 물결따라』(이상각. 1980년), 『정든 강반에서』(문창남. 1984년), 『나비』(이삼월. 1981년) 등은 훌륭한 경물시라고 볼 수 있다.

새로운 역사 시기에 서정서사시와 장편 서사시 창작도 아주 활발하게 전개되었다. 시인들의 시대와 사회와 인생에 대한 정체적인 파악과 사색이 심화되어 가고 흘러간 역사와 생동한 현실생활을 거시적으로 예술화하고 인민들의 정서를 보다 다각적으로 표현하려는 탐구 정신이 앙양됨에 따라 서정서사시와 장편 서사시 창작이 힘 있게 추진되었다. 따라서 조선족 시단은 서정서사시와 장편 서사시가 형태적으로 고착되는 새로운 국면을 안아오게 되었다. 이 경우 장편 서사시 『동틀무렵』(김철. 1979년), 『새별전』(김철. 1980년), 『장백산아 이야기하라』(김성휘. 1979년), 『만무과원 설레인다』(이상각. 1981년), 『풍운기』(이욱. 1982년)와 서정서사시 『떡갈나무 아래에서』(김성휘. 1979년), 『파랑새』(김철. 1979년), 『거리의 울음소리』(김동진. 1980년), 『소나무 한그루』(김성휘. 1982년), 『아, 전선길』(이삼월. 1984년), 『아, 청산골』(조용남. 1985년), 『나의 거리』(김성휘. 1985년), 『개척자의 노래』(김용준. 1986년) 등 작품들을 대표적인 작품으로 들 수 있다.

장편 서사시 『새별전』은 봉건사회 말기 농민 봉기를 시대 배경으로 하고 주인공 새별이와 장수의 곡절 많은 사랑에 대한 전설적인 이야기를 빌어 지난날 백의 동포의 고상한 정신적 풍모와 투쟁정신을 열정적으로 구가한 작품으로서 사상 및 예술상에서 빛나는 성과를 쌓아올린 작품이며 장편 서사시 『장백산아 이야기하라』는 1930년대 조한 두 민족 인민들로 조직된 유격대가 장백산 근거지를 활무대로 삼고 왜놈들을 족치던 항일 무장 투쟁을 폭넓게 반영하고 그 투

쟁 속에서 주인공 청송이와 영란이가 간난신고를 겪어 가며 굳센 항일 투사로
성장하는 과정을 격조 높이 노래한 작품이다. 이 두 장편 서사시는 새로운 시
기 조선족 문학의 대표적인 거작으로 꼽을 수 있다.

김동진의 서정서사시『거리의 울음소리』는 동란의 세월에 부모를 빼앗긴 한
소녀의 비참한 운명을 통하여 임표,『4인무리』의 하늘에 사무치는 죄악을 피타
는 목소리로 고발하고 있다.

시의 서두에서 시인은 비분에 넘치는 어조로 우리 앞에 한 소녀의 비참한
모습을 그려주고있다.

나는 지금
거리의 웨침소리를 들으며
거리의 울음소리를 들으며
이 글을 쓴다

귀청을 찢는
저 고함소리——
간장을 허비는
저 울음소리——
저게 뉘 집 딸인지?
사람들이여
당신들은
불쌍하지 않은가

거리에서 울고 있는 이 소녀는『문화 대혁명』중 아버지와 어머니를 잃고
또 자신도 모진 박해 끝에 미쳐 버렸다.

아래에서 시인은 이 소녀의 아버지와 어머니의 눈물겨운 최후를 진실하게
재현하였으며 이 소녀의 비참한 운명을 구체적으로 다루었다.

예언자의 예견을
실증이나 하려는듯

그날은 드디어
오고야말았다

『승리자』들의 연회상에
인육회가 딩굴고
마주 쫓는 술잔에
선지피가 뚝뚝 떨어지는

그것도 그해의
마지막 밤
술고기 풍성한
섣달 그믐날 밤

놈들은
생사람의 다리를 분질렀다
악귀같은놈들은
『형님』의 가슴을 불로 지졌다

『죄』를 승인하지 않는다고
『완고』하게 반항한다고
무력패왕들의 졸개들이
상전에게 충성을 보인게다

  K시 어느 중학교 당 지부서기 사업을 하다가 그물에서 새어나간 『주자파』, 외국과 내통한 『특무』라는 누명을 쓰고 감옥에 끌려간 아버지가 이렇게 두 눈을 못감은 채 숨을 거둔 뒤 어머니는 남편이 세상을 떴다는 소식을 듣고 독재 지휘부로 달려갔는데 당년의 영웅 호걸들―지휘부의 망나니들에게 윤간당하고 그 원한을 풀 데 없어 성에장 흘러내리는 강심에 뛰어들어 원혼이 되고 말았다. 그 후 소학교 3학년에 다니는 열두 살의 이 소녀도 『특무 새끼』, 『주자파 종자』라는 패쪽을 걸고 투쟁을 받다가 끝내 미쳐 버리며 인제는 『4인무리』도

분쇄되고 중국 인민은 희망에 넘치는 새봄을 맞이하였건만 소녀는 아버지를 내
놓아라, 어머니를 내놓아라 외치면서 거리 바닥을 헤매고 있다.
　시인은 서정서사시의 마지막에 이르러 10년『문화 대혁명』비극이 우리에게
남긴 교훈에 대하여 깊은 사색을 모으고 있다.

　　　　10년 인간비극은
　　　　모진 상처를 남겼구나
　　　　이 나라의 정직한
　　　　백성의 가슴에

　　　　인간비극 10년은
　　　　침통한 교훈을 새겼구나
　　　　피바다를 헤쳐온
　　　　혁명의 가슴에
　　　　……
　　　　당에 충성했던
　　　　이 나라의 남정들이
　　　　남편들에 충성했던
　　　　이 나라의 여성들이

　　　　하루아침 이슬로
　　　　땅속에 갔을 때
　　　　법률이여 너는
　　　　도대체 무엇했느냐?

　　　　행복과 웃음 속에
　　　　즐거운 노래속에
　　　　곱게 자라야 할
　　　　이 나라의 꽃송이들이

　　　　때아닌 비바람에

네거리에서 뒹굴 때
법률이여
얼굴을 붉히라, 얼굴을!

  이렇게 시인은 이 작품을 통하여 『문화 대혁명』의 피의 교훈을 참담게 총화하지 않고서는, 사회주의 법제를 건전하게 하지 않고서는 사회의 진정한 발전, 인민의 진정한 행복은 운운할 나위가 없다는 것을 시적으로 확인하고 있다.

  시인들의 사상이 해방되고 역사에 대한 반성이 심각해지면서 사유의 공간이 부단히 확대되고 10년 동란보다 더 먼 역사 시기를 거슬러 올라가 오랫동안 우리의 사상을 지배하던 『좌』적 노선에 대한 비판과 아직까지 우리 겨레의 얼을 좀먹고 있으며 전진을 저애하는 낡은 의식에 대하여 예리한 비판을 가하였는 바 조용남의 서정서사시 『아, 청산골』(1985년)이 바로 이 주제를 다룬 홀륭한 작품의 하나이다. 이 시는 특히 흘러간 역사 시기—대약진 연대 『좌』적 노선에 대한 비판에 모를 박고 있다.

  시에서 서정적 주인공은 20여 년 만에 청산골 수리공사의 옛터에 다시 찾아온 『나』로 등장한다.

사나운 산홍수에 밀리여가고
세월의 풍우에 씻기여내려
인제는 흔적조차 찾기 어려운
청산골 『약진땜』——역사의 유적

그 험한 산기슭
집채같은 바위돌을 안고돌며
쓰라린 추억의 벼랑길을 더듬어
나는 산중턱에 톺아올랐다

  이렇게 시는 그 첫시작부터 20여 년 전 여기 청산골에 벌어졌던 인간 비극을 격앙되고 비장한 감정으로 회고하고 있다. 그 시뻘겋게 달아올랐던 약진 연대, 사람들이 열에 들떠 살던 연대에 서정적 주인공 『나』는 우파분자 노동 개조대의 『죄범』으로, 그의 여동생 순이는 공청단원 돌격대의 대징으로 함께 건설장에 왔던 것이다.

어찌 잊으랴 그 격앙된 약진의 나날을
주린 창자 겨떡으로 채우면서도
내일이면 들어설 공산주의를 위하여
얼마나 가슴들이 부풀었던가

바위산도 하루밤에 동강을 내며
순이는 첫날부터 『위성』을 날렸거니
청산골은 기억하리라
『약진땜』에 바친 소녀의 충성을

허나 『백기』로 뽑힌 지휘부성원들과 더불어
나는 오히려 등골치기 벌목장에 쫓겨갔거니
안전과 조작의 과학성을 설교한 죄로
반혁명촉퇴파의 모자 하나 더 쓰고

그런데 공사에서 안전 조치를 제대로 대지 않았기에 순이는 불행한 죽음을 당하며 또 순이가 죽은 후 몇 년간 수천 노동력을 투입하여 일떠세운 땜은 뿌리째 뽑혀 바다로 흘러갔다. 이렇게 시인은 이 서정시에서 순희의 비극은 인간을 존중하지 않고 역사의 법칙을 어기고 대자연의 법칙을 위반한 필연적인 결과였다고 예리하게 제기하면서 오랫동안 우리의 생활을 지배하던 정치상의 좌경, 경제상의 모험주의를 고발하였으며 심각한 반성을 진행하고 있다.

20년의 파란많은 세월이 흘러간
80년대의 화창한 봄날에
곱게 핀 진달래꽃 한아름 꺾어안고
누이의 무덤앞에 나는 찾아왔다

얼마나 많은 이야기 어서 나누고싶고
얼마나 기쁜 소식 어서 전하고싶으랴만
나는 무덤가에 측량대를 세운채
목이 메여 어깨만을 들먹이며 서있다

누이야 내가 왔다 오빠가 왔다
너의 오랜 잠을 깨우려고
잠든 우리의 강산을 깨우려고
청산골로 다시 오빠가 왔다

　서정적 주인공은 이렇게 흘러간 역사 시대에 대한 반성에만 그치지 않고 그 역사에 대한 심각한 반성으로부터 출발하여 새로운 생활의 개척자로 나타나 사람들을 비장하고도 희망에 넘치는 미래에로 부르고 있다.

　이 시는 그 시적 정서에 있어서 비장하고도 낭만적인 색채가 짙어 독자들의 심금을 울리며 생동하고도 형상적인 시어, 묘사의 함축성, 시적 서술에서의 대담한 조약으로 시인의 독특한 풍격을 보여주고 있다.

　이삼월의 서정서사시 『아, 전선길』은 역사 소재를 취급한 한 편의 우수한 작품이다. 시인은 이 서정서사시에서 무한한 격정을 품고 50년대 가열한 조선의 싸움터에서 자기의 불타는 청춘을 바친 중국 인민 지원군의 한 무명 영웅 철구의 빛나는 형상을 부각함과 아울러 항미원조전쟁에서 조선족 인민이 쌓아올린 빛나는 성과를 특색 있게 노래하였다.

나의 마음 속에는
한 영웅이 있다
말로 글로 옮겨놓지 않으면
누구도 알지 못하는

영웅은 세상을 떠났건만
나는 아직도 그의 힘을 빌어

인생의 험한 길로
웃으며 쉽게 걸어간다

　일찍 청춘 시절에 총을 메고 항미원조전선에서 피를 흘리며 싸운 경력이 있는 시인은 자기의 전우 철구의 형상이 오늘도 가슴 속에서 살아 숨쉰다고 읊은 후 시인은 철구의 수많은 전투 이야기 중 가장 평범하고도 흥미 있으며 또 인상깊은 이야기 세 토막을 선택하여 철구의 용감성과 대담성, 원수들에 대한 비할 바 없는 증오심 그리고 자아 희생정신을 구가하였다.

　첫째 이야기는 전선으로 달리는 열차에서 갑자기 총끈이 끊어져 총이 땅에 떨어지는 순간 용감히 뛰어내려 총을 주워 온 이야기이고 두 번째 이야기는 조선 사람에게 없는 뾰족한 코, 중국 사람에게 없는 노랑머리의 임자인 소련 비행사를 원수 미제 침략군의 비행사인가 오해하여 쏜살같이 달려가 사자처럼 덮쳐 드는 이야기이고 세 번째 이야기는 전선 길로 달리던 휘발유를 실은 트럭이 적들의 습격을 받아 폭발될 위험성이 생긴 순간 자기의 생명 안전을 아랑곳하지 않고 달려가 휘발유통을 밀어 버리고 장렬하게 희생된 이야기를 썼다. 이 세 가지 이야기는 서로 어울리고 보충되면서 완전한 화폭을 이루어 철구의 평범하고도 숭고한 무명 영웅의 빛나는 정신을 인상깊게 표현하였다.

철구의 발자국 끊어진 곳
산기슭에 봉분 하나 생기고
그앞에 감탄부호를 찍듯이
소나무패말 이름 적어 박았다

패말에 적힌 친구의 이름
세월의 비바람에 씻기고 날리여
먹으로 쓴 글은 희미해지고
지금 가면 못찾을수도 있으리

이름없는 영웅을 추모하여
전우들의 마음 속 뜨거운 곳에

눈물로 적어둔 철구의 비문은
세월이 흐를수록 빛을 뿌렸다

황계광같은 영웅도 아니고
구소운같은 영웅도 아니기에
대리석으로 깍아세운 열사비에
친구의 이름 적히진 못했어도

이렇게 시인은 숭엄한 감정으로 항미원조의 성스런 싸움에서 자기의 빛나는 청춘을 바친 열사들의 자랑찬 모습과 숭고한 정신을 읊으면서 그들의 혁명정신과 고상한 품성은 후세 사람들에게 무궁한 정신적 식량으로 되어 길이 영생한다고 노래하였다.

서정서사시 『아, 전선길』은 넓지 않은 편폭에다 살아 숨쉬는 한 전사의 생명의 약동과 청춘의 광망을 재치있게 담고 있으며 또 화광이 춤추고 화약 냄새가 풍기며 사랑과 증오가 불꽃튀는 싸움터의 상황을 건실하게 재현하였으며 무명전사에 대한 숭엄한 감정, 애틋한 사랑과 절절한 그리움을 생동하게 표현하였다.

제3절 소설문학

새로운 역사 시기에 진입된 이래 조선족 소설문학은 거족적인 발전을 가져왔다. 오랫동안 정치 박해를 받다가 문단에 다시 돌아온 김학철, 이근전, 김용식, 이홍규, 김순기 등 노작가들, 바야흐로 창작의 황금 계절을 맞고 있는 임원춘, 유원무 등 중년 작가들, 이 시기에 두각을 내민 이원길, 정세봉, 고신일, 김훈, 서광억, 이만호, 이웅, 윤림호, 이광수, 김근총, 우광훈, 최홍일, 박선석, 김운룡 등 신진 작가들이 소설계에서 자기의 예술적 창발성과 재능을 과시하면서 독자들의 사랑을 받고 있는 훌륭한 소설작품들을 창작하였으며 조선족의 소설문학을 새로운 발전단계에 들어서게 하였다.

이 시기 소설문학에서 선두에 나선 것은 단편소설이다. 조선족 작가들 특히 나 문단에 새로 진출한 중청년 작가들은 단편소설이라는『경기병』을 이용하여 개혁과 개방으로 특징되는 현실생활과 인간의 희로애락 그리고 부단한 충돌 속에서 모지름을 겪으면서 나아가는 조선족 인민들의 인생 문제와 사회문제를 제때에 민감하게 반영하였다. 이런 단편소설들 중『원혼이 된 나』(박천수, 1979년),『꽃노을』(임원춘, 1979년),『하고싶던 말』(정세봉, 1980년),『분홍 적삼』(이광수 1980년),『동란과 인간』(이만호, 1979년),『참회』(이웅, 1979년),『백성의 마음』(이원길, 1981년),『가정문제』(서광억, 1981),『구촌 조카』(홍천룡, 1981년),『비단 이불』(유원무, 1982년),『희로애락』(김훈, 1983년),『몽당치마』(임원춘, 1985년),『호박꽃』(윤림호,1984년),『짓밟힌 정조』(김학철, 1985년),『처가집』(박선석, 1984년),『성녀』(고신일, 1981년),『그녀가 준 유혹』(김훈, 1986년),『마음의 파도』(김경련, 1986년) 등을 그 대표적인 작품으로 들 수 있다.

단편소설 창작이 거족적인 발전을 가져옴에 따라『단편소설집』(1979년),『딸의 고민』(1980년),『사랑에 대한 이야기』(1980년),『불타는 백사장』(1981년),『군자란』(1983년)을 비롯한 종합 단편소설집들과 임원춘의『꽃노을』(1990년),『몽당치마』(1984년), 김창걸의『김창걸 단편소설집』(1982년), 고신일의『성녀』(1983년), 남주길의『접동골 여인』(1983년), 이만호의『공장장의 하루』(1983년), 이웅의『고향의 넋』(1984년), 이원길의『백성의 마음』(1984년), 김학철의『김학철 단편소설집』(1985년), 정세봉의『하고싶던 말』(1985년), 윤림호의『투사의 슬픔』(1985년), 김관웅의『소설가의 아내』(1985년), 유원무의『아, 꿀샘』(1986년), 김훈의『청춘의 활무대』(1986년) 등 20여부의 개인 단편소설집이 출판되었다.

새로운 역사 시기에 진입하자 조선족 소설가들의 이목을 끈 사회적 문제는 10년 동란 가운데서 생긴 사회 비극, 인생 비극이었다. 이리하여『문화 대혁명』이 빚어낸 육체적 및 정신적 상처를 고발하는『상처문학』작품들이 많이 나왔다. 단편소설『원혼이 된 나』(박천수, 1979년),『하고싶던 말』(정세봉,

1980년)들이 그 대표적인 예로 된다.

　단편소설 『원혼이 된 나』는 조선족 소설문학에서 『문화 대혁명』의 비극을 제일 일찍이 다룬 작품의 하나이다. 이 소설은 『문화 대혁명』의 정신적 박해로 말미암아 『저승』에 가 원혼이 된 『나』가 죽어도 할 말이 있어 아내와 딸이 외롭게 사는 집으로 찾아와서 자기의 억울한 죽음을 공소하는 이야기를 썼다. 소설의 주인공 『나』는 열사의 아들로서 지주네 소몰이꾼도 했었고 해방 후 입당하고 항미원조전선에 나가서 특등공까지 세우고 왼다리를 잃기까지 하였다. 후방에 돌아온 후 혁명 간부로 되어 사회주의 건설에서 커다란 성과를 올려 성, 주의 노력모범으로도 되었다. 그러나 『문화 대혁명』 가운데서 『4인무리』가 고취한 『일체를 타도해야 한다』는 구호와 『문공무위(文攻武爲)』의 구호를 반대한 결과 『현행 반혁명』이라는 누명을 쓰고 모진 박해를 받다가 원한을 품은 채 세상을 뜨고 말았다. 이에 너무도 억울하여 죽어도 눈을 감지 못한 주인공 『나』는 유령으로 나타나 『두고 보자! 인민은 영원히 참고 있지 않을 것이다.』라고 외치는 것이다. 이 소설은 특히 환상적 수법을 빌어 한 혁명 간부의 비극적 운명을 다룸으로써 10년 동란의 연대에 조선족 인민들이 처한 비인간적인 처지를 보여주었으며 법률과 제도를 유린하고 인간성과 도덕을 우롱한 『4인무리』의 천인공노할 죄행을 폭로 규탄하였다.

　단편소설 『원혼이 된 나』에 뒤이어 발표된 『하고싶던 말』은 『문화 대혁명』 중 농촌에서 가정 부업 문제를 둘러싸고 전개된 한 쌍의 젊은 부부의 모순, 갈등과 애정 비극을 서한체 형식으로 쓴 단편소설로서 이 시기 조선족의 『상처문학』에서 중요한 자리를 차지하고 있는 작품이다. 소설의 이야기 줄거리를 간추려 보면 다음과 같다.

　몸은 실파지며 맵시가 없고 얼굴은 희맑아도 예쁘지 못한 금희는 미끈한 체격에 해맑은 얼굴을 가졌고 지식이 있는 총각한테 시집을 온 것으로 하여 긍지와 행복을 느낀다. 애초에 둘의 감정은 어울리었으며 가정도 행복하였다. 허나 남편이 정치 야학교 총보도원이 되어 공사 이론 학습반에 갔다 온 뒤로부터 그녀의 이른바 『자본주의적인 소생산』과 남편의 입당, 현 『후계자 학습반』에 가는 것과는 조화될 수 없는 첨예한 모순이 생기게 되었다. 충돌은 갈수록 격화되어 나중에는 이혼까지 하게 된다. 이혼한 뒤 그녀는 모든 고통을 가슴에 묻고 재혼하여 완강하게 살아간다.

이 소설은 상술한 이야기를 통하여 『문화 대혁명』이 어떻게 농촌경제를 파괴하였으며 어떻게 애정 비극을 빚어내었는가, 이러한 이질적인 환경에서 인민은 어떻게 자기의 양심과 지조를 지켜가면서 살아왔는가를 심각하게 해명하였다.

단편소설 『하고싶던 말』은 사실주의의 섬세한 필치로 금희와 그의 남편 홍철 아버지의 형상을 치중하여 부각하였다.

농촌 여성으로서의 금희는 티없이 맑고 깨끗한 마음의 소유자이며 어떤 역경 속에서도 굴할 줄 모르는 강인한 성격의 소유자이다. 그녀는 도시 남자에게 소개해 주겠다는 가정의 권고도 마다하고 빚도 많고 살림살이가 변변하지 못한 농촌의 총각과 사랑을 맺는다. 그녀는 시집온 후 시집의 구차한 형편에서도 노동과 사랑의 힘을 굳게 믿어 가정 부업에 이악스럽게 달라붙으며 복된 살림을 꾸려 간다. 그는 자기의 노동 가치로 6년 만에 생산대의 빚을 몽땅 갚고 식장과 라디오를 사며 가정 살림살이를 살뜰하게 무르익힌다. 하지만 『4인무리』의 『좌』경적 사상에 물젖은 남편은 자기 처의 소생산 즉 가정 부업을 『자본주의』로 보면서 비판의 모닥불을 안기는 나머지 호된 매까지 대며 처의 가정 부업을 파괴한다. 이에 금희는 참을 수 없어 항변한다.

> 『제가 왜 매를 맞아야 하는가요?… 저는 남보다 못지 않게 살아보려고 애쓴 「죄」밖에 없어요. 시부모님이 생전에 복을 누릴 수 있도록, 그리고 온 가정에 노래와 웃음이 넘치도록 하려고 고달픔도 잊고 밤낮없이 버둥거렸어요.』

하지만 남편은 금희의 이런 항변을 용서하지 않은 나머지 그와 이혼을 제기한다. 이혼을 당했지만 금희는 남편이 돌아서기를 학수고대하며 시부모와 애들에 한해서는 더구나 측은히 생각한다. 이혼당한 금희는 가지고 나온 유일한 재산 『소생산물』을 팔아서 간염으로 앓고 있는 『시아버님에게 꿀 20근과 털등거리를 사서 드렸고 시어머님 앞으로 회색 재킷 한 벌, 시누이에겐 흰색 토끼털 수건을』 사주고 『아들 홍철이와 웅철이에게는 여름옷 한 벌씩』 해 입힌다. 『4

인무리』가 거꾸러진 뒤에도 남편은 종시 돌아서지 않아 금희는 하는 수 없이 재가하게 된다. 그때에야 남편은 자기의 지난날을 참회하고 돌아섰으나 금희는 애잡짤한 감정에 파묻히면서도 새 남편에게 바친 사랑을 버리지 않고 고상한 도덕을 지킨다.

소설은 이와 같이 착실하고 부지런하여 사리가 밝고 인정미가 있는 금희의 형상을 통하여 조선족 농촌 여성의 아름다운 내심세계와 강의한 성격을 보여주었으며 이런 아름다운 인간과 그녀의 미만한 애정 추구와 행복한 생활에 대한 지향을 짓밟은 『4인무리』의 『좌』경적 노선과 『문화 대혁명』의 죄악을 고발하고 규탄하였다.

이 소설에는 또 금희 남편의 형상 역시 성공적으로 부각되었다. 그는 워낙 순박하고 총명하고 부지런한 청년이었으나 극『좌』 노선의 피해를 받아 한때 명예와 지위의 숭배자로 꿈 많던 첫사랑의 배신자로 전락되어 투기적이고 때론 잔인하기도 한 인간으로 변한다. 『4인무리』가 분쇄된 뒤에야 그는 드디어 자기의 지난날을 뉘우치고 돌아선다. 하지만 때는 이미 늦었다. 그는 정치상에서 득을 보지 못했을 뿐만 아니라 전처나 후처의 사랑도 받을 수 없게 되었다. 소설은 그의 이런 운명을 통하여 『문화 대혁명』이 어떻게 성실한 인간을 이질화시켰는가 하는 것을 심오하게 일반화하였다.

단편소설 『하고싶던 말』은 사실주의 창작 방법에 입각하여 복잡하고도 유기적으로 통일된 인간관계와 첨예한 갈등 및 진실한 세부묘사를 통하여 작중 인물들의 내심세계를 섬세하고도 깊이 있게 묘사하였고 인물의 개성을 멋지게 살리었다. 또한 이 소설은 구성을 깐지게 짜고 들었고 언어 구사에 있어서도 서정미와 생활맛을 두드러지게 한 것이 특징적이다. 이 소설은 사상 예술상의 성과로 하여 독자들 속에서 커다란 반향을 일으켰다.

조선족 소설가들은 『문화 대혁명』이 빚어낸 『상처』에 대한 전시와 더불어 임표, 『4인무리』에 대한 인식이 심화됨에 따라 사회주의 사회에서 『문화 대혁명』이란 사회적 비극이 생기게 된 원인을 사색하면서 점차 『문화 대혁명』 이전의 역사에 대하여 반성하게 되었는 바 따라서 조선족 소설에는 흘러간 역사에 대하여 『반성』하는 소설작품들이 많이 나타나게 되었다. 『백성의 마음』(이원길, 1981년), 『비단 이불』(유원무, 1982년) 등이 바로 이런 부류에 속하는 성과작들이다.

단편소설 『백성의 마음』은 우리 나라가 사회주의 건설 도상에서 잠시 곤란에 부딪치었던 60년대 초를 시대 배경으로 삼고 농촌생활의 한 측면을 펼쳐 보이면서 『좌』경적 사조의 뼈저린 교훈을 예술적으로 해명하였다.

이야기는 기아의 쓰라림을 겪는 농민들의 빈궁상으로부터 시작된다. 봄, 벼 줌가를 담그고 생긴 쭉정이를 가지고 떡을 만들었는데 그것도 남녀노소가 다 먹지 못하고 노동에 참가하는 사람만 먹는다. 임신 중인 대장 종수의 처가 떡을 도적질하다 발견되어 야단을 번지며 이 싸움에 잇달아서 대장 종수가 벼 세 가마니를 집 창고에 감췄다는 말이 나와 마을에는 큰 소동이 생긴다. 이것은 원래 앞으로 종자가 싹이 잘 트지 않으면 응부하려고 남겨 놓은 것인데 몇몇 아낙네들이 나눠 먹자고 달려드는 판이다. 그러나 대장 종수와 석구영감의 단호한 거부에 의하여 그 벼는 그대로 보관되었는데 그 해 봄에 마침 『인민공사 60조』가 내려와서 자류지를 다루는 데 그 종자가 은을 냈다는 것이다.

단편소설 『백성의 마음』의 이런 이야기 중심에는 석구영감과 종수의 형상이 서 있다.

석구영감은 바로 백성의 마음의 대변자이다. 60년대 초의 그 곤란한 시기에 석구영감도 남들과 같이 기아를 겪지만 그는 이것은 일시적인 곤란이라는 것을 생각하고 당에 대한 신뢰를 저버리지 않았다. 하기에 그는 온 동네를 휩쓰는 알곡 문제를 에워싼 소동 속에서 동요 없이 원칙을 견지할 수 있었으며 대장 종수와 함께 그 벼종자를 지켜낼 수 있었던 것이다. 그에게는 장기간 당의 고양 밑에서 성장한 조선족 인민의 고상한 품성이 자리잡혀 있다. 그는 곤경에 빠진 종수를 위하여 온 겨울 마당쓸이로 모은 쌀을 주머니채로 내놓으며 벼종자를 그에게 그대로 준다. 바로 이렇게 원칙성도 있으면서 동정심도 있고 도량도 넓은 백성의 마음에 받들려 공화국은 1960년대 초의 그 어려운 고비를 넘겨 왔던 것이다.

농촌 당원 종수는 『좌』적인 오류를 범한 전형적 형상이다. 가난한 농민의 가정에서 태어난 종수는 당의 은덕으로 땅을 분배받고 소를 사고 차차 살림살이가 늘어나기 시작하였다. 이리하여 소박한 그의 머리에는 당의 말이면 소금섬을 지고 강을 건너라고 해도 주저하지 않는 충성심이 생겼다. 당원이 된 다음에는 상급의 지시대로 하는 것이 당원의 의무인 줄로만 알았다. 그래서 그는 1958년『대약진』시기에 군중의 반대도 마다하고 가을 심경, 공공 식당, 저수지의 민부일 등등을 발벗고 나서서 해제끼어『붉은기』로 되었다. 하기에 그는 60년대 초 간고한 시기에 백성의 양식도 고려함이 없이 상급의 요구대로 징구량을 바쳤다. 그는 이렇게만 하면 공산주의가 빨리 도래할 수 있다고 믿었다. 하지만 1958년 이후로 당의 말대로 하는 일은 적지 않게 비틀어만 가고 공산주의로 가는 금다리를 바야흐로 넘어서서 이상국의 대문을 두드릴 것 같은 그런 기세도 급기야 사라지고 그 대신 뜻하지 않던 재황과 양식난이 사람들을 허덕이게 하고 소동까지 일어나서 종수는 모순된 심리 속에 빠져들어 간다. 한편으로는 그의 마음의 기둥이 흔들리는 바 한마음으로 혁명한다고 올리뛰고 내리뛰었으나 종당에는 신심을 잃은 자신을 쓸쓸하게 생각하며 대장 직무도 그만두려고 한다. 다른 한편 국민당한테 학살당한 아버지를 생각하고 자기를 성장시켜 주고 자기에게 복된 살림을 펼쳐 준 공산당의 은덕을 생각하면서 자기의 동요를 부정하기도 한다. 나중에 석구영감의 뜨거운 관심에서 당과 백성에 대한 믿음이 다시 생기고 백성의 마음을 대변하는 새 인간으로 변하여 간다.

단편소설『백성의 마음』은 바로 이런 인물 형상들을 통하여 세상의 진정한『황제』는 백성임을 제시하면서 백성의 마음과 배치되는『좌』적 사조에 무정한 비판을 가하였다.

단편소설『비단 이불』은 한 농민의 후반생을 쓴 작품이다. 주인공 송희준은 자기의 생애에 세인을 감격시키는 공훈을 세운 적도 없고 비상한 생활 경로도 겪지 않은 평범한 농민이다. 그는 천백만 농민들과 마찬가지로 30년이란 기나긴 후반생에 갖가지 시대의 세파를 겪었고 그 속에서 생활의 희로애락을 맛보았다. 그러나 이처럼 평범한 농민에게는 정신적 미가 간직되어 있다. 소설은 비단 이불에 깃든 이야기를 쓰는 과정에 주인공 송희준의 정신적 미를 발굴하면서 역사에 대한 심각한 반성을 진행하고 있다.

과묵하고 무뚝뚝한 송희준은 선량하고 순박한 마음의 선구자이며 또 투박하고 솔직한 성격의 소유자이며 당과 정부에 대하여 뜨거운 충성심을 안고 사는 노빈농이다. 1952년 항미원조 시기 전선에 나가 희생된 아들의 열사증이 오자 그는 자기 집을 초대소로 정하고 열사금의 한 몫으로 비단 이불을 만들어 하향하는 간부들을 접대하였다. 이 비단 이불에는 백성을 위해 봉사하는 간부들을 자기의 친아들마냥 사랑하는 송희준의 뜨거운 마음이 깃들어 있는 것이다.『백성의 마음을 알아야 사람이 돼』, 이것은 송희준의 가슴 속에 깊이 뿌리를 내린 굳은 신조이다.『대약진』시기에『좌』적인 정책에 의해 농민들이 죽물도 얻어먹기 힘들었을 때 송희준은 백성의 생활을 관심하지 않고 백성의 마음을 헤아리지 못하는『좌』경적인 정책에 대하여 비분에 넘쳐 질책을 가하며 그것을 집행하는 간부들에 대하여 엄정히 타이른다. 따라서 그의 정성이 깃든 비단 이불을 농짝 위에 올려 두고 간부들이 와도 내놓지 않는다. 세월은 흘러 비단 이불은 고루 삭아서 문턱문턱 나가고 송희준이는 두 눈이 뿌옇게 흐린 80고령의 노인으로 된다. 그 후『4인무리』가 타도되고 광명이 넘치는 새 세상이 오고 농촌 개혁정책이 시달되자 송영감은 다시 자기의 관널을 사려고 준비했던 돈으로 새 비단 이불을 만들어 정확한 노선과 정책을 집행하는 하향 간부들을 뜨겁게 접대하면서 백성들을 관심해 달라고 재삼 당부한다.

이와 같이 이 소설은 비단 이불에 깃든 사소한 이야기와 평범한 송희준의 형상을 통하여 시대의 세파를 겪은 농민 대중의 정신적 미를 감명깊게 일반화하였으며『문화 대혁명』전의『좌』경적 오류에 대하여 날카로운 해부도를 대었다.

이 소설은 예술적 면에서도 특색을 보여주고 있는 바 일인칭 수법을 훌륭하게 살리고 있는 것이 자못 인상적이다. 단편소설『비단 이불』에서는 정년 퇴직한 현당위 간부의 안목으로 본 주인공의『역사』와 정신적 미를 묘사하였다. 이야기의 구술자『나』는 인민을 위하여 많은 일들을 하였지만 또『좌』경적 노선으로 인한 세파 속에서 송희준같은 순박한 농민들에게 미안한 일도 적지 않게 한 것으로 하여 퇴직한 후에도 양심의 가책을 느낀다. 이렇게 번민한 나머지『나』는『불로송』아바이를 찾아가서 인생의 후반생을 의의있게 빛낼 비결을 찾으려 한다. 이로부터 송희준의 숭고한 정신세계가 펼쳐진다. 이렇게 소설은 일인칭 수법을 통하여 작품의 인물의 성격을 충분하게 전시할 수 있었으며 주제 사상을 효과적으로 표현할 수 있었다.

새로운 역사 시기의 단편소설 가운데는 개혁과 개방 속에서 일어난 거창한 변화와 새로운 사상, 새로운 인물, 새로운 인간관계, 새로운 기풍을 반영한 작품들이 많이 창작되었는데 이를테면 단편소설『구촌 조카』,『분홍 적삼』,『몽당치마』,『가정문제』,『그녀가 준 유혹』 등을 그 성과작으로 들 수 있다.

단편소설『구촌 조카』는 이야기의 서술자『나』의 구촌 조카가 되는 한 농민의 반평생을 다루고 있다. 구촌 조카는 워낙 술마시기를 좋아하고 큰소리도 잘 치지만 부지런하고 인품이 좋고 성격도 쾌활한 농민이었다. 하지만『좌』적인 농촌경제정책의 영향으로 생활난이 그의 두 어깨를 짓누르자 그의 정신세계와 성격에는 확연한 변화가 야기된다. 그가 빈궁으로 하여 급성 폐렴에 걸린 딸을 치료할 수 없어 딸을 데리고『나』의 집에 왔을 때의 다음과 같은 세부묘사는 이를 생동하게 말해 주고 있다.

> 그가 아이를 데리고 문안에 들어서며 인사를 하는 바람에 집안에서 모자간이 다투던 소리가 딱 그쳤다. 그는 어머니와 동생의 눈치를 홀끔홀끔 엇갈아보며 조심스레 구들구석쪽으로 올라가 앉더니 아이를 끌어다 무릎에 앉히고는 모자를 벗겨 주었다. 아이는 대여섯살 먹어 보이는 여자애인데 앙상하게 여윈 파리한 얼굴에 한 쌍의 귀염스러운 쌍꺼풀눈을 또릿거리며 초들초들 말라 터진 입술을 반쯤 벌리고 할할거리더니 콜록콜록 기침을 짖어댔다.
>
> 나의 구촌 조카는 습관대로 옷섶을 헤쳤지만 와이셔츠 깃은 보이지 않았다. 그는 송구스럽게 두 손을 마주 비비며 주책없이 겨울집을 저물어 뛰어들어 안됐다고 어머니에게 연신 사과하는 것이었다. 우선우선한 얼굴로 집안을 떠들썩하게 만들던 그가 오늘은 수척해진 얼굴에 수심을 푹 끼고 송곳 방석에 앉은 듯 어쩔 줄 몰라하는 모양이 어찌 보면 불쌍하고 가련하기도 했다.

이 대목에서 보다시피 경제상의 빈궁은 구촌 조카로 하여금 인격상에서 영 이하의 부수선에서 놀지 않으면 안되게 만들었다. 그러나 당의 11기 3차 전원회의의 해발이 내리비추자『나』의 구촌 조카에게도 인생의 새로운 좌표계에 올라설 수 있는 기회를 준다. 그는 당의 새로운 농업정책의 고물 밑에 자기의 보람찬 노동으로 가난의 티를 벗고 점차 자기의 인격을 회복하게 되며 자기의 위치를 찾게 된다. 몇 년간 진 빚을 벗고 텔레비를 사고 새집을 지을 꿈을 꾸며 지난날 멸시를 받던 친척들 앞에서 다시 존경을 받게 되고 지어는 경제상에서 남을 도와줄 수 있게까지 된다. 소설은 바로 구촌 조카의 형상을 통하여 당의 11기 3차 전원회의 후의 거창한 변화와 당의 개혁 방침의 위력을 구가하였으며 소외되었던 인간의 품성, 인격, 인정 등이 새로운 시대의 조명을 받으면서 복귀하게 되는 모습을 실감있게 보여주었다.

단편소설 『가정문제』는 한 가정에서 돈과 사람 중 어느 것을 더 중히 여겨야 하느냐 하는 현실적인 문제를 놓고 첨예한 갈등 속에서 주인공 『나』의 파란 많은 운명을 묘사하였다.

본가집이 구차한 탓으로 시집을 올 때 물건을 얼마 갖춰 가지고 오지 못한 주인공 『나』는 남편의 사랑을 굳게 믿고 노동의 힘을 확신하면서 행복한 생활을 동경한다. 나라나 가정이나 사람을 중히 여기면 흥하고 사람을 중히 여기지 못하면 망한다는 굳은 신조를 갖고 있는 『나』는 생활 과정에서 사람, 인정, 정의, 도덕보다도 돈을 더 중히 여기는 남편 철남이네 가정 식구들과 심각한 충돌이 생기게 되며 드디어 『나』는 철남이와 이혼하게 된다. 이혼한 후『나』는 그리 유족하지는 못하나 돈보다 사람을 중히 여기는 다른 남편을 찾아가서야 비로소 복된 살림을 영위할 수 있게 된다. 가정 내부의 윤리도덕이란 이렇게 그 상황에 따라 천륜지락의 보금자리와 현대화 건설을 위한 훌륭한 세포 조직, 단란한 가정을 낳을 수도 있고 인간, 애정, 가정을 파멸의 구렁텅이로 밀어 넣기도 한다. 이것이 바로 작자가 고심한 생활 탐구를 거쳐 『가정문제』에서 보여준 교훈적인 사상이다. 이 소설은 그 사상적 가치와 더불어 섬세한 심리묘사로 하여 독자들 속에 깊은 인상을 남기었다.

단편소설 『몽당치마』는 조선족의 친척 거래 특히 혼례와 회갑잔치에서의 인간관계와 인정 세태의 변화를 진실하게 다룬 성과작이다.

이 소설은 당의 제11기 제3차 전원회의의 전후를 시대 배경으로 깔아 주면서 친척 거래 가운데서 사람들의 정신적 풍모와 인간관계가 가장 집약적으로 드러날 수 있고 민족적 색채와 향토 맛이 짙은 생활적 계기와 세부들에 모를 박고 『동불사댁』, 『조양천댁』, 『나』 세 조선족 여성의 형상을 부각하였는데 그 중 가장 중요한 인물은 『동불사댁』이다.

『동불사댁』은 집에 잔밥이 많고 생활이 구차하여 친척들의 결혼잔치나 회갑잔치 때 아무런 부조도 못하는 바 무릎을 겨우 가리는 퇴색한 몽당치마를 입고 빈손으로 다닌다. 이로 하여 일부 친척들에게서 멸시를 받는다. 그는 장손댁이지만 장손댁의 대우를 받지 못하고 『먹어라, 써라』하는 때마다 친척들에게서 잊혀진다. 그러나 『동불사댁』은 무슨 일에서나 입보다 손발을 놀리는 부지런한 품성과 뜨거운 인정미와 밝은 예의범절을 갖고 있는 여성이다. 『나』의 잔칫날 몽당치마를 입고 빈손으로 나타난 그녀는 자기의 땀흘리는 노동으로 도와나서며 『나』의 시아버님의 회갑잔치에도 그 맵시로 술 한 병들고 참석한 그녀는 숱한 땀을 흘린다. 『동불사댁』은 자기의 생활이 펴이어간 때에도 마음은 변함 없다. 공업국 부국장으로 있던 『나』의 남편이 『우경 기회주의 분자』로 몰리어 농촌에 『추방』되어 『나』의 가정생활이 구차하게 되었을 때 그 많던 친척들이 모두 발길을 끊었지만 유독 『동불사댁』만은 수시로 『나』의 가정에 찾아와서 위로해 주었고 추석날에는 조바심을 해서 친 이차떡, 햅쌀, 소고기 거기에다 『나』에게 줄 나이론 적삼과 밤색 치맛감을 끊어 가지고 찾아갔다. 또한 나중에 잔밥들이 자라서 일꾼으로 된 데다가 당의 제11기 3차 전원회의 후 새로운 농업정책의 혜택으로 그의 생활이 한층 향상되고 벽돌집까지 번듯하게 지어 놓고 맏며느리를 맞이하는 잔치를 베풀 때에도 『동불사댁』은 여전히 『개조』 대상으로 고생하는 『나』가 지난 시기 자기처럼 빈손으로 오게 될 민망스러운 처지를 헤아리어 곤색 데트론 천을 보내면서 치마저고리를 만들어 오라고 하고는 가문 잔칫날 그것을 다시 새 며느리의 예단으로 『나』에게 준다. 소설은 가문 잔칫날의 장면을 다음과 같이 묘사하였다.

가문 잔치가 시작되는 눈치를 채자 나는 그릇들을 가시다 말고 슬그머니 밖으로 나와 버렸다. 뒷집에 들어가 잠시 앉았다가 나오려고 집모퉁이를 도는데 누군가 팔을 꽉 잡는 것이다. 나는 남성적인 힘의 충격을 느끼면서 화뜰 놀라 뒤를 돌아보았다. 동불사 형님이었다.

『어디로 가오?』

몹시 화난, 바사진 『바스음성』이였다. 일그러진 낯은 찌뿌둥한 날씨라기보다 벼락치는 날씨 같았다. 입술은 모진 고통으로 실룩거리고 있었다. 이때까지 난 그렇듯 성내는 형님을 처음 보았다.

『저…』

나는 대답이 궁해서 머뭇거렸다.

『그래 정말 자리를 피할래요? 나의 가슴에 못을 박겠단 말이요?』

『……』

나를 지켜보는 동불사 형님의 눈굽에 눈물이 자리를 틀기 시작했다. 그러자 나의 눈굽에도 뜨거운 것이 차 올랐다.

『형님, 잘못했어요!』

나는 목이 메여 겨우 대답하며 머리를 수그렸다.

『그래야지, 진작 그래야지! 내노라 할 처지에 머리를 들지 못하다니…』

동불사 형님은 옷고름으로 나의 볼을 타고 내리는 눈물을 씻어 주었다. 그리고는 나를 데리고 부엌문에 들어섰다.

내가 예단받을 차례가 되었다. 옷매무시가 하도 어지러워 새 각시 앞에 앉기 저어하는데 누군가 뒤에서 옆구리를 쿡 찔렀다. 나는 부끄러운 대로 새 각시 앞에 나앉았다. 그러자 새 각시는 작은 두리상 우에 곤색 데트론 천으로 만든 치마저고리 한 벌을 놓는 것이었다. 나는 놀랐다. 남들에게는 베개 수건이요, 양말이요 하는 것들을 놓던 것이 옷을 놓다니?

『형님!』

나는 어리둥절하여 어쩔 바를 몰라 하면서 동불사 형님을 불렀다. 그러나 동불사 형님은 얼굴에 느슨한 웃음을 담으면서 웅글진 『바스음성』으로 말하는 것이었다.

『이때까지 저 동서가 우리 친척들에게 한 부조는 대가를 친다면 그 누구보다도 많았고 고생도 제일 많이 했소. 그래서 난 우리 이씨 가문의 이름으로 저 예단을 놓았소.』

단편소설 『몽당치마』는 이처럼 『동불사댁』의 형상을 통하여 조선족 근로 여성들의 전통적인 근면하고 선량하고 순박한 미덕과 『외유내강(外柔內剛)』의 성격을 감명깊게 일반화하였으며 우리 시대 선진적 인물들의 숭고한 정신적 추구를 생동하게 보여주었다.

소설에서는 『동불사댁』과 대조되는 인물 『조양천댁』의 형상을 창조하였다. 가문에서 『여호걸』, 『집안의 자랑』으로 불리는 『조양천댁』은 인간적인 양심이 없는 이기주의적인 인간이다. 그는 언제나 자기를 앞세우고 자기의 가치를 높이기 위하여 애쓰는 바 그의 성격은 질투, 시기, 가면으로 특징지어진다. 따라서 일에서는 『베돌』이고 먹는 데서는 『감돌』이며 돈이 있고 벼슬이 있는 친척에게는 아첨하고 빈궁한 친척을 기시한다. 소설은 『조양천댁』의 형상을 빌어 인간관계학을 재물과 권세 위에 세우려는 사상을 비판하였으며 진부한 사상의 속박 속에서 해탈할 것을 예술적으로 호소하였다.

소설 『몽당치마』는 이와 같이 선명하게 대조되는 두 인물의 성격을 생동하게 부각하였으며 당의 11기 3차 전원회의 후의 거창한 변화와 새로운 인간관계를 구가하였으며 재물과 권세에 의해 인간관계를 처리하는 처세술에 대하여 날카롭게 비판하였다.

이 소설은 예술적인 면에서도 성과를 거두었는 바 대조적인 두 인물의 성격을 생동하게 부각하기 위한 대조법과 반복법의 능란한 응용, 간결하고도 감명 깊은 초상묘사, 세부에 대한 진실하고도 섬세한 묘사, 짙은 민족적 정서와 색채 등이 특징적이다. 따라서 이 단편소설은 그가 달성한 사상예술적 성과로 하여 이 시기 소설문학에서 뚜렷한 위치를 차지하고 있다.

단편소설 『그녀가 준 유혹』은 보다 높은 차원에서 새로운 역사 시기의 새 인간을 그린 작품이다.

해마다 50만원이라 거액의 이윤을 올리고 있는 『장미꽃 상점』의 여경리 이상옥은 새로운 세계를 개척해 나가는 여기업가이다. 그는 시장 정보를 제 때에 수집하고 고객들을 늘 웃음 띤 얼굴로 부드럽게 맞이하는 등 활동을 빌어 상점을 흥성시켰으며 또 경영관리를 강화하여 고객과 다툼질하거나 봉사성이 약한 영업원들은 그 부모의 면목을 보지 않고 가차없이 해고시켜 버리며 사회를 위하여 수많은 기부금을 낸다. 작자는 이 단편소설에서 새로운 생활의 개척자 여경리 이상옥을 찬양하는 데 그친 것이 아니라 이 여기업가가 살고 사업하는 생태환경을 두루 살피면서 이 여인의 고뇌를 깊이 발굴하였고 개혁과 개발 중에서 겪는 사람들의 모지름을 진실하게 해부하고 있다.

이 여경리를 놓고 신문에는 찬양하는 기사가 실리는가 하면 이국 사람과 같이 잔 매춘부라는 익명신이 날아들며 가짜 이상옥이 나타나서 엉터리 상품을 팔고 사는가 하면 또 사회의 많은 직장들에서 숱한 영예증서를 이 여경리에게 주는 것으로 사리를 도모하려 달려든다. 또 그녀의 돈을 보고 숱한 총각들이 줄을 지어 청혼을 하는가 하면 내막을 모르는 사람들이 터무니 없는 비방과 조소를 퍼붓는다. 지어는 무시로 집안에 돌총이 날아들기도 한다. 그러나 이 모든 것은 그녀를 동요시키지 못하며 굴복시키지 못한다. 이렇게 나 젊은 여경리 이상옥은 존경과 멸시, 칭찬과 조소, 지지와 모해, 사랑과 질투가 뒤엉킨 세계에서 줄기차게 자기의 생활을 개척해 나가며 자기의 사업을 밀고 나가는 새로운 가치 관념을 소유한 진공형의 형상으로 부각되었다. 소설은 그녀가 준 유혹을 다음과 같이 정서적인 감음 속에서 토로하고 있다.

> 젊음이었다. 항시 마음 속에 푸른 하늘을 안은 파란 하늘이었다. 고패치는 시대의 소용돌이 속에 한 몸을 푹 잠그고 시대의 강자답게 자신의 존재를 보란듯이 과시하는 청춘의 패기, 청춘의 포부, 청춘의 담략, 청춘의 기질, 청춘의 조약 그것은 어디까지나 유혹적인 것이었다.
>
> 그녀는 남들의 흠모와 존대를 받으며 찬양소리, 웃음소리 속에서만 사는 인간이 아니었다. 존경과 멸시, 칭찬과 조소, 지지와 모해가 뒤엉킨 세계, 그녀가 처한 그 세계엔 기자인 내가 바람직한 그 무엇이 있을 것이다. 다시 생각해 보니 그녀가 나에게 주는 유혹은 기실 그녀의 세계가 주는 유혹이었다. 아름찬 유혹이었다…

이 소설은 새로운 역사 시기 기업가의 형상을 성공적으로 부각하였을 뿐만 아니라 실화 성격을 띤 기발한 착상, 사건의 얽음새에서의 극적인 인소의 강화, 서술에서의 짙은 서정미 등으로 하여 예술적 면에서도 이채를 보여주고 있다. 따라서 이 단편소설은 『개혁문학』을 창조함에 있어서 큰 기여를 한 성과 작품의 하나로 꼽힌다.

애정 문제는 『좌』경적 사조의 지배로 하여 오랫동안 조선족 소설문학에서 누구도 들어설 수 없는 『금지구역』이었다. 새로운 역사 시기에 진입하여 사상 해방운동의 도도한 물결 속에서 작가들의 문학 관념이 갱신되고 문학 창작에서 『금지구역』이 부단히 타파되면서 조선족 소설 문단에도 애정을 취급한 작품이 많이 쏟아지게 되었다. 이 경우 단편소설 『도라지꽃』(임원춘, 1978년), 『아름다움의 비밀』(정세봉, 1981년), 『마음의 파도』, 『짓밟힌 정조』 등을 손꼽을 수 있다.

『도라지꽃』은 도라지봉 아래 마을의 별호 『도라지꽃』이라 불리는 뜻있고 마음씨 고운 처녀 봉선이의 사랑 이야기로 엮어졌다. 『남달리 키꼴이 훤칠하거나 빼여지게 환하다고는 할 수 없으나 이목구비가 단정하고 겉이자 속이라 동네방네에서 이름이 짜한』 봉선이는 원래 하향 지식 청년 철수를 사랑하였다. 그러나 빈농들의 추천을 받아 농업 기계공장의 노동자로 된 철수는 봉선이를 차 버리고 도시의 처녀에게로 사랑을 옮겼다. 봉선이는 깨어진 사랑에서 받은 상처로 하여 밤마다 소리 없이 숱한 눈물을 흘리었지만 뜻이 있고 포부가 큰 처녀는 마침내 한평생 농촌의 현대화를 위하여 몸바쳐 싸워 갈 결의를 다지고 노력하는 일범이를 선택하게 된다. 일범이와 손을 잡고 농업 기계를 개혁하는 가운데서 농업의 현대화는 많은 지식을 수요한다는 것을 심심히 깨달은 봉선이는 공업대학 기계학부에 입학하여 4년간 전문적으로 농업 기계에 대한 지식을 배우게 된다. 수년간의 노력 끝에 일범이가 시작하고 봉선이가 도와나선 두렁감기 기계는 거의 성공하게 된다. 이 때 철수는 되지 않을 조건부를 만들어 가지고 봉선이 쪽으로 발길을 돌리기 시작하였다. 그러나 봉선이와 일범이의 마음은 공통한 이상과 지향으로 벌써 하나로 이어졌으며 그 어떤 힘으로도 간고한 노동과 벅찬 사업 중에서 굳게 맺어진 그들의 사랑은 깨뜨릴 수 없게 된다.

상기한 데서 볼 수 있는 바 『도라지꽃』은 현대화 건설에서 정신적 부를 주고 힘을 주는 그런 사랑, 전례 없는 재난을 금방 겪은 우리 민족에게 신심과 용기를 주는 그런 사랑을 쓰고 있다. 농업의 현대화를 위한 학습과 노동 가운데서 사랑의 열매를 익혀 가는 봉선이의 형상을 통하여 오직 포부가 크고 조국의 현대화 건설에 몸바쳐 싸우는 창조적인 노동 중에서 맺어진 사랑만이 가치가 있고 생명력이 있다는 철리를 일반화하고 있으며 철수의 형상을 빌어 권세,

돈, 지위의 예속물로 변한 저속하고 상품화된 사랑을 여지없이 고발하였다.

단편소설 『마음의 파도』는 보다 높은 차원에서 애정 문제를 취급한 작품이다. 이 작품에서 작자는 여주인공인 배우 영애의 사랑 이야기를 통하여 애정이 없는 혼인 관계를 유지해 나가겠는가 아니면 용감하게 그것을 부정하고 새로운 애정을 창조해 나가겠는가 하는 문제를 대담하게 제기하고 엄숙하게 해답하였다.

영애는 지난날 가장 어려운 처지에 빠졌을 때 남수의 도움을 받았다. 그리하여 영애와 남수의 애정이 이루어진 것이다. 이것은 현실적인 사랑이었다. 그러나 결혼 후 영애는 점차 사랑의 비극을 체험하지 않으면 안되었다. 어머니 못지 않게 봉건 세습에 물젖어 있는 남편 남수는 배우로서의 영애가 외지에 나가 공연하는 것을 수시로 방해하며 재질이 한창 피어나는 영애더러 직업을 바꾸라고 쌍욕을 퍼부으며 지어는 마구 매까지 들이댄다. 또 딸애를 잃고 석 달이나 헛소리를 치며 앓다가 겨우 일어난 영애에게 아들을 낳으라고 호통을 친다. 드디어 영애는 어머니와 남편이 『나를 하나의 굴암퇘지로 여긴다』는 것을 알게 되었던 것이다. 이리하여 영애는 점차 남수에게서 멀어지기 시작한다. 배우로서 영애에게는 자기의 예술 기량을 펼쳐 나갈 무대도 수요되고 또 여인으로서 영애에게는 사랑이 수요되었다. 그래서 사람이 점잖고 견해, 목표, 욕망, 홍미, 가치관이 유사한 갑준이에게 영애의 사랑은 옮겨지는 것이다.

단편소설 『마음의 파도』는 인간 심령의 구석구석에 자리잡고 있는 이지와 정감의 모순을 발굴하고 인물의 내면세계와 잠재 심리를 진실하게 파헤쳐 애정 문제에서 반봉건 의식에 모닥불을 안기고 새로운 가치관을 성공적으로 떠올렸다.

새로운 역사 시기에 진입하여 단편소설이 독자층의 확대에 힘입어 새로운 앙양을 가져올 때 조선족 소설 문단의 중견 작가들은 사상이 해방되고 예술 기량이 제고됨에 따라 단편소설의 한계성을 초탈하여 인간생활의 역사적인 종심감과 현실적인 공간감의 교차 속에서 거시적으로 보여주려는 진지한 탐구를 진행하였는 바 조선족 문단에 중편소설이 장르적으로 고착되고 장편소설 창작이 성과적으로 추진되고 있다. 중편소설 『규중비사』(김용식. 1980년), 중편소설

『숲속의 우등불』(유원무. 1980년), 『홍수는 누구?』(김경련. 1982년), 『갈림길』(김근총. 1983년), 『꿈에 본 얼굴』(김순기. 1984년), 『한 당원의 자살』(이원길. 1985년), 『청춘략전』(김훈. 1985년), 『유정세월』(고신일. 1985년), 『대문산 비곡』(박창묵. 1985년), 『생활의 음향』(최홍일. 1985년), 『시골의 여운』(우광훈. 1985년), 『언덕길』(김양금. 1986년) 등과 장편소설 『도강전야』(최택청. 1981년), 『어둠을 뚫고』(윤일산. 1981년), 『고난의 연대』(이근전. 1982년), 『번개치는 아침』(김송죽. 1983년), 『설랑자』(김용식. 1984년), 『격성시대』(김학철. 1986년), 『포효하는 목단강』(윤일산. 1986년), 『새벽의 메아리』(김운룡. 1986년) 등이 그에 대한 좋은 실례로 된다.

상술한 중장편 소설들은 대부분 역사소설이거나 역사적 소재를 취급한 것들로서 조선족의 역사와 전통의 반성에 돌리고 있으며 현대의식의 높이에서 흘러간 역사 사실을 정시하면서 첨예한 사회 문제를 형상적으로 제기하고 해답하였다. 이런 작품들은 자기의 각광을 인간의 운명을 그리는 데 집중시켰으며 산 인간의 복잡다단한 정신세계를 다각적으로 다층차적으로 구현하는 면에서 새로운 수준을 보여주고 있으며 조선족의 전통적인 문화 심리 구조의 해부, 민족의 전통 미덕에 대한 구가와 더불어 우리 민족의 열근성에 대한 비판을 내세우고 있다. 월경 초기로부터 해방될 때까지 조선족 인민들의 눈물겨운 수난의 역사와 보람찬 투쟁사를 생동한 서사적 예술 화폭 속에서 감명깊게 다루고 있는 장편소설 『고난의 연대』, 봉건사회의 한 명문 가족의 규수의 비극적 운명을 통하여 당시의 암담한 현실과 봉건예교의 죄악을 신랄하게 폭로 규탄한 중편소설 『규중비사』, 일제 식민지의 도탄 속에서 허덕이는 조국과 인민의 해방을 위하여 자기의 붉은 피로 항일 투쟁의 빛나는 역사를 써 내려온 조선 민족의 빛나는 투쟁사를 진실하게 재현한 장편소설 『격정시대』, 제2차 국내혁명전쟁 시기 조선족 혁명자들의 피눈물의 사적을 형상화한 장편소설 『새벽의 메아리』, 전국 해방전쟁 시기 혁명의 최후 승리를 위하여 용감히 싸운 조선족 투사들의 빛나는 업적을 실감있게 보여준 장편소설 『번개치는 아침』과 『포효하는 목단강』, 항미원조 시기 하나의 특수한 전선—공안 일꾼들의 반간첩 투쟁을 형상화한 『장백의 우등불』, 항일 투쟁으로부터 수십 년의 혁명 투쟁 가운데서 보람차게 싸워 온 조선족 여성들의 높은 각성과 희생정신을 실감있게 보여준 중편소설 『꿈에 본 얼굴』 등이 모두 역사 소재를 다룸에 있어 비교적 높은 예술성을 보여주고 있다.

김운룡 장편소설 『새벽의 메아리』는 반제 반봉건의 큰 포부를 안고 광주봉기에 참가하여 청춘의 기개를 떨친 조선족 투사들의 피로써 새긴 역사를 생생한 예술 화폭으로 재생하고 있다.

이 장편소설의 중심에는 김립과 그의 아내 이금주를 비롯한 조선족 투사들의 형상이 서 있다.

김립과 이금주는 모두 서울 출신의 지식인으로서 민족의 해방을 위하여 큰 뜻을 품고 조선으로부터 혁명에 떨쳐나섰다. 열혈의 지식 청년으로서 『3.1』운동에 참가한 그들은 그 운동이 실패한 후 중국에 넘어와 혁명 실천의 불길 속에 뛰어들어 혁명의 진리를 탐구하는 가운데서 마침내 혁명의 무기—마르크스주의를 선택하게 되었고 혁명의 키잡이 중국공산당을 찾았으며 점차 문무가 겸비한 혁명가로 군사가로 성장된다.

장편소설의 시작에서 두보산을 설복하여 당의 정책에 따라 양진명이를 죽이지 않는 행동을 통하여 김립은 벌써 당의 제반정책을 능란하게 장악한 성숙한 혁명자라는 것을 보여주고 있으며 양석찬의 손에서 두보산의 아내와 딸을 구해내는 행동에서 김립의 군사가로서의 용기와 슬기를 충분히 보여주었다. 피와 불의 세례를 겪으면서 자라 온 김립과 이금주는 이렇게 용감하고 슬기로운 투사이며 또 그 어떤 역경 속에서도 혁명의 이익을 첫자리에 놓고 자신의 모든 것을 혁명에 바칠 준비가 되어 있는 혁명가이며 죽음 앞에서도 물러서지 않는 강철 의지의 소유자이다. 온갖 수단을 써서 김립 부부를 낚으려고 하는 양진명의 음모를 그들은 제 때에 간파하며 그들과 날카롭게 맞서 싸운다. 1927년 4월, 장개석의 피비린 대도살이 시작되는 백색공포의 나날, 그들은 그렇듯 태연한 자태로 원수들과의 투쟁을 견지하며 금주가 체포될 수 있다는 확실한 정보를 받고도 먼저 혁명의 이익을 고려하여 의연히 지도자와 만나기로 한 약속을 지킨다. 금주가 체포되어 주강 백사장에서 총살당했다는 소식에 접했을 때도 김립은 끝내 이지를 상실하지 않고 비통을 참는다. 김립과 금주의 성격은 광주

봉기에서 더 뚜렷하게 표현된다. 그들은 자기의 희생을 각오하고 견결히 침착히 상급의 명령을 집행하며 뛰어난 슬기와 용기로 원수들과 투쟁을 벌인다.

이 장편소설에는 김립과 이금주 외에도 김규철과 그의 아내와 딸, 그리고 한설옥, 이영, 최석천, 오응권, 원시욱 등 조선족 혁명자들의 성격이 부각되었다. 그들은 거개가 김립, 이금주와 비슷한 길을 걸었으며 여러 차례의 실패와 좌절 끝에 마르크스주의를 선택하고 공산당을 찾고 마침내 민족주의자로부터 공산주의자에로의 위대한 전환을 완성한다. 이들은 장편소설에서 모두 자기의 독특한 인생 경력과 개성을 갖고 있는 산 인간으로 그려졌다. 모두어 말하면 이 소설은 광주봉기에서 조선족이 과시한 혁명적 투쟁 모습을 처음으로 다룬 작품으로 이 시기 조선족 소설문학에서 커다란 의의를 갖고 있다.

김순기의 장편소설『꿈에 본 얼굴』은 남편을 항미원조전선에 내보낸 며느리 박선옥과 남편을 항일전쟁에서 희생시킨 박선옥의 시어머니를 중심으로 이야기를 펴 가면서 혁명 전통의 주제를 심각하게 다루었다.

박선옥이는 이 소설의 주인공이다. 소설은 이 인물 형상 창조에서 전선에 나간 남편에 대한 그의 소박하면서도 진지한 사랑의 감정 흐름을 묘사하는 데 치중하면서 그의 정신세계를 생동하게 전시하였다. 결혼 후 2년 만에 남편을 해방전쟁에 내보낸 유순하고도 수줍은 선옥이는 2년간의 부부생활에서 늘 사랑의 감정을 감추고 살았는 바 김을 멜 때 남편이 가지런히 나가자고 해도 부끄러워하고 같이 머루 따러 가자 해도 시어머니를 미안해 대답하지 않았다. 그는 남편을 전방에 내보낸 나날에 감정을 감추며 남편을 기쁘게 해주지 못한 지난날의 자신을 후회하며 남편이 승리하고 돌아오는 날에는 남들이 보는 데서 악수까지 하겠다고 다진다. 따라서 남편에 대한 그리움으로 오는 애타는 감정의 소용돌이에서 모대기며 지어 남편처럼 전선에 나가 싸우고 싶어까지 한다. 남편이 희생된 뒤에는『남편과의 그 짧디 짧은 동고동락의 생활』을 되새겨 보는 것을『마음의 가장 행복한 안식처로』여긴다. 여기에는 박선옥의 고결한 지향 즉 혁명에 대한 불타는 충성심이 짙게 안받침되어 있다. 이 충성심이 박선옥이로 하여금 남편의 뒤를 따라 자신을 자각적인 혁명 투사의 높이에로 오르게 하며 맡은 바 농업 생산과 부녀 사업에서 혁명가의 아내답게 처사하게 하며 가정에서 참되 며느리, 훌륭한 어머니로 되게 한다. 박선옥의 형상에는 혁명 연대와 사회주의 건설 연대에 자기의 모든 것을 다 바쳐 싸운 조선족 인민의 혁명정신과 조선족 여성들의 강의한 성격과 미덕이 고도로 집중되었다.

이 중편소설은 또 시어머니의 형상을 성공적으로 부각하였다. 항일전쟁 연대에 남편을 혁명에 바쳤고 해방전쟁 시기에 또 아들을 전방에 내보낸 그는 한평생 혁명의 불길, 생활의 세파를 겪었고 혁명적 각성도 아주 높다. 하여 그는 선배로서 박선옥이를 이끌어 주고 도와준다.

남편을 혁명에 내보낼 때 잔정에 잡히면 혁명가의 안해되기 짝이 기울고 사람을 싸움터에 내보낼 때 살아오기만 바란다면 전사의 아내로 불리우기 부끄럽다.

아들을 전방에 내보내는 마당에서 며느리에게 타이르는 이 한 마디 말씀에는 언제나 대의를 위하여 자기의 이익을 서슴없이 버릴 각성이 되어 있는 조선족 여인의 고유한 미덕이 눈부시게 빛발치고 있다. 이런 여성이기에 남정이 없는 두 세대의 가정을 꾸려가면서 수십 년간 신세타령이라곤 한 마디 없고 당과 국가에 향하여 손 한 번 내밀지 않고 굳세게 살아올 수 있었던 것이다.

소설은 박선옥이와 시어머니의 성격을 부각하면서 여인들의 복잡한 내면세계를 간단화하지 않았다. 소설은 사실주의 창작 방법에 의거한 그들의 복잡한 내심세계를 진실하게 보여주었다. 박선옥이는 남편을 전선에 보낸 뒤 무시로 뜨거운 눈물을 흘리며 밤이면 남편이 문고리를 떼고 뛰어드는 것만 같은 환각에 잠기며 명절이면 남편 생각으로 가슴이 아리었으며 천안문 관례대에 올라서도 남편을 그리는 억누를 수 없는 비애에 잠겨 있으며 이따금씩 꿈에 남편을 만나 보기도 한다. 또 아들을 그리는 감정이 각별한 할머니는 기회만 있으면 봉림동 고개에 올라 아들을 그리며 대낮에도 환각 속에서 아들을 만나 보고 꿈 속에서도 이따금씩 아들의 얼굴을 만나 본다. 이처럼 내면세계의 복잡성을 회피하지 않았기에 소설은 독자들에게 친절감을 주며 깊은 인상을 안겨 주고 있다.

중장편소설 창작에서 소설가들은 역사 소재를 취급한 외 조선족 인민의 당

대생활에도 예술적 각광을 부여하였는 바 중편소설『한 당원의 자살』,『시골의
여운』,『갈림길』,『청춘략전』,『생활의 음향』 등이 그 좋은 실례로 된다.

　이원길의 중편소설『한 당원의 자살』은 사회주의 건설 가운데서 큰 좌절을
겪은 1950년대 말과 1960년대 초를 시대 배경으로 삼고 어느 현 저수지 공사
에서 발생한 한 당원의 비극을 통하여 오랫동안 우리의 생활을 지배하던『좌』
경적 노선이 당과 인민에게 준 막대한 피해를 고발한 작품이다.

　50년대 말 20만 인구를 가진 한 작은 현에서『좌』경적 노선과 관료주의의
작간으로 곡식들을 숫눈 속에 파묻어 버린 채 아름찬 마랍산 저수지 공사를 벌
인다. 동원된 민공들은 이루 말할 수 없는 곤란을 극복해 가면서 진땀을 빼건
만 끼니마다 기름방울도 뜨지 못한 배추국을 마시고 저수지 공사의 대권을 틀
어쥔 진국개 따위는 민공들의 노동 보조금까지 탐오하고 계집질을 한다. 겨울
이 되었지만 준다던 신발도 감감무소식이어서 민공들의 불평은 날로 높아만 갔
고 태공을 부리기도 한다.

　이 저수지 민공 대오 내에는 소설의 주인공 용내천 민공대 책임자 김호천이
있다. 50년대 초에 입당한 그는 당에 매인 몸이라는 자각을 한시도 늦추지 않
았다. 일찍 어렸을 때부터 목숨을 바칠 각오를 하고 결사대에 나가서 싸우고
후에는 해방군에 참가하여 3년간 싸우고 부대에서 돌아온 이듬해에는 당의 수
요에 의하여 A시에 가서 똥통을 메고 다니었으며 다시 농촌에 돌아온 후에도
당에 무한히 충성하였다. 이번 저수지 공사에도 희봉이가 병이 나서 대장 자리
가 비게 되니 아무말 없이 올라와 공사민공대 부대장, 현동부구역민공대 부대
장 겸 용내천 민공대 대장의 직무를 맡고 동분서주하였다. 그는 어려운 환경에
서 진국개 같은 자들의 꼬락서니가 꼴불견이어서 태공을 부리는 민공들을 이끌
고 일하였지만 신 한 켤레도 차례지지 않았다. 원래 헐망한 겹신을 신고 마랍
산에 올라왔던 그는 며칠이고 헌신적으로 일하면서 신을 기다리었으나 기다려
낼 수 없어 부득이한 사정에서 당비로 신을 사 신었다. 이것을 발견한 진국개
는 호천이에 의하여 자기의 음탕한 행위가 꼬리잡혀 언제나 한번 보복하려 벼
리던 차 기회가 왔다고 당원회의, 간부회의를 열고 호천이를 호되게 투쟁하며
지어는 출당시키겠다고 으름장을 놓는다. 이렇게 되니 성격이 나약한 김호천은

억울함을 견디지 못해 자살해 버린다. 현의 지도자는 김호천의 이런 비극을 염두에 두고 다음과 같이 사색의 여울목을 터친다.

　　김호천의 자살은 그 개인을 파멸시켰지만 진국개 같은 당원들은 우리 당 전체를 만성적인 자살에로 이끌어 갈 수가 있다. 이것은 신호이다.

이렇게 이 소설은 50년대 말의 시대적 상황에 대한 배경을 폭이 넓고 깊이 있게 깔아 주면서 김호천의 비극적 운명을 통하여 역사의 뼈저린 교훈을 잊지 말도록 경종을 울려 주고 있다. 이 소설은 강한 비극 의식과 우환의식으로 하여 이 시기의 소설에서 이채를 보여주고 있다.

우광훈의 중편소설 『시골의 여운』은 『문화 대혁명』 중 한 시골에서 벌어진 생활 비극을 취급하면서 전통적인 농민의식의 심층 구조를 파헤친 우수한 작품이다.

이 중편소설은 『문화 대혁명』 기간에 한 도시 조선족 소년이 부모가 정치적 박해를 받음으로 하여 쟈피거우라는 편벽한 시골 마을에 피난가서 보고 듣고 느낀 바와 당시 농민들의 불행한 운명을 보여주면서 얽음새를 펼쳐 갔다.

쟈피거우는 가난과 낙후의 음영이 짙게 비낀 궁벽한 산골 마을이요, 원시림으로 뒤덮이고 맹수들이 떼지어 출몰하는 무서운 산간 벽지이다. 여기는 지리상에서 폐쇄적이고 생활 변화가 완만하고 역사상에서 전통적인 문화의식이 깊이 뿌리를 내린 고장이며 물질상에서와 정신상에서 모두 가난하고 낙후한 고장이다. 작자는 이런 공간에서 그 재난의 연대를 겪어 가는 가난하고 선량하고 우매한 농민들의 생활 모습을 눈물어린 눈길로 바라보고 있다. 여기에는 모진 생활난으로 하여 그토록 애지중지하던 딸을 폐병으로 잃고마는 큰아버지, 젊은 시절 낡은 사회에서 겪은 한 토막의 인생 경력으로 하여 한평생 『토비』의 누명을 쓰고 외롭게 살아가는 방할아버지, 산동에서의 굶주림을 못 이겨 강냉이죽이라도 배불리 먹어 보려고 산 설고 물 선 쟈피거우에 몸을 붙이고 있는 뜨내기 청년 대재천, 날로 험해가는 살림살이 속에서 부엌신의 입에 바를 엿조차 없어서 안타까워하는 외할머니 등이 살고 있다.

이 사람들은 모두 자기 본분을 지킬 줄 알며 오직 자신의 노력으로 살아가려는 순박하고 선량한 사람들이며 중국 농민의 전통적인 미덕을 갖춘 사람들이다.

이른바 『검은 무리』의 아들로서 쟈피거우에 피난을 간 『나』에 대한 외할머니를 비롯한 마을 사람들의 따뜻한 보살핌이나 불쌍한 처지에 있는 조선족 처녀애와 불행하게 객사한 그 처녀애의 어머니에 대한 마을 사람들의 관심, 그리고 생활난으로 고향을 떠나온 뜨내기 대재천에 대한 마을 사람들의 지극한 동정. 큰아버지의 양딸인 조선족 처녀애 소곤이가 불행히 병마에 시달리다가 요절했을 때 방할아버지가 자기가 죽으면 쓰려던 상등 송목으로 짠 관을 내놓고 큰아버지가 그 친어머니가 남긴 조선족 치마저고리를 입혀 보내는 미거는 쟈피거우 사람들이 그 동란의 연대에도 고스란히 간직하고 있는 선량함과 순박성, 후한 인심을 그대로 보여주고 있다.

그러나 쟈피거우 사람들에게는 봉건사상의 오랜 영향으로 낡은 관습에 예속되고 운명에 대한 순종에 습관된 것 같은 열근성의 흔적도 다분히 남아 있으며 정신상에서 소극적이고 유치하고 우매한 일면도 적지 않게 남아 있다.

그들은 책을 읽지 않고 미신을 믿으며 자류지만을 자기 것이라고 여기고 사악한 것에 대하여 정면으로 맞서는 것을 꺼리고 『세상에서 우리 같은 백성은 기라면 기고 죽으라면 죽는 상을 해야 한다.』는 사상이 농후하게 남아 있으며 희망을 초현설적인 힘에 의탁하는 숙명론적 의식이 강하며 설이 오면 생활에 대한 만족감에서가 아니라 새해는 길하리라는 막연한 기대로부터 마비된 웃음을 웃는다. 또 무지한 탓으로 서슴없이 자기들이 그것에 의하여 먹고 입고 사는 생태환경을 마구 파괴해 버린다. 예를 들면 큰아버지는 서슴없이 국가의 보호 동물인 사슴을 잡는다. 이러한 소극적 의식과 유치와 무지는 오랫동안의 역사 과정에서 형성되고 침적된 것으로서 상대적인 온정성을 갖고 있으며 10년 동란 시기 『4인무리』가 봉건파쇼주의를 실행할 수 있는 사회문화 풍토로 되었다. 작자는 바로 이런 전통적인 문화 심리 구조를 예리하게 해부하고 비판의 모닥불을 안기었다.

중편소설 『시골의 여운』은 비교적 자유분방한 문체를 빌어 주인공들의 복잡한 성격을 표현하였으며 깐진 세부묘사로써 해당 시기 사회 면모와 생태환경을 진실하게 구현하였으며 일인칭 수법을 재치있게 도입하여 작품의 서정성을 높였다. 또한 거의 산문에 가까운 구성 방법으로 작품에 비교적 풍부한 사회생활을 담고 있는 것으로 특징적이다.

김근총의 중편소설『갈림길』은 네 가지 현대화에 떨쳐나선 조선족 인민들의 높은 열정을 감명깊게 다룬 작품이다.

소설은 나라의 부강과 인민의 행복을 위하여 편벽한 산구 목장에서 가지가지의 애로를 극복하면서 우량종 씨양을 발육해 내는 신형의 젊은 지식인 광호와 그와 대조되는 편벽한 산구 목장의 어려운 생활의 시련을 이겨내지 못하고 사업의 도주병, 애정의 패배자로 되는 연약한 지식인 전미영의 형상을 창조하였다. 이 소설은 이런 인물 형상의 부각을 빌어 자신의 운명을 혁명사업과 공산주의 신념에 튼튼히 결부시키는 사람만이 사업과 생활 가운데서 갖은 준엄한 시련을 이겨낼 수 있다는 것, 진정한 사랑은 공동의 사업을 위한 공동한 투쟁과 동등한 신념을 토대로 하여야만 아름답게 꽃필 수 있으며 그러한 토대를 상실했을 때 그 앞에는 파열구와 갈림길밖에는 있을 수 없다는 심각한 주제를 표현하였다.

소설의 주인공 광호는 포부가 크고 지식이 있고 양심이 있는 신형의 지식인이다. 변강의 무서운 시골 노루골대대 당 지부서기 이병수의 아들로 태어난 그는 어렸을 때부터 자기의 고향을 사랑하였으며 목민들을 닮아 순박하고 정의감이 있고 동정심이 많은 사람으로 자라났다. 그는『문화 대혁명』의 재난 속에서 아버지가『반혁명 분자』로 몰려 투쟁맞다가 원혼이 된 등 여러 가지 수난과 모멸 속에서 뼈마디가 굵어졌으며 특히 목장에 하향한 축산전문가 전국진의 영향으로 나라를 위해 축산학을 전공하리라는 푸른 꿈을 가꾸었다. 나중에 그는 훌륭한 성적으로 지구농학원을 졸업하고 몇 년의 실천 경험을 쌓은 후 다시 연구생 시험에 합격되어 축산학, 그중에서도『양학』을 전공한 후 고향에 돌아와서 계속 우량종 씨양을 키워내기 위하여 모든 정력을 몰부었다. 그러나 생활의 길은 평탄하지 않은 것이다. 성장의 길에서 광호는 과학실험 중에 부딪치는 온갖 애로를 극복해야 하였으며 사회의 풍기를 어지럽히고 사회주의 물질 토대를 좀

먹는 칠성이 따위와 싸워야 하였으며 『문화 대혁명』 중 이른바 반란파로서 아직도 그 정체를 다 폭로하지 않은 최진 따위와도 싸워야 하였으며 철남이와 같이 왜지밭으로 달아나기 쉬운 청년들을 올바른 길로 인도하여야 하였다. 특히 광호는 성격이 나약하고 개인의 안일을 첫자리에 놓고 도시생활에 대한 미련을 버리지 못한 『신사 대학생』 전미영이와 감정상에서 심각한 충돌을 겪어야 하였으며 어렸을 때부터 인생의 차고 더움을 같이하면서 키워 온 미영이와의 사랑의 파열이라는 모진 고통을 겪지 않으면 안되었다.

작품에서는 광호와 미영이가 갈라지지 않으면 안되는 심각한 갈등을 둘러싸고 일련의 생활 화폭을 진실하게 재현하면서 인생의 갈림길에서 자기의 원대한 이상에 충직하며 자기를 키워 준 고향 사람들에게 부끄럽지 않으며 자기를 올바른 세계관과 현대화한 과학 지식으로 무장시켜 준 전국진 교수 등 선배들에게 미안하지 않게 행동하는 광호의 빛나는 성격을 창조하였다.

광호와 대조되는 『신사 대학생』 전미영이는 『문화 대혁명』 중 『반동학술권위』라는 누명을 쓰고 목장에 하향한 아버지 전국진과 함께 인생고를 다 겪었으며 사랑하는 어머니마저 잃고 몇 년간 광호 어머니를 비롯한 숱한 목장 사람들의 사랑 속에서 자랐으며 새로운 역사 시기를 맞이한 후 대학까지 다닌 지식인이다. 그러나 미영이는 성격이 나약하고 대학에서 몇 년간 현대 과학 지식을 배웠지만 나라의 네 가지 현대화를 위하여 분투하겠다는 큰 포부는 세우지 못하였다. 하기에 그는 비록 광호에 대한 사랑의 힘에 끌려 산구목장에까지 배치받아 왔으나 사업의 첫걸음으로부터 부딪치는 여러 가지 곤란 앞에서 머리를 수그리고 끝내 목장에 뿌리를 내리지 못하고 이른바 자기의 새로운 길을 개척하기 위하여 도시로 돌아가 버린다. 아버지의 기대를 저버리고 광호 어머니 등 목장 사람들이 키워 준 온정을 망각하고 광호의 진정한 사랑을 배반하고 지어는 개인의 안일과 행복을 위하여 공청단원이란 칭호도 버릴 수 있다고 생각하는 전미영의 형상은 청춘의 이상과 포부, 기백과 슬기로 빛나는 광호의 형상과 대립되는 반면 교원의 형상이다.

중편소설 『갈림길』은 작자의 엄숙한 창작 태도와 사회 책임감을 잘 과시하고 있다. 작자는 예리한 안광으로 현실생활 중의 본질적인 것들을 투시하고 있으며 네 가지 현대화 중에서 현재에 발을 붙이고 미래를 향하여 힘차게 나아가는 긍정 인물의 형상을 창조하였다.

김훈의 중편소설 『청춘략전』은 개혁과 개방의 세찬 흐름 속에서 용솟음쳐 나온 청년 기업가의 생활을 통하여 80년대 청년들의 새로운 인생 추구와 가치 관념의 변화를 특색 있게 반영하였다.

작품은 어느 도시의 농부산품연합경영공사 경리인 수호와 그의 비서 겸 타자원인 설옥이의 며칠 사이의 생활을 쓰면서 주로 사업에서도 강자, 생활에서도 강자, 애정에서도 강자인 수호의 성격을 부각하였다.

수호의 강자 성격은 우선 그가 인생의 길에서 끊임없는 자기의 주어진 운명과 용감히 도전하고 치명적인 실패 앞에서 머리를 숙이지 않고 용감히 싸워 성공하는 데서 나타난다. 그 자신의 말대로 한다면 워낙 그는 『춘놈』이어서 남보다 뛰어난 점이 없었다. 게다가 한창 공부할 나이에 동란의 연대를 만나 학교도 제대로 다니지 못하고 고향에서 가양원으로 일하였다. 그러다가 새로운 역사 시기의 희망산봉을 맞이한 후 완강한 의력으로 학습을 견지하여 대학에 진학할 수 있었으며 또 실천 속에서 부단히 지식을 닦고 재질을 키운 데서 한 공사의 경리라는 중임을 떠메고 보람찬 사업을 벌여 나갈 수 있었던 것이다. 수호의 이 청춘략전 자체가 바로 『문화 대혁명』 중에서 청소년 시기를 보낸 『실락된 일대』, 그러다가 새로운 역사 시기에 다시 청춘을 찾은 세대의 전형적인 대표 인물이라고 볼 수 있는 것이다.

수호는 애정에서도 처음에는 패배하였다. 한우사칸에서 함께 일하던 하향 지식 청년 난희에 대하여 수호는 천진한 첫사랑을 품었으나 그것은 맹랑하게도 짝사랑이었다. 하나는 소를 먹이고 하나는 돼지를 먹이는 노동 중에서 수호는 은근히 난희를 사모하게 되었으며 관건적인 순간에 난희의 생명을 구해주기까지 하였다. 난희가 도시로 돌아간 다음에도 난희를 자기와 운명을 같이할 반려자가 되어야 한다는 점유욕까지 생기게 되었다. 그러나 수호에 대한 난희의 태도는 사랑이 아니었다. 난희는 수호의 사랑을 여동생에 대한 오빠의 관심으로 생각했을 뿐이었다. 그리하여 수호는 첫사랑의 고배를 마시지 않으면 안되었다. 그러나 사업에서 성공의 길을 개척해 나가는 가운데서 마침내 그는 열정이 있고 재질이 있고 현대 지식을 장악하였고 성격이 개방적이고 진공형이며 외모도 이쁜 설옥이의 사랑을 쟁취하는 것이다.

수호의 강자 성격은 또 약자에 대한 태도에서 잘 나타난다. 『문화 대혁명』 때에는 권리에 대한 찬송가를 부르고 상품경제를 발전시키는 개혁 개방의 시대에 와서는 금전에 대한 찬송가를 부르는 희수는 난희에 대한 사랑에서 수호와 충돌을 겪은 일이 있었다. 그는 군인생활도 해보고 군대에 갔다 온 후 모든 것이 자기의 뜻대로 되지 않으니 타락도 해보고 최근에는 또 장사에도 손을 대본다. 인생의 길에서 거의 걸음마다 실패하는 희수는 어느 모로 보나 사랑스러운 데가 없고 때로 밉살스럽기까지 한 약자이다. 그러나 수호는 그를 깔보지 않고 자기의 존재를 소중히 여겨야 한다고 짯짯하게 타이르면서 치명적인 실패를 당하여 구원의 손길을 뻗치는 희수에게 선뜻 자기의 개인 돈 1만원을 꺼내 부추겨 준다.

작자는 소설의 주인공을 모든 것이 완비한 인간으로 그리지 않았다. 첫사랑의 고배를 마신 수호는 울기도 하고 질투도 하며 지어는 술을 마시고 주정을 부리기까지 한다. 사업에서 난제에 부딪쳐 구원의 손길을 내미는 난희에게서 전화가 오고 글쪽지가 와도 그 이유도 묻지 않고 사절해 버린다. 그러다가 역전에서 뜻밖에 동행하는 희수와 난희를 만났을 때 어리석은 유혹에 빠진 나머지 수호는 계획 외로 설옥이를 데리고 성소재지로 떠난다. 그렇지만 관건적인 시각에 수호는 자기의 인격을 지킬 줄 알고 경쟁의식이 강하며 진공형의 성격을 갖춘 신형의 청년 기업가로 되기에 손색이 없는 사람이다.

이 작품은 역사와 현실의 교차점에서 신형의 인간을 찾아 열정적으로 노래하고 주인공들의 현재 행동과 인생 경력을 교차적으로 묘술하여 구성을 깐지게 짰으며 주인공들의 심리묘사에 가담가담 격언에 가까운 철리를 삽입함으로써 독자들에게 큰 계시를 주고 있다.

최홍일의 중편소설 『생활의 음향』은 보다 높은 차원에서 새로운 역사 시기의 인민들이 겪는 내심 충돌과 생활의 곤혹을 반영하고 있다.

이 작품은 한 소가정의 젊은 내외가 애정, 가정, 사회에서 겪는 충돌, 대립, 결렬을 통하여 상품경제의 충격 하에서 우리는 어떻게 참다운 인생 자세를 가

다듬겠는가 하는 엄숙한 문제를 제기하였다.

작품의 두 주인공은 모두 젊은 지식인이다. 그들은 자유연애에 기초한, 사업이 우정을 낳고 우정이 애정을 낳고 애정이 결혼을 낳은 나무랄 데 없는 소가정을 이루었다. 이러한 소가정은 일반적으로 그 어떤 풍파라도 이겨 가면서 굳건하게 인생의 대안으로 노저어 갈 수 있어야 하는데 여기서는 그렇지 않다.

대학을 졸업한 『나』는 A시에 배치받았으나 그의 아내 정희는 재무학교를 졸업하고 현소재지에 배치되었다. 그리하여 이 소가정에는 우선 전근이 큰 문제로 제기된다. 『나』는 조직에서 해결할 때까지 기다릴 생각이었으나 아내는 동창생들의 힘을 입으면서 끈질긴 『전투』를 벌여 끝내 A시 상업국 업무과에 전근되어 왔다. 아내는 전근 과정에서 놀랍게 사회 현실에 적응하고 문제를 해결해 주는 사람들에게 좋은 인상을 남겨주기 위하여 몸치장에 각별히 힘을 쓰기도 하고 선물을 보내고 술상을 차리기도 한다. 아내는 이렇게 하는 것을 문제 해결의 유일한 수단이라고 생각하지만 남편은 아내를 용속한 여자, 인격을 자갈돌처럼 차 던지는 여자라고 생각한다. 이리하여 아내의 전근은 부부에게 있어서 더없이 기쁜 일이었으나 감정에는 미묘한 파열이 생기게 하였다.

전근 문제가 해결된 후 이 소가정의 생활은 평온하게 흘러가는 것 같았으나 수면 밑에는 소용돌이가 세찼다. 풍부한 지식, 강유력한 수단, 건강한 의지 이 세 가지를 인생의 좌우명으로 삼고 있는 아내는 앞으로 사업의 수요에 적응하기 위하여 영어도 학습하며 직무의 편리를 이용하여 일부 부정당한 이익도 도모하여 이따금씩 야회에 출입하여 모모한 어른들과 교제하기도 한다. 그러나 이 모든 데 대하여 남편은 못마땅하게 생각한다. 이렇게 이 소가정은 그 바탕으로부터 금이 커 가기 시작하는데 집은 뜻밖으로 아내 쪽에서 해결하게 되었다. 한 달에 20원씩 주는 10평방미터 짜리 셋집으로부터 35평방미터 짜리 집, 『나』는 『만세』를 불러야 하는 처지였지만 또 자기의 무능력을 느끼지 않을 수 없었으며 아내의 신세에 집을 탄다는 불쾌감이 없지 않았으며 『남의 지휘만 받을 사람』, 『큰일을 해낼 수 없는 사람』이라는 아내의 평가에 수긍할 수밖에 없게 되었다.

이렇게 커지는 감정상의 파열은 『나』의 사업 문제를 놓고 더욱 커지게 되었다. 『나』가 자기를 천성적으로 교원감이 아니라고 생각하면서 연구생 시험을 치려 할 때 남편을 기쁘게 해주고 남편의 앞길을 열어 주기 위해 아내는 자기의 방식대로 활동하여 시백화공사 경리의 비서 자리를 찾아 놓는다. 그러나 『나』는 연구생 시험을 치려는 사람으로서 다른 직장에 전근하는 것은 양심상에서 가책되는 일이라고 생각하며 또 전근을 하면 떳떳이 하지 술상을 차려 『코밑 치성』을 하면서 전근하고 싶지는 않았다. 그래서 아내가 20원을 팔아서 마련한 연회에 단연히 참가하기를 거절하였다. 이것으로 하여 큰 싸움이 벌어지고 싸움은 또 더욱 큰 감정 파열을 초래하게 된다. 그리하여 마침내 이혼 수속을 하지 않고 분거하게 된다.

나중에 『나』는 전근하지 않고 교편을 잡은 채 자습을 견지하여 연구생 시험에 합격하고 외국 유학을 가게 되는데 출국의 길에 오르면서도 아내와 이혼하느냐 아니면 정상적인 관계를 회복하느냐 하는 문제상에서 명확한 태도를 표시하지 못한다.

총적으로 『나』는 청렴하고 성실하고 독립 인격이 있는 지식인으로서 용감히 생활의 목표를 향하여 돌진하는 우리 시대의 강자이다. 『나』의 몸에서 우리는 나라의 네 가지 현대화를 위해 불공평한 대우도 아랑곳하지 않고 간고분투하는 지식인의 참된 인생 자세와 맑고 깨끗한 정신세계를 볼 수 있다.

작자는 이 작품에서 주인공들의 성격을 간단화하지 않고 힘써 복잡하고 모순된 인간의 내면세계를 그대로 파헤쳐 작품의 진실성을 높였다. 개인의 이익을 위하여 수단과 방법을 가리지 않는 인간, 권세에 아부하는 인간, 마지막에는 정조까지 바칠 수 있는 『타락한 여자』, 『방탕한 여자』라고 평가되는 아내는 남편에게 없는 『학문』 즉 사회에서 큰 성공을 하는 데 꼭 있어야 하는 『학문』이 있으며 제나름대로 생활의 길을 개척해 가는 강자로 묘사되었다.

작품은 우리의 일상생활에서 흔히 볼 수 있는 사소한 사건들을 통하여 거기에 첨투되고 반영되고 교차되는 인간의 심리상태를 진실하게 파헤치었으며 현실을 초월하여 인생의 목표를 향하여 나래치려는 지식인의 현실생활 중의 곤혹을 생생하게 재현하였다. 작품은 구성이 째이고 언어가 유창하며 주인공들의 미래의 운명을 독자들의 사색에 맡김으로써 문학 공간을 확대하고 긴 여운을 남겨 주고 있다.

제4절 『격정시대』와 『규중비사』

  장편소설 『격정시대』와 중편소설 『규중비사』는 새로운 역사 시기 조선족 문학에서 뚜렷한 위치를 차지하고 있는 작품이다.

  『격정시대』의 작자 김학철은 당대 조선족 문학사상에서 크낙한 성과를 떠올린 저명한 소설가이다.

  1956년 말부터 이른바 『반동작가』란 누명을 쓰고 정치상에서 갖은 박해를 받았고 『문화 대혁명 기간』에 또 『간첩』, 『현행 반혁명 분자』란 터무니 없는 감투를 쓰고 10년간 감옥살이를 한 김학철은 새로운 역사 시기에 진입하여 당의 제11기 3차 전원회의의 따사로운 빛발 아래 정치상에서 해방을 받고 다시 문단에 등장하게 되었다. 이런 환경 속에서 제2차 해방의 감격과 불타는 지향에 고무를 받은 김학철은 새로운 역사 시기의 개혁 개방의 물결을 타고 만년의 창작 활동을 줄기차게 벌여 나가고 있다. 하여 1980년부터 1986년까지 7년 사이에 선후로 전기문학 『항전별곡』(1983년), 『김학철 단편소설집』(1985년), 장편소설 『격정시대』(1986년)를 세상에 내놓았으며 수십 편의 잡문을 발표하여 독자들의 넓은 공명대를 획득하고 있다. 김학철은 1985년부터 중국작가협회 연변분회 부주석 직무를 담임하고 있다.

  장편소설 『격정시대』는 새로운 역사 시기의 김학철의 대표작일 뿐만 아니라 이 시기 조선족 문학의 이정표의 하나로 된다.

  『격정시대』는 상, 하 두 권으로 된 무려 79만 자에 달하는 장편 거작이다. 이 소설은 폭넓은 사시적인 화폭으로 1920년대로부터 1940년대 초엽의 조선족 인민들의 눈물겨운 수난사와 빛나는 투쟁사를 진실하게 재현하였고 조선족 공산주의자들의 성장 과정과 그들의 피어린 발자취를 생동하게 보여주고 있다. 작자는 이 소설에서 역사적 유물주의의 안목과 사실주의의 창작 방법에 입각하여 일본 제국주의의 침략으로 인한 백의 동포들의 비참한 생활 처지를 구체적으로 전시하였고 첨예한 계급 모순과 민족 모순의 충돌 속에서 인민들의 각성 과정과 부동한 계층의 현실에 대한 각이한 태도를 형상적으로 표현하였고 우리 민족의 선각자들이 조선 반도로부터 중국에 와서 혁명에 가담하게 된 역사적 필연성과 그들의 빛나는 위업을 열정적으로 가송하였다. 김학철은 이 장편소설을 쓰게 된 동기를 두고 다음과 같이 말한 바 있다.

> 『우리 민족의 자랑스러운 아들딸들이 걸어온 발자취를 망각의 흐름모래 속에 묻혀 버리지 않게 하려고 나는 총이 아닌 붓을 들고 한바탕 분투를 해야 하였다.』
> (『격정시대』 후기에서)

장편소설 『격정시대』는 작자의 이런 동기와 지향을 성공적으로 형상화하였다.

장편소설 『격정시대』의 가장 두드러진 성과는 생동한 예술 수법으로 조선 공산주의자들의 형상을 감명깊게 부각하여 조선족 당대 문학의 인물 형상 화랑을 풍만하게 한 데 있다.

서선장은 소설의 주인공으로서 역사적 진실과 예술적 허구에 의해 창조된 조선 공산주의자의 전형적 형상이다. 작자는 종적, 횡적인 두 개 시점에서 선장이의 형상을 부각하였다. 횡적인 시점에서 선장이가 급격하고도 첨예한 모순 충돌 속에서 혁명 투사로 성장되는 과정을 전시하였고 사회 상황과 혁명 투쟁 속에서의 여러 가지 관계를 통하여 선장이의 영웅적인 성격과 고상한 품덕을 다각적으로 표현하였으며 종적인 시점에서 철모르는 개구쟁이 소년이 민족의식에 눈뜨고 민족 해방 투쟁의 최전선인 중국에 와서 일제와 싸우는 전사가 되고 나중에는 혁명의 무기 마르크스주의를 찾고 공산당의 영도 밑에 공산주의자로 되는 성장 과정을 형상화하였다.

원산의 가난한 어부의 가정에서 태어난 주인공 서선장이는 일본 제국주의의 침략의 마수에 의하여 온통 혼란해진 세상에서 동년 생활을 겪는다. 경제적 빈궁, 정치적 불평등, 나라를 빼앗긴 겨레들의 모진 비애, 역경 속에서도 여전히 살아 숨쉬는 인민들의 미덕과 침략자들에 대한 자연발생적인 저항심 이런 것들이 바로 서선장이 동년 시절에 직접 목격하였고 겪은 인생 체험인 것이다. 어민들은 집집마다 생활고에 쪼들리고 이따금씩 바다로 나갔다가 풍랑을 만나 돌아오지 못하며 생계를 유지하기 위하여 쌍년이 같은 처녀들은 돈 많은 일본 사람들의 첩으로 들어가고 수많은 여성들은 우마보다 못한 대접을 받으면서 강가에 나가 자갈을 친다. 선장이네 살림도 말이 아니다. 어느 해에는 고등어가 잘 잡히었는데 도리어 시세가 똥값으로 떨어져서 밑천도 건지지 못하고 아버지는 술로 타는 속을 달래며 누님 정실이는 구차한 살림을 돕기 위하여 강가에 나가 자갈을 치다가 그것도 잘되지 않으니 한진사네 어멈으로 들어간다. 이것이 바로 나라를 통째로 일제놈들에게 빼앗긴 조선 인민의 생활상이었다.

생활은 이처럼 어려워도 인민들의 전통적인 미덕과 민족의 고유한 기질은 아직 완전히 포기된 것이 아니었다. 가난한 십이라고 해도 집안에서는 아랫사람이 윗사람을 존경하고 윗사람이 아랫사람을 사랑하며 쪼들린 생활 속에서도 웃음이 있으며 동네에서는 가난한 이웃끼리 서로 생각해 주며 돌봐 주며 살아간다. 씨동이는 생명의 위험을 무릅쓰고 파도 세찬 바다에 뛰어들어 조난당한 네 어민을 구해 주고도 그 대가로 차례진 중상 50원을 단연히 거절한다.

일제의 압박과 착취가 우심하던 시기 가난한 어부들의 생활과 그들의 비참한 운명, 인민들의 고상한 품성 등은 어린 선장에게 깊은 인상을 남겨 주었고 그의 가슴 속에 강의한 성격과 반항의 씨앗을 심어 준다. 소학교 시절에 원산항에 들어선 배를 그중에서도 군함을 보면서 어린 선장이는 어째서 조선의 군함은 없는가에 대한 의문을 가지며 학교에서 배우는 국사가 조선 역사가 아니라 일본 역사임에 반감이 생겨 선장이는 자기 또래들과 함께 『국』자를 『일』자로 고쳐 버린다. 선장이는 또 이따금씩 거리에서 왜놈의 아이를 패 주고 그것으로 하여 일본 순사에게 붙잡히기도 한다. 나중에 나 어린 선장이가 『원산노동연합회』의 영도 밑에 벌어진 총파업 및 그번 투쟁에서 씨동이가 체포되고 김영하 선생이 사직당하고 노동자들의 지도자 주철산이 장렬하게 희생되는 것을 목격함에 따라 그의 민족의식과 저항의식은 더욱 굳어지게 된다.

소학교를 졸업한 선장에게는 꿈에도 상상하지 못한 길이 펼쳐져 서울 아주머니 집에 양아들로 받들리우게 되고 보성고보에 입학하게 된다. 서울은 열네 살의 선장에게 미지의 세계를 펼쳐 놓는다. 그러나 서울도 세상과 동떨어진 그런 세외도원이 아니었다. 나 어리고 총명하고 감수성이 강한 서선장이는 점차 서울의 밑바닥을 꿰뚫어 보게 되며 드디어는 동년의 요람 원산과 서울의 동질성을 발견하게 되며 그의 민족의식과 저항의식은 새로운 차원으로 승화하게 된다.

서울에도 연변호사네 어멈처럼 고향에서 부모 처자를 잃고 생계를 유지하기 위하여 노동을 파는 가난하고 불쌍한 사람이 있는가 하면 또 때로는 땟국이 흐르는 넝마를 걸치고 포도 위에 그림을 그려 돈푼을 모으는 어린이가 있으며 또 종로 네거리에까지 나뭇짐을 메고 와서 겨우 50전을 받는 나무 장사꾼도 있다. 말하자면 식민지 시대 인민들의 경제면에서의 빈궁상을 목격할 뿐만 아니라 또 간 곳마다 사람들의 정신상의 공허와 빈곤을 보게 되며 사람과 사람들의 관계에서의 불평등, 사회의 구석구석에 존재하는 부조리 현상, 그리고 속으로부터 곪아나는 낡은 사회의 병집을 간파하게 된다. 그러나 서울에서 선장이를 제일 크게 격동시킨 것은 인민들의 반일 투쟁이었다.

선장이 보성고보 일학년 때 첫 학기에 친일주구 반동 교장을 구루마에 실어 동대문 밖 쓰레기 처리장에 버리는 사건과 학생 반일 수령 김봉구의 빛나는 모습을 보게 되며 두 번째 학기에는 광주학생봉기, 전국적인 동맹휴학과 보성고보에서 『일본 제국주의를 타도하자』는 구호가 높이 울리고 수많은 학생들이 퇴학 처분을 받고 투옥되는 장면을 보게 된다. 이런 사실은 선장이의 반일의식의 각성에 커다란 힘을 안겨 준다. 하여 그는 김봉구 학생, 김영하 선생, 씨동이 등의 영향 밑에 드디어 『우리 민족은 무릎을 꿇고 살기보다는 꿋꿋이 서서 죽는 편을 택할 민족』이라는 것을 깨닫게 되고 일본 제국주의 침략자를 몰아내고 독립할 날이 기어이 오고야 말리라는 신심을 가지게 된다. 그는 연이어 일어나는 반일 사건, 『9.19』사변, 중국 상해 홍구공원에서 조선인 윤봉길이 폭탄을 던져 경축회장 주석대에 앉은 일본군 장령 여럿을 살상한 사건들의 충격을 받아 애국애족의 감정이란 추호도 없는 아주머니에게 실망을 느끼고 다음과 같은 생각에 물젖는다.

　　『남들은 다 목숨을 걸고 나라의 독립을 위해 싸우는데 나만 안일하게 여기서
공부를 해? 수치스러운 일이다. 도저히 양심이 허락하지 않는다. 그렇지만 여기서
는 폭탄두 권총두 다 손에 넣을 수 없으니까… 중국으로 건너가자. 임시정부를 찾
아가자. 황포군관학교루 가자. 가면 무슨 수가 나겠지. 가자!』

　　반복적인 사상 투쟁을 거쳐 이런 결의를 다진 열혈청년 서선장이는 제2 윤
봉길이 되겠다고 작심하고 아주머니네 집을 탈가해버리고 중국에 와서 처음에
는 민족주의자들의 테러 활동에 가담한다. 점차 서선장이는 이 세상엔 이름있
는 윤봉길이가 있을 뿐만 아니라 이름 없는 윤봉길이가 가득하다는 것을 알게
되며 또 자기의 테러 행동이 보람이 있다고 생각하며 자기가 거의 제2 윤봉길
이로 되는 환각에 잠길 징도로 자랑을 느낀다.

　　부단한 투쟁 실천 중에서 선장이는 드디어 테러 행위가 반일 투쟁의 중요한
수단으로 될 수 없고 민중을 발동하는 것만이 반일 투쟁 승리의 유일한 길이라
는 것을 깨닫게 된다. 특히 공산주의자들의 영향 밑에서 마르크스주의 저작들
을 학습하면서 그는 투쟁의 무기, 혁명의 진리를 장악하게 된다.『선장이는 자
기가 여태 흐리멍텅한 혼돈세계에서 헤맨 것만 같았다. 저라는 것이 무엇인지
도 모르고 또 제가 어디로 가고 있는지도 모르고 그저 맹탕 남의 정신으로 살
아온 것만 같았다.』마르크스주의 저작을 읽으면서 선장이는 자기의 체험을 이
렇게 개괄하였다. 그는 상급의 배치에 따라 민족의 미래를 두 어깨에 짊어지겠
다는 자각과 민족 해방에 필요한 군사 과학을 배우겠다는 포부를 한 가슴에 안
고 황포군관학교에 들어가 군사 과학을 힘써 배운다. 그 후 그는 군관학교를
졸업하고 국민당 군대의 소위로 된다. 국민당 군대생활에서 그는 점차 국민당
의 부패상, 무능, 나약성을 보게 된다. 이를테면 막부산 전투에서 국민당 지휘
원들이 무턱대고 철퇴하는 것으로 자기의 실력을 보존하는 것을 목격하였고 장
사에서 철거할 때에 국민당의 오류적인 판단에 의하여 불을 달아 멀쩡한 도시
를 잿더미로 만들어 버리는 것을 보았고 국민당 군대의 지휘원들 사이에 공산
당을 치는가, 일본놈을 치는가 하는 문제가 수시로 논의되는 것을 간파하였고
또 전사들의 수당금과 식료품이 층층이 내려오면서 도적맞히는 것을 보게 됨에
따라 선장이의 계급의식은 점차 높아지며 국민당에 대한 불만을 품게 된다. 하

여 나중에는 자기의 전우들과 함께 『해방구를 넘어가야 한다』, 『팔로군과 합류하는게 유일한 출로다』라는 결단을 내린 나머지 태항산 항일 근거지로 넘어온다. 소설은 선장이가 태항산 항일 근거지의 품에 안길 때의 격동된 마음을 다음과 같이 그리고 있다.

> 『선장이는 난생처음 자유로운 땅을 디디었다. 왜냐 하면 그의 조국이 망하던 그해에 그의 어머니도 겨우 열다섯 홍안의 부끄럼 타는 소녀였으니까.
> (아 태항산! 세상에두 빈궁하구 또 세상에도 부요한 태항산아, 우리는 그대의 품속에 뛰어들었다.)』

항일 근거지는 서선장이의 기대를 무너뜨리지 않았다. 팔로군의 간고소박하고 평등하고 민주적인 작풍, 부대 내의 자유롭고 친절한 분위기는 대번에 서선장이의 마음을 끌었으며 이것이야말로 진정으로 혁명을 하는 군대로구나 하는 결론을 내리게 된다. 하기에 서선장이는 생활고를 낙천적으로 대하고 일제 침략자들과의 싸움에서 피를 흘리며 생명을 바치는 것을 영광으로 생각한다.

이렇게 원산의 바닷가에서 맨발 벗고 달아 다니며 망국노의 설음에 모대기던 소년 서선장이는 서울, 상해, 남경 그리고 중국의 광활한 대지 위에서 전쟁의 포화를 겪으면서 가슴에 혁명의 진리를 품고 손에 항일의 총을 든 투사, 공산주의자로 성장되는 것이다.

장편소설 『격정시대』는 서선장의 형상을 성공적으로 부각함과 함께 씨동이, 김봉구, 송일엽 그리고 수많은 조선족 항일 투사들의 군상을 생동하게 부각하였다.

씨동이는 서선장이와 같이 원산 태생의 노동자이다. 『시커먼 소도적처럼』 생긴 씨동이는 역시 한마을에 사는 처녀 쌍년이를 무척 아끼고 사랑하였으나 돈 없고 권리 없는 까닭에 왜놈에게 빼앗기고 만다. 그러나 그는 어떤 역경 속에서도 자신의 인격을 지키는 남자 대장부이며 또 식민지 시대라는 고달픈 인생살이 속에서도 뜨거운 인정미를 고스란히 간직하고 사는 인간이다. 어느 해 여름 불시에 폭풍이 터지는 바람에 바다에 나갔던 고깃배 한 척이 돛대가 부러지고 노까지 잃었었다. 뭍에 닿으려고 무진 애를 쓰는데 폭풍우는 더욱 기승을 부리고 배 위의 어부들은 뱃전을 붙잡고 아우성을 친다. 그네들의 부모 처자들은 땅바닥에 주저앉아 목놓아 울고 있다. 이때 마을의 한진사가 상금으로 50냥을 걸고 위험에 빠진 어민들을 구하려고 한다. 벌써부터 사나운 바다를 노려보며 우리 안에 갇힌 들짐승처럼 안절부절 못하던 씨동이가 마닐라 로프를 어깨에 메고 물 속에 뛰어든다. 그는 죽을 고비를 넘기면서 끝내 사경에 처한 어민들을 구해 낸다. 하지만 일이 끝난 후 씨동이는 상금을 거절한다. 가난에 쪼들리는 부모들이 『50원이면 입쌀이 여덟 가마야, 입쌀이 여덟 가마.』하고 그 상금을 받기를 원하고 또 한진사가 사람을 시켜 상금을 보내 주기까지 하지만 씨동이는 『엄마가 아무리 불쌍해도 인끔 떨어지는 일을 나 못하겠소. 죽는 사람을 구하는 데 상금이 다 뭐야 개코같이! 상금이 없었다면 사람이 죽는 걸 눈앞에 보고도 가만히 서 있겠는가.』하고 내뱉는다. 여기서 우리는 아무리 암담한 생활 속에서도 고매한 덕성과 뜨거운 인간성을 안고 사는 젊은이의 정신세계를 볼 수 있다. 이런 덕성과 인품의 소유자이기에 그는 인생 길에서 필연적으로 침략자들과의 저항의 길을 택하게 되는 것이다. 처음 그는 자연발생적으로 원산부두 노동자들의 파업에 참가하게 된다. 그 결과 경찰에 체포되어 옥고를 치르게 되며 감옥에서 도망치다가 붙들렸으나 다시 도망쳐 나오고 끝내 중국에 들어와 혁명의 길을 찾아 마침내 공산주의자로 성장된다. 나중에 그는 민족 해방의 길, 일본 제국주의 침략자를 타도하는 항일의 성전에서 자기의 청춘을 바치는 것이다.

송일엽이는 『격정시대』에서 성공적으로 부각된 또 하나의 개성적인 형상이다.

임진왜란 때 초석루에서 술잔치를 하다가 만취한 왜장을 껴안고 사품치며 흐르는 남강에 뛰어들어 함께 죽었다는 애국 기생 논개와 마찬가지로 송일엽이도 미인이며 애국 여성이다. 논개를 가장 숭상하는 일엽이는 상해공공조계의 유명한 댄스홀 『메트로폴리스』의 댄서로 있으면서 반일 테러 활동에 종사한다. 그녀는 선장이네와 배합하여 악마같은 무라다 경부를 미인계로 끌어내다가 황포강에서 통쾌히 처단하기도 하며 상해보위전에서는 위문선전대로, 그 후 조선의용군 생활에서는 여전사로 싸우기도 한다. 그런데 이 『20세기 논개』는 『카

르멘처럼 활달한가』하면 『좀 셈 바르고 또 변덕스러운』 성격의 소유자였다. 그녀는 프랑스 조계지에서 선장이를 만나자마자 홀딱 반해버린다. 운명의 조화로 하여 그녀는 유권자들의 노리개로 충당되었으나 정의감이 있고 성격이 강직하고 애증이 분명하였다. 그녀는 혁명 대오에 참가한 후 커다란 모순과 고민 속에 빠지기도 한다. 번화하고 현란한 댄스홀에서 맘껏 유홍을 즐기던 그녀에게는 부대의 철같은 규율과 조직 생활이 부자연스럽게만 느껴졌던 것이다. 하기에 그녀는 전우들을 보고『혁명 대오는 왜 이렇게 개인의 자유란 게 하나도 없지요?』하고 불평을 부린다. 그러나 그녀는 왜놈을 쳐 부시는 전쟁판에서는 용감성의 소유자이며 전우에 대하여서는 불타는 동정심의 소유자이다.

이외에도『격정시대』에는 후에 저명한 공산주의자로 된 서울고보 시기의 학생운동 수령 김봉구 등 수많은 항일 투사들의 형상을 생동하게 떠올렸으며 부유하고 명망있고 건강한 남편이 있지만 늘 공허와 고통과 불안 속에서 사는 박숙자 아주머니, 원산의 유족하고 선량하고 민족 골기가 있는 한진사, 부단한 사색과 실천 속에서 드디어 혁명의 길에 나서는 지식인 한정희 등 인물을 성공적으로 부각하였다.

이상에서 본 것처럼 장편소설『격정시대』는 주인공 서선장의 형상을 치중하여 성공적으로 부각함과 아울러 씨동이, 김봉구, 송일엽 그리고 수많은 항일 투사들의 군상을 생동하게 형상화하였다. 그들은 비록 서선장이처럼 작품의 전반 슈제트에 관통되어 등장하는 것은 아니지만 모두 개성이 있는 산 인간으로 창조되어 서선장의 성격에 영향을 주기도 하며 보충해 주기도 하며 또 자체의 개성으로 독자들을 감화시키기도 한다. 이밖에도 원산의 한진사 가정, 서울의 연변호사 가정 등에 대한 묘사는 모두 주인공들이 성장한 환경에 대한 묘사로 되며 또 자체의 예술적 매력으로 심미적 가치가 있으며 인식적 가치로 독사들을 교양하고 있다.

『격정시대』는 예술상에서 한낱 특색이 있는 전기체 소설, 작자의 말대로 하면 『「격정시대」는 소설의 형식을 빌어서 엮어 놓은 전기문학이다.』(『격정시대』 후기에서) 작자는 이 작품의 씀에 있어서 전기체 문학을 특성을 고려하여 인물의 성장 과정과 그의 경력, 성격적 특징을 역사적 현실에 토대하여 서술하는 것과 소설의 특성에 비추어 예술적인 허구를 더하는 것을 결합시켰다. 그러나 이런 허구를 더함에 있어서도 작자는 인물에 대한 터무니 없는 이상화의 수법을 반대하고 역사적, 구체적 상황에서의 진실한 인물을 『생활의 논리』에 따라 부각하는 사실주의 원칙을 견지하였다. 이 점에 대하여 작자는 다음과 같이 피력하고 있다.

> 『우리는 전기문학이나 회상기 또는 무슨 전기 같은 것을 통하여 흔히 위인, 걸사들에 접하게 되는데 일반적으로 보아 주인공들이 너무 동떨어지고 너무 완전무결하지 않은가 하는 느낌을 받는다. 체면없이 너무 신격화해 버린 것은 더 말할것도 없고 말이다. 구태여 현실세계에 있을 수 없는 인물을 조작해 가지고 또 지구상에 있어 본적 없는 일—신화를 꾸며내서 독자를 우롱하는 사람들의 심사를 나는 정말 모르겠다.』(「격정시대』의 창작 과정』에서. 『갈매기』잡지 1987년 제4기)

이런 원칙으로부터 출발하여 작자는 『격정시대』의 인물들을 『모두 우점도 있고 결점도 있는 보통 사람으로 부각하였으며 적들을 다 총받이가 되려고 이 세상에 태어난 것 같은 허수아비로 만들지도 않았거니와 아군을 다 「전설적 영웅」으로 다듬어 세우지도 않았다.』(동상)

동년 시절의 서선장이를 묘사함에 있어서 그의 총명, 다정다감, 진취심을 썼을 뿐만 아니라 그의 유치와 무지를 그대로 썼으며 지어는 항일 대오에 들어선 다음에도 서선장이와 그의 전우들의 결함을 오류로 그대로 썼다. 이런 사실주의적 묘사는 서선장이와 그 전우들의 성격에 손상 준 것이 아니라 도리어 더 친절하고도 사랑스럽게 하였으며 피와 살이 있는 인간으로 되게 하였다. 부정적 인물 형상을 부각함에 있어서도 작자는 생활을 진실하게 쓴다는 원칙에 입각하고 있다.

소설의 구성을 짬에 있어서 작자는 『격정시대』의 전기체 소설의 특징과 작품의 주제사상의 표현을 고려하여 세 청년 즉 서선장을 비롯한 양씨동, 김봉구의 운명선을 주선으로 하고 구성을 짜고든 것이 특징적이다. 원산의 노동자 출신의 양씨동이는 서선장의 성격 발전의 첫 번째 단계의 본보기이고 김봉구는 서선장의 성격 발전의 두 번째 단계의 본보기이다. 그러므로 작자는 양씨동이와 김봉구의 성격 부각에 서선장이보다 못지 않게 필묵을 쏟았다. 서선장이의 성격 발전의 세 번째 단계와 네 번째 단계에는 본보기가 어느 개인에 집중되는 것이 아니라 숱한 민족주의 투사들과 공산주의 투사들의 몸에 분산된다. 하기에 이때에 와서는 자연스럽게 어느 개체의 형상에 대한 치밀한 묘사를 피면하고 그 구성 체계가 각이한 성격군에 대한 자유로운 묘사에 바쳐지고 있다. 한마디로 말하면 이 작품의 구성을 강물이 흘러 바다로 가는 데 비할 수 있다. 서선장, 양씨동, 김봉구 등도 바다의 한 방울의 물로 된 다음에는 다른 숱한 물방울과 같은 비중을 차지할 따름이다.

연박한 역사 지식과 풍부한 사회 경력을 갖고 있는 작자는『격정시대에서 1920~30년대의 조선과 중국의 인정 세태와 풍속 습관들을 진실하게 묘사함으로써 독자들에게 풍부한 역사 지식을 줄 뿐만 아니라 작품의 민족적 색채를 짙게 하였다. 예술 표현 수법에 있어서 그 필치가 소박하고도 예리하며 유머 풍격을 멋지게 살리고 있는 바 소설의 수많은 에피소드들이 웃음, 때로는 눈물을 자아낼 정도의 웃음을 내포하고 있다.

장편소설『격정시대』도 자기의 결함을 갖고 있다. 예를 들면 제1부에 비하여 제2부의 구성 작업이 깐지게 되지 못하고 제2부에서 서선장 등 주인공들을 제1부에서처럼 입체적으로 형상화하지 못하고 주인공 서선장이가 겪은 수많은 에피소드를 직선적으로 열거한 흠집이 보인다.

이러한 결함이 있음에도 불구하고『격정시대』는 김학철의 창작 재능과 풍격을 집대성한 장편소설이며 조선족 문학사에서 공백을 메운 성과작이다. 한 세기 이래 조선족은 중국 혁명의 승리를 위하여 수많은 피를 흘리었다. 여기에는 항일전쟁 시기에 화북에서 싸운 조선족 공산주의자들의 투쟁도 빛나는 한 페이지를 차지하고 있다. 그러나 해방 후 수십년 내 이 방면의 투쟁을 반영한 작품이 없었다. 바로 이 공백을 항일전쟁 시기 국민당 군대와 함께 싸우기도 하고 팔로군, 신사군과 어깨 곁고 싸우기도 한 심상찮은 경력을 갖고 있는 김학철에 의하여 메워졌던 것이다. 뿐만 아니라 이 소설은 조선족 문학사에서 처음으로 한 인간의 민족주의자로부터 공산주의자로의 전변 과정을 조선과 중국을 망라한 광활한 사회 배경 아래에서 풍만하게 재현하였다,

『규중비사』의 작자 김용식(1925~1986)은 새로운 역사 시기에 진입하여 창작 성과를 뚜렷이 떠올린 조선족 소설가이다.

1925년 1월 9일 조선 경상북도 영양군(英陽君)에서 태어난 그는 동년 시절에 서당에서 한학을 수업하였다. 1940년 즉 15세 되는 해에 부모를 따라 중국에 들어온 그는 1945년 7월 흑룡강성 목단강시 사도(師道)학교를 졸업하고 항일전쟁이 승리한 후 10년간 북만 일대에서 중소학교의 교편을 잡으면서 문학 창작을 시작하였다. 1957년 8월 중국작가협회 연변분회에 전근하여 당시 작가협회 기관지『아리랑』잡지 편집부에서 사업하다가『반우파 투쟁』의 확대화에 의하여『우파』로 몰려 농촌에 내려가 노동 개조를 하게 되었다. 1961년 10월부터 연변예술관에서 꾸리는『연창재료』의 편집, 1962년 8월부터 화룡현 문화관 보도원 사업에 종사하다가 1965년 9월부터 화룡현 와룡향에 내려가 농업 생산에 종사하였다.

『4인무리』가 꺼꾸러진 후 그는 중국공산당의 새로운 시책에 의해 해방을 받고 1979년 연변문학예술연구소에 전근되어『문학예술연구』(『문학과 예술』의 전신)지의 편집원으로 근무하면서 문학 창작의 황금 계절을 맞이하였다. 그는 1986년 5월 간염으로 세상을 뜨기까지의 사이에『소쩍새 우는 밤』(1979년) 등 여러 편의 단편소설들과 중편소설『규중비사』(1981년), 장편소설『설랑자』(1985년), 장편소설『시골의 여성들』(1986년), 장편소설『무영탑』(1987년)을 발표하였으며『경박호의 유래』,『숯구이 총각』등 수십 편의 구전설화를 채집, 정리하여 발표하였다.

중편소설『규중비사』는 김용식의 소설 풍격과 수준을 과시하는 대표적인 작품이다. 이 소설은 한 봉건 사대부 가문의 규방에서 일어나 애정 비극을 통하여 이조 말엽의 암담한 사회상과 사람을 잡아먹는 썩어빠진 봉건예교의 죄악상을 적나라하게 폭로 규탄하고 있다. 작자는 이 중편소설의 소재와 주제사상에 대하여 다음과 같이 피력한 바 있다.

『「규중비사」는 역사상의 실재한 인물이나 사건에서 취재한 것이 아니라 민간 이야기에서 취재하였다. 나는 이 소설에서 양반 사대부 가문의 윤리도덕적 정신

면모와 생활 내막 통치계급 내부의 권세 다툼이 사생활의 혼인 문제에까지 파급되는 가중한 추태, 규방생활의 진실한 화면 등을 뚜렷이 보여주기 위하여 노력했고 주인공 백란당과 유원하의 형상을 치중하여 부각하는 외에 부동한 계층과 신분의 인물들을 가급적으로 선명하게 부각하려고 애썼으며 이조 양반 가문의 규방에서 일어난 눈물겨운 비극적 참경의 사회적 근원을 밝히기 위하여 힘썼던 것이다. 그러기에 이 소설은 역사를 재인식하는데도 그 의의가 있을 뿐만 아니라 오늘날에도 존재하는 봉건적 윤리도덕관과 문벌 관념의 잔여 세력을 비판하는데도 그 현실적 의의가 있다고 본다.』(『규중비사』 창작 후기에서)

이 소설의 사건은 이조판서 김세홍의 딸 백란당이 돌연히 규중에서 참살 당하는 놀라운 사건으로부터 시작된다. 소설의 기본 슈제트는 바로 백란당을 살해한 그 흉수가 누구인가를 밝히는 것을 에워싸고 전개된다. 출세욕에 눈이 어두운 검시관 오형리는 사건 발생 현장에서 발견한 갖신 한 짝과 주머니칼 한 자루를 증거물로 백란당과 밀연한 글방 소년 유원하를 무단적으로 살인 흉수로 몰아 처형하려 하며 도의와 신조를 굳게 지키는 청렴한 법관 서익준은 유원하의 자백과 진정을 듣고 그가 살인 흉수로 검거된 것은 억울한 안건임을 간파한다. 서익준은 나중에 어려운 환경 속에서도 내심하게 조사하여 사실의 진상을 밝혀 내고 백란당을 살해한 진짜 흉수인 까까중 소연이를 사출해 낸다.

이 소설의 중심에는 유원하와 백란당의 형상이 우뚝 솟아 있다.

소설의 남주인공 유원하는 개성 해방의 지향과 열렬한 평민사상을 지닌 봉건사회 말기의 진보적인 지식인이며『수천년 봉건예교의 긴긴 야밤』에 빛을 뿌린 하나의 야광주─봉건예교의 반역자이다.

유원하는 몰락되어 가는 양반 가정에서 태어났다. 그는『평지 돌출의 대역무도한 랑아』로서 양반 가정의 케케묵은 봉건예교의 구속에서 벗어나려는 자유분방한 성품을 지니고 있다. 일찍 탐욕, 벼슬, 출세의 길과 인연을 끊은 그는 뛰어난 글재주를 가지고 있으면서도 과거 시험에 응시하지 않았으며 공명과 부귀를 초개같이 여겼다. 그는 부모가 정한 강제 혼인에 단호히 거부해 나섰으며『죽어도 듣도 보도 못한 여자와 백년가약을 맺을 수 없다』고 단호히 선언한다. 이런 정당한 요구가 거부되자 그는 결연히 신병을 핑계로 절당에 가서 수도를 한다.

복사꽃이 만발한 화창한 봄날 어느 하루 유원하는 규방에 갇힌 처녀 백란당과 사귀게 되고 남몰래 서로 백년가약을 맺는다. 그러나 당시의 봉건적인 신분제도와 예교도덕은 그들의 사랑을 용납하지 않는다. 따라서 규방 처녀와의 애정 관계의 비밀을 더는 숨길 수 없게 된 유원하는 『무정한 소낙비』에 스러지는 『꽃과 나비』의 가련한 처지에 비추어 미구에 그들의 신변에 닥쳐올 불행을 예감한다. 후과가 두려워 기어코 발길을 끊어 달라는 백란당의 애원을 들을 때마다 그는 자기가 타고난 양반 가문을 저주하며 자신의 용감한 행동으로 개성의 자유를 찾은 『사마상여와 탁문군』의 고사를 가슴깊이 새겨 본다. 드디어 그는 숨막히는 봉건예교의 멍에를 벗어 던지고 탈가도주하여 새로운 생활을 개척할 결의를 다지며 참된 사랑을 위해서라면 『양반이란 허울을 벗어비리고 제 팔다리를 놀려 벌어먹고 살아가려는』 평민적 이상과 모든 험난, 애로를 겁내지 않고 『인생의 참된 삶을 위해 분연히 떨쳐나서야 한다.』는 반석같은 의지를 보여 준다. 그러나 그의 아름다운 이상은 실현될 수 없었다. 『어떠한 풍랑도 맞받아 싸울지언정 꼭 떳떳이 혼례를 치르고 원앙의 금슬을 맞아야 한다.』고 절절하게 호소하던 유원하는 뜻하지 않던 연인의 피살 사건으로 도리어 살인범의 혐의를 받고 투옥된다. 이런 억울한 운명 앞에서도 그는 법정에서 떳떳하게 백란당과의 관계를 고백하고 진짜 흉수를 사출하는 날이면 백란당을 따라 죽는대도 여한이 없겠다고 하면서 끝까지 절개를 지킨다.

『규중비사』의 여주인공 백란당은 유원하의 영향 밑에서 시대적으로 눈을 뜨고 각성하기 시작하는 형상이다. 그는 유원하와는 달리 바야흐로 상승하여 가는 거만금부옹의 딸로서 자색이 아름답고 재덕을 겸비한 규수였지만 그 뛰어난 용모와 재덕은 도리어 불행의 근원으로 된다. 그는 열두 살부터 봉건 윤리 도덕의 엄한 단속 하에 세상과 담을 쌓은 별당에 갇히어 오로지 서책을 벗으로 삼고 화초나 관상하고 가야금이나 뜯으며 고적하게 소일하는 외로운 존재였다. 그는 스물세 살이 되도록 시집을 가지 못하는데 그것은 그의 아버지가 태자비 간택을 엿보아 오륙 년이나 혼사를 지체시킨 까닭이었다. 한편 그의 모친은 허정승의 세도와 재산에 매혹되어 딸을 그의 아들에게 던져 주려고 한다. 이렇게 그는 봉건 양반들의 음모와 암투의 『낭중취물』로 된다. 하지만 백란당은 좁다란 담장 안에 갇혀 살기를 원치 않으며 그런 숨막히는 규방생활에서 이렇게 늙어 죽는 것이면 『차라리 죽어서 새나 나비가 되어』 천지를 자유로이 날아다니는 것보다 못하다고 여긴다. 이런 사상 바탕을 가진 그는 유원하의 사랑 편지를 받은 그때로부터 『표토를 가르고 솟아 나와 햇빛을 받으려는』 새싹처럼 가슴 속에서 봉건예교에 대한 반항의식이 움트기 시작하고 양반 가문의 딸로 태어난 자신의 처지를 원망한다.

> 『흥, 양반, 양반집 부녀자는 일평생 늙어 죽을 때까지 이 좁은 담장안에 갇히어 바깥 세상을 영영 믿지 못하고 살아가야 하는가…』
> 『그래 대체 양반이란 무엇인가? 왜 양반의 집안에는 이런 지엄한 계율과 예법이 있어야 하는가?』

그러나 세상 풍파를 겪어 보지 못한 이 애어린 새싹은 탈가도주하자는 유원하의 주장을 선뜻 받아들이지 못하며 자기 한 몸을 희생시키면서라도 무엇보다 『혁혁한 양반 가문의 명예』에 손상주지 말 것과 연인의 『입신양명의 길』이 끊어지지 말 것을 바란다. 하지만 나중에 유원하의 견결한 태도와 시녀 옥임이의 추동에 감화되어 백란당은 그들과 함께 도주하여 독립적인 새로운 생활을 개척하려고 다진다. 바로 이러한 시각에 백란당은 홍천사의 중 소연이에게 능욕을 당하고 피살된다.

중편소설 『규중비사』는 유원하가 백란당의 형상을 통하여 당시 인민 대중의 개성 해방의 지향을 예술적으로 일반화하였으며 봉건적인 예교도덕에 비판의 채찍을 안기었다.

이 소설은 유원하, 백란당을 비롯한 진보적 인물 형상을 성공적으로 부각하였을 뿐만 아니라 그들과 대립되는 낡은 세력의 대표자—김세홍, 허빈재의 형상도 생동하게 창조하였다.

이조판서 김세홍은 『군자의 풍도』와 『충효의 가문』을 지키는 에누리 없는 봉건예교의 위도사이다. 그는 벼슬과 재물을 위하여서라면 그 어떤 비열한 수단도 가리지 않는다. 왕실에서 태자비를 간택한다는 소문을 듣고부터 그는 입에 군침을 흘릴 지경이었으며 『경국지색』을 가진 자기의 딸을 미끼로 태자비 간택에서 부원군의 보좌를 노리는 음흉한 야심을 품고 부원군을 나꾸기 위한 『내적운동』을 크게 벌인다. 당시 열한 살밖에 안되는 태자를 놓고 권신대작들이 벌인 『하나의 뼈다귀를 놓고 뭇 개들이 다투는 격』인 연극에서 줄곧 주역을 감당하던 김판서는 결국 딸의 횡액을 초래하는 끝장을 보게 됨으로써 세상의 큰 웃음거리로 되었다. 소설은 이조판서 김세홍의 형상을 통하여 봉건 관료 가족들의 탐욕성과 비열성, 권력 쟁탈을 위한 봉건 최고 통지집단 내부의 심각한 모순을 집중적으로 폭로하였다.

이조정승 허빈재는 다른 하나의 권세있는 봉건통치자로서 본래 김판서와 교분이 있었으나 김판서가 태자비 간택을 엿보고 백란당을 자기 아들에게 허혼하지 않는다는 기미를 알아채고 수단을 바꾸어 거액의 뇌물로 먼저 김판서의 마누라 정씨 부인을 매수한다. 그런데 백란당을 며느리로 삼게 된다고 득의양양해 하던 이조정승이 백란당의 피살 사건으로 해서 치욕의 소낙비를 맞게 되고 서슬 푸른 위풍이 일격에 꺾이운다. 악착하고 잔인한 정승 허빈재는 그에 대한 보복으로 불문곡직하고 유원하에게 살인죄를 들씌워 처결함으로써 유씨 일가를 패가망신시키려 한다. 그의 이런 시도가 서익준 등 양심있는 법관들에 의하여 규제당하게 되자 그는 최후의 수단으로 서익준을 밀어내고 자기의 일당을 법정에 앉히려 든다. 상술한 데서 알 수 있는 바 허정승은 대권을 남용하여 사리사욕을 채우는 포악 무도한 봉건통치자의 대표적 인물이다.

이밖에도 『규중비사』에서 반드시 지적해야 할 것은 법관 서익준의 형상이다. 서익준은 봉건 지배계급의 출신이면서도 김판서, 허정승과는 다른 유형의 인물이다. 그는 당시 봉건 사대부들의 서로 반목하고 으르렁거리고 방종한 행패가 날로 우심해가고 있는 정국을 개탄하면서 법관으로서의 양심을 지키고 직무에 충직함으로써 어지러운 국사를 바로 세워 보려고 하는 『청관』인 것이다. 서익준은 물론 자기의 신조대로 벼슬과 목숨을 내걸고 법관으로서 지켜야 할 원칙과 순결한 지조를 지키어 이 소설의 마지막에 가서 끝내 공정한 판결을 내리게 된다. 그러나 작자는 서익준의 전반 형상 부각에서 서로 모순되는 성격적 특징 즉 성격의 이중성을 강조하고 있다. 서익준은 그 시기의 부패하고도 불공정한 사회상을 간파하고 그것을 개탄도 하고 비판도 하지만 그러나 그러한 사회적 모순과 정면으로 맞서 싸우지는 못하는 나약한 성격을 갖고 있다. 때문에 그가 소설의 결말에 가서 비록 승리하지만 작자는 그 형상의 뒤를 따르는 어두운 그림자를 보이고 있는 것이다.

중편소설 『규중비사』는 작품의 사상 면에서 커다란 성과를 거두었을 뿐만 아니라 예술적인 측면에서도 자기의 특색을 보여주고 있다.

이 소설의 인물 형상 창조에서 작자는 당시의 역사 상황에 대한 깊은 연구와 인간생활에 대한 다각적인 관찰에 근거하여 인물 개성의 다양성을 멋지게 살렸다. 작자는 이 중편소설에 근 30여 명의 인물을 등장시켰다. 그럼에도 그들은 모두 자기 나름대로의 독특한 얼굴과 개성적 특징을 가지고 활동한다. 이런 개성적 특징은 작품 중의 중요 인물들에서는 물론 시녀, 노비 등 부차적인 인물들의 형상에서도 아주 생동하게 표현되었다. 이를테면 역고 약바르고 명랑하고 개방적이며 해학적인 앵금이, 위인이 어덴가 주책없고 헤프면서도 담대하고 생기발랄하고 시비에 밝은 돌쇠, 주인 아저씨에게 충성을 다하면서 여성적인 동정심과 정의감에 불타는 슬기롭고 기발한 옥임이, 그런가 하면 지체 높은 양반집 종으로 늙어온 자기의 몸값을 높이려는 듯 양반들의 말투를 본받아 한문투를 써 가며 얼렁수와 너스레를 피워 대는 천로화, 상전의 눈에 들려고 비위를 슬슬 맞춰 가며 충복의 도리를 다하는 청지기 언쇠 등의 형상이 이에 대한 유력한 설명으로 된다.

작품의 구성에서 이 소설은 고전소설의 장회체 형식을 취하고 있으나 고대소설에 흔히 나타나는 개념적 서술과 『화설』이나 『각설』이니 하면서 공식적으로 서두를 떼거나 단란을 바꾸어 가던 형식을 피하고 흔히 자연묘사와 주인공의 외형, 심리묘사로부터 시작하고 있다. 그리고 때로는 그 장에 전개된 사건을 요약하고 다음에 벌어질 사건을 암시하는 수법으로 이야기를 흥미진진하게 엮어 가고 있으며 사건의 발전과 인물의 정서에 알맞은 시를 자연스럽게 삽입함으로써 독자들의 감흥과 공명을 불러 일으키고 있다. 전부 11장으로 구성된 이 소설은 백란당의 피살을 첫 장으로 하여 먼저 비극적 사건을 제시한 다음 순서를 바꾸어 백란당이 피살당하기 전 규중생활의 비밀을 해명하면서 사건의 줄거리를 점차 해당 사회의 모순 갈등과 엉켜지도록 끌고 나간다. 마지막 장에 와서 사건은 다시 제1장의 무대와 일치되면서 원래의 시간 순서에 따라 점차 고조에 이르고 결말을 맺는다. 이리하여 이 소설은 같은 주제를 취급한 고전소설들에서의 『고진감래』식의 낡은 투를 타파하고 주인공의 비극적 운명을 사실주의적으로 보여줌으로써 그 주제를 심화하고 있다.

언어 사용에서도 이 소설은 형상적이고 정확한 어휘 선택, 의성의태어의 능란한 사용, 역사적으로 형성된 민족의 문화 심리를 집약한 속담, 성구, 옛이야기들을 적중하게 이용함으로써 표현력을 높인 것이 특징적이다.

소설 『규중비사』에서는 일부 부족점들도 보이는 바 백란당을 살해한 극악한 흉수를 절당의 중으로 설정하고 있기에 유원하와 백란당의 애정 비극의 심각한 사회적 근원을 날카롭게 폭로하는 데 손색이 있으며 소설의 뒷부분이 첫 시작처럼 째워지지 못하고 백란당 서익준 등 인물 성격이 충분하게 전개되지 못한 것 등이 그 예로 된다.

이와 같은 결함이 있음에도 불구하고 중편소설 『규중비사』는 새로운 역사 시기의 조선족 소설 문단에서 처음으로 역사 소재를 성공적으로 다룬 작품으로 그 심각한 주제와 원숙한 예술 기교로써 조선족 당대 문학의 한 페이지를 아름답게 장식하고 있다.

제5절 극문학

새로운 역사 시기에 진입하여 다른 형태의 문학과 더불어 극문학도 큰 발전을 가져왔다.

조선족 극작가들은 새로운 현실과 엄청난 변천에 크낙한 고무를 받으면서 피타는 노력으로 많은 우수한 극작품들을 창작하였다.

극작가 황봉룡은 『4인무리』의 하늘에 사무치는 죄행을 풍자한 장막극 『괴상한 이력표』(1979년), 위대한 10월의 승리에 환기된 인민들의 희열을 나타낸

장막극 『청산은 여전히 푸르다』(1977년), 항일 투쟁 중에서 조선족 인민들의
빛나는 공헌을 노래한 장막극 『산귀신』(1982년), 사회를 보다 안정시키고 형
사 범죄 분자들을 호되게 타격하는 투쟁 중에서 젊은 세대들의 고상한 품성을
반영한 『배우와 강도』(1983년)를 창작하였으며 극작가 최정연은 흘러간 10년
동란에 대한 심각한 반성과 당의 11기 3차 전원회의 후의 농촌의 새로운 변화
를 구가한 장막극 『해토 무렵』(1981년)을 창작하여 무대에 올렸다. 이밖에도
많은 극작품이 세상에 나왔는 바 장막극 『눈속에 핀 꽃』(박웅조, 홍성도,
1980년), 단막극 『두부장사』(김훈, 1981년), 장막극 『시름거리, 웃음거리』
(김훈, 1982년), 『울고 웃는 사람들』(김훈, 1984년), 『도시＋농민＝?』(이광
수, 1984년), 『택시 아가씨와 그 총각』(한원국, 1986년) 등이 바로 그 예로
된다.

　새로운 역사 시기에 조선족 극문학은 소재 공간이 부단히 확대되고 개척되
었다. 10년 동란 시기 임표, 『4인무리』의 죄악을 고발하고 그 동란의 연대에
도 변함이 없던 인민의 의지와 미덕을 노래하고 당의 제11기 3차 전원회의의
노선과 방침을 노래하고 개혁 개방의 새로운 생활을 반영한 극작품 외에 조선
족 인민의 빛나는 혁명 전통을 노래한 작품, 그리고 우리 사회에 존재하는 관
료주의, 형사 범죄, 부패한 도덕, 낡은 풍습 등을 고발하고 타매하는 작품도
적지 않게 나왔다.

　이 시기 극문학에서 이렇게 소재 공간이 확대되고 다양해졌을 뿐만 아니라
인물 성격의 부각에서도 인물의 내심세계를 깊이 파고들기 시작하였으며 인물
을 간단하게 『좋은 사람』과 『나쁜 사람』으로 나누던 틀을 타파하고 피가 있고
살이 있고 사상이 있고 감정이 있는 인간을 그리기 시작하였으며 오랫동안 극
문학에서 버림을 받던 보통 인간과 소인물을 부각하는 면에서도 기꺼운 성과를
쌓아올렸다.

　새로운 역사 시기에 진입하여 조선족 극문학은 그 품종도 점차 다양해지고
있다. 『문화 대혁명』 전에는 조선족 극 무대에서 정극밖에 볼 수 없었지만 지
금은 풍자극, 경희극 등이 다양하게 발전하고 있으며 가극도 점차 생기를 보여
주고 있다.

새로운 역사 시기에 이르러 조선족 극문학은 표현 수법과 예술 기교상에서도 큰 발전을 가져왔다. 많은 극작가들이 종래의 『3.1률』(시간, 지점, 줄거리의 통일)에 구애되지 않고 새로운 표현 수법을 추구하는 데 자기의 노력을 경주하였다. 예를 들면 전통적인 무대 시간과 무대 공간 관념을 허물어 버리고 막간 무대를 다양하게 이용하고 2층 무대를 설치하고 한 무대에 두 공간을 설계한 것같은 것은 모두 새로운 탐구라고 볼 수 있다. 극문학에서 상술한 변화와 특징을 체현할 수 있는 것은 극문학도 점차 개방적인 수용 자세를 취하면서 영화, 소설, 시 등에서 다양한 수법과 기교를 받아들였기 때문이다. 이 시기 조선족 극문학을 아름답게 장식한 대표적 극작품으로는 장막극 『눈속에 핀 꽃』, 장막극 『해토 무렵』, 장막극 『괴상한 이력표』, 단막극 『두부장사』, 장막극 『시름거리, 웃음거리』 등을 들 수 있다.

장막극 『눈속에 핀 꽃』은 『문화 대혁명』 시기 임표, 강청 반혁명 집단이 고취한 반동적인 『혈통론』이 빚어낸 악과를 고발하면서 그 동란의 연대에도 불타 오르던 젊은이들의 이상에 대한 지향과 애정에 대한 추구를 열정적으로 구가하였다.

이 장막극은 부농의 손자 유영철과 공산당 지부서기의 딸 안진옥의 사랑 이야기를 주선으로 하고 영철이를 과학실험연구소 소장으로 임명할 수 있는가, 없는가? 영철이가 과학 실험에서 얻은 성과를 표양할 수 있는가, 없는가? 영철이와 진옥이의 사랑을 허용하는가, 허용하지 않는가? 한마디로 말하면 부농 자녀를 어떻게 대할 것인가 하는 문제를 에워싸고 벌어지는 충돌을 기본 갈등으로 하였다.

주인공 영철이는 부농 가정 출신이지만 정치상에서 진보를 갈망하고 맡은 바 농촌 과학 실험에서 성과가 뚜렷한 청년이다. 그는 공동한 이상을 실현하는 노동 중에서 공산당원의 딸 진옥이와 순결하고도 진지한 사랑을 맺는다. 이렇게 훌륭한 청년의 신성한 인격과 참된 사랑은 의례 사람들의 존종과 사회의 보호를 받아야 했으나 동란의 연대의 『좌』적인 사상 영향으로 말미암아 도리어 뭇사람들의 모욕과 기시를 받게 되었다. 이것은 한 부농 가정 출신의 청년에 대한 멸시에 그치는 것이 아니라 인간에 대한 멸시이며 인간의 존엄에 대한 멸시인 것이다. 주인공은 자기의 억울한 운명을 다음과 같이 통탄한다.

> 『어머니 어째서 저를 낳았어요. 이처럼 값없는 자식을 낳아서 오늘 이 꼴을 보자고 길렀어요? 내가 세상 물정을 알기 전에 차라리 죽어 버리기나 했으면 이런 꼴은 없으련만.』

이것은 임표, 강청 반혁명집단의 반동적인 『혈통론』에 대한 공소이며 『문화 대혁명』 중 사회에 범람한 『좌』적인 사상과 봉건 의식에 대한 강유력한 고발이다.

여주인공 진옥이는 빈농 가정에서 태어났다. 그의 생활환경은 우월하며 도시에 들어가 훌륭한 직장에 배치받을 기회도 있었지만 안일을 바라지 않고 애오라지 농촌 건설에 자기의 이상도 사랑도 고스란히 바치면서 청춘을 빛내어 간다. 그는 국장 아들의 청혼도, 당위서기 조카 아들의 사랑도 죄다 마다하고 오직 공동한 이상을 꽃피우며 땀흘리는 노동 속에서 맺어진 영철이와의 사랑만을 귀중하게 여기며 그 어떤 역경 속에서도 그것을 드팀없이 지켜 가는 것이다.

그 동란의 연대에 동지섣달의 매화마냥 눈 속에 핀 영철이와 진옥이의 사랑 이야기는 그 험악한 나날에도 청춘들의 가슴 속 깊은 곳에 고이 간직된 이상의 불꽃과 고상한 지조를 보여주었다.

이 장막극은 또한 기복이 큰 갈등선, 줄거리 전개의 긴박성, 짙은 민족적 정서, 유머 수법, 비극적 색채 등 예술적 특색을 보여주었다.

장막극 『해토 무렵』은 당의 11기 3차 전원회의 후 개혁의 봄바람이 세차게 불어온 변강의 한 조선족 농촌을 배경으로 『문화 대혁명』 때 박해를 받은 노대장 강철우와 남편을 잃은 옥순이를 비롯한 농민들을 일방으로 하고 당의 새 방침과 노선을 한사코 반대하는 양성구 따위와의 모순을 갈등선으로 삼고 강철우, 옥순이 등이 겪은 인생고를 교차시키면서 『4인무리』의 죄악을 발가 놓았으며 광범한 조선족 농민들의 새 생활에 대한 불타는 지향 그리고 숭고한 도덕적 관념을 가송하였다.

이 극작품의 주인공 강철우는 허우대가 크고 성질이 무뚝뚝하며 무슨 일이나 마음을 먹기만 하면 해내는 사나이다. 그는 농촌 간부로서 장기간 당과 인민의 이익을 위하여 많은 일을 하였지만 동란의 그 연대에는 모진 박해를 받고 억울하게 감옥에 들어가고 사랑하는 아내까지 잃어버렸다. 이런 사정으로 말미암아 그는 당의 11기 3차 전원회 이후 그 누구보다 봄기운을 먼저 느낀다. 그는 고도의 혁명적 책임감으로부터 여러 가지 장애 특히는 『좌』적인 사상 장애를 박차고 나가면서 사람들에게 아름다운 생활에 대한 지향을 불러 일으키며 쪼들린 살림을 가꾸고 생산구제 운동을 벌린다. 이 가운데서 철우는 『문화 대혁명』 기간에 생산대의 영도권을 찬탈하고 탐욕과 허위와 기편으로 살아간 양성구와 추호도 타협 없는 투쟁을 벌이며 끝내 새 생활의 첫 발자국을 힘차게 내디딘다. 외모나 성격에서 남성적인 그이지만 그는 또 여성처럼 섬세한 성격의 소유자로서 온 마음 사람들의 희로애락을 샅샅이 보살피며 해산한 집에 미역까지 사 들고 가는 사람이다. 이렇게 강철우의 형상에는 오랫동안 당의 교양을 받고 농민들 속에 깊이 뿌리를 내린 우수한 농촌 간부의 훌륭한 품성이 집약되었으며 대담하게 역사의 먼지를 털어 버리고 새 생활의 개척에 투신하는 농촌 개혁자의 성격이 일반화되고 있다.

여주인공 옥순이는 듬직하고 일을 잘하고 남을 잘 도와주며 시비가 바르고 시부모님께 공경을 다하는 조선족 여성의 아름다운 미덕을 한 몸에 지닌 여성이다. 동란의 연대에 남편을 잃은 그녀는 세월의 흐름에 따라 철우를 은근히 사랑하지만 양성구 따위의 핍박과, 주위의 봉건의식의 저애로 말미암아 그것을 가슴 속에 묵살해 버리려고 한다. 나중에 세차게 앞으로 흐르는 생활은 그녀에게 힘과 용기를 주어 새 생활을 개척하는 길에 떨쳐나서게 한다.

이렇게 장막극 『해토 무렵』은 양지받이에 눈이 녹고 음달에는 아직 얼음이 긴 역사의 전환기에 생활 중에 충만된 새로운 것과 낡은 것, 선과 악, 미와 추악의 충돌을 진실하게 반영하였다.

이 장막극에서는 또 개성이 돋보이는 인물 형상들이 많이 창조되었다. 생활의 세파에 부대껴 울다가도 내내 웃으며 사는 정실이, 그 어떤 계기에서도 언제나 마음 속의 말을 솔직하게 내쏘는 오영감, 성격이 활달한 익살꾸러기 철수, 사상이 경화되고 관료주의가 적지 않으면서도 원칙성이 강하고 군중과 고락을 같이하는 박서기 등은 모두 개성적으로 부각된 인물 형상들이다. 이런 인물 형상들은 음특하면서도 사리사욕에 눈이 어두운 양성구, 남편과 맞장구를 치는 양성구의 처 민옥이 등 부정 인물들과의 대립 속에서 빛을 뿌리고 있다. 또한 이 작품은 흘러간 역사와 급변하는 현실생활을 유기적으로 교차시키고 비극적 색채와 희극적 색채를 재치있게 조화시키면서 인물의 개성적인 언어와 행동을 살리는 면에서 작가의 성숙된 기교를 과시하였다.

『괴상한 이력표』는『4인무리』와 그 악당들의 하늘에 사무치는 죄행을 폭로 규탄한 장막 풍자극이다.

이 작품은 불한당으로 몰리운 지식 청년 고진성이 이력표에다 사회 관계를 위조하여 자기를 성당위 고서기의 조카라고 등기함으로써 생긴 일장 풍파를 통하여『문화 대혁명』중에서 전도된 시비, 소외된 인간관계, 야심가들에게 쥐여진 정치 권리, 거기로부터 생기는 가지가지 희비극을 펼쳐 보이면서『4인무리』의 죄행에 풍자의 불길을 안기었다.

이 장막극의 인물 형상 체계에서 중요한 자리를 차지하는 것은 이른바『반란』의 기치를 높이 들고 벼슬자리를 빼앗아 가진 사기꾼들이다. 여기에는 풍향을 보고 돛을 다는 장승구, 출세와 관직을 위해서는 수장의 발바닥까지 핥는 방태악, 벼슬을 하자 배가 나오고 걸음걸이가 달라진 고관석 따위 등이 망라되고 있다. 이자들의 지식 청년들에 대한 박해, 고진성의 엉터리 이력표를 보았을 때의 혼비백산한 꼴, 그 다음 고진성에 대한 메스꺼울 정도의『관심』, 가짜 이력표의 진상이 드러났을 때의 낭패상은 10년 동란 시기 역사 무대에서 출연한 사기꾼들의 추태를 진실하게 보여주었다.

야심가들이 권력을 잡고 마귀 떼들이 춤을 추는 그 나날에도 인민들의 가슴 속에는 정의가 퍼렇게 살아 있었다. 그들은 내내 당에 대한 신뢰감을 잃지 않고 온갖 기회를 이용하여 천방백계로 정의를 펼치기 위해 투쟁을 벌인다. 지식 청년 사무실의 채봉선, 보통 시민 서씨 그리고 유대상의 처 안순자 등은 바로 극에서 부각된 인민적 성격의 대표자들이다.

이 장막극에서 작자는 또 특수한 환경과 상황에서 형성된 고진성의 성격을 비교적 성공적으로 부각하였다. 그는 정치 사기꾼들의 음모, 사회의 비정의, 정부 기관의 뒷문거래 등을 통하여『문화 대혁명』이 빚어낸 사회의 혼란과 정치의 부패를 보아 낸 나머지 특권과 힘을 빌지 않으면 말벌둥지를 헤칠 수 없다는 결론을 내리고 괴상한 이력표를 꾸며낸다. 물론 고진성의 행동은 그 자체가 그 시기의 흔적을 지니고 그 시기의 국한성을 벗어날 수 없는 약점을 지닌 이중성격의 표현이다. 그의 생각은 일부 인민의 목소리로 대변하지만 그의 투쟁 방법은 기본상 그때의 『반란파』들의 방법이다. 바로 여기에 이 인물의 진실성이 있으며 흥미성이 있으며 극의 내재적인 갈등이 있는 것이다.

『문화 대혁명』 시기의 기형적인 생활의 한 측면을 고발한 이 장막극은 황봉룡의 창작에서 특수한 의의가 있으며 조선족 무대에서 풍자극을 개척한 돌파작으로 된다. 이 장막극은 괴상한 이력표를 둘러싸고 당시의 사회상을 비교적 폭넓게 보여주었는 바 상상할 수 없는 재난 속에서 놀라는 사람, 불안해 하는 사람, 달라붙는 사람, 심사숙고하는 사람 등이 진실하게 그려졌으며 위로는 성당 위 서기, 아래로는 도시 빈민 그리고 그 사이에 시장, 지식 청년 사무실의 주임 및 그들의 졸개 등 다양한 성격을 부각하였다. 작자는 자기의 체험으로부터 출발하여 당시 사회에서 유행되던 정치 술어 및 인민들의 역반 심리를 대표하는 언어를 잘 발굴하고 극대사를 생동하게 창조하였다.

여기서 정치 사기꾼들인 장승구와 방태악의 인생철학을 보여주는 대사를 보자.

　　장승구 : 여러 차례의 정치운동 가운데서 각양각색의 인물이 뛰쳐나왔는데 기는 사람, 뛰는 사람, 나는 사람이 있는가 하면 어떤 사람은 미련한 탓으로 해서 구렁텅이에 빠지지 않소?

　　방태악 : 더 적절히 말하면 사람에게는 선이 있고 일에는 갈래가 있고 출세에는 때와 문이 있고 진리는 권력을 쥔 사람에게 있단 말입니다.

두 인물의 더럽고 썩어빠진 영혼이 환히 들여다 보인다.

다음 『불한당』 모자를 쓰게 된 원인에 대한 고진성의 자아 개괄을 보자.

　　『정치는 올라가는데 생산은 내려가고 소문은 굉장한데 먹을 알은 없고 도편전람은 버젓한데 그림의 떡이라고 했지요.』

이 한마디 말은 기실 고진성의 죄증인 것이 아니라 고진성의 입을 빌어 표현한, 당시 정치경제 상황에 대한 인민들의 견해인 것이다.

단막극『두부장사』는 취업 대기 청년들이 당의 개혁정책의 빛발 아래 자신의 힘으로 자기의 길을 개척하는 거동을 극적으로 보이면서 당대 청년들의 숭고한 정신 경지를 노래하였다.

극의 주인공 희수는 자기의 직업에 대하여 긍지감을 느끼며 자기의 직업을 무한히 사랑하는 정신생활이 아주 충실한 청년이다. 중학을 졸업한 후 이른바『5.7』의 길을 따라 하향하고 후에는 도시에 돌아와 취업을 대기하고 있던 보통 지식 청년 희수는『4인무리』를 거꾸러뜨리고 10년 동란이 빚어낸 여러 가지 우환을 가시는 중에서 국가의 형편이 어려울 때 나라와 운명을 함께 하겠다는 포부를 품고 소극적으로 어디에서 이상적인 직업이 차례지기를 기다리지 않고 자체의 힘으로 할 수 있는 일 두부방을 꾸린다. 그는 두부를 맛있게 만들뿐만 아니라 대중들에게 두부를 먹는 방법까지 소개해 주며 이른 새벽부터 거리에 나가 두부를 팔며 언제나 웃는 낯으로 손님을 대한다. 희수는 이렇게 생활의 격류 속에서 용감하게 자기의 생활의 길을 개척해 나가는 신형의 인간으로 부각되었다.

7년 전 지식 청년으로 하향하였을 때 노동 중에서 희수와 사랑을 맺은 해옥이도 직업에 대한 편견이 없고 고상한 애정관을 갖고 있는 순결하고도 훌륭한 처녀이다. 천방백계로 딸을『무쇠밥통』이 있는 총각에게 시집보내려 하며 봉사업을 깔보며 두부장사를 깔보는 어머니에게 해옥이는 다음과 같이 말한다.

> 『두부장사가 어쨌어요? 맛좋은 영양가 높은 두부를 자시라고 남 다 자는 새벽부터 수고하는 두부장사가 고마운 줄은 모르고…』

해옥이의 이 말에는 어머니의 낙후한 의식에 대한 도전이 있으며 또 희수에 대한 뜨거운 사랑이 있으며 역시 한 처녀의 아름다운 정신적 경지가 깃들어 있다.

이 단막극은 경희극의 특징을 잘 살려 희극 수법과 정극 수법을 재치있게 결합하여 관중들의 부단한 웃음을 자아내게 한다. 그리고 이 극은 단막극의 재래의 한계성을 타파하고 무대의 3도막을 영활하게 써 가면서 짧은 시간 내에 다양한 화면을 보여주고 무대 공간을 보다 넓히었다. 이밖에 이 극은 빠른 절주, 째운 줄거리, 짧고도 시적인 대사로 예술적 감화력을 높이고 있으며 당대 관중의 심미적 수요에 부응하고 있다.

장막극『시름거리, 웃음거리』는 경희극의 수법을 빌어 자기의 생활을 용감히 개척해 나가는 취업 대기 청년들의 생활을 반영하고 우리 시대의 강자의 모습을 보여준 성과작이다. 이 극에서 명호, 형길, 곱순, 정금 등 청년들은 자신의 힘과 지혜로 사진부를 꾸려 인민을 위하여 봉사하며 사회주의 건설에 이바지한다. 그러나 그들의 개척정신은 사회의 습관 세력의 비난과 압력을 받는다. 그들은 사진관을 꾸리는 가운데서 갖은 곤란에 부딪치는가 하면 애정 문제상에서도 상상할 수조차 없는 장애에 부딪친다. 작자는 이렇게 취업 대기 청년들의 사업과 사랑, 번뇌와 환희를 다루는 가운데서 현실생활에 꼬리치고 있는 봉건 습관 세력과 등급 관념의 잔여를 여지 없이 비판하고 우리 시대 청년들의 지향과 추구를 격조 높이 구가하였다.

주인공 명호와 곱순이는 시대의 행운아가 아니며 그들의 청춘을 결코 꽃향기 그윽한 낭만이 아니었다. 학교 문을 나선 후 농촌으로 내려갔고 도시에 돌아온 뒤에는 취업 대기 청년이었다. 허나 그들은 지난날의 상처를 만지며 한숨만 쉬거나 소실감에 잠겨 세상을 귀찮게 여기는 약자가 아니라 용감하게 자신의 운명과 도전하는 새 생활의 개척자이며 시대의 강자이다.

곱순이의 어머니 최씨는 마음씨가 고운 어머니이다. 여느 어머니와 마찬가지로 그는 아들딸들의 종신대사를 관심한다. 그러나 낡은 사상의식의 편견으로 하여 그는 곱순이가 취업 대기 청년에게 시집가는 것을 반대한다. 소시민의 소총명에 의하여 곱순이 어머니는 취업 대기 청년이라고 현길이를 나무라면서도 정식 노동자인 일수와 취업 대기 청년인 자기의 딸 곱순이의 결합을 적극 주장해 나선다. 이렇게 곱순이의 어머니는 케케묵은 사상의식의 소유자이면서 또 자신심이 너무 크고 자체 모순에 빠지는 소시민이다. 그는 자기의 목적을 이루기 위해『가정경찰』로 되어 딸의 일거일동을 감시하며 지어는 꾀병을 앓으면서 곱순이더러 자기의 『병』을 간호하게 하는 것으로써 현길이와의 상봉을 방해하려 한다. 더욱 우스운 것은 명호가 좋아하는 정금의 아버지가 명호의 사업터가 마음에 들지 않아 명호와 정금이의 결합을 반대한다는 말을 들었을 때 자기가 나서서 정금이의 아버지를 교양하려 드는 것이다. 작품의 마지막 부분에 이르러 뭇사람들의 반복적인 교양과 거듭되는 사상 투쟁을 거쳐 최씨는 자기가 가지고 있던, 사람은 등급을 나누고 일에는 귀천을 나누고 혼인에는 가문을 보아야 한다는 진부한 사상 관념이 틀렸다는 것을 느끼고 전변하게 된다. 하여 최씨는 『내가 졌다 졌어. 너들한테 내가졌다, 후— 직업 보고 산다더냐, 사람 보고 살지.』라고 감개무량하게 말한다.

이 작품에 부각된 인물 형상은 심각한 사회적 내용과 보편적 의의가 있다. 이 장막극의 모든 모순 충돌은 전적으로 풍부한 생활에 바탕을 두고 설정되었으며 새 것과 낡은 것의 충돌에서 새 것의 승리를 긍정하고 찬양하였다. 또한 이 장막극은 힘써 웃음을 자아낼 수 있는 생활적 계기를 기묘하게 포착하였고 과장과 풍자의 수법, 대비 수법, 오해 수법을 효과적으로 쓰고 있으며 막 소개, 막간극 등 보조적 수단으로 희극적 효과를 높이고 있는 것이 인상깊다.

제7장 김철

제1절 생애와 문학 활동

김철(1932~　　　)은 건국 후 사회주의 제도 하에서 자라난 저명한 조선족 시인이다.

김철의 원명은 김봉섭인데 1932년 8월 6일 일본 시모노세키에서 빈한한 가정의 아들로 태어났다. 그의 아버지는 열네 살부터 바다의 선원으로, 어부로 뼈가 굵은 사람이었다. 김철은 어릴 적부터 아버지를 따라 대만, 필리핀, 말레이시아 등 남양 일대의 바다를 표류하여 다니다가 여덟 살 되던 해에 고향 전라남도 곡청 땅을 등지고 중국의 길림 교외에 이주하여 어려운 생활 속에서 소학교를 다니었다. 항일전쟁이 승리한 후 아버지를 따라 다시 오상, 목단강, 용정 등 지방에 이주하였고 나중에 흑룡강성 해림현 신안진에 정착하게 되었다. 그곳에서 김철은 소학교 교원으로 사업하다가 목단강고중에 입학하였다.

1950년 가을 그는 항미원조의 호소를 받들고 고중학습을 중도에서 그만두고 결연히 중국 인민 지원군의 일원으로 조선 전선에 나갔다. 전쟁 시기 그는 통역원으로도 있고 전사로 싸우기도 하였으며 문공단에서 사업하기도 하였다. 이 시기부터 그의 예술적 재능이 나타나기 시작하였는 바 그가 창작하고 출연한 무용 『공병무』는 일찍 지원군전군문예콩쿨에서 1등 상을 받았다.

1953년 김철은 부대에서 제대되어 『동북조선인민보』(『연변일보』 전신)의 기자로 있으면서 김철은 본격적으로 자기의 창작 활동을 벌였다. 이 해에 그는 자기의 첫 작품 단편소설 『날가리』를 세상에 내놓았고 뒤이어 서정시 『선민증』을 발표하였다. 그 후 1955년 김철은 서정시 『지경돌』을 창작하여 조선족 시단에 커다란 반향을 일으켰고 시인으로서 김철의 자세를 과시하기 시작하였다.

김철은 자기의 창작 성과가 날마다 풍만해짐에 따라 그가 25세 나는 해인 1957년 51수의 시를 담은 시집 『변강의 아침』을 출판하였고 그 이듬해에 또 하나의 시집 『동풍만리』를 세상에 내놓았다. 1956년에 김철이 작사하고 정진옥이 작곡한 대합창 『장백의 노래』는 모스크바에서 열린 제6차 세계청년연환절에서 은메달을 수여 받았다. 이해에 김철은 중국작가협회에 가입하였다.

50년대 후반기에 이르러 김철은 서정서사시 『산촌의 어머니』(1958년)를 비롯한 시가 창작에 심혈을 경주함과 아울러 1958년부터 전국 청년연합회 위원, 길림성 청년연합회 상무위원, 연변 청년연합회 부주석의 책임을 맡고 사회 활동에 열성적으로 뛰어들었다. 1962년에는 『연변일보』사로부터 중국작가협회 연변분회에 전근되어 부주석 겸 비서장으로 작가협회의 지도 사업을 하면서 계속 시가 창작에 정진하였다. 1965년에 그는 영광스럽게 중국공산당에 가입하였다.

『문화 대혁명』 기간에 김철은 온갖 인생 고초를 겪지 않으면 안되었다. 그는 초기에 『잡귀신』, 『수정주의 후계자』, 『간첩』이라는 누명을 쓰고 투쟁을 받았으며 후기에는 억울하게 『현행 반혁명』분자로 몰려 몇 년간 옥고를 치렀다. 1972년 9월 임표가 몽골사막의 혼이 되자 4년 만에 감옥에서 풀려 나왔지만 『4인무리』가 계속 살판침으로 하여 감옥 밖에서도 여전히 철창 없는 감옥생활을 하지 않으면 안되었다. 그에게는 창작의 자유가 없었다.

1976년 『4인무리』가 타도된 뒤 김철은 문예의 새봄을 맞아 솟구치는 기쁨, 뜨거운 서정을 금할 길 바이 없어 곰팡이 끼였던 붓을 다시 버려 거머쥐고 조선족 시단에 떳떳이 나타나 자기의 시 창작을 무르익혔다. 그는 1978년에 연변문련 부주석, 중국작가협회 연변분회 부주석 겸 비서장으로 당선되고 1979년에 중국문련 위원, 중국작가협회 이사로 선거되었다. 1981년에 그는 중국작가대표단 일원으로 필리핀을 방문하였으며 그 이듬해에 국제펜클럽에 가입하였다. 그는 새로운 역사 시기에 진입하여 1983년까지 이르는 사이에 장편 서사시『동틀무렵』(제1부. 1978년), 장편 서사시집『내 고향의 금물결』(1978년), 서정시집『산향길』(1979년), 장편 서사시『새별전』(1980년), 서정시집『가야금집』(한문)을 세상에 내놓았다.

1984년 북경의『민족문학』지의 부주필로 전근되어 간 김철은 문학지를 꾸리는 한편 계속 자기의 시가 창작을 다그치고 있다. 1984년부터 1986년까지의 사이에 서정시집『태양으로 가는 길』(1984년),『인간세상』(1985년)을 출판하였다.

제2절 서정시

『4인무리』가 타도된 후 제2차의 해방을 받은 시인 김철의 10년 억제되었던 열정은 화산 마냥 폭발되었다. 시집『산향길』에 수록되어 있는 성과작들은『4인무리』가 타도된 직후의 김철의 열정과 추구를 잘 과시하고 있다.

서정시『아, 또다시 꽃방석에 모실 수는 없는가』(1978년)는 1962년 연변 땅을 밟으신 주은래 총리를 추모한 작품이다. 이 서정시는 조선족 농민들의 집을 찾아 주시고 조선족 농민들과 이야기를 나누시고 조선족 농민들의 생활의 구석구석을 샅샅이 보살피신 주은래 총리의 형상을 감명깊게 그리면서 주은래 총리에 대한 조선족 인민의 애대의 감정을 표현했다.

다른 한 수의 서정시『산향길』(1978년)에서 시인은 버스에 앉아 산향길을 가는 서정적 주인공의 감흥을 통하여 고향의 자연과 고향 사람들에 대한 뜨거운 감정 및 변강 산촌의 거대한 변화를 노래하였으며 새로운 역사 시기를 맞이한 변강 인민들의 행복과 긍지를 노래하였다.

　　　　열어젖힌 차창으로 꿀벌떼 날아드는
　　　　여기 정다운 시골길이다

이렇게 첫 시작부터 독창적인 시 형상으로 독자들을 흡인하는 시에서 『뒤엉킨 머루다래 넝쿨사이로／산토끼 대록대록 눈을 굴리다／귀설은 버스의 경적소리에／깜짝 놀라 총알같이 숨어버리』는 고향의 아름다운 경치를 읊조리면서 새로운 역사 시기를 맞이하여 기쁨에 넘치는 고향 사람들의 모습을 인상깊게 그리고 있다. 서정시『산향길』은 마지막 대목에 이르러 홍분된 정서 속에서 현대화의 희망봉을 동경하면서 마음과 같이 열정적으로 토로하고 있다.

> 자, 어서—
> 단수를 더 넣자 운전사동무
> 종점을 모르는 시대의 행군
> 현대화 희망봉 무지개길에
> 마력을 뽑자, 질풍을 타자
> 우리모두 새장정의 길동무 아닌가!

시집『산향길』에 수록된 서정시들은 1979년 이전 시기의 김철의 시풍격을 보여주고 있는 바 명쾌한 격조, 낭만적인 색채, 풍부한 상상력, 다정다감한 언어, 유창한 운율이 그대로 보존되고 있다. 그러나 시집『산향길』에 수록된 적지 않은 서정시들은 지난날『송가』풍의 격식과『좌』경 노선의 영향에서 해탈되지 못하였다.

이런 실정에 비추어 80년대에 진입하여 김철은 사상 해방운동의 물결 속에서 지난날의 자기의 문학 관념과 창작 실천에 대하여 반성을 거듭하였다.

> 『그때 나의 눈에는 인생도 세상도 모두 햇빛 찬란한 것으로만 보였댔소. 그래서 나는 목이 터지도록 만세를 불렀고 찬란한 미래만을 노래했댔소. 그러니 물론 나의 시구도 화려하고 시의 색깔도 명랑했댔지. 그래서 사람들은 나를「낭만시인」,「무지개시인」이라고 했소.
> 헌데 차츰 나이 들고 생각이 많아짐에 따라 나는 인생과 사회에 대한 냉정한 사색기에 들어갔고 더욱이는「전례 없는」그「폭풍의 년대」는 나의 낭만에 환멸을 들씌웠소. 정열과 환상으로 끓어 넘치던 나의 심장은 냉혹해졌고 돌같이 차갑고 무거운 사색은 나의 머리를 짓눌렀소. 나는 의혹에 찬 냉담한 눈길로 참담한 현실

을 정시하게 되었소.… 하여 시에 대한 나의 견해에도 변화가 생기였소. 나는 낭만주의로부터 사실주의에로 전이했소. 시인은 거짓말쟁이도 아니요, 허풍치기군도 아니란 말이요, 참말을 하고 인민의 참뜻을 대언하는 것이 진정한 시인이라는 것을 비로소 깨달은 것이요.』(『창작에서의 생활과 탐구』.『연변문예』1983년 3호)

이런 문학 반성 속에서 지난날의 그릇된 사상과 관념을 비판하고 새로운 창작 자세와 좌표계를 확정한 김철은 자기의 서정시 창작을 새로운 단계에로 떠올렸다. 서정시집『태양에로 가는 길』과『인간세상』이 바로 그 주요한 표징으로 된다.

80년대에 들어와서 김철은 자기의 서정시 창작에서 새로운 시점으로 우리 나라와 우리 인민들이 걸어온 곡절적인 길을 회고하면서 역사에 대한 반성을 집행하고 있다. 이리하여 역사에 대한 심각한 반성은 80년대 초기 김철의 서정시에서 한낱 중요한 내용을 이루고 있다. 그런데 김철의 역사에 대한 반성은 그 나름의 독창적인 데가 있는데 그는 왕왕 역사가 남겨 놓은 자기의 상처를 만지면서 눈물을 흘리거나 추상적인 결론에 의하여 반성하는 것이 아니라 내내 일상생활에서 흔히 볼 수 있는 사물을 통하여 자기의 상처와 인민의 운명을 긴밀히 밀착시키면서 역사를 반성하며 시대성과 긴밀히 연계시켜 사고한다. 이것은 김철의 서정시의 사실주의의 정신을 한결 더 강화하고 있다. 서정시『고무나무』(1980년),『물소』(1980년),『나는 낙타』(1980년),『만리장성』(1980년) 등은 이 면에서 대표적인 작품으로 헤아릴 수 있다.

> 너는 철들자부터
> 상처를 입었다
> 오리오리 찢기우며
> 온몸의 즙을 짠다
>
> 낡은 흉터가 아물기도 전에
> 또다시 새로운 생채기를 내면서
> 생애의 막끝까지

너는 성실하였다

상처와 인연맺은
불운한 생애—
뼈마치는 아픔을 묵새기면서
그래도 숨지는 그 순간마저
진맥을 짜는자

오 정녕 그것은
너만이 아니였다

이렇게 서정시 『고무나무』에서 시인은 『문화 대혁명』과 『좌』적인 사상의 통치 밑에서 모진 상처를 입은 사람들에 대한 이야기를 쓰면서 그 모진 아픔 속에서도 충성심을 잃지 않고 나라를 위해 모든 것을 다 기여한 인민들의 숭고한 정신세계를 구가하고 있다. 여기서 고무나무의 형상은 바로 상처와 인연을 맺은 시인의 형상이며 아울러 역차의 정치운동의 세파 속에서 유형. 무형의 상처를 입은 인민의 형상이다.

서정시 『낙타』에서는 구슬픈 민족의 운명을 떠메고 눈물을 흘리며 사막을 적시는 낙타의 형상에 기탁하여 『문화 대혁명』과 그전 한 시기 『좌』적 노선의 구속 밑에서 인민이 받은 수난의 모습과 강의한 의지를 재치있게 나타냈다. 서정시 『만리장성』도 역사의 반성에 바쳐진 무게 있는 작품이다.

그 옛날
진시황이 쌓은것은 장성만이 아니었다

중화의 영혼속에 성벽을 쌓고
나라를 잠재운 하늘의 아들

후세의 제후들이
활촉으로 지킨것도 장성만이 아니었다

영혼의 성곽위에 덧벽을 쌓고
역사를 얽어맨 비운의 연륜

슬프다 자랑이 치욕으로 변할줄이야
그래서 맹강녀가 상기도 우는게지

묻노니, 영혼속의 장성은
언제나 허물고?…

　시인은 예리한 안목과 참신한 각도에서 중화 민족의 지혜와 역량의 상징이며 우상인 만리장성을 굽어보면서 기나긴 세월에 사람들의 의식에 침전된 봉건 의식을 투시하고 있으며 기세가 거창한 사상 해방의 송가를 읊고 있다. 이런 송가의 밑바닥에는 반만년의 중국 문화의 낙후한 일면에 대한 깊은 반성이 깊이 깔려 있다. 이 서정시는 시적 대상에 대하여 직선적으로 반영한 것이 아니라 정체적으로 파악하고 본질적으로 투시하고 예술적으로 창조하는 김철의 시적 기량을 충분히 과시하고 있다.

　새로운 역사 시기에 들어와서 김철의 서정시에서 중요한 자리를 차지하는 다른 하나의 주제는 보통 인간의 운명에 대한 관심과 보통 인간의 품성에 대한 열정적인 구가이다. 이는 역사의 심각한 반성의 필연적인 결과이며 또 언제나 인민의 이익을 첫자리에 놓고 생활을 파악하는 시인의 미학사상의 필연적인 결과이다. 사상 해방이 심도있게 전개되면서 김철의 평민의식은 더욱 각성되고 앙양되었는 바 시인은 새로운 각도와 고도에서 보통 인간의 운명을 관심하게 되었으며 보통 인간의 높은 덕성을 노래하는 새로운 작품을 내놓을 수 있게 되었다. 서정시 『보습』(1981년), 『뿌리』(1982년), 『다리』(1980년), 『아들』(1982년), 『열사탑』(1980년) 등은 이 주제에 바쳐진 훌륭한 작품들이다.

넌—
땅속에 골을 박고
갈아엎었다

　　5천년의 세월을!

　　네가 끌고 온것은
　　이랑만이 아닌
　　수난의 역사
　　하나의 민족이
　　울며 끌려왔다

　　이는 서정시 『보습』의 상반부이다. 시인은 5천년의 기나긴 세월, 역사의 무거운 멍에를 끌고 묵묵히 분투해 온 중국 인민의 역사적 기여와 고난에 찬 생활을 일반화하면서 중국 인민의 숭고한 품성을 특색 있게 노래하였다. 시의 후반에 이르러 시인은 가난과 우매와 묵묵히 분투해 온 중국 인민은 오늘도 역사의 새아침을 맞이하여 창끝 같은 보습날에 태양을 받쳐들고 황금의 꿈을 지심 깊이 묻어 간다면서 그들을 새로운 생활의 개척자, 위대한 이상의 실현을 위해 분투하는 무명 영웅이라고 구가하고 있다.

　　서정시 『아들』에서 시인은 연이라는 대상물을 빌어 태양의 축복을 한 몸에 지니고 하늘에 오른 연은 노을아씨의 어서 오라는 손길에도 어서 멀리 달아나라는 바람의 휘파람 소리에도 동요없이 하냥 사랑의 탯줄을 어머니의 가슴팍에 걸고 날았다는 이야기를 취급하고 있다.

　　자유의 아들은
　　대지를 굽어보며
　　항시 어머니를
　　잊지 않았네

　　그래서 끊지 않은
　　기나긴 연줄—

　　아니,
　　사랑의 탯줄을

어머니 가슴팍에
걸고 날았네…

보다시피 이 서정시에서 시인은 언제나 조국에 대한 사랑을 간직하고 조국의 아들로 살아가는 보통 인간의 충성심을 특색 있게 읊조리고 있으며 시대정신이 넘쳐 나는 애국주의 송가를 부르고 있다.

새로운 역사 시기 김철의 서정시에서 이채를 보여주는 중요한 주제는 개혁에 대한 송가이다. 시대에 대한 책임감을 안고 있는 시인 김철은 80년대에 진입하여 자기의 시적 각광을 개혁과 개방에 돌리는 것을 잊지 않았다. 서정시 『시골』(1984년), 『장거리』(1984년), 『매부네 세식구』(1983년), 『노래 낳는 고향』(1983년), 『장보러 가는 길』(1983년) 등은 이 면에서 독자들의 이목을 끄는 작품들이다.

시골에
넝쿨에
주옥을 걸어들고
웃는다 히뭇이
―맑은 사색!

용이 났다
개천에서
―누구는 포도왕
―누구는 사슴대장

어벌큰 시골뜨기
지금은 알차게
구도를 짠다

이는 서정시 『시골에서』의 첫 부분이다. 시인은 이를 통해 개혁 중에서 현대화, 상품화의 길을 따라 나아가면서 자기의 아름다운 미래를 가꾸어 가는 조선족 농민들의 낭만에 넘치는 생생한 시적 화폭을 보여주고 있다. 자고 나면 몰라보게 변하는 나날 굿거리 장단은 때가 지나고 새 시대의 시골 장단이 생긴다. 개혁의 봄바람 속에서 한아름 넘치는 복을 받은 농민들은 때벗이를 하고 분장단도 하면서 더욱 아름다울 내일의 꿈을 꾼다. 시인은 『시골에서』의 마지막에 이르러 다음과 같이 노래한다.

묵은 때 헤워낸
나의 시골은
아침과 저녁새에
꿈을 말아서
미래의 집주소로 부쳐보낸다—
오, 내일은 어디?

새로운 역사 시기 김철의 서정시에서 또 하나의 중요한 주제는 민족 성격의 전면적인 탐구이다. 그는 이 문제에 대하여 다음과 같이 피력한 바 있다. 소수 민족문학은 반드시 자기의 민족 풍격을 돋보이게 해야 하는데 그 관건은 복장, 음식, 세태 풍속 등 외재적인 것을 어떻게 반영하는가에 있는 것이 아니라 『인물의 같지 않은 심령의 미와 성격 특점, 사유 방법을 찾는 데 있다.』(『본민족의 심령의 미를 써야 한다』. 『인민문학』 1982년 제2호)고 하였다. 서정시 『산』(1980년), 『북방성격』(1982년), 『불타는 미소』(1983년), 『대물린 사랑』(1983년), 『천지』(1984년) 등 시편들에서 우리는 조선족 인민의 성격에 대한 집중적인 탐구를 보아낼 수 있다.

한겨울
억눌렸던 지심이
불을 토했다
피를 뿜었다
진달래—
너는 강자

이것은 서정시 『북방성격』의 한 연이다. 이 시에서 시인은 진달래를 북방 성격의 상징으로 하면서 시대의 강자 조선족 인민의 성격을 깊이 발굴하고 있다. 진달래의 꽃망울이 붉은 것은 설한풍이 미워서 성을 낸 결과였다고 하면서 진달래가 벌거숭이 알몸으로도 눈보라와 맞서는 데서 불같은 성미를 보아 낼 수 있고 잎을 돋혀 푸른 옷을 해 입을 사이도 없이 타는 마음 그대로 세상을 향하여 꽃으로 웃고 심장을 달궈서 농토를 녹이고 꽃잎을 태워서 횃불을 들었다고 토로하고 있다. 시인의 붓 끝에서 진달래는 이렇게 봄의 강자이기도 하며 또 수줍은 성격의 소유자이기도 하다. 하기에 진달래는 청춘을 고스란히 후세에 물려주고도 가노라는 한마디 인사도 없이 낯을 붉히며 살며시 숨어 버린다. 보다시피 서정시 『진달래』에서 시인은 조선족 인민의 불굴의 의지와 불타는 신념 및 다정다감한 마음씨와 겸손한 품성을 인상깊게 노래하고 있다.

서정시 『대물린 사랑』(1983년), 『할머니』(1981년) 등에서는 조선족 인민의 현실생활과 빛나는 역사를 직접 노래하면서 조선족 인민의 성격을 발굴하고 아름다운 품성을 감명깊게 읊었다.

서정시 『대물린 사랑』에서 서정적 주인공은 젊은 어머니로서 애기 입에 젖을 물리면서 자기의 어머니를 생각한다. 자신이 어머니로 되는 인생의 교차점에서 어머니의 사랑을 되새겨 보는 서정적 주인공의 생각에는 조선족에게만 고유한 모성애가 특색 있게 담겨져 있다.

어머닌 그리 곱지 않아도
미운데 젖혀놓고
고운데만 골라서
내 얼굴에 환히 꽃으로 돋혀놓고

깊어진 주름속에
시름을 감추며
청춘을 고스란히
물려주고 가셨다

아, 대물린 웃음 대물린 사랑
나도 아기 입에 그 사랑의 꽃을 물린다
죄꼬만 심령의 들창을 열고
남몰래 다져넣은 위대한 사랑

시인이 떠올린 젊은 어머니의 정신세계는 달처럼 밝고 순결하고 또 마음은 그렇게 고요하고 우아한 바 여기에는 조선족 어머니들에게만 고유한 그런 선량하고 부드럽고 온화하고 대공무사한 마음과 두려움 모르는 성격이 조용히 자리 잡고 있다.

새로운 역사 시기에 김철의 서정시는 예술상에서도 새로운 돌파가 있다. 김철의 서정시는 점차 사실주의 전통을 회복하고『좌』적인 사조에 의하여 조성된 폐쇄된 공간에서 자아 도취하는 소극적인 낭만주의 시풍을 비교적 철저하게 타개하였다. 이것은 시인이 자기의 시가 창작에 대한 참다운 총화, 심각한 반성에 의한 필연적인 결과이다.

『병이 없는 앓음소리, 미치광이 고함질, 속대없는 허풍질, 실속없는 호언장담 … 아무튼 큰소리 치고 헛소리 치고 아! 오! 하는 것이 시인체하던 그런 때가 있은 것도 사실이다. 사론을 토막내어 시행으로 잡고 논설에다 감탄부호를 찍어서 시인체하고 호소문에다 아! 오!를 달아서 서정시라고 하던 그 시절 시는 비극이었다. 유린당한 여인이었다. 열병 환자의 잠꼬대였다. 신음소리였다.

부끄럽지만 나도 한때 그런 시를 더러 썼다. 양심을 속이고 남이 하라는대로 목에 핏대를 세우며 고아대지 않았던가! 현실은 난장판이 되고 나라는 엉망진창이 되고 사람들은 울분에 허덕여도「꾀꼴새 노래하고 제비가 춤추며」「동풍이 불어대는 호시절」이라고 눈을 감고 아옹하던 그 시절. 그것은 현실에 대한 조소이며 문학에 대한 모독이었다.… 나는 지난날의 고통스러운 나날과 뼈아픈 교훈 속에서 생활의 진실과 감정의 성실성이 사회주의문학에서 차지하는 가치와 중요성을 심심하게 깨달은바 있다.』(『창작여담』.『문학과 예술』1983년 제2기)

이리하여 김철의 서정시는 근래에 와서 보다 진실해지고 소박해지고 성실해졌으며 생활의 표층에 대한 기계적인 반영이 없어지고 생활에 대한 철학적 사고가 깊어지고 시의 사변 능력이 강해지고 무게가 더해지고 있다.

새로운 역사 시기 김철의 서정시의 구성 방법이 보다 개방적으로 되고 시 표현 수법이 보다 다양해졌다. 특히 시적 대상과 시적 환경에 대한 설명이거나 해설이 대담하게 생략되고 시적 대상에 대한 상세한 묘술이거나 지루한 서정 토로가 극복되고 시마다 하나의 대상에서 하나의 이념을 도출 승화해 내는 수법이 없어지고 시인의 생생하고도 예민한 예술 감각에 기초한 간결하고 생동하고 개성적인 시 형상이 창조되고 있으며 일반적으로 짧게 쓰여지고 있다. 이것을 염두에 두고 시인 자신의 『열자를 가지고 말할 수 있는걸 절대로 스무자로 늘이지 말며 그 뜻을 다섯자나 두석자로 표달할 수 있다면 더 좋은것』(『창작과 기교』.『연변문예』 1983년 11호)이라고 말한 바 있다. 이 경우 서정시 『열사탑』을 들어보자.

탑은
왜
서고만 있소?

죽어서도
휘지 않는 넋이로기에
묻힌 뼈 그대로가
일어선게지!

이 서정시는 몇 글자 안되는 시행, 몇 줄 안되는 시연에 열사들의 천추에 빛날 정신과 열사들에 대한 억만 인민들의 추모의 마음을 일반화하였다. 시어는 적중하고 세련되고 예리하며 시 형성에는 심광이 번쩍이며 시의 공간은 넓다. 김철의 말대로 『시행과 시행 사이에 만리 창공이 펼쳐지고 연과 연 사이에 천만년이 흘러가는 시』가 바로 『열사탑』이라고 볼 수 있다.

김철은 서정시의 운율 창조에서 지난날에는 대체로 정제한 시연과 시행을 추구하였으나 80년대에 들어와서는 보다 다양한 시행과 시연을 꾀하고 있는 것이 특징적이다. 이것은 자기의 시로 하여금 급속한 변화를 치르며 전진하는

생활의 절주에 보다 적응되게 하려는 노력과 갈라놓을 수 없으며 현대인의 정
서에 맞는 시적 내재율을 창조하려는 노력과 갈라놓을 수 없다. 이 점에 대하
여 시인은 다음과 같이 강조한 바 있다.

> 『낡은 틀에서의 해탈— 그것은 사상 해방을 앞세워야 한다. 20세기 80년대의
> 활약적인 사상을 문학에 도입하는 것은 시대적 정신 체현의 중요한 인소로 된다.
> 새로운 주제, 새로운 각도, 새로운 표달 방식 지어는 문학 언어의 선택에서도 시
> 대감에 맞는 말하자면 현대 독자의 구미에 맞는 것을 취하여야 한다. 새롭게, 좀
> 더 새롭게!』(『황금 계절에 알찬 낟알을』.『연변일보』1985년 11월 8일)

김철의 서정시는 사유시로서 운율상에서 자유율을 추구하고 있다. 그러나 때
로 민요, 시조 등에 기초한 정형률을 추구하기도 하며 반복법, 대구법 등 운율
조성의 보조 수법을 대담하게 도입하고 있으며 시의 연도 자유롭게 조직하고
있다.

물론 시 창작에서 김철의 새로운 탐구는 자기의 시 풍격에 대한 절대적인
부정이 아니다. 김철의 시는 계속 시 사상의 평이성, 시 형상의 아름다움, 시
어의 우아함, 그리고 시종 식을 줄 모르는 낭만주의 열정을 보여주면서 사상
및 예술상에서 부단히 새로운 탐구와 비반복적인 창조를 시도하고 있다.

제3절 장편 서사시 『새별전』

전국적으로 진행된 사상 해방운동의 물결을 타고 다년간 작가, 시인들의 수
족을 얽어맸던 소재상의 『금지구역』을 타파하면서 김철은 우리 민족의 흘러간
역사의 현장에 필묵을 쏟은 장편 서사시 『새별전』(1980년)을 발표하였다. 무
려 1만 5천여 행에 달하는 이 장편 서사시는 김철의 시가 창작에서 획기적인
거작이요, 조선족 시문학이 거둔 대표적인 작품이다.

시인 김철은 이 장편 서사시의 창작을 두고 자기의 창작담에서 다음과 같이

말한바 있다.

> 『나는 「새별전」에 조선족 전설 중의 「백일홍」, 「목동과 소녀」, 달에 대한 전설 등을 융합시켰다. 이른바 융합이란 이런 이야기를 씀에 있어서 그것을 개조하고 발전시켰다는 것이며 작품에서 그것들은 원래 전설이 아니라 한개 세부로 되었다는 것이다. 하기에 독자들은 나의 장편 서사시에서 이런 전설의 흔적을 찾을 수 있을 뿐만 아니라 또 새로운 계시를 받을 수 있는 것이다.』(『나는 「새별전」을 어떻게 썼는가』, 『소수 민족 작가들의 창작담—나의 경험』에서. 1982년)

조선족의 전통적인 전설을 바탕으로 하여 재창작한 장편 서사시 『새별전』은 주인공 새별이와 장수의 곡절 많은 사랑의 이야기를 통하여 봉건사회의 조화할 수 없는 계급 모순을 보여주었으며 농민계급의 죽어도 굴하지 않는 반항정신과 고상한 정조를 노래하였다. 이 서사시에서는 장수와 새별이의 곡절 많은 사랑의 이야기를 운변두, 짝쇠를 비롯한 농민들을 일방으로 하고 만호부장관 홍두삼 따위의 봉건통치배를 그 대립면으로 하여 벌어지는 계급 투쟁의 이야기와 교차시키면서 얽음새를 펼쳐 나갔다.

이 장편 서사시의 기본 줄거리를 간추려 보면 다음과 같다.

가난한 집 딸로 태어난 어여쁘고 총명한 새별이는 한마을의 어진 총각 장수를 사랑한다. 어려운 살림, 비바람 사나운 세월에 서로 아끼고 서로 도와주며 살아가는 가운데서 그들의 사랑은 시간의 흐름에 따라 더욱 무르익는다. 그러던 중 어느 해 단오날 그네 놀이와 씨름판에서 1등을 하여 새별이는 쇠물독을 타고 장수는 황소를 탔다. 헌데 그 지방의 포악하고 음험한 장관 홍두삼이 새별에게 눈독을 들여 자기의 손 안에 넣으려고 갖은 음모를 다 꾸민다. 바로 이때 농민봉기군이 싸움터에서 참패를 당하고 봉기군의 두령인 새별의 부친 운변두는 관군에 체포되어 혹형을 당하게 된다. 이 뜻밖의 소식에 접한 새별의 어머니는 새별이와 장수를 멀리 피해 가게 하고 이제 홀로 남을 어머니 앞에서 새별이와 장수는 냉수 한 그릇으로 혼례를 치른다. 이튿날 뒷산 바위틈에서 아버지가 혹형당하는 참상을 목격한 새별이와 장수의 가슴에는 복수의 불길이 활활 타오른다. 그날 밤 세찬 소나기 속에서 그들은 사형장에 뛰어들어가 파수놈을 족치고 아버지의 시체를 찾아 장수바위 소나무 아래에 묻고 복수를 다지면서 언제 살아서 돌아올지 모를 밤길을 떠난다. 이로부터 그들의 앞길에는 더욱 사나운 비바람이 휘몰아친다. 그들의 심산 속에 들어가 파란 곡절을 겪으면서 봉기군을 재조직한다. 그러던 중 장수는 더욱 큰 봉기를 준비하기 위하여 백일홍 지기 전에 돌아올 것을 약속하고 심산속의 거점으로 떠나간다. 그 사이 새별이는 마을 사람들을 이끌어 싸울 준비를 하면서 남편을 애타게 기다린다. 그러던 중 마을은 관군의 불의의 습격을 당하여 불바다로 변하고 새별이는 홍두삼에게 붙잡힌다. 홍두삼은 『먼먼 하늘 저 끝에서 새별 하나 따왔다고 무릉도원 별천지의 백일홍을 꺾었다고 무변대해 수심에서 산호 진주 얻었다』고 기뻐 날뛰며 갖은 수단을 다해 새별이의 정조를 빼앗으려고 발광했으나 모두 수포로 돌아가고 만다. 영리한 새별이는 어려운 역경 속에서도 지혜롭게 홍두삼이를 얼려 궁수 경기를 열도록 한다. 이 기회를 타서 장수와 그의 군사들은 모두 궁수로 가장하고 궁수 경기에 참가했다가 일시에 홍두삼의 집을 습격하고 그자를 처단했으나 새별이와 장수가 상봉의 기쁨을 환호할 제 죽은 체하다가 되살아난 홍두삼이가 장수에게 날려보낸 마지막 화살을 발견하자 새별이는 자기의 몸으로 사랑하는 남편을 막아 나섰다. 화살은 드디어 새별의 가슴에 박힌다. 이리하여 승리의 기쁨과 참을 수 없는 비애의 엇갈림 속에서 장수와 그의 전우들은 보복을 맹세하며 봉기군을 거느리고 또다시 멀리 떠나간다.

새별이는 장편 서사시에서 시종 중심에 서 있는 주인공이다. 그는 유순하고 예절바른 조선족의 여성이다. 그는 그 어떤 불행과 역경 속에서도 굴하지 않는 이며 참다운 삶을 위하여 자신의 모든 것을 다 바쳐 싸우는 용감하고 슬기로운 여투사이며 부모님께 효성을 다하고 남편에게 충성을 다하는 훌륭한 딸과 믿음직한 아내이다. 완강한 의력, 뛰어난 슬기, 고상한 도덕 이 세마디 말로 새별이의 성격을 개괄할 수 있다. 『서곡』에서 빼또칼을 들고 홍두삼에게 붙잡힌 아버지를 구해내는 장한 행동에서 벌써 새별이의 용감성과 슬기가 보이며 아버지가 참살당하는 광경을 목격하는 새별이의 언행을 통하여 새별이의 완강한 의력과 인내성을 보아낼 수 있다.

오, 정녕—
정녕 미쳐버릴것만 같구나
오매불망 그렇게도 그립던
사랑하는 아버지가
지척에서
아니 바로 자기 눈앞에서
무참히 목잘리는
그 참상을
어찌, 그 어찌
이대로 보고만
있어야 한단말인가!
모대기다 모대기다
차마 못견디어
바위참 소나무등걸에다
은장도를 꽉 박고는
이마가 부서지라
골을 쪼았다

원수들에 대한 적개심은 바야흐로 화산으로 터쳐나올 듯 하지만 그의 정신은 이지를 잃지 않고 그의 행동은 평형을 잃지 않는다. 아버지의 원수를 갚고 아버지의 뒤를 이어 끝까지 싸워야 한다는 이지에서 그의 인내성이 나오며 아무리 모진 아픔이라도 참아야 한다는 각성으로부터 그의 억센 의지가 생기는 것이다. 새별이의 이런 의력은 장수를 치료하기 위하여 홀로 산에 올라가 약초를 캐다가 범을 만나서도 정신을 잃지 않고 싸우는 데서와 홍두삼에게 붙잡혀서도 온갖 감언이설을 죄다 물리치고 혹독한 형벌 속에서도 굴하지 않는 데서 더욱 충분히 과시되고 있다.

그러자 새별이
비명과 함께
허망공중 벼랑가에

구을러 떨어졌다
……
그러면 호랑이도 아쉬운듯이
어슬렁 어슬렁—
순식간에 놓쳐버린
먹을것을 찾아서
바위를 내려온다
침흘리며 내려온다
정신차린 새별이
강심을 다지더니
품속에서 은장도
번쩍 꺼내들고
다가오는 호랑이와
맞서나섰다
—썩 물러서지 못할가!
네놈이 오면 어쩔텐가…

이마에 임금 왕자를 딱 붙이고 시뻘건 혓바닥 날름거리며 앞발을 도사리고 바위 위에 앉은 범과 마주서서 『범에게 업혀가도 정신만은 차리라』는 속담을 상기하면서 홀로 호랑이와 대결한다.

곤장이 천번 꺾여
분신쇄골 될지언정
이 몸이 백번 죽어
진토가 된다 해도
한번 먹은 그 마음
꺾지 못하리

이것은 범보다 더 혹독한 홍두삼이와 싸우는 새별이의 결의이다. 그는 홍두삼이의 재물과 금전에 외눈도 팔지 않으며 살점을 뜯어내고 뼈를 바스는 모진 형벌 속에서 청송마냥 절개를 지킨다.

새별이의 형상에는 장기간의 생활 중에서 형성된 조선족 여성들의 뛰어난 슬기가 잘 체현되었다. 제4장 관군들의 포위를 뚫은 처절한 싸움 중에서 새별이의 묘한 계책이 있었기에 봉기군은 기본 역량을 지킬 수 있었으며 홍두삼에게 붙잡혀 가는 길에서도 새별이가『이왕지사 부귀영화 누리러 가는 길이니 제가 가꾼 저 백일홍 한아름 꺾어다가 영화로운 이 길에 뿌려볼가 하나이다』라고 흘려 넘기며 생지옥에서도 홍두삼이를 홀려 궁술 경기를 열어 장수를 만나고 승리를 취득할 기회를 마련한다. 여기서 우리는 홍두삼이를 쥐락 펴락하는 새별이의 뛰어난 슬기를 충분히 보아낼 수 있다.

새별이는 부모에게 효성을 다하고 남편과는 사랑이 깊고 이웃들과는 인정이 깊은 고상한 도덕적 품성을 지닌 여성의 전형적 형상이다. 이삭주이를 한 오곡으로 밥을 지어 단오날 씨름 경기에 참가할 장수에게 드리는 데서 우리는 새별의 어여쁜 마음을 볼 수 있으며 어머니의 슬하를 떠나는 새별이의 언행에서 우리는 새별이의 깊은 효성을 읽을 수 있다. 눈물을 흘리며 어머니의 백발을 빗어 드리고는 말없이 농궤를 열고 옷 두 벌을 정히 어머니 앞에 놓는다. 이것은 어머니가 새별이의 예장감으로 준비해 두었던 두루마기와 열두새치마저고리다. 그 어느 날 아침 시부모님께 삼가 올리자던 그것을 지금 어머님 앞에 놓으며 새별이는 말한다.

　　　　—어머니
　　　　이 옷을 받으세요
　　　　슬하를 떠나야 할
　　　　이 불효녀석은
　　　　홀로 계실 어머님
　　　　따뜻이 시중들지 못하오니
　　　　이 치마저고리는
　　　　어머님 나들이 하실 때
　　　　남보기 초라하지 않게
　　　　꼭 입으시고

　이 두루마기는 내일
　아버지 마감길에
　입혀드리세요

　새별이의 성격은 장수에 대한 사랑, 그중에서도 나중에 자기의 몸으로 화살을 막아 장수를 지키는 영웅적 행위에서 가장 눈부신 빛을 뿌린다.
　『새별전』에서 새별의 버금으로 가는 인물은 장수이다. 장수는 이 서사시의 얽음새의 펼침과 직접적으로 관계되는 많은 장면들에서 중요한 역할을 노는 인물이다. 시인은 장수의 형상 창조에서 새별이와 같은 운명의 소유자로서의 고상한 도덕적 풍모와 뛰어난 용기와 슬기, 억센 의지를 강조했을 뿐만 아니라 농민 봉기군의 두령 윤변두, 짝쇠의 계승자로서의 반항 성격을 두드러지게 보여주었다. 이 장편 서사시에서 새별이와 장수 이 두 성격은 서로 어울리고 보충되면서 농민계급의 정신적 미와 투쟁정신을 훌륭하게 나타내었다. 두 인물의 눈물겨운 사랑의 이야기를 통하여 시인은 낡은 사회에서 인간답게 살고 참답게 사랑하기란 얼마나 어려웠는가를 시적으로 해명하였으며 농민계급은 오직 투쟁을 통하여서만 행복한 삶과 진정한 사랑을 쟁취할 수 있다는 것을 시적으로 해명하였다.
　장편 서사시 『새별전』은 예술상에서 다방면의 성과를 거둔 작품이다.
　우선 시인은 『새별전』에서 서사적 묘사에 서정적인 색채를 짙게 하기 위하여 많은 심혈을 기울이면서 새로운 탐구를 진행하였다. 시인은 인물 성격의 부각에 이바지할 수 있는 많은 사건과 에피소드들은 서정적으로 채색하였고 산문화될 가능성이 있는 대목에 한해서는 그 앞에 서정적인 내용을 얹어 주거나 그 뒤에 받쳐 줌으로써 전반 작품으로 하여금 서정적 색채가 농후하게 할 수 있었다. 그리고 사건 발전의 일정한 계기에서 강력한 서정 토로거나 심각한 의논을 재치있게 배합시킴으로써 독자들의 정서적 흥분을 자아내고 깊은 사색에 잠기게 하였다. 봉기군의 두령인 새별의 부친이 학살당하는 장면에서 시인의 서정 토로는 그 대표적인 실례로 된다.

　…잠깐!

독자들이여
잠깐만 용서하시라
내 필을 좀 멈추려니
눈뜨고야 눈뜨고야
차마 못볼 이 참상
내 정녕
정녕 그대로는
써내려갈수 없구려

생지옥에서도 절개를 지키는 새별이가 머리를 빗고 바른금을 내는 세부를
묘사한 후의 시인의 의논은 아주 인상깊다.

오 분명
알리 있어라
알리 있어라
어이하여 예로부터
이 나라 여인들이
윤기나는 그 머리에
바른금 내고
옥비녀 금비녀로
정히 쪽져올리는지
그 마음의 깊이야
잴수 없어도
열두폭 흰치마
결백한 정조
온 세상에 그 자랑
높이 떨쳤다

다음 『운문소설』이라고 부를 수 있는 이 장편 서사시는 구성상에서도 일련
의 특색을 보여주고 있다. 이 서사시는 머리시 『서곡』과 맺음시 『메아리』가 있
고 본문은 10장으로 나뉘어졌는데 전반 작품의 읽음새는 고도의 극적 집중성

속에서 발전하여 제10장 『혈투』에서 고조를 이룬다. 하기에 서사시는 처음부터 마지막까지 계속되는 긴장과 흥분으로 독자를 끌어가고 있다. 이렇게 전반 서사시가 극적인 집중성 속에서 발전할 뿐만 아니라 열 개의 장에 나뉘어진 이야기도 제가끔 한 장소에서 집약적으로 펼쳐지는 완전하고도 극적인 사건을 갖고 있다.

이 서사시는 또한 조선족의 생활 세태와 풍속 습관 및 그들을 품어 주는 자연환경을 묘사하는 데 큰 힘을 들임으로써 민족적 색채를 한결 진하게 하였다.

> 꽃이 피여 봄이런가
> 봄이 와 꽃이런가
> 봄바람에 꽃물결
> 설레이는 이 강산
> 그네 매자 그네 매자
> 당사실로 꽃그네 매자
> 버들방천 녹음속엔
> 그네를 메고
> 시내가 모래터엔
> 씨름판 벌렸으니
> 여인들은 그네터로
> 남정들은 씨름터로
> 가세가세 어서 가세
> 명절놀이 어서 가세

이것은 작품에 그려진 단오절이다. 뒤이어 시인은 그네 뛰는 처녀의 머리, 입, 치마, 버선을 묘사한 다음 그네 뛰는 처녀를 봄바람에 날리는 홍도에, 하늘에서 내려오는 선녀에 비기었다.

> 모래판 더기우엔
> 씨름판 벌렸구나
> 인근동네 장사들이

　　한옆으로 모여앉고
　　구름처럼 밀려온
　　동네방네 구경군들
　　말그대로 인산인해 이루었으니
　　울긋불긋 명절차림
　　이 아니 가관인가

　이것은 단오날의 씨름터의 묘사이다. 단오절 외에 시인은 또 가정생활 습관, 설, 보름, 3월 3일, 사월 초파일, 추석 등 민속적인 연중행사를 생동하게 묘사함과 더불어 널뛰기, 윷놀이, 굿, 활쏘기 등 민속놀이와 복장, 음식 등에 대하여서도 구체적으로 그려내었다. 시인은 또한 조선족이 생활하며 투쟁하는 자연환경에 대한 묘사에서도 민족적 향기가 그윽하게 하였다. 여기서 새별의 눈으로 본 장수봉의 경치를 보자.

　　두리둥실 혈기좋은
　　시골집 총각마냥
　　해님은 황금의
　　갑옷을 떨쳐입고
　　장수봉 마루턱에 걸터앉으며
　　아름아름 금싸락
　　골연마다 뿌릴제
　　춤추며 오르던
　　수집은 안개
　　낯붉히며 낯붉히며
　　꽃그늘에 숨어드네

　　그러면 저 멀리
　　망망한 운해—
　　휘장속에 가리워
　　몽롱하던 산천이
　　천태만상 거느리고

　　　황홀한 해빛아래 미역감누나

　　　온천에서 방금
　　　머리를 헹구었던가
　　　함치르르 물기도는
　　　머리채 풀어헤치고
　　　미인송이 팔 벌려
　　　일출을 맞으면
　　　천길벼랑에
　　　폭포를 쏟던
　　　장수봉이 가슴에
　　　칠색단 드리우고
　　　영롱한 무지개발
　　　새 단장 떨치는데
　　　구룡높이 잠긴
　　　파란 하늘이
　　　이따금 파르르
　　　미파를 늘이며
　　　오가는 흰구름
　　　반겨맞누나

　서사시에서 그려진 이렇게 아름다운 풍경화는 주인공들의 성격을 안받침하고 기분을 조성하며 또 독자들에게 고향과 민족에 대한 벅찬 긍지를 불러 일으키며 서사시의 민족적 색채를 더해 주고 있다.

　이 장편 서사시는 언어 구사와 표현 기교, 운율 조성에서도 자기의 특징을 가지고 있다. 시인은 이 서사시에서 인민의 입말에서 생명력이 강하고 생활맛이 흘러 넘치고 향토 색채가 짙은 언어를 적중하게 선택하여 씀으로써 서사시의 표현력을 효과적으로 살리고 있다. 또한 시인은 이 서사시에서 형상적이고 입체감이 나는 상징사를 많이 쓰고 있으며 생동한 비유, 예술적 과장, 의인법, 대구법, 비약과 함축 등 다양한 문체론적 수법들을 재치있게 사용하였다. 이밖에도 이 서사시는 기본 율조를 자유율에 두고 있으나 정형률의 적당한 도입에도 중시를 돌렸다.

이 서사시의 적지 않은 대목에서 시인은 전통적인 가사와 민요의 운율을 이용하여 시의 음악미를 아름답게 돋히였다.

장편 서사시 『새별전』은 상술한 성과를 거두었지만 일부 결함도 내포하고 있다. 서사시의 시대적 배경이 너무 추상화되어 역사감이 덜 나며 일부 사건묘사가 진실감이 부족하고 구성상에서도 거친 데가 있다.

제8장 김성휘

제1절 생애와 문화활동

김성휘(1933년~   )는 중화인민공화국의 품 속에서 자라난 조선족의 저명한 시인이다.

그는 1933년 10월 12일 두만강 연안의 방천골(현재 길림성 용정시 백금향 동명촌)에서 빈농의 아들로 태어났다.

중소학 시절에 그는 작문 짓기를 즐기었으며 해방 후 조양천 근민중학교 시절에는 그 학교에서 교편을 잡았던 시인 김조규 등 선생님들의 영향을 많이 받았다.

1951년 우수한 학습 성적으로 고중 수업을 끝마친 김성휘는 심양시 외국어학원에 입학하여 노어를 전공하였다. 여기서 그는 체계적인 문학 지식과 수양을 쌓을 수 있었으며 바이론, 하이네, 괴테, 단테, 뿌쉬낀, 네끄라쏘브, 고골리 등 시인, 작가들의 작품을 널리 집촉하였다. 1955년 소련의 장편소설 『산야의 봄』(『연변일보』에 연재)을 번역하였다.

1954년 대학을 졸업한 후 연변중소우호협회에서 노어 교원으로 사업하다가 1955년부터 연변인민출판사에서 문예 편집으로 있으면서 과외로 시 창작에 정진하였는 바 처녀작으로 그는 서정시 『첫 괭이』(1955년 『연변일보』)를 발표하고 1965년까지 『고동하시초』 등 수많은 서정시들을 세상에 내놓았다.

『문화 대혁명』 시기에 김성휘는 『특무』로 몰리워 투쟁을 받고 나중에는 벽촌에 『추방』되어 인생고를 겪었다.

『4인무리』가 거꾸러지고 『문화 대혁명』이 결속되자 김성휘는 해방을 받고 다시 연변인민출판사에 돌아와 문예 편집에 종사하면서 시 창작을 다그쳤다. 그는 1979년에 중국작가협회 회원으로 되었고 1984년에 중국작가협회 연변분회에 전근하여 상무부주석으로 작가협회의 지도 사업을 하는 한편 자기의 문학 창작 활동을 줄기차게 벌이었다.

새로운 역사 시기에 이르러 김성휘의 문학 창작은 성숙기에 들어섰다. 1978년에 시집 『나리꽃 피였네』를 출판한 뒤 1980년대에 장편 서사시 『장백산아 이야기하라』(1980년), 서정시집 『들국화』(1982년), 『금잔디』(1985년)를 출판하였다. 이외에도 『가사창작지식』(김덕균과 합작, 1980년)을 세상에 내놓았고 수십 편의 수필을 신문지상에 발표하였다.

제2절 서정시

김성휘는 1955년에 처녀작 『첫 괭이』를 발표하는 것을 계기로 시 창작의 길에 들어섰고 1958년에 『고동하시초』를 발표함으로써 시인으로서의 자세를 본격적으로 과시하게 되었다. 하지만 그의 명성이 시단에 널리 알려지기 시작한 것은 1978년 그의 첫 서정시집 『나리꽃 피였네』가 출판되어서부터이다.

『나리꽃 피였네』는 김성휘가 1955년부터 1979년 1월까지 창작한 작품 중에서 52수를 골라 묶은 서정시집이다. 이 시집에 수록된 새로운 역사 시기의 서정시들은 조선족 인민들이 당과 사회주의 조국을 사랑하고 노일대 무산계급 혁명가를 애대하는 깊은 감정을 노래하였으며 형제민족의 단결 그리고 근로 인민들이 사회주의 건설에 이바지하는 불타는 노동 열정을 구가했다. 하지만 이런 작품들은 여러 가지 사회역사적 원인과 시인 자신의 문학 관념의 제약성으로 하여 많은 경우『좌』적 사조의 영향에서 해탈되지 못하고 있는 것이다.

하여 80년대에 진입하여 시인 김성휘는 사상 해방운동의 물결 속에서 지난 날 자기의 미학 주장과 창작 경향을 심각하게 반성하면서 시 창작의 새 탐구에 몸을 달구었다.

> 『다년간 우리는『좌』적 노선의 영향과 역사적 원인으로 하여 감정의 결구를 일면적으로 단순하게 인정해 왔다. 복잡한 생활의 반영으로서의 감정 발로 역시 복잡하다는 것을 우리는 잘 알고 있다. 그러나 우리는 시의 감정을 이성적인 일면만 추구하고 시인하는데 습관되어 왔다. 이상, 도덕, 정의, 윤리 나아가서 각종 정치 사변, 영웅 인물에 대한 객관적인 재현을 감정 발로의 전부로 알았다. 하여 감정의 주관 표현의 길이 도외시되었거나 금지구역으로 되었다. 개인과 집체관계의 인식에서 집체가 정치 무대에 오르고 개인이 뒷자리로 밀리우게 되었다. 개성을 존중하고 자유를 존중한 낭만주의 문학이 「반혁명문학」으로 전락되었으며 주관 표현에 이바지된 감정 발로를 관념론적 주관주의의 구현으로 낙인하였다. 이로 하여 객관 진실 반영이 지나치게 강조되고 반대로 내심 진실 반영이 극단적으로 홀시되었다.』(『서정시의 감정결구와 민족색채』에서. 『연변일보』 1987년 11월 1일)

시의 본질에 대한 이렇듯 명석한 인식과 조선족 시의 발전사에 대한 이렇듯 엄숙한 반성에 기초하여 김성휘는 새로운 역사 시기에 진입하여 시종 솔직, 성실, 진실을 자기 시미학의 가장 주되는 원칙으로 내세웠다. 이 점에 대하여 김성휘는 어느 한편의 단문에서 『나는 나의 마음을 그리고 나의 호흡을 적고 내 심장을 그대로 시 줄에 심는 것을 나의 시라고 여깁니다.』(『흑룡강일보』 1983년 4월 2일)라고 표명하였으며 어느 한 수의 시에서도 『나는 내 마음을 그린다／나는 내 호흡을 적는다／나는 내 심장을 그대로／나의 시줄에 담으련다.』(『만세, 시여, 생명이여』 1982년)라고 강조하였다.

그는 시 창작에 대한 반성을 거쳐 개성이 있는 일반적인 『나』를 강조하고 객관 세계에 대한 시인의 뜨거운 내부 체험을 토로하는 데 모를 박아야 하며 자기의 시를 현실생활과 인간의 미를 찾는 데 중점을 두어야 한다는 것을 심각하게 느끼게 되었다. 이 점을 시인은 다음과 같이 강조하였다. 『내가 찾는 아름다움/오늘의 참된 아름다움/찾다가 내가 죽을 아름다움/죽어도 죽어도 내가 즐기는 아름다움』(시『아름다움』에서 1982년).

　김성휘는 미를 추구함에 있어서 고향과 고향 사람들은 중요한 대상으로 삼는 것이 특징적이다.

> 『나는 나의 창작의 기지를 해방된 고향 인민들의 울음과 웃음에 두고 있다. 나는 고향의 좁다란 천지에서 넓고 넓은 조국을 한 품에 안으며 조상들을 그리며 동시대 인민들을 기쁘게 하며 산천초목을 아끼며 사랑하고 싶다. 그들의 눈물과 웃음이 내 가슴에 젖어있기에 그 어디로 가나 고향과 같이 가며 그 어느 하늘밑에서나 고향 하늘의 별을 찾아본다. 고향이란 좁아도지고 넓어도지고 오늘도 되고 어제도 되고 눈물로도 보이고 웃음으로도 보인다. 고향이란 존경하는 어머니로도 인연 깊은 지기들로도 형제들로도 또 사랑을 싹틔운 못 잊을 연인으로도 된다.』(『가도 가도 올리막길』에서. 『문학과 예술』 1985년 제3기에서)

　여기서 알 수 있는 바 고향은 김성휘 시의 기점이며 『근거지』이며 요람이며 역시 내용이다. 하기에 시인은 『고향이여 내 너를 떠나서는』(『연변문예』 1982년 제4기)에서 단도직입적으로 『고향이여 내 너를 떠나서는/글 한줄 제대로 쓰지 못한다/…고향이여 내 너를 떠나서는/꽃다발 하나 틀수 없구나』라고 외치면서 고향을 떠나서는 『사랑의 샘줄기도 찾지 못했고/즐거운 명절도 따로 없더라』고 그래서 『내 너만을 찾아서 꿈길을 간다』고 하였다.

　고향과 고향 사람들에게 시인의 근거지, 시의 요람을 둔 김성휘는 또 자연스럽게 현실생활과 빛나는 역사 생활에 대한 진실한 반영을 주장하면서 시작품에 조선족 인민들의 마음을 담고 얼굴을 그리는 것을 또 하나의 미학적 원칙으로 내세웠다. 시인의 표현대로 한다면 『민족의 시는 어디까지나 자기 민족 인민의 감정 색깔에 맞는 옷을 입어야 한다.』는 것이다.(『연변일보』 1987년 11월 1일)

　서정시집 『들국화』와 『금잔디』는 바로 새로운 역사 시기 김성휘의 새로운 미학적 원칙을 구체적으로 재현하고 있으며 이 시기 그의 서정시 창작의 성과를 집약적으로 보여주고 있다.

서정시집 『들국화』는 1979년부터 1980년에 창작된 서정시 100수와 서정서사시 3편으로 이루어졌으며 서정시집 『금잔디』에는 80년대에 들어서서 창작된 서정시 120여수와 서정서사시 3편이 수록되어 있다. 이 두 시집에 수록된 서정시들은 『울기도 웃기도 하면서 사랑과 증오의 싹을 틔워 피와 땀으로 가꾼 열매』(시집 『들국화』에서)로서 그것이 취급한 소재 범위와 주제사상은 무척 다양하였다.

이 시기의 김성휘의 서정시에서 우선 주목되는 것은 『문화 대혁명』을 망라한 흘러간 역사에 대한 반성을 다룬 작품이다. 그런데 김성휘의 역사에 대한 반성은 미래에 대한 드팀없는 신념과 응결되어 있는 것이 특징적이다. 서정시 『벗들에게』(1980년), 『깨여나는 산간마을』(1983년), 『창천아 네사 입을 열어 말하렴아!』(1979년) 등을 대표적인 작품으로 예를 들 수 있다.

서정시 『벗들에게』에서 시인은 처음부터 개체의 자아 각성을 호소하면서 『우리는 모두 다 서로 다른 정신세계』를 가지고 있다고 지적한 후 인차 흘러간 역사에서 자신의 무지를 반성하고 조국의 빈궁한 현상태를 생각하면서 독자들에게 미래의 아이들에게 무엇을 남기겠는가 하는 무거운 질문을 던지고 있다.

우리는 지금 계곡에서 기고있다
우리가 보는 하늘은 실오리같고
우리가 걷는 길에는 가시 엉켰다
우리는 아직 산으로 오르는 기슭에 있다

여태도록 무엇을 하였길래
상금도 이렇게 기고있는것일가
가련한 우리의 선조들에게 물어선 무엇하랴
무지한 우리자신들 너무나도 가슴 아프다

보다시피 이 서정시에서 시인의 역사에 대한 반성과 현실에 대한 투시는 하나로 밀착되어 감정이 농렬하고 정서가 앙양되고 사색이 깊은 시 형상을 이루고 있다. 이런 시적 사상은 서정시 『공민이여 그대들에게』서도 감명깊게 다루어졌다.

> 남으로 천리 북으로 만리
> 그 어디에 가보아도
> 형제들은 생각하는 방식도 같고
> 살아가는 형편도 같더라
>
> 이 나라 그 어디에 가나
> 가면 갈수록 첫눈에 띄우더라
> 나라는 넓고 자원은 부요하나
> 아직은 가난티를 벗지 못했음이

　시인은 이렇게 우리 현실생활 상황을 지적한 후 다음과 같은 폐부에서 울려 나온 시구로 독자의 심장을 울려 준다.

> 전사가 노래없이 살던 날을
> 시인이 봄을 잃고 그리던 꽃을
> 공민이여 그 누가 잊는다면
> 그대는 뇌수가 없는 공민이 아닐가
>
> 하지만 우리의 거리에는
> 할일없이 떠도는 사람이 너무 많구나
> 우리의 탁상마다에는
> 말공부를 일삼는 사람이 너무 많구나

　서정시 『깨여나는 산간마을』에서 시인은 어지러운 동란 시기의 농촌과 오늘의 광명한 새 농촌을 대조시키면서 다음과 같이 노래한다. 『괴롭게 방황하던 꿈자리도 털어버리고／내키지 않는 농사법도 묻어버리고／덧없이 흘러간 세월을 통탄하며／산간 마을은 머리보를 동이고 일떠섰구나／／…산같이 드팀없는 신념을 안고／하늘같이 푸르른 내일을 믿어／허파 큰숨을 몰아쉬며／깨여나는 산간마을이여//』

　보다시피 김성휘는 언제나 역사와 미래와의 연계 속에서 현실생활을 고찰하면서 독자들에게 하늘같이 푸르른 내일을 위하여 언제나 냉혹한 눈길로 현실을 보라고, 엄숙한 마음을 안고 역사를 반성하라고 호소하고 있다.

　줄곧 고향과 조국 그리고 인민을 자기의 생명처럼 사랑해 온 시인 김성휘는 새로운 역사 시기에 진입하여 개혁과 개방의 봄바람 속에서 날따라 변모하는 고향과 조국 그리고 10년 재난의 상처를 가시고 네 가지 현대화 건설의 길에서 전진하는 인민들을 더욱 사랑하게 되었는 바 따라서 그의 서정시에서 고향과 조국, 고향 사람들을 비롯한 인민에 대한 송가가 주요한 자리를 차지하고 있다.

　서정시『조국, 나의 영원한 보모』(1981년),『고향의 언덕 마음의 탑』(1981년),『아기 깨울라』(1979년),『가야하 너는 무슨 꿈을 꾸느냐』(1984년),『오솔길』(1980년) 등이 바로 이런 주제에 바쳐진 성과작들이다.

> 내 마음에 탑이 솟아있다.
> 내 가슴 깊은 곳에 뿌리 내리고
> 탑은 내 눈앞에 높이 솟아
> 나를 부른다 나를 굽어본다
>
> 내 낮이면 고향언덕 잔디위에 앉아
> 산과 강 그리고 멀리 숲을 바라본다
> 밤이면 고향언덕 발부리에 누워
> 달과 별 그리고 친구들을 꿈꾼다

　이는 서정시『고향의 언덕 마음의 탑』의 앞 두 연이다. 고향의 소중함을 새삼스럽게 느끼는 서정적 주인공의 벅찬 감정이 토로된 이 작품에서 고향의『탑』으로 대상화되고 있는가 하면 참나무를 길러 준 푸른 숲, 꿈을 길러 준 언덕으로도 형상화되고 있다.

　뒤이어 서정시는『나』의 생생한 체험으로 고향의 구슬픈 역사를 이야기함과

아울러 그래도 고향의 언덕에서 밤에는 달마중, 낮에는 해마중을 하였으며 그
래도 고향만은 언제나 살뜰한 누님 같이 눈물을 받아 주고 손목을 이끌어 주었
다고 쓰면서 『나』에게 있어서 고향이란 얼마나 소중한 존재인가를 시적으로 해
명하고 있다.

내 가령 멀고먼 이역 그 어디
화려한 궁전에 산다 해도
네 기슭에 할아버지 터를 닦아준
나지막한 초가집을 어찌 잊으랴

나는 기억하고 있다
풀밭의 쑥대처럼 꺾이운 할아버지
숲속의 강대처럼 넘어진 아버지
눈을 감으면서도 쥐여보던 흙을

남으며 떠나며 눈물로 인연을 맺으며
네 기슭을 적시는 시내물 아니냐
이 물에 이 흙을 이겨 벼루를 빚으면서도
나는 몰랐구나 네가 노래의 보금자리라는것을

고향이란 『나』의 가정 비극과 겨레의 슬픔의 역사와 긴밀히 이어진 영원히
잊을 수 없는 존재이며 또 『노래의 보금자리』이기도 하다. 이 서정시는 마지막
에 이르러 다음과 같이 격조 높이 고향을 부르고 있다.

오 고향의 언덕 마음의 탑아
너는 말없이 내 가슴에 솟아있고
나는 네 혈관을 흐르는 한방울의 피
너로 하여 내 가슴은 언제나 끓고있다

나는 네 배속에서 꿈틀거리는 하나의 생명

　　나는 네 입가에 울리는 한수의 노래
　　나는 네 얼굴에 피여나는 한송이 꽃
　　나는 네 허리에 뒹구는 한알의 모래알

　서정시 『고향의 언덕 마음의 탑』은 깊은 사색과 절절한 체험을 통하여 고향에 대한 사랑을 정서적으로 깊이 있게 구가하고 있는 바 이 서정시는 사상이 심오하고 형상이 참신하며 서정이 강렬한 송가로 되기에 손색이 없다.

　서정시 『조국, 나의 영원한 보모』는 고향과 하나로 이어져 있는 조국에 대한 사랑을 읊조린 작품이다.

　서정적 주인공은 시의 시작에서 조국을 자기의 보모에 비기면서 조국에 대한 사랑을 읊은 후 조국이란 얼마나 귀중한 것인가를 다음과 같이 시적으로 밝히었다.

　　나의 조부들의 피에 젖어
　　나의 부모들의 땀에 소금돋쳐
　　나의 친구들의 술잔에 어리여
　　나의 아이들의 눈동자에 빛나는 이름이여서
　　신근한 노동의 해를 씹으며
　　즐거운 휴식의 별을 마시며
　　내 가슴에 사랑이 움터난것도
　　그 이름이 녹아서 온기를 주기 때문입니다

　시인은 조국이란 우리 매개 공민의 피눈물의 역사, 가정의 행복, 모든 애증과 이어진 이름이라고 힘주어 내세운 후 뒤이어 그 이름을 보모라고 부르는 것은 누가 선심을 써서 선사한 것이 아니라 내 힘으로, 내 땀 흘려 새겨 안은 이름이기에 울어도 그로 하여 울고 웃어도 그로 하여 웃는다고 감회 깊게 회고하고 나서 조국은 너그럽고 엄한 보모라고, 사랑도 우정도 목숨도 오로지 그로 하여 바치는 품이라고, 시인의 노래의 매 음향에 깃들어 있고 생명의 매 순간을 이어주는 핏방울이라고, 폐부의 날숨이라고 칭송하고 있다. 뒤이어 시인은 조국에 대한 충성 및 그 가치를 다음과 같이 의미심장하게 노래하였다.

> 이 산벼랑을 소리쳐 울리며
> 이 젖줄기를 물고 자라난
> 나와 그대 우리모두의 무게를 가늠하는 저울은
> 충성이외에 또 무엇이겠습니까
>
> 내가 가령
> 이 이름을 위하여 죽는다 하면
> 그것이 어찌 죽음입니까
> 내 생명의 연장이 아니오이까!

김성휘는 새로운 역사 시기에 진입하여 또 부단히 인생의 가치, 생활의 진리에 대한 탐구를 견지하면서 철리적 사색을 담은 서정시들을 많이 창작하였다. 서정시 『내가 만약 물방울이라면』(1979년), 『메아리』(1980년), 『시내물』(1980년), 『들국화』(1980년), 『해바라기』(1980년), 『우리 없이 피는 꽃은 더욱 고우리』(1982년) 등은 바로 시인의 심오한 철리적 사색을 담은 좋은 작품들이다.

이런 시들에는 복잡하고 다단한 인생의 길에서 운명과 도전하고 만고풍상을 헤쳐 나가는 당대 인간의 드팀없는 신념, 의지, 지혜가 담겨져 있는가 하면 인생과 사회와 시대에 대한 사색이 무겁게 자리잡혀 있다.

> 한번 가면 다시 없는 인생이여도
> 보람있는 생명만은 영원하거니
> 꽃같이 이슬같이 피었다 지자
> 새날에로 나래치는 약속이란다
> ——서정시 『메아리』에서
>
> 미래에 사는 심장은
> 땅에 묻혀 흙으로 되어도

고운 꽃에 자양분을 섬기며
그 꽃떨기속에서 새봄을 웃으리
　　　　　　——서정시 『우리 없이 피는 꽃은 더욱 고우리』에서

시내물의 흐름을 찬히 보아라
천리만리 먼먼 길도 자신만만타
흐르고 흐르고 내쳐 흐르며
한평생 말쑥하게 가는 나그네
　　　　　　——서정시 『시내물』에서

　보다시피 이런 서정시들은 자기의 시적 초점을 우리 시대 선진적 인간들의 내면세계에 비추고 그들의 마음 속에서 빗발치는 아름다운 것, 고상한 것을 맑고 낙천적인 정서 속에서 심오하게 밝히고 있다.

　창작의 성숙기에 이른 김성휘는 새로운 역사 시기에 진입한 이래 서정시 창작의 길에서 새로운 질적 비약의 날개를 펼쳤으며 독창적인 예술풍격으로 조선족 시단을 장식하고 있다.

　김성휘의 서정시는 우선 솔직하고 성실하며 가식이 없는 것으로 특징적이며 따라서 그의 서정시에서 서정은 언제나 그렇듯 심오하고 진실한 것으로 독자들을 흡인하고 있는 것이다. 시인은 시종 관조적인 눈길로 생활을 스쳐지나는 것이 아니라 뜨거운 마음으로 생활을 포옹하며 개념으로써가 아니라 생생한 체험으로 생활을 받아들이는 것이다. 하기에 김성휘의 서정시에서는 평범한 대상에 한해서도 뜨거운 마음을 몰붓고 있으며 평상시에 늘 볼 수 있는 사물을 다룸에 있어서도 시인의 생명을 연소시키는 시심이 불타고 있는 것이다. 이런 서정시에 흐르는 진정은 생활과 인간에 대한 열렬한 사랑에 그 원천을 두고 있다.

　김성휘는 줄곧 서정시 창작에서 시인 『자아』를 중요시하며 감정의 주체를 세우는 데 모를 박고 있으면서도 또 시대성과 인민성에 대한 탐구를 멈추지 않았는 바 인생 가치에 대한 그의 탐구에는 강렬한 시대정신이 맥박치고 있으며 그의 생활에 대한 투시에는 심각한 역사의식이 안받침되어 있으며 그의 고향과 조국에 대한 사랑에는 인민적인 염원이 슴배여 있다. 하기에 김성휘의 서정시는 총적으로 시대에 대한 열렬한 사랑과 역사에 대한 엄숙한 반성 그리고 현실 상황에 대한 냉철한 사고로 특징적이다.

김성휘의 서정시는 상상의 힘으로 시인의 풍부하고 복잡한 내면세계와 다양한 감정 상태를 자유롭게 펼쳐 보인다. 새로운 역사 시기에 들어와서 김성휘의 서정시는 객관 재현에 머무르지 않고 언제나 잡다한 현실 상황을 초월하여 시인의 독창적이고 내면적인 정감과 상상의 시적 세계를 창조한다. 풍부한 상상은 김성휘 서정시의 형상을 아주 기발하게 생생하게 하였으며 서정시의 문학 공간을 무한히 확대하여 주고 있다. 그래서 그의 서정시에 있어서 『고향의 언덕』은 『마음 속의 탑』으로 『조국』은 『보모』로 비유되며 때로는 서정적 주인공이 백양나무로 되기도 하며 때로는 새가 되어 산으로 날아예기도 하며 산은 아버지로도 되고 어머니는 물로도 되며 백설은 북방의 얼굴로, 눈보라는 북방의 숨결로, 별은 어머니의 눈으로 되기도 하는 것이다. 이런 풍부한 상상을 통하여 시인은 평범한 대상에서도 시를 발견하고 상상을 통하여 거창한 시대와 복잡한 생활, 오묘한 인간 심리를 구체적인 표상을 가진 사물로 대상화하며 시에 감정을 부여하고 매력을 보태어 주고 색채를 가해 주는 것이다.

제3절 서정서사시

새로운 역사 시기에 김성휘는 서정시 창작과 더불어 서정서사시 창작에서 크나큰 성과를 거두었다. 10년 동란 시기의 지식인의 비참한 운명을 반영한 『달아 웃느냐 우느냐』(1979년), 『떡갈나무 아래에서』(1979년), 동란 시기의 한 소녀의 비참한 죽음을 통하여 인민이 받은 재난을 반영한 『봄이 왔길래 나는 운다』(1980년), 주덕해 동지의 거룩한 형상을 창조한 『소나무 한그루』(1982년), 새로운 역사 시기의 도시 사람들의 생활과 사색을 반영한 『나의 거리』(1984년) 등 서정서사시가 그 좋은 예로 된다.

서정서사시 『떡갈나무 아래에서』는 식물학을 전공한 한 지식인이 『문화 대

『혁명』 기간에 겪은 비참한 생활을 묘술하면서 『문화 대혁명』 중에서 빚어낸 임표, 강청 반혁명 집단의 하늘에 사무치는 죄악을 고발하였으며 당과 인민에 무한히 충성하는 지식인들이 10년 동란 중에서 입은 상처를 가시고 네 가지 현대화 건설에 뛰어드는 자랑찬 모습을 구가하였다.

식물학을 전공한 『나』는 방학이면 고향의 산비탈에서 약재를 채집하고 애인은 그 약재를 말리면서 과학 탐구에 열중하였는데 그것이 죄가 되어 『나』는 『과학간첩』으로 몰려 결혼 첫날밤에 붙잡힌 후 몇 년간 옥고를 치렀다. 『4인무리』가 분쇄된 뒤 『나』가 고향에 찾아왔을 때 『과학간첩의 졸개』로 몰리어 투쟁을 받던 아내와 어머니는 이미 세상을 떴다. 『나』는 언제나 사랑하는 아내와 첫사랑을 나누던 떡갈나무 아래에 찾아와 고향의 산천을 바라보면서 가슴에 넘치는 울분을 토로한다.

시인은 이 작품에서 물론 『나』의 고발과 울분만 쓴 것이 아니다. 시인은 몸서리치는 재난의 세월에도 끝내 마멸되지 않은 지식인들의 드팀없는 신념, 당과 조국에 대한 변함없는 충성, 미래에 대한 넘치는 낭만을 소리 높이 읊조리었다.

봄, 봄이 왔다
아내와 마주섰던
떡갈나무 그 언덕우에도 봄이 왔다
내 가슴 깊은 곳에도 봄싹이 움튼다

내 갓마흔에
머리 희였어도
나는 믿는다
겨울이 앗은것을 봄이 돌려주리라고

이 봄을 믿어
내 청춘의 십년을 바쳤고
이 봄을 사랑해
내 뜨거운 피로 아픔을 적는다

　　……

　　아 봄이여 봄
　　포승줄에 결박당했던 마음들에
　　명주날개를 달아준 봄이여
　　사랑의 새싹을 움틔우는 봄이여

　　떡갈나무 우거진 저 숲속에서
　　내 사랑도 다시 움터났구나
　　야생경제식물공백지에
　　한종 또 한종의 별을 그려넣자고

　　……

　　보아라 저기
　　떡갈나무우로
　　새들도 춤추며 나는구나
　　눈보라를 이겨낸 억센 날개를 저으며

　　떡갈나무여 내 사랑의 견증이여
　　내 오늘 햇빛에 이슬을 반짝임은
　　다시는 네 품속에서
　　가슴 아픈 연인이 생기지 말게 하자는게지

　　땅땅한 연륜을 팽팽 두르며
　　푸르싱싱 설레이는 떡갈나무야
　　나는 너의 속삭임을 듣는다
　　묵은 해 삭덤불에 불을 지르자누나
　　맞아올 새날을 반기자누나

　　서정서사시 『소나무 한그루』는 조선족 인민의 마음 속에 하냥 푸르러 싱싱
히 숨쉬는 한 공산주의 전사, 늙은 세대 무산계급 혁명가 주덕해 동지에 대한
격정에 넘치는 송가이다.

푸른색을 한몸에 가득히 안고
푸른빛을 뿌리며 싱싱히 숨쉬는
소나무 푸르른 나무
소나무 고향의 나무

청산이라 벽봉 그위에
심산이라 벽파 그속에
소나무 산의 아들 높이 서있고
소나무 숲의 형제 설레여 섰다

비바람 몰아쳐도 가지 청청히
눈사태 쏟아져도 잎새 청청히
소나무 세월과 더불어 푸르른 청춘
소나무 생활과 더불어 영원한 생명

　이렇게 시작되는 이 서정서사시는 머리시(『피봉앞에서』), 맺음시(『피봉뒤에』), 본장 6절로 되었는데 머리시와 맺음시에서는 시인의 감정을 직접 토로하고 본장에서는 부동한 배역의 인물들이 주덕해 동지에 향하여 편지체로 자기의 감정을 토로하는데 그 머리와 끝에 또 시인의 서정이 넘치고 철리가 숨어있는 시구를 얹어 주고 받쳐 주는 형식으로 꾸며졌다.
　이 서정서사시에서는 주덕해의 형상이 성공적으로 그려졌다. 그는 애인에게는 다정다감하고 사랑이 두터운 남편으로, 원예사에게는 원예학을 전공한 전문가로, 변강의 보통 농민에게는 형제처럼 허물없는 지도자로, 지식인들에게는 친혈육처럼 자애로운 배려를 베푸는 스승으로, 간부들에게는 언제나 대중과 밀접한 관계를 확보하는 모범으로 그려졌다. 그의 빛나는 업적, 고상한 품성은 그를 위대한 무산계급 혁명가로 부르기에 손색없으며 또 우수한 보통 인간이라고 부르기에 손색이 없는 것이다. 그리하여 그이의 아내는 달이 가고 해가 가도 그이를 기다리고 그이의 가르침을 받은 원예사들은 꿈마다 그를 만나며 그의 보살핌을 받은 농민은 그이의 형상을 가슴에 고스란히 아로새기고 있으며 그이의 고양을 받은 지식인은 이국 땅에서도 그이의 폐암을 치료할 환상에 잠기며 그와 함께 싸운 전우들은 오늘도 함께 하향길에 오른다고 생각하는 것이다.

김성휘는 이렇게 이 서정서사시에서 한 공산주의자의 일생을 통하여 참된 인생의 가치에 대한 깊은 사색을 충분히 표현하였으며 아울러 그 자체의 정신적 힘과 내면세계의 미로 사람을 감동시키는 매력있고 풍만한 공산주의자의 성격을 부각하였다.

『나의 거리』는 시인이 처음으로 서정서사시 형식을 빌어 당대 도시생활을 취급한 작품이다. 시인은 이 작품에서 네 가지 현대화 건설에 떨쳐나선 국자가 사람들의 개혁과 개방에 대한 갈망과 개혁과 개방 중에서의 심리 충돌을 진실하게 반영하면서 사회주의 사업의 필승의 신념을 두드러지게 표현하고 있다.

> 하냥 분망한
> 산간도시의 거리
> 일터로 나가는 사람들
> 마음 속 깊이에
> 해가 문안을 안고
> 솟아오르는 거리
> 밝아오는 하늘은
> 가까이에서 가까이로
> 멀리에서 멀리에로 열리고
> 머리우에 새들이 우짖는 소리
> 새날의 축복으로 들려오는
> 상쾌한 출근길
>
> 노력과 창조를 왕좌에 모시고
> 하느님보다 자기자신을 믿는
> 이 거리 사람들 밝은 눈동자에서
> 나는 지혜로운 뭇별을 읽으며 웃는다

이와 같이 이 서정서사시에서 『나』는 시대정신의 탐구자이며 당대 생활의 사색가인 시인일 뿐만 아니라 또 거리에서 보통 노동자들과 함께 웃고 함께 우는 보통 시민으로 등장한다.

『나』는 퇴근길에서의 감수를 바탕으로 하여 가슴에 넘치는 기쁨을 읊기도 하고 사색을 역사에로 돌리면서 시대의 조명을 받은 거리의 거대한 변화를 생각해 보며 팔매질과 몽둥이질에 기왓장이 동강나던 나날을 회상도 한다. 그러다가 새로운 역사 시기를 맞이하여 새 장정의 길에 일떠선 시민들의 모습을 강물처럼 줄기찬 시줄에 생생히 담고 있다.

해가 일하는 시간을 지켜
별이 꿈꾸는 창문을 동무해
나라의 부름에 하나같이
새 질서에로 육박하는 거리의 발구름
새삶에로 높뛰는 따가운 가슴들
옛날에 받은 마음의 고뇌를 털어버리며
긍정과 부정이 밝아진 하늘아래
노래와 같이
웃음과 같이
신념과 같이
기발과 같이
물결쳐나아가누나

그러나 생활이란 그저 낭만만 있는 것이 아니다. 시인은 시장의 얼굴에 어린 근심, 열두 평방 단칸방에서 붐비는 시민들, 허술한 창고에마저 자물쇠를 걸어야 하는 생활을 외면하지 않고 관심어린 눈길로 바라본다. 더욱이 시인은 거리에서 가끔 볼 수 있는, 해묵은 덤불에서 썩고 있는 잎새처럼 거리의 신선한 공기를 흐리우는 사회의 봉건주의, 자본주의 잔여와 간부 대오 내의 관료주의, 뒷문거래 등 바르지 못한 작풍에 한해서 목청을 돋구어 질책하고 있다.

거리에 불안과 근심과 고통이 있다고 하여도 그것은 어디까지나 지류이다. 그리고 그것들은 어느 때고 안정과 평화와 행복에 자리를 내어 줄 때가 있을

것이다. 하기에 시인은 자기의 정든 거리에 뜨거운 서정을 쏟고 있으며 신근한
노동으로 거리를 건설하는 시민들에게 축복의 노래를 부르고 또 이 거리의 새
아침을 격조 높이 환호하고 있는 것이다.

> 겨레의 문명이
> 소리치며 일어서는 거리
> 신생의 존엄이
> 산악으로 솟아있는 하늘
> 저 하늘에 담긴
> 이 거리 사람들 눈에서
> 나는 하늘보다 푸른
> 새아침을 본다
> 하늘의 별들이 웃는
> 이 거리 창문들에서
> 나는 별보다 밝은
> 새날을 손금처럼 본다
>
> 아 새날이 밝게 흐르는
> 나의 정든 거리
> 국자가
> 다정한 형제의 거리

　모두어 말하면 서정서사시 『나의 거리』는 거창한 변화와 복잡다단한 모순
속에서 붐비는 당대 생활을 정체적으로 파악하면서 시인의 사색과 정열, 낭만
과 신념을 특색 있게 읊조리었다. 독자들의 넓은 공명대를 획득한 이 서정서사
시는 도시 문학의 각성을 과시하고 도시 사람들의 곤혹을 담고있는 것으로 의
의가 있으며 조선족 시단에서 서정서사시의 형태를 발전시킴에 있어 커다란 역
할을 수행하였다.

제4절 장편 서사시 『장백산아 이야기하라』

  1979년 출판된 장편 서사시 『장백산아 이야기하라』는 김성휘의 시 창작에서의 하나의 이정비일 뿐만 아니라 전반 조선족 시문학에서 주요한 자리를 차지하는 성과작이기도 하다.

  『장백산아 이야기하라』는 시인의 장기적인 노력에 의하여 태어난 장편 서사시이다. 대학을 졸업하고 사업에 참가한 후 김성휘에게는 항일 투사들을 접촉하고 항일 전적지를 답사할 수 있는 기회가 많이 마련되었다. 시인은 처음에 고향 사람들의 항일 투쟁을 노래하는 서정서사시를 쓰려다가 차차 구상이 영글어 가면서 장편 서사시를 쓸 생각을 굳히었다. 1958년에 붓을 들어 1963년에 초고를 끝낸 뒤 바야흐로 한어로 번역하는데 『문화 대혁명』이 시작되었다. 일찍 1964년 작가협회의 내부 간행물 『녹엽집』에 장편 서사시의 몇 개 장이 발표된 것이 죄증으로 되어 원고는 전부 『반란파』들에게 빼앗기었으며 분실되었다. 다행으로 한어 번역용으로 복사한 원고가 『문화 대혁명』 후에 발견되어 새로운 수정을 거쳐 정식으로 출판되었다.

  이 장편 서사시는 폭넓은 사회역사 화폭으로 항일 무장 투쟁 시기 조선족과 한족 인민들이 장백산 항일 근거지를 창설하고 일제놈들을 족치는 피어린 투쟁과 탁월한 승리를 다루었다. 이 장편 서사시의 주제사상에 대하여 시인은 다음과 같이 개괄하였다.

  『내가 이 서사시에서 시도한 것은 되도록 30년대 동북 항일 투쟁에 궐기한 조한 두 민족 인민의 투쟁 모습의 어느 한 측면이라도 반영하는 것으로써 지난날 우리 인민들의 피어린 역사를 잊지 말자는 그것입니다. 우리 인민이 겪은 도탄과 인민이 쌓은 영웅 업적에 비하면 너무나도 가벼운 졸작이지만 흘러간 역사의 한 모퉁이라도 적어서 후세에 역사적 서류라도 남기려 하였습니다.』(『한책이 세상에 나오기까지』. 『문학예술연구』 1982년 제2기에서)

  장편 서사시 『장백산아 이야기하라』는 머리시와 맺음시 그리고 본장 13장으로 구성되었는데 그 시행이 무려 7000행에 달한다.

　머리시에서 시인은 뜨거운 열정, 드높은 목소리로 장백산이라는 특유한 대상물, 전편 작품의 주제의 상징물을 독자들 앞에 다음과 같이 제시한다.

　　창공을 치뚫으고
　　지심에 뿌리내린
　　이 나라 동방, 혁명의 금자탑
　　장백산아, 이야기하라

　　산벼랑을 넘나들며
　　장수들 칼을 갈았다는
　　전설의 서사시 역사의 견증자
　　장백산아, 이야기하라!

　　창창한 하늘에 우뚝 솟아
　　항시 머리를 숙이지 않음은
　　총칼앞에서도 굴함없는
　　이 나라 형제민족 절개를 지녔음이냐

　　울창한 송림을 키워안고
　　사시장철 설레이고 설레임은
　　산발마다 붉은 피로 아로새겨진
　　이 나라 영웅들의 위훈을 자랑함이냐

　　백호의 용맹을 빌어
　　수리개의 날개를 타고
　　장백의 계곡에서 익힌 목청으로
　　내 오늘 장백의 새 전설 엮으련다

　　너의 수림은 나의 붓
　　너의 천지는 나의 먹물

너의 폭포는 나의 서정
내 장백산마루에 올랐노라

  머리시를 뒤이어 시인은 독자들을 인차 1930년대에로 이끌어 간다. 30년대는 바로 국제상에서『전쟁의 화염은 세계에 뻗치고 히틀러 전격전이 구라파를 휩쓸고 일제의 히노마루 도처에서 살육을 일삼고』국내에서는『매국 역적 장개석, 왕정위 철천지 원수를 강토에 끌어들이는』민족 모순과 계급 모순이 치열한 연대이다. 이런 연대에 2만 5천리 장정을 승리적으로 끝낸 후 당중앙과 모위원께서는 친히 양정우 등 우수한 공산당원들을 장백산 지구에 파견하시어 장백 항일연군을 영도하게 하시었다. 중국공산당의 영명한 영도 밑에서 두만강변, 장백산 기슭에는 항일 투쟁의 불길이 세차게 타올랐다. 버들골에서도, 안기골에서도, 청산골에서도『도끼를 들고 식칼을 들고』나선 수많은 소작농들이, 노동자들이, 지식인들이 항일 투쟁에 뛰어들어 호호탕탕하는 대오를 이루면서 장백산으로 향하여 간다. 이 대오에는 버들골에서 나서 자란 청송이와 영란이도 있다.

  어렸을 적부터 모진 가난 속에서 자라 온 청송이는 선명한 계급적 애증을 가슴에 싹틔우면서 성장한다. 어느 해 지주 쏭개의 행랑방에서 비인간적인 대우를 받으면서 생활고에 시달리던 슈란의 어머니가 지주 쏭개의 아들놈에게 강간당하고 두만강물에 몸을 던져 자결하였다. 처음부터 이 사건을 주목한 청송이는 슈란의 일가의 원수를 갚기 위하여 쏭개네 기계간에 불을 지르고 고향을 떠나 유격대를 찾아 장백산으로 들어간다. 유격대에 입대한 청송이는 나중에 양사령원의 연락병으로 되어 그의 직접적인 사랑과 교양 밑에서 더욱 성숙된 항일 전사로 자란다.

  한번은 양사령원의 지시를 받고 고향에 들어가 왜놈의 단두대에 오르게 된 슈란이와 지하 공산당원 조헌이를 구하여『장백의 수리개』의 용맹을 떨친다. 그 전투에서 부상을 당한 청송이는 밀영에 들어가 한 시기 상처를 치료한 후 다시 양사령의 지시를 받고 적의 소굴로 들어간다. 적의 소굴로 파견된 청송이는 놈들의 온갖 궤계를 하나하나 이겨내고 마침내『신임』을 얻어 토벌대의 길

잡이로 되어 페문골을 향해 항일 유격대에 대한 토벌을 떠나게 된다. 청송이의
유인에 감쪽같이 홀리운 토벌대는 페문골 전투에서 섬멸당하고 유격대는 승리
하게 되며 청송이는 빛나는 공을 세우게 된다. 이렇게 장편 서사시는 어려운
항일 투쟁 속에서 피와 불의 세례를 겪으며 성장한 청송이를 혁명의 부름이라
면 자기의 청춘도 사랑도 바치며 피바다 칼산에라도 뛰어들고 톺아 오르는 투
사로 부각하였다.

　청송이의 형상을 창조함에 있어서 시인은 그의 성격 형성의 과정을 간단화
하지 않고 가정환경, 사회환경과 조헌 등 공산당원들의 영향, 양사령 등 항일
투쟁 지도자들의 교양을 진실하게 해명하였으며 또 영란이와 어머니 등과의 인
간관계에서 그의 애정에 대한 태도, 인정에 대한 태도를 진실하게 표현하면서
피와 살이 있는 풍만한 형상으로 부각하였다.

　이 서사시에서는 또 저명한 항일 장령 양정우 동지의 형상도 성공적으로 창
조하였다. 이 작품은 양정우 동지의 형상 창조에서 당중앙의 전략적 구상을 안
고 동북에 파견되어 한조 두 민족 인민을 불러 일으켜 왜놈들과 결사전을 벌이
는 전설적인 영웅으로 묘사함과 아울러 또 전우들과 생사를 같이하며 부하들을
스스럼없이 대하는 보통 인간으로 부각하는 것을 잊지 않았다.

　　　　하루는 양사령이 불렀더라
　　　　―『청송이 고향이 어디라지?』
　　　　―『두만강변 버들골이예요.』
　　　　―『고향에 가고싶지 않나?』

　　　　청송이는 가슴이 뜨끔하였다.
　　　　사령동지 내 마음을 뚫고봤고나
　　　　『네?』 부지중 대답하였다가
　　　　『아니요. 가도 그렇지요!』 부정해버렸다.

　　　　엽초를 말다말고 시물시물 웃으며
　　　　양사령은 청송이곁에 와 앉는다

—『고향에 색시는 없나?』

—『색시는 많습죠!』

—『퍽 만나고싶단말이지?』

—『아뇨, 날 만날 색시는 없어요!』

여기서 우리는 양사령의 소박하고 소탈하고 다정다감한 성격을 보아 낼 수 있으며 항일연군의 지휘관, 전사들의 교양자로서의 높은 덕성과 뛰어난 사업 방법을 보아 낼 수 있다.

양사령은 밤이면 늦게까지 지도를 펼치고 장백의 수천 봉우리를 오르내리고 약마저 제 때에 자시지 못하고 낮이면 전사들을 이끌어 동에 번쩍 서에 번쩍 신출귀몰하면서 밀영에 대한 시탐을 한다. 야영의 길에 자기의 말을 잔약한 동지에게 양도하고 밤이면 또 잠든 대원들을 돌아보시며 불의에 원수를 만나는 경우이면 무비의 용감성과 슬기로 포위를 뚫고 나온다. 양사령은 적들이 내부로부터 항일 유격대를 와해하려는 음모를 제 때에 간파하고 원수의 『호랑이』를 우리의 호랑이로 만들고 나중에 청송이를 적진에 파견하여 원수들을 끌어내 오게 하며 폐문골을 원수들의 묘지로 되게 한다. 이와 같이 장편 서사시는 양사령을 탁월한 지휘관으로 형상화하였다.

청송이와 양사령 외에도 장편 서사시는 조선족 공산주의자 조헌, 여항일 투사 영란, 한족 항일 투사 첸사무장과 그의 딸 슈란이 등 개성적인 인물 성격을 부각하였다.

장편 서사시 『장백산아 이야기하라』는 방대한 구상에 기초한 형상적인 화폭이다. 이 장편 서사시는 30년대 장백산 지구 항일 무장 투쟁을 중심으로 복잡한 사회 상황을 폭넓게 반영하고 있으며 지주계급과 농민의 모순을 재현하였을 뿐만 아니라 일제 침략자들과 인민 대중의 모순을 다루고 있으며 또한 항일 무장 역량의 장대와 항일 투사들의 성장 과정을 거시적으로 보여주고 있다. 장백산 항일 근거지의 항일 무장 투쟁을 보여줌에 있어서 작품은 장백의 항일 무장 투쟁을 국제 반파쇼 투쟁과 연계시키면서 중국의 전반 항일전쟁의 한 부분으로 전형화하고 있다. 따라서 작품의 서사적 화폭의 광도와 심도를 담보하였다. 이 작품은 서사적 사건이 웅건하고 인물 형상 체계가 방대하고 인민 대중의 집단적 형상이 성공적으로 부각되었다.

이 장편 서사시는 서사적 사건의 묘사에 유의하면서 풍만한 서정성을 강화하는데 모를 박은 것이 특징적이다. 시인은 서정시 창작의 풍부한 경험과 성숙된 기교를 서사시 창작에 운용하여 서사시에서 서정적 분위기를 조성하고 서정의 날개를 펼칠 수 있는 특정된 계기를 알심들여 선택하였으며 시적 대상을 시인의 정열의 도가니 속에서 굽고 이즘의 함마로 다지고 형상의 꽃으로 피움으로써 독자들의 가슴을 치는 한 폭 또 한 폭의 서정적 화폭을 창조하였다.

성공적인 서정시라고 볼 수 있는 머리시, 맺음시, 어린 아들과 헤어지는 유격대의 한 여전사—어머니의 내심을 읊은 제4장 4절, 새 전투 임무를 맡고 뗏목에 앉아 고향으로 가는 청송이의 내심을 읊은 제5장 4절, 청송이와 영란이의 애정에 바친 제9장, 승리를 향하여 진군하는 항일 대오를 구가한 제13장 1절, 서사시의 고조를 이룬 제13장 6절은 모두 훌륭한 서정시라고 부르기에 손색이 없다.

서정 색채를 돋구기 위하여 시인은 직접 사건의 참가자로 등장하여 자기의 감정을 토로하고 사색을 피력하기도 한다. 시인은 시대의 고봉에 솟아 흘러온 역사의 대하를 돌이켜 보기도 하며 장백산에 올라 산발마다 붉은 피로 아로새겨진 영웅들의 위훈을 목청 다해 자랑하기도 하며 혁명의 찬란한 미래를 그려 보기도 하며 높은 목소리로 정치적인 의논을 펼치기도 한다. 그리고 많은 환경, 사건, 인물 등 묘사는 모두 서정적으로 채색되고 시인의 서정 토로와 유기적으로 밀착되고 있다.

> 쏘아라!
> 열방이면 열놈을
> 조금도 심장을 어기지 말고
> 직통, 직통을 쏘아갈거라
>
> 밭이랑에 멍에 끌다 쓰러진
> 할아버지의 이름으로 쏘아라!
> 불에 탄 형님의 이름으로!

칼에 찔린 동생의 이름으로!

쏘아라 동지의 피를 잊지 말고
쏘아라 얼어굳은 아낙네를 잊지 말고
쏘아라 불에 탄 마을을 잊지 말고
쏘아라 짓밟힌 권리를 잊지 말고

지층이 엷어 근심이냐
콩을 볶아라 경위중대
하늘이 좁아 근심이냐
무리떼로 잡아라 기관총부대여

이것은 서사시의 고조를 이룬 페문골 싸움에 대한 묘사인데 시인은 전투 장면을 쓰는 것이 아니라 원수에 대한 만강의 분노를 품고 붓을 총으로 삼고 직접 원수들의 가슴팍에 불질하고 있다.

장편 서사시 『장백산아 이야기하라』는 민족적 특색이 짙은 거작이다. 이 서사시에서 민족적 특색은 우선 조선족 인민이 몸소 겪은 고난의 생활과 피비린 투쟁사를 진실하게 보여준 데서 나타나고 있다. 장백산 지구 두만강안 고향 인민의 감정과 생활에 익숙한 시인은 이 땅을 개척하고 지켜 간 우리 조선족 인민의 보람찬 역사, 복잡한 생활, 고유한 풍속 습관을 여러 각도로 표현하였다.

여름엔 움속에서 베짜기도 하였고
겨울밤엔 무릎우에 삼오리도 비비고
돌물레 자아서 동생의 양말도 뜨고
눈무지에 빠지며 나무단도 이어왔다

할머니를 졸라서 옛말도 들었고
뜨물깡치 앉혀서 겨릅대도 잡았고
보름달 마주서서 달윷을 치고
단오엔 옷 없어 안방에서 울기도 한 처녀

뒤산 참나무에 그네를 매고
새처럼 훨훨 높이도 날고
언덕집 뜨락에 널을 고이고
치마자락 날리며 널뛰기도 하였다

여기서 볼 수 있는 영란이의 생활은 바로 조선족 인민에게만 있는 생활이다. 서사시의 민족적 색채는 내용상에서 뿐만 아니라 시의 언어와 운율, 수법 등 형식면에서도 표현되고 있다. 서사시에서는 『아리랑』 등 민요, 『춘향전』 등 고전소설, 『총동원가』 등 항일가요를 재치있게 인용하여 민족적 향취가 다분하게 하였으며 조선어에서의 음향과 음색이 곱고 간결하며 미끈하며 생기있고 소박하며 향토적인 시어를 알뜰하게 다듬어 시줄에 썼다.

폭포수 콸콸
축포를 울리누나
백하수 쏼쏼
환락을 노래하누나

소나무 창창!
산제비 씽씽!
칼벼랑 쩡쩡!
붉은기 펄펄!

이밖에도 절절한 비유, 대담한 과장, 반복과 대조, 수사학적 질문과 호소, 동의어 반복, 의성의태어, 의인법 등 수사법의 능란한 이용으로 시어의 표현성을 높이고 있다.

제9장 이근전

제1절 생애와 문학활동

이근전(본명 이근혁)은 조선족의 저명한 소설가이다.

이근전은 1929년 3월 8일 조선 자강도 자선군 삼풍면 운봉동의 한 빈곤한 농민 가정에서 태어났다.

이근전은 1937년 아홉 살 되던 해에 아버지를 따라 조선 반도로부터 길림성 서란현 북대촌에 와서 자리를 잡았다. 그 이듬해에 그는 영길현 횡도하자의 소학교에 입학하여 열다섯 살 되는 해에 졸업하였다. 가정의 빈궁으로 하여 더 진학하지 못한 그는 가끔 품팔이도 하였으며 아버지를 대신하여 부역에 나가기도 하였다.

1945년 8월 일본 제국주의가 쫓겨가자 이근전은 만강의 열정으로 해방을 옹호하였으며 혁명에 뛰어들었다. 1945년 12월 그는 동북민주련군 제20려 60퇀 의용련에 참가하였고 1946년 여름부터 무장공작대 대원으로 있었으며 1947년부터 1948년 8월까지 토지개혁 공작대에 참가하여 폭풍취우와 같은 대중적인 계급 투쟁 속에서 점차 혁명의 진리를 깨닫게 되었다. 그는 1948년 9월 14일 영광스럽게 중국공산당에 가입하였다.

1948년 9월부터 1953년 여름까지 그는 길림시 용담보안대 대장, 중공길림

시 강북구위 선전위원, 중공길림시 교위원회 위원, 중공길림시위 판공실 비서
과 과장 겸 시상무위원회 비서 등 당무 사업에 자기의 심혈을 기울였다.

1950년 가을부터 과외 시간을 이용하여 신문 기사를 썼으며 1951년부터
오체르크를 썼다. 1953년『길림신문』사에 전근되어 1957년까지 선후로 농촌
조 조장, 연변 주재소 소장,『연변일보』(한문판) 제1부주필 등 직무를 맡아보
면서 과외로 발자끄, 유고, 레브 똘스또이 등 외국 고전가들의 명작과 노신,
모순, 파금 등 중국 현대 작가들의 작품을 탐독하면서 점차 문학작품을 쓰기
시작하였다. 그는 1952년 첫 단편소설『화물차』를 발표한 뒤를 이어 많은 소
설작품을 세상에 내놓았으며 1955년에 단편소설집『과일꽃 필무렵』을 출판함
으로써 문단에 알려지기 시작하였다. 따라서 그는 1956년에 중국작가협회에
가입하였다.

1959년 연변에 전근하여 선후로 중공 연변주위 정책 연구실 부주임, 중공
연변주위 선전부 부부장으로 사업하면서 과외로 문학 창작 활동을 끈질기게 벌
였다. 하여『문화 대혁명』전까지 중편소설『호랑이』(1960년), 장편소설『범
바위』(1962년) 등을 세상에 발표하였고 산문집『연변산기』를 1962년에 출판
하였다. 이밖에 그는 또 조선 작가 이기영의 장편소설『고향』을 한어로 번역
출판하였다.

『문화 대혁명』10년간 그는『주자파』,『반동작가』로 몰려 갖은 박해를 받았
고 창작 권리를 박탈당하였다.『4인무리』가 타도된 후 다시 해방을 받은 이근
전은 연변 조선족 자치주 정부와 중공 연변주위 선전부에서 지도 사업을 하다
가 1983년에 중국작가협회 연변분회의 전직 작가로 되었다. 그는 1985년 11
월에 중국작가협회 연변분회 주석으로 당선되어 지도 사업을 하는 한편 소설
창작에 종사하고 있다.

새로운 역사 시기에 진입하여『강물은 출렁출렁』(1982년),『부실이』(1982
년),『인생살이』(1982년),『장인』(1982년) 등 10여 편의 단편소설을 창작하
면서도 그는 중요한 정력을 장편소설 창작에 바쳤다. 그는 장편소설『고난의
연대』(상부 1982년, 하부 1984년)를 발표한 외에 1985년에는 장편소설『창
산의 눈물』(『연변일보』에 연재)을 발표하였으며 1986년에는『범바위』수정확

대판을 내놓았다.

제2절 장편소설 『고난의 연대』

　장편소설 『고난의 연대』는 일찍 1950년대 초기 이근전이 기자 생활을 시작한 시기부터 구상한 작품이다. 이근전은 혁명 사업 중에서 조선족 인민들이 쌓아올린 불후의 역사적 기여를 차츰 요해하게 되었으며 형제민족 인민들과 함께 이 땅을 개척하고 걸궈오고 지켜 온 조선족 인민의 역사 이야기를 가슴에 아로새기게 되었는데 이 점에 대하여 이근전은 다음과 같이 피력한 바 있다.

　　『30여 년간의 창작을 회고하여 보면 역사 소재를 다룬 작품이 대부분이지요. 이런 역사 소재에 치중한 원인은 청년들더러 오늘의 행복이 어떻게 왔는가를 알고 이 행복을 더 진귀하게 여기게끔 하려는 의도에서였고 더욱이는 우리 민족의 과거 역사를 진정으로 앎으로써 오늘 우리 민족이 반드시 서야 할 위치를 자각하게 하려는데 있었습니다. 흔히 사람들은 조선족은 조선에서 살수 없어 쪽박을 차고 중국에 밥을 빌어먹으러 건너왔다고 하는데 이는 편면적인 것입니다. 우리 민족은 자고로 이 땅에 발을 붙이고 우선 대자연과 싸웠고 봉건계급과 관료 아치들과 투쟁하여 왔으며 제국주의 침략에 맞서 여러 민족 인민들과 어깨걸고 싸워 중국의 근대사를 여러 민족 인민들과 함께 썼던 것입니다.… 우리 민족은 중화인민공화국을 세울 수 있는 기초를 여러 민족들과 함께 닦아 놓았고 동북에 벼농사 기술도 전파하였던 것입니다. 우리 민족의 이러한 역사를 통하여 민족의 넋을 지키고 노래하려 하였던 것입니다.』(『역사를 통한 민족의 넋을』.『문학과 예술』1985년 제3기)

　이런 뜻을 품고 이근전은 50년대 중기로부터 조선족의 백여 년의 역사를 예술적으로 재현하기 위한 작업을 은근히 벌여 왔던 것이다. 10년 동란 중에서도 비록 글은 마음대로 쓰지는 못하였지만 이근전은 조선족의 역사를 문학적으로 재현해 보려는 염원을 결코 버리지 않았다. 새로운 역사 시기에 문학 창작의 새봄을 맞이하게 되자 이근전의 창작 욕구는 피타는 노력과 대담한 구상으로 바뀌었다. 그는 일년 남짓한 동안 먼저 『조선족간사』, 『민국통속변이』, 『만주발달사』, 『연길변무보고』, 『연길현지』, 『연변진보인물록』, 『동북항일투쟁사략』, 『동북항일열사전』 등 역사 문헌과 사료를 연구하고 연변, 길림, 할빈 등에 살고 있는 조선족 군중들과 널리 접촉하면서 조선족들이 중국에 이주하게 된 원인, 경과, 그들의 비참한 생활 처지, 동북 특히 『간도』에 대한 일본 제국주의의 침략의 발단, 발전 경과 및 그 주요 수단, 조선족 인민들의 반일 투쟁의 초기, 중기, 후기의 상황 등을 하나하나 조사 연구하고 또한 매 시기 조선족 인민들의 생활 세태 풍속도를 눈앞에 그려보기 시작하였다.

이렇게 일찍 50년대부터 이근전의 심장을 고동시켰고 『범바위』에서 싹트기 시작한 욕구 즉 조선족의 100여 년 역사를 예술적으로 재현하려는 욕구가 새로운 역사 시기에 이르러 『고난의 연대』로 형상화되었던 것이다.

『고난의 연대』는 상, 하 두부로 되어 있는 방대한 내용을 담은 장편소설이다. 이 소설은 청조 말기로부터 1945년까지 구민주주의 혁명과 신민주주의 혁명 시기를 배경으로 하여 봉건지주, 관료배들의 가혹한 착취, 일제의 통치 하에서의 조선족 인민들의 비참한 생활 처지와 봉건주의, 제국주의를 반대하여 일떠난 조선족 인민들의 간거하고도 복잡한 투쟁을 서사적인 화폭으로 폭넓게 보여주고 있다.

1899년 8월, 조선에서 살던 박천수, 오영길, 최영세 등 세 가정은 광풍 폭우가 휘몰아치는 캄캄칠야에 두만강을 건너다가 두만강을 순라하는 정변군에게 발각되어 산지 사방으로 흩어지고 그 통에 박천수는 맏아들 윤동이와 막내 아들 윤민이를 잃어버린다. 구사일생으로 두만강을 건너온 박천수는 한족 농민 왕덕후의 도움으로 천수동에 와서 귀틀집을 짓고 부대를 일구고 『간도』의 새 생활을 시작한다. 2년 후 두만강변에서 헤어졌던 오영길 일가는 천수동에 온다. 오영길은 천수동에 온 뒤 인차 변발 복역을 하고 호적을 만족으로 바꿈으로써 연길도윤공서의 관리 낭청산의 신임을 얻어 마름이 되고 천수동 농민들의 피땀을 빨아먹는 지주로 변해 간다. 최영세는 두만강변에서 갈라진 후 육도구(용정)에 이르러 변발복역을 하고 가계를 꾸려 대상인으로 되어 천수동에 솔공장을 꾸리고 고리대를 놓는다.

장편소설 『고난의 연대』는 이렇게 천수동을 전형적 환경으로 삼고 박천수, 오영길, 최영세 세 가정 두 세대의 복잡한 모순과 충돌을 재현하였으며 조선족 인민들이 조선에서 중국 동북에 이주하여 뿌리를 내리게 된 연유와 과정 및 조선족 인민들의 비참한 생활 상황을 반영하였으며 점차 자기의 처지를 인식하고 자기의 힘을 키우면서 중국공산당의 정확한 영도 밑에서 형제민족 인민들과 단결하여 반일 투쟁에로 궐기된 피어린 역사를 사실주의적으로 재현하였다.

박천수는 19세기 말 20세기 초엽의 조선족 보통 농민의 전형적 형상이다. 소박하고 정직하며 근로한 빈농민인 박천수는 조선에서 살 때 자기들이 가난한 것은 땅이 메마르기 때문이라고 생각하면서 땅만 좋으면 당장 부자가 부럽지 않은 신세가 되리라고 믿었다. 그리하여 그는 『솔가도주하다시피 천수동에 왔다.』 천수동에 온 후 그는 오로지 평화로운 환경 속에서 자신의 노동으로 행복한 생활을 마련하고 『다소나마 후대들에게 무엇을 물려주려는』 한 가닥 희망만 품고 있었다. 하여 천수동에 정착한 박천수는 천년 묵은 황무지에 부대를 일구며 천신만고를 무릅쓰고 생물을 찾아 수토병을 근치하며 다년간의 피나는 노력으로 벼농사에 성공하며 조선의 뽕나무를 『간도』에 재배한다. 또한 『사람이란 제 문 앞의 눈만 쓸고 남의 지붕의 성에장을 본체만체해서야 안 되는 법』이라고 믿어 온 인품이 좋고 덕을 중히 여기는 그는 유리걸식하는 사람들을 천수동에 받아들여 그들의 도와 발 펼 자리를 마련해 주며 10년 만에 찾아온 아들 윤민이가 집 살림에 보태라고 내놓은 돈으로 몽땅 식량을 사서는 극빈호에 골고루 나눠주며 겨우 남긴 벼 종자마저 낯선 고장에서 찾아온 농민에게 무상으로 내어 준다.

하지만 험악한 현실은 그의 이런 근로함과 선량함을 거들떠 보지도 않았다. 지주 오영길과 자본가 최영세 따위들의 수탈과 착취로 하여 박천수 일가의 생활은 날따라 영락의 막다른 골목에 빠지게 되고 천수동 농민들은 도탄 속에서 헤매게 된다. 이런 생활 처지와 윤민의 계몽은 박천수로 하여금 점차적으로 오영길, 최영세, 낭청산의 흑심을 간파하게 하고 반항을 길에 오르게 한다. 박천수는 오영길의 밀고로 관청에 붙잡혀가 혹형을 당한다. 이태만에 반주검이 되어 고향에 돌아온 박천수는 땅도, 집도 죄다 지주놈에게 빼앗기우고 마을 사람들은 더구나 기아선상에서 헤매고 빚값에 팔려 간 꽃나이 처녀 영실이는 오영길에게 유린당하여 미치광이로 되어 버린 참혹한 현실에 부딪치게 된다. 이때에야 비로소 그는 사회 모순, 계급 모순의 실질을 알게 되고『오로지 목숨을 내걸고 맞서야지 절대 구걸해서는 안된다』는 결론을 얻게 된다.

『겁날게 뭐란 말이여? 누구나 제 할대로 하라지. 감방이나 바깥이나 다 한가지란 말일세. 그래 감방은 감옥이고 바깥은 감옥이 아닌가? 그래 임자네들이 보기엔 이높의 세상이 감옥이 아니란 말인가?』

이것은 자기와 같은 처지의 작인들 앞에서의 박천수의 부르짖음이다.

『허허허… 그래 네 보기엔 내가 너희들 감옥을 무서워할 사람이냐? 내가 그래 네놈들의 창칼을 무서워할 사람이냐 말이야? 하지만 너도 그렇게 날뛸 날이 멀지 않았단 말이다. 그러니 이제 두고보라구. 조만간에 네가 들어갈 구멍을 파놓구 널 떠밀어 넣지 않는가구말이다!』

이는 오영길에 대한 박천수의 투쟁 선언이다.

계급적으로 각성한 박천수는 드디어 농민들을 발동하여 오영길의 양식 창고에 불을 지르고 오영길 따위의 향약(鄕約), 태두(泰斗) 직무를 철소하기 위한 기세 드높은 청원운동을 벌인다. 그러나 그의 반항 투쟁은 어디까지나 자연발생적인 것이어서 그의 비참한 운명을 만구하지 못한다. 그리하여 박천수는 청원운동의 실패 끝에 울화병으로 세상을 뜨고 만다. 임종시에 그는 후대들에게『자네들은… 다시는 이전… 처럼…』즉 자네들은 자기처럼 살지 말라고 당부한다.

이 장편소설은 기아선상에서 일생 동안 몸부림쳐 온 박천수의 형상을 통하여 고난의 연대의 조선족 인민들의 비참한 생활 처지와 불우한 운명 및 그들의 계급적 각성 과정을 일반화하였으며 근면하고 선량하고 강의한 박천수의 성격에 대한 치밀한 묘사를 통하여 당시 조선족 농민들의 고상한 정신적 풍모를 구가하였다. 또한 그의 비극적 운명을 통하여 당의 영도가 없는 자발적인 투쟁은 농민들의 처지를 근본적으로 개변시킬 수 없다는 진리를 예술적으로 해명하였다.

『고난의 연대』의 인물 형상 체계에서 또 중요한 의의를 갖고 있는 것은 박윤민의 형상이다. 이 소설에서 박천수가 제1대의 형상이라고 한다면 박윤민은 바로 제2대의 형상이라고 말할 수 있다. 윤민은 박천수의 막내 아들로서 박천수가 모색하던 도덕과 이상의 계승자로서 이 소설에 등장하고 있다.

윤민은 결코 온상 속에서 자라난 얼뜨기 청년이 아니다. 그는 사회의 모진 풍파를 겪으면서 아버지가 걸은 길과는 다른 새로운 길을 개척하는 투사이다. 열 살 되는 해에 아버지를 따라 두만강을 건널 때 부모와 갈라진 윤민이는 두만강변에 은거해 사는 노선생의 구원을 받아 살아가며 그를 의부로 모시고 함께 농사를 짓는 한편 그의 가르침 밑에서 많은 서적들을 읽게 된다. 이런 독서 생활은 그로 하여금『생활을 활짝 열어제끼고 넓은 세계를 굽어보며 진리를 탐구하는 이념에로 불타게』한다. 하여 그는 천수동에 온 후『고통 속에서 허덕이는 수많은 민중들을 위하여 적은 힘이나마 바쳐 싸울 결심』을 다지고 사회생활의 격류 속에 뛰어들어가 각지로 돌아다니면서 세상 물정을 살피기도 하며 육도구에서 자선학교 훈장질도 하고 양주소에서 노동도 한다. 이렇게 간단없는 생활 실천을 통하여 그는 누구보다 먼저 오영길이나 최영세와 같은『기생충』,『흡혈귀』들의 본질을 보아 내며 인민들의 단결된 힘만이 그자들을 짓누를 수 있다는 것을 자각하게 된다. 따라서 윤민이는 오순희의 개량주의적 사상을 돌려세우고 양주소 노동자들을 천수동의 농민 투쟁을 지지해 나서게 교양하며 여러 곳에 다니면서 투쟁의 불씨를 심어 놓으며『간도』농민들의『청원운동』의 지도자로 나타난다. 이런 투쟁에서 승리하지 못하고 3년간 옥고를 치른 그는『가난한 사람이 살아갈 출로를 닦지 못하면 절대로 돌아와 어머님을 뵙지 않겠습니다』는 결의를 다지고 집을 떠난다. 그 후 한 시기 남북만을 돌아다니면서의 체험, 지난날의 투쟁에 대한 심각한 반성, 용정에 돌아와서의 중학 역사 교원으로 있으면서의 실천, 그리고 당중앙에서 파견한 이진 등 당원 동지들의 교양 밑에서 그는 마침내 진보적인 민주주의자로부터 마르크스주의 이론을 장악한 공산주의자로 전변된다.

항일 투쟁의 간고한 시련 속에서 박윤민의 성격은 부단히 성숙되어 간다. 슬기롭고 용감하고 패기있는 그는 당의 지시를 교조적으로 집행하는 것이 아니라 투쟁 실제와 밀접히 결부하여 창조적으로 집행하며 일제놈들의 온갖 음모와 불의의 습격을 하나하나 까 밝혀 놓으며 노동자 농민들과 지식인들을 묶어 세워 하나 또 하나의 빛나는 승리를 취득한다. 가슴에 원대한 이상을 품고 노농 대중과 밀접히 연계할 줄 알며 혁명의 전략 전술을 장악한 항일 투쟁의 지도자로 성장된 박윤민은 나중에 임신한 아내를 백색공포가 휩쓰는 용정에 남겨 두고 항일 유격대에 들어간다. 거기서 그는 의병대를 개조하고 개편하는 과업을 승리적으로 완수하고 주력부대와 동떨어진 어려운 나날에도 계속 투쟁을 견지하며 마침내 당의 지시에 따라 연안으로 들어간다.

박윤민은 신민주주의 시기의 민감하고 정열적이며 강의한 조선족의 선각자이며 마르크스주의 이론을 장악한 진보적 지식인이며 슬기롭고 용감한 항일 투사이다. 소설은 박윤민의 형상을 통하여 진리를 추구하고 혁명의 길을 모색하는 당시 조선족 지식인들의 적극적인 성격 형성 과정을 보여주었으며 혁명 투쟁에 대한 시대적 이상과 조선족 인민들의 전진 방향을 예술적으로 일반화하였으며 중국공산당이 영도하는 혁명의 길을 걷는 것은 조선족 인민의 유일한 선택이며 또 공산당의 영도 하에서 혁명을 통하여서만 조선족 인민의 세기적 숙망을 이룩할 수 있고 광휘찬란한 미래에로 내달릴 수 있다는 진리를 심각하게 제시하였다.

이 소설은 상술한 긍정적 인물들을 처음부터 완성된 인간으로 또는 이른바 『이상적인 인간』으로 내세우지 않았다. 작품은 인물 성격의 『단색화』와 도식화를 배격하고 다양성과 복잡성에 각별히 주의하면서 박천수와 박윤민의 복잡한 사상 활동, 그들의 약점과 고민들을 대담하고 첨예하게 해부하고 있다. 또한 이것들을 단순히 그 어떤 『형상의 생동성』을 위하여 『일신상의 문제』로 제기한 것이 아니라 긍정 인물들이 자신의 약점과의 투쟁을 적극적이고 새로운 성격의 형성 과정에 필연적으로 나서는 문제로 제기하였으며 숱한 애로와 모순을 극복하면서 성숙되어 가는 과정에 반드시 풀어 가야 할 문제로 제기하였다. 따라서 박천수, 박윤민 등 인물들을 살아 숨쉬고 움직이고 사색할 줄 아는 산 인간으로 부각되고 강한 생활력의 소유자로 부각되었다.

　장편소설『고난의 연대』에는 또 김성녀, 오순회, 김벽선, 김영심, 봉선 등 조선족 여성의 형상이 성공적으로 창조되었는데 여성 형상 중 가장 인상깊게 안겨 오는 인물은 오순회이다. 그는 해방 전 조선족 여성들 중에서 많지 않은 여지식인이다. 오순회는 아버지가 반동지주이고 어머니가 그 반동지주의 희생물로 된 복잡한 가정환경 속에서 태어나 자랐다. 오순회는 어렸을 때부터 생활이 제기하는 많은 문제들을 독자적으로 풀어 가지 않으면 안되었다. 그럭저럭 중학을 졸업한 오순회는 박윤민 등 진보적 인물들의 교양 밑에서 점차 생활 중의 많은 문제와 모순들을 올바르게 파악할 수 있게 되었으며 점차 항일 의식이 각성되어 공산당의 두리에 뭉쳐 박윤민과 함께 항일 투쟁의 일선에서 큰 기여를 한다. 나중에 남편 박윤민을 항일 유격대에 보낸 후 계속 용정에서 보람찬 투쟁을 벌이다가 삐라 사건으로 일제놈들에게 잡혀 서대문 감옥으로 가고 해방 후 다시 박윤민을 만난 후 떳떳한 여성 혁명가로 새로운 투쟁에 뛰어든다.

　이외에도 박천수와 함께 한평생 생활난에 쪼들리고 인간 고생을 다 겪으면서 투쟁 과정에 남편을 잃고 또 아들, 손자를 선뜻이 민족 해방 투쟁에 내보내고 꿋꿋하게 살아가는 김성녀, 의병대의 두령이었던 아버지를 잃고 기생으로 몰락되었어도 돈과 향락에 넘어가지 않으며 일본 침략군의 정보를 항일 유격대에 넘겨준 대가로 희생되는 김벽선, 고리대금과 장리벼에 몰려 오영길의 집에 머슴으로 팔려 가서 오영길에게 몸까지 유린당하고 원한을 품은 채 인간을 피해 산 속에 들어가 홀로 험악한 나날을 지내다가 마침내 항일 유격대에 가입하여 새로운 투쟁생활을 개척해 가는 김영심 등은 모두 인상깊게 그려졌다.

　장편소설『고난의 연대』의 인물 형상 체계에서 또 독자들의 이목을 끄는 인물은 민족 자본가 최명준의 형상이다. 그의 아버지는 비록 청나라 관원의 힘을 입어 한다하는 자본가로 되었지만 일제의 침략에는 동조하지 않고 그로 말미암아 차츰 영락되고 그는 차츰 오순회, 박윤민의 영향으로 자신의 처지를 깨닫게 되고 자그마한 장사를 하면서 유격대에 군수물을 제공해 준다.

　『고난의 연대』의 부정적인 인물 형상 체계에서 독자들의 주목을 끄는 형상은 오영길이다.

오영길은 천수동의 제1대의 악질 지주이다. 그는 스물한 살에 순박한 처녀 장씨와 결혼하였지만 그녀를 아랑곳하지 않고 난봉의 길에 올랐다. 후에 그는 월향이라는 술집 계집을 알게 되어 그녀를 첩으로 삼았다. 그는 본처를 학대하는 한편 월향이와 결탁하여 외톨박이로 지내는 강영감을 죽이고 금을 훔쳐 그것을 밑천으로 삼고 밀수를 해 폭리를 얻었다. 그런데 이 내막이 오래잖아 관가에 발각되는 바람에 재산을 몰수당하고 치죄받기를 피해 두만강을 건너왔다. 이것이 바로 천수동에 오기 전까지의 그의 죄악사이다. 천수동에 온 뒤 세상에서 살아가자면 돈이 있어야 하고 나으리가 되자면 권력이 있어야 한다는 신조 밑에 더욱더 비루하고 악랄한 수단을 피워 댄다. 그는 만청지주의 마름이 되는 기회를 놓치지 않고 만호부관의 신임을 얻기 위해 『머리를 사르고 마고자에 족도리모자를 쓰고』 만족으로 호적을 바꾸며 랑청산 앞에서 아부, 굴종 등 갖은 추태를 다 부린다. 이렇게 그는 관청의 마름이 되고 천수동의 지주로 된다. 그후 그는 미친 듯이 사유지를 확대하는 한편 가렴잡세, 강제복역 등 수단으로 농민들의 피땀을 빨아먹는다. 그는 자기의 지난날 추악상이 발로될까 두려워 한평생 자기를 위해 뼈빠지게 일해 준 장서방을 생매장하려 획책하며 최영세의 『불의지재』의 내막을 발가 놓는 것으로 그를 눌러 엎고 천수동을 독차지하려 하며 자기의 수욕을 만족시키기 위하여 빚값으로 빼앗아 온 작인의 딸, 나 어린 처녀 영실이의 몸까지 더럽힌다. 그는 일제놈의 앞잡이로 충당된 후 오창덕이를 부추겨 용정에다 요리점을 벌여 놓고 수치란 무엇인지 모르고 조선족 처녀들을 끌어다 기생을 시키며 둘째 아들 창수를 일본에 보내어 군관학교를 마치게 한 후 간도에 돌아와 헌병을 하게 한다. 그리고 온갖 수단을 다 써서 최영세의 술공장을 빼앗아 자기의 손 안에 넣는다. 마지막에 오영길은 유격대의 포로로 되어 피로 물든 죄악의 일생을 종말짓고 만다.

이밖에도 『고난의 연대』에는 박천수를 둘러싼 최창두, 김범도, 박윤돌, 왕덕후, 장서방 등 농민들의 형상, 박윤민을 둘러싼 노선생, 안경림, 박귀동, 왕주, 이진 등 지식인과 혁명가들의 형상, 오영길을 둘러싼 낭천산, 오창덕, 오창범, 최영세 등 반동 인물들의 형상 그리고 민족 자본가 최명준, 기생 김벽선 등 형상들도 모두 개성적으로 창조되었다.

이 장편소설은 지난 세기 말 조선족의 개척 시기로부터 항일전쟁 승리에 이르기까지의 역사를 재현한 규모가 방대한 작품으로서 당시 조선족 농민, 노동자, 지식인을 포괄한 인민 대중의 반제 반봉건 투쟁을 진실하게 보여주었다. 이렇게 『고난의 연대』가 포섭하고 있는 내용이 아주 방대하고 복잡함에도 불구하고 그것을 자그마한 농촌 마을 천수동과 소도시 용정에 집중시키고 복잡하게 벌어지는 사건들을 이 두 곳을 중심으로 통일된 예술 화폭 속에 잘 용해시켰으며 또한 반제 반봉건 투쟁이라는 이 사회의 가장 본질적인 과제를 이 횡단면을 통하여 훌륭히 형상화하였다.

『고난의 연대』를 창작함에 있어서 이근전의 창작 태도는 자못 엄숙하였는바 역사를 진실하게 재현하고 해당 시기 생활의 주류와 밑바닥을 구김 없이 보여주기 위하여 작자는 사학적인 엄숙한 필치로 중대한 역사적 사건 예컨대 청조 봉금제도의 철제와 조민간황(招民墾荒)정책의 실시, 조선 인민들의 중국에로의 대량적인 이주, 변발역복, 신해혁명, 1913년 『간도』 농민들이 연길도윤공서를 포함한 청원운동, 『일본구제회』의 침략 활동, 1919년의 『3·13』 투쟁, 1920년의 경신년 토벌, 1930년의 『5·30』폭동, 그 후에 있은 해란강대혈안 등을 문헌 재료에 근거하여 연대순에 따라 작품에 알맞게 도입함과 아울러 그것을 배경으로 하여 역사적인 구체성 속에서 인물의 성격, 관계를 밝히고 생활적인 세부를 묘사하고 사건의 얽음새를 풀어 나갔다. 하여 소설은 조선족의 『역사의 발자취』와 『신세』를 편년사적인 성격을 띠게 하였으며 진실한 역사감과 시대감을 갖게 하였다.

『고난의 연대』는 예술적 구성에서 허다한 사건선과 인물의 행동선이 서로 얽힌 사건 발전 가운데서 주차를 분명하게 하고 초점을 명확하게 하였다. 이 장편소설은 두만강을 하루에 건넌 세 가정, 두 세대, 2부작 이런 틀에 기초하여 구성하였는데 기본 내용은 박, 오, 최 세 가정의 모순 갈등으로 이루어진다. 제1대가 상부의 주요 인물이 되고 제2대가 하부의 주요 인물이 되면서 제2대를 상, 하부를 관통시켰다.

이 장편소설의 얽음새는 박천수를 비롯한 천수동 농민들과 오영길을 비롯한 봉건 착취계급의 모순을 주선으로 삼고 인민들과 청나라 관청의 모순, 인민들과 일본 침략자의 투쟁, 지주계급과 민족 자산계급의 모순, 인민들과 반동 종교계의 모순 등을 복선으로 깔아 주면서 펼쳐 나갔다. 이와 아울러 주선을 기본 고리로 하면서 여러 가닥의 선색들을 서로 교차시키고 호상 제약하게 하고 나선 형식으로 각 사건들의 치차가 맞물리도록 연결되어 나아가게 함으로써 모든 사건, 세부, 에피소드들이 작품의 주선에 통일되게 하였다. 이런 구성 방식에 의하여 이야기는 일관성, 선명성, 명료성을 갖게 되었으며 복잡한 얽음새임에도 불구하고 주차가 분명하고 시종 명확한 각도와 초점을 잃지 않게 되었다.

『고난의 연대』의 또 하나의 예술적 특색은 심각하고 섬세하고 생동한 심리 분석이다. 이 장편소설은 작자의 3자적인 시점을 통해서 작중인물의 심리를 간접적으로 천명해 나가는 수법, 인물의 정신적 체험을 외계의 작용과 긴밀히 결부시키면서도 바로 그 인물 자신의 『독백』에 가까운 심리 개발의 수법, 심리의 운동 변화를 성격적인 대화로 나타내며 그것의 반복으로써 그 성격에 대한 독자들의 인상을 강화하는 수법들을 재치있게 이용하고 있다. 제2장 제1절에 주어진 박천수의 심리, 제30장 제4절에서의 순희의 잠재 심리의 표현, 제16장 『힘의 원천』에서의 박윤민의 심리 활동 등을 예로 들 수 있다. 이런 심리묘사는 인물들의 심리 동태와 특징, 내면세계의 미묘한 움직임과 변증법을 보여주었으며 인물 성격 부각에 크게 이바지하고 있다. 또한 이 작품의 심리묘사는 강한 논리성 즉 서정적이라기보다 이지적인 특성을 갖고 있는 것이 인상깊다.

장편소설 『고난의 연대』는 자연 경물, 환경 등에 대한 묘사가 비교적 성공적으로 되었다.

소설에서는 두만강의 물결, 해란강의 달밤, 임해의 파도, 침침한 하늘, 우중충한 산봉우리, 험악한 계곡, 무연한 초지, 청신한 바닷가, 푹신한 땅, 쓸쓸한 무덤, 풍성한 오곡, 탐스런 남새, 무르익은 산과일, 풍운의 변화, 주야의 교체 등을 역시 능동적인 생활의 표현자로 나타내고 있으며 혹은 생활 묘사의 수단, 인물 성격 부각의 수단, 기분 조성의 수단으로 쓰고 있다. 작품의 서두에 전개된 무시무시한 두만강의 밤에 대한 묘사는 동란과 불안에 찬 19세기 말의 사회적 환경에 대한 상징적 묘사로 되고 있으며 푸른 산, 맑은 내에 대한 묘사는 암혹한 사회에 대조되는 아름다운 자연에 대한 확인으로 되고 있다. 작자는 또 『3·13』폭동, 신해혁명 같은 중대한 역사적 사건들을 취급하면서도 풀 한 대, 벌레 한 마리에도 세심한 묘사를 아끼지 않았다.

장편소설 『고난의 연대』는 여러 가지 원인으로 하여 사상예술상에서 자체의 부족점을 내포하고 있다. 예를 들면 주인공들의 언어 행위와 심리 활동이 해당한 역사 시기의 국한을 벗어나 너무나 오늘의 견지에서 다루어짐으로 하여 역사적인 진실감이 부족하며 민족의 반세기의 생존 상황과 생태환경을 보여줌에 있어서 대체적인 윤곽에 따르는 묘사나 서술은 진실하나 세부묘사의 치밀성이 약하여 예술적 감화력이 부족한 것 등이다.

그러나 『고난의 연대』는 구민주주의로부터 신민주주의 두 개 혁명 단계에서 조선족 인민들의 봉건 관료주의와 일본 제국주의의 착취와 압박 밑에서 겪은 고난의 생활과 그들의 반제 반봉건의 눈물겨운 투쟁을 사시적인 화폭으로 폭넓게 보여준 작품이 되기에 손색이 없는 바 이 장편소설은 이근전 소설 창작에서의 대표작일 뿐만 아니라 조선족 문학 발전사에서 또렷한 하나의 이정표로 된다.

제3절 장편소설 『창산의 눈물』

『창산의 눈물』은 이근전의 세 번째 장편소설이다.

조선족의 민간 전설에 바탕을 두고 재창작된 이 장편소설은 오랫동안의 세월을 거쳐 무르익혀진 것이다. 50년대 『길림일보』의 기자로 있을 때 연변 농촌의 한 조선족 노인이 그에게 진달래에 대한 전설을 들려주었다. 이 이야기는 이근전을 무한히 격동시켰다. 그는 이야기가 기나긴 봉건사회 농민들의 어려운 생활 상황과 통치계급에 대한 인민들의 반항 투쟁 그리고 인민 영웅에 대한 인민들의 추모의 마음을 담은 좋은 이야기라고 느낀 나머지 인차 정리하여 『진달래 전설』이란 제목으로 신문에 발표하였다. 그 후 30년이란 긴 시간을 두고 이근전은 이 전설을 핵으로 삼고 수많은 전설을 채집, 정리, 연구하면서 장편소설을 구상하였다.

장편소설『창산의 눈물』에서 주인공 이조(새)는 임금을 비롯한 봉건통치계급의 압박과 착취에 항거해 나선 전설적인 영웅으로 부각되었으며 압박과 착취에 항거해 나선 전설적인 영웅으로 부각되었으며 슬기롭고 용감하고 정의를 위하여 자기의 목숨마저 바치는 농민계급의 이상과 도덕의 화신으로 창조되었다. 부모의 교양 밑에서 이조는 어려서부터 자기의 성격과 도덕의 완성을 위해 노력한다. 나중에 그는 불쌍한 사람들을 즐겨 도와주며 천하의 대의를 위해 자기의 모든 것을 다 바쳐 싸울 준비가 되어 있는 사람으로 성장된다. 나라의 잃어버린 옥쇄를 찾으라는 어명을 받은 후 자기가 잃어버린 물건을 잘 찾는다는 것은 과장된 헛소문이고 이제 그 진상이 드러나는 날이면 자기도 끝장이 나리라는 것을 잘 알지만 그는 어머니와 동네 사람들의 재난과 고통을 덜기 위해 선뜻 왕궁으로 가야 한다고 생각한다.

> 『사람이 세상에 태어났다가 한번 죽기 마련이다. 한즉 죽음이 두려울 게 무엇이냐… 대의를 위해서 죽을 때에는 모든 것이 날으는 구름 같고 물우의 거품 같다. 하니까 죽음을 피면할 수 없는 때에는 절대 비겁한 죽음을 하지 말어라.』

어릴적부터 어머니의 이런 말씀을 가슴에 새긴 이조는 정의를 위해 목숨을 바칠 큰 뜻을 품고 자랐던 것이다. 하기에 왕궁으로 가는 길에서 화적패를 만나 거의 죽을 위험에 처한 순간에도 오월이를 구해 주며 잃어버린 나라의 옥쇄를 오두네 화적패의 도움 밑에서 찾아낸 후 임금이 중상을 베푸는 기회에도 그는 모든 부귀영화와 벼슬자리를 마다하고 먼저 고향 사람들을 생각하는 것이다. 조근, 김석(돌) 따위들의 핍박에 의하여 반란의 길을 선택하게 되는 이조의 가슴은 결코 자기의 개인 원수를 갚으려는 보복심에 불타오르는 데 그치지 않고 천하의 가난한 농민들의 피땀을 빨아먹는 통치배들과 끝까지 싸우고 정의를 위해 끝까지 싸우려는 일념으로 불타오르는 것이다. 엄혹한 현실과 준엄한 투쟁의 시련을 거쳐 이조는 농민계급의 소박한 이상의 대변자로, 반항 투쟁의 영웅으로 성장된다.

샘물골 반란군을 세우는 경축 의식에서 이조는 여러 두령을 향하여 『우리 샘물골에는 군왕도 없고 신하도 없으며 귀한 자도 없고 천한 자도 없으며』, 『우리의 목적은 왕이나 대감이 되어서 권세를 잡고 호강을 하는 데 있지 않고 백성의 괴로움을 덜어 주고 백성을 배부르게 하고 즐겁게 함에 있다.』고 선포한다. 여기서 우리는 이조의 정신 경지를 충분히 보아 낼 수 있다.

> 『이번 기회까지 버리면 죽는단 말이겠지. 위무에 굴하고 혹할 이조가 아니다. 네놈이 생사 대권을 쥔 명부판사니까. 하지만 의의 피는 언제나 소리를 치는 법이다. 의의 피가 소리칠 때 너희들 앞에는 비참이 놓여 있을 것이다.』

희생되는 전야에 조곤, 김석 따위 앞에서 한 이조의 이 말은 정의를 위하여 죽음을 초개처럼 여기는 영웅적 성격을 보여주고 있다.

작자는 이조의 성격을 부각함에 있어서 그의 원대한 포부와 반항 성격을 두드러지게 표현하였을 뿐만 아니라 인격의 완성을 인생의 분투 목표로 삼은 높은 도덕의 소유자로 부각하였으며 용감하고 지혜롭고 문무가 겸비한 전설적인 영웅으로 부각하였다. 이조는 부모에게는 효성을 다하고 이웃에는 우정을 다하고 사랑에서는 순결을 지킨다. 빈궁, 투쟁, 비극으로 충만된 인생길에서 이조는 구름아기와 오월의 사이에서 여러 번 만났다 헤어졌다 하지만 내내 순결한 감정을 안고 살며 구름아기에 대한 고상하고 일관한 사랑을 안고 산다. 끊임없는 실천 중에서 효성, 애정, 우정 그리고 모든 아름다운 인생 추구는 오로지 투쟁을 통하여서만 이룩할 수 있다는 것을 깨달은 이조는 마침내 반란의 횃불을 높이 들고 천하를 흔들어 놓으며 나중에 비록 통치배들에게 목은 잘리어도 그의 인격은 완성되는 것이다.

이조가 죽은 다음 형장으로 걸어간 그의 발자국마다 진달래가 붉게 피었다는 전설은 영웅에 대한 인민들의 영원한 추모의 상징일 뿐만 아니라 또 인민들과 운명을 같이한 영웅은 그 이름 일월과 더불어 길이 빛나리라는 인민적 염원의 반영인 것이다.

장편소설 『창산의 눈물』에는 또 이조와 대조되는 김석의 형상이 창조되었다. 김석이는 이조와 마찬가지로 산골의 가난한 농민의 아들로 태어났고 새와 형제처럼 지낸 송아지 친구였다. 그러나 그에게는 어렸을 때로부터 이조와 본질적으로 반대되는 성격 특점이 있었으니 그것은 즉 욕심이 많고 언행이 같지 않고 죽음을 두려워하는 것이다. 그는 일찍부터 새를 형님으로 모시고 새의 인품과 슬기에 의뢰하면서 자기 개인의 이익을 도모하고 명성을 날리었다. 나라에서 잃어버린 옥쇄를 찾으라는 어명이 내렸을 때 처음에는 죽음이 두려워 어디로 도망치자고 주장하던 그는 나중에는 임금 앞에서 자기의 재간으로 옥쇄를 찾은 듯이 가장하여 환심을 사려하며 부귀영화에 눈이 어두워 부모 형제도 망각하고 이조와 헤어져 왕궁에 남아 벼슬하는 길을 선택한다. 이로부터 그는 조곤의 앞잡이로 충당되며 인민을 도탄에 빠지게 하고 나라를 위기에 밀어 넣고 인민들의 반항 투쟁을 압살하는 반동분자로 된다. 더욱 한심한 것은 왕궁에서 부단히 벼슬을 추면서 부화 음탕한 생활을 누리던 끝에 후안무치하게 구름아기를 자기의 소실로 받아들이려는 음모를 꾸미는 것이다.

『누추하기 그지없는 김석아, 회개할 줄 모르거든 미안해할 줄 알아라. 김석이가 그런가? 국록지신이란 그런가? 왕궁에 들어가서 배운 것이 그런가? 그 뻔뻔한 상판대기가 다 무엇인가? 욕심꾸러기 네놈이 그래도 사람이 될가 하고 기다려 온 내가 한스럽다.』

사형장에서 김석이를 향하여 뱉은 이조의 이 몇 마디 말은 바로 김석이에 대한 인민의 평가이며 역사의 심판이다.

장편소설 『창산의 눈물』에는 구름아기, 오월 등 여성들의 형상도 성공적으로 부각되었다.

구름아기는 봉건사회에서 노동 부녀의 미덕을 훌륭히 갖춘 성격으로 부각되었다. 그녀는 달님같이 고운 용모의 소유자이며 비단필같이 아름다운 정신의 소유자이다. 그렇게 어려운 형편에서도 그녀는 부모님께 효성을 다하고 동네 사람들께 인정을 베풀며 생활에서 싹튼 사랑을 고스란히 간직하며 정의를 위하여서는 자기의 청춘도 생명도 다 바치는 굴강한 여성이다. 가난한 이웃으로 함께 자라면서 이조와 키운 사랑은 그렇게도 지극하였지만 구름아기는 끝내 사랑한다는 말 한마디도 못하고 말며 왕궁을 향하여 이조가 아득한 길을 떠난 뒤

구름아기는 이조와의 약속대로 이조의 어머니를 보살펴 드리며 어머님의 병이 위중할 때 선뜻 자기는 기와집에 가서 몸종이 되고 그 품값으로 약을 지어다 어머니께 대접한다.

이조가 마을에 돌아온 후 한 시기 안정된 생활이 펼쳐질듯 하지만 그것은 망상이었다. 조곤, 김석 따위들에 의하여 구름아기의 꿈은 하나하나 박살나고 마침내 이조와 함께 반항의 길을 선택하였지만 나중에는 관군에게 붙잡히게 된다. 순간 구름아기는 벼랑에 몸을 던지는 것으로 자기의 절개를 지키려 한다. 나중에 구름아기는 이조와 함께 정의를 위하여 떳떳하게 자기의 최후를 마친다. 여기서 정의를 위해서라면 생명도 선뜻 바칠 수 있는 구름아기의 정신적 미와 힘이 집중적으로 과시되며 봉건통치배들에 대한 불타는 적개심이 충분히 과시된다.

장편소설 『창산의 눈물』에는 또 구름아기와 같은 유형의 형상이면서 또 개성이 다른 오월의 형상도 성공적으로 창조되었다.

장편소설 『창산의 눈물』은 예술상에서도 일정한 성과를 쌓아 올렸다.

소설은 조선족 인민들 속에서 널리 퍼진 『진달래 전설』을 바탕으로 재창조하여 봉건사회의 정치, 문화, 도덕 등 제 상황에 대하여 비교적 폭넓게 재현하였으며 조선족 인민의 문화 의식구조를 비교적 심각하게 파헤쳤다.

『진달래 전설』도 다른 전설이나 민담과 마찬가지로 봉건사회의 농민 대중의 의식 형태의 국한성을 보여주면서 또 농민 대중의 지혜, 염원 그리고 상상력을 표현하고 있다. 하기에 작자는 이 장편소설에서도 일부 신화적인 색채를 보류하면서 현대 장편소설의 미학에 맞게 구성을 짜고 세부를 묘사하고 인물 성격을 부각하였다.

이 소설은 인물 성격의 부각에서 긍정 인물이나 부정 인물이나 모두 그 내면세계를 간단화하지 않았으며 곡절많은 인생의 길에서 불가피적으로 체험하게 되는 희로애락을 비교적 진실하게 보여주었다.

장편소설 『창산의 눈물』은 상술한 성과를 달성하였지만 또 엄중한 결함도 내포하고 있다. 이 소설은 역사적인 배경 재료가 결핍하며 작품의 시공간이 너무도 추상화되었다. 또한 표현 수법상에서 이야기성에 너무 치우쳐 현대 독자들의 심미 요구를 만족시키지 못하고 있는 문제들이 존재한다.

부 록

조선족 문학 연표
(1949~1996년)

1949년

7월 16일~11월 15일 : 『동북조선인민보』는 설인의 시 『밭둔덕』에 대한 대중적인 쟁론
　　을 벌임.

12월 10일 : 동북문학예술일꾼대표대회가 심양에서 개막되어 12월 20일에 폐막. 전춘
　　봉, 김태희 등이 연변대표로 참가.

1950년

1월 15일 : 최채, 현남극, 김동구, 이홍규, 임효원 등 발기 하에 연변문예연구회가 『동
　　북조선인민보』회당에서 창립. 대회에는 28명의 회원(30명 중 2명이 결석)과 연
　　변지위 선전부, 연변전원공서 교육과, 연변문공단, 연변대학, 연길현(지금의 용정
　　시)인민정부 교육과, 연길시 청년단 등 관계 부문의 대표와 내빈 120여명이 참
　　석. 연변문예연구회의 주임으로 최채, 부주임으로 이욱성, 김동구(비서를 겸함)가
　　당선됨. 연구회 산하에 문학, 연극, 음악, 무용, 미술 등 몇 개 부를 설치.

4월 25일 : 『소년아동』지 창간. 1955년 12월까지 총 68호를 발행한 뒤 제69호부터
　　『연변소년』으로 개칭. 주필은 최형동.

1950년 『동북조선인민보』 신춘문예우수작품평선에서 소설 『새로운 마을』(김창걸)이 2

등, 동시 『봄소식』(김혜영), 동요 『우리 집 황소』(성군창)가 3등으로 입선.

1951년

4월 23일 : 연변문학예술계연합회준비위원회 성립. 주임에 김동구, 비서에 김례삼.

6월 : 연변문학예술계연합회준비위원회 기관지 『연변문예』 창간. 8호까지 꾸리고 폐간.
　　주필은 김동구.

8월 12~17일 : 제1차 연변예술콩클에서 극 『항미원조총회의 호소를 받들고』(왕청현문
　　공대)가 특별상, 『노인의 열정』(태평구극단)이 1등상을 수여받음.

10월 25일 : 『동북조선인민보사』에서 1949년 7월에 창간하였던 월간잡지 『문화』(주필
　　에 이홍규, 백남표, 편집에 김송민, 백호연 등)가 제25호까지 꾸려지다가 폐간.

1952년

1월 : 연변인민출판사에서 연변문학예술계연합회준비위원회가 편집한 『희곡집』을 출판.

8월 : 연변문학예술계연합회준비위원회에서 『3반 5반』운동을 동원. 운동가운데서 연변
　　문학예술계준비위원회의 지도 기구를 정돈. 주임은 최채, 부주임은 서령, 비서장
　　은 임효원, 12월에 중공연변지위에서 김학철을 주임으로 임명.

1953년

7월 10일 : 연변제1차문예일꾼대표대회를 개최하고 연변문학예술일꾼연합회(연변문련)
　　를 정식으로 창립. 회의에서는 연변문련의 장정을 통과하고 새로운 지도 기구를
　　선거. 주임으로 배극, 부주임으로 정길운, 김학철.

7월 : 연변교육출판사에서 김학철 단편소설집 『새집드는 날』을 출판.

9월 4~10일 : 연변제2차문예콩클에서 극 『드렁바위골』(신영일), 『그는 선거권이 없다』
　　(부명휘), 가극 『한힘』(이동길), 『하루아침』(주서), 『기름』(전승구) 등이 작품상

을 수여받음.

9월 23~10월 6일 : 전국제2차문예일꾼대표대회가 북경에서 열림. 연변대표로 배극, 조
　　　득현이 참석.

9월 : 연변교육출판사에서 종합 단편소설집 『뿌리박은 터』를 출판.

11월 30일 : 연변문련에서는 『구전문학을 어떻게 캐내며 어떻게 한 발자욱 전진시킬 것
　　　인가?』라는 테마로 좌담회를 거행.

1954년

1월 : 연변문련 기관지인 『연변문예』창간. 주필에 정길운, 김순기, 이홍규 등. 1956년
　　　12월 총35호를 간행하고 정간.

3월 20~25일 : 연변제1차과외창작일꾼 단기강습반이 열림. 연변의 공장, 농촌, 기관,
　　　학교의 과외창작일꾼 64명이 참석. 이 강습반에서는 주로 창작에 대한 태도, 방
　　　법을 토의하고 자기들이 창작한 작품과 창작 방법을 분석연구하는 데 모를 박음.

1954년 『동북조선인민보』 신춘문예 우수작품으로는: 소설 『동트는 대지』(허호일), 『새
　　　로운 길』(김창남), 『오얏나무』(권태준), 『앞서 간 촌대표』(지철환), 『보습』(마림)
　　　등이 3등, 극 『각시』(황봉룡)가 2등, 『림구의 형제』(이용국)가 3등, 장시 『조국
　　　의 동켠에서』(주선우)가 2등, 단시 『고개마루』(김성규)가 3등.

4월 : 연변교육출판사에서 김학철 장편소설 『해란강아 말하라』 제1부를 출판.

8월 : 연변교육출판사에서 김학철 장편소설 『해란강아 말하라』 제2부 출판.

11월 : 연변교육출판사에서 종합 단편소설집 『세전이벌』을 출판.

12월 : 연변문련의 주최로 『홍루몽』 연구에 대한 비판을 전개.

12월 : 연변교육출판사에서 김학철 장편소설 『해란강아 말하라』 제3부와 종합시집 『해
　　　란강』을 출판.

1955년

3월 : 연변문련 신춘문예 입선 작품을 발표. 소설 2등에 『영철이 집으로 간다』(윤동호),
　　　3등에 『부업』(최균필), 『판매원』(정관석), 극 3등에 『퇴근 후』(전영기), 『내일을

위해』(윤지현), 시 3등에 『급수부의 노래』(윤용수), 『새해의 첫인사를 드리노라』(오정일), 『쓰지 못한 사연』(윤광수), 소년소설 3등에 『친한 동무』(심해수), 『다섯 동무』(이억수), 동요동시 3등에 『흰나비』(금록) 등.

6월 : 연변문련에서 호풍의 문예사상을 비판하는 좌담회 개최. 배극이 중공연변주위 선전부장의 이름으로 좌담회에서 연설.

이 해에 통속독물출판사에서 이근전의 보고 문학집 『아름다운 생활에로』(한문)를 출판.

1956년

1월 : 중공연변주위의 기관지 『동북조선인민보』를 『연변일보』로 개칭.

1월 : 『연변소년』이 창간. 주필에 윤정석, 총86호를 발간하고 1957년 6월에 폐간.

3월 : 연변주위 선전부에서 『연변문예』 편집위원회를 비준. 주필에 이홍규, 부주필에 정길운.

3월 : 이홍규, 황봉룡이 국가민족사무위원회와 중국작가협회 연명으로 소집한 전국 소수민족 문학창작 좌담회에 출석

3월 15~30일 : 이홍규, 이근전, 황봉룡, 김순기, 최현숙, 임효원 등 6명이 중국작가협회와 공청단 중앙에서 연명으로 소집한 전국청년문학창작일꾼대회에 출석.

6월 : 연변교육출판사에서 종합시집 『해란강반의 아이들』을 출판.

8월 15~16일 : 연변 조선족 자치주 초대소에서 중국작가협회 연변분회 창립대회(제1차 회원대회)를 거행. 최채가 주석, 배극, 정길운, 김순기, 최정연 등이 부주석으로 당선. 15일에 배극이 『몇년래 연변의 문학창작 정황과 중국작가협회 연변분회의 임무』란 제목으로 연설하고 연변분회 회원 39명(그중 한족 2명, 회족 1명)을 선포. 중국작가협회 서기처서기 강탁과 중국작가협회심양분회 부주석 사전수의 축사가 있었음. 16일에는 연변분회장정(초안)을 토의, 채택하고 12명의 이사를 선거. 창작위원회 주임으로 최정연, 번역위원회 주임으로 이홍규, 구전문학위원회 주임으로 정길운, 『연변문예』잡지 주필로 임효원, 연변주위에서는 김학철, 이홍규를 전직 작가로 임명.

8월 25일 : 중국작가협회 연변분회에서 1955년부터 1956년 상반년에 발표된 우수 문학작품 시상식을 거행. 1등에 극 『랭상모』(황봉룡), 2등에 판소리 『범바위골 참상』(최정연), 3등에 극 『합작사는 내 집이다』(윤지현), 시 『청송 두 그루』(서헌),

『고향의 봄』(황옥금), 『령을 넘으며』(김응준), 『대가정의 축배』(주선우), 산문 『생활의 첫해』(이동혁), 『박창권 할아버지』(이근전), 『감화』(정관석), 『나의 사랑』(최현숙), 재담 『조건타령』(홍성도), 아동극 『닭알』(윤정석), 동시 『소선대원이예요』(이행복), 『누굴가?』(김창석), 민담 『꽃분이와 마당이』(정길운) 등.

10월 : 중국작가협회 연변분회의 내부 간행물 『창작통신』을 발간.

10월 26일 : 중국작가협회 연변분회 제2차회의가 열림. 정길운이 『1957년 사업계획』이란 제목의 연설을 하고 최형동, 김인준 등을 북경문학 간행물편집훈련반에 보내어 학습시키기로 결정.

11월 19~26일 : 임효원, 채택룡, 이행복 등 3명이 전국 제1차 문학간행물사업회의에 출석.

11월 28일 : 중국작가협회 연변분회 제3차회의를 거행. 회의에서는 『연변문예』지를 『아리랑』으로 개칭할 것을 결정.

12월 : 연변 조선족 자치주 제5차과외문예콩클에서 극 『아버지와 딸』(허영희), 『양산성』(김철)이 창작상을 수여받음.

12월 : 연변교육출판사에서 중국작가협회 연변분회가 편집한 작품 『창작선집』, 통속독물 출판사에서 이근전의 산문집 『과일꽃 필무렵』(한문)을 출판.

1957년

1월 : 중국작가협회 연변분회 기관지 『아리랑』 문학월간이 창간. 주필은 임호, 부주필은 김창석. 총23호를 발간하고 1958년 12월에 폐간.

2월 7일 : 연변문련과 작가협회, 민간문학위원회는 훈춘현 문화국을 도와 훈춘진 옛말대회를 거행하여 구전설화를 채집.

3월 : 중국작가협회 연변분회 창작위원회에서는 당의 『백화만발, 백가쟁명』 방침을 더욱 잘 관철하기 위하여 작가, 시인, 평론가들의 좌담회를 각기 소집. 좌담회에서는 주로 문예 창작에서 개념화, 공식화를 극복할 문제, 사실주의 창작 방법 문제, 소재 문제, 인간성 문제, 작품에서의 애정 취급 문제, 정치와 문예의 관계 문제 등을 거론.

4월 : 종합성 잡지 『장백산』 창간. 주필에 강정일. 제4호부터 월간지로 되고 이행복이 주필로 됨.

4월 : 연변교육출판사에서 주선우의 시집 『잊을 수 없는 여인』을 출판.

5월 20~22일 : 3일간 연변문학예술계 인사 40여 명을 초청하여 『백화만발, 백가쟁명』
의 방침을 진일보 관철할 데 대한 문제 및 주당위의 문예사업에 대한 영도 문제를
놓고 좌담. 주당위 제1서기 주덕해가 이 좌담회를 직접 장악(문예계 제1차 쟁명
회의).

5월 : 연변교육출판사에서 김학철의 중편소설 『번영』을 출판.

7월 1일 : 공청단연변주위 기관보 『소년아동』신문이 창간. 1965년 12월 30일까지 총
628호를 발간하고 1966년에 『연변소년보』로 개칭.

7월 26~31일 : 연변구전문학학습회 연길에서 거행. 흑룡강, 요녕 각지의 조선족 민간
예인 50여명이 초청에 의해 회의에 참석.

8월 : 연변문예계의 반우파 투쟁이 시작됨. 반우파 투쟁을 거쳐 적지 않은 문예 작품들
이 『독초』로 비판받음. 투쟁의 확대화로 하여 연변의 대다수 중견 작가들이 억울
한 누명을 쓰고 벽촌에 『추방』당함.

8월 : 연변교육출판사에서 김동구의 중편소설 『꽃쌈지』, 김철 시집 『변강의 마음』을 출
판.

8월 : 민족출판사에서 임효원 시집 『진달래』를 출판.

9월 : 북경 민족출판사에서 이욱의 시집 『고향 사람들』

12월 : 북경작가출판사에서 이욱의 장편 서사시 『연변의 노래』(한문)를 출판.

1958년

1월 : 연변인민출판사에서 이민창의 장편 서사시 『김옥희와 팔거북』을 출판.

2월 27일 : 주문교계통 『대약진 운동』 동원대회를 거행. 연변의 문예일꾼들 농촌에 내
려가 『민가 쓰기 운동』을 발동.

6월 24~29일 : 중국작가협회 주석 모순과 비서장 곽소천이 연변을 시찰.

8월 : 『장백산』지가 제5호부터 연변문련 기관지로 됨.

9월 : 연변인민출판사에서 항일가요를 수록한 『혁명의 노래』 제1집, 종합시집 『홰불이
타오른다』를 출판.

10월 : 연변인민출판사에서 작품집 『빛나는 청춘』을 출판.

12월 : 연변인민출판사에서 김철 시집 『동풍만리』를 출판.

12월 :『아리랑』지에서『대약진문학작품현상모집』 평선 결과를 발표. 입선작으로 단편소
설『쇠돌골의 변천』(김병기),『병상우의 해연』(안창욱), 산문『누구를 위하여』(방
죽송),『궂은비 내리는 날』(김용국),『대학생 장철수』(현용순), 시『풍년타령』(김
철준), 가작으로 소설『약진하는 라자구의 기적』(공원식), 산문『약진의 길에서』
(윤국일),『약진일가』(한윤호), 시『장강의 여울소리도 들리네』(이종형).

1959년

1월 :『아리랑』을『연변문학』으로 개칭하고 연변작가협회 기관지로 함. 주필에 최형동,
김창석, 1961년 2월까지 총50호(아리랑 계속호)를 발간하고 폐간.
2월 : 연변인민출판사에서 종합시집『청춘의 노래』를 출판.
3월 12일 : 이홍규, 왕유의 사회 하에 연변문련 제2차대표대회가 개최. 문련의 새 장정
을 통과하고 새 지도 성원들을 선거함. 주임에 이희일, 부주임에 이홍규, 왕유,
비서장에 임효원. 회의에서는 음악가협회, 미술가협회, 연극가협회, 촬영가협회
등을 창립. 이희일이『예술사업의 보다 큰 약진을 쟁취하자!』는 제목의 연설을
함.
3월 28일~4월 1일 : 중국작가협회 연변분회 제2차 확대회의를 열고 중국작가협회에서
소집한 창작일꾼좌담회의 정신을 전달한 뒤 연변분회 창립 이래 2년 동안의 사업
을 총화하고 새로운 이사와 상무이사를 선출.
3월 : 연변인민출판사에서 단편집『형제』를 출판.
4월 : 연변문련에서 군중대회를 열고『정풍』계획을 선포하고 먼저 지도자로부터 자아 검
사를 진행.
5월 : 연변인민출판사에서 소설집『병동에 핀 꽃송이』를 출판.
6월 : 연변인민출판사에서 문학평론집『새싹에 내리는 봄비』를 출판.
8월 : 연변인민출판사에서 종합시집『들끓는 변강』을 출판.
9월 : 북경작가출판사에서 이욱의 장시『장백산하』(한문)를 출판.

1960년

1월 :『중화인민공화국 창건 10돌 기념 문학작품 현상모집』입선 결과를 발표. 입선작
　　　으로 장막극『장백의 아들』(황봉룡, 박영일), 소설『사막에서의 조난』(박태하).
2월 : 북경 민족출판사에서 중국작가협회 연변분회에서 편집한『연변민가선』을 출판.
5월 : 연변주위에서는 권철을 연변문련부 비서장 겸 중국작가협회 연변분회 비서장으로
　　　임명.
7월 22일 : 전국 제3차 문학예술계대표대회가 북경에서 23일간 개최. 연변에서 중연숙,
　　　이근전, 권철, 조득현, 석회만, 배항진, 왕보림 등 13명이 참석.
10월 : 연변인민출판사에서 이근전의 중편소설『호랑이』를 출판.

1961년

1월 26일 : 중공연변주위에서 연변문예창작회의 개최. 회의에서는 당의『조절, 공고, 충
　　　실, 제고』의 방침을 관철할 문제를 토의.
3월 15일 : 중국작가협회 연변분회 사업회의 개최. 회의에서는 중연숙을 분회의 부주석
　　　으로 임명함을 선포. 협회 내에 이론 평론조, 창작 보도조, 번역 선전조를 두기로
　　　결정.
3월 17일 : 연변문련 사업 회의를 열고 문학이론 평론 사업을 강화하며 전국 제3차 문
　　　대회 정신과 당의『백화만발, 백가쟁명』의 방침을 참담게 관철하며 각 현과 시의
　　　광범한 문예일꾼들에게 전국 제3차 문대회 정신을 전달하는 일을 틀어쥘 것 등
　　　문제를 토론하고 결정.
4월 8~9일 : 연변문련 이사회 확대 회의 개최. 회의에서는 금후 사업 계획을 토론. 연
　　　변문련장정(수개초안)을 통과하고 49명으로 새 이사회를 구성함과 아울러 상임이
　　　사 16명을 선거. 회의 기간 새로운 이사회가 소집되어 중연숙을 연변문련 주임으
　　　로, 국경추, 조득현, 김재호(비서장을 겸함) 등을 부주임으로 선거. 회의에서 중
　　　공연변주위 선전부 부부장 국경추가『당의 영도를 견지하고 노농병을 위해 복무하
　　　는 문예 방향을 관철하자』는 제목으로 연설함.
4월 27일 : 권철이 주양의『백화만발, 백가쟁명』방침에 관한 연설을 전달.
5월 : 종합성 잡지『연변』이 창간. 주필에 김해진. 1966년 9월까지 총 65호를 내고 폐
　　　간.
9월 14~15일 : 중공연변주위에서 문예계 인사들을 모여 놓고 속심털기회(出气會)를 개

최. 회의는 선전부장 국경추가 사회. 회의에서 주당위 부서기 김문보와 성당위 통전부 부부장 최채가 연설. 회의 참석자들은 당의 문예 방침을 집행하는 과정에 나타난 여러 가지 문제들에 대한 의견을 교환.

10월 20~24일 : 연변문화사업회의 연길에서 개최. 당의 『문예10조』를 전달. 회의에서는 당의 문예 방침을 학습하고 중앙 및 성 문예사업회의 정신을 전달하였으며 몇 년 내 특히는 『대약진』 이래 우리 주 문예사업의 성과와 경험을 총화하고 금후의 과업을 확정. 회의에서 김문보가 연설.

10월 : 정길운을 책임자로 한 구전문예 채집 정리조가 조직되어 구전 문예 채집 정리 작업이 전면적으로 전개.

11월 28~20일 : 중국작가협회 연변분회 제3차 회원대회 연길에서 개최. 회의에서 왕유가 연설.

12월 16일부터 4일간 : 연변 민간예인 좌담회 개최. 왕유, 정길운이 사회. 전 주 각 현. 시의 우수한 남녀 민간예인 47명과 문화예술일꾼들이 참가. 이 좌담회에서 200여 종목의 민간 이야기, 구전민요, 민간음악, 무용 등을 표현.

12월 : 연변인민출판사에서 종합시집 『아침은 찬란하여라』를 출판.

1962년

5월 23일 : 연변문예계에서 모주석의 『연안문예좌담회에서 한 연설』 발표 20돌에 즈음하여 연변노동자문화궁에서 1천여 명이 참가한 기념대회를 거행. 김문보가 『모택동 문예사상의 붉은기를 더욱 높이 추켜들고 전진하자』는 제목으로 연설.

5월 : 연변주당위의 결정에 따라 정용수가 연변문련 주임으로 부임.

8월 13일 : 연변문예 공작 좌담회 개최. 회의에서 중공연변주위 부서기 김문보가 연설. 김문보는 연설에서 『착오적으로 비판하고 처분한 당원과 간부들에게 사과하며 우경과 「흰기」의 정치 모자를 잘못 씌운 것을 일률로 벗겨 주어야 한다』고 지적. 요혼이 대회 총화 발언을 함. 이 좌담회에서 『문예8조』의 정신을 우리 지구의 실정에 결부하여 관철할 것을 거론.

8월 : 연변인민출판사에서 이근전의 장편소설 『범바위』, 소설집 『장화꽃』, 구전설화집 『천지의 맑은 물』(정길운 정리)을 출판.

9월 : 연변인민출판사에서 시집 『푸른 잎』을 출판.

1963년

1월 21일 : 임효원이 연변문련 비서장직을 회복.

4월 22~27일 : 중공연변주위의 직접적인 지도 밑에 연길에서 연변문학예술창작일꾼 좌담회를 소집. 문학, 희곡, 음악, 미술, 촬영, 무용 등 분야의 전문 및 과외 문예 일꾼 도합 150여 명이 참석. 주당위 서기 김문보가 연설을 하고 27일에는 주당위 제2서기 요혼이 총화 연설을 함. 27일에 해방 이래 연변에서 창작 발표된 우수한 문예작품과 우수한 문예 일꾼을 표창. 표창받은 문학작품—시 『산촌의 어머니』(김철), 『영광스러운 나의 조국』(임효원), 『태양은 모주석 창가에서 솟네』(김창석), 『어머니와 아기』(이욱), 『나는 이 길을 걷는다』(김태회), 『양자강가에 봄이 오면』(설인), 『이른봄』(이행복), 『태양은 솟는다』(주필충), 『옥중의 노래』(김태갑), 『형제바위』(황상박), 『고동하시초』(김성휘), 『홍기하류벌가』(최운학), 『등대』(김복순), 『춤』(김동산), 『가마니 짜는 처녀들』(김연호), 『모주석의 가르침 따라』(강호혁), 소설, 산문 『진달래의 이야기』(이근전), 『김순희』(최현숙), 『붉은 기』(현용순), 『숙질간』(윤금철), 『박촌장』(차창준), 평론 『서정시는 시대의 목소리를 반영해야 한다』(허호일), 『김철의 시를 논함』(권철), 아동문학 『청개구리』(최형동), 『아름다운 산야』(이행복), 『닭알』(윤정석), 『모주석을 만난다며는』(김례삼), 『봄날의 이야기』(란수봉), 구전문학 『육형제』(정길운), 『쇠돌』(김례삼), 『물레』(이상각), 『꽃타령』(김충묵), 극 『장백산의 아들』(황봉룡, 박영일), 『우리 조장동무』(김태회), 『경사』(오홍진), 『드렁바우골』(심영일) 등.

8월 13일~15일 : 중국작가협회 연변분회에서는 연변 수필 창작 좌담회를 거행. 주내 각지의 50여 명 수필 창작자와 부분적 평론 일꾼 및 관계 부문의 책임자들이 참가. 중공연변주위 선전부 부장 이휘가 연설함.

12월 12일 : 연변문련 기구를 개선. 연변문련 주임에 이휘, 부주임에 장일민, 왕유, 조득현, 비서장에 임효원, 중국작가협회 연변분회 주석에 중연숙, 부주석에 왕유, 이근전, 황봉룡, 김철, 비서장에 김철로 결정.

1964년

8월 : 『연변문예』 제1차(단편소설, 산문, 보고문학)현상모집 평선 결과를 발표. 입선작으로 단편소설 『「태평서방」약전』(민학송), 『가라지매』(박창묵), 가작으로 단편소설 『산판』(일비), 『대통령감』(김중복), 보고문학 『봄을 앞당기는 세전벌 사람들』(한원국), 산문 『공양바치러 가는 길에서』(란수봉) 등.

9월 : 연변인민출판사에서 『연변시집』(1950~1962)을 출판.

10월 19~20일 : 중국작가협회 연변분회에서 시가 창작 좌담회 개최.

11월 : 연변인민출판사에서 종합시집 『변강의 아침』을 출판.

이외 중국작가협회 연변분회에서 『창작휘편』, 『녹엽집』을 편집 출판.

1965년

10월 : 『연변문예』 제2차(단편소설, 가사) 현상모집 입선작 결과를 발표. 단편소설 『약초 캐는 사람들』(차용순), 『친절한 사람』(김설봉), 『단추』(서광억) 등이 입선.

11월 29일 : 북경에서 전국청년과외문학창작 열성자대회 거행. 연변에서 황상박, 윤태삼, 황재수, 박은, 고향정 등 5명이 참석.

1966년

3월 7일 : 길림성청년과외 열성자대회 장춘에서 소집. 연변대표로 65명이 참석.

5월 14일 : 연변문련, 주문화처에서는 연길에서 이른바 『주직속문예계 등척, 오함을 성토하는 대회』를 소집.

6월 : 조선문 잡지 『공연자료』가 총25호로 발간한 뒤 연변군중예술관이 해소됨과 더불어 정간.

7월 13일 : 『무산계급문화 대혁명』 공작조가 연변문련에 진주. 연변문련과 각 협회가 해산.

1967년

연변가무단, 연변연극단 등 대부분 예술단체와 기관에서 『문화 대혁명 반란단』이 조직.

1968년

11월 : 연변 조선족 자치주 모택동사상 선전위원회 성립.

1969년

11월 : 『주혁명본보기극학습반위원회』 성립. 원 연변연극단, 연변가무단, 연변평극단,
    연변예술학교, 동방홍영극원이 여기에 귀속.

1970년

11월 : 21일 『주혁명본보기극학습반위원회』를 철소.

1971년

1월 9일 : 연변조선족자치주혁명위원회 정치부문공단혁명위원회 성립. 원 연변가무단,
    연변연극단, 연변예술학교, 동방홍영극원 등이 여기에 귀속.
6월 : 연변인민출판사에서 『응모작품집』(1)을 출판.

1972년

1월 : 연변인민출판사에서 『응모작품집』(2)을 출판.
6월 : 연변인민출판사에서 단편소설집 『우두봉의 매』, 시집 『장백에 울리는 노래』를 출
    판.

1973년

4월 : 연변인민출판사에서 극본 『사과나무 아래에서』, 시집 『태양의 빛발아래』를 출판.

1974년

4월 : 『연변문예』지 복간. 주필에 김해진.
12월 : 연변인민출판사에서 시집 『격전의 노래』를 출판.

1975년

7월 : 연변인민출판사에서 시집 『조국에 드리는 노래』를 출판.
9월 : 연변인민출판사에서 단편소설집 『설령을 넘으며』, 『붉은 수첩』(소설, 산문, 보고
　　　문학, 희곡)을 출판.
1975년 『연변문예』 현상모집 입선작으로 단편소설 『맑은 샘물』(전성호), 『홍산골로 가
　　　는 길』(김철호), 『생산대의 딸』(이태수), 『고압선』(남세풍), 『뜨거운 손길』(이선
　　　희), 소설 『봄날 아침』(임원춘), 『분초를 다투어』(허홍식), 시 『현위서기의 가방』
　　　(김응준), 『가야하강반에서』(김창규), 『뜨락또르 몰고』(이영복), 『광활한 천지에
　　　서 일기 쓰노라』(차순복), 『집체호의 봄』(김욱), 『장백산촌의 경사』(최봉석), 『용
　　　산의 불로송』(박용석), 『나의 영원한 싸움터』(이기춘), 『그 언제나 새로운 전초에
　　　있어라』(최문섭), 『해연』(한경석), 『약진골의 아들』(최삼룡), 『바위산에 강남대풍
　　　안아왔다오』(강길), 『변강의 봄』(전복록), 극 『사람마다 공헌해야지』(김용범),
　　　『두 대장사이』(염홍표, 김만수), 『이른아침』(정영석), 산문 『시공전야』(이성권),
　　　『고향의 변천』(주재송), 보고문학 『무성하는 화수림』(김동섭, 이순), 『산골에 뿌
　　　리박은 젊은이』(양동), 『광동의 새우공들』(김대현), 『하나의 목표를 위하여』(장
　　　희, 최건), 『멜대정신 빛난다』(이순, 김동섭) 등.

1976년

1월 : 연변인민출판사에서 작품집 『붉은 노을』(1)을 출판.
2월 : 연변인민출판사에서 시집 『우렁찬 전고소리』를 출판.
3월 : 연변인민출판사에서 시집 『공사의 아침』을 출판.
5월 : 연변인민출판사에서 시집 『폭풍뢰』, 소설 산문집 『격류』 등을 출판.
1976년 무산계급문화대혁명 10돌 기념 현상모집 입선작으로 단편소설 『붉은 별』(유영
　　기), 시 『노래하노라 혁명위원회를』(최제영), 『현위서기 제1선에 나섰네』(박송
　　월), 『종소리』(강호혁), 『산촌의 로우공』(이영복), 『저목장의 새기적』(정문준),
　　『폭풍의 대오, 나아간다』(김성휘), 『막장의 하늘에서 싸우리라』(윤동민), 『나는
　　당원이요』(최삼룡) 등.

1977년

1월 : 연변인민출판사에서 시집 『높은 봉에 오르노라』를 출판.
9월 : 연변인민출판사에서 시집 『해란강반의 송가』, 『태양은 길이 빛나리』를 출판.
1977년 흑룡강인민출판사에서 시집 『룡강의 봄』을 출판.

1978년

1월 : 연변인민출판사에서 시집 『잊을 수 없는 정월』, 흑룡강인민출판사에서 허도남 시
　　집 『기러기』를 출판.
7월 : 연변인민출판사에서 작품집 『고동소리』, 요녕인민출판사에서 김철의 장편 서사시
　　『동틀무렵』(제1부)을 출판.
8월 10일 : 연변 조선족자치주 직속 문화 계통에서 흘러간 세월에 억울하게 누명을 쓴
　　문인들에 대한 명예회복대회를 거행. 대회에서는 연변문예계의 55명 문인들의 누
　　명을 벗겨주고 명예를 회복시킴. 장막극 『장백의 아들』, 『붉은 자매』, 무용 『농악
　　무』, 구전설화집 『천지의 맑은 물』 등 13부의 작품에 들씌워졌던 죄명도 해소시

킴.

8월 : 요녕인민출판사에서 시집 『꽃피는 새봄』, 연변인민출판사에서 종합작품집 『진달래』를 출판.

10월 7일 : 중공연변주위에서는 『연변문련 및 그 소속 각 협회의 활동을 회복한다』는 결정을 지음.

10월 20~25일 : 연변문련 제2기 제3차 전체위원(확대)회의가 연길시에서 성대히 거행. 20일에 연변문련 주석 장일민이 『사상을 해방하고 우리 주의 문예사업을 재빨리 발전시키자』라는 제목으로 연설. 23일에는 주당위 상무위원이며 주혁명위원회 부주임인 이휘가 『모주석의 문예사상의 위대한 기치를 높이 들고 사회주의 문예창작을 번영시키자』는 제목으로 연설. 회의에서는 연변 조선족 자치주 문학예술계연합회 및 각 협회의 활동을 회복한다는 결정을 선포.

12월 1~2일 : 중국작가협회 연변분회와 중국희곡가협회 연변분회에서 연합으로 주최한 소설, 극본 창작 좌담회가 연길에서 열림. 회의에서는 소설 『상처』와 극본 『침묵 속에서』를 비롯한 최신작들에 대한 자기의 학습심득을 교류.

12월 28일 : 중공연변주위 선전부, 연변문련, 연변작가협회, 연변대학 어문학부, 연변문학예술연구소 준비소조의 공동 주최로 권철, 조성일이 집필한 『중국 조선족 문학사개황』을 토론.

1979년

1월 10일 : 중공연변주위 선전부의 지도 밑에 연변문련과 중국작가협회 연변분회에서는 문예작품에 대한 정책시달 좌담회를 개최하여 10년 동란 시기 억울하게 『독초』, 『반동작품』으로 몰렸던 좋거나 비교적 좋은 문예작품들의 명예를 회복.

1월 20일 : 연변문련에서는 『반우파 투쟁』 가운데서 『우파분자』로 잘못 획분된 9명 작가, 시인들의 명예를 회복(김순기, 최정연, 주선우, 채택룡, 김용식, 박상일, 심해수, 고철, 이홍규).

2월 5일 : 연변문학예술연구소가 창립.

2월 : 흑룡강인민출판사에서 김철의 서사시집 『내 고향의 금물결』을 출간.

3월 17~31일 : 주문화국과 주방송사업국에서는 14명의 민간예인들을 초대하여 15일간에 20여수에 달하는 민요들을 수집.

3월 23일 : 중국작가협회 연변분회 평론조와 『연변문예』 편집부 평론조에서는 소형적인 평론문학 좌담회를 열었음.

3월 : 연변인민출판사에서 시집 『변강의 무지개』를 출판.

4월 2일 : 중공연변주위 조직부의 비준을 거쳐 연변문학예술연합회에 당조가 성립. 당조 성원들로는 장일민(서기), 정용수(상무서기), 왕유, 김해진, 조성일.

5월 8일 : 중국작가협회 연변분회에서 문학창작(소설, 시) 강습반을 1개월간 꾸림.

7월 : 요녕인민출판사에서 김성휘 시집 『나리꽃 피었네』를 출판.

9월 : 연변인민출판사에서 중화인민공화국 창건 30돌에 즈음하여 『단편소설집』, 『시선집』, 『연변민간문학집』, 『시론』(조성일), 구전설화집 『백일홍』(길운), 흑룡강인민출판사에서 작품집 『빛나라 조국이여』, 김성휘의 장편 서사시 『장백산아 이야기하라』 등을 출판.

10월 : 연변인민출판사에서 김경모의 장편소설 『청산의 매』(1부)를 출판.

10월 30일~11월 16일 : 전국제4차문학예술일꾼대표대회 북경에서 개최. 중국작가협회 연변분회대표로 김철이 참석.

11월 21일 : 『연변문예』 편집부를 『연변문예』 월간사로 개칭. 주필에 김해진.

12월 : 연변인민출판사에서 임효원 시집 『어머니 품이여』를 출판.

1979년 중화인민공화국 창건 30돌 문학예술작품 현상모집 입선작으로 단편소설 2등에 『마음 속의 사람』(이만호), 『외로운 무덤』(우광훈), 3등에 『청명날』(김관웅), 『한수영』(이홍규), 『산속에 핀 진달래』(김호웅), 시 1등에 장편 서사시 『새별전』(김철), 서정서사시 『떡갈나무 아래에서』(김성휘), 2등에 서정시 『그때 우리는 어찌하여』(한춘), 『바다에서』(최문섭), 3등에 풍자시 『묻노라』(이수길), 서정시 『샘물』(정몽호), 『보노라 못잊어 가다 또 한번』(이상각), 극 2등에 장막극 『괴상한 이력표』(황봉룡), 3등에 단만가극 『꽃피는 청춘』(김세형), 단막극 『당신은 아는가?』(김덕선), 평론 1등에 『시론』(조성일), 3등에 『연변조선족문학의 풍격에 관하여』(임범송), 민간문학 2등에 전설 『삼태성』(김명한 정리), 『사랑산』(박창묵 정리), 민요 『방아타령』(김태갑 정리), 3등에 전설 『경박호』(김용식 정리), 우화 『고양이와 쥐』(김충묵 정리), 민담 『해갈삼』(이용득) 등.

1980년

1월 : 연변문학예술연구소에서 편집하는 조선문잡지 『문학예술연구』(내부 간행물) 창간.

2월 : 연변인민출판사에서 희곡집 『웃음주머니』, 유원무의 중편소설 『장백의 소년』을 출판.

3월 : 연변인민출판사에서 단편소설집 『사랑에 대한 이야기』, 구전설화집 『천도복숭아』(김례삼 정리)를 출판.

4월 11일 : 중국작가협회 연변분회 소설분과에서 소설 창작 토론모임을 가짐. 모임에는 작가와 평론가 30여명이 참석. 모임에서는 『연변문예』에 실린 『과거를 묻고싶지 않아요』(이만호), 『공개할 수 없는 편지』(한원국), 『번민』(최호철) 등 단편소설에 대해 거론.

4월 : 연변인민출판사에서 『이욱 시선집』, 흑룡강인민출판사에서 이상각의 서사시 『만무과원 설레인다』를 출판.

5월 : 요녕인민출판사에서 단편소설집 『딸의 고민』을 출판.

6월 : 연변인민출판사에서 이상각 시집 『샘물은 흐른다』, 유원무의 중편소설 『숲속의 우등불』을 출판.

7월 2~10일 : 북경에서 제1차전국소수민족문학창작회의를 거행. 48개 민족의 100여 명 작가, 평론가들이 참석. 여기에 참석한 조선족 대표들로는 임효원, 김철, 정판룡, 최현숙, 이행복 등 5명.

7월 : 북경 민족출판사에서 김철의 장편 서사시 『새별전』, 요녕인민출판사에서 임원춘단편소설집 『꽃노을』을 출판.

8월 12일 : 중국작가협회 연변분회에서는 북경분회의 저명한 작가 등 우매, 유심무, 유소당, 심용, 임근란, 이유 등을 비롯한 18명 작가를 연변에 초청하여 문학 강연회를 개최. 전 주의 800여 명 문학예술 일꾼이 참석.

8월 : 연변인민출판사에서 『세계문학간사』(상책, 정판룡, 임휘, 허호일, 서일권)를 출판.

9월 12일 : 중국작가협회 연변분회에서 동북3성의 30여 명 시인 모임을 가짐. 모임에서는 시인과 시대와의 관계, 생활과 시, 소재, 풍격, 형식의 다양화, 민족 풍격 문제, 시 평론 등 문제들을 거론.

9월 13일 : 『연변문예』 월간사에서는 단편소설 『국장과 「나리꽃」』(이만호)에 대한 평론 모임을 가짐.

9월15~16일 : 중국작가협회 연변분회와 연변문련에서 조직한 문예 강습반이 연길현에서 열림. 강사단성원은 연변대학 교원, 작가, 시인 5명. 강의 내용은 세계문학개황, 조선 작가 소개, 그리고 시 창작 지식, 소설 창작 지식 등.

10월 : 중국작가협회 연변분회에서 편집하고 북경 민족출판사에서 출판하는 문예총서
『아리랑』이 창간.(1981년 1월부터 연변인민출판사 문예 편집실에서 편집 출판)

1981년

1월 20일 : 중국작가협회 연변분회와 『연변문예』 월간사에서는 연길에서 1980년 『『연
변문예』 문학상』 수여식을 거행. 수상작품으로는 단편소설 『하고싶던 말』(정세
봉), 『생명의 가치』(이광수), 시 『한경석 시선』(한경석), 서정서사시 『거리의 울
음소리』(문혁) 등.

1월 21일~24일 : 중국연극가협회 연변분회에서는 도문에서 영화대본 창작 토론회의를
열고 『산귀신』을 비롯한 8부의 영화대본들을 심의하고 수개의견을 나눔.

1월 : 연변의 첫 한문판 문학총서 『진달래』(비정기)가 연변인민출판사에서 창간. 총 8기
로 발간하고 1984년 7월에 폐간.

2월 15~19일 : 중국소수민족문학학회 제1차년차회의 북경에서 열림. 19개 민족이 전
문 및 과외 소수민족문학연구일꾼과 교수, 사업일꾼 도합 100여 명이 참석. 연변
에서는 권철, 조성일 등이 참석.

2월 : 연변인민출판사에서 종합시집 『봄바람』을 출판.

3월 7일 : 중국작가협회 연변분회 이사(확대)회의를 열고 1978년 10월 중국작가협회
연변분회가 활동을 회복한 이래의 분회사업을 총화. 회의에서는 연변분회에 소설
산문위원회, 시위원회, 평론위원회, 아동문학위원회, 번역위원회와 한족회원들의
창작평론위원회 등 6개 위원회를 두기로 결정하고 각 위원회의 주임, 부주임, 위
원을 선거.

3월 9일~11일 : 중국음악가협회 연변분회와 중국작가협회 연변분회에서는 20~30년대
유행가요에 대한 학술토론모임을 연길에서 가짐. 모임에서는 유행가요의 개념과
범주, 유행가요를 어떻게 대할 것인가, 유행가요의 특정과 풍격 등 문제를 거론.

3월 : 연변인민출판사에서 『세계문학간사』(하책, 정판룡, 임휘, 허호일, 서일권)를 출판.

4월 18일 : 중국 조선족 문학사 편찬 사업을 한걸음 밀고 나가기 위하여 연변문학예술
연구소에서는 해방 직후부터 문학창작에 종사한 작가, 시인들을 초청하여 해방전
쟁 시기의 조선족 작가 대오, 문예 활동, 문예단체 및 문예작품 등을 회고하는 모
임을 가짐.

4월 : 연변인민출판사에서 최택청의 장편소설 『도강전야』를 출판.

6월 12일 : 길림성민족사무위원회와 중국작가협회 연변분회에서 연합으로 장춘에서 길림성 소수민족 우수작품 표창대회가 열림. 수상작으로는 중편소설 『규중비사』(김용식), 장편소설 『도강정야』(최택청), 단편소설 『하고싶던 말』(정세봉), 『꽃노을』(임원춘), 장편 서사시 『새별전』(김철), 『장백산아, 이야기하라』(김성휘), 『만무과원 설레인다』(이상각), 장막극 『눈속에 핀 꽃』(박응조, 홍성도), 단막극 『두부장사』(김훈), 시나리오 『죄없는 죄인』(황봉룡) 등.

6월 : 연변인민출판사에서 윤일산의 중편소설 『어둠을 뚫고』를 출판.

7월 : 연변인민출판사에서 김경석 시집 『파란 수건』, 『문학개론』(임범송, 현용순, 김해룡, 김운일), 흑룡강인민출판사에서 『김철과 그의 시』(최응구)를 출판.

8월 9일 : 중국작가협회 부주석이며 저명한 여류작가인 정령이 중국작가협회 연변분회의 초청을 받고 연길에 와서 연변문예계 인사들을 회견.

8월 10일 : 연변인민출판사 구락부에서 중국작가협회 부주석 정령이 연변문예계 일꾼들과 문예 애호자들에게 연설함.

8월 10~16일 : 중국소수민족문학학회와 연변문학예술연구소에서는 공동주최로 중국당대소수민족작가문학토론회와 『당대소수민족문학작품선강의』 심열 회의를 용정에서 엶. 16개 성, 11개 민족의 66명 대표가 참가한 이 회의에서는 26편의 논문이 발표됨. 이 회의에 조성일, 권철, 임범송, 서일권, 최삼룡 등이 참석.

8월 : 연변인민출판사에서 『민요집성』(김태갑, 조성일)을 출판.

9월 : 연변인민출판사에서 소설집 『불타는 백사장』, 항일 투쟁 회상기 『눈보라치는 밀영』(정영석 정리), 요녕인민출판사에서 중편소설 『규중비사』(김용식)를 출판.

10월 26일 : 통화지구 조선족 문학협회 성립대회 장백현에서 거행. 중국작가협회 연변분회, 연변문련, 『연변문예』 잡지를 대표하여 임효원, 이홍규, 한수동, 남주길이 대회에 출석.

10월 28일 : 연변문련에서는 문련위원 확대회의를 소집하고 노신 탄생 100돌 기념 좌담회 모임을 가짐.

10월 : 민족출판사에서 번역작품을 위주로 하는 잡지 『진달래』 창간.

10월 : 흑룡강인민출판사에서 이삼월 시집 『황금가을』을 출판.

11월 1일 : 『연변일보』는 중국공산당 창건 60돌 기념 현상응모 입선작을 발표. 2등에 시 『조국, 나의 영원한 보모』(김성휘), 『다시보자 용드레촌아』(전복록), 소설 『새집』(윤명철), 실화문학 『효자』(김영선, 서광억), 3등에 시 『사과』(서영기), 『순시의 길은 끝나도』(전태균), 『백살구를 따며』(이영복), 『섭섭해 말라』(이근영), 소설 『봄날에 생긴 이야기』(차용순), 『청송골의 주인』(이웅), 단막극 『마을의 보배들』(오홍진) 등.

12월 30일~이듬해 1월 6일 : 전국 제1차 소수민족문학창작입선작품 시상대회 북경인민대회당에서 성대히 거행. 전국 소수민족문학창작상을 받은 조선족 작가의 작품들로는 김용식의 중편소설 『규중비사』, 정세봉의 단편소설 『하고싶던 말』, 임원춘의 단편소설 『꽃노을』, 김철의 장편 서사시 『새별전』, 김성휘의 장편 서사시 『장백산아 이야기하라』, 임효원의 서정시 『북녘의 서정』, 박웅조, 홍성도의 장막극 『눈속에 핀 꽃』, 유원무의 아동 중편소설 『장백의 소년』 등.

12월 : 연변인민출판사 소년아동문예 편집실에서 편집하는 아동문예 총서 『시내물』(1986년 『별나라』로 개칭』 창간호 출판.

1982년

1월 12일 : 중국작가협회 연변분회와 『연변문예』 월간사가 연길시에서 1981년 『「연변문예」 문학상』 시상식을 거행. 수상작품들로는 홍천룡의 단편소설 『구촌 조카』, 서광억의 단편소설 『가정문제』, 김학의 시초 『땀의 노래』 등.

1월 : 요녕인민출판사에서 한원국의 중편소설 『잊을 수 없는 사람』, 연변인민출판사에서 송정환 시집 『풀피리』, 상해문예출판사에서 『조선족 민간 이야기선』(한문)을 출판.

2월 : 길림성문화국에서 주최한 1981년도 우수 극작품평심에서 장막극 『축배』(최정연)가 우수 종합상과 창작 1등상을 받음. 장춘영화촬영소에서 『축배』를 『첫봄』이라는 이름으로 영화를 찍어 자치주 창립 30돌에 각지에서 상영.

2월 : 연변인민출판사에서 『이홍광의 이야기』를 출판.

3월 6일 : 『흑룡강일보』에서 1981년도 『진달래』우수 단편소설, 시평선 입선작을 발표. 소설 『대장이 없던 날』(최호철), 『기묘한 공식』(지오), 『청수골의 조과부』(박진만). 시 『축복의 눈물』(이삼월), 『우리는 행운아』(채수목) 등.

4월 13~20일 : 연변 조선족 자치주 문화국과 중국연극가협회에서 주최한 전주전문예술단체 연극창작회의가 연길에서 열림. 회의에는 주문화국, 중국연극가협회, 주창작평론실의 책임 일꾼, 주, 현, 시 전문 예술단체 연극 창작인원 20여 명이 참가.

회의에서는 장막극 『산귀신』, 가극 『소쩍새』, 평극 『꽃피는 봄』 등 새로 창작된 10개 극본을 평론하고 수개의견을 제출.

4월 : 중공연변주위에서는 연변문련에 『연변문련창작실』을 설치. 중순에 임효원, 김순기, 임원춘, 유원무를 전직 작가 혹은 전직 창작 일꾼으로 비준.

5월 7~16일 : 중국작가협회 연변분회와 『연변문예』 월간사에서는 연합으로 소설 창작 학습모임을 가짐. 이 모임에는 주위선전부, 연변문련, 중국작가협회 연변분회 등 단위의 지도 일꾼과 신문, 방송, 잡지, 출판부문의 편집 일꾼, 소설 창작 일꾼 등 45명이 참가.

5월 : 요녕인민출판사에서 김창걸의 『단편소설집』(해방전 편), 김성휘 시집 『들국화』를 출판.

7월 : 19일 『연변문예』 월간사에서는 연변호텔에서 『연변문예』 잡지 복간 100호 기념 좌담 모임을 가짐. 문예, 방송, 출판계통과 연변대학의 지도 일꾼, 작가, 예술인 도합 60여 명이 참가.

7월 21~25일 : 집안에서 열린 길림성 제1기 우수문예이론, 문예평론 수상대회에서 최삼룡의 『「새별전」의 민족적 특성』이 우수 평론상을 받음.

7월 : 연변인민출판사에서 박화 시집 『봇나무』, 김영덕, 허용구, 김병수 편저 『중국문학사』(1, 2, 3권)를 출판.

8월 26일 : 동북3성 조선문판 도서출판협의소조에서는 연변인민출판사에서 표창대회를 열고 우수 저자, 역자, 책임 편집, 책표지 설계와 삽화 창작자들에게 증서를 발급하고 장려함. 평선된 문예 도서들로는 1등에 『고난의 연대(상)』(이근전. 연변인민출판사), 『장백산아, 이야기하라』(김성휘. 흑룡강성인민출판사), 『규중비사』(김용식. 요녕인민출판사), 2등에 『장백의 소년』(유원무. 연변인민출판사), 『김철과 그의 시』(최응구. 흑룡강조선민족출판사), 『문학개론』(임범송, 현용순, 김해룡, 김운일. 연변인민출판사), 『들국화』(김성휘. 요녕인민출판사), 『눈보라치는 밀영』(정영석. 연변인민출판사), 『장백의 투사』(집체작. 연변인민출판사), 3등에 『이백과 그의 시』(박충록. 요녕인민출판사), 『너구리네 떨렁방울』(정덕교. 연변인민출판사), 『꿀벌이 붕붕』(연변인민출판사), 우수 번역 문예 도서들로는 『동방』(이철준 역. 요녕인민출판사), 『봄』(박춘봉 역. 연변인민출판사), 『스파르타쿠스』(김도권, 박경식 중역. 흑룡강조선민족출판사), 『당조설화』(김형직 역. 요녕인민출판사), 『사랑의 학교』(전명숙 중역. 연변인민출판사), 『불길은 타오른다』(마상헌 역. 연변인민출판사) 등.

8월 : 연변인민출판사에서 이근전의 장편소설 『고난의 연대』(상), 홍세우의 『조선족민
　　속』(혼상제편), 요녕인민출판사에서 김태갑시집 『고향길』, 임효원 서정시집 『마음
　　의 지평선』, 북경 민족출판사에서 중국작가협회 연변분회에서 편집한 연변 조선족
　　자치주 창립 30돌 기념 『단편소설집』, 『서정시집』, 『희곡집』, 『문학평론집』을 출
　　판.

9월 2일 : 연변 조선족 자치주 문화국의 주최로 연변전업국 구락부에서 『9.3 영화상영
　　주간개막식』과 『「첫봄」, 「연변의 봄」 인계인수 의식』을 거행.

9월 : 인민문학출판사에서 김철 시집 『가야금집』(한문)을 출판.

11월 30일~12월 3일 : 연변 조선족 자치주 제3차문학예술일꾼대표대회 연길에서 소
　　집. 회의에서는 30여 년내 특히는 당중앙11기 3차 전원회의 이래의 전 주 문예
　　사업의 경험과 교훈을 총화하고 새로운 시기에 사회주의 문예 창작을 번영시킬 문
　　제, 연변 문예사업의 새로운 국면을 개척할 문제 등을 연구. 회의에서는 연변문련
　　과 각 협회의 지도부 성원들을 선거, 연변문련과 각 협회의 장정을 토론 통과. 연
　　변문련 주석에 정용수, 부주석에 김철, 이홍규, 노유의, 정판룡, 전응권, 조득현,
　　박영일, 왕보림, 임효원, 조성일, 최옥주, 손래금 등. 중국작가협회 연변분회 주석
　　에 김철, 부주석에 임효원, 김순기, 란수봉, 김성휘, 이상각, 손래금 등, 중국희곡
　　가협회 연변분회 주석에 박영일, 부주석에 황봉룡, 허동활, 최정연, 고지위, 이승
　　상 등, 중국민간문예연구회 연변분회 주석에 박찬구, 부주석에 정길운, 김태갑,
　　김재권 등.

11월 : 연변인민출판사에서 박창묵이 정리한 구전설화집 『사랑산』, 요녕인민출판사에서
　　이욱의 장편 서사시 『풍운기』, 장동운이 정리한 민간서사시 『배뱅이굿』을 출판.

12월 18일 : 연변인민출판사에서 제1차 『「아리랑」문학상』(1~8기) 시상의식을 거행.
　　김경련의 중편소설 『홍수는 누구?』, 이원길의 단편소설 『배움의 길』, 차용순의 단
　　편소설 『시대의 행운아』, 이욱의 시 『아침(외 5수)』, 신창수의 서정시 『청춘송가』
　　등이 수상.

1982년 연변 조선족 자치주 창립 30돌맞이 현상모집 예술축전 수상작품들 : 우수상에
　　중편소설 『홍수는 누구?』(김경련), 단편소설 『비단 이불』(유원무), 『시대의 행운
　　아』(차용순), 『사시절가』(박은), 장시 『소나무 한그루』(김성휘), 서정시 『사랑의
　　요람』(김철), 『청춘송가』(신창수), 『새소리에 취해서』(이상각), 『뻐꾹새야 오너
　　라』(김태갑), 평론 『시의 화원에 피여난 진달래』(조성일), 『「홍부전」의 사회역사
　　성 문제』(서일권), 구전설화 『할미꽃』(박창묵), 『옥장기망태』(김충묵), 경희극

『시름거리 웃음거리』(김훈), 영화문학 『이른봄』(최정연), 방송극 『아내의 지성』(오홍진), 가작상에 단편소설 『소설가의 아내』(김관웅), 『수난자들』(이웅), 서정시 『탐사의 길에서』(김철학), 『농사군의 충성』(허홍식), 평론 『시대적 인간 성격에 대한 탐구』(김봉웅), 『개별적인것에 대한 진지한 탐구』(장정일), 민간 이야기 『농작물 이야기』(이용득), 가극 『장백의 진달래』(정영석, 임영호), 방송극 『과원』(황병락), 화극 『산귀신』(황봉룡) 등.

1983년

1월 13일 : 1982년 『「연변문예」문학상』 시상의식 거행. 수상작품으로 단편소설 『비단이불』(유원무), 『사시절가』(박은), 시 『탐사의 길에서』(김철학), 『어머니』(이선호), 평론 『시의 화원에 피여난 진달래』(조성일), 실화 『사랑의 권리』(김수국) 등.

1월 : 연변인민출판사에서 조성일의 『민요연구』를 출판.

2월 22일 : 『연변일보』 1982년도 우수 원고 평선 결과를 공포. 입선작으로 시 『연변이여』(문창남), 소설 『첫대접』(정세봉) 등.

2월 28일 : 중국작가협회 연변분회에서는 연변대학 어문학부에 위탁하여 『연변대학문학반』을 꾸림. 학제는 4년. 학생은 한족, 조선족 33명.

2월 : 연변인민출판사에서 고신일의 단편소설집 『성녀』를 출판.

3월 1일 : 연변외국문학학회 성립. 학회의 장정을 채택하고 정판룡을 회장으로, 지원순, 임휘, 조성일을 부회장으로, 서일권, 김충길을 각각 비서장, 부비서장으로 선거.

3월 : 연변인민출판사에서 김송죽의 장편소설 『번개치는 아침』, 요녕인민출판사에서 전국권의 『시 창작과 감상』을 출판.

4월 22일 : 일중국소수민족문학학회 제2차학술년차회가 광서쫭족 자치구 무명현에서 열림. 조선족으로 장일민, 정용수, 조성일, 권철 등이 참석. 조성일, 권철이 이 학회 제2차이사회 이사로, 조성일이 부비서장으로 선거됨.

4월 : 연변인민출판사에서 김운룡, 김엽의 중편소설 『밀림의 딸』, 김명한의 구전설화 『삼태성』을 출판.

5월 16~28일 : 중국작가협회 연변분회에서는 청년문학 강습반을 꾸리고 연변대학 어문학부 교원과 작가, 시인들을 초청하여 현대외국문학 동태, 중국당대문학개황, 조선문학, 당대소련문학, 소설, 시, 보고문학 등에 대하여 강의함. 강습반에는 청년 과외작자 125명이 참가.

5월 : 요녕인민출판사에서 김경석의 『가사·창작·감상』을 출판.

6월 : 연변인민출판사에서 남주길의 단편소설집 『접동골 여인』, 유원무의 중편소설 『우리 선생님』을 출판.

7월 9일 : 연변문련 창립 30돌 기념대회를 연길시에서 거행. 연변문련과 각 협회 및 각 현(시)문련, 연변대학, 문화예술단체의 지도 일꾼과 문예 일꾼 도합 100여 명이 대회에 참가.

7월 : 연변인민출판사에서 단편소설집 『군자란』, 이설인 시집 『봄은 어디에』를 출판.

9월 1~5일 : 중국민간문학연구회 연변분회에서는 연길에서 구전문학학술연구모임을 가짐. 모임에서는 당중앙11기 3차 전원회의 이래 중국권 문학연구회 연변분회에서 달성한 성취를 총화하고 구전문학의 위치와 역할 및 금후 과업을 진지하게 토의.

9월 : 요녕인민출판사에서 김만석의 이론 저서 『아동문학과 그 창작』을 출판.

11월 10~11일 : 통화지구 조선족 문화공작자협회 제1기제3차이사(확대)회의 통화시호텔에서 개최.

11월 : 요녕인민출판사에서 이만호의 단편소설집 『공장장의 하루』를 출판.

12월 : 흑룡강인민출판사에서 김학철의 전기문학 『항전별곡』. 인민문학출판사에서 『시가집』(전국소수민족문학창작 수상작품총서, 한문)을 출판.

1983년도 『「연변문예」문학상』 수상작품으로는 임원춘의 단편소설 『몽당치마』, 김극민의 단편소설 『박씨부인』, 허홍식의 시초 『나의 노래』 등.

1983년 『청년생활』 우수 문학작품상을 받은 작품으로는 김관웅의 단편소설 『아, 찔레꽃』, 김파(도문)의 시 『청춘들에게 드리는 6현금』 등.

1983년 『라디오문학상』 수상작품으로는 최정연, 봉일의 방송극 『옥녀동』, 이광호의 방송소설 『불타는 마음』 등.

1983년 제2차 전국소수민족문학상 수상작품으로는 영예상에 단편소설 『몽당치마』(임원춘), 2등상에 중편소설 『우리 선생님』(유원무), 단편소설 『희로애락』(김훈), 단편소설 『배움의 길』(이원길), 우수상에 장시 『소나무 한그루』(김성휘), 1등상에 시 『할머니』(남영전), 2등상에 시 『압록강 물길따라』(이상각), 평론 우수상에 『시의 화원에 피여난 진달래』(조성일), 번역상에 진설홍, 김일 등.

1984년

1월 : 연변인민출판사에서 이근전의 장편소설 『고난의 연대』(하)를 출판.

3월 19일 : 북경에서 1983년도 전국우수단편소설상 시상식이 있음. 임원춘의 단편소설 『몽당치마』가 20편 시상작품 가운데의 하나로 표창받음.

4월 : 연변인민출판사에서 이웅의 단편소설집 『고향의 넋』, 이원길의 단편소설집 『백성의 마음』을 출판.

5월 : 요녕인민출판사에서 허두남의 우화시집 『승냥이와 범』을 출판. 연변인민출판사에서 김파의 전설동화시집 『해순이와 달남이』를 출판.

6월 : 중국작가협회 연변분회, 연변문학예술연구소와 도문시문련에서 연합으로 조직한 제1차 『두만강 여울소리』 시문학 탐구회가 도문시에서 열림.

7월 : 길림시문학예술연구회 성립.

10월 : 흑룡강조선민족출판사에서 시집 『칠색 무지개』를 출판.

11월 : 요녕인민출판사에서 임원춘의 단편소설집 『몽당치마』, 김용식의 장편소설 『설낭자』를 출판.

12월 22일 : 제2차 『아리랑』문학상 시상식을 거행. 수상작품들로는 김근총의 중편소설 『갈림길』, 윤명철의 단편소설 『박공장장』, 김창석의 단편소설 『사랑과 증오』, 조용남의 서정시 『해빙기의 강변에서』, 정몽호의 서정시 『아버지의 발자국소리』 등.

12월 : 흑룡강조선민족출판사에서 김용식의 장편소설 『산골여성들』을 출판.

12월 28일~1월 5일 : 중국작가협회 제4차 전국대표대회가 북경에서 열림. 중국작가협회 연변분회 대표들로 김철, 정판룡, 이근전, 임호원, 김순기, 김태갑, 최현숙, 김성휘, 한수동, 조성일 등 10명이 대회에 출석.

1984년도 『연변문예』문학상 수상작으로 김순기의 중편소설 『꿈에 본 얼굴』, 김훈의 단편소설 『해와 달』, 이혜선의 단편소설 『눈내리는 새벽길』, 박선석의 단편소설 『처가집』, 이삼월의 서정서사시 『아, 전선길』, 김학송의 시초 『산촌의 배움터』, 이성의 실화 『념원』.

1984년도 『은하수』 수상작으로 소설 1등에 윤림호의 『호박꽃』, 2등에 남주길의 『『장하섭대로』 조사실록』, 최호철의 『휘파람소리』, 3등에 박진만의 『비오던 날』, 유원무의 『끝나지 않은 이야기』, 이수길의 『보이지 않는 상처』, 시 1등에 김동진의 시초 『농사군의 이야기』, 현옥회의 『봄의 색깔』, 2등에 김성휘의 시 『인삼처녀』, 박화의 『태양이 웃는 거리』, 3등에 유문홍의 『북방의 봄』.

1984년도 『송화강』문학상 수상작으로 지오의 단편소설 『최씨네 세 아들』, 장금선의
　　『아, 삿갓봉』, 한춘의 시 『새집들이 시초』, 강효삼의 시 『고향이여 나는 너를 사
　　랑한다』.
1984년도 『도라지』문학상 수상작으로 유재순의 단편소설 『송화호의 푸른 물』, 윤하룡
　　의 시 『우리 부부 여행간다』.
1984년도 『라디오문학상』 수상작으로 임원춘의 방송소설 『삶의 여운』, 한원국의 방송
　　극 『씨암탉』, 윤용수의 『그들의 마음』.
1984년도 중화인민공화국 창건 35돌 기념 『연변일보』(해란강 문예부간) 문학작품 현
　　상모집 입선작으로 1등에 정세봉의 단편소설 『별들』, 2등에 이광수의 단편소설
　　『북산댁』, 석화의 시 『벗들아, 우리의 이름은 청춘』, 황병락의 단막극 『그네터에
　　서』, 문창남의 수필 『연변의 인심』, 3등에 김극민의 단편소설 『형제』, 유원무의
　　단편소설 『김영달의 시름거리』, 임원춘의 단편소설 『한 간호장의 고민』, 김성휘의
　　시 『나의 거리』, 이원길의 수필 『의지의 힘』, 김동진의 수필 『고향의 산』, 허홍식
　　의 시 『나는 연변사람이요』.
1984년도 『흑룡강신문』(진달래문예부간)서정시 현상모집 입선작으로 우수작에 김응룡
　　의 시 『말없이 이름없이 기시였어도』, 이삼월의 연시 『농민들 땅을 떠난다』, 박길
　　춘의 시초 『농부조각상』, 가작으로 한창선의 『하얀 고무신』, 신창수의 시 『내 이
　　름 석자』(외 1수), 정몽호의 시초 『농사군의 마음』, 전승기의 시 『담배』 등.
1984년도까지 중국작가협회 조선족 회원으로 임효원, 이홍규, 김순기, 정길운, 최정연,
　　최현숙, 김철, 황봉룡, 이근전, 최채, 최형동, 이성휘, 김창걸, 조성일, 김창석, 김
　　해진, 정판룡, 권철, 한수동, 한창희, 이상각, 김성휘, 김태갑, 김일, 강정일, 허해
　　룡, 임범송, 서일권, 김경석, 유원무, 임원춘, 이욱, 서헌, 김용식, 이행복.

1985년

1월 : 『연변문예』잡지 이름을 『천지』로, 『문학예술연구』잡지 이름을 『문학과 예술』로 고
　　침.
1월 : 요녕인민출판사에서 박충록의 저서 『두보와 그의 시』를 출판.
2월 : 북경 민족출판사에서 『황봉룡 희곡집』을 출판.
2월 5일 : 길림성당위와 성정부에서 당의 제11기 3차 전원회의 이래 국제국내에서 상을

받은 문예작품 수상자들에게 증서와 상금을 발급함. 수상작들로는 임원춘의 단편
소설 『꽃노을』과 『몽당치마』, 김용식의 중편소설 『규중비사』, 정세봉의 단편소설
『하고싶던 말』, 김성휘의 장편 서사시 『장백산아 이야기하라』, 임효원의 서정시
『북녘의 서정』, 박응조, 홍성도의 장막극 『눈속에 핀 꽃』, 유원무의 아동중편소설
『장백의 소년』 등.

2월 : 중순 중국작가협회 연변분회가 연변문학예술계연합회로부터 독립함.

2월 : 조성일의 논문 『조선족의 서사무가 「성주풀이」를 논함』이 길림성(1982~1985)
　　　우수 논문상을 수여받음. 김훈의 단편소설 『희로애락』이 성작가협회에서 주최한
　　　『제1기 「작가」소설상』을 수여받음.

3월 : 연변인민출판사에서 임범송의 저서 『인간과 미』, 이천석의 동화집 쇠돌이 모험기
　　　를 출판.

4월 1일 : 『길림신문』 조문판이 창간.

4월 : 전국희극가협회대표대회가 북경에서 열렸는데 이동철이 이사로 당선됨.

4월 : 요녕인민출판사에서 김형직, 윤봉현의 편찬으로 된 『옛말 365컬레』(1, 2, 3권),
　　　송정환의 조선사화총서 『한양성의 종소리』를 출판. 연변인민출판사에서 김철의 시
　　　집 『인간세상』, 김수영의 아동중편소설 『무쇠바우』, 김훈, 이철용 등의 종합희곡
　　　집 『울고 웃는 사람들』을 출판.

5월 : 요녕인민출판사에서 『김학철 단편소설선집』을 출판. 연변인민출판사에서 이해산
　　　등의 종합논문집 『조선고전작가작품연구』, 최홍일, 박창묵, 김희철의 중편소설집
　　　『대문산 비곡』을 출판. 흑룡강조선민족출판사에서 김재권의 구전설화 『소년부사』
　　　를 출판.

6월 : 도문시에서 제2차 『두만강 여울소리』 시문학 탐구회가 열림.

8월 12~18일 : 『천지』 월간사에서 발기하여 주최한 중국 조선족 문학 간행물협의회의
　　　가 연길에서 열렸는데 14개 잡지사가 참가.

8월 28~31일 : 『도라지』 문필회가 길림시에서 열림. 동북3성의 30여 명 중청년 작가
　　　들이 참가함.

8월 : 북경 민족출판사에서 김성휘의 시집 『금잔디』를 출판. 요녕민족출판사에서 이철
　　　준, 김병수의 항일 투쟁 회상기 『파옥』을 출판.

9월 : 요녕민족출판사에서 고신일의 중편소설집 『유정세월』, 허문섭의 『조선고전문학사』
　　　를 출판. 흑룡강조선민족출판사에서 유원무, 허해룡의 장편소설 『다시 찾은 고향』
　　　을 출판.

9월 13일~10월 1일 : 중국작가협회 연변분회 상임부주석 김성휘 중국 작가 대표단 일
　　　원으로 조선민주주의 인민공화국을 방문.
9월 21일~24일 : 연변문학예술연구소에서 소집한 제1차 당대문학평론좌담 모임 용정
　　　시에서 진행.
10월 : 요녕민족출판사에서 김관웅의 단편소설집 『소설가의 아내』와 김영남, 이상준의
　　　장편소설 『사품치는 격류』를 출판.
10월 : 박응조, 홍성도의 장막극 『눈속에 핀 꽃』이 전국 소수민족 소재 극본창작평의에
　　　서 영예상을 수상.
11월 15~17일 : 중국작가협회 연변분회 제5차 회원대표대회가 연길시에서 열림. 김철
　　　이 중국작가협회 연변분회 명예주석으로, 이근전이 주석으로, 김성휘, 임원춘, 김
　　　훈, 이원길, 김학철, 이상각, 임범송, 조성일, 한수동이 부주석으로 당선.
11월 : 북경 민족출판사에서 정세봉의 단편소실집 『하고싶던 말』을 출판.
12월 8일 : 북경에서 제2차 전국소수민족문학상 시상식 거행. 임원춘의 『몽당치마』가
　　　영예상을, 유원무의 『우리 선생님』이 중편소설 2등상을, 김훈의 『희로애락』과 이
　　　원길의 『배움의 길』이 단편소설 2등상을, 김성휘의 『소나무 한그루』가 장시상을,
　　　남영전의 『할머니』가 서정시 1등상을, 이상각의 시초 『압록강 물길 따라』가 서정
　　　시 2등상을, 조성일의 『시단에 피여난 한떨기 진달래』가 우수 평론상을, 김일(연
　　　변가무단 창작조)이 번역상을 수여받음.
12월 : 요녕민족출판사에서 박창묵의 구전설화 『바우돌과 현부인』, 이상각의 시집 『사랑
　　　의 꽃바구니』, 장동운의 이야기시 『아랑의 절개』를 출판.

1985년 중국소수민족작가학회 설립. 지도부에 김철이 부회장으로, 한창희, 남영전이 부
　　　비서장으로 조선족 3명이 들어갔음.
1985년 중국작가협회 연변분회 명예주석이며 『민족문학』잡지 부주필인 시인 김철이 중
　　　국작가협회 소수민족문학위원회 위원으로 됨.
1985년도 『천지』문학상 수상작으로 이원길의 중편소설 『한 당원의 자살』, 김학철의 단
　　　편소설 『짓밟힌 정조』, 김응준의 연시 『사랑의 애가』, 조용남의 실화 『꾀꼬리가
　　　울기까지』 등.
1985년도 『장백산』 문학상(1983~1985년) 수상작으로 1등에 박선석의 단편소설 『웃
　　　는 얼굴』, 2등에 한춘의 시 『집안기행 시초』, 문창남의 옛말 『춘풍희비사』, 3등에
　　　고신일의 중편소설 『인간세태』 등.

1985년도 『흑룡강신문』(조문) 『진달래』문학상 수상작으로 단편소설 가작에 김소두의
　　단편소설 『낯익은 초행길』, 박길춘의 『물빛 일요일』, 시 가작에 박옥련의 『시간
　　찾는 광고』 등.
1985년 우수 도서평선에서 요녕민족출판사에서 출판한 도서 1등에 현용순, 이정문, 허
　　용구의 『조선족백년사화』, 2등에 허문섭의 『조선고전문학사』, 3등에 『김학철 단
　　편소설선집』 등 수상.

1986년

1월 : 흑룡강 조선민족출판사에서 허광일의 전기문학 『그 여인이 걸어온 길』을 출판.
2월 16일 : 장춘에서 『길림성 구전문학 관동 세가지보배상』 시상식을 거행. 정길운의
　　『봉선화』, 박창묵의 『형제바위』, 김명한의 『삼태성』, 김충묵의 『박쥐의 재간』, 이
　　용득의 『보배구슬』 등이 창작상을 받고 김태갑이 편집상을 받음.
2월 : 북경 민족출판사에서 『천지』 월간사 편집으로 된 종합문학집 『천지의 물줄기』를
　　출판.
3월 29일 : 제1차 중국작가협회 연변분회문학상 시상식(1983~1985)을 연길시에서 거
　　행. 시상작으로 이근전의 장편소설 『고난의 연대』, 이원길의 중편소설 『한 당원의
　　자살』, 남주길의 단편소설 『접동골 여인』, 김성휘의 장시 『나의 거리』, 조용남의
　　서정서사시 『아, 청산골』, 한춘의 단시 『새집들이 시초』, 권선자의 아동문학작품
　　『오얏꽃을 넣은 편지』, 김창석의 『비둘기』, 전국권의 저서 『시창작과 감상』, 임범
　　송의 논문 『조선족문학에 구현된 민족적 특성』 등. 번역상 수상자는 이철준.
3월 : 연변인민출판사에서 이태수의 중편소설 『체포령이 내린 「강도」』를 출판.
4월 3일~9일 : 북경에서 제1차 전국 소수민족 문학 창작이론 토론회가 열렸는데 참가
　　한 이들로는 김철, 임범송, 임원춘, 김일(연변가무단) 등.
4월 28일 : 매하구시 조선족 문학공작자협회가 매하구에서 설립. 농민 작가 박선석이
　　협회 부주석으로 당선됨.
4월 : 요녕민족출판사에서 김운룡의 장편소설 『새벽의 메아리』를 출판. 연변인민출판사
　　에서 최삼룡의 『박춘일항일회상기』, 김창석(연변가무단)의 시집 『꽃수레』를 출판.
5월 5일 : 제1차 전국 아동문학 창작회의가 연대에서 열렸는데 중국작가협회 연변분회
　　에서 최형동, 김득만이 참가.

5월 10일~12일 : 연길시에서 중국작가협회 연변분회 기관지『천지』창간 35돌 및 출
판 300호 기념 모임을 가졌음. 북경, 요녕, 흑룡강, 길림성 및 주내에서 온 잡지
사, 출판사, 신문사, 방송국의 책임자들, 부분적 작가와 관계 단위 책임자 도합
300여 명이 참석.

5월 13일~15일 : 중국작가협회 연변분회와 연변문학예술연구소에서 주최한 제2차 중
국 조선족 당대문학평론 좌담회를 연길시에서 거행. 북경, 요녕, 흑룡강, 길림 등
지구의 30여 명 해당 일꾼들이 참가.

5월 26일 : 장춘시에서 길림성 문학예술 잡지편집원대회를 열고『우수편집상』을 수여함.
『천지』잡지사의 이상각, 김호근, 김동호, 황장석,『아리랑』편집부의 남주길, 최홍
일, 강정일,『도라지』편집부의 문창남, 고신일,『장백산』편집부의 남영전, 김택
원,『북두성』편집부의 이수일 등이 상을 받았고 김성휘, 김태갑, 김해진, 한수동,
허해룡 등이 영예상을 받았음.

5월 31일 : 연변대학, 중국작가협회 연변분회, 연변문학예술연구소 등 9개 단위에서 주
최하여 김창걸 선생 문학 창작 50주년 기념 모임을 연길시에서 가짐.

5월 : 연변인민출판사에서 김순기의 중편소설집『그리운 고향』, 유원무의 단편소설집
『아, 꿀샘』을 출판. 흑룡강조선민족출판사에서 문창남의 수필집『동집게』를 출판.

6월 14~17일 : 제3차 동북3성『두만강 여울소리』시문학 탐구회가 도문시에서 열렸는
데 동북3성의 시인, 평론가 30여명이 참가.

7월 7일 : 중국작가협회 연변분회의 부분적 작가들과 조선민주주의 인민공화국 작가대
표단의 작가들이 친선 모임을 가짐.

7월 13~15일 : 요녕민족출판사에서 성내조선족 과외 작자 소설 창작모임을 가졌는데
39명의 과외 작자들이 참가.

7월 : 연변인민출판사에서 임범송, 김해룡의『미학개론』과 김재권의 민담집『천생배필』
을 출판. 흑룡강 조선민족출판사에서 흑룡강 조선민족출판사 창립 열돌 기념소설
특집『어머니』, 김파(도문)의 시집『흰돛』을 출판.

8월 15일 : 중국작가협회 연변분회에서는 연변작가협회 창립 30돌 기념 모임을 연길시
에서 가짐.

8월 : 연변인민출판사에서 유원무의 아동중편소설『부중대장과 그의 벗들』을 출판. 요녕
인민출판사에서 최형동의 아동장편소설『밀림의 아이들』, 김학철의 장편소설『격
정시대』(상, 하)를 출판.

9월 : 북경 민족출판사에서 조성일의 저서『조선민족의 다채로운 민속세계』를 출판.

9월 22일~26일 : 북경에서 제2차 전국 소수민족 문학창작회의가 열렸는데 대표로는 김철, 이근전, 이원길, 한창희, 이삼월, 박화, 남영전, 최삼룡, 김동호, 남주길 등.

11월 3일 : 길림성 통화시에 통화시 조선족작가협회 성립. 남영전이 명예주석으로, 박성무가 주석으로 당선.

11월 : 연변인민출판사에서 윤일산의 장편소설『포효하는 목단강』을 출판. 북경 민족출판사에서 김훈의 단편소설집『청춘의 활무대』를 출판.

12월 10일 : 중국작가협회 연변분회에서 주석단 회의를 열고 이화림 동지의 의견을 쫓아『중국작가협회 연변분회 화림문학신진상』을 내오고 기금위원회를 구성함(이화림 동지가 1만 2천원을 문학상 기금으로 희사)『화림문학신진상』기금위원회 주임으로 김성휘, 부주임으로 임원춘, 장지민, 위원으로 최동광, 허분숙, 이근전, 정판룡, 임효원, 이홍규, 김기형, 비서장으로 장지민.

12월 23일 :『북두성』잡지 소설문학상 시상식 거행. 수상작으로 1등에 김학철의『죄수의사』, 2등에 이여천의『식당의 마누라』등.

12월 30일~1월 6일 : 북경에서 전국 청년창작사업회의가 열렸는데 참가한 대표로는 김훈, 진설홍, 최홍일, 석화, 이혜선 등.

12월 : 흑룡강 조선민족출판사에서 이근전의 장편소설『범바위』를 재판.

1986년도부터 장춘시 조선족 군중예술관에서 꾸리는 잡지『장춘문예』가『북두성』(격월간)으로 개제되어 공개 발행함.

1986년도『천지』문학상 수상작들로는 윤명철의 단편소설『연기 속에 누운 시체』, 김순호의 실화『그녀와 그녀 밖의 세계』, 송정환의 서정시『나의 옛집 뜨락에서』, 최용관의 서정시『단풍』등.

1986년도『연변일보』수필잡문 현상모집 수상작들로 1등에 김학철의 잡문『동서남북풍』, 전태균의 수필『해란강』, 2등에 차용순의 잡문「특수공민」과「보통공민」, 3등에 석화의 수필『천안문 광장에 새들이 날아든다』, 김정호의 수필『웃음거울』등.

1986년도 흑룡강신문『진달래』(문예부간) 문학상 수상작으로 구용기의 소설『남녀사이』, 김동활의 시『꿈, 꿈아』, 신영희의 시『마리 아가씨』등.

1986년도 제3차『장백산』문학상 수상작으로 박선석의 중편소설『피와 운명』, 이철용의 단편소설『어쩌면 좋으랴』, 이승호의 서정시『인생길』등.

1987년

2월 19일 : 연변문학예술연구소와 연변대학 민족연구소에서는 문학계 인사 좌담 모임을
가지고 『중국 조선족 문학사』 대강토론을 하였음. 조성일, 권철이 주필을 맡고 최
삼룡, 김동훈이 집필에 참가함.

2월 28일 : 제3차 『아리랑』문학상 시상식을 가졌는데 수상작품들로는 김양금의 중편소
설 『언덕길』, 윤림호의 단편소설 『어머니』, 김훈의 중편소설 『청춘략전』, 석화의
서정시 『나의 장례식』, 한창선의 서정시 『아, 목단강! 나의 아버지』 등임.

3월 9일 : 연변사회과학원 창립 두 돌 기념 및 학술성과작 표창대회가 열렸는데 23편의
논문, 저작이 표창 받음.

3월 20~21일 : 중국작가협회 연변분회 제5기 제2차 이사회의가 열림. 유덕창(한족)이
부주석으로, 이홍규, 임효원이 주석단위원으로 보충선거 됨.

5월 22일 : 중공 길림성위 기관당위예당에서 성 제1차 『장백산 문예상』 시상식이 있었
는데 김성휘 시집 『금잔디』가 1등, 최옥주의 『춘향과 이도령』이 안무 1등, 권길
호의 피아노조곡 『장단묶음』이 1등, 이원길의 중편소설 『한 당원의 자살』이 2등,
박우의 아동가요조곡 『삼림의 어린이』(합작)가 2등, 최선옥의 군무 『용사의 기쁨』
이 안무 2등, 황구연, 김재권 민담집 『천생배필』이 2등, 남영전의 서정서사시 『아
버지』가 3등, 박선석의 중편소설 『시대가 낳은 불행아』가 3등, 주복순, 강려옥의
3인무 『방울춤』이 안무 3등, 김훈의 텔레비전 영화문학 『민들레꽃』이 3등, 이승
숙의 안무 『수양버들』과 한동국의 상모춤 『환락』이 안무 고무상을 받음.

5월 30일 : 최정연 문예창작 42돌과 황봉룡 문예창작 40돌 기념 모임을 가짐.

6월 12일~27일 : 중국작가협회 연변분회 부주석이며 중국작가협회 회원인 임원춘이 타
이를 방문하였음.

6월 24일 : 길림시에서 『도라지』잡지 창간 10돌 기념 모임이 있었음.

7월 24일~27일 : 심양에서 요녕민족출판사 제1차 『갈매기』문필회가 있었음. 성내외 작
가들과 성외 조선문 문학잡지사, 신문사의 관계 일꾼과 기타 일꾼 40여 명이 참
석함.

7월 26일~29일 : 연변작가협회 아동분과와 연변인민출판사 『별나라』 편집부, 『소년아
동』 편집부, 『중국 조선족 소년보』, 흑룡강 조선민족출판사 『꽃동산』 편집부 등
편집부가 연합으로 주최한 『아동문학 창작 토론회』가 목단강시에서 열렸음.

8월 21~23일 : 연변대학 조선어문학부, 연변대학 민족연구소, 중국작가협회 연변분회,

연변문학예술연구소에서 연합으로 주최한 제3차 중국 조선족 당대문학연구회가 연길시에서 있었음. 북경, 심양, 할빈, 장춘, 길림, 연변 등지에서 모여 온 평론가, 작가, 대학문학교원, 문학편집일꾼 50여 명이 참가함.

9월 14일~16일 : 흑룡강신문사에서 주최하여 제1차 흑룡강 조선민족문학연구회를 소집함. 흑룡강성 내의 30여 명 작가, 평론가, 창작자, 길림, 요녕, 북경의 작가, 평론가들이 참가하여 10여 편 논문을 발표하였음.

9월 17일 : 제2기 『연변의 여름』 예술절 폐막식이 연변도서관 강당에서 있었음. 한원국의 연극대본 『그 총각과 택시 아가씨』, 김복순의 안무 『홍록황남』과 김희, 최련(무용), 안계린(작곡), 김홍도(성악), 전득수(연출), 변철수(유화), 황영린(촬영) 등 51명이 우수상과 상품, 상금을 받았음.

9월 : 『연변일보』(『해란강』 문예부간)에서 조직한 연변조선족자치주 창립 35돌 기념 현상모집평선에서 손룡호(필명 이휘)의 단편소설 『친구의 유언』, 김훈의 콩트 『마음의 그림자』, 김호근의 실화 『그녀의 세계』가 우수작으로, 고신일의 단편소설 『야경사진』, 김성우의 시 『조선민족국수집에서』, 이룡철의 단막극 『민홍촌의 금빛가을』, 문창남의 수필 『체면』, 방태길의 시 『력사』가 가작으로 평선됨.

10월 10일~12일 : 연변문학예술연구소에서 주최한 『겨레문학과 세계문학사조』 학술토론회가 연길에서 열림. 동북3성과 북경 등지의 작가, 시인, 평론가 40여 명이 참석한 가운데서 18편 논문이 발표됨.

11월 26일~12월 10일 : 조선민주주의 인민공화국 문예출판사의 초청을 받고 『장백산』(조선문)잡지사 고문이며 길림성 민족사무위원회 주임인 김영준을 단장으로, 『장백산』잡지사 사장 겸 주필인 남영전을 부단장으로 한 『장백산』잡지사 대표단 일행 6명이 조선을 방문함.

1987년도 『요녕신문』문예부간 『압록강문학상』 수상작품들로는 김정식의 단편소설 『그이가 제일이예요』(1987. 7. 28), 최열의 수필 『운동회의 세폭스케치』(1987. 10. 6), 송정환의 벽소설 『S씨와 N씨의 경우』(1987. 9. 1), 임순의 수필 『필명에 깃든 사연』(1987. 4. 21), 김동진의 수필 『고향처녀』(1987. 7. 7), 박원출의 단편소설 『민둥산에 깃든 봄』(1987. 1. 27) 등임.

『장백산문학상』 수상작품들로는 김재국의 중편소설 『남자와 사나이』, 이원길의 중편소설 『공상의 총아』, 박화의 서정시 『다시금 황성옛터에서』 등임.

흑룡강조선신문 『진달래』(문예부간) 제2차 벽소설 현상응모 수상작품들로는 강재희의 『할머니』(1987. 5. 30)가 1등, 김용운의 『다시 부른 농부가』(1987. 8.29), 박

철규의 『허영감의 짝사랑』(1987. 9. 26)이 2등, 김창수의 『어느날 도시의 아침
에』(1987. 8. 18), 최현의 『작풍문제』(1987. 9. 26), 박길춘의 『문턱』(1987.
10. 31)이 3등상을 받았음.

1987년도에 출판된 조선족 문학 단행본들 :
『제2차 세계대전 후의 세계문학』, 정판룡, 허호일, 연변인민출판사. 5월 출판.
『무영탑』(중편소설집), 김용식, 요녕민족출판사. 5월 출판.
『격류 속에서』(『도라지』잡지 창간 10돌 기념집), 흑룡강조선민족출판사. 5월 출판.
『팔선녀』(옛이야기집), 차병걸 구술, 서종식, 임승환, 한광일 정리, 흑룡강조선민족출판
     사. 6월 출판.
『봄물』(장편소설), 유원무, 연변인민출판사. 6월 출판.
『새로운 길』(단편소설집), 이광수, (북경)민족출판사. 8월 출판
『9월의 들국화』(연변조선족자치주 창립 35돌 기념 작품집), 중국작가협회 연변분회,
     (북경)민족출판사. 10월 출판.
『교교한 달빛』(요녕조선족작자 단편소설집), 요녕민족출판사, 10월 출판.
『그리움』(한문시집『想思集』), 남영전, 시대문예출판사. 8월 출판.
『장백옥구슬』(한문시집『白長拾翠』), 임효원, 호남문예출판사. 9월 출판.

1988년

1월 5일 : 북경의 민족문화궁에서 『민족문학』(1985~1987)『산단상』 시상식이 있었는
     데 남영전의 서정서사시 『휘우듬한 그림자』, 김훈의 소설 『청춘략전』이 수상됨.
3월 21일부터 5일간 : 연변사회과학원 부원장이며 연변문학예술연구소 소장인 조성일은
     미국 하와이대학 조선연구소에서 소집 주최한 국제조선학학술토론회에 참석함.(호
     놀룰루시에서 진행됨) 중국, 미국, 일본 등 나라와 한국에서 모여 온 50여 명 학
     자들이 참석했음.
4월 6일~8일 : 제2차 중국작가협회 연변분회 문학상과 중국작가협회 연변분회 제1차
     화림신인문학상을 평선함. 김성휘의 서정시 『흰옷 입은 사람아』, 이선희의 단편소
     설 『그녀의 세계』, 우광훈의 단편소설 『메리의 죽음』, 최삼룡의 평론 『우리 시의
     각성』, 박영철의 아동소설 『밤중에 입원한 처녀애』, 김순호의 실화 『그녀와 그녀

밖의 세계』가 제2차 연변문학상을 받고, 김문세의 아동소설 『까삐』, 김창석의 동시 『나는 언제 클가』, 최국철의 단편소설 『봄날의 장례』, 석택성의 서정시 『청춘의 성격』 등이 제1차 화림신인문학상을 받음.

5월 11일~14일 : 조선민주주의 인민공화국 수도 평양에서 조선관계전문학자들의 국제과학토론회가 있었는데 정판룡, 조성일 등이 참석함.

6월 10일~13일 : 도문시에서 제5차 『두만강 여울소리 시가탐구회』가 열렸는데 심양, 할빈, 목단강, 길림, 통화, 연변 각지의 40여 명 시인들이 참가함. 수상작품으로 한춘의 논문 『감정에는 국경선이 없다』, 최용관의 서정시 『엄마야』, 김성우의 서정시 『랄라리인생』, 김학송의 서정시 『하늘에서 본 땅』, 석화의 서정시 『나와 나의 동갑들에게』, 이임원의 서정시 『떠나버린 풍경』 등임.

7월 25일 : 중국작가협회 연변분회와 길림시조선족문화관 『도라지』잡지사가 주최로 한 제4차 중국조선족당대문학연구회가 길림시에서 열렸음. 회의에서 채미화의 『문창남 소설의 심층의식』이 1등으로, 한춘의 『현대시 진단』, 이장수의 『인간문학의 해방과 우리 민족』이 2등으로, 그외 7편의 논문이 3등과 가작으로 평의됨.

8월 5일~14일 : 연길시에서 전국 소수민족작가 장백산문필회를 가졌음. 전국 17개 소수민족의 60여 명 작가들이 참가함. 『민족문학』잡지사, 『천지』잡지사, 『장백산』잡지사에서 주최함.

8월 24일~28일 : 북경대학 조선문화연구소와 일본 오오사까경제법과대학 아세아연구소에서 공동으로 주최한 『제2회 조선학 국제학술토론회』가 북경에서 열렸음. 일본, 조선, 미국, 소련 등 11개 나라에서 온 150여 명 조선학 학자들과 국내 여러 대학, 연구기관의 전문가, 학자 130여 명이 참가하였음.

11월 8일~12일 : 북경에서 중국문학예술계연합회 제5차 대표대회가 열렸음. 참석한 조선족 대표로는 주문련 주석 김철, 부주석 박영일, 연변무용가협회 주석 조득현, 연변음악가협회 부주석 최삼명, 연변연극가협회 부주석 허동활, 연변작가협회 부주석 임원춘 등임.

11월 29일 : 연변 제2차 『진달래』문예상 시상식이 있었음. 수상작품들로는 영예상에 권길호의 피아노곡 『연악』, 최창규의 무용곡 『춘향과 이몽룡』, 최옥주 안무 『춘향과 이몽룡』, 이승숙 안무 『수양버들』, 한동국 안무 『명절의 기쁨』, 이봉순 안무 『봄비』, 문예상으로 음악에 최삼명 곡 텔레비음악 『민들레』, 최창규의 관현악곡 『승리 향해 나가자』, 정문준 사 김덕윤 곡 『살구나무』, 김응준 사 최연숙 곡 『두만강 천리』 등, 희곡에 한원국의 장막극 『그 총각과 택시 아가씨』, 김훈의 텔레비견극

『민들레』, 장막극『망각된 사람들』등, 미술에 이부일의 유화『만수무강 축원합니다』, 이호근의 유화『여름』, 김영호의 유화『방목하고 돌아오다』, 김문무의 유화『점심』등, 무용에 김복순 안무 5인무『청황홍록』, 윤청자의 2인무『희망의 언덕』, 이송국의 안무 2인무『단풍』등, 민간문학에 김재권 민담집『천상배필』, 박창묵의 민담『한석봉의 글씨』등, 평론에 남희철의『소수민족 민간음악을 심중히 대하여야 한다──두아웅의「조선족음악특색」을 평함』등임.

제4차 조선문판 우수도서평의가 있었는데 김학철의 장편소설『격정시대』(요녕민족출판사 출판), 흑룡강조선민족출판사 성립 10돌 기념 소설집『어머니』, 조성일이 편찬한『다채로운 조선민속세계』(북경 민족출판사 출판) 등 도서가 1등상을 받음.

흑룡강신문『진달래』(1987년)문학상 수상작품으로 박옥남의 단편소설『오가툰일화』(12월 12일), 차경순의 단편소설『귀뚜라미 울음소리』(9월 19일), 최화길의 시『봄날의 사색』(2월 21일)임.

『천지』(1987년)문학상 수상작품으로 장지민의 단편소설『촌장, 향장, 현장』(1호), 우광훈의 단편소설『메리의 죽음』(10호), 김성휘의 서정시『흰옷 입은 사람아』(12호), 이성권의 실화『「무릉도원」게시록』(3호)임.

1988년도에 출판된 조선족 문예 단행본들 :

『개선』(작품집), 이홍규, 연변인민출판사. 1988년 2월 출판.

『간호원의 미소』(소설집), 김근총, 요녕민족출판사. 1988년 2월 출판.

『고개길』(동요동시집), 김례삼, 연변인민출판사. 1988년 4월 출판.

『짓밟힌 넋』(장편소설), 임원춘, 흑룡강조선민족출판사. 1988년 5월 출판.

『바닷가에서 만난 여인』(소설집), 김영금, 요녕민족출판사. 1988년 5월 출판.

『신채호 문학 연구』, 김병민, 요녕민족출판사. 1988년 5월 출판.

『아, 끌이다!』(동요동시집), 김득만, 요녕민족출판사. 1988년 5월 출판.

『북극 갈매기』(단편소설집), 이태학, 연변인민출판사. 1988년 6월 출판.

『창산의 눈물』(장편소설), 이근전, 북경 민족출판사. 1988년 6월 출판.

『쌍무지개』(시집), 한춘, 연변인민출판사. 1988년 6월 출판.

『인생살이』(시집), 임효원, 흑룡강조선민족출판사. 1988년 7월 출판.

『조선족 민속사 연구』, 박경휘, 요녕민족출판사. 1988년 8월 출판.

『별찌』(시집), 김응준, 흑룡강조선민족출판사. 1988년 9월 출판.

『신비한 세계』(동화시집), 최용관, 흑룡강조선민족출판사. 1988년 10월 출판.

『잔치전날』(소설집), 김순기, 요녕민족출판사. 1988년 10월 출판.

1989년

1월 28일 : 1988년도 연변일보사『힘장수컵』문학상 시상식이 있었는데 수상작으로 1등에 김윤식과 박계동의 기행문『소련 원동기행』, 2등에 조용남의 서정시『꿀벌의 죽음』, 이여천의 단편소설『황혼의 색깔』, 3등에 임금산(중국 조선족 소년보사)의 실화『울고 있는 아이들』등임.

2월 24일 :『길림신문』제1차『백두문학상』시상식이 있었음. 수상작으로 김학철의 잡문『뇌물론난』, 이웅의 소설『슬픈 영광』, 문창남의 수필『바닷가에 핀 도라지꽃』, 김재국의 소설『오른 것과 내린 것』, 김인덕의 시『횐물가에서』등임.

2월 : 연변인민출판사에서 이천록, 최용관이 정리한『백두산 전설』을 출판.

3월 : 연변인민출판사에서『아리랑』편집부 편집으로 된 희곡집『망각된 인간들』을 출판.

4월 18일~19일 : 연변조선족자치주 문학예술연합회 제4차 대표대회가 연길에서 열림. 주문련 주석에 박영일, 부주석에 왕보림, 김태갑, 정판룡, 조성일, 안국민, 김훈, 김문무, 최옥주, 비서장에 김경련 등임.

6월 민족출판사(북경)에서 유재순의 소설집『여인들의 마음』, 흑룡강조선민족출판사에서 임범송, 권철의 집필로 된『조선족 문학 연구』를 출판.

6월 17일~20일 :『제6차 두만강 여울소리 시가문학탐구회』가 용정시에서 열림.

7월 19일~22일 : 중국작가협회 연변분회와 장춘조선족군중예술관『북두성』잡지사에서 연합으로 제5차 중국조선족당대문학연구회의를 장춘시에서 가짐.

7월 : 민족출판사(북경)에서 김재권, 박창묵이 정리한 황구연 민담집『파경노』를 출판. 연변인민출판사에서 정영석의 민간 이야기집『고산장군』, 이광인, 김영주의 회상기『『피어린 새벽길』―조선족 소년 항일열사전』, 김엽의 아동중편소설『호랑이는 산에서 내린다』를 출판.

8월 9일~11일 : 연변사회과학원문학예술연구소에서 주최로『제2차 겨레문학과 세계문학사조학술토론회』를 가짐. 북경, 요녕, 흑룡강, 길림 등지에서 온 평론가, 연구원, 문학편집원 30여 명이 참석. 18편 논문이 발표됨.

8월 12일~14일 : 조선학 국제학술토론회가 연변대학에서 열림. 국외의 14개 학술대표

단의 100여 명 학자와 국내의 20여 개 학술단체의 100여 명 학자들이 참석. 문
학분과에서는 평양, 서울, 북경, 심양, 연길 등지에서 온 학자, 교수, 연구원, 평
론가 등 30여 명이 참가. 18편 논문이 발표됨.

8월 : 연변인민출판사에서 유원무의 과학동화집 『용감한 오이도적』, 조용남의 시집 『그
언덕에 묻고 온 이름』, 이용득의 우스운 이야기집 『하하하 호호호』, 김학의 과학
동화집 『나풀이와 붕붕이』를 출판.

9월 16일 : 길림성조선문학연구회가 장춘에서 성립. 원 성위선전부 부부장, 성정협상무
위원인 윤원현 등 10명을 고문으로, 연변대학 부교장 정판룡 교수를 명예회장으
로, 장춘사범학원 조선문학연구소 소장 최성덕 부교수를 회장으로, 성교육위원회
민족교육처 이명록 처장 등 6명을 부회장으로, 성사회과학학회연합회 김진수를
비서장으로, 장춘사범학원 조선문학연구소의 연구 일꾼 김재국 등 4명, 동북3성
교과서판공실 김경암 등 65명을 이시로 함.

9월 22일 : 중국작가협회 연변분회에서 일본 와세다대학 오오무라 마스오 교수가 번역
(일어문), 출판한 『시카코복만이―중국 조선족 단편소설집』의 출판기념 모임을 가
짐. 김학철의 『구두의 역사』, 장지민의 『시카코복만이』, 최홍일의 『생활의 음향』,
박은의 『사시절가』, 박선석의 『처가집』, 임원춘의 『상장』, 김성휘의 『포로』 등 13
편의 소설이 수록.

9월 26일 : 연변인민출판사에서 제1차 『이영식 아동문학상』 시상식을 거행. 훈춘시의
농민기업가 이영식이 자금 3만 3천원을 기증함. 수상작으로 단행본 1등에 김엽의
아동중편소설 『호랑이는 산에서 내린다』, 2등에 정영식의 옛이야기집 『고산장군』,
3등에 이태학의 단편소설집 『북극 갈매기』, 최용관, 이천록의 전설집 『백두산 전
설』, 강길의 동시집 『꽃바구니』, 허봉남의 우화시집 『불에 타 죽은 여우』 등. 『별
나라』 총서의 작품에서 1등에 박영철의 단편소설 『도시학교의 농촌학생』, 2등에
이태수의 과학환상소설 『박사와 별세계』, 허범의 동화 『어미쥐의 눈물』, 한석윤의
시 『겨울발자국』, 3등에 오대룡의 동화 『나귀의 오산』, 김득만의 동시 『푸른 낙
엽』 등. 전국 소수민족문학상을 탄 유원무의 『장백의 소년』, 『우리 선생님』, 성주
급상을 탄 허봉남의 『까불이 모험기』, 박영철의 『밤중에 입원한 처녀애』, 김문세
의 『까삐』 등이 영예상을 수여받음.

9월 : 연변인민출판사에서 이원길의 장편소설 『설야』 제1부, 윤명철의 중단편소설집 『눈
물』, 우광훈의 소설집 『메리의 죽음』 등을 출판.

10월 20일 : 중국작가협회 연변분회 제1차 장편소설상(1982. 9~1989. 9) 시싱식이

있었음. 수상작으로 유원무의 장편소설 『봄물』, 이원길의 장편소설 『설야』, 우광훈의 중편소설 『시골의 여운』, 최홍일 중편소설의 『생활의 음향』, 김훈의 중편소설 『정신병리학 연구』, 서진청의 중편 『돌파』 등임.

10월 : 흑룡강조선민족출판사에서 흑룡강조선민족민간문예연구회에서 정리한 민간 이야기집 『팔모진주』, 정몽호의 시집 『두만강의 아들』, 김성휘의 시집 『결백한 사랑』(한문), 실화문학집 『앞서가는 사람들』을 출판.

11월 14일~17일 : 『도라지』잡지사의 주최로 『중국 조선족 중년소설가 살롱』이 아라디 촌에서 열림. 동북3성의 30여 명 중년소설가들이 참석.

11월 : 연변인민출판사에서 석화의 시집 『나의 고백』, 연변문학예술연구소 편으로 된 저서 『조선족문학예술연구(1)』를 출판. 요녕민족출판사에서 마학송의 시집 『가랑잎』을 출판. 연변인민출판사에서 임범송의 미학저서 『인간과 미』(한문)를 출판.

『천지』문학상 수상작으로 윤림호의 단편소설 『고향에 온 손님』, 김응준의 연작시 『나와 세계』, 홍만호의 실화 『세계를 향하여』와 이성권의 실화 『색바랜 무지개』 등.

1989년 연변일보사 『힘장수컵』 신인문학상 수상작으로 1등에 조은철의 실화 『배밭풍경』, 2등에 이동권의 수필 『할머님의 향기』, 강창길의 단막극 『기는 놈 뛰는 놈 나는 놈』, 3등에 김광현의 소설 『새는 숲으로 날아간다』, 김창희의 시 『어머님』 등.

국경 40돌맞이 『흑룡강신문』 수필응모 수상작으로 2등에 정호원의 『초상마크반사경』, 전정미의 『엄마 냄새』, 3등에 김옥란의 『흘러간 쪽빛 하늘』, 김정호의 『인생 수업』, 김봉선의 『사랑』, 가작상으로 이수봉의 『회전하는 새김』, 김성룡의 『태양』, 선화의 『파아란 력서장』, 황영성의 『바다와 함께』 등.

흑룡강신문 『진달래』문학상 수상작으로 김소두의 소설 『거치른 땅』, 강효삼의 시 『나는 마음 앓는 사람』, 구용기의 평론 『전통적 민족심리에 대한 일격』 등. 실화문학상 수상작으로 1등에 한광천의 『괴상한 인재 김영환과 그가 구축한 괴상한 테두리』, 홍만호의 『그는 그, 그 아닌 그』, 2등에 마정운의 『고해의 대안은 무엇』, 3등에 이홍규의 『시골사람 시가지사람』 등.

한국 『현대문학』잡지(3호) 중국교포문학특집에 김철, 김성휘, 이삼월, 김태갑, 이상각, 송정환, 박화, 정철 등의 시와 조성일의 『중국조선족당대문학개관』 등이 실림. 『현대문학』 4호에 임원춘의 『몽당치마』, 장지민의 『올케와 백치오빠』, 김훈의 『회로애락』 등 소설이 실림.

『『문학과 예술』 신인평론문학응모』 우수작으로 이일송의 『산천의 두 개 관점을 두고』,

장학규의 『김학철 작품의 문체론적 특성』 등. 가작으로 유대식의 『상징의 예술적 효과』, 함송죽의 『동시창작에서의 새로운 추구』, 박용남의 『최근년의 소설문학을 두고』 등.

1989년 길림신문사 『제2차 백두문학상』 수상작으로 이여천의 소설 『땅의 아들』, 이성권의 실화 『총경리와 그의 아들』, 황장석의 시 『나는 사색에 잠기고 싶노라』, 김정호의 시 『영원한 강』 등임.

1990년

1월 22일 : 중국소수민족문학학회에서 주최한 제1차(1979~1989) 전국 소수민족문학 연구성과평선에서 조성일의 저작 『민요연구』가 우수저작상을 받음.

2월 : 흑룡강조선민족출판사에서 김운룡의 단편소설집 『사랑의 그림자』를 출판.

3월 : 연변인민출판사에서 허해룡의 중단편소설집 『세번째 비밀』, 최문섭의 동요동시집 『구름기차』를 출판.

4월 13일 : 제2차 송화강문학상 시상식이 있었음. 수상작으로 김창수(지오)의 단편소설 『기형의 인간들』, 한창선의 장시 『산재마을아』가 2등상, 김춘산의 조시 『망향시초』가 3등상, 우수상에 강효삼의 『바닷가에서』(외5수), 정수창의 회상기 『씨비리 포로수용소』, 한춘의 평론 『북방시단의 망향시에 대한 고찰』, 윤림호의 소설 『낙엽』, 김광현의 소설 『꿈틀거리는 욕망』 등임.

4월 : 흑룡강조선민족출판사에서 김정호 시집 『달빛의 언어』, 박철규의 장편소설 『여름밤』, 한춘의 시집 『주소없는 편지』를 출판.

5월 23일 : 성정부와 성위에서 주최한 제2차 『장백산』문학상 시상식이 장춘에서 열림. 이원길의 장편소설 『설야』가 우수작으로, 박창묵, 김재권이 정리한 구전설화집 『파경노』, 조성일의 평론 『당대중국문학개관』, 조용남의 시집 『그 언덕에 묻고 온 이름』이 가작상으로 입선.

6워러 : 연변인민출판사에서 김종수, 최건 편 『중국당대문학사』, 요녕민족출판사에서 이성권의 장편실화문학 『역경을 딛고 선 사나이—석산린』(조, 한문), 동북조선민족교육출판사에서 김득만의 동요집 『꽃이슬』을 출판.

6월 11일~13일 : 송화강, 흑룡가, 우쑤리강이 합류하는 삼강평원(북대황)에 조선민족 민간문학단체 『북지문학사』가 성립되어 벌리현 행수향 행선촌에서 첫 모임을 가짐. 성원들로 김송죽, 최금산, 김은철, 차수남, 마정운, 김창수, 박일, 김춘근, 주해봉, 신영희, 윤국화, 김순희, 노동화, 조영월 등임.

6월 22일~25일 : 제7차 『두만강 여울소리』 시문학탐구회가 용정에서 열림.

7월 : 동북3성 화극소품콩클에서 황봉룡의 작품 『환송』과 『예물순환기』가 창작상과 표현상을 받고 허창석이 우수표현상을 받음.

7월 20일 : 제1회 정공산컵 해란강문학상 시상식이 있었음. 정세봉의 단편소설 『최후의 만찬』이 1등, 김문학의 수필 『정』, 이성비의 시 『백두산』이 2등, 강효근의 단편 『높은 령 깊은 골』, 최계옥의 실화 『그와 그의 「망아지들」』, 김의천의 수필 『「서울양반」들의 소아병』이 3등, 이만호의 소설 『그녀의 미소』, 송정환의 수필 『서울 고추장』, 석화의 수필 『칠월의 거리에서』, 김문희의 시 『오빠 난 돌아가겠어요』 등이 가작으로.

7월 : 연변인민출판사에서 조성일, 권철 주편으로 된 『중국 조선족 문학사』, 정철의 시집 『들장미』를 출판.

8월 10일 : 『문학과 예술』지 10돌 기념 모임이 연길에서 있었음. 연변, 길림, 통화, 장춘, 할빈, 심양, 북경 등 지역의 조선족 동업자들과 경제적 후원자 100여 명이 참석.

8월 : 흑룡강조선민족출판사에서 김동진의 첫 시집 『가야금 소리』를 출판.

10월 10일 : 흑룡강조선민족출판사 『은하수』 편집부에서는 『은하수』 발간 100호 기념 모임을 목단강시에서 가짐.

10월 8일 : 『연변일보사』에서 해란강문학상콩클 시상식을 가짐. 수상작들로 소설 최우수상에 김명윤의 『민들레 동산』, 소설 우수상에 김영옥의 『미친녀』, 소설 입선상에 고신일의 『버림받은 동산』, 소설 장려상에 유원무의 『앉은 석동』, 김근총의 『고향에 가고파』. 시 최우수상에 허홍식의 『우리는 촌놈이다』, 시 우수상에 김정호의 『해란강』, 시 입선상에 강효삼의 『겨레란 무엇이길래』, 시 장려상에 김학천의 『송별』, 이임원의 『비의 명상』, 수필 우수상에 양은희의 『가을의 소망』, 수필 입선상에 문창남의 『다님과 만남 속에』, 수필 장려상에 김문희의 『안해의 넋의 색갈』, 조용남의 『여기의 두만강은 흐리지 않았다』.

11월 16일 : 제3차 전국 소수민족문학상 시상식이 북경에서 있었음. 수상작으로 김성휘의 시집 『금잔디』, 김훈의 소설집 『청춘활무대』, 남영전의 한어문 시집 『상사집』이 창작상을 받고, 최국철의 단편소설 『봄날의 장례』가 신인상을 받았음.

11월 : 중국민간문예가협회 흑룡강분회 조선족민간문예연구회와 흑룡강인민방송국에서 공동으로 주최한 『조선족 옛이야기 현상모집』 활동에서 장봉조의 『장님의 백일몽』이 1등, 이용득의 『찔구배골』, 김창수의 『흉한 며느리』가 2등, 박진만의 『딸과 며느리』, 장철의 『마음씨 어진 두 선비』, 양문훈의 『해몽』이 3등, 서광억의 『황금은 혹사심』, 박경훈의 『시골동자와 그림 두 장』, 남병화의 『짐승말을 알아듣는 사람』, 강진의 『효자는 범도 알아 본다』, 방건국의 『범잡은 할머니』, 서종실의 『장부의 마음』이 가작상, 최빈의 『도적질 잘하는 며느리와 그의 시어머니』, 정학문의 『화를 면한 대가집 자식』 등이 고무격려상을 받음.

11월 : 중국작가협회 연변분회 제3차 문학상평의가 있었음. 수상작으로 윤림호의 소설 『고향에 돌아온 손님』, 조용남의 시 『꿀벌의 죽음』, 홍만호의 실화 『세계를 향하여』, 허범의 동화 『짐승들이 세운 기념비』, 번역상에 김영표.

12월 13일 : 『천지』월간사 『섬광』수필문학상 시상식이 있었음. 수상작으로 이혜선의 『동화의 슬픔』, 문창남의 『인정』, 김재국의 『인정과 인생과 기다림과 그리고 또』.

12월 : 흑룡강조선민족출판사에서는 연변일보사문예부에서 편집한 실화문학총서 『우리의 기업가들』을 출판.

12월 : 길림성민간문예가협회 제2차 관동3보상대회에서 김재권의 『화갑의 유래』, 박창묵의 『태원3보』, 황상박의 『매미』, 이용득의 『명천최총각보고솔샘』, 정해철의 『장백산 들죽』, 정영석의 『고산대력사』, 이철록의 『백운몽』, 박찬구의 『황구연 이야기집』 번역, 이과균의 『금거울』 등 작품이 우수상을 받음.

1990년도 『천지』문학상 수상작으로 최국철의 소설 『혼사날의 별곡』, 전춘식의 시 『할아버지』, 홍만호의 실화 『동해의 침몰』.

1990년 흑룡강신문사에서는 『애독자 생활수기응모』활동을 8개월간 조직. 수상작으로 장광주의 『공공변소 소제』가 1등으로, 김문학의 『부스럼』, 윤림호의 『불효자』가 2등, 황혼호의 『희망의 부름』, 박미화의 『망각된 생일』, 박연옥의 『안개 속에 숨은 사랑』이 3등, 전경업의 『그리운 회초리』, 이일남의 『울지말라 아가야』, 윤광수의 『닭우리』, 심남숙의 『첫 임신』이 가작상을.

1990년 『진달래만자소설응모』(흑룡강신문)에서 입선작에 이동렬의 『날아가는 화환』, 가작으로 구용기의 『사나이들』, 장혜영의 『굶주리는 사람들』, 박옥남의 『분심 아주머니』.

1990년 요녕신문 『압록강문학상』 수상작으로 김문학의 수필 『5월의 파랑잎이 흔들릴 때』, 이성태, 최인철의 단편소설 『띠동갑의 이야기』, 김학송의 시 『다시금 시골생각』, 김군의 벽소설 『지명도』, 오광림의 시 『시간』 등임.

연변사회과학원 제2차 우수학술성과(1987~1990)평의에서 문학예술부분의 입선작들로는 조성일, 권철의 저작『중국 조선족 문학』, 전성호의 논문『1945년이후의 중국 조선족 음악』, 최봉석의 논문『중국조선족당대무용개황』, 이광일의 논문『윤동주 시에 반영된 의식차원에 대하여』, 김경훈의 논문『외롭게 대화하는 자―윤동주론』, 김성호의 논문『우리 민족의 전통문학과 문학전통의 관계로부터 받은 계시』, 김순금의 문학자료『만주에 거주했던 문학인들』.

1991년

2월 4일 : 연변인민출판사에서는 이영식 아동문학상 기금회 연차회의를 열었음.

2월 9일 : 스리랑카 청년시사의 초청으로 김철이 인솔하는 중국 시인 대표단 일행 3명이 10일간 스리랑카를 방문.

2월 : 흑룡강조선민족출판사에서 지오(김창수)의 소설집『꿈속에서 깨여나면 또 꿈』을 출판. 연변인민출판사에서 오태호의 작품집『마닐라의 풍운』을 출판.

3월 28일 : 종합간행물『청년생활』100호 출간 기념 모임을 연길에서 가짐.

3월 : 흑룡강조선민족출판사에서『은하수』창간 100호 기념 특집『푸른 하늘 은하수』를 출판.

4월 13일 : 연변사회과학원 문학예술연구소에서 연변민족경제발전공사 총경리 정동수의 후원으로 벌이는 제1차 중국조선족진흥컵『배달문예상』소식공개회가 연길에서 열렸음.

4월 18일 : 연변인민출판사 제4차『아리랑』(30~40)문학상 시상식이 있었음. 수상작으로 이원길의 중편소설『피모라이병졸들』, 전정환의 중편소설『미소』, 김철의 시『어머님 영상』, 이성비의 시『진달래꽃』등.

4월 27일 : 연변사회과학원에서는 화룡제약공장의 후원으로 기러기컵『조선족사회과학 진흥상』설치 소식공개회를 가짐.

5월 5일 : 목단강시 조선족군중예굴관에서 조선족문학창작대중단체인『흑토문학사』설립대회가 있었음. 목단강시 조선족군중예술관의 최송춘 관장이 사장으로, 박철준, 김동진, 윤림호, 최록, 허룡호가 부사장으로, 장혜영이 비서장으로, 김철수가 부비서장으로, 김강희, 허광일, 주현이 명예사장으로 됨.

5월 17일 : 연변사회과학원 문학예술연구소『문학과 예술』지에서『중국 조선족 문학』에

대한 좌담 모임을 가졌음. 연변대학, 연변작가협회, 연변인민출판사와 문학예술연
구소의 부분적 평론가, 작가, 연구원 20여 명이 참가.

5월 20일~22일 :『천지』월간사에서 주최한 제2기 청년과외소설작자 작품토론 모임이
연길에서 있었음. 연변 각지의 과외소설작자 30여 명 참석.

5월 21일 : 이춘원 후원『라디오』문학상 시상식이 연변인민방송국에서 있었음. 수상작
으로 전문선의 중편소설『맑은 샘』, 한영자의 방송극『한 여인의 흘러간 세월』,
윤송의 방송소설『한 내부 참고 기사 일으킨 풍파』, 강창걸의 방송소품『기름 두
톤』, 김정권의 방송소품『공작대가 오던 날』, 현규동의 낭송시『영생의 세 꽃송
이』, 김순희의 수필『나는 믿는다』가『라디오 문학상』을, 최애순, 방미자, 주춘복,
이봉호, 김정자, 이옥분 등 13명 배우들이 우수연기상, 김일광이 우수음악효과상
을 받음.

5월 : 연변인민출판사에서 박화림의 신문작품선집『세월의 발자취』, 박영철의 아동중편
소설『노루골의 비밀』, 허범의 동화 소설집『짐승들이 세운 기념비』, 중편소설
『외다리기수』, 중편『비밀산골』을 출판. (북경)민족출판사에서『천지』월간사 편집
으로 된 작품집『백두의 얼』을 출판.

5월 30일 : 중국작가협회 연변분회에서 주최한 제2차『화림신인문학상』시상식이 있었
음. 수상작으로 이태복의 소설『광야의 길』, 이광일의 평론『윤동주 시에 반영된
의식차원』, 최천길의 동물소설『무화과나무 아래의 포효소리』, 최동일의 아동수필
『강변에 심은 꿈』.

6월 13일 :『천지』월간지 창간 40돌 기념회가 연길에서 열림. 북경, 동북3성 조선문신
문, 출판, 잡지사의 책임 일꾼들과 문예계 인사 250여 명이 참석.

6월 20~24일 : 제8차『두만강 여울소리 시문학탐구회』가 훈춘시에서 열림.

7월 6일 : 흑룡강조선민족출판사 창립 15돌 경축대회가 목단강시에서 성대히 거행. 성
내외 여러 관계부문의 책임자 180여 명이 참석.

7월 29~31일 : 고려학소장학자 국제학술토론회가 연길에서 열렸음. 중국, 조선민주주
의 인민공화국, 한국, 일본, 미국, 소련, 독일, 중국대만성 등 나라와 지구의 40
세이하 젊은 학자, 연구 일꾼 300여 명이 참석.

7월 : 요녕성민족출판사에서 이성권의 실화문학집『색바랜 무지개』를 출판. (북경)민족
출판사에서 북경대학 조선문화연구소편인 『중국조선민족문학선집』(7)(희곡문학
편)을 출판.

8월 1일 : 연변오월시회 성립식이 연길에서 있었음. 고문에 김철, 조성일, 명예회장에

이상각, 운영회장에 이철, 회장에 김정호. 연변을 위주로 북경, 할빈, 심양, 장춘 등지의 문인들과 각계 인사 100여 명이 참석.

8월 5일부터 두 주일간 연변작가협회 전직작가이고 소설가인 유원무가 중국 작가 대표단 일행의 한 사람으로 로므나아공화국을 방문.

8월 12일~14일 : 연변대학 제2차 조선학 국제학술토론회가 연길에서 열림. 조선, 한국, 일본, 미국을 망라한 국외 대표 30여 명, 국내 대표 30여 명이 출석.

8월 19일 : 연변인민출판사 창건 40돌 기념 모임을 연길에서 가짐.

9월 24일 : 길림신문 1000기 출간 기념 모임이 연길에서 있었음. 『백조컵』신문콩클 시상식도 있었음. 수상작으로 특등에 김재국의 기행수필 『혈맥찾아 천리길』, 문예 1등에 김경훈의 평론 『젊음의 향기 및 그 빛깔들』, 2등에 안종섭의 실화 『열흘금 전군의 전기』, 3등에 윤송의 실화 『법박골의 기인』, 김원도의 수필 『우리의 넋은 어디에』 등.

9월 : 연변인민출판사에서 한석윤의 동요동시집 『별과 꽃과 아이』를 출판.

10월 24일(3월 11일부터)까지 연변연극단이 출연한 풍자희극 『털없는 개』는 모두 175차 공연. 관중은 연 인수로 15만 명에 달함.

10월 연변인민출판사에서 한원국의 단편소설집 『망각을 위한 악수』를 출판. 흑룡강조선민족출판사에서 『반짝이는 별』을 흑룡강조선민족출판사 창립 15돌 기념 특집으로 출판. 또 김영금의 실화집 『단풍시절』을 출판.

11월 23일 : 『청년생활』 제1차 『청춘무대』 현상응모(3월~11월 15일) 시상식이 있었음.(화룡현민족돗자리공장 후원) 수상작으로 1등에 오태호의 『소설 아닌 대화』, 2등에 황지영의 『사랑이란 기다림』, 울진의 『흰봇나무』, 3등에 한원국의 『어머님의 기념비』 등 6편. 가작상에 강효근의 『황혼의 약속』 등 10편, 박장길 등 11명이 입선상을 받음.

11월 19일~22일 : 중국구연가협회, 연변구연가협회, 연길시문화국에서 공동으로 주최한 강동춘 만담 예술과 조선족구연학술토론회가 연길에서 진행. 논문 『강동춘의 만담과 그의 표현예술특점』을 발표한 최봉석과 그 외 7편의 논문발표자에게 우수논문영예증서를.

12월 7일 : 연변인민출판사에서 제2차 이영식 아동문학상 시상 모임이 있었음. 소년아동문예편집실(1989~1991)에서 출간한 단행본 11부와 별나라총서 다섯호에서 선정함. 『별나라』문학상 1등에 허봉남의 동화 『거짓말나라 국경선』, 2등에 최동일의 수필 『어른이 되고 싶었던 그날 밤』, 3등에 김을석의 단편소설 『가정교사』,

정몽호의 서정시 『아들의 마음』, 김복자의 소설 『낳은 정 키운 정』 등. 단행본상은 1등에 최문섭의 동요동시집 『구름기차』, 2등에 한석윤의 동요동시집 『별과 꽃과 아이와』, 3등에 허호범의 동화소설집 『동물들이 세운 기념비』 등.

12월 14일 : 『천지』잡지사에서 제2차 수필문학상 시상식이 있었음.(화룡보이라제조공장 후원) 수상작으로 김학철의 『참배』, 박은의 『평강벌을 넘나들던 나날』, 채철호의 『아, 달빛이여!』 등.

12월 14일~17일 : 주문화국, 연변희곡가협회에서 주최한 『성해』컵 제1차 전문예술단체연극소품콩클이 연길에서 있었음. 이영근의 소품 『심각한 검토서』를 비롯한 3편이 창작상을, 최해연 작 『참된 사랑』을 비롯한 6편이 우수창작상을, 김정자 등 6명 배우가 우수연기상을, 황태동을 비롯한 29명 배우에게 연기상을, 길림예술학원 연변분원 연극연구실, 연변예술극단, 연변연극단에 조직상을 수여함.

12월 18일 : 연변문학예술연구소와 『문학과 예술』 편집부에서 주최한 길산컵 『두만강문예상』(91. 4. 1~10. 31) 시상식이 연길 백산호텔에서 있었음.(북경덕무급수설비공장 후원) 수상작으로 김병민의 논문 『단재 신채호의 문학유고에 대한 자료적 고찰』, 서영빈의 평론 『수필문학의 허상과 실상』, 한룡길의 평론 『독특한 창조와 뛰어난 예술성』, 양은희의 수필 『비(悲)…』, 이임원의 시 『바람에 길을 물어』 등.

12월 15일~16일 : 전주극단희극소품콩클에서 연변연극단의 청년배우 김동현, 김해란, 한석봉이 우수표현연기상을.

12월 : 요녕민족출판사에서 임범송이 주필로 된 『중국조선민족예술론』을 출판. 흑룡강조선민족출판사에서 임범송의 문예이론저서 『민족문예론』을 출판.

연변일보사 제2차 정공산컵 해란강문학상 수상작으로 김명학의 소설 『할아버지』, 염용철의 소설 『조상들은 울고 있다』, 정몽호의 시 『아버지』, 허홍식의 시 『고향』, 전춘식의 수필 『치마저고리와 나의 세계』 등.

흑룡강신문 진달래문학상 입선작으로 김경일의 수필 『진달래꽃은 오래 못피는가』, 김동진의 실화 『기울줄 모르는 천평—영안현인민법원 원장 김형만에 대한 이야기』, 박철준의 수필 『돈은 흘러 어디로』, 하나의 시 『장벽』, 황순금의 시 『밤』 등.

연변일보 제2회 신인문학상 수상작으로 1등에 박향숙의 소설 『언감자꽃』, 2등에 김현순의 시 『바위』, 3등에 김영건의 시 『지구밖 행성에서』, 신현철의 수필 『오월의 편지』, 오정식의 시 『너와 나』, 조은철의 소설 『사과배나무』, 전길춘의 소설 『조손삼대』 등.

『압록강문학상』 수상작으로 김민성의 단편소설 『여심』, 김경일의 수필 『서사랭면옥과 우리 문화』, 최호철의 단편 『본색』, 박준범의 단편 『인공호흡』, 신문학의 단편 『그가 갈길』 등.

『장백산』잡지사의 사장 겸 주필인 남영전이 세계시인대회의 회원으로 됨.

화룡현문공단 김정자가 찍은 사진 『한점』이 제2차 『대중촬영』 전국 부녀촬영콩클에 입선

연변문학예술계연합회 『예술세계』에서 주최한 『신력보』컵 소품현상응모에서 수상작으로 허강일의 『돼지약』(1등), 이동훈, 김송죽의 『쾌속복장사』(2등), 이용칠의 『손을 잡읍시다』, 박철의 『현장을 찾는 사람들』(3등), 권중철의 『낚시질』, 김청송의 『김과장의 꼬락서니』, 한영자의 『어머니』(가작) 등.

1992년

1월 20일~21일 : 연변음악가협회, 『천지』월간사, 『예술세계』편집부에서 주최한 가사문학 연구회가 연길에서 있었음. 작사자, 평론가 40여 명이 참가.

1월 : (북경)민족출판사에서 김재현의 서정시집 『눈이 내린다』, 북경대학문화연구소 편으로 된 『중국 조선민족 문학선집』(해방 후 시 문학편)을 출판.

중국민족문화성문학예술창작센터 예술교류부에서 펼친 91중국계관시인선발경쟁에서 김철이 『91중국계관시인』 칭호를 수여받음.

3월 14일 : 연변문련에서 제3차 『진달래』문예상(1988~1990) 시상식이 있었음. 가극 『아리랑』, 이승숙의 안무 무용 『희열』, 한룡길의 안무 『웨침』, 최옥주의 안무 『내가 살던 고향』, 강상범의 안무 마당놀이 『환락』, 박창묵, 김재권이 수집 정리한 민간 이야기 『파경노』, 텔레비전영화 『우리 선생님』, 『민들레』 등이 영예상을, 촬영에서 남룡해의 『조국과 병사』, 박동춘의 『단풍』, 최주범의 『달밤 정』, 가극 『이수일과 심순애』, 가요 『동동타령』(석화 작사, 안계린 작곡), 아동가요 『오리오리 동동』(한록순 작사, 이명희 작곡), 유화에서 김은택의 『늦게 돌아오네』, 김봉석의 『종자』, 한영자의 방송극 『한 여인의 흘러간 세월』, 김흥빈의 텔레비전소품 『경로원의 기쁨』, 김재권, 박창묵의 민간 이야기집 『황구연 이야기집』, 정영석의 민간 이야기집 『고산장군』, 이용득의 『도적을 잡은 이야기』, 강동춘의 재담 『질투병』, 이용칠의 삼로인 『세동창』, 김운일의 문예이론저작 『연극개론』, 최승덕의 문예평론 『가극 「아리랑」에 대한 사고』, 최순덕, 김덕균, 전성호의 문예이론 『1945년이

후의 중국 조선족 음악』, 김일의 번역가극『아리랑』.

4월 : 연변인민출판사에서는 이해산, 채미화의『한국문학개관』을 출판.

5월 16일 : 연변문학예술연구소에서 주최하고 연변민족경제발전공사에서 후원한 제1차
『진흥컵』배달문예상(1990~1991) 시상식이 연길에서 있었음. 김학철의『참배풍
파』등 잡문, 무극『춘향전』창작자 최옥주, 가극『아리랑』의 작곡자들인 최삼녕,
안국민, 최창규, 허원식, 희극『털없는 개』의 주역 이영근 등이 최우수상을, 정세
봉의 중편소설『볼쉐위크의 이미지』, 홍만호의 실화『동해의 침몰』, 조성일, 권
철, 최삼룡, 김동훈이 쓴『중국 조선족 문학』, 이종훈, 김응걸의 장막풍자희극
『털없는 개』, 권길호의 교향곡『산의 넋』, 박춘자의 미술작품『꽃과 소녀』, 가극
『아리랑』의 지휘 최룡국, 소년아동무용공헌자 김연숙, 전문무용인재양성공헌자 장
영순, 아동손풍금인재양성공헌자 강광훈, 성악배우 임경진, 산재지구조선족문학건
설과 신인문인양성 공헌자 한춘, 무극『춘향전』의 춘향역 김매화 등이 우수상을
수여받음.

5월 22일 : 모택동 동지의『연안문예좌담회에서 한 연설』발표 50돌을 기념하여 제3회
『장백산』문예 시상식이 장춘에서 있었음. 연극『털없는 개』(이종훈, 김응걸), 가
극『아리랑』(김경련, 김철학), 가극『아리랑』의 음악(최삼명, 안국민, 최창규, 허
원식), 대형무용극『춘향전』(최옥주), 삼인무『달맞이하는 소녀』(이승숙), 독무
『빨래춤』(김홍실), 이론저서『중국 조선족 문학사』(조성일, 권철, 최삼룡, 김동
훈) 등이 우수상을, 박선석의 단편소설『털없는 개』, 이성권의 실화문학집『색바
랜 무지개』, 최선옥의 쌍인무『단오의 기쁨』등이 가작상을 수여받음.

5월 : 중앙선전부, 중앙문화부, 중앙텔레비젼부에서 연합주최한 제2차 문화평의회에서
『털없는 개』가 새극종목문화상을 탐. 이영근이 우수배우상, 김응걸, 이종훈이 우
수극작가상을 수여받음.

6월 12일~14일 : 제9차『두만강 여울소리』시문학탐구회가 훈춘에서 열림. 동북3성의
시인, 평론가 20여 명이 참가.

7월 김학천의 조시『계절에 관하여』가 1991년도『민족문학』창작상을 수여받음.

7월 : 연변인민출판사에서 김철의 시집『뻐꾸기는 철없이 운다』,『정판룡 문집』, 자치주
창립 40돌 기념으로 동요동시집『동년의 메아리』, 동북민족교육출판사에서 김득
만 편『중국 조선족 동요선집』, (북경)민족출판사에서 남영전의 시집『백학』을 출
판.

8월 26일~28일 : 연변대학에서 주최한 제1회 중국조선족문화학술토론회가 연길에서열

림. 북경. 낙양. 요녕. 길림. 흑룡강성의 교수. 학자와 연변자치주 안의 여러 기관 해당 일꾼 참가. 미국, 일본, 한국 등 나라의 교수 학자들이 방청으로 참가.

8월 27일 : 연변인민출판사, 연변작가협회, 연변문학예술연구소, 『천지』월간사, 『연변일보』문예부 주최로 김철 제20번째 시집 출간 기념 및 김철 시 문학 연구모임이 연길에서있었음. 장춘. 요녕. 흑룡강. 연변 등지와 미국. 일본. 한국의 작가시인 100여 명 참가.

8월 : (북경)민족출판사에서 연변조선족자치주 창립 40돌 기념으로 연변작가협회 편 실화집 『발자국』, 흑룡강조선민족출판사에서 임원춘의 장편실화집 『분투자의 발자욱』, 연변인민출판사에서 이원길의 장편소설 『춘정』, 『연변우수작품선집』 (1982~1992), 아동문학선집편집위원회 편찬 소설. 동화집 『꿈나라 아이들』 등을 출판.

9월 22일 : 연변인민출판사 『청년생활』 제2차 『청춘무대』 우수작품 시상식이 있었음. 수상작으로 이태수의 『장동림의 이모저모』, 임금산의 『봄하늘에 날구는 편지』, 오태호의 『기러기의 로맨스』, 한원국의 『다시 듣는 노래』, 조성희의 『마음의 고향』, 박향숙의 『사랑이 떠나버린 홈』, 김영금의 『떳떳이 살아라』 등.

9월 : 요녕민족출판사에서 임금산. 박정화의 실화 『개척자가 걷는 길엔 시련도 자랑도 많아라』 출판.

10월 : 연변조선족자치주 창립 40돌을 기념하여 연변일보 『해란강』문학상 시상식이 있었음. 수상작으로 박향숙의 소설 『기다리는 전화』, 윤림호의 소설 『역전마을』, 차룡순의 수필 『대자연 계시록』, 김영건의 시 『가을선택』, 이성비의 시 『두만강』, 석화의 시 『봄앞에서』 등.

11월 10일 : 연변작가협회에서 주최한 연변조선족자치주 창립 40돌 경축 문학상 시상식이 있었음. 소설분야에서 김학철의 『격정시대』, 우광훈의 『메리의 죽음』, 정세봉의 『볼쉐위크의 이미지』, 최국철의 『혼사날의 별곡』, 김양금의 『언덕길』 등, 시분야에서 정몽호의 『아버지』, 석화의 『나의 장례식』, 이성비의 『백두산』, 김응준의 『사랑의 애가』, 산문분야에서 정판룡의 『고향떠나 50년』, 차룡순의 『남방에서 만난 사람들』, 평론분야에서 전국권의 『시창작과 감상』, 장정일의 『격동뒤의 차분함』, 아동문학분야에서 허호범의 『짐승들이 세운 기념비』, 김룡길의 『호랑이는 산에서 내린다』, 한석윤의 『겨울발자국』, 최문섭의 『6월의 하늘아래』, 우수작가상에 임원춘. 이원길. 김훈. 유원무. 김성휘. 이상각. 조성일. 권철. 김일. 조용남. 이성권 등. 우수편집상에 김근총. 황장석. 최용관. 우수번역원에 김영표. 김충길.

12월 2일 : 길림신문사에서는 연길시 송홍멜라민식기공장의 후원으로 『송홍컵』 문학현
상콩클 시상식을 가짐. 수상작으로 박철수의 실화 『태평양에서의 400일』, 박향숙
의 수필 『큰산 작은산 그리고 나무』, 이임원의 수필 『어머님』, 신현철의 수필 『물
줄기』 등임.

12월 : 흑룡강조선민족출판사에서 이욱의 문학평론집 『우리문학에 대한 사고』를 출판.

12월 28일 : 연변인민방송국 1992년도 『라디오방송문학상』 시상식이 있었음. 수상작으
로 김정권의 방송소설 『희망』, 이광수의 재담 『혼인광고』, 김철호의 수필 『가을의
숨소리』, 이임원의 서정시 『코스모스』 등.

12월 : 중국무용극경연에서 안도현예술단과 길림성가극단의 합작으로 된 대형실화무용
극 『장백산천지 전설』이 우수종목상, 작곡상, 무대복장 설계상, 우수표현상을 탐.

1992년도 흑룡강신문(조문)『송원컵』 수필응모 수상작으로 정호원의 『만화경세상』, 전
경업의 『연띄우는 계절에』, 김혁일의 『수인』 등.

1993년

1월 : (북경)민족출판사에서 북경대학 조선문학연구소판으로 된 중국 조선족 문학선집
『구비문학』(상)을 출판. (한국)스포츠서울에서 이여천 소설집 『너와 나』를 출판.

3월 : (북경)민족출판사에서 김길련의 장편소설 『먼동이 튼다』, 이춘일의 여행기 『장강
탐험기』를 출판.

4월 20일~21일 : 연변작가협회 제6차 대표대회가 연길에서 열림. 조성일이 주석으로,
이원길, 이상각, 임범송, 김훈, 임원춘, 조용남, 전국권, 장정일, 한석윤, 김기형
등 12명이 부주석으로 당선 됨.

5월 : 흑룡강조선민족출판사에서 실화문학총서 『경쟁에서 일떠선 사람들』(공저), (북경)
민족출판사에서 문창남의 수필집 『인심』을 출판.

6월 : 한국도서출판 『일중사』에서 임원춘의 소설집 『몽당치마』, 조선일보사(한국)에서
고신일의 소설집 『흘러가는 마을』, (북경)민족출판사에서 『이상각 시선집』, 흑룡
강조선민족출판사에서 이삼월의 시집 『두 사람의 풍경』 출판.

6월 25일~26일 : 제10차 『두만강 여울소리』 시문학탐구회가 도문시에서 열림. 동북3
성의 시인, 평론가 30여 명이 참가.

7월 6일 : 『이삼월 시 창작 40돌 기념 연구회』가 할빈에서 있었음.

7월 : 흑룡강조선민족출판사에서 차병걸의 옛이야기집 『주부의 눈물』을 출판.

8월 12일~13일 : 연변조선족민속학회에서는 연길에서 제1회 조선민속 국제학술회의가 있었음. 중국, 한국, 일본, 까자흐스딴 등 나라의 70여 명 학자와 외빈들이 참석.

8월 13일~14일 : 연변사회과학원 문학예술연구소에서는 새 시기 중국조선족문학예술연구토론회를 연길에서 가졌음. 중국, 한국의 학자 편집 일꾼 40여 명이 참가.

8월14일 : 연변작가협회에서는 연길에서 21세기를 향한 중한문화관계의 바람직한 전망을 주제로 한 토론 모임이 있었음. 한국의 시인, 소설가, 평론가 20여 명과 연변의 시인, 소설가, 평론가 20여 명이 참가.

8월 : 흑룡강조선민족출판사에서 송정환 주필로 된 실화문학총서 『큰뜻을 품은 사람들』, 춘풍문예출판사에서 김문학의 수필집 『벌거벗은 사랑』(한문)을 출판.

11월 19일 : 1993년도 연변일보 해란강제일제당상 시상식이 연길에서 있었음. 수상작으로 해란강문학상에 조은철의 단편소설 『이혼』, 김영자의 단편소설 『물새우는 강가』, 이근영의 시 『개구리 없는 논벌에서』, 김영건의 시 『눈꽃련가』, 석화의 시 『도시의 달』, 이화숙의 수필 『유모아, 남자의 멋』, 유연산의 수필 『아리랑에 얹혀 흐르는 호랑이—한국 정선아리랑 제수기』, 김혁의 수필 『겨울새』, 제일제당상에 박은의 단편소설 『콩에 깃든 이야기』, 김정호의 시 『연변동미의 서울고행』, 박철수의 수필 『바다의 흙』 등.

11월 30일 : 연변인민출판사에서 제3차 이영식 아동문학상(1992~1993) 시상식이 있었음. 수상작으로 단행본에 김영의 소설집 『딱곰과 그의 벗들』, 허충남의 동화집 『꺼꾸로 나라 여행기』, 강길의 소설집 『코꿰운 송아지』, 김혁의 중편소설 『거북구슬』, 이천석의 중편동화 『벙어리 뻥짜』, 박덕준의 동시 『꼬부랑 샘길』, 허춘회의 동화 『우물안 개구리 탈출기』, 김현순의 동시 『산아이』, 김창석의 실화 『박사할아버지의 동년』, 신현철의 수필 『나의 동산』, 김만석의 평론 『동화창작에서의 새로운 추구』 등.

11월 : (북경)민족출판사에서 연변일보 『해란강』특집 『최후의 만찬』을 출판.

12월 : 동북조선민족교육출판사에서 김만석의 저서 『아동문학개론』, 중국작가협회 연변분회 편집으로 된 93년 중국 조선족 소학생, 중학생 백일장 수상작품집 『소원』 출판.

1993년도 흑룡강신문(조문)에서 주최로 한(한국통일원 협찬) 『땅 떠나는 겨레들』문학콩클 입선작으로 장혜영의 소설 『살아가는 세상』, 이주천의 소설 『땅땅버버리』, 구용기의 소설 『괜찮아 빌아먹을』, 주귀의 시 『동터오는 지평선』, 전복선의 수필

『백의리농악장』, 박철수의 실화『배놈들의 세계』등.

1993넝 흑룡강신문사 문예부 주최, 연변연고정수기유한회사 협찬으로『시조현상공모』를 하였는데 입선작으로 1등에 김동진의『청자기의 꿈』, 2등에 조광명의『스치는 한마당 언어』, 김태복의『시장거리』, 3등에 이명재의『들국화』, 홍영의『통일』, 허홍식의『텔레비의 광고』등 6수.

1993년 연변일보『향토문화상』(기행문) 수상작으로는 김일 작『사방대에 올라』, 허영순 작『넋은 울고 무덤은 고요해』, 김재국 작『일송정을 찾아서』등 3편.

제4기 전국 소수민족문학상 수상작으로 이원길의 장편소설『설야』, 조용남의 시집『그 언덕에 묻고 온 이름』, 김철의 시집『김철 시선집』, 이성권의 실화집『색바랜 무지개』, 한석윤이 동시동요집『별과 꽃과 아이와』그리고 김학천이 번역상을 탔음.

노작가 김학철이 한국 KBS 방송국에서 발급하는 제2회 해외동포상 특별상을 획득.

1993년 12월 석화의 시집『꽃의 의미』가 한국도서출판『삶과 함께』에 의해 출간.

1993년 10월 흑룡강조선민족출판사에서 김영옥의 소설집『미친녀』를 출판.

강효삼의 단시『통일숙제』가 1993년 제24회 통일문예현상공모(한국 민족통일중앙협의회 주최)에 입상.

1993년『천지』문학상(한국 세계한민족평화통일협의회 후원) 수상작품들로는 소설『피해자』(고신일 작), 실화『꽃배의 키잡이』(한원국 작), 시『달고 쓴 사랑 시』(김태갑 작) 등이고,『천지』『금토끼컵』응모(용정시 조양천경제동물양식장 후원) 수상작품들로는 수필『슬픈 착각』(유일복 작)과 수필『아버지』(권선자 작) 등.

제3회『도라지』만석문학상 수상작들로는 정세봉의 단편소설『인간의 생리』, 조광명의 시『엄마의 술』, 이여천의 기행문『아버지의 아버지의… 발자욱을 찾아』등.

1994년

3월 22일~23일 : 연변작가협회에서는 연길에서『중국 조선족 문학현황과 전망』심포지엄을 가짐. 북경, 요녕, 길림, 흑룡강, 연변의 부분적 작가, 시인, 평론가, 학자 50여 명이 모임에 참가.

4월 27일 : 연변작가협회에서 제3차 화림신인문학상 시상식이 있었음. 수상작으로는 김재옥의 소설『고향속화』, 김혁의 역사소설『거북구슬』, 김해룡의 시『황소의 설움』등.

5월 : 정판룡 교수의 회상기 『내가 살아 온 중화인민공화국』이 한국에서 출판.

6월 10일 : 두만강 여울소리 시탐구 10돌 기념회가 도문시에서 열림. 동북3성의 시인,
　　　　 평론가 30여 명이 참가.

7월 25일 : 『천지』월간지 400호 출간 기념행사가 연길에서 있었음. 주내외 문예계 인사
　　　　 100명이 기념회에 참가. 청년소설가 전일봉과 청년시인 김영건에게 『신인문학상』
　　　　 을 수여.

7월 : 한국아동문학사에서 고신일의 중단편소설집 『등나무골 둥지』를 출판.

8월 26일 : 1994년 연변라디오문학상 시상식이 있었음. 수상작으로는 김정권의 방송실
　　　　 화 『웃음의 별』, 오재윤의 방송극 『집념』, 주룡의 시 『강과 새의 마음』, 장하도의
　　　　 중편소설 『제2호 혐의자』, 한원국의 방송극 『고영감의 자손들』, 허두남의 소품
　　　　 『그놈의 그놈』, 이송옥의 수필 『주부의 재미 여자의 재미』, 김장혁의 방송소설
　　　　 『첫사랑의 여파』 등.

8월 30일 : 연변민족문학원 제1회 문학강습반 졸업식이 있었음.

9월 5일 : 연변인민출판사에서는 『아리랑』 50호 출간에 즈음하여 제5회 아리랑문학상
　　　　 시상식이 있었음. 수상작으로 최국철의 중편소설 『흘러가는 세월』, 최홍화의 시
　　　　 『아픔으로 피는 꽃』 등.

9월 6일~8일 : 『천지의 물줄기』 소설문학탐구회가 안도현 명월진에서 열림. 전국 각지
　　　　 의 노년, 중년, 청년, 여류작가 30여 명이 참가.

9월 28일 : 최홍일의 중편소설 『눈물젖은 두만강』 작품토론회가 중국작가협회 연변분회
　　　　 의 문학평론분과와 소설분과의 주최로 열렸음.

9월 : 한국실천문학사에서 김학철의 산문집 『누구와 함께 지난날의 꿈을 이야기 하랴』,
　　 한국전예원출판사에서 남영전의 제6권 시집 『남영전 시선집』을 출판.

11월 : 연변인민출판사에서 김응준의 장시집 『사랑의 향토』, 연변대학출판사에서 전국권
　　　 의 문학이론연구저서 『시창작 이론연구』를 출판.

12월 8일 : 연변사회과학원 문학예술연구소에서는 연길시삼화장식회사의 협찬으로 연구
　　　　 소 창립 15돌 기념 모임과 더불어 『조선족문학예술연구에 대한 사고』 심포지엄을
　　　　 가졌음. 주내외 문학예술계 인사 50여 명이 참가.

12월 : 연변인민출판사에서 김례삼의 첫 서정시집 『인생의 고행길』, 한국 『과학과 사상』
　　　 출판사에서 허련순의 중편소설집 『유혹』을 출판.

서울 국학자료원에서 이용득(안도현문련)의 『속담 이야기집』을 출판.

1994년 『천지』문학상 수상작품들로는 중편소설 『투명한 어둠』(허련순 작), 중편실화

『이국땅에서의 인생 수업』(허홍식 작) 등이고, 『천지』향토수필문학상(화룡시야생
동물양식장 후원) 수상작품들로는 수필 『모시적삼』(유원무 작), 수필 『사장과 기
러기와 질서』(전국권 작), 향토수필 『호수에 뜬 별』(정호원 작) 등.

1994년 요녕신문(조문)『압록강』문학상 수상작품들로는 평론 『피흘리는 영혼의 몸부림』
(박화 작), 벽소설 『사랑의 외연』(김군 작), 수필 『만남』(현영애 작), 벽소설 『술
취한 마을』(강재희 작) 등이고 가작으로는 잡문 『「강태공」의 곧은 낚시질』(강호
작), 실화 『돌우에 핀 꽃』(신석운 작) 등.

제4회 『도라지』만석문학상 수상작들로는 허련순의 단편소설 『흔들리는 섬』, 구용기의
단편소설 『그날의 고요했던 동산』, 강효삼의 시가 『창』 등.

1994년 흑룡강신문사 문예부 주최 지원일간병주치의사단독협찬으로 초선컵 『흔들리는
인생』문학현상공모를 하였는데, 입선작으로 1등에 김홍남의 『거센 파도 속의 사
나이』(실화), 2등에 이수금의 『룸펜인테리』(소설), 김몽의 『끌려가는 삶과 끌고가
는 삶』(수필)이고, 3등에 정해홍의 『신념의 무지개』(수기), 심금복의 『타향녀』(소
설), 백경선의 『잃어버린 마음은 가을 찬미에』 등.

연변대학출판사에서 김만석의 『중국 조선족 아동문학사』, 김병민의 『조선문학사』, (북
경)민족출판사에서 북경대학조선문화연구소에서 편찬한 중국 조선족 문학대계 『예
술사』, 연변작가협회에서 편찬한 『아동문학선집』, 흑룡강조선민족출판사에서 최삼
룡의 문학평론집 『각성과 곤혹』을 출판.

1995년

1월 7일 : 연변청년 5월시사 새해맞이 다과 모임이 있었음. 시인, 시 창작 동인들로 30
여 명이 참가.

2월 20일 : 흑룡강조선족작가창작위원회가 성립. 흑룡강성민족경제개발공사 총경리 최
수진이 명예회장으로, 이삼월, 이승권, 허광일이 고문으로, 홍만호가 회장, 강효삼
이 부회장, 임국웅이 집행회장으로 당선.

2월 : 동북조선민족교육출판사에서 김응준의 동요동시집 『꽃도 웃고 나도 웃고』를, 연변
인민출판사에서 전광국의 시집 『고향의 샘』을, 요녕민족출판사에서 김경일의 『중
국 조선족 문화론』을, 북경민족출판사에서 김영금의 실화집 『유혹의 세계』를 출
판.

3월 15일 : 중국작가협회 연변분회에서는 제6기 3차 이사회를 가졌음.

3월 25일 : 제1회 『도라지』문학상 시상식이 길림에서 있었음.(한국의 아동문학가인 김
철수의 후원) 정세봉의 중편소설 『인간의 생리』가 첫 『도라지』문학상을 받았음.

3월 31일 : 연변문학예술연구소에서는 연길에서 중국조선족역사제재소설 연구모임을 가
졌음. 학자, 작가 20여 명이 참가.

3월 : 연변인민출판사에서 박하림의 실화 『해란강의 넋』을, 흑룡강조선족출판사에서 고
이재춘의 시집 『별의 황혼』을 출판.

4월 1일 : 『도라지』잡지사의 『만석문학상』 제3회, 제4회 시상식이 길림시조선족예술관
에서 있었음. 정세봉의 중편소설 『인간의 생리』가 제3회 특등상을, 이여천의 기행
문 『아버지의 발자국을 찾아서』와 조광명의 시 『어머니의 술』이 각각 제3회 1등
상을 받았음. 허련순의 단편소설 『흔들리는 섬』이 제4회 특등상을, 구용기의 단편
소설 『그날에 고요했던 동산』과 강효삼의 서정시 『창』이 각각 제4회 1등상을 받
았음.

4월 : 흑룡강조선민족출판사에서 제1회 신춘문예당선작 박진만의 장편소설 『검은 기미』
를, 한국에서 남영전의 제6시집 『해와 달』을, 중단편소설집(이선희, 이혜선, 장경
숙, 김영금, 방룡주, 이화숙, 허련순, 김양금 작) 『너는 웃고 나는 울고』를 출판.

5월 23일 : 길림예술학원 연변분원, 연변문학예술계연합회, 연변문학예술연구소 주최,
연변 제1부동산경영공사 이창식의 후원으로 된 제1회 『금잔디』컵 예술평론상 수
상식이 연길에서 있었음. 1등에 이애순의 『최승희 무용특징에 대한 고찰』, 2등에
정기환의 『고구려 고분벽화 및 그 종교의식』, 박영광의 『원천의 흐름을 찾아』, 3
등에 김운일의 『해방전 중국 조선민족 연극에 대한 고찰』, 이창운의 『허원식과 그
의 교향곡 「아침해 솟았네」』, 최승덕의 『성악과 진상』 등.

5월 20일 : 한국아동문학연구원에서 주최한 제5회 방정환문학 시상식에서 김만석의 『중
국 조선족 아동문학사』가 평론부문의 상을 받았음.

중국작가협회 연변분회 시분과에서는 5월 중순에 개산툰진 선구촌에서 3일간 현지문필
회를 가짐.

5월 22일 : 중국연변시조시사와 한국시조명인협회는 연변빈관회의실에서 자매결연식을
가졌음.

5월 23일 : 연길시문학예술계연합회 제9차 대표대회가 열렸음. 이향복이 시문련 주석으
로 당선.

5월 : 북경민족출판사에서 북경대학 조선문화연구소에서 편찬한 『중국조선족문학선집』(1

권)을, 한국대륙연구소에서 박설매의 서정시집 『생명』을 출판.

6월 21일~23일 : 제12회 『두만강 여울소리』 시가탐구회가 화룡에서 있었음. 시인, 평
　　론가 30여 명이 참가.

6월 24일 : 연변사회과학원 문학예술연구소와 『문학과예술』잡지사에서는 남영전 토템시
　　연구회를 가졌음. 동북3성의 평론가 시인 20여 명이 참가.

6월 30일 : 『천지』월간사와 연변작가협회소설위원회에서 주최, 길림성해외관광무역공사
　　연변분공사, 연변국제무역청사 협찬으로 『중국 조선족 작가 용문문필회』가 열렸
　　음. 동북3성의 작가 40여 명이 참가.

6월 : 연변인민출판사에서 김동호 시집 『울고 웃는 정거장』, 채미화의 『고려문학의식연
　　구』를 출판.

7월 14일~15일 : 연변대학, 중국작가협회 연변분회, 연변문학예술연구소, 용정시문학
　　예술계연합회에서의 주최로 조선족 문학의 걸출한 대표자 윤동주 50주기 학술토
　　론회가 용정에서 열렸음. 동북3성과 북경 등지에서 온 학자, 시인, 소설가들로
　　60여 명이 참가.

7월 26일~28일 : 연변작가협회 아동문학분과와 연변인민출판사 『별나라』편집부에서 공
　　동주최, 도문시문련과 석현종이공장 후원으로 제11회 아동문학문필회가 열림. 주
　　내 시, 현의 아동문학작가, 글쓰기 열성자 20여 명이 참가.

7월 : 북경민족출판사에서 황장석의 실화집 『하얀 봇나무』를, 연변인민출판사에서 고 이
　　철룡의 작품집 『사랑탑』을 출판.

8월 1일~2일 : 연변작가협회와 『도라지』잡지사에서 공동주최로 천지 물줄기 소설문학
　　탐구회가 길림에서 열림. 소설, 실화, 평론 등 분야의 일꾼 30여 명이 참가.

8월 14일 : 중국작가협회 연변분회에서 항일전쟁승리 50돌 기념 작가 좌담회모임이 있
　　었음. 연변분회주석단성원, 직업작가, 해당 일꾼 30여 명이 참가.

8월 : 흑룡강조선민족출판사에서 김영금의 산문집 『머나먼 초행길』, 김남호의 논문집
　　『중국 조선족 민간음악 연구』를 출판.

9월 12일 : 연변시조시사 제3차 시조 시상식이 한국의 한춘섭과 연변의 이송웅의 협찬
　　으로 연길에서 있었음. 입선작으로 최우수상에 박화의 『참우정』, 우수상에 김응준
　　의 『청렴』과 최문섭의 『소망』 등.

9월 23일 : 시인, 시애호자 50여 명이 모아산 민속촌에 가서 『시인 가을행진』활동을 진
　　행.

9월 : 이상각 시집 『울지를 않으마』가 한국 미래문화사에서 출판.

10월 5일 : 제2회 북방문학연구토론회가 할빈시 도리구 교외에서 열림. 동북3성과 북경에서 온 40여 명 문인들이 참가.

10월 : 흑룡강성신문사 문체부에서 북경태화여행사한국부 허동웅 경리의 협찬으로 『태화컵 해외체험』문학현상공모를 하였는데 대상에 윤시운의 『피와 한이 얽힌 리비아로무길』(실기), 입선작으로 도남의 『탈피』(소설), 이근의 『만경창파에 헤가른 2년 2개월』(실기), 문무의 『임기응변』(실기) 등.

10월 : 한국의 『책과 몽상』출판사에서 이성비의 첫 시집 『나는 당신의 고무지우개인가』를 출판.

11월 : 요녕민족출판사에서 정철의 장편서사시 『목단강』, 장지민의 단편소설집 『올케와 백치오빠』를 출판.

12월 12일 : 연변인민출판사에서 제4회 이영식 아동문학상 시상식이 있었음. 수상작으로 김영금의 수필집 『푸른바다 빨간노을』, 한정충의 향토전설집 『해당화』, 김영자의 아동소설 『소똥구리애』, 허홍식의 동시 『열콩형제』(외5수), 정문준의 동화 『껍데기 속에 갇힌 거부기』, 전춘식의 수필 『추돌이』, 김동식의 실화 『사랑』 등.

12월 26일 : 심양시조선족문학회 제5기 회원대회가 심양시조선족문화예술관에서 진행. 시사회과학연합회 책임 동지와 문학회 회원 30여 명이 회의에 참가.

12월 : 동북조선민족출판사에서 이상각의 『시론과 시조론』을, 연변대학출판사에서 『조선고전시화연구』(임범송, 김동훈, 손덕표, 마금과 저)를, 연변인민출판사에서 조용남의 시집 『그리며 사는 마음』을, 요녕민족출판사에서 김철의 수필집 『산우에 구름우에』를, 한국에서 이용득의 『장백산계열 전설집』을 출판.

12월 : (북경)민족출판사에서 김영금의 실화집 『청산처럼, 창공처럼』, 요녕민족출판사에서 이창인이 수집 정리한 민담집 『천안삼거리 능수버들』, 임원춘의 중편소설집 『눈물젖은 숲』을 출판.

1995년 연변일보 해란강문학상 수상작으로 서영빈의 『서울낚시와 시골낚시』(수필), 가작상으로 이성비의 『구름과 상어』(시), 김홍란의 『가을공부』(수필), 석화의 『탈, 우리에게 정말 필요한가』(수필) 등이고, 제일제당상으로는 김영자의 단편소설 『최씨』 등. 향토문학상 입선작(연변동식물연구소 후원)으로 1등에 허홍식의 『하얗게 사는 마을 명동촌』, 우수상에 김원필의 사진 『1940년의 도문전경』, 유원무의 두만강팔경중의 『일광산』, 정호원의 『장고봉의 넋』 등이고, 가사응모상(상아나드리 아유한화장품회사 후원)에 강효삼의 『살고 싶어라』, 천애옥의 『누구』, 이군필의 『고목』, 김영건의 『홀로서기』, 안상근의 『당신이 내게 할 이야기는』 등.

허련순의 장편소설 『바람꽃』이 흑룡강신문 제2회 신춘문예에 당선.

1995년 『도라지』만석문학상 수상작으로는 정세봉의 『엄마가 교외에 나가요』(소설), 고신일의 『정을 담아 정을 찾아』(수필) 등.

1996년

2월 : 연변인민출판사에서 이화숙의 수필집 『유머남자의 멋』을 출판.

3월 10일 : 연변문학예술연구소와 『장백산』잡지사에서 주최한 박선석소설쎄미나가 매하구조선족문화관에서 개최.

4월 : 요녕민족출판사에서 『김일련 작품집』을 출판.

5월 17일 : 한국 방송국 KBS 제4회 현상응모콩클 시상식에서 도문시방송국 박삼룡의 실화 『인생아리랑 고개』가 최우수상을 수상.

5월 23일 : 『천지』월간사에서 제16회 『천지문학상』 시상식이 있었음. 남영전의 시 『해의 넋』, 김영자의 소설 『섭리』가 상을 받음.

6월 13일~14일 : 제13차 두만강 여울소리 시가탐구회가 화룡시에서 열림. 석화 시 『거울을 닦습니다』, 김문회의 시 『비 내리는 도시』, 임금산의 시 『산의 풍경』, 이복의 평론 『시적 대상과 시적 상상의 유기적 통일문제』 등이 우수작으로 당선.

6월 28일 : 연변조선족문화발전추진회 설립대회가 있었음.

6월 : (북경)민족출판사에서 박은의 유모아 소설집 『사시절가』를 출판.

7월 5일 : 연변대학조문학부와 조선언어문학연구소, 중국작가협회 연변분회, 연변문학예술연구소 『두만강』편집위원회에서 공동으로 김창걸 탄식 85돌 기념학술토론회를 개최.

7월 23일 : 연변민간문예가협회 발족 40주년 기념 행사가 있었음. 기여가 큰 김례삼, 박찬구, 박창묵, 김재권, 이용득, 정영석 등에게 증서와 상품을 수여.

7월 : 연변인민출판사에서 유연산의 수필집 『서울바람』, 흑룡강조선민족출판사에서 허련순의 장편소설 『바람꽃』을 출판.

8월 15일 : 중국작가협회 연변분회 설립 40돌 기념 좌담모임이 연길에서 있었음.

8월 23일 : 중국작가협회 연변분회에서 화림신인문학상 시상식이 있었음. 수상자로는 소설에서 김홍란, 시에서 남철심, 아동문학에서 양춘식 등.

8월 26일 : 연변인민출판사에서 제1회 『백두컵』이성일문학상 시상식이 연길에서 있었음. 수상작으로 단행본에서 이원길의 장편소설 『춘정』, 정판룡 저 『정판룡 문집』, 김철 시집 『뻐꾸기는 철없이 운다』, 작품에서 고신일의 중편소설 『방황하는 사람들』, 남영전의 조시 『아리랑 고개』, 김장혁의 실기 『한 골과전문가가 걸어온 길』, 박향숙의 중편소설 『천당입장권』 등.

8월 : 흑룡강조선민족출판사에서 중국작가협회 연변분회 편으로 된 중국작가협회 연변분회성립 40돌 기념 시집 『별들의 울음소리』, 황장석, 김응룡의 장편실화소설 『얼의 몸부림』, 동북조선민족교육출판사에서 허충남, 허봉남, 허두남의 동화집 『거짓말나라 국경선』을 출판.

9월 10일 : 연변문학예술연구소에서 허련순의 장편소설 『바람꽃』 출간 기념회가 열림.

9월 11일~13일 : 연변작가협회 연변분회 소설창작위원회에서 제3차 『천지의 물줄기』 소설문학탐구회가 훈춘시에서 열림.

9월 : 요녕민족출판사에서 전춘식의 동화 소설집 『짝짝귀로 된 카카』를 출판.

11월 22일~26일 : 제6차 중국당대문학연구회, 중국당대소수민족문하가연구회, 제3차 중국소수민족문학상 시상식이 있었음. 『천지』월간사가 『원예사』상, 이상각의 저서 『시론과 시조론』이 문학상, 남영전이 영예상, 김수영이 『원예사』상을 수여.

11월 28일~29일 : 연변문학예술연구소와 연변사회과학연합회에서 주최한 『세기교체 사고—중국특색의 조선족문화』학술토론회가 있었음.

11월 : 장혜영의 『희망탑』이 흑룡강신문 제3회 신춘문예 당선작으로 됨.

12월 11일 : 『도라지』초대석록원문학상 시상식이 길림에서 있었음. 수상작으로 이원길의 『원정』, 정세봉의 『작가와 이념』, 허련순의 『과원철제스푼을 휠수 있는가』, 최홍일의 『삶의 자세와 작가적 양심』 등.

12월 16일~20일 : 제5차 중국작가대표대회가 북경에서 열림. 참가자로는 김학철, 이상각, 유덕창, 유원무, 장지민, 조성일, 현일선 등.

12월 20일 : 『96년도 연변일보「해란강문학상」제일제당상』 시상식이 있었음. 해란강문학상에 박설매의 시 『섬소녀』, 김관웅의 수필 『욕자풀이』, 김문회의 실화 『구소련에서 몸부림치는 고려인의 넋』, 제일제당상으로 권선자의 수필 『여자를 불러본다』 등.